SFnal

Vol.2 2022

THE YEAR'S BEST SF

SFnal

Vol.2

2022

SF 마니아를 위한
도전적이고 강력한 SF

FOR SF MANIA

2022

메그 엘리슨 · 찰리 제인 앤더스 외 지음
장성주 · 김승욱 · 조호근 옮김

2021 휴고상 · 네뷸러상 단편 부문 최종 후보작,
로커스상 최우수 중편 수상작 수록!
SF 마니아를 위한 가장 도전적이고 강력한 14편의 문제작!

차례

알약

메그 엘리슨

장성주 옮김

단편 부문
2021
휴고상·네뷸러상
최종 후보작

중편 부문
2021
로커스상
수상작

Meg Ellison

The Pill

메그 엘리슨은 과학 소설 작가이자 페미니스트 수필가다. 2014년 〈어디로도 이어지지 않는 길The Road to Nowhere〉 시리즈로 필립 K. 딕 상을 수상했고, 2018년에는 지금은 아더와이즈상으로 이름이 바뀐 제임스 팁트리 주니어 문학상의 올해의 우수작 목록The Honor List에 올랐다. 2020년에 피엠프레스 출판사에서 첫 단편 소설집 『거인 여자애Big Girl』를, 스카이스케이프 출판사에서 첫 영 어덜트 소설 『레일라를 찾아라Find Layla』를 출간했다. 엘리슨은 《맥스위니스McSweeney's》와 《판타지 앤드 사이언스 픽션F&SF》, 《팬고리아Fangoria》, 《언캐니Uncanny》, 《라이트스피드Lightspeed》, 《나이트메어Nightmare》을 비롯한 여러 잡지에 글을 실었다. 고등학교를 중퇴한 이후 독학으로 캘리포니아 주립대학교 버클리 캠퍼스에 진학해 졸업했다.
홈페이지 주소: www.megelison.com

SF-Mania

Meg Ellison

The Pill

엄마는 그 **알약**이 있다는 것을 아무도 모르던 시절에 이미 그 약을 먹었다. 대학교에서 하는 그런 식의 연구에 빠짐없이 지원하면서, 엄마는 심심해서 그러는 거라고 했다. 내 생각에는 연구자들이 질문을 하고 대답을 유심히 들어주기 때문에 그러는 것 같았다. 그들 말고는 아무도 엄마를 그렇게 대하지 않았으니까.

엄마는 갖가지 임상 시험에 참가했다. 주로 수면 연구와 알레르기 치료제 개발이었다. 3D 프린터로 제작한 최초의 자궁 내 피임 기구를 위한 임상 시험에도 지원했지만, 나이가 너무 많다는 이유로 퇴짜를 맞았다. 그 일 때문에 엄마가 며칠 동안이나 화내며 씩씩대던 것이, 또 나중에 그 시험의 지원자들이 모조리 자궁 근종에 걸리자 눈에 띄게 우쭐해하던 것이 기억난다. 엄마는 나에게 자기 대신 그 시험에 지원해 보라는 말은 결코 하지 않았다. 나한테 같이 자는 사람이 없다는 걸 알았으니까. 내 친엄마가 열여섯 살 먹은 자기 딸이 애인 하나

안 생길 정도로 못생겼다고 생각하다니, 정말이지 충격이었다. 그래도 겉으로는 아무렇지 않은 척했다. 그리고 지금 와서 생각해 보면 그때 자궁 근종에 걸리지 않은 게 다행이다. 어차피 실험용 쥐는 절대 되고 싶지 않았으니까. 특히 제일 인기 있는(그래서 엄마가 어떻게든 참여하려고 했던) 시험이 다이어트 연구 시험인 이상은, 더더욱 되기 싫었으니까.

엄마는 그런 임상 시험에 빠짐없이 참가했다. 손목과 발목에 차는 디지털 칼로리 모니터는 꼬박 6주 동안 풀지 않고 착용했다(내가 보기에는 황당한 물건이었지만, 그나마 엄마가 쉴 새 없이 불평하지는 않아서 다행이었다). 일종의 슈퍼 섬유소로 만든 투명한 막대 젤리는 원래 위벽에 축적되어 수술 없이 비만 치료용 위 절제술의 효과를 내도록 고안됐지만, 그러기는커녕 엄마(뿐 아니라 가짜 약을 먹은 대조군을 제외한 모든 참가자)를 무시무시한 변비에 빠뜨렸다(그 약에 대해서는 쉴 새 없이 불평했는데, 나는 엄마가 불평 도중에 느닷없이 대변을 보기가 얼마나 힘든지 하소연할까 봐 무서워서 한동안 집에 친구를 데려오지 못했다). 이런 약과 저런 약과 또 다른 약이 엄마에게 가슴이 두근거리는 증상과 탈모와 (잊지 못할 경험이 된) 정신병적 망상을 안겨줬다. 비만에서 벗어나는 방법이라고 하면 엄마는 무조건 시도했다. 뭐든 다 하려고 했다.

임상 시험 사이사이에는 온갖 통상적인 다이어트를 시도했다. 원시인 식단 다이어트, 토끼 식단 다이어트, 일곱 끼 소량 식사 다이어트, 주 1일 단식 다이어트. 우리 집 찬장에 칸마다 방벽처럼 차곡차곡 쌓인 무화과 쿠키와 리츠 크래커 뒤에는 돔처럼 동그란 병 어깨에 먼지가 뽀얗게 앉은 사과 식초병이 어김없이 처박혀 있었다.

엄마는 온 식구를 다이어트에 동참시키려고 우리를 꼬드겨 저녁에

'가족 산책'을 하러 나갔다. 정크 푸드는 죄다 버리고 우리에게 스스로를 더 소중히 여기겠노라고 약속하게 했다(스스로를 소중히 여긴다는 말은 매일 아침 저울에 올라가 엉엉 울다가 내려와서 고작 자몽 반쪽에 고개를 처박고 코를 훌쩍인다는 뜻이다. 아닌가?). 하지만 어떤 방법도 몸에 배지 않았고, 의미 있는 효과를 내지도 않았다. 우리 모두 엄마의 뜻을 거스르며 저마다 방에서 몰래 음식을 먹거나 집 바깥에서 먹고 들어왔다. 나는 차 안에서 헤드폰을 찾다가 아빠가 운전석 밑에 쑤셔 넣은 생선 타코 포장지를 찾은 적이 있다. 그 포장지를 쓰레기통에 버리다가 엄마에게 들켜서 아마 한 시간은 족히 야단을 맞았지 싶다. 아빠가 먹은 거라는 말은 끝까지 하지 않았다. 엄마는 몸무게 때문에 잔소리를 할 때 꼭 비만 문제를 겪는 식구가 나뿐인 것처럼 유독 나에게 가장 모질게 굴었다. 우리는 뚱보 가족이었는데도 말이다. 엄마도 나만큼이나 뚱뚱했다. 우리 가족은 똑같은 설명서에 따라 만든 사람들처럼 보였다. 아빠도 뚱뚱했고, 오빠는 식구들 중에 가장 뚱뚱했다.

나는 지금도 뚱뚱하다. 나머지 식구들의 뚱뚱함은 과거형이다.

왜냐고? 다 그 빌어먹을 **알약** 때문이다.

그 약의 임상 시험도 시작은 여느 시험과 똑같았다. 엄마가 일하는 대학교의 교정 곳곳에 전단이 붙었다. 흥미진진한 최신 다이어트 방법을 시도하는 통계 표본 집단에게 현금을 주겠다고 적힌 전단이었다. 엄마는 여느 때처럼 그 전단에 냉큼 달려들어 사진을 찍었는데, 그래야 푹 꺼진 자기 팔걸이의자에 앉아서 옆에 바짝 붙여둔 보조 테이블에 1년 열두 달 놓여 있는 랩톱 컴퓨터를 이용해 편안하게 시험 참가 이메일을 보낼 수 있기 때문이었다. 한번은 엄마에게 들고 다닐 것도 아니면서 왜 랩톱 컴퓨터를 샀냐고 물었던 기억이 난다. 심지어 충전기 플러그도 한번 안 뽑을 거면 도대체 왜! 차라리 구식 타워형 데스크톱 컴퓨터와 모니터가 쓰기는 더 편했을 텐데. 아무 데도 안 갈 거면 휴대용을 사는 의미가 없지 않은가?

엄마는 낸들 아냐는 듯이 어깨를 으쓱했다. "난 무릎 위에 빈자리도 없는데 이게 왜 랩톱 컴퓨터야?"*

그때는 엄마한테 한 방 먹었다. 컴퓨터를 '무릎 위'에 올려놓지 못하기는 나도 마찬가지였다. 앉아 있는 동안 내 몸의 그 부위는 배에 점거당했고, 어차피 모니터를 그렇게 아래쪽에 두면 끔찍하게 불편했다. 열차에서 랩톱 컴퓨터를 그런 식으로 사용하는 사람들을 본 적이 있는데 다들 허리가 구부정하게 굽어 있었다. 하지만 엄마가 원한 것은 그 구부정하게 굽은 자세였다. 평평한 허벅지 위의 휑한 빈자리, 그리고 그곳에 반듯하게 놓인 뜨뜻한 컴퓨터였다. 엄마는 엉덩이와 비행기 좌석 사이에 몇 센티미터쯤 빈틈을 갖고 싶어 했고, 가게 진열창의 마네킹이 입은 것과 똑같은 옷을 사서 입고 싶어 했다. 모두가 원하는 것을 엄마도 원했다. 존중을.

나도 그걸 원했던 것 같다. 다만 엄마처럼 고생해서 얻어야 할 만큼 소중한 것이라는 생각은 안 들었다. 게다가 다이어트 방법 중에 정말로 효과를 내는 것은 하나도 없었다. 그 **알약**이 나오기 전까지는.

그러니까 엄마는 늘 하던 것처럼 임상 시험 지원자 명단에 이름을 올렸고, 달력에 면담 날짜와 투약 횟수를 표시했다. 아빠는 못 말리겠

* '랩톱laptop'은 '무릎 위에 올려놓고 사용한다'라는 뜻이 있다.

다는 듯이 천장을 보며 부디 이번에는 엄마가 두 번 다시 똥을 못 쌀 거라며 울고불고하는 식으로 끝나지 않기를 바란다고 했다. 엄마의 등 뒤에서 눈이 마주친 아빠와 나는 동시에 빙그레 웃었다.

엄마는 아빠를 보며 혀를 차기만 했다. "진짜 말 좀 곱게 해, 칼. 당신이 해군이던 시절은 이미 오래전에 끝났어."

엄마가 새 임상 시험에 참가하느라 바빠진 사이에 아빠는 태블릿 컴퓨터를 톡톡 두드려 친구들과 보드게임 약속을 잡았다. 내 입가에 슬며시 웃음이 번졌다. 아빠가 조금이나마 재미있게 지내는 것이 흐뭇해서였다. 그 무렵 아빠는 꽤 기운이 없어 보였으니까. 바빠지기는 나도 마찬가지였다. 학교 영화 동아리인 '공상가들'에 가입했기 때문이었다. 우리 동아리는 바이러스에 걸린 미식축구 팀이 식인 괴물로 바뀌는 내용의 저예산 공포 영화를 2주에 걸쳐 매일 저녁 조금씩 촬영하는 중이었다(아니, 시나리오는 다른 친구가 썼다. 나는 촬영 담당이었다).

엄마는 알약을 먹고 평소 습관에 관한 질문에 대답하는 단계에 들어갔다. 그런 단계가 있다는 이야기는 전에 이미 여러 차례 들은 적이 있었고, 거기에 내가 말을 보태지 않는 편이 낫다는 것 또한 이미 배운 바였다. 하지만 나는 그 단계가 어떻게 진행되는지 훤히 알았다. 엄마는 멋진 옷을 입고 의자에 단정히 앉아 다리를 꼬려고 하지만, 결코 그 자세를 유지하지 못할 것이다. 한쪽 허벅지가 반대쪽 허벅지 위에서 천천히 미끄러져 양다리가 벌어지면서 의자 팔걸이 주위로 살이 축 늘어질 테고, 그러면 엄마의 몸은 뜨겁게 달궈진 보도에 널브러져 있는 물 풍선처럼, 원래보다 훨씬 더 평퍼짐해 보일 것이다. 평소 습관에 대해서는 결코 솔직히 대답하지 않을 것이다. 어쩌면 나는 엄마의 그런 점이 가장 싫은지도 모르겠다.

"그럼요, 운동은 날마다 하죠!"

(엄마는 하루를 통틀어 걷는 시간이 약 20분인데 딱 차에서 사무실까지, 다시 사무실에서 차까지만 걷는다. 러닝 머신에는 옷이 끼워진 옷걸이가 주렁주렁 걸려 있고 아령은 먼지와 고양이 털이 뒤섞인 회반죽 같은 물질로 보송보송하게 뒤덮여 있다.)

"바른 식습관에도 신경을 쓰는 편인데, 스트레스 때문에 안 좋은 습관이 생겼어요."

(비가 오나 눈이 오나, 기쁜 날에도 슬픈 날에도, 엄마는 매일 밤 10시면 아이스크림 세 덩어리를 퍼서 캐러멜 소스를 뿌려 먹었다.)

"솔직히 유선 때문인 것 같아요. 부모님도 두 분 다 덩치가 크셨거든요. 제 자매들도 그렇고, 사촌들도 대부분 그래요."

그 말은 사실이었다. 우리 집안 전체가 뚱뚱하니까. 일가친척이 마지막으로 찍은 단체 사진 속에서 다채로운 원색 티셔츠를 입은 우리 모습은 마치 바구니에 한가득 담긴 동글동글하고 잘 익은 과일들 같다. 나는 그 사진이 조금 마음에 들지만, 그런 사람은 아마 나 혼자였지 싶다. 사진의 구도도 좋았고, 사람들도 모두 행복해 보였는데. 보아하니 행복한 것만으로는 부족한 모양이었다. 엄마는 돈을 내고 그 사진을 받았지만 어디에도 걸어두지 않았다.

처음 몇 번의 면담 동안 굉장히 들뜬 엄마는 재잘재잘 떠들며 집에 돌아오곤 했다. SNS에 올리는 글에는 진정으로 혁신적인 시도에 참여해서 얼마나 흐뭇한지, 또 이번에는 성공할 것 같은 예감이 얼마나 강하게 드는지 따위를 적었다. 임상 시험에 관해 자세히 적는 것은 허용되지 않았다. 기밀 유지 서약을 맺었기 때문이었다. 나중에 든 생각인데, 엄마는 임상 시험의 자세한 부분까지 물어보는 사람이 없어서 안도했을 것 같다.

이번 시험이 전과 다르리라는 것은 첫 번째 비명 소리를 들은 밤에 일찌감치 깨달았다. 나는 자정이 한참 지날 무렵까지 뜬눈으로 앉아서, 오렌지색 석양에 물든 하늘 아래 윤곽으로만 보이는 미식축구장 골대를 향해 양팔을 쭉 뻗은 채 어기적어기적 걸어가는, 사람 고기에 환장한 미식축구 선수들이 찍힌 영상을 편집하려고 고군분투했다. 두 눈은 빠질 것처럼 욱신거렸고, 랩톱 컴퓨터는 CPU 아래쪽에 아이스팩 두 개를 넣어 식혀야 했다(그 랩톱의 연산 및 화상 구현 능력은 영상 편집 같은 작업에는 역부족이었다). 그러다가 새벽 4시에 그 소리를 듣고 화들짝 놀라 잠에서 깼다. 누가 머릿속에 조그마한 북을 집어넣기라도 한 듯, 심장 박동 소리가 귓속을 두들겨 댔다. 너무나 피곤하고 정신이 없었던 탓에 내가 무슨 소리를 듣는지도 제대로 파악하지 못할 지경이었다. 하지만 엄마 목소리였다. 엄마가 몸에 불이라도 붙은 사람처럼 비명을 지르고 있었다. 하도 오랫동안 쉬지도 않고 우렁차게 비명을 질러대서 도대체 숨은 어떻게 쉬는 건지 이해가 가질 않았다. 숨을 내쉬고, 내쉬고, 또 내쉴 뿐, 한 모금도 들이쉬질 않았으니까.

나는 복도로 뛰어나갔다가 앤드루 오빠와 똑바로 부딪혔다. 오빠도 나와 같은 곳으로 향하는 중이었다. 우리는 만화에 나오는 두 인물들처럼 배와 배를 맞부딪히고는 뒤로 털썩 주저앉았다. 그 광경이 내 머릿속에 또렷이 떠올랐다. 내가 만든 만화 프레임 속의 장면도, 그 장면에 덧입힌 효과음도. 그러나 당장은 웃거나 말다툼할 시간이 없었다. 우리는 벌떡 일어나 안방으로 부리나케 달려갔다.

안방 문은 잠겨 있었다.

"아빠!" 나는 판자 여섯 장을 붙여서 만들어 속이 비어 있는 문을 주먹으로 두들겼다. "아빠, 무슨 일이에요? 엄마 괜찮아요?"

아빠는 알아듣지 못할 소리를 길게 냈다. 엄마가 기차 화통처럼 악을 질러대는 통에 무슨 소리인지 알아들을 수가 없었다.

"구급차 부를게." 오빠가 외쳤다. 손에 이미 휴대 전화를 들고 있었다.

안방 문이 열리자 엄마의 비명 소리가 전력으로 우리를 덮쳤고, 오빠와 나는 둘 다 비틀거리며 뒤로 살짝 물러나고 말았다. 방문은 비명 소리를 아주 조금 줄여줬을 뿐이지만, 죽어라 비명을 지르는 사람이 우리 엄마인 이상 그 조금이 지니는 의미는 컸다.

문 앞에 아빠가 서 있었다. 희끗희끗한 머리가 꼭 삿대질하는 손가락처럼 사방으로 뻗쳐 엉망이었고, 그 손가락들이 한꺼번에 모두를 비난하는 것처럼 보였다. 아빠가 오빠를 향해 한쪽 손을 뻗었다. 표정은 찡그린 채였고, 눈은 휘둥그렜다.

"안 돼. 아무 데도 신고하지 마. 너희 엄마는 이것도 자기가 참가한 임상 시험의 일부라고 했어. 생각보다 더 심하긴 하지만, 15분만 있으면 끝날 거랬어."

앤드루 오빠는 휴대 전화를 내려다봤다. "내가 잠에서 깬 게 한 10분 전인데, 그때는 그냥 으르렁대는 정도였어요."

"으르렁댔다고?" 내가 물었다. "뭐라고 하면서 으르렁댔는데?"

오빠는 어이가 없다는 듯이 천장을 봤다. "넌 핵폭탄이 떨어져도 쿨쿨 자겠다."

아빠는 고개를 끄덕이고는 손목시계를 봤다. "이제 거의 다 됐어. 가만히 기다려 봐."

"아빠." 앤드루 오빠가 말했다. "옆집에서 이미 경찰에 신고했을 거예요. 소리가 엄청 크잖아요."

아빠의 표정이 더욱 일그러졌다. "이렇게 된 이상…"

비명 소리가 뚝 멈췄다. 우리 셋은 서로의 얼굴을 돌아봤다.

"칼?" 엄마는 기진맥진했는지 목소리에 힘이 없었다.

아빠는 굳은 표정으로 우리를 빤히 바라보다가, 이내 한 명씩 번갈아 쳐다봤다. "너희 둘 다 아무 데도 신고하지 마라. 아무한테도 말하지 말고. 엄마도 약간의 사생활 정도는 지킬 자격이 있어. 알았지?"

우리는 서로 마주 볼 뿐 아무 말도 하지 않았다.

엄마가 다시 부르자 아빠는 가버렸다. 방문 너머 저편으로.

나는 다시 잠들지 못했다. 앤드루 오빠도 마찬가지였을 것이다. 하지만 우리는 아침 식사 시간이 될 때까지 세 시간 동안 각자의 방에 머물렀다. 나는 영상 편집을 다시 시작했고, 이튿날 '공상가들'의 다른 회원들에게 보여줄 결과물에 꽤나 만족했다. 영화는 예정대로 완성될 터였다. 프로젝트가 있어서 정말 다행이었다. 그 덕분에 전날 밤의 괴상한 사건에서 관심을 돌릴 수 있었기 때문이다. 오빠는 분명 게임에나 접속했을 것이다. 오빠가 하는 일이라곤 그것뿐이니까.

벽 건너편에서 앤드루 오빠가 자명종 시계를 끄는 기척이 나더니, 뒤이어 오빠가 망가진 컴퓨터 의자에서 일어서며 내는 '끙' 소리가 들려왔다. 오빠는 나보다 훨씬 더 뚱뚱했고, 그래서 나는 오빠의 몇몇 습관을 보며 역겨워할 자격이 스스로에게 있다고 느꼈다. 오빠는 앉거나 일어설 때면 어김없이 목구멍 깊숙이서 나오는, 꼭 소가 우는 것 같은 소리를 냈다. 접힌 목살 사이에 끼어 있는 빵 부스러기가 눈에 띄기도 했다. 나는 **그 뚱뚱보들** 가운데 한 명이 되지 않으려고 부단히 애썼다. 강박적으로 청결을 유지했고, 피부는 흠잡을 데 없이 관리했다. 위팔이나 허벅지의 맨살은 어떤 자리에서도 결코 내놓지 않았다. 나는 뚱뚱한 것이 무례인 양, 무슨 트림 소리인 양 행동했고, 가장 좋은 대책은 내 뚱뚱한 몸을 남의 눈에 안 띄게 감추고서 언제나, 언제나 남에게 용서를 비는 것이었다.

그때 나는 아무것도 몰랐다.

앤드루 오빠가 나보다 먼저 계단에 도착했기 때문에, 나는 오빠가 기우뚱기우뚱 몸을 흔들며 천천히 계단을 내려가는 모습을 지켜보며 혐오감과 역겨움에 빠져들었다. 그 주에 지켜야 할 엉터리 다이어트 비결이 뭐였는지는 기억나지 않았지만, 나는 아침 식사의 양이 아무리 적더라도 오빠보다 더 적게 먹겠다고 속으로 다짐했다. 접시를 다 비우지 않고 뭔가 남길 작정이었다. 손가락을 쪽쪽 빨면서 더 달라고 우는 것은 오빠나 할 짓이었다. 나에게는 모두 수준 낮은 짓거리였다. 주방에 도착해서 보니 통밀빵 토스트와 썰어놓은 사과가 기다리고 있었다.

그리고 커피포트 앞에 엄마가 있었다. 20킬로그램이 넘게 빠진 모습으로. 엄마의 파자마 잠옷은 덩치가 훨씬 큰 언니에게서 물려받은 것처럼 몸에 헐렁하게 걸쳐져 있었다. 엄마가 컵을 들고 내 쪽으로 돌아서자 눈 밑의 시커먼 다크서클이 보였다. 하지만 엄마는 활짝 웃고 있었다. 엄마가 그렇게 환하게 웃기는 오랜만이었다.

"효과가 있어." 엄마의 목소리는 여전히 거칠고 피곤한 기색이 느껴져서 꼭 록 밴드의 콘서트나 철야 캠프파이어에 갔다 온 사람 같았다. "이번엔 정말로 효과가 있어."

우리 가족의 삶은 2주 동안 그런 식이었다. 아빠는 최선을 다해 안방 욕실에 방음 처리를 했다. 욕실 벽에다 카펫과 스티로폼과 달걀판을 스테이플로 박았다. 바닥에는 인터넷으로 싸게 산 두툼한 욕실 매트를 여남은 장 깔았다. 나중에 들었는데 아빠는 비명 소리를 조금이라도 줄이려고 엄마 입에 걸레를 물리려고도 했다.

"그런데 목구멍으로 삼켜서 질식하면 어떡하나 걱정되더구나." 아빠는 겁먹어서 동그래진 눈을 하고 그렇게 말했다. "이런 식으로는 오래 못 가. 네 엄마가 살이 빠지는 건 사실이지만, 난 깰 수도 없는 악몽 속에서 사는 것 같아."

엄마가 그 **알약**을 먹기로 한 때는 1년 전이었고, 그때는 아빠도 약에 관한 이야기를 더 스스럼없이 했다. 자기 사생활이 아니라 엄마만의 사생활이었을 때, 아빠는 그 문제가 얼마나 지저분한지 내게 털어놓곤 했다. 인터넷에서 찾아보면 그런 동영상이 나온다. 임상 시험은 처음 시작할 때부터 지금과 똑같았다. **알약**을 먹으면 지방 세포가 대변으로 배출되는 것이다. 처음에는 노란 것이 주체할 수 없을 만큼 많이 콸콸 쏟아져 나온다. 그래서 그렇게 비명을 지르는 것이다. 자기 몸의 일부를 단번에 20킬로그램이나 대변으로 싸버린다고 상상해 보라. 이제 사람들은 지방을 태우는 연소 방식 변기를 갖춘 특수 사우나에 간다. 아빠는 엄마 때문에 화장실 배관이 엉망이 돼서 수산화 나트륨 세정제를 상자째 사다놓고 배수관을 뚫었다고 했다. 세상에 그보다 더 끔찍한 건 없을 거라는 생각이 들었지만, 아빠는 그게 다가 아니라고 했다.

마지막에 엄마(그리고 엄마 같은 사람들 모두)는 남아도는 피부까지 모조리 대변으로 배출했다. 피부를 분해하는 과정이 있다는 말은 곧 튼 살이나 축 늘어지는 남는 살, 그러니까 갈고리에 걸어놓은 과발효한 빵 반죽처럼 몸에 털렁털렁 매달린 채 뚱뚱했던 과거를 사람들에게 고자질하는 살이 하나도 안 남는다는 뜻이다.

그건 꽤 대단한 비결이자, 복제 약이 출시되기까지 그토록 오랜 시간이 걸린 까닭이기도 했다. 연구진은 뉴스에서 그게 '영업 비밀'이라고 했다. '기적'이니 '돌파구'니 '역사적' 같은 말도 했다. 하지만 피부를 대변으로 배출하는 기적은 알고 보면 피와 콜라겐과 썩은 고기처럼 보이는 배설물에 지나지 않았다. 덜 징그럽지는 않았고, 다른 방식으로 징그러웠다. S자형 배관에 수산화 나트륨 세정제를 더 많이 부어야 했다. 아침 식탁에서 보는 엄마는 점점 더 많은 부분이 사라져 갔다.

임상 시험이 끝날 무렵, 엄마는 내가 알아보지도 못할 사람이 되어 있었다. 씻고 나서 물이 뚝뚝 떨어지는 상태로 몸무게를 재도 50킬로그램이었다. 연구에 참여한 의사는 엄마에게 체지방률이 18퍼센트이며 앞으로 평생 동안 그대로 유지될 거라고 했다. 엄마의 얼굴은 완전히 새로운 모양을 하고 있었다. 살에 파묻혔던 골격 구조가 이제는 또렷이 두드러졌고, 무엇보다 눈이 커다랗고 기다래졌다. 펑퍼짐한 잠옷 바지 아래로 골반의 윤곽이 보였는데 바지 끈을 질끈 묶은 허리가 이제는 너무나 가늘어져서 꼭 단단히 동여맨 빨랫감 주머니의 주둥이 같았다. 빗장뼈는 양쪽에 타코를 한 개씩 올려놔도 떨어지지 않을 것처럼 움푹했다. 툭툭 불거진 목뼈는 피부 밑에 닭 뼈를 넣어둔 것만 같았다. 심지어는 발까지 작아졌다. 엄마의 발이 한 치수나 작아진 탓에 나는 늘어나서 헐렁한 샌들과 운동화를 죄다 물려받았다.

그렇게 얻은 신발을 신어보면서 나는 꼭 엄마가 죽고 다른 여자가 집에 들어온 것 같다는 생각을 했다. 깊은 밤, 나는 엄마가 준 옷을 모조리 챙겨서 쓰레기통에 처넣었다. 후줄근하기도 했지만, 왠지 굴욕적이어서 입기가 싫었다. 왜 버리려는 충동이 들었는지는 나도 설명할 수가 없다. 다행히 엄마는 그 옷들을 다 어떻게 했냐고 묻지 않았다. 이제는 스스로에게 집중하느라 바빴기 때문이었다.

"드디어 실현됐어." 엄마는 눈물이 글썽글썽한 채로 내게 말했다. "우리한테 완벽한 몸을 선사하는 **알약**이 나온 거야. 원래 모습이야 어땠든 간에."

그리고 당연히, 엄마는 먹고 싶은 것을 마음껏 먹어도 괜찮았고 운동을 할 필요도 없었다. 약 성분의 혈중 농도가 유지되도록 소량의 **알약**만 계속 복용하면 엄마는 남은 수명 동안 계속 그 체중에 머물 수 있었다. 그리고 엄마는 자기 수명이 훨씬 더 길어질 거라고 생각했는데 이제 가는 곳마다 당뇨와 심장병의 위협을 달고 다닐 필요가 없으니 그럴 만도 했다.

그러던 어느 날, 집에 돌아와 보니 엄마와 아빠가 눈물 자국이 선명한 얼굴로 식탁 앞에 앉아 있었던 기억이 난다. 두 사람 다 운 것을 나에게 감추려 했다. 아빠는 스웨터의 숄칼라에 얼굴을 묻었고, 엄마는 손끝으로 재빨리 눈물을 훔쳤다.

"무슨 일 있어요?" 나는 딴 곳으로 시선을 돌리며 물었다.

"아무것도 아냐. 방금 당근하고 셀러리를 잘라 물에 담가서 냉장고에 넣어뒀어. 간식 먹고 싶으면 먹어."

엄마가 잠긴 목소리로 말했다. 정말로 울고 있었던 것이다.

나는 엄마의 슬픔과 엄마가 한 말의 내용을 모두 무시하고 개수대 위의 찬장 안을 뒤진 끝에 개별 포장된 초콜릿 컵케이크를 한 개 찾아냈다.

"난 됐어요." 그렇게만 말하고 주방을 떠나려고 했다.

"얘, 네가 보기엔 내가 너희를 버리고 떠나고 싶어서 이렇게 살을 뺀 것 같니?"

나는 그 자리에 멈춰 서서 마치 회전판에 놓인 물건처럼 빙그르르 돌아섰다. 전자레인지 속에서 돌아가는 피자처럼. 나도 모르게 나온 동작이었다. 그냥 계속 걸어갔어야 하는데.

"뭐라고요?"

아빠는 숄칼라에 얼굴을 더 깊이 묻었다. 엄마는 물기 때문에 번들거리는 눈으로 나를 바라볼 뿐이었다. "내가 살을 빼고 싶어서 안달하는 게 너희 때문이라고 생각한 적 있니? 그러니까, 내가 너희를 버리려고 그런다는 느낌을 받은 적이 있어?"

나는 엄마를 가만히 바라봤다. 나로서는 뭐라 할 말이 없었다. 그렇게 대놓고 티를 냈으면서 어떻게 본인은 모를 수가 있을까? 모든 다이어트가, 모든 계획이, 모든 연구가, 엄마에게는 우리와 같은 모습에서 벗어날 방법을 찾는 시도였다. 엄마가 스스로를, 그러니까 우리 모두와 똑같은 자기 모습을 바꾸려고 할 때마다, 우리는 배신당하는 셈이었다.

나는 아빠의 안색을 살피고 나서 나 때문에 벌어진 상황이 아닌 것을 알아차렸다. 아빠는 엄마가 이제 바람도 너끈히 피울 만큼 매력적으로 변했다고 자신한 나머지 *육체적으로* 자기를 떠날까 봐 걱정했다. 나는 순식간에 모든 것이 이해가 갔다. 내가 피임을 하는지 안 하는지 전혀 신경 쓰지 않았던 엄마도, 슈퍼마켓에서 다른 여자들을 흘끔거리던 아빠도. 남들 눈에 비치는 자기 외모에 그토록 신경을 쓰면서 마치 그것이 중요한 것인 양, 날씬하게 사는 것만이 살아볼 가치가 있는 유일한 삶인 양 굴었던 우리 가족 모두도.

그래서 나는 거짓말을 했다.

"아니에요, 엄마. 난 그런 생각 하나도 안 해요. 나하고는 상관도 없는데요, 뭐."

나는 두 사람을 내버려 두고 마음 편히 컵케이크를 먹으러 갔다. 그러고는 2학년이 시작되자마자 휴대 전화 화면에 설정해 둔 타이머를 들여다봤다. 내가 집을 떠나 대학에 가는 날까지 카운트다운을 하도록 맞춰둔 타이머였다. 그때 이미 집을 떠나고 싶었지만, 입학 원서는 여태 내지 않은 상태였다. 그때는 2년이라는 시간이 영원처럼 길어 보였으니까.

엄마와 아빠는 화해했던 것 같다. 우리에게 심각한 얘기는 전혀 해주지 않았기 때문이다. 어차피 그 무렵에는 죽은 사람들에 관한 뉴스 때문에 시끄러웠다.

평균이 얼마인가 하는 문제는 지금도 논의 중인데, 왜냐면 기저 질환을 배제하기가 불가능하기 때문이다. 하지만 사람들은 대략 열 명

중 한 명이라는 데에 동의하는 듯싶다. 초기 연구에서 참가자 30명으로 이루어진 각각의 실험 집단 가운데 열 명은 무투약 대조군, 열 명은 위약 대조군, 나머지 10명은 **알약**을 복용한 실험군이었다. 실험군 열 명 가운데 아홉 명은 대변을 봄으로써 스스로를 완벽히 탈바꿈시켰다. 다만 나머지 한 명이 문제였다. 이들은 변기에 앉은 채 축 널브러져 최후를 맞았다. 눈은 핏줄이 파열된 채였고, 심장은 수십 킬로그램이나 되는 신체 조직을 쉬지 않고 노폐물로 배출하느라 터져버린 상태였다.

치명률이 10퍼센트나 되는 약이 승인을 받을 거라고는 생각도 못 했지만, 그때 나는 너무 순진했던 것 같다. 실제로는 심사가 초고속으로 진행되어 1년도 안 돼서 식품의약국의 승인을 받았기 때문이다. 엄마는 광고에 나와서 그 약이 어떻게 삶을 되찾아 줬는지 얘기했지만, 사실 엄마는 예전에 그렇게 살아본 적이 없었다. 약이 엄마에게 준 것은 생판 남의 삶이었다. 아예 그려본 적도 없는 삶이었다. 광고 속에서 엄마는 청록색 스포츠 브라를 입고 화장을 짙게 했다. 나는 엄마를 아예 알아보지도 못했다. 엄마 곁에는 유명한 사람이 서 있었다. 약을 맨 처음 먹은 사람이었다. 그 여자 이름이 뭐였더라. 에이미 블랜턴.

그 광고가 기억나는가? "에이미 블랜턴 같은 몸이 되세요!" 블랜턴은 아이들을 낳고 나서 몸무게가 조금 늘었지만, 블랜턴의 **이전 사진**과 엄마의 **이전 사진**은 아예 서로 다른 종에 속하는 두 생물처럼 보인다. 광고 속에서 두 사람의 이전 모습은 *보정*을 거친 상태로 등장했다. 정확히 똑같은 키, 정확히 똑같은 체격으로. 화장으로 얼굴 윤곽을 살짝 강조하고 머리를 드라이로 부풀리자 두 사람은 쌍둥이처럼 바뀌었다.

엄마에게는 에이미 블랜턴 같은 몸이 있었으니까. 짧은 기간 동안이기는 했지만 사람들은 길에서 엄마를 멈춰 세우고 혹시 에이미 블랜턴이냐고 묻곤 했다. 그런 질문은 금세 지겨워졌다. 엄마가 텔레비전 광고 속의 쌍둥이와 하나도 안 닮은 척을 하는 동안 나는 육중한 몸으로 뒤뚱뒤뚱 걸어 그 자리를 떴다.

나는 엄마에게 일어나는 변화 때문에 점점 더 불안해하는 아빠를 지켜봤다. 주유소에서 웬 남자가 허리를 굽힌 엄마의 엉덩이를 힐끔거렸을 때, 아빠는 그 남자에게 벌컥 화를 냈다.

"차에 들어가 있어, 칼! 세상에, 별것도 아닌 일로 왜 소란이야. 그냥 칭찬이잖아!"

아빠는 차 안에 앉아 씩씩대면서도 자기 쪽 차 문은 닫지 않고 열어 놓았다. 아빠의 귀가 새빨갛게 변해 있었다. 앤드루 오빠는 휴대 전화로 게임을 하느라 정신이 없었다. 나는 화를 식히려고 애쓰는 아빠를 가만히 지켜봤다.

"아빠는 젊었을 때부터 엄마 때문에 질투해 본 적이 없죠?"

아빠는 무슨 황소처럼 콧김을 내뿜었다. "*퍽이나* 해봤겠다." 딱딱한 목소리였다.

"엄마도 10대였을 땐 섹시하지 않았어요?"

차 안 뒷거울로 본 아빠의 입술은 한일자로 굳게 다물어져 있었다. "네 엄마는 언제나 뚱뚱했어. 네 엄마는… 네 엄만 *내 여자*였다고, 젠장."

그 말에 나는 조금 충격을 받았다. 아빠가 엄마에 관해 그런 식으로 말한 건 그때가 처음이었으니까. 게다가 미식축구 선수였던 아빠가 그다지 완벽하지 않은 엄마와 결혼한 이유가 엄마 같은 여자는 절대로 바람을 안 피울 줄 알았기 때문이라고는 상상조차 해본 적이 없었다. 아빠는 그런 일이 절대로 없을 줄 알았을 것이다. 내가 데이트하러 나갔다가 잘못되는 일 같은 건 생길 리가 없다고 믿었던 엄마처럼. 뚱뚱한 여자애하고는 아무도 안 자려고 하니까. 안 그런가?

나는 앤드루 오빠를 바라봤다. 너무 뚱뚱해서 안전벨트도 못 매는 우리 오빠는 살이 축 퍼진 상태로 차 문에 기대어 있었다. 뚱뚱한 남자애들도 섹스를 할까? *자기 남자*가 될 거라고 생각해서 오빠를 택하는 여자가 있기는 할까? 상상도 하기 싫었다. 하지만 내가 우리 식구들 모두 딱하다고 생각하는 사이에, 엄마는 미끄러지듯 유연하게 차에 올라탔다.

"괜히 바보 같이 굴지 마, 여보." 엄마는 아빠의 무릎에 손을 올리고 그렇게 말했다. "아무것도 걱정할 필요 없어."

알고 보니 그 말은 거짓말이었다.

아빠가 **알약**을 먹겠다고 우리에게 밝힌 때는 식품의약국의 승인이 난 지 한 달쯤 지났을 무렵이었다.

나는 도저히 참지 못하고 엄마를 독살스럽게 노려봤다. 엄마가 먼저 살을 빼서 바람을 피울지도 모른다는 불안을 아빠에게 심지만 않았어도 아빠가 그 약을 먹겠다고 결심할 일은 절대 없었을 테니까. 앤드루 오빠는 그 소식을 듣고 다른 모든 소식을 들었을 때와 마찬가지로 툴툴거렸다. 오빠는 세상의 어떤 일에도 별 관심이 없는 것 같았다.

나는 우는 게 너무 싫지만, 그때는 왈칵 눈물이 터졌다. 엄마한테는 소리도 제대로 지르지 못했다. 그저 아빠를 설득해야겠다는 생각뿐이었다. 나는 몇 주에 걸쳐 갖은 수를 다 써봤고, 아빠가 투약을 시작한 날에도 끝까지 설득을 멈추지 않았다. 아빠가 운 나쁜 10퍼센트에 속할 거라는 예감이 들어서였다.

"열 명 중에 한 명이에요." 나는 너무 울어서 갈라지고 쉰 목소리로 아빠에게 호소했다. "아빠, *열 명* 중에 한 명이라고요. 이건 그냥 러시안룰렛보다 살짝 낮은 확률로 자살하는 거예요."

아빠가 누워서 빙그레 웃던 사우나 병원spa-hospital의 침대 밑에는 특수한 홈이 패어 있었다. 아빠가 입은 일회용 종이 가운을 보며 나는 종이옷을 입고 똥을 싸며 죽어가는 사람은 스스로를 얼마나 어리석게 여길지 생각했다. 그럴 만한 가치가 있는 일일까? 어떻게 그럴 수가 있을까?

"하지만 계속 뚱뚱한 채로 살다가 젊은 나이에 죽을 위험은 그보다 훨씬 더 커." 아빠는 다정한 목소리로 내게 그렇게 말했다. 아빠가 손을 뻗어 내 어깨를 잡자 종이 가운이 꼭 바람 부는 날 배수로에 굴러가는 쓰레기처럼 바스락거리는 소리를 냈다. "걱정 마, 우리 먼치킨. 다 하느님 손에 달린 일이니까."

내 생각에도 그런 것 같았지만, 내가 믿는 하느님은 뭐가 있으면 꼭 떨어뜨려서 박살을 내는 존재였다.

아빠는 세 차례 투약에 성공했다. 아빠에게 잔인한 짓을 한다는 느낌이 들었다. 그때 나는 슬슬 마음을 놓고 아빠가 괜찮을지도 모른다고 생각했으니까.

투약 이후 첫날 보러 간 아빠는 몸무게가 20킬로그램은 족히 줄어 있었고, 안색은 밤새 누구한테 얻어맞은 것 같았다.

"여보, 당신 정말 멋져." 엄마는 간드러지는 목소리로 그렇게 말하고는 아빠의 뺨에 입을 맞추고 아빠 머리를 품에 끌어안았다. 오빠는 오지 않고 집에 남았다. 나는 아빠를 위아래로 훑어보며 떠올렸다. 살이 녹아내리듯 사라지고 몸속에 있던 낯선 사람이 드러난 것 같았던 엄마의 모습을.

"괜찮아 보이네요." 내가 간신히 꺼낸 말이었다.

"내가 뭐랬어, 이 녀석아." 우리와 함께 앉아 있는 동안 아빠는 통밀 크래커를 조금 먹고 물을 아주 많이 마셨다. 엄마와 아빠는 손을 잡고 있었다.

나는 두 번째 면회는 가지 않았다. 너무 긴장된 나머지 배 속이 욱신거릴 지경이어서 도저히 아빠를 마주 볼 수가 없었다. 엄마는 스스로가 몹시도 만족스러운지 휘파람을 불며 집에 돌아왔다.

"아빠가 이제 마지막 단계에 들어갔어! 아빠의 진짜 모습을 너희한테 빨리 보여주고 싶은데 기다려야 하다니, 너무 힘들구나."

나는 그 자리에 멍하니 앉아서, 내가 진짜인지 생각해 봤다. 뚱뚱한 사람들은 가짜일까? 우리는 영혼이 없을까? 내가 하는 일은 하나도 중요하지 않은 걸까? 내가 그 일을 뚱뚱한 상태일 때 했다면? 전에는 그런 의문을 진지하게 생각해 본 적이 한 번도 없었지만, 부모 둘 모두가 나와 덜 비슷한 모습으로 변하려고 죽음을 무릅쓴 상황이 되자 나는 문득 수많은 것들에 관해 궁리할 수밖에 없었다.

이튿날 엄마가 전화를 받는 순간, 나는 무슨 일이 일어났는지 알아차렸다. 엄마는 그 전화가 올 거라고 예상하지 못한 기색이 또렷했다. 전화를 받기 전에 필요 이상으로 아주 조금 더 길게 전화기를 바라봤으니까. 우리 영화과 교수는 그걸 '박'이라고 한다. 음악의 박자에 들어가는 박, 심장 박동에 들어가는 박. 엄마의 반응은 한 박이 더 길었고, 그래서 내가 눈치를 챘던 것이다.

아빠의 심장은 한 박을 더 많이 뛰는 바람에 그만 멈춰버렸다.

오빠도 나도 엄마와 함께 시신을 수습하러 갈 엄두를 내지 못했다. 오빠는 아예 방에서 나오지도 않았다. 나는 그 이후 몇 주 동안의 기억이 그리 선명하지 않다. 드문드문 이상한 것들만 기억난다.

아빠가 입고 관에 들어갈 양복을 새로 사는 엄마의 모습이 기억난다. 원래 입던 옷들이 아빠에게 하나도 안 맞았기 때문이었다. 아빠는 이제 날씬해졌으니 화장되고 싶지 않을 거라던 엄마의 말도 기억난다. 관에 누운 아빠를 내려다보며 정말 잘생겼다고 말한 아빠의 보드게임 친구들도. 조문객들이 먹고 기운 내라는 뜻으로 들고 와서 우리 집 주방에 끝도 없이 늘어놓은 캐서롤 냄비와 케이크도. 밤에 환풍구를 통해 여러 번 내 방까지 들려온 엄마의 울음소리도.

그걸로 끝났어야 했다. 다른 사람들, 심지어 유명한 사람들이 죽을 수도 있었는데, **알약**은 하필이면 우리 아빠를 죽였다. 그걸로 끝이어야 했다. 이제 다 끝났고 앞으로는 영영 불법이라고 선포해야 마땅했다. 하지만 어떤 일도 그런 식으로 풀리지는 않는다. 세상은 제멋대로 우리를 상처 입히고 계속 나아간다.

우리가 아는 사람들도 마찬가지이다.

앤드루 오빠가 그 얘기를 꺼낸 순간, 나는 하마터면 소리 내어 웃을 뻔했다. 아빠가 그렇게 된 이상, 오빠가 그 일을 하도록 엄마가 허락할 리 없었다. 우리가 서로 끔찍이 아끼는 남매는 아닐지도 모르지만,

그래도 나는 오빠가 죽기를 바라지는 않았다.

엄마가 절대로 들어가지 않던 오빠 방에서 엄마 목소리가 들려왔다. 오빠 방은 늘 어두컴컴했다. 창문에는 암막 커튼을 쳐놓았고 조명이라고는 푸르스름하게 빛나는 모니터뿐이었으니까. 나는 둘이 이야기하는 소리를 듣고 오빠 방 문 앞에 바짝 다가갔다. 문에 귀를 갖다 댈 필요는 없었다.

"난 엄마 의료 보험에 피부양자로 올라가 있기엔 나이가 너무 많아." 오빠가 말했다. "그렇지만 1년 안에 복제 약이 나온다고 했어. 그러니까 약값이 더 싸질 거야."

"엄마가 보기에도 그게 최선인 것 같아. 그래도 입원비는 내야 해. 아빠가 남긴 보험금이 조금 있으니까, 그건 엄마가 내줄게. 아빠도 그러고 싶었을 거야."

나는 방문을 벌컥 열었고, 방에 들어서기도 전부터 악을 썼다. "아니. 아니야. 아니야. 아니라고. 아빠는 그런 거 원하지 않았을 거야. 아빠는 살고 싶었을 거라고. 오빠도 죽고 싶어?"

둘은 내가 온몸에 불이 붙은 채 문을 뚫고 들어오기라도 한 것처럼 나란히 나를 바라봤다.

"너 무슨 문제 있니?"

"그러게." 오빠는 비웃는 투로 말했다. "노크할 줄도 몰라?"

엄마는 양손을 허리에 짚은 자세로 말했다. "딸, 지금 이건 사적인 대화잖아."

"그게 무슨 상관이야." 나는 둘 모두에게 말했다. "우린 아빠를 묻은 지 얼마 되지도 않았어, 그런데 오빤 아빠를 죽인 **알약**을 먹으려고 하잖아. 도대체 어디까지 멍청해지려는 거야?"

오빠는 대수롭잖다는 듯이 어깨를 으쓱했다. "90퍼센트면 그래도 대단한 거잖아."

"그래봤자 죽을 사람은 죽어." 나는 제깍 맞받아쳤다. "그건 확률이 아니라 사실이야."

엄마가 다가와 내 팔꿈치를 잡더니 나를 문 쪽으로 끌고 갔다. "넌 지금 감정에 휘둘리는 상태야." 엄마가 말했다. 목소리에서 떨리는 기색이 느껴져 얼굴을 봤더니, 어두침침한 오빠 방의 파란 모니터 불빛에 비친 눈이 젖어 있었다. "나도 너희 아빠가 그리워. 하지만 그 이유 때문에 판단을 그르칠 순 없어. 네 오빠는 자기한테 가장 필요한 걸 얻어야 해."

"뚱뚱하게 사느니 죽는 게 낫다는 거잖아." 나는 엄마에게 쏘아붙였다. "그게 엄마의 진심이야?"

우리는 나란히 고개를 들려 앤드루 오빠를 바라봤다.

오빠는 자기 실제 몸무게를 내게 절대로 밝히지 않았지만, 나는 언젠가 오빠가 자기는 '200클럽 회원'이라고 말하는 걸 들은 적이 있었다. 오빠는 압도적으로 큰 셔츠와 허리에 고무 밴드가 들어간 반바지가 아니면 몸이 들어가지 않았고, 끈을 묶는 신발은 신으려 하지 않았다. 손가락도 너무 굵어서 스마트폰을 쓰기가 힘들 정도라 결국에는 입력용 펜이 딸린 전화기로 업그레이드를 했다.

앤드루 오빠는 우리 둘 모두에게 한숨을 쉬었다. "난 이제 지긋지긋해." 나를 보며 한 말이었지만, 울음을 터뜨린 쪽은 엄마였다. "집 안에만 처박혀 있는 것도 지긋지긋하고 내 엉덩이에 맞는 의자가 하나도 없는 것도 지긋지긋해. 사람들 눈총을 받는 것도, 남들 눈에 안 띄는 곳에 숨어서 뭘 먹는 것도 지긋지긋해. 야, 넌 그렇게 사는 게 지겹지 않아?"

나는 대수롭잖다는 듯이 어깨를 으쓱했다. "난 살아 있는 게 지겹다고 느끼진 않아."

나는 오빠를 설득하지 못했다. 엄마도 설득하지 못했다. 엄마는 오빠에게 입원비를 줬고 오빠는 스스로 병원에 들어갔다. 나도 둘을 따라갔지만, 혹시라도 마지막 작별 인사조차 못할까 봐 걱정돼서 그런 것뿐이었다.

투약을 시작할 때 앤드루 오빠는 스물네 살이었다. 그래서 오빠를 담당한 의사는 먼저 나이를 갖고 빈정거렸다. 의사가 오빠를 진료실 벽의 차트 옆에 세워놓고 노인 특유의 쿡쿡거리는 웃음소리를 내며 했던 말이 기억난다. "그래, 자넨 앞으로 키가 더 클 일은 없겠군. 그렇다면 아직 가망이 있을 때 옆으로 넓어지는 거라도 한번 막아볼까?"

오빠는 의사를 따라서 웃었다. 꼭 자신의 뚱뚱한 자아가 이미 다른 사람이 되기라도 한 것처럼. 심지어 비웃어도 괜찮은 사람이. 날씬한 우리 엄마도 덩달아 웃었다. 날씬한 사람들이 가는 천국의 어디쯤에서, 아빠도 웃고 있었을까? 거리에 나가보면 나는 이미 이례적인 존재였다. 로스앤젤레스나 뉴욕에서 뚱뚱한 몸으로 사는 건 분명 힘든 일일 것이다. 그런 사람들에 관한 기사를 읽은 적도 있으니까. 하지만 오하이오주 데이턴에서는 식당의 개별 칸이 좁아서 못 앉는 일은 절대 없었고, 어딜 갔을 때 실내에 뚱뚱한 사람이 나 혼자인 경우도 결코 없었다. 오빠가 **알약**을 먹을 무렵, 나는 그런 것들을 더는 기대할 수 없었다. 그로부터 1년 후에는 온 세상이 나를 둘러싸고 움츠러들었고, 나는 일찌감치 답답한 기분을 느끼기 시작했다.

퇴원하고 집에 돌아온 오빠는 아예 다른 사람처럼 보였다. 취미는 농구이고 별명은 '홀쭉이'인 남자 같았다. 아예 눈빛마저 초롱초롱했다.

"먼치킨, 너도 빨리 해. 이건 진짜 끝내줘! 그러니까, 엄청 징그럽고 진짜 아픈데, 그것만 끝나면 진짜 죽여준다고."

사람들은 내가 어렸을 적부터 다들 나를 '먼치킨'으로 불렀다. 내가 먼치킨 품종 고양이처럼 조그맣고 귀여워서가 아니라, 내가 고양이들이 그러는 것처럼 늘 뭔가 입에 넣고 오물거리기 때문이라고 했다. 나는 그 별명이 정말로 싫었고 앤드루 오빠도 그 사실을 알았다. 이제 남은 뚱보가 나 한 명뿐이라는 걸 일깨우려고 일부러 그 별명을 사용한 것이었다.

"오빠 꼭 관 속에 누워 있던 아빠처럼 보여." 내가 오빠에게 한 말이었다.

짧은 기간 동안 오빠는 바깥에 나가서 자신의 날씬한 삶을 즐겨보려 했지만, 어떻게 해야 하는지를 전혀 알지 못했다. 오빠는 아무하고도 대화를 나누지 못했다. 인터넷 친구들을 그리워했고, 햇빛과 소음과 자신을 평가하려 드는 사람들이 늘 주위에 있는 그 느낌을 싫어했다. 오빠에게는 새 몸이 있었지만 별 소용이 없었다.

나는 자기만의 게임 공간으로 다시 돌아가는 오빠를 지켜봤다. 고물이 된 게임용 의자는 회전축에 금이 가서 접착테이프가 감겨 있었지만 이제는 오빠의 몸무게에 눌려 푹 꺼지거나 고통스럽게 삐걱대지 않았다. 오빠가 날마다 한국의 어느 게임 서버에 들어가 키 큰 근육질 바이킹 전사 행세를 하느라 하루에 열네 시간씩 똑같은 자세로 손을 올려놓은 키보드는 딱 손이 닿은 자리만 반들반들 빛이 났다. 나는 새 몸을 하고 예전과 똑같은 삶으로 돌아가는 오빠를 보며 새 몸이 무슨 소용인지 궁금했다. 이제 오빠는 진짜 바이킹이었는데. 장화를 신고 집을 떠나 진짜 모험에 나설 수도 있었는데. 하지만 오빠에게 모험은 별 매력이 없었다.

집에서 나는 두 사람 사이에 낀 신세였다. 전에도 늘 같은 처지였지만, 그래도 아빠하고는 서로 잘 통하는 사이였다. 우린 한 팀이었다. 아빠가 나를 예뻐했던 것 같기는 하지만, 그렇다고 내가 아빠에게 버릇없이 군 적은 한 번도 없다. 그저 사이가 좋았을 뿐이다. 오빠는 말수가 적었고 엄마는 입을 다물 줄을 몰랐다. 아빠는 함께 얘기를 나누거나 말없이 나란히 앉아 있어도 기분이 나쁘지 않은 유일한 식구였다.

그런데 이제 나는 집안에서 유일하게 뚱뚱한 식구였다. 느리게 하지만 확실하게, 이모와 사촌들마저 **알약** 요법을 시작했다. 나는 '공상가들'의 친구들과 이러다 뚱뚱한 사람이 멸종 위기종이 되겠다는 농담을 주고받기 시작했다.

그 농담에 웃는 아이들도 있었지만, 친구 둘은 그 주제를 살려서 실제로 단편 영화를 만들어보자고 제안했다. 그래서 그 아이디어를 놓고 회의를 해봤지만 아이들은 대부분 내가 철창 속에 들어가 음식을 먹는 동안 사람들이 구경하는 장면을 찍고 싶어 했다. 내가 보기에 그런 영상은 뭔가 의미 있는 내용을 전달할 것 같지 않았고, 친구들은 날씬하고 재수 없는 인간이 되지 않는 법을 알지 못했다. 그래서 우리는 그 아이디어를 폐기했다.

그래도 엄마는 자신의 달라진 모습을 이용해 현실 세계를 조금이나마 더 즐기는 중이었다. 엄마는 늘 운동복을 입고 다녔는데 색깔이 화려하고 몸에 착 달라붙어서 꼭 무늬가 있는 뱀 가죽 같았다. 날마다, 엄마는 자신을 보는 사람들의 시선을 즐겁게 만끽했다. 이제는 환한 표정으로, 눈을 동그랗게 뜨고서, 다짜고짜 옆걸음으로 피하려 하지 않는 사람들의 시선을.

"이제 사람들이 저를 전보다 훨씬 더 친절하게 대해줘요." 어떤 인터뷰에서 엄마는 그렇게 말했다. "일상적인 교류의 방식이 완전히 바뀌었어요. 전 자식을 둔 엄마이자 과부라서 남들의 관심이 그렇게까지 필요하지 않은데도 말이에요." 그 말에 이어 엄마는 수줍은 듯이 웃었다. "그런데 집배원 아저씨마저 저를 보면 전보다 훨씬 더 반가워하지 뭐예요."

엄마가 관심을 원하지 않는다고 했을 때 나는 토할 뻔했다. 일찍이 엄마는 아무하고라도 좋으니 대화가 하고 싶어서 안달했고, 심지어는 남과 대화를 하려고 임상 시험에 지원해 주사를 맞고 최면에 걸리기까지 했다. 이제 엄마는 항상 포즈를 잡고 있고, 누가 자신에게 눈길을 주는지 보려고 주위를 유심히 관찰한다. 엄마에게 관심이란 아무리 맞아도 부족한 마약 같은 것이었다. 엄마는 여전히 밤마다 같은 양의 아이스크림을 먹었다. 소파의 푹 팬 자리 옆에, 한때 아빠의 몸이 꼭 들어맞았던 그 자리 옆에 앉아서. 아니야, 엄마. 엄마에게는 관심이 필요하지 않았어. 엄마는 **알약**을 먹었고, 자기가 아무렇지도 않았다는 이유로 **알약**이 아빠를 잡아먹게 했어.

알약은 그 이전의 어떤 상품보다 더 날개 돋친 듯 팔려나갔다. 원조 약, 복제 약, 불법 가짜 약, 유럽과 아시아에서 현지 기준에 맞게 만들어져 일사천리로 임상 시험을 통과한 갖가지 버전의 약들까지. 비만이라는 유행병의 치료약이 마침내 등장했던 것이다. 뚱뚱한 사람은 정말로 멸종 위기종이 됐다. 그래서 모두가 너무도, 너무도 기뻐했다.

열 명 가운데 한 명은 계속 죽었다. 평균값은 전혀 개선되지 않았다. 세계 어느 곳에서나 마찬가지였다. 자기 운을 시험했다가 도박에 실패한 유명인과 살짝 유명한 사람들을 위해 추모 공간이 만들어졌다. 이 지역의 의원, 저 지역의 코미디언 등이었다. 하지만 스스로를 더 낫게 바꾸려다 죽은 그들을 모두가 너무나 자랑스러워한 나머지, 모든 부고와 추도사에는 기괴하면서도 애통한 분위기가 감돌았다. 마치 그런 식의 죽음이 날씬해지는 것 다음으로 훌륭한 일인 것처럼. 이제 그들은 적어도 뚱보로 살 필요는 없다는 것처럼.

그리고 뉴스에서 그 약 이야기가 나오면 우리는 매번 입을 꾹 다물고 아빠 얘기를 꺼내지 않았다.

알약을 세상에 선보인 최초의 임상 시험에서 엄마가 성공을 거뒀을 때 나는 아직 어린애였다. 그때는 그 약을 10대가 복용하도록 승인한 나라가 한 곳도 없었다. 내 말을 오해하면 안 된다. 10대 아이들과 부모들 모두 열 명 중 한 명꼴로 죽는 치료법을 시도하려고 안달했으니까. 하지만 **알약**을 개발한 과학자들은 성장이 완전히 끝나지 않은 사람은 절대로 그 약을 먹어서는 안 된다고 명백히 밝혔다. 연령 하한선은 18세였지만, 과학자들이 추천하는 전적으로 안전한 최소 연령은

21세였다.

내 열여덟 살 생일에 엄마는 나를 위해 파티를 열어줬다. 엄마는 내 친구들을 모두(거의 다 '공상가들'이었다) 초대하고 뒷마당을 노란 장미와 풍선으로 장식했다.

아빠가 죽고 나서 우리 집이 그렇게 시끌벅적했던 적은 처음이었다. 엄마가 솜씨 좋은 제과점에 주문한 엄청 큰 레몬 케이크는 속에 커스터드 크림과 얇게 썬 딸기가 층층이 들어 있었다. 다들 신음 같은 목소리로 그 케이크가 얼마나 맛있는지, 달콤하면서도 얼마나 여름과 잘 어울리는지 얘기했던 기억이 난다. 사람들은 춤을 췄지만 나는 남의 시선이 너무 신경 쓰인 탓에 일어서서 함께 어울리지 못했다. 엄마는 음악 소리를 듣고 무슨 일인지 알아보러 대문을 열고 들어온 옆집 남자와 결국 함께 춤을 췄다. 그 남자도 몸이 마른 편이었는데, 나는 함께 춤추는 두 사람을 차마 볼 수가 없었다.

다 함께 돼지갈비 바비큐를 먹는 동안 나는 사람들에게 어느 대학에 합격했는지 거듭 얘기해야 했다. 노스웨스턴. 럿거스. 코넬. 그리고 UCLA.* 어느 학교를 고를 거냐고? 어, 그건 아직 결정 안 했어. 하지만 곧 정해야 해.

다만 속으로는 이미 정한 상태였다. 나는 예전부터 줄곧 영화 제작을 공부하고 싶었다. '공상가들'의 회원은 누구나 아는 사실이었다. 그 애들도 모두 UCLA나 USC**의 영화학과에 지원했다. 우리 중 몇 명은 합격했다. 단지 그곳이 영화 산업의 중심지에 있는 꿈의 학교이기

* 캘리포니아 주립대 로스앤젤레스 캠퍼스.
** 서던 캘리포니아 주립대.

때문만은 아니었다. 그곳은 내가 갈 수 있는 가장 먼 곳이기도 했다. 엄마는 자기 직업 덕분에 내가 오하이오주 안에 있는 대학이라면 어디든 공짜로 다닐 수 있다고 내게 상기시켜 줬다. 그 말을 몇 번이고 거듭할 때 엄마의 눈은 *'나를 떠나지 마'*라고 말하고 있었지만, 나는 내내 걸어가는 한이 있더라도 로스앤젤레스로 떠날 작정이었다.

생일 선물을 열어보는 시간. 할머니가 보내주신 선물은 보석 장신구였다. 할머니는 파티에 오지 않으셨지만, 그렇다고 원망할 수는 없었다. 할머니는 우리 아빠의 엄마였으니까. 레이스 양산은 내게 머잖아 햇볕을 가릴 도구가 필요할 거라 예상한 친구들의 선물이었다. 책과 음악과 기발하게 생긴 커피 잔. 만년필. 바야흐로 어른의 삶이 시작된다고 알리는 물건들이었다.

엄마는, 활짝 웃는 얼굴로, 나에게 **알약**을 줬다.

"실물을 줄 순 없지. 당연히." 엄마는 사람들에게서 웃음을 끌어내려고 주위를 두리번거렸다. 그 말에 웃는 사람은 거의 없었다. 뒤이어 엄마가 내게 아이패드를 내밀었다. "필요한 서류는 여기에 다 들어 있어. 네가 보호자의 동의를 받았고, 비용은 엄마의 의료 보험에서 지급한다고 증명하는 서류들이야. 그리고 추가로, 네가 묵을 사우나도 예약해 놨어. 거기 있다가 나오면 대학교 입학식에 맞춰 출발하기 전에 새 옷을 다 살 시간이 있을 거야." 엄마는 우리 아빠를 죽인 적이 없는 사람처럼 환하게 웃었다.

"무슨… 말을 해야 좋을지 모르겠어." 내 입에서 한참 만에 나온 말이었다. 내 심정을 솔직히 얘기했다가는 엄마가 내 학비를 안 내줄지도 몰랐고, 앞으로는 내 힘으로 살아가야 할지도 몰랐다. 나는 그 심정을 속으로 삼켜야 했다. 하지만 그렇다고 해서 **알약**을 삼킬 수는 없는 노릇이었다.

파티는 슬슬 파장 분위기가 났지만 옆집 남자는 끈질기게 머물며 엄마에게 집적댔고, 결국 엄마는 앤드루 오빠에게 문자 메시지를 보내서 아래층으로 내려와 그 남자를 내보내도록 했다. 나는 내가 받은 선물을 모두 챙겼다. 엄마에게는 최대한 공손하게 감사하다고 인사했다. 케이크는 한 조각씩 포장해서 집에 가져가고 싶다는 사람들에게 나눠줬다. 그러고 나서 나 혼자 부글부글 속을 끓였다.

나는 2주 일찍 UCLA로 떠났다. 엄마에게는 추수 감사절 연휴에 집에 돌아와 약을 먹을 예정이라고 얘기했다. 엄마는 미루고 싶어 하는 내 심정을 이해한다고, 나는 그저 운이 안 좋을까 봐 걱정하는 것뿐이고 그렇게 긴장하는 건 전혀 문제가 아니라고 했다. 로스앤젤레스행 비행기에 나를 태우며 엄마는 눈물이 그렁그렁했다.

비행기에 뚱뚱보는 나, 그리고 열 살쯤으로 보이는 아이가 한 명 더 있었다. 그게 다였다. 내 옆자리에 앉은 여자가 하도 툴툴거리며 우는 소리를 하는 바람에 객실 승무원이 공짜 음료수를 갖다줘서 입을 다물게 했다. 비행기에 타본 경험이 처음이었던 나는 좌석에 가만히 앉아 비행기란 게 원래 이렇게 불편한 건지 궁금해했다. 몇 줄 앞에 앉은 그 뚱뚱한 아이가 보였다. 한쪽 팔꿈치와 무릎을 통로 쪽으로 내민 채 앉아 있었다. 아직 다 자라지도 않았건만, 그 애는 비행기 좌석에 앉기에는 너무나 뚱뚱했다. 나는 그 애와 나란히 앉았으면 좋았겠다는 생각이 들었다. 우리는 서로를 인정해 줬을 테니까. 그건 가족을 되찾는 것과 비슷한 기분이었을 것이다. 다른 사람들은 모두 **알약** 몸을 지니고 있었다.

그리고 사람들의 몸은 언제나 모두 다 똑같았다. 굵다란 허벅지나 완전히 둥그런 엉덩이는 이제 보이지 않았다. 양쪽으로 축 늘어진 유방이나 뾰족하게 돌출된 가슴살이나 옆구리를 불룩하게 덮은 군살도 더는 존재하지 않았다. 모든 사람의 몸이 평평한 평면과 곧은 선으로 이루어져 있었다. 사람들은 단지 날씬하기만 한 것이 아니었다. 어째선지 모두가 똑같았다.

로스앤젤레스에서 목격한 변화는 충격적이었다. 이미 날씬한데도 더 살찌지 않으려고 **알약**을 먹는 사람들이 있다는 얘기는 전에 들은 적이 있었지만, 텔레비전과 영화에서 서서히 변화가 눈에 띄기 전까지 나는 그 얘기를 사실로 믿지 않았다. 개성 있는 체형들은 하나씩 하나씩 사라져 갔다. 모두가 에이미 블랜턴의 몸이었다. 우리 엄마 몸과 똑같이. 남자들은 모두 이선 페어뱅크스의 몸을 하고 있었다. 페어뱅크스가 이름 없는 일반인 남자들과 수많은 광고를 찍었던 바로 그 몸. 배우들을 구분할 단서는 얼굴과 머리 색깔, 서로 조금씩 다른 키 정도가 고작이었다. 여기저기서 죽는 사람이 나왔다. 가치 있는 죽음이야. 모두가 기도문처럼 속삭였다. 가치 있는 죽음이야, 가치 있는 죽음, 가치 있는.

나는 UCLA에서 몇 달을 보냈다. 동기들은 성격이 괜찮아서 곧바로 친해졌다. 나는 'UCLA'가 적힌 후드 스웨트 셔츠를 사러 교내 매점에 갔지만, 나한테 맞는 옷은 하나도 없었다. 옷들이 턱없이 작았다. 남자 옷 중에 가장 큰 사이즈를 확인해 봤지만 그마저도 내가 입으면 소시지 껍질처럼 착 달라붙을 듯싶었다. 나는 온 사방에 널린 그 대학생활의 상징을 지니지 않은 채 버티기로 마음먹었지만, 기분은 엉망진창이었다. 하나 사서 학교 로고만 오려낸 다음 내 몸에 맞는 사이즈의 옷을 월마트에서 사서 로고를 꿰매 붙일까 하는 생각까지 했다.

그랬는데 월마트가 특대 사이즈 옷의 판매를 전면 중단했다.

학교 안에는 내가 앉을 수 있는 책상이 없었다. 강의실 몇 군데는 기다란 책상과 분리형 의자가 있어서 괜찮았다. 하지만 1학년 강의는 대부분 널따란 대형 강의실에서 열렸고, 그런 곳에는 책상에 의자가 합쳐진 일체형 목제 의자가 줄줄이 놓여 있었다. 나는 그런 의자에는 죽어도 몸을 밀어 넣을 수가 없었다. 첫날 아니면 둘째 날에 정말이지 기를 쓰고 뒷줄에서 낑낑댄 끝에, 맨 아래쪽 갈비뼈 자리에 커다랗게 멍이 들고 말았다. 나는 날마다 통로에, 계단에, 아니면 뒤쪽 벽에 기대어 앉았다. 그곳에 나를 위한 공간은 하나도 없었다.

기숙사 방도 마찬가지였다. 침대는 폭이 좁았고 눕기가 무섭게 뼈대 전체가 삐걱거리는 소리가 났다. 화장실도 너무 좁아서 변기에 앉아 있으면 양쪽 벽에 허벅지가 닿을 정도였다. 룸메이트는 정말로 마른 아이였는데 **알약**을 먹지 않은 티가 났다. 생김새가 너무나 독창적이었으니까. 하지만 처음 한 주를 보내는 동안 그 애가 마른 까닭은 식사를 안 하기 때문이라는 것이 밝혀졌다. 같이 점심을 먹자고 몇 번 권유해 봤지만 대답은 늘 거절이었다. 나는 그 애를 구할 수가 없었다. 나 자신을 구하느라 바빴으니까.

하루하루 흘러간 끝에 추수감사절 연휴가 코앞으로 다가왔다. 엄마는 자꾸 전화해서 내가 이상적인 몸을 하고 학교로 돌아가면 정말로 멋질 거라는 얘기를 자꾸만 되풀이했다.

“그게 내 이상적인 몸일지 아닐지 잘 모르겠는데.” 나는 엄마에게 말했다. “그냥 전하고 다른 몸일 거 아냐.”

“넌 다른 여자애들처럼 연애하고 싶은 마음도 없니?” 짜증이 한가득 밴 목소리라 참고 듣기가 힘들었다.

나는 방 건너편으로 눈을 돌려 나와 같은 공간에 사는 여자애를 바라봤다. 브래지어 차림인 룸메이트는 숨을 들이쉴 때마다 등 피부에 갈비뼈 하나하나의 윤곽이 드러나 보였다. 책을 읽으며 아랫입술을 빠는 모습이 꼭 립글로스에 칼로리가 들어 있다고 믿는 듯했다.

“다른 애들이 가진 걸 나도 갖고 싶은지는 잘 모르겠어.” 나는 엄마에게 그렇게 말했다. 하지만 사실이 아니었다. 다른 애들은 대부분 아빠가 있으니까.

“너한테 뭐가 부족한지 넌 몰라.” 엄마의 말이었다. “집에 돌아와. 우리 다 함께 널 말끔하게 바꿔보자.”

“곧 갈게.” 엄마에게 그렇게 말하며, 나는 속으로 세어봤다. 내가 나 같은 모습을 하고 있다는 이유 때문에 남들 손에 목숨을 잃을 날까지 며칠이나 남았는지를.

내가 더는 그곳에서 못 버티겠다는 것을 깨달을 때까지 약 한 달이 걸렸다. 사람들의 눈총은 견딜 수 없는 수준에 이르렀다. 그렇다고 내가 로스앤젤레스에 마지막으로 남은 뚱보 여자애인 것도 아니었는데. 아니면 혹시 그랬던 걸까? 교정에서 마주치는 사람들은 내가 무슨 무더운 차고 속의 고양이 시체 같은 냄새를 풍기는 방사능 늑대 인간이라도 되는 것처럼 나를 피했다. 한번은 고향의 ‘공상가들’ 친구들에게 보내려고 셀카를 찍는데 누군가 커다랗게 헉 소리를 냈다. 사진 속에 찍힌 그 남자는 유령을 본 사람처럼 입을 쩍 벌리고 있었다.

그런데 어찌 보면 나는 유령이었던 것 같다. 나는 사라진 비만의 유령이었고, UCLA 교정의 널찍한 옥외 통로에 주로 출몰했다. 나는 사람들의 이전 모습이자, 사람들이 갖게 될까 봐 늘 두려워하던 모습이었다. 나는 내가 지닌 비만이라는 혐오스러운 힘에 점점 더 사로잡혔다. 나는 사람에게 일어날 법한 가장 끔찍한 상태였다. 분명 죽는 것보다 더 안 좋았다. 왜냐면 우리 아빠가 어딘가 땅속의 상자 속에 누워 썩어가는 것도 내 몸과 비슷한 몸뚱이에 갇혀 사느니 차라리 죽는 게 더 편하기 때문이었으니까. 나는 남들이 나 때문에 겁을 먹는 경우가 언제인지 잘 알았고 그 점을 내게 유리하게 이용했다. 나는 사람들의 공간을 차지했다. 내 뜨뜻한 숨결과 내 물렁한 팔꿈치가 어떤 느낌인지 그들의 뇌리에 새겨줬다. 나는 사람들의 공포를 먹고 살았다.

11월 초가 되자 나는 계절의 변화가 없는 그곳 기후에 적응하기가 힘들었다. 캘리포니아주의 태평양 연안 지대는 여전히 6월처럼 따뜻하고 화창했다. 고향이 그리웠지만, 집을 생각하면 구역질이 났다. 나에게는 위안이 필요했다.

나는 싸구려 팬케이크 전문점에 가서 '산더미' 메뉴와 커피를 주문했다. '무제한 팬케이크 특선'은 기숙사 남학생들 사이에서 언제나 가장 인기 있는 메뉴였고, 그 인기는 **알약**이 등장하면서 더욱 높아졌다. 먹는 걸 너무나 사랑하는 사람들이 과식을 하다가 인생까지 말아먹을지도 모른다는 걱정에서 마침내 해방됐기 때문이었다.

주인 여성이 부스에 앉히려고 하자 나는 어이가 없다는 듯이 주인을 쳐다봤다. 포마이카 탁자 상판이 명치를 찌르는 상태에서 묵직한 팬케이크 더미를 먹어 치우고 싶지는 않았다.

“테이블 자리에 앉을게요.”

주인은 화장실 바로 옆의 안쪽 테이블에 나를 처박았다. 그래도 상관없었다.

맨 처음 도착한 팬케이크 네 장이 뜨끈뜨끈하고 모양도 완벽해서, 나는 버터를 더 달라고 했다. 그러고는 팬케이크가 딱 알맞은 상태(버터가 녹아서 뚝뚝 떨어지지만 푹 젖어서 흐물흐물하지는 않은 상태)가 되자 큼지막하게 퍼서 조바심이 난 입에 집어넣고는, 다른 어떤 것도 주지 못하는 충만감에 나 자신을 맡겼다. 동물원에서 이렇게 맛있는 음식이 나온다면 설령 자기 종의 마지막 개체가 된다 한들 누가 신경이나 쓸까?

그리고 당연히, 사람들이 나를 쳐다보고 있었다. 사람들은 언제나 나를 쳐다본다. 그건 내 삶의 상수라서 나도 이미 익숙해졌다. 나는 그들을 무시했다. 뜨거운 커피를 꿀꺽꿀꺽 들이켜고 마지막 한 조각으로 접시를 닦아 먹었다.

“팬케이크 추가요.” 그렇게 말하자 웨이트리스가 접시를 가져갔다. 몇 분 후, 갓 구워서 뜨끈뜨끈한 팬케이크 더미가 다시 내 앞에 나타났다.

그때껏 나는 그 집에서 내가 팬케이크를 몇 번이나 추가할 수 있는지 알지 못했지만, 그날은 한번 알아볼 작정이었다.

그런데 이윽고 웬 남자가 내 테이블 건너편에 앉았다.

지극히 평범한 남자였다. 머리는 갈색, 눈도 갈색이었다. 황갈색 슈트 속의 몸은 **알약**이 만들어 준 것이었다. 나는 남자를 건너다봤다.

"무슨 용건이에요?"

남자가 내 입을 지그시 보기에 나는 가만히 기다렸다. "당신은 스스로가 얼마나 아름다운지 알아요?" 남자가 한참 만에 던진 질문이었다.

나는 하도 황당해서 허공을 쓱 올려다본 다음, 팬케이크에 버터를 바르기 시작했다. 아무래도 버터가 더 필요할 것 같았다. "꺼져, 이 변태야."

남자는 한쪽 손으로 자기 가슴을 짚었다. "잠깐만요, 무례하게 굴 생각은 없었어요. 난 진심이에요. 당신은 정말로 사랑스러워요. 정말로 귀하다고요. 당신 같은 여성을 못 본 지가 거의 1년은 됐어요."

내가 손을 흔들었지만 웨이트리스는 그 손짓을 보지 못했다. 나는 곰곰이 생각했다. 버터를 더 달라고 하고 싶었지만 버터가 도착하기 전에 팬케이크가 식어버리면 쓸모가 없었다. 나는 접시에 있는 버터를 박박 긁은 다음 팬케이크를 잘랐고, 그러는 동안 내 앞에 앉은 괴짜는 무시했다. 그저 사라지기만 바랄 뿐이었다.

남자는 헛기침을 하고 나서 커피를 주문했다. "부탁이에요, 식사하는 동안 내 얘기를 좀 들어줘요. 계산은 내가 할게요."

나는 한숨을 쉬었다. 공짜 음식만큼 동기 부여가 되는 것도 드물었으니까. 그래서 나는 남자가 앉아 있게 놔뒀다.

남자는 영화 촬영에 관해, 내가 로스앤젤레스에 온 목적에 관해 물었다. 나는 커피 몇 잔과 팬케이크 몇 접시를 해치우며 틈틈이 남자의 질문에 대답했다.

"처음 여기 왔을 땐 나만의 이야기를 만들 온갖 아이디어가 있었어요. 나만이 경험한 독특한 것들 말이에요. 지금 생각하면 웃기죠, 내 경험에 독특한 구석은 하나도 없었으니까요. 사람은 누구나 스스로를 독특하게 여기나 봐요."

남자는 자기 어깨 너머를 슬쩍 돌아본 다음, 커피에 넣으라는 뜻으로 크림 그릇을 내 앞으로 밀었다. "주위를 둘러봐요. 당신은 이미 독특한 존재나 다름없어요."

나는 대수롭잖다는 듯이 어깨를 으쓱했다. "아마도요. 하지만 내 이야기를 사람들이 이해하도록 풀어낼 방법이 없어요. 길거리에 다니는 뚱뚱한 사람들이 어떤 식으로 촬영돼서 뉴스 화면에 나오는지 본 적 있어요? 머리도 안 나오고 팔다리도 안 나오지만 몸통은 온 세상을 다 가릴 것처럼 펑퍼짐하게 나오고, 갈 곳이 아무 데도 없는 사람들처럼 늘 어슬렁거리는 모습으로 나와요. 사람들이 아는 이야기는 그게 다라고요. 우린 언제나 농담거리였고 언제나 투명 인간이었어요. 그런데 이젠 사라지게 생겼다고요. 애초에 존재할 의미가 없었다는 이유로."

"당신도 그래요?" 남자는 눈을 동그랗게 뜨고 물었다. "사라질 거예요?"

"당신 도대체 정체가 뭐야?" 나는 결국 묻고 말았다.

남자는 대답하는 대신 한숨을 쉬고는 자기 커피를 비웠다. "그건 밝힐 수 없어요. 하지만 당신한테 마음을 바꿀 계기가 될 만한 걸 보여줄 수는 있어요."

그때 내가 왜 보겠다고 했는지는 나도 모른다. 어쩌면 나한테 맞는 게 하나도 없는 학교로 돌아가기가 두려웠는지도 모르겠다. 어쩌면 단순히 **알약**을 먹을 건지 말 건지 묻는 질문에 대답하기 싫어서 그랬을 수도 있다. 어쩌면 나를 보는 그 남자의 눈빛 때문이었는지도 모른다. 남자는 나를 진지하게 보고 있었다. 무슨 풀어야 할 문제로, 아니면 세상이 제대로 굴러가지 못하게 방해하며 돌아다니는 골칫거리로 보는 것이 아니라.

나는 팬케이크 전문점 바깥에 주차된 그 이상한 남자의 차에 탄 다음, 남자가 보여주겠다는 것을 보러 갔다.

그 클럽은 산 위에 있었고, 멀홀랜드 드라이브 도로가 바로 옆을 지나갔다. 클럽이 자리 잡은 멋진 저택은 에이즈로 죽은 어느 몸 좋은 조각 미남이 할리우드의 황금기에 지은 곳이었다. 차에서 내려 흠잡을 데 없이 손질된 잔디밭에 발을 딛기가 무섭게 수영장의 소독용 염소 냄새가 확 끼쳐왔다. 분명 정원사들이 작업용 기계의 작동음까지 작게 낮추고 일할 법한 동네였다.

나를 데려온 이름 모를 남자는 돌이 깔린 길을 따라 차양 아래의 널찍하고 시커먼 현관문 쪽으로 걸어갔다. 그러다가 어깨 너머로 고개를 돌려 나를 힐긋 봤다.

"안 올 건가요?"

갈 생각이었다.

집 안은 처음에는 캄캄했지만, 환한 햇빛에 익숙했던 내 눈은 천천히 그 어둠에 적응했다. 시간이 조금 지나서 보니 실내는 그저 어둑한 정도였다. 거실은 아름답고 호화로운 가구로 장식돼 있었는데 질감과 깊숙한 푹신함을 강조한 의도가 또렷이 느껴졌다. 실내에 사람은 딱 한 명, 한쪽에 팔걸이가 달린 긴 의자에 앉아 책을 읽는 여성뿐이었다.

우리가 다가가자 여성이 고개를 들었다. 끝내주는 미인이었다. 빨간 머리에 입술은 도톰하고 몸매는 가운데가 몹시 잘록한 모래시계

같았다. 몸에 달라붙는 드레스는 남의 시선을 즐긴다는 명확한 증거였다. 그 여성은 에이미 블랜턴의 몸을 하고 돌아다니지 않았다. 스스로가 독자적인 원본이었다.

나와 함께 온 남자는 여성이 읽던 책의 윗부분을 손끝으로 두드리더니 이렇게 말했다. "초콜릿 전쟁 당시에 저는 아우구스투스 장군 밑에서 싸웠습니다."*

빨간 머리 여성은 고개만 끄덕일 뿐, 입도 뻥긋하지 않았다. 그러고는 앉은 자리에서 몸을 틀어 내게는 보이지 않는 곳으로 손을 뻗었다. 여성 뒤편의 책장이 옆으로 스르륵 움직이더니 그 안쪽에 진자줏빛 터널이 드러났다.

내가 남자와 함께 곁을 지나가며 고개를 끄덕이자 여성은 정체 모를 허기를 머금은 채 나를 보며 미소 지었다. 나는 우리가 어디로 가는지 도무지 알 수가 없었다.

우리는 방 몇 칸을 지나갔다. 저택의 내부 장식은 전체적으로 처음에 본 방과 스타일이 비슷했다. 육감적이고, 퇴폐적이고, 고급스러웠다. 저택 내부가 점점 더 드러날수록 나는 그곳의 모든 물건이 널찍하고 튼튼하게 만들어진 것을 깨달았고, 그래서 눈에 보이는 의자는 어떤 것이든 두 번 생각할 것도 없이 앉아보고 싶었다.

방을 지나갈 때마다 문틈으로 똑같은 광경이 보였다. 날씬한 사람들이 뚱뚱한 사람 한 명을 둘러싸고 가만히 바라보고 있었다. 그런 구경꾼들 가운데 일부는 울고 있었고, 일부는 눈에 띄게 흥분한 상태였

---

* 『찰리와 초콜릿 공장』의 등장인물 아우구스투스 글룹을 가리키는 말로 보인다.

다. 인종도 성별도 각양각색이었다. 차림새는 다들 번듯했다. 거의 모두가 똑같은 **알약** 몸매였다. 키가 크고 뚱뚱한 여성 한 명이 얄따란 천을 몸에 두른 채 터키풍 침대에 누워 있었고, 벌거벗은 그 여성의 몸에서 나른하게 늘어진 꿀 색깔의 살이 파도처럼 끝도 없이 출렁거렸다. 여성은 포도를 먹으며 누군가 들려주는 이야기에 웃음을 터뜨렸다. 침대 주위로 열 사람이 둘러앉아 그 여성을 지켜봤다.

예전의 앤드루 오빠만큼이나 뚱뚱한 남자 한 명은 글러브 낀 주먹을 페인트에 담갔다가 아무것도 없는 하얀 벽에 주먹을 날렸다. 그 남자가 우아한 조명 속에서 비디오카메라와 사진 카메라에 촬영되는 동안 사람들은 칭찬과 격려를 중얼거렸다.

그중 한 방에서는 작은 키에 몸의 굴곡이 중력을 거스를 만큼 몸집이 풍만한 흑인 여성이 기름에 젖어 번들거리는 양손으로 자신의 벗은 몸을 어루만지며, 더없이 흡족한 미소를 짓고 있었다. 여성 근처에는 남자 둘이 입을 벌리고 서서 끝없이 갈망할 뿐, 여성에게는 아무것도 청하지 않았다.

우리는 한쪽 끝에 둥그런 욕탕과 높이가 낮은 돌 벤치 몇 개가 있고 사람은 아무도 없는 방에 도착했다. 돔 모양 천장 때문에 우리 발소리가 웅장하게 메아리쳤다. 집 안이 따뜻했는데도 욕탕 물에서는 더운 김이 모락모락 솟았고, 바다에서 나는 것과 비슷한 냄새도 풍겨왔다.

"소금물이에요." 남자가 말했다. "염소 성분보다는 이게 피부에 훨씬 더 좋아요. 한번 들어가 볼래요? 누구랑 대화를 해야 하거나 뭔가 꼭 해야 하는 건 아니지만, 사람들이 와서 탕에 같이 들어갈지도 몰라요. 어때요?"

"수영복이 없는데요."

남자의 표정이 서서히 미소로 바뀌는가 싶더니, 이제부터 함께 음모를 꾸미려는 사람처럼 입이 스르륵 벌어졌다. "여기까지 오면서 못 봤어요? 그런 건 아무도 신경 안 써요."

"이 사람들 여기서 뭐 하는 거예요? 난 이런 거 필요 없어요."

남자가 휴대 전화를 꺼내어 내게 보여준 앱은 그 저택에서 이루어지는 돈의 흐름을 추적했다. 뚱뚱한 연기자들은 저마다 익명의 식별 기호가 있었고 각자 벌어들이는 돈의 액수가 실시간으로 집계됐다.

"제 말대로 한 두어 시간만 일해보는 건 어때요? 생각이 바뀔지도 모르잖아요. 여기서 지급하는 최소 단위 금액은 벌 수 있을 거예요. 거기다 팁까지 추가해서."

나는 전화기 화면 속에서 점점 커지는 숫자를 가만히 지켜봤다. "그냥 여기 앉아만 있으면 돼요? 남의 몸을 만지거나 할 필요는 없어요? 대화를 나눌 필요도 없고?"

남자는 고개를 끄덕였다. "옷을 벗고 있으면 더 좋겠지만, 그것도 반드시 해야 하는 건 아니에요. 그냥 뜨거운 탕에 기분 좋게 몸만 담그면 돼요. 어때요?"

미친 듯이 이상한 얘기였지만, 나는 당장 두 가지를 원했다. 첫째는 돈이었다. 고향으로 돌아가서 **알약**을 거부하겠다고 선언하려면 그 돈이 필요하다는 것은 거의 확실했다. 둘째는 아까 그 복싱하는 화가를 촬영하던 방으로 돌아가는 것이었다. 나는 이곳에서 벌어지는 광경들을, 비만인이라는 멸종 위기종의 이야기를 카메라에 담고 싶어서 좀이 쑤셨다. '공상가들'의 방식이 아니라 내 방식대로. 이곳과 비슷한 방식으로. 어둡게, 호화롭게, 유혹적으로.

나는 브라와 팬티 바람으로 물속에 들어갔다. 벌거벗은 것이나 다름없었다. 위아래가 다 하얀 면 재질이라 물에 젖으면 속이 훤히 비쳤으니까. 그 생각은 안 하려고 애썼다. 물속으로 내려가는 계단에 앉아 머리를 뒤로 젖히고서, 물에 젖은 목을 욕탕 가장자리에 기댔다.

사람들이 들락거리는 기척이 느껴졌다. 그들이 내게 소곤거리는 소리가 들렸다. 소금기가 풍기는 어둠 속의 목소리들은 내가 진귀하고 멋지고 보드랍고 고혹적이라고 말해줬다. 나는 아무 말도 하지 않았다. 뭔가 들었다는 시늉조차 하지 않았다.

몇 시간이 흐른 후에 이름 모를 내 안내인이 가져다준 북슬북슬하고 부드러운 수건은 넓이가 침대 시트만 했고, 라벤더 향기가 났다. 그 남자는 내게 고맙다고 인사한 후에 앱을 다운로드해서 돈을 받는 방법을 가르쳐 줬다.

나는 그곳에 세 시간 동안 머물렀고, 한 번에 가져본 금액으로는 태어나서 그때껏 가장 많은 돈을 손에 넣었다. 내가 휴대 전화 화면에 찍힌 숫자를 보는 동안 남자는 내 얼굴을 가만히 내려다봤다.

"내 이름은 댄이에요." 남자의 목소리는 부드러웠다.

"여기 주인이에요?"

"아뇨, 난 그냥 모집책이에요. 내 번호 가르쳐 줄게요."

내가 지켜보는 동안 댄은 내 전화기에 '댄 체즈 코퍼레이션'이라는 이름을 입력했다.

"내가 전화할 거라고 생각하는 이유가 뭐죠?"

나는 댄이 내가 방금 얼마나 많은 돈을 벌었는지 지적할 거라 생각했지만, 그 생각은 빗나갔다. 댄은 고개를 살짝 젓고는 이렇게 물었다.

"여기 말고 갈 데가 있어요?"

댄은 내가 젖은 속옷 대신 갈아입을 속옷을 갖다줬다. 원래 입었던 것보다 훨씬 더 좋은 옷이었다. 아주 예쁘고 만듦새도 훌륭하고 꼬리표도 붙어 있지 않았다.

"클럽에서 주는 선물이에요." 댄은 그 말을 남기고 내가 속옷을 갈아입도록 자리를 비켜줬다. 나를 위해 지은 맞춤 속옷처럼 꼭 맞았다.

기숙사에 돌아와 보니 룸메이트가 움찔움찔 경련을 하며 자고 있었다. 냉장고 속에서 그 애 몫인 절반의 공간에는 완숙 달걀 한 개와 저지방 우유 한 통뿐이었다. 선물로 받은 멋진 속옷을 그대로 입은 채 내 침대에 몸을 뉘자 신음하듯 삐걱거리는 소리가 났다.

그날 밤 꿈에 아빠가 나왔다.

그해에 법이 바뀌었지만, 바뀐 법률의 효력은 이듬해 1월부터 발휘됐다. 정확히 말하자면 비만이 불법이 된 것은 아니었다. 하지만 사실상 그런 것이나 다름없었다. **알약**을 거부한 사람의 체질량 지수가 25를 초과할 경우에는 건강 보험 가입을 거절해도 불법이 아니었다. 의도적 비만은 양육권 상실의 근거이자 해고의 정당한 사유가 될 터였다.

법이 앞장을 서면 문화가 뒤를 따랐다. 항공사는 승객 중량 제한을 강화했고 의류 회사는 **알약** 몸매가 입는 옷의 개성화 공정에 집중했다. 기자들은 우리 사회의 이단자인 비만인에 관한 기사를 썼다. 그들의 시민권을 박탈해야 할까? 비만 아동의 부모가 최대한 이른 시기에 자녀를 위해 **알약** 요법을 준비해 주지 않는다면 기소해야 마땅할까?

나는 단편 영화 제작 강의 시간에 제출한 시나리오 초안에서 비만

이단자들이 **알약**을 복용한 관객들을 만족시키려고 공연을 펼치는 비밀 모임에 관해 자세히 적었다. 교수가 나에게 돌려준 과제물에 적은 평가에 따르면 내 생각은 1.음란하고 2.비현실적이었다.

추수감사절 연휴를 앞둔 금요일, 엄마에게서 전화가 왔다.

"항공사 정책이 바뀌기 전에 끝내게 돼서 얼마나 다행인지 몰라. 오하이오주까지 기차로 오는 게 상상이 가니? 아무튼, 진 이모가 이번 연휴에 놀러오기로…"

"엄마. 엄마, 들어봐. 난 그거 안 할 거야."

"뭐를? 진 이모를 안 만날 거라고?"

"아냐, 엄마, 잘 들어봐. 나 **알약** 안 먹을 거야."

엄마는 잠시 말이 없었다. "우리 딸, 아빠가 돌아가셨을 때는 식구들 모두 힘들었어. 네가 불안해하는 거 엄마도 알아, 하지만 병원에선 유전적 요인은 없다고…"

"아빠 때문만이 아니야. 내가 죽을지도 모른다는 위험 때문만도 아니고. 그냥 하기 싫어. 난 지금의 나인 채로 살 거야."

엄마는 내가 꼭 하늘이 왜 파란색이냐고 아흔 번쯤 물어본 아이인 것처럼 한숨을 쉬었다. "약 때문에 네가 누구인지가 바뀌진 않아, 먼치킨. 그건 그냥 네 몸을 바꿀 뿐이야."

"나 집에 안 갈 거야." 나는 담담하게 말했다.

한참 동안 고성이 오갔고, 우리 둘 다 서로에게 모진 말을 퍼부었다. 그때의 기억은 다시 떠올리고 싶지 않다. 기억나는 것은 엄마가 울면서 했던 이야기인데 대강 이런 식이었다. "네 몸은 엄마가 너한테 준 거잖아. 엄마가 만들어 준 몸이야, 그런데 예전의 엄마 몸처럼 불

완전해. 엄마가 고쳐주도록 기회를 주면 안 돼? 엄마한테 실수를 바로 잡을 기회를 주면 안 되냔 말이야."

"난 내가 실수라고 생각 안 해." 나는 엄마에게 말했다. "그리고 집에도 안 갈 거야. 이번만이 아니라 영영."

전화를 끊고 나서 찾아왔던 끔찍한 침묵이 기억난다. 전화기를 꺼놔야겠다고 생각했던 기억이 나지만, 뒤이어 나는 그냥 놔두고 떠나도 된다는 것을 깨달았다. 모조리 다 버려도 상관없었다. 나는 카메라와 랩톱 컴퓨터만 챙기고 나머지 물건은 다 놔둔 채 기숙사를 나섰다. 심지어 옷도 안 갈아입은 채로.

건물 중정에 있던 사람에게서 전화기를 빌리려고 내 전화기를 도둑맞았다는 거짓말을 지어냈다. 그 여성은 내가 댄한테 전화하는 동안 옆에서 기다렸다. 나는 댄에게 내가 있는 곳으로 와서 데려가라고 했다.

차는 10분 후에 도착했다.

저택의 빨간 머리 여성은 암호를 묻지 않고 나를 들여보내 줬는데, 나로서는 댄이 댔던 암호를 기억하지 못했기 때문에 다행이었다. 자줏빛 복도를 따라 들어가니 전에 본 적이 없는 여성이 내게 악수를 청하며 자기 이름은 데니라고 했다.

데니는 펑퍼짐하고 치렁치렁한 카프탄드레스 속에 **알약** 몸매를 감추고 있었고, 머리에는 드레스와 같은 무늬의 머리띠를 두르고 있었다. 데니는 나에게 내가 쓸 방과 킹사이즈 침대, 나의 널따란 개인용 욕실, 내가 다른 사람들과 공유할 거실과 서재를 구경시켜 줬다. 그런 다음 와이파이 암호를 가르쳐 주고 저택의 경비 현황에 관해 설명해 줬다.

"당신은 여기 있고 싶은 만큼 있어도 돼요. 식사와 옷은 저택에서 제공해요. 몸이 불편하면 의사를 불러줄게요. 오락거리도 최고 수준으로 제공할 거예요. 떠나고 싶으면 언제든 가도 좋아요. 수고비는 들어오는 족족 자동으로 당신 계좌에 입금될 거예요. 지체 없이.

하지만 이 집의 위치나 이 집의 성격에 관해서는 아무에게도, 어떤 수단으로도 누설해선 안 돼요. 전화 통화도, 문자 메시지도, 이메일도 안 돼요. 사진과 영상은 촬영해도 좋지만 교란 장치가 있어서 위치 정보는 어떤 것도 붙이지 못할 거예요. 만일 이 한 가지 원칙을 어겼다가 들키면, 입고 있는 옷 외에는 아무것도 없는 채로 나가야 해요. 내 말 알아들었어요?"

나는 알아들었다고 했다. 데니는 어디론가 사라지더니 5분이 지난 후에 나에게 줄 새 휴대 전화를 들고 돌아왔다. 나는 새 전화기에 엄마가 모르는 은행 계좌를 등록한 다음 새 이메일 주소와 새 신상 정보, 새 신분을 만들기 시작했다.

나는 일에 익숙해졌다. 컵케이크를 먹었고, 레오타드를 입고 춤도 췄다. 밀크셰이크를 빨아 먹으며 시를 큰 소리로 낭송하기도 했다. 벨벳으로 감싼 긴 의자에 알몸으로 느긋하게 누워 있으면 사람들은 나를 보며 드로잉을 하거나 채색화를 그렸다. 그러다가 내 팬들에게 슬슬 말을 걸었더니 수입이 천장을 뚫을 듯이 치솟았다.

나는 저택의 수석 재봉사를 만났다. 명민하고 손끝이 여문 그 비만 여성은 이름이 채리스였다. 채리스는 놀라운 눈의 소유자라서 사람 몸의 치수를 실제로 재야 하는 경우가 거의 없었다. 채리스는 나에게 코르셋과 치마, 실크 파자마, 새틴 가운, 특수 의상과 망토와 각양각색의 속옷을 만들어 줬다.

채리스가 지은 옷을 입고 지낸 지도 몇 달이 지났을 무렵, 문득 옷가지 몇 점이 너무 조그맣다는 생각이 들었다. 내가 제일 아끼는 비키니 수영복이 내 몸을 꽉 조였다. 모양새가 꼭 미처 가리지 못한 부분을 슬쩍 강조하는 듯했다. 나는 사방에 거울이 붙은 방에서 그 비키니 수영복을 입고 나 자신을 촬영하며 어찌된 까닭인지 궁리했다.

내 가운 중에 몇 벌은 살짝 헐렁해진 느낌이 들었다. 입었을 때 내 몸에 딱 맞던 느낌을 생생하게 기억하는데도 그랬다. 나는 내 허리 및 엉덩이와 가운 사이의 빈틈을 동영상으로 찍었다. 옷감과 살갗 사이에 내 한쪽 손이 통째로 들어갔다.

채리스는 솜씨가 너무 훌륭해서 우연히 이런 실수를 할 리가 없었다. 거기에 숨은 뜻은 분명했다.

내 주위는 온통 가운과 토가를 입은 천상의 몸뚱이들이었다. 거대한 배처럼 풍만하게 살찐 몸들이 위풍당당한 함대를 이루고 수영장에서 유유히 헤엄치거나, 실크에 감싸인 채 침대 위에 나른하게 누워 있었다. 우리는 아름다웠지만, 이곳에서 미묘한 투쟁이 벌어지고 있다는 것은 모두가 아는 사실이었다. 그것은 우리를 더 뚱뚱하게, 더욱 뚱뚱하게 만들려는, 그리하여 우리 방으로 몰려들어 나직이 속삭이는 저 날씬한 일탈자들의 뭔지 모를 욕망을 충족시키려는 투쟁이었다.

우리는 두세 명씩 모여 헐렁한 옷이 무엇을 의미하는지 얘기하기 시작했다. 우리가 믿어도 되는 사람이 누구인지에 관해서도 얘기했다. 이 저택을 운영하는 사람이 누구인지, 그러는 목적은 또 무엇인지에 관해서도.

저택의 아래쪽 몇 층은 성매매를 하는 곳이었다. 나는 그 사실을 누구한테 듣지 않았는데도 어째선지 짐작이 갔다. 나이가 많은 비만인들의 눈빛을 보면 아래층 사람들이 내가 마음의 준비를 끝내기만 기다리는 중이라는 것을 알 수 있었다. 아무도 내게 압력을 넣지 않았다. 내 의사를 물어보는 사람조차 없었다. 어느 날, 나는 무작정 계단을 내려갔다. 문 앞에서 면봉으로 입속을 긁어 무슨 검사를 했고 결과가 나올 때까지 남들과 다 함께 15분을 기다려야 했다. 나는 음성 판정을 받고 안으로 들어갔다.

나는 그때껏 섹스를 해본 적이 없었다. 내 생각에 뚱뚱한 애들은 첫 경험을 늦게 하는 듯싶다. 남들은 모두 서로가 서로에게 잘 맞는지 알아보는 동안에도 나는 여전히 어째서 나 자신이 어디에도 맞지 않는지를 고민했다. 그랬던 것을 후회하지는 않는다. 나 같은 몸이 되는 것이 사람에게 일어날 법한 최악의 일인 세상에서 섹스 같은 것은 감히 상상할 수도 없으니까.

나는 그게 어떤 느낌일지 알지 못했다. 지금은 모두에게 이 정도로 좋았으면 하고 바란다. 지금은 열렬한 숭배자들이 앞다퉈 나를 사랑하고, 내 몸 구석구석을 만지고, 거듭 또 거듭 절정에 이르다가 지쳐 잠든 나를 보며 경이로운 듯이 중얼거리고, 그러는 동안 나는 애정 어린 손길과 노랫소리를 만끽하며 잠들기 때문이다. 나는 오랫동안 느긋하게 즐겼다. 그러면서 오로지 마른 사람들의 몸만 만지고 그런 사람들의 손길만 내 몸에 닿는 것이 어떤 의미인지는 생각해 보지 않았다. 나는 내 은행 계좌의 잔액이 하늘 높은 줄 모르고 치솟는 것을 지켜봤다. 그러면서 나를 보는 사람들의 눈 속에 무엇이 비칠지 나 스스로에게 묻지 않았다. 나는 생각하지 않는 뻔뻔함의 집합체로서 살아갔다.

집에 가겠다는 생각은 그만뒀다. **알약** 생각도 더는 하지 않았다. 나는 생각을 멈췄다. 더도 덜도 아니고 늘 똑같았던 예전의 나로 돌아갔다. 내 뚱뚱하고 또 뚱뚱한 몸뚱이로.

다시 생각을 하려고 했을 때 알게 된 사실인데, 생각을 한다고 해서 사는 게 편해지는 것은 아니었다.

나는 이곳에서 3년을 보냈고, 이제 다른 곳에서는 도저히 못 살 것만 같다. 사람들이 말하길 바깥세상에 나 같은 사람은 이제 없다고 한다. 여기 같은 곳만, 세상이 우리를 바꿔놓기 전에 우리 같은 사람 몇몇이 숨어든 이런 장소만 빼놓고. 이제 우리에게 먹을 것을 선물로 갖다주는 일은 절대로 허용되지 않는다. 다들 바깥세상 사람들이 우리에게 몰래 **알약**을 먹일까 봐 걱정이 이만저만이 아니기 때문이다. 나라는 존재를 알아채고 그렇게까지 분노하는 사람이 실제로 있을지도 모른다. 실은 그런 것도 생각하지 않기는 마찬가지다. 나는 그런 사람들을 위해 존재하지 않으니까. 나는 숭배를 받아들이고 숭배자들의 얼굴을 잊어버린다. 어차피 늘 다 똑같은 얼굴이므로.

가끔은 그 얼굴을 향해 카메라를 돌리고 물어보기도 한다. 여기서 뭘 하는지, 원하는 게 뭔지, 피하려고 그토록 애썼던 것을 어째서 일부러 찾으러 왔는지를.

그들은 어머니가 어쩌니 여신이 저쩌니 하는 소리를, 살덩이로 이루어진 포옹과 욕망의 충만이 어쩌고저쩌고 하는 이야기를 중얼거린다. 그 소리는 내가 머릿속으로 인식하는 내 목소리를 통해 들리는 것 같다. 그럴 때면 아빠가 생각나고, 하느님의 손도 생각난다. 아빠도 저 사람들 가운데 한 명처럼 굴었을까? 엄마 몸을 처음 알았을 때의 기분이 그리워졌을까?

나는 내가 찍은 영상을 로스앤젤레스에서 상영하면 어떨까 하고 생각한다. 나에게 언제든 원할 때 이곳을 떠나도 좋다고 얘기하던 데니를 생각한다. 언제든 내 몸을 떠날 수 있는 방법을, 누구나 쓸 수 있는 그 방법을 생각한다. 앤드루 오빠 생각, 자기 몸을 떠났지만 결국 아무것도 얻지 못한 우리 오빠 생각도 한다. 내가 원수처럼 대했던 오빠가 실은 나와 똑같은 모습이었다는 것도.

가장 낮은 층의 깊숙한 곳에서는, 아무도 모르게, 비만인들끼리 사랑을 나눈다. 이곳에 온 지 아직 몇 주밖에 안 되는 남자애가 있는데, 외국 출신인 그 애의 조국은 **알약**에 점령당하는 속도가 느려서 이곳에 그 나라 출신 신입이 아주 많다. 처음에는 말이 통하지 않았지만 우리는 함께 애쓴 끝에 지도에 없는 우리 사이의 나라를 발견했다. 그 애는 정말로 다정하고 수줍음이 많아서 무거운 자기 뱃살을 들어올리려고 열심인데, 그래야 내 안으로 미끄러져 들어온 후에 그 뱃살로 내 몸을 덮을 수 있기 때문이다. 마치 커튼처럼 따뜻하고 묵직하게. 그 애는 나에게 속삭인다. 다시는 돌아가지 않아도 좋다고, 이곳에서 귀엽고 뚱뚱한 아기들을 키우면 된다고, 우리는 다른 종이 될 거라고. 세상은 *호모 필루스*homo pillus, 즉 '알약 인간'이 물려받는 동안 *호모 리피두스*homo lipidus, 즉 '지방 인간'은 남몰래 숨어서 살아가면 그만이다.

"그래도 우린 살아갈 거야." 나와 함께 굵다란 우리 발목의 모양대로 세상을 다시 빚을 음모를 꾸미는 동안, 그 애가 내 귀에 대고 속삭인다. “우린 살아갈 거야.” 그 애가 말한다. 내 옆구리에 겹겹이 접힌 살들이 빚어낸 짠맛 나는 참호를 혀로 누비며. 배와 배가 만난 채로, 지방과 지방이 맞붙은 채로.

“우린 살아갈 거야.”

Charlie Jane Anders

If You Take My Meaning

나를 이해할 수 있다면

찰리 제인 앤더스

조호근 옮김

장편 소설 『한밤중의 도시The City in the Middle of the Night』의 작가다. 다른 저서로는 네뷸러상, 크로포드상, 로커스상 수상작인 『하늘의 모든 새들All the Birds in the Sky』, 람다상 수상작인 『성가대 소년Choir Boy』, 중편 소설 『록 매닝, 버티다Rock Manning Goes For Broke』, 단편 소설집 『6개월, 사흘, 다른 다섯 편Six Months, Three Days, Five Others』이 있다. '토르닷컴Tor.com', 《보스턴 리뷰Boston Review》, 《틴 하우스Tin House》, 《콘정션스Conjunctions》, 《판타지 앤드 사이언스 픽션》, 《와이어드 매거진Wired Magazine》, 《슬레이트Slate》, 《아시모프스Asimov's》, 《라이트스피드》 등의 매체와 여러 작품 선집에도 단편 소설을 기고한 바 있다. 단편 소설 「6개월, 사흘Six Months, Three Days」로 휴고상을 수상했고, 「요금을 부과하지 않는다면 고소하지 않겠습니다Don't Press Charges And I Won't Sue」로 시어도어 스터전상을 수상했다. 최신작은 새로운 영 어덜트 3부작의 첫 권인 『죽음보다 위대한 승리Victories Greater than Death』, 논픽션 『생존할 수 없다고 말하지 말라Never Say You Can't Survive』, 단편 소설집 『심지어 더 큰 실수Even Greater Mistakes』다. 찰리 제인은 또한 매월 〈작가와 술 한잔 Writers With Drinks〉 낭독 시리즈를 조직하고, 애널리 뉴위츠와 함께 팟 캐스트 〈우리 의견은 옳다Our Opinions Are Correct〉를 공동 진행 중이다.

홈페이지: www.charliejane.net

SF-Mania

Charlie Jane Anders

If You Take My Meaning

옮긴이의 말

이 단편은 작가의 장편 소설 『한밤중의 도시The City in the Middle of the Night』의 에필로그적 성격을 지니는 작품이다. 작품 속 행성은 항성을 향하는 방향이 고정되어 있으며 인류는 한쪽은 얼어붙은 밤, 다른 한쪽은 불타는 낮이 지배하는 식민 행성의 중간 지대에서 도시를 이루어 살아간다. 주인공 소피는 모든 시민의 행동을 통제하는 도시 '지오스판트' 출신이며, 다른 주인공 마우스는 사상과 철학에 따른 온갖 분파들이 지배하는 혼돈의 도시 '아르겔로' 출신이다. 혁명에 휘말려 도시에서 추방된 주인공 소피는 얼어붙은 밤 한가운데에서 외계인 겔렛들의 도시와 마주치고, 그들의 도움을 받아 자신과 세상을 바꾸려 시도한다.

그들은 이번에도 서로 엉겨 붙은 채로 깨어났다. 북적거리며 잠에서 깨어나는 도시의 소리를 들으며, 여전히 반쯤은 함께 나누는 꿈에 잠긴 채였다. 따뜻한 공기에서 이스트 냄새가 났다. 그들의 몸에서 풍기는, 그리고 아래층 빵집에서 흘러 들어온 냄새였다.

소피의 한쪽 곁에는 마우스가, 반대쪽 곁에는 알리사가 누워 있었다. 가득 쌓인 담요와 퀼트 패드 위였다. 알리사는 이렇게 훤히 몸을 드러내고 잠드는 일에 도통 익숙해질 수가 없었다. 평생의 절반을 비좁은 침낭에 틀어박혀 잠들어 왔으므로. 그러나 소피는 이곳에서는 누구나 이렇게 한다고 완고하게 주장했다. 소피 본인도 학업 때문에 이곳을 떠난 후로는 한동안 담요더미 위에서 자보지 못했지만, 어릴 적에 그런 환경에서 자라난 것은 사실이긴 했다.

"이제 갈 시간인 것 같아." 소피가 속삭였다. 알리사의 마음속에서 소피의 머뭇거림이 느껴졌다.

"그래. 계속 미룰 수는 없으니까." 알리사도 중얼거렸다.

소피는 마우스와 알리사의 몸에서 자신의 촉수를 조심스레 떼어냈다. 알리사는 두 번째로 잠에서 깨어나는 느낌이 들었다. 자기 심장 안쪽에 두 번째 심장이 있어서, 자기 생각 아래에 다른 부류의 속삭임이 흐르는 것만 같았는데, 순식간에 그 모두가 사라지며 알리사 홀로 남아버렸다. 순간 방이 더 싸늘해진 듯했다. 창문의 셔터가 열리기 시작하면서 어스름 속으로 햇빛이 들어오는데도.

알리사의 입에서 낮은 신음이 흘러나왔다. 관절이 삐걱거렸다. 옆으로 누워서 잔 덕분에 오른팔에 감각이 없었다.

"꼭 지금 할 필요는 없어." 소피가 속삭였다. "원하지 않는다면… 미루고 싶다면, 그래도 돼."

할 말을 찾을 수 없었기 때문에, 알리사는 대답하지 않았다.

마우스가 웃음을 터트렸다. "얘가 어떤 앤지 알잖아. 마음을 먹으면 바꾸는 법이 없다니까." 가벼운 목소리였지만 마땅찮은 기색이 묻어났다. 마치 알리사가 마음을 돌려 이곳에 남기를 원하는 것처럼.

소피의 촉수들은 가슴 바로 위, 평평한 가슴뼈 부분에 돋아나 있었다. 촉수가 붙은 부분의 피부는 타원형 반점처럼 색이 짙었고, 마치 완전히 아물지 않은 화상 자국처럼 붉은 기가 감돌았다. (몇 센티미터 떨어진 왼쪽 어깨에는 실제 화상 흉터가 있기도 했다.) 촉수를 처음 본 사람이라면 괴상한 장식품이나, 소피의 살점에 눌어붙은 별도의 생물체 군집이라 여길지도 모른다. 그러나 촉수가 실제로 몸에 이어지는 부분을 확인하고, 촉수를 가볍게 마음먹은 대로 다루는 모습을 본다면, 생각이 달라질 수밖에 없을 것이다.

소피의 촉수가 피부에 닿을 때마다, 알리사는 소피의 생각이나 기억을 느꼈다. 소피가 그녀에게 열어놓고 싶은 것이라면 뭐든지 흘러들어왔다. 그러나 셋이 함께 담요 더미에서 잠들 때면, 소피는 따로 뭔가를 공유하려 하지 않았다. 그저 꿈의 파편이나 가벼운 느낌 정도가 흘러들 뿐이었다. 마우스는 여전히 소피와 온전한 소통을 할 정도로 마음을 열진 못했지만, 함께 잠드는 정도는 감내할 수 있었다.

셋 모두 자기 나름의 끔찍한 악몽을 품고 있었지만, 그래도 이제 최악의 상황에서 서로를 달래주는 일에도 조금씩 익숙해지는 중이었다.

"이제 시작한다는 거구나." 마우스는 이미 리넨 셔츠와 거친 모슬린 바지를 입고, 자신의 폰초를 찾아 주변을 더듬거리고 있었다. "그 산을 오른다는 거지. 다음에 다시 만날 때는 너도… 너도 소피처럼 되어 있을 테고. 입을 열지도 않고 온전한 대화를 나눌 수 있게 되겠지. 너희 둘이서는."

마우스는 얼른 고개를 돌렸지만, 알리사는 이미 그녀의 얼굴에서 불안한 기색을 읽어낸 후였다. 마우스가 무슨 생각을 하는지 짐작조차 하기 힘들던 시절이 언뜻 떠올랐다. 정말로 아주 오래전이기는 했지만.

소피도 눈치를 챘는지, 잠옷을 입은 채 자리에서 일어나 앉았다. "그런 걱정은 할 필요 없어." 워낙 나직한 목소리라, 알리사는 제대로 들으려 몸을 기울여야 했다. "무슨 일이 일어나도 우리 셋은 함께니까. 그런 온갖 일을 함께 겪었잖아."

"맞아." 알리사는 이렇게 말하며, 주먹을 쥐고 마우스의 팔을 가볍게 때렸다. "외계인의 생체 이식 따위로는 우리 사이를 갈라놓을 수 없다고."

"응, 나도 알아. 안다구. 그래도…" 마우스는 웃으며 고개를 저었다. 마치 걱정하는 것 자체가 한심하다는 것처럼. "그냥 있잖아, 너희 둘이서만 아예 다른 언어를 사용하게 되는 셈이잖아. 나는 들을 수는 있어도 말할 수는 없을 테고. 나도 그런 변형을 받아들일 수 있으면 좋겠지만, 그럼 내가 아니게 될 거야. 내 생각은 내 머릿속에 있어야 하니까. 그래도… 너희 둘은 잠재력을 전부 끌어냈으면 좋겠어. 너희 둘의 발목을 잡기는 싫어."

알리사는 마우스의 왼쪽 어깨에 머리를 기댔다. 소피는 오른쪽 어깨에 턱을 올렸다. "지금 네가 말하는 방식으로도 충분해." 소피가 말했다.

"맞아. 우리가 알 필요가 있는 것들은 전부 말해주잖아." 알리사가 말했다.

알리사는 로맨스 소설을 읽으며 자랐다. 왕자와 결투와 비밀 만남과 구애와 첫 키스와 마지막 밀회로 가득한 세계였다. 예전이라면 현실은 그 절반만큼도 낭만적일 수 없다고, 파국에 빠진 연인과 비밀스러운 맹세에 깃든 낭만을 따라잡을 수 없다고 말했을 것이다… 그러나 지금은, 자신이 이 비좁은 방에서 발견한 사랑에 비하면, 그런 온갖 이야기들은 하나같이 싸구려에 얄팍해 보이기만 했다.

아주 잠시지만, 알리사는 모든 것을 무르고 싶어졌다. 올드마더산을 오르는 일을 미루고 다시 잠자리에 눕고 싶었다. 그러나 이내 그녀는 그 모든 미련을 떨쳐냈다.

그리고 부츠를 신었다.

"때가 됐어."

밀수꾼 시절의 알리사는 온갖 험난한 지형을 타고 넘나들며 살았다. 심지어 아무 보호 장구 없이 한밤중에 밖으로 나간 적도 있었다. 따라서 그녀는 올드마더산 정도는 아무것도 아닐 것이라 여겼다. 그러나 산을 반쯤 오른 시점부터 오금의 힘줄이 욱신거리고 허벅지에는 경련이 일어나기 시작했다. 옆에서 산을 오르는 마우스도 지쳐 숨을 헐떡이고 있었다. 멀쩡해 보이는 사람은 소피뿐이었다. 그녀는 손으로 붙들 곳을 찾으며 즐겁게 암벽을 기어오르고 있었다.

"젠장, 젠장, 젠장. 어떻게 이런 괴물을 기어오르는 일에 익숙해질 수가 있어?" 알리사는 가쁜 숨을 몰아쉬며 물었다.

소피는 그저 어깨를 으쓱이며 이렇게 중얼거릴 뿐이었다. "처음에는 다른 방도가 없었거든."

아래편으로 보이는 지오스판트는 어둡고 적막했다. 불빛 따위는 아예 보이지 않는 깔쭉깔쭉한 계곡일 뿐이었다. 단 하나의 예외가 있다면, 궁전 꼭대기에서 일렁이는 불빛이었다. 부섭정은 창문의 셔터를 닫아야 한다는 규칙조차도 도저히 따를 수 없는 모양이었다. 자기 백성 모두가 따르고 있는데도. 알리사는 아직 수리하지 않은 폭풍의 피해 현장을 바라보려고 몸을 틀었다. 떨어지고 싶지 않으니 반쯤만이었지만. 파괴된 잔해 더미도 눈에 들어왔다. 부섭정의 병력과 새로운 반란군의 전투가 조금씩 격렬해지다 마침내 포격전으로 이어진 곳이었다.

비앙카가 부섭정으로 오래 버틸 수 없으리라는 사실은 누구나 알고 있었다. 그러나 실제로 버티는 시간이 며칠일지, 아니면 남은 반생일지는 누구도 확신할 수 없었다. 알리사는 비앙카의 이름조차 입에 올리기를 꺼렸지만, 그 얼굴을 머릿속에서 지울 수는 없었다. 소피를 통해 두 사람의 기억이 계속 흘러 들어왔기 때문이다. 소피는 여전히 비앙카에 대해 복합적인 회한을 품고 있었고, 마우스는 비앙카를 가시밭길로 내몰도록 도왔다는 사실에 죄책감을 느끼고 있었다. 이 작은 가족에서, 부섭정에 대한 감정을 명확하게 정리한 사람은 알리사 혼자뿐이었다. 순수하고 열렬한 증오의 감정이긴 했지만.

등반 도중에 잠시 멈춰서 쉬고 싶은 마음은 간절했지만, 올드마더 산의 깎아지른 절벽에서는 마땅히 쉴 장소조차 찾기 힘들었다. 일행이 세 명이나 되니 더욱 그랬다. 게다가 거의 정상에 다 와놓고서, 잠시 쉬려다 미끄러져 떨어져 죽기라도 하면 정말 한심한 농담거리가 될 것이다. 공기는 갈수록 차갑고 희박해졌다. 알리사가 애써 유지하던 침착한 태도도 심각하게 흔들리기 시작했다.

"나 손가락에서 피 나는데." 마우스가 신음을 흘렸다. "손가락에서 피 날 거라는 이야기는 왜 안 해준 거야?"

소피는 대꾸하지 않았다.

세 사람은 정상에 도착했다. 정상은 동시에 무無의 경계선이기도 했다. 알리사의 눈앞에는 아무것도 보이지 않았다. (코가 맹맹해져서) 아무런 냄새도 나지 않았고, (주변에 있는 따뜻한 물건을 죄다 끌어다가 피부를 감쌌기 때문에) 아무것도 느껴지지 않았다. 불어닥치는 바람 외에는 아무런 소리도 들리지 않았지만, 이쪽은 이내 미묘하게 끔찍한 노랫가락으로 변해버렸다.

고향인 아르겔로에서, 어머니와 삼촌들은 알리사가 제대로 걷고 글자를 읽을 수 있는 나이가 되자마자 그녀를 공동체론자들의 초등 강습소에 보냈다. 또렷하게 남은 최초의 기억이었다. 어머니가 한쪽 손을 잡고, 그랜트 삼촌이 반대쪽 손을 잡고서, 함께 자갈길 모퉁이를 돌아서 주기적으로 강습소가 열리는 건물의 정문에 도착했었다. 소피와 마우스가 그녀를 두고 야단법석을 떨면서 다른 부류의 학교에 보내려고 애쓰는 모습을 바라보던 알리사는, 그 순간의 기억이 문득 머릿속에 되살아났다.

마우스는 알리사의 손에 가방 하나를 쥐어주었다. "납작 케이크로 최대한 꽉 채웠어. 소금빵도 좀 넣었고. 선인장 껍질 튀김하고 비슷한 맛이 나더라. 네가 제일 좋아하는 로맨스 소설도 몇 권 끼워 넣었어."

"고마워." 알리사는 마우스의 목에 팔을 둘렀다. 눈이 쓰라린 것이 바람 때문인지 눈물 때문인지, 아니면 양쪽 모두인지는 알 수가 없었다. "금방 돌아올게. 소피가 또 바보처럼 위험을 무릅쓰려 하면 막아줘."

"최선을 다해야지." 마우스가 말했다. "겔렛 애들한테 내 인사를 전해줘. 그리고 또…" 그녀는 머뭇거렸다. "아니, 됐어. 인사면 충분하지."

다음으로 소피가 알리사를 끌어안았다. "네가 얼마나 용감한지 믿을 수가 없네. 정확히 무슨 일이 벌어질지 알면서 겔렛의 도시를 방문하는 사람은 네가 처음이잖아."

"아, 그만 좀 해." 눈물이 터지려 하는 것이 분명했다.

"진심으로 하는 말이야. 네 행동이 영감이 되어 훨씬 많은 사람이 그 뒤를 따를 거야. 콧수염 밥 씨도 거의 준비가 된 것 같거든." 소피는 산의 희박한 공기 속에서 목이 메는 듯했다. "무사히 돌아와. 우린 네가 필요하니까. 사랑해."

"나도 사랑해. 너희 둘 다." 알리사는 다른 말을 꺼내려 했지만, 산 반대편의 어둠 속에서 거대하고 어둑한 형체가 일렁이기 시작했다. "젠장. 가야겠어."

알리사는 소피를 놓아주고 가방을 움켜쥐었다. 그리고 마지막으로 마우스에게 웃음을 지어 보인 후, 몸을 돌려 가장 가까운 겔렛한테서 뻗어오는 꿈틀거리는 촉수들을 마주했다. 한 쌍의 미끌거리는 살덩어리 밧줄이 허공을 헤집으며 그녀 쪽으로 다가왔다.

겔렛들은 이끼를 엮어 만든 모포로 알리사의 몸을 휘감고 촉수로 들어 올렸고, 그녀는 그 즉시 공포에 사로잡혔다. 움직일 수도, 빠져나갈 수도, 심지어 제대로 숨 쉴 수조차 없었다. 벼랑을 빠르게 내려가니 귓속이 찡하게 아파오기 시작했고 평형 감각이 사라지기 시작했다. 이미 소피에게 여러 번 이야기를 들었는데도 도저히 익숙해질 수 없는 느낌이었다. 알리사는 마음을 바꾸었다고, 전부 실수였다고, 가족 곁으로 돌아가겠다고 소리 지르고 싶었다. 그러나 겔렛들은 이해하지 못할 것이 분명했다. 물론 소리를 낼 수조차 없었지만.

그녀는 계속 아래로 내려갔다. 알리사는 지금 이 상황이 '다재다능한 운반책'의 여행용 침낭에 마우스와 함께 들어가 있는 것과 크게 다르지 않다고 생각하려 애썼다. 물론 지금 자신은 혼자고, 화장실을 가거나 기지개를 켜고 싶을 때마다 그냥 빠져나갈 수 없다는 차이가 있긴 했지만. 알리사는 최대한 꼼짝 않으려고 한동안 애썼지만, 어느 순간 이성이 끊겨버렸다. 그녀는 몸부림치고 비명을 지르며, 등뼈가 나갈 때까지 몸을 뒤틀었다.

문득 알리사의 머릿속에 기억 하나가 떠올랐다. 아르겔로의 낮 구역에서, 다른 '기회꾼' 무리들과 함께 웅크리고 숨어 있던 기억이었다. 천장이 낮은 지하실은 무더웠다. 와이드홈 작업을 망쳐버린 직후의 일이었다. (건물의 잘못된 부분에 불을 지른 것이 문제였다.) 루카스는 알리사 곁에 쭈그리고 앉아서 나지막한 소리로 화학식을 읊어대고 있었다. 불안을 이겨내려고 하는 버릇이었다. 웬디는 아무 소리도 내지 않고 몸을 꼼지락거리고만 있었다. 머리 위에서 울리는 퉁퉁거리거나 꾸륵거리는 모든 소리가, 알리사의 마음속에서는 자기네를 찾아내 죽이려 드는 제머슨 패거리의 소리로 바뀌어 들렸다. 지금껏 알리사가 가장 겁에 질린 순간이었다. 앞으로도 그를 넘어서기 힘들 것 같았다. 그러나 동시에 타인에게 가장 밀접한 감정을 느낀 순간이기도 했다. 모두가 떼놓을 수 없는 동료였다. 누구라도 다른 동료를 위해 목숨을 내놓을 수 있었다. 끔찍한 위험 앞에서도 함께라면 안전했다.

알리사는 언제나 그때를 인생 최고의 한때, 이상적인 순간으로 여기곤 했다. 서로의 온갖 결점이나 사소한 배신은 분명 알고 있었지만, 그래도 믿을 수 있는 동료들에 둘러싸여 있던 순간이었다. 솔직히 말하자면, 이후로 그때보다 훨씬 나은 친구들과 어울리게 되기는 했다. '다재다능한 운반책'들이라든가. 그러나 그녀의 감상은 여전히 변하지 않았다.

알리사는 무력해지거나 구속된 상황이나 낯선 타인에게 몸을 맡기는 일에는 별로 익숙하지 못했다. 그러나 어둠으로 뛰어든 것 자체가 그 모든 것을 감내하겠다고 다짐했기 때문이 아니었던가? 이제는 거의 검증되지 않은 수술을 받을 것이고, 그로 인해 속일 수 없는 진실을 공유하는 능력을 얻을 것이다. 외계인의 감각 기관 덕분에 위기 감지 능력 또한 엄청나게 확장될 것이다. 더 강해질 수 있다면 단기간의 무력감 정도는 충분히 감수할 수 있었다.

어느새 올드마더산의 기슭까지 내려온 모양이었다. 그렇게 흔들렸으니 알아차리지 못한 것도 어쩔 수 없었겠지만. 이제 아래가 아니라 앞으로 움직이는 느낌이 들기 시작했고, 촉수의 그물 안에서 몸의 위치도 살짝 바뀐 듯했다. 마침내 겔렛들이 걸음을 멈추고 조심스레 그녀를 꺼내주었다. 발을 딛은 곳에는 어둑한 토굴이 뻗어 있었고, 비탈길이 안쪽으로 이어졌다. 와이드홈 작업의 뒤처리 때보다 더 두려울 지경이었다. 적어도 다른 방향으로 더 두렵기는 했다.

겔렛들은 비틀거리는 그녀를 차분하게 토굴 안쪽으로 인도했다. 아무것도 볼 수 없기는 해도, 적어도 이제 자기 힘으로 움직일 수는 있었다.

알리사는 소피가 했던 말을 계속 머릿속으로 되뇌었다. 무슨 일을 겪을지 알면서도 겔렛의 도시를 방문한 인간은 자신이 처음이라고. 자신은 선구자라고.

어느덧 몸을 덮은 이끼 모포를 조금 벗어도 될 정도로 공기가 따뜻해졌다. 앞쪽에서 흐릿한 불빛이 보이기 시작했다. 제대로 겔렛의 도시에 입장하고 있는 것이 분명했다. 아무래도 '한밤중의 도시'보다는 나은 이름을 찾아야 할 듯했다. 조금 더 매력적이고 흥미를 불러일으킬 수 있는, 목적지로 삼고 싶다는 마음이 들 만한 이름으로.

"무슨 일을 겪을지 알면서 눈을 뜨고 여기까지 내려온 인간은 내가 처음이야." 알리사는 소리 내 말했다. 토굴 속에 메아리가 울릴 정도로 충분히 큰 소리로.

"사실 그건 아닌데." 앞쪽의 어둠 속에서 누군가 대꾸했다. "넌 두 번째야. 그것도 거의 비슷하게 훌륭한 일이지만. 그렇지?"

그의 이름은 제러미였고, 일리리안 팰러라는 이름의 예쁘장한 커피숍에서 소피와 함께 일했던 사이였다. 붉은 머리, 흰 피부, 초조한 손짓, 부드러운 목소리. 이미 겔렛의 도시에 한동안 있었던 듯했다. 그러나 지오스판트의 셔터가 여러 번 닫혔을 시간이 흘렀는데도, 아직 그를 변화시키는 작업에는 들어가지 않은 모양이었다. "내가 도시를 안내해 줄 수 있어. 나도 잘 아는 편은 아니지만. 널찍한 구역은 완전히 캄캄하거든." 미소를 머금은 것처럼 들리는 목소리였다.

"고마워. 현지 지식이라면 뭐든 감사히 받아들일 생각이라서."

제러미는 자신에 대한 정보를 계속해서 흘렸다. 자신의 흔적을 숨길 생각 따위는 조금도 없는 듯했다. 그는 지오스판트에서 엘리트 지배층의 일원이었고, 그곳의 화려한 학교 중 하나에 다녔지만, 잘못된 성별의 사람과 사랑에 빠지고 말았다. 빌어먹을 지오스판트의 동성애 혐오자들 같으니라고.

그래서 그는 지하로 숨어 들어가서, 스트레스에 시달리는 노동자들에게 커피를 제공하기 시작했다. 특권이라는 폭신한 구름만 밟고 다니는 작자들이 아닌, 진짜 땅을 딛고 사는 사람을 만나본 것은 그때가 처음이었다.

겔렛들은 어둠에 파묻힌 도시의 깊숙한 곳에 인간 방문자들을 위한 방을 하나 마련해 주었다. 흐릿하지만 조명도 있고, 옛 인간들의 모선에서 바로 가져온 식량 꾸러미도 있었다. 알리사와 제러미는 식량 꾸러미를 열어서 내용물을 서로 교환하고, 먼 옛날의 조상들이 만든 괴상한 음식들을 함께 먹었다. 사탕, 육포, 샌드위치, 달콤하고 끈적한 액체 따위.

고대의 음식을 함께 먹으며, 둘은 어울려 이런저런 대화를 나누었다. "이거 좀 먹어봐. 꽤 대단한데."

또는, "이건 제대로 영양소 공급이 안 될 것 같아. 그래도 실제 맛보다는 뒷맛이 나은 편이네."

알리사는 한동안 어스름 속에서 아무 말 없이 음식을 씹다가, 문득 한 가지 사실을 깨달았다. "아하." 그녀는 제러미에게 말했다. "네가 누군지 알았어. 소피의 새로운 능력을 부섭정에게 대항하는 선전 도구로 사용하려 했다는 그 사람이잖아. 소피한테 네 이야기 들었어."

"나도 네가 누군지 알아." 제러미는 몸을 앞으로 기울여, 얼굴을 그림자 속으로 묻었다. "부섭정이 지오스판트를 손아귀에 넣을 수 있도록 도와준 이방인 침입자 중 하나지. 비앙카가 편집증 발작을 일으키기 전까지만 해도 그 오른편에 서 있었잖아. 우리가 최근 겪는 고통은 전부 너희들 덕분이야."

조금 전까지 이 남자와 음식을 나누어 먹었다니, 믿을 수가 없었다.

"산책 좀 해야겠어." 이렇게 소리 내어 말하고 나니, 진심으로 그 계획을 실행에 옮겨야겠다는 생각이 들었다. 힘든 몸을 일으켜야 하고, 아차하면 거의 끝없는 계곡으로 떨어질 수도 있는 어두컴컴한 미궁으로 들어가야 한다는 뜻이었지만. 적어도 겔렛들이 그녀를 지켜봐 주기는 할 것이었다.

아마도.

알리샤는 목적지를 아는 사람처럼 걸음을 옮기려 했다. 다음 걸음으로 벽에 부딪치거나 벼랑에서 떨어지지 않으리라 확신하는 것처럼. 그녀는 팔을 흔들고 보폭을 넓게 잡으며, 지오스판트에서 벌어진 처참했던 정권 교체의 역사를, 그리고 자신이 수행한 역할을 되새기지 않으려 애썼다. 그저 잘못된 사람을 신뢰했을 뿐이었다. 그게 전부였다.

대체 자신이 여기서 뭘 하려는 걸까? 그녀는 자신의 과거를 이 도시보다도 깊이 묻어버리고 싶었다. 그러나 여기 있으면, 머지않아 자신의 모든 기억을 생판 낯선 사람들과 공유하는 능력을 얻게 될 것이다. 그리고 자신이 원하는 것보다 많은 기억을 공유하게 될 수도 있다는 사실은, 소피와 나눈 대화를 통해 잘 알고 있었다. 특히 처음 능력을 얻었을 때는.

그저 누군가와 무해한 대화를 나누려고 촉수를 뻗었다가, 자신이 소시오패스에게 충성을 맹세한 순간의 완벽한 기억을 풀어놓게 될 수도 있었다. 기회꾼들이 조각조각 흩어진 이후로 계속 찾아다니던 것을 얻었다고 생각하고, 두 번 다시 희망을 잃지 않으리라 믿었던 순간의 기억을. 아니면 모든 일이 끝난 후의 장면을 공유하게 될 수도 있었다. 현란하게 반짝이는 지오스판트 궁전의 벽 안에서, 갓 쏟아진 피의 바다를 헤치고 나가야 했던 순간을.

"이건 실수였어." 알리사는 어둠 속을 향해 말했다. "집에 가야겠어. 소피도 이해해 줄 거야. 마우스는 안도할 테고. 처음부터 여기 오는 게 아니었어. 저들이 나를 바꿔주겠다고 할 때, 그냥 싫다고 말하면 될 거야. 이해시켜야지. 그러면 나를 집으로 보내줄 거라고."

거의 제러미가 대답하기를 기대할 지경이었지만, 지금은 너무 멀리 있었다. 숙소에서 상당히 멀리 나왔기 때문이었다. 주변에 들리는 것이라고는 낡은 기계가 웅웅거리는 소리와, 주변을 돌아다니는 겔렛들의 앞다리가 바닥을 긁는 소리뿐이었다.

"내가 이걸 견딜 수 있을지 확신이 없어." 간신히 어둠 속을 더듬거리며 숙소로 돌아온 다음, 알리사는 제러미에게 이렇게 털어놓았다. "내 과거로 다른 사람들에게 고통을 줄지도 모른다고 생각하면 너무 끔찍해."

"뭐라 해도 나는 끝까지 갈 거야." 잠시 후 제러미는 이렇게 대답했다. "소피가 그 능력을 내게 선보인 순간 내 눈을 의심했어. 그 정도로 조직을 규합하는 데 유용한 도구가 존재한다니. 그 능력이면 새 반란군의 체질을 완전히 개선할 수 있을 거야. 사람들이 그 어떤 의혹이나 왜곡도 없는 진실을 직접 알아볼 수 있을 테니까."

알리사는 제러미를 피하고 싶었다. 아니면 적어도 그 독선적인 수다라도 막아버리고 싶었다. 그러나 주변 수천 킬로미터 안에 존재하는 인간이라고는 그들 둘뿐이었고, 이내 알리사는 자신이 다른 인간의 목소리 없이는 그리 오래 견딜 수 없다는 사실을 깨닫게 되었다.

알리사가 입을 열었다. "그러니까, 이제 조금만 있으면 완전히 새로운 종족의 선구자가 될 텐데도, 너는 그 능력을 정권 교체용 신병 모집 수단으로 사용할 생각만 한다는 거네? 다른 누군가 등장해서 너를 쫓아낼 수 있게 말이야? 내가 보기에는 조금 낭비 같은걸."

"적어도 나는," 제러미는 울컥해서 소리쳤다. 그러다 그는 천천히 숨을 몰아쉬며 몸을 뒤척였다. 어스름 속의 그림자가 마치 몸을 움츠리고 있는 것처럼 보였다. "단순히 네 친구 비앙카를 끌어내리는 걸로 끝나는 문제가 아니야. 그게 다가 아니라고. 중요한 건 흐름을 만들어 내는 거야. 나는 커피숍에서 오랜 시간을 보내면서, 몸부림을 목소리로 바꾸는 방법조차 모르는 사람들의 이야기를 정말 많이 들었어. 우리한테는 새로운 방식의 정치가 필요해."

"우선 비앙카는 내 친구가 아니야. 나도 그 여자를 증오해. 너는 절대 이해할 수 없을 방식으로." 알리사는 직사각형의 납작한 사탕을 더 찾아내서 한 조각을 베어 먹었다. "하지만 더 많은 사람이 혼성체가 되고, 소피처럼 공유하는 방식을 배우게 된다면, 단순히 정치적인 이득 이상의 뭔가를 얻을 수 있을지도 몰라. 새로운 공동체가 생길 거라고. 생각만이 아니라 자원도 공유할 수 있게 될 거야. 겔렛들과 힘을 합칠 수 있을 거야."

"그래, 물론. 언젠간 그렇게 되겠지." 제러미가 말했다.

"언젠가가 아니야. 곧이지." 알리사가 말했다.

"사람들이 그런 이상을 받아들일 거라고 생각하는 이유가 뭔데? 너 자신도 그걸 감내할 생각이 없으면서?"

알리사는 신음을 흘렸다. "잘 들어. 내 말은… 이런 일을 할 때는 올바른 이유가 필요하다는 거야. 아니면 끝이 안 좋을 테니까. 자신을 잃게 될 거라고. 아르겔로에서 그런 일을 한두 번 본 게 아니야. 충성이나 사상이나 그런 온갖 것들 때문에 모든 것을 불사르는 사람들이 잔뜩 있었다고."

그들은 잠시 대화를 중단했다가도, 이내 다시 말다툼을 시작하곤 했다. 다른 할 일이 없기도 했다. 게다가 이야기를 들어보면, 제러미는 소피가 진정 누군가를 필요로 했던 시기에 좋은 친구가 되어줬던 듯했다. 따라서 알리사는 제러미가 자신의 기억을 선전용 도구로 바꿔서 스스로의 정신이나 마음 같은 것들을 망치는 모습을 보고 싶지 않았다.

"조심하면 될 거야." 제러미의 목소리는 스스로 확신하려 애쓰는 것처럼 들렸다. "사람들이 봉기하고 싶게 만들 만한 기억과 생각만 공유하면 돼. 나머지는 내 안에 간직해 둘 거야."

"그럴 수도 있겠지." 알리사는 이렇게 말하는 것이 고작이었다.

지오스판트인들은 억압의 힘을 지나치게 믿는다. 건전하다고 말하기 힘들 정도로. 어쩌면 그저 현실적인 것일지도 모르지만.

"겔렛들에게 물어볼 수 있었으면 좋겠어." 어둠 속에서 몸을 푸는 것처럼 움직이면서, 제러미는 말을 이었다. "끔찍한 역설이잖아. 혼성체가 되는 일의 장단점에 대해 대화를 나누려면 우선 혼성체가 되어야 한다니."

알리사는 다시 수런거림으로 가득한 어둠 속으로 산책을 나갔다. 공포에 질려 혼자 머릿속에서 비명을 지르기도 했다. 그녀가 다시 돌아오자, 제러미는 이렇게 말했다. "어쩌면 네 말이 옳을지도 몰라. 내가 후회하게 될 수도 있겠지. 어쩌면 사람들을 모아들이는 일은 예전

방식대로 하는 게 맞을지도 몰라. 천천히 신뢰를 얻으면서 말이야. 나도 모르겠어. 이젠 나도 막다른 골목이거든."

알리사도 천천히 깨닫고 있었다. 제러미가 혼성체가 되지 않도록 말리는 과정을 통해, 그녀는 자신이 혼성체가 될 수 있도록 설득하고 있었던 것이다. 그녀 입장에서는 소피를, 그리고 더 높은 경지의 교감을 믿을 수밖에 없었다. 알리사는 다른 기회꾼들과 함께 찌는 듯한 지하실에 웅크리고 있던 기억을 다시금 떠올렸다. 그리고 그 광경을 소피나 마우스나 다른 사람들과 공유하는 상상을 했다. 그 순간이 오로지 자신만의 것이 아니게 된다면 무슨 일이 일어날까? 그걸 알고 싶었다.

겔렛들이 키틴질 몸으로 알리사를 둘러싸고 쌍날 집게발을 열었다. 알리사는 몸을 앞으로 기울여서 매끄럽고 굵은 촉수에 코를 붙이고 냄새를 맡았다. 겔렛의 촉수는 소피의 가슴에서 돋아난 것들의 살짝 큰 친척 같은 생김새였다.

알리사는 기름기 비슷한 자극적인 냄새에 잠시 압도당했다. 뒤이어 겔렛이 인지하는 방식으로 세상이 보이기 시작했다. 눈앞의 겔렛은 자신이 감지하는 인간의 형상을 알리사에게 보여주었다. 그리고 어떻게 그 몸을 가르고, 그녀의 심장과 허파와 소화 기관에 들러붙을 외계의 살덩어리가 들어갈 공간을 마련할지를 보여주었다. 알리사는 지나치게 움찔거리다 결국 연결을 끊어버리고 말았다.

그러나 겔렛들이 수술실 또는 안전한 귀갓길이라는 선택지를 제공하자, 알리사는 조금도 망설이지 않고 옷을 벗기 시작했다.

알리사는 언제나 고통 따위는 시시하다고 말해왔다. 가장 지독한 고통이래 봤자, 단조로운 특정 감각이 지나치게 오래 한곳에 머무는 것뿐이라 여겼기 때문이다. 그러나 이런 격통을 느껴본 것은 지금이 처음이었다. 총에 맞거나 칼에 찔리거나 사슬을 차고 지하 감옥에 들어갔던 때와도 달랐다. 소피는 이 수술이 그저 불쾌하고, 제법 끔찍하고, 고약한 충격 정도인 것처럼 말했다. 그러나 알리사는 수술 후 정신이 몽롱한 상태에서도 벌써 두 가지 언어의 욕설을 섞어 비명을 지르기 시작했다.

고통은 조금도 줄어들지 않았고, 겔렛들은 옛 인간들의 구급품에서 잔뜩 모아들인 진정제를 지나치게 신중하게 사용했다. 알리사는 뭔가 잘못되었다고 확신하기 시작했다. 어쩌면 목숨이 위험할지도 모른다. 지금 할 수 있는 일이라고는 아예 세상을 차단해 버리는 것이 전부였다. 그러나… 그조차도 불가능했다.

눈을 감고 귀를 막고 있어도, 겔렛들이 휴식을 취하라고 데려다 놓은 방의 벽들이 느껴졌기 때문이다. 주변을 서성이는 겔렛도, 근처 복도에 있는 겔렛들도 고스란히 느껴졌다. 새로 얻은 촉수가, 아직 처리할 방법을 모르는 막대한 양의 감각 정보를 그녀의 정신에 쏟아내고 있었다. 알리사는 소피의 작은 촉수가 그저 '확장된 위기 감지 능력'을 제공한다고만 생각했다. 그러나 세상 하나를 통째로 상대하는 일은 그보다 훨씬 힘들었다.

알리사는 목이 쉴 때까지 비명을 질렀다. 이를 너무 갈아서 이빨까지 아프기 시작했다.

그녀는 자신의 몸을 내려다보았다. 가슴 위쪽에 검고 꿈틀거리는 살덩이들이 달려 있었다. 점액으로 뒤덮인 모습이 마치 기생충처럼 보였다. 몸이 망가진 것처럼 느껴졌다. 자신이 무슨 짓을 하는지 깨닫기도 전에, 알리사는 촉수를 양손 가득 움켜쥐고 온 힘을 다해 몸에서 뽑아내려 시도했다.

자신의 손을 자르는 것이나 마찬가지인 행동이었다. 참을 수 없을 정도로 고통이 타올랐다. 몸이 뒤틀리고 타들어 가는 느낌이었다. 불이 붙은 채로 총에 맞은 것 같았다. 게다가 눈으로 보기에는 분명 가슴에 이물질이 붙어 있는 상황인데도, 그녀의 피부는(정신은?) 그게 신체의 일부라고, 지금 스스로를 공격하고 있다고 경고하고 있었다. 자해로 인한 고통 때문에 그녀는 다시 기절할 뻔했다.

겔렛 세 명이 서둘러 달려왔다. 이제 알리사는 몸이 닿지 않고서도 그들의 당황한 감정을 읽을 수 있었다. 새로 얻은 촉수가 그들의 감정 상태를 받아들이고 있었으니까. 표정이나 몸짓 언어를 읽는 것보다 훨씬 정확하게 느껴졌다. 겔렛들은 놀라 당황한 상태였다. 둘은 알리사를 진정시키고 연약한 이식물에 입힌 피해를 치료하려 애썼고, 남은 하나는 그녀 위로 몸을 숙였다.

알리사는 옛 감각과 새 감각으로 동시에 그를 올려다보았다. 거대하고 뭉툭한 머리가 그녀를 향해 내려왔고, 거대한 집게발이 열리며 끈적거리는 살점 조각이 추가로 드러나 보였다. 알리사의 마음속에 역겨움과 따스함이 동시에 밀려들었다. 이젠 자신이 무슨 생각을 하는지도 알 수가 없었다. 촉수를 통해 들어오는 감각이 반응을 오염시키고 있었기 때문이다. 그녀에게 몸을 기울이는 겔렛은 상냥함과 염려의 기운을 풍기고 있었다. 그러나 동시에 당황과 공포도 느껴졌다.

그 모든 것을 처리하기가 너무 힘들었다.

"지금 이런 것들을 전부 느끼지 못했으면 좋겠어." 알리사는 말했다.

그러자 가장 가까운 겔렛이 그녀의 촉수에 접촉했다. 순간 자신의 몸에서 의식이 떨어져 나가는 느낌이 들었다. 소피를 통해 여러 번 경험해서 익숙해진 감각이었다. 그리고…

…소피가 알리사의 눈앞에 서 있었다. 눈동자를 들여다볼 수 있을 정도로 가깝게.

"너 뭐 하는 거야? 여긴 어떻게 왔어?" 알리사는 이렇게 물으려다가 입을 다물었다. 당연하지만 소피가 이곳에 있을 리 없었기 때문이다. 기억이나 그런 것이 분명했다.

소피는 자신의 몸을 내려다보고 있었다. 방금 알리사가 뽑아버리려 시도했던 것들처럼 갓 붙인 촉수를 달고서, 촉수를 뻗어 주변의 공간을 느껴보려 하고 있었다. 알리사는 소피의 행복을 두 배로 느낄 수 있었다. 그녀의 표정에서, 그리고 그녀가 내뿜는 온갖 화학 물질에서. 소피는 마치 이렇게 말하는 듯했다. *고마워. 마침내 내 머리가 저수지가 아니라 강어귀가 될 수 있겠네.*

알리사는 소피에게 손을 뻗고 싶었지만, 이 기억 속에서 그녀는 본인 자신조차 아니었다. 알리사는 겔렛이었다. 두꺼운 껍질과 풍성한 모피로 뒤덮인 거대한 몸을 가지고, 마음속으로는 이 수술이 희망했던 것보다 훨씬 성공적으로 끝났다는 데 안도감을 품고 있는…

…알리사는 다시 자신으로 돌아와서, 자신을 굽어보는 겔렛에게 시선을 돌렸다. 역겨움은 사라졌고, 체절로 나뉜 다리가 구부러지는 모습이나 형체가 모호한 머리가 움찔거리는 모습마저도 모두 먼 친척의

사소한 습관처럼 느껴졌다.

“미안해.” 알리사는 그들이 어떻게든 이해하기를 바라며 입을 열었다. “그런 짓을 할 생각은 아니었어. 그냥 본능이었어. 내가 전부 망친 게 아니었으면 좋겠네. 나는 정말로 너희 모두를 이해하고, 소피와 대등한 존재로서 집에 돌아가고 싶어. 정말로 그러려던 게 아니었어. 미안해… 내 진심이 아니라 갑자기 충동에 빠진 거야. 정말 미안해.”

촉수가 고칠 수 없을 정도로 망가지지 않았다면, 그들이 이해할 수 있는 방식으로 알려줄 수 있었을지도 모른다는 생각이 들었다. 지금 겔렛들은 알리사가 다시 자신의 몸을 찢어발기려 하지 않는다는 점에, 그리고 그녀를 안정시키려 최선을 다했다는 점에 만족하는 듯 보였다.

알리사는 자신에게 욕설을 퍼부으며, 희망과 걱정과 당황에 잠긴 채 누워 있었다. 문득 옆방에서 비명이 들렸다. 제러미였다. 그도 수술을 받고 방금 깨어나서, 알리사처럼 격통과 혐오감을 느낀 모양이었다. 그를 진정시킬 말을 떠올릴 수 있었으면 좋겠다는 생각이 들었다. 아니면 적어도, 그와 이야기를 나누며 함께 비참함을 나눌 수 있다면.

새로운 관계를 형성하도록 도움을 주는 수술을 받은 지금, 알리사는 다른 어느 때보다도 외로움에 사로잡혀 있었다.

고통은 끈질기게 이어졌다. 쑤시고 타오르고 욱신거리는 감각에 도저히 익숙해질 수 없었다. 이런 불쾌한 감각이 어느 정도까지가 수술 때문이고, 어느 정도까지가 회복기에 자해를 했기 때문인지는 짐작조차 할 수 없었다.

알리사는 이끼와 풀뿌리로 만든 해먹에서 휴식을 취했다. 몸을 움직일 수 있을 정도로 고통이 줄어들고 누워 있기가 지루해지자, 그녀는 다시 도시를 탐험하기 시작했다. 이제는 복도와 통로의 존재를, 도시 깊은 바닥에 이르기까지 모두 감지할 수 있었다. 게다가 주변을 움직이는 겔렛들의 존재까지 느껴졌다. 그녀는 차츰 겔렛들을 서로 구분하고 분위기를 읽을 수 있게 되었다. 작은 몸짓이나 움찔거림, 촉수들의 꿈틀거림까지도 습관으로 읽어낼 수 있게 되었다.

그중 하나는 알리사를 보살피는 임무를 맡은 듯했다. 달음박질하듯 하는 걸음걸이와, 친근하고 돌보는 듯한 '냄새'를 풍기는 겔렛이었다. (겔렛이 방출하는 화학 물질로 감정을 판별하는 일을 표현할 방법을 찾지 못했기 때문에, 알리사는 일단은 '냄새'라고 부르기로 결정했다.) 이 겔렛은 알리사 근처에 머물며 도움을 주었고, 알리사는 그녀가 곁에 있으면 소름끼치기보다는 안심이 되었다.

알리사의 새 친구는 겔렛 아기들이 자라는 포육장을 덮친 유독한 역병의 생존자라고 했다. 수많은 형제자매가 그때 목숨을 잃었다. (아직도 그녀는 나이 많은 겔렛보다 체구가 조금 작은 상태였다.) 그녀가 갓 태어났을 때, 다른 겔렛들은 그녀를 위한 소원을 빌었다. 그 내용을 간략히 요약하자면 '죽음 한복판에 있더라도, 희망을 품을 이유를 찾으라'였다.

알리사는 그녀의 생각을 접하며 오래 끌어온 후회 하나를 되새겼다. 소피와 알리사는 아직 마우스의 새 이름을 정하는 일에 그리 도움을 못 주고 있었다. 주로 마우스를 만족시키기가 힘들기 때문이기는 했지만.

알리사가 '호프'라고 부르기 시작한 이 겔렛은, 지금까지 생애 대부분을 하늘 높은 곳의 바람의 흐름을 연구하는 데 바쳤다고 했다. 공기가 낮 쪽에서 밤 쪽으로, 그리고 그 반대로 움직이게 만드는 제트 기류 말이다. 호프의 마음속은 하늘을 나는 기계의 설계도로 가득 차 있었다. 다른 이들이 대기권 상층부를 가까이서 조사하게 해서, 독을 품은 구름이 겔렛 도시에 접근하지 못하도록 하는 방법을 찾으려는 것이었다. 그러나 알리사와 호프의 의사소통은 여전히 일방통행일 뿐이었다. 알리사가 새로 얻었고 또한 뽑아내려 시도했던 촉수들은 여전히 대낮의 햇볕보다 고통스럽게만 느껴졌다. 그녀는 온몸으로 촉수를 가리려 애썼다. 외부 공기에 노출되면 더 망가지리라 생각하는 것처럼.

영영 제대로 작동하지 않으면 어쩌지?

의사소통을 시도할 때마다, 갈빗대 사이를 뜨거운 바늘로 쑤시는 느낌이 계속 이어진다면?

양손으로 촉수를 붙들고 새 피부를 뜯어내려 시도했던 순간이 머릿속에서 떠나지 않았다. 자신을 저주하고 싶어졌다. 연약하고, 신뢰할 수 없고, 모든 것을 망쳐버린 자신을… 그녀는 매 순간 얼굴을 찌푸렸다.

호프는 계속해서 자신의 집게와 따스한 촉수 다발을 건넸다. 언제나 그 안에는 마음을 달래주는 기억이 들어 있었다. 다른 겔렛과 즐겁게 게임을 즐기거나, 먼 옛날에 세상을 떠난 겔렛의 지도자로부터 축복을 받는 등, 주변에서 모아들인 꿈속에 들어 있던 기억이었다. 알리사는 그녀에게 대답해 주고 싶었다. 설명하고 싶었다. 그저 아무 할 말도 없는 불안감 덩어리 이상의 존재가 되는 법을 배우고 싶었다.

마침내 알리사는 위험을 무릅쓰기로 마음먹었다.

그녀는 여전히 욱신거리는 촉수를 들어 호프의 촉수에 가져다 대었다. 그리고 받는 것이 아니라 보내는 방법을 알아내려고 애썼다. 알리사는 끔찍한 기억을 마음의 전면에 내세웠다. 손이 촉수를 잡아 뜯던 순간의 지나치게 선명한 기억이, 실제로 다시 일어나는 것처럼 떠올랐다. 그 기억이 자신에게서 뿜어져 나가는 것은 느꼈지만, 호프가 받았는지는 확신할 수 없었다. 그러나 호프는 이내 몸을 움츠리더니, 알리사가 다른 이들에게 어떻게 느껴졌는지를 전달해 주었다. 몸을 뒤트는 모습과, 달려들어 상처를 복구하려 애쓰던 겔렛들의 모습까지도.

알리사는 겔렛들이 자신의 몸을, 지금 고통이 느껴지는 부위를 어루만지는 광경을 '보았다'. 그리고 그들의 두려움과 공포를 느꼈다. 그러나… 동시에 결의도 느꼈다. 어쩌면 단호한 투지일지도. 겔렛 의사들이 가슴에 붙은 부속물을 치료하는 광경을 '지켜보면서', 동시에 바로 그 뜯겨 나간 부위에서 고통을 느끼고 있다는 사실에 묘한 기분이 들었다. 가장 기묘한 것은, 겔렛들이 그녀의 이식물을 치유하는 과거의 광경을 보고 있자니, 현재의 가슴 상처도 조금씩 고통이 덜해진다는 점이었다.

고통이 마법처럼 깨끗이 사라지거나 그런 것은 아니었지만, 이제 조금 견딜 만하다는 생각이 들었다. 어쩌면 겔렛들이 상처를 치유했다고 납득했기 때문일지도 몰랐다. 이제는 칼에 찔린 평범한 상처처럼 여길 수 있었다.

제 몸에 간신히 붙어 있는 새 장기를(안테나를?) 손상시키지 않고도 사용할 수 있다는 결론을 내린 알리사는, 조금씩 더 감각을 열기 시작했다. 알리사는 아르겔로에서 쏟아져 내렸던 부식성 비의 기억을 공유했다. 아마도 호프의 형제자매들을 죽인 바로 그 알칼리 구름에서 쏟아졌으리라 생각했기 때문이었다. 그리고 소피가 처음으로 이 도시와 이곳에 사는 겔렛들의 모습을 보여준 순간도 공유했다. 이곳에 대한 소피의 사랑으로 짙게 물들어 있는 기억이었다. 그리고 마침내, 다른 모두가 잠든 동안, 마우스와 소피와 알리사가 토끼굴 구역의 석판 지붕 위로 올라갔던 기억까지도. 셋이 손을 잡고 그림자에서 불길에 이르는 도시 전체를 둘러보던 바로 그 순간의.

호프는 그에 답하듯 개체로서 존재하기 시작한 맨 처음의 기억을 공유했다. 끈적한 포육장 안에 매달린 채, 함께 부화한 이들의 죽은 육체에 둘러싸여 있다는 사실을 깨달은 순간이기도 했다. 생명을 잃은 작은 시체들이 그녀에게 몸을 기대왔다. 그들 모두가 그녀의 생명줄인 영양소의 흐름에 연결되어 있었다. 부스러지는 피부가 그녀의 피부를 쓸었고, 부패로 인한 화학 약품 같은 악취가 사방을 뒤덮었다. 도망칠 방법은 없었다. 그저 누군가 도착해서 죽은 이들을 치워주기를 바라며, 계속해서 고통에 겨운 페로몬을 방출할 뿐이었다. 이후 마침내 포육장을 떠나서 이곳에 도착한 후로, 다른 겔렛들은 그녀를 부서지기 쉬운 얼음꽃처럼 다루었다.

알리사는 새로 얻은 이식물 아래 어딘가 깊은 곳의 빈 공간이 아려오는 것을 느꼈다.

그녀는 자신의 성장 과정에서 뽑아낸 기억을 대답으로 보내려 시도했다. 엄마와 삼촌들 모두가 자신의 눈앞에서 죽었던 때나, 처음으로 제대로 단검 싸움을 시도했을 때의 기억이었다. 그러나 케이크와

선인장 껍질 튀김이나 춤도 있었다. 아르겔로의 단검 손잡이에 해당하는 으슥한 모퉁이 골목에서 소녀들이나 소년들이나 그 외의 이들과 입맞춤을 나누었던 기억도 있었다. 음악을 듣기보다는 몸으로 느낄 수 있고, 다른 손님들의 음료에서 풍기는 김을 들이쉬는 것만으로도 취할 수 있는 그런 곳이었다. 자신이 도시에 정신없이 빠질 수 있다는 것을, 그리고 자신에게 주어진 시간으로는 도시의 달콤한 비밀을 전부 맛볼 수 없으리라는 것을 잘 알고 있던 시절이었다.

이내 알리사와 호프는 서로 기억을 주고받으며 공유하는 사이가 되었다. 어린아이가 느끼는 모든 은밀한 즐거움과 모든 기묘한 순간, 주변 어른의 행동을 이해하려 애쓰던 시간들, 그리고 어른이 된 후에도 여전히 거의 모두를 이해하지 못하는 느낌까지도. 겔렛 문화의 세세한 특수함은 여전히 다양한 방식으로 그녀를 혼란에 빠트렸지만, 적어도 괴짜 어린아이가 되어서 그 안을 엿보는 느낌만은 이해할 수 있었다.

알리사는 나머지 99퍼센트의 인류보다 호프에게 더 친근감을 느끼게 되었다. 적어도 며칠 후, 호프에게서 흘러 들어온 순간 때문에 마음속에 얼음 바늘이 꽂히는 느낌이 들기 전까지는 그랬다. 그때 둘은 풀뿌리와 거미줄로 엮은 해먹에 함께 앉아 있었고, 알리사는 졸음에 겨운 상태였다. 마침내 휴식을 취할 수 있을 정도로 고통이 줄어든 후였다. 그때 호프의 마음속에서 뭔가가 흘러나왔다. 과거의 기억일까?

아니, 가능한 미래의 광경이었다.

호프의 계시 속 광경에서는, 혼성체 인간들이 이 도시를, 한밤중의 추위가 닿지 않는 땅속 깊숙한 곳을 떼 지어 돌아다니고 있었다. 수십 명의 사람이 모두 인간의 목소리로 말하면서도, 동시에 서로에게 겔렛의 촉수를 뻗어 의사소통을 하는 중이었다. 모두가 즐거워 보였지만, 알리사는 그 광경에서 공포를 느꼈다. 왜 그런지는 짐작도 가지 않았지만.

마침내 그녀는 무엇이 부족한지를 깨달았다. 호프가 바라본 한밤중의 도시는 인간-겔렛 혼성체로 가득했다. 그러나 겔렛 자신들은 어디에서도 찾아볼 수 없었다.

"너한테 꼭 보여줘야 하는 게 있어." 알리사는 제러미에게 말했다.

그는 고개를 돌리더니 그녀를 보면서 멍하니 입을 벌렸다. 제러미는 알리사가 아직 만난 적 없는 겔렛 두 명과 서로 촉수를 얽고 있는 상태였다. 그는 마치 인간의 소리를 잊은 것처럼 눈을 깜빡이더니, 천천히 두 명의 겔렛과 얽힌 촉수를 풀고는 비척거리며 자리에서 일어섰다.

"좋아. 보여주고 싶다는 게 뭔데? 어디 있어?" 제러미가 말했다.

"바로 여기." 알리사는 자기 촉수 쪽을 손짓했다.

제러미는 뒤로 물러섰다. 고작해야 1~2센티미터 정도였지만, 알리사가 알아차리기에는 충분했다.

"아." 그는 입을 열었다. "나는… 그러려던 게 아니라."

"애같이 굴지 마." 알리사가 말했다. "네가 원한이 있는 건 알아. 나를 탓하는 것도 알겠고. 나하고 소통하고 싶지 않은 거겠지."

"그런 문제조차 아니야." 제러미는 힘겹게 입을 열었다. "나도 잘 모르겠어. 아예 새로운 경험인 데다, 겔렛들과 뭔가를 공유하는 것조차도 충분히 어색하니까. 다른 인간과, 아니 혼성체와 소통하는 건… 게다가 넌… 너는 뭔가를 저질렀다며. 자해를 시도했다고 하던데. 자세한 내용은 보여주지 않아서 모르지만."

빌어먹을 소문. 소문을 퍼트리는 일에서만은 겔렛이 평범한 인간보다 훨씬 고약하리라는 점은 예상했어야 했다. 제러미의 눈빛에 서린 감정을 보자, 알리사는 지금껏 느껴본 적 없는 끔찍한 기분이 들었다. 흉터도 다시 달아오르는 듯했다.

"이건 내 문제가 아니야." 알리사는 말했다. "약속할게. 정신 오염이 그렇게 두렵다면, 나 자신에 관한 건 아무것도 공유하지 않을 테니까."

"그런 뜻이 아니라…" 제러미는 깊은 숨을 들이쉬었다. "그래, 그래. 좋아. 시작해 봐."

혼성체들에게 필요한 것이 한두 가지는 아니겠지만, 새로운 예절이야말로 그중 가장 중요한 축에 들어갈 것이 분명했다. 언어가 필요 없는 소통을 나누려면, 그리고 그 방법을 결정하려면, 우선 언어를 사용해서 교섭할 방법이 필요할 테니까.

제러미는 상의를 젖힌 채로 몸을 기울였다. 알리사는 약속대로 자신에 관련된 것은 그 무엇도 공유하지 않으려고 최선을 다해 집중했다. 그러나 당연하게도, 잘못된 것을 공유할까 걱정할수록 그녀의 마음속은 바로 그 장면으로 뒤덮이기만 했다. 지오스판트의 궁전에서, 지금껏 본 적 없는 아름다운 대리석 바닥 위를 가득 뒤덮은 피 묻은 발자국들을 따라가던 순간으로.

안 돼, 안 돼, 안 돼. 그건 안 돼. 제발.

"잠깐만." 알리사는 고작 몇 센티미터 떨어진 순간에 움직임을 멈췄다. "조금만. 생각을. 정리해야겠어."

머릿속을 정리하고 고약한 생각을 제거하는 일은 실제로 육체적인 두통을 불러왔다. 소피가 여기 있었다면… 그러나 여기서 늪지 보드카 통을 열고 흠뻑 취하고 싶지는 않았다. 절대 또렷한 기억을 불러올 수 없을 테니까.

숨 쉬고, 집중해. 알리사는 호프의 무시무시한 계시를 떠올린 다음, 마치 작은 유리 공 안에 든 투명한 액체처럼 그 장면을 자신의 양손으로 감쌌다. 깨끗하고 연약한, 다른 모든 생각과 분리된 기억이었다. 그녀는 제러미의 촉수와 접하며 그 유리 공을 마음속으로 건넸다. 호프의 꿈이 그녀에게서 흘러나가는 것이 느껴졌다.

그에 답하듯 제러미의 생각이, 또는 기억이, 몇 가닥 스며 나와 흘러 들어왔다. 창백한 캘거리 인종의 생김새와 뻣뻣한 갈색 머리카락의 호리호리한 소년이, 금단의 연인을 흘깃거리며 바지를 입는 기억. 비앙카와 그녀의 배우자인 대시가 발코니에 서서 아래를 내려다보는 모습. 발코니 아래 군중의 욕설을 환호로 여기는 것처럼 웃음 띤 얼굴이었다. 포석이 깔린 뒷골목에서, 피 묻은 작은 꾸러미를 들고 비명을 지르는 한 여인의 모습.

"어, 미안." 제러미가 말했다. 동시에 호프가 목격했던 가능한 미래의 계시가 전해졌고, 제러미는 헛숨을 들이켰다.

"이건…" 제러미는 그녀에게서 촉수를 떼고 술에 취한 것처럼 비틀거리다, 이내 가까운 벽에 몸을 기댔다. "이건…"

"맞아." 알리사가 말했다. "내 생각에는… 내가 봐서는 안 될 장면이었던 것 같아."

"이런 일이 벌어지게 놔둘 수는 없어." 제러미는 벽에서 몸을 돌려 훌쩍이며, 웃옷 소맷자락으로 눈과 코를 훔쳤다.

"우리 조상들은 이미 이 행성을 침략했어. 이건 그보다 끔찍한 일이 될 거야." 알리사는 자신의 꾹 쥔 주먹을 내려다보았다. "내가 그 이방인들이 너희 도시를 침략하게 도운 것보다도 훨씬 끔찍한 일이야. 나는… 나는 다시 불의에 협력하느니 차라리 죽음을 택하겠어."

두 사람은 한동안 겔렛의 도시를 거닐었다. 교사 한 사람에게 전부 연결되어 있는 한 무리의 아이들, 공연을 하는 인형술사, 굴 속을 진동으로 가득 채우는 음악가들, 터빈 하나를 수리하는 기술자들이 보였다. 이 모든 문화를 고작 이해하는 데만도 엄청난 수의 인간-겔렛 혼성체가 필요할 것이다. 소피조차도 이 도시에서 펼쳐지는 삶의 아주 작은 일부만을 목격했을 뿐이었다. 알리사나 제러미보다 훨씬 많은 시간을 이곳에서 보냈는데도.

거의 끝없이 이어지는 듯하던 침묵을 깬 사람은 알리사였다. "우리가 도와줄 수 있어. 저들이 우리를 혼성체로 만든 건 우리만을 위해서가 아니야. 그렇지? 우리 종족이 입힌 피해를 치유하는 데에도 도움이 필요한 거잖아. 호프는 하늘을 나는 기계의 설계도를 여럿 보여줬어. 독성 비구름을 몰아낼 방법을 찾아내려고. 하지만 겔렛은 아주 조금의 햇빛도 견디지 못하잖아."

제러미는 한쪽 손으로 자신의 얼굴을, 다른 손으로 자신의 촉수를 감쌌다. 새로 얻은 촉수들은 그의 등 뒤로 후퇴해서, 마치 생각에 잠겨 팔짱을 낀 것처럼 그의 몸을 감쌌다. 그는 몸을 떨며 나직하게 숨을 헐떡였다. 알리사는 그가 아직도 울고 있는지, 그렇다면 어떻게 대처해야 할지 짐작조차 할 수 없었다. 그녀는 그저 제러미가 자신을 추스를 때까지 지켜보고만 있다가, 함께 돌아가서 끓인 풀뿌리를 먹었다.

"우리가 성공할 리가 없잖아?" 제러미는 자기 손에 시선을 고정한 채로 말했다. "우리한테는 무리야. 시간 내에 겔렛들을 도울 정도로 많은 사람을 바꿀 수 있을 리가 없어. 네가 바뀐 직후에 뭔가 끔찍한 짓을 저질렀다는 걸 들었어. 게다가 나는…" 그는 다음 말을 쉽사리 꺼내지 못하고 한동안 머뭇거렸다. "나는 너보다 끔찍한 짓을 했어. 난 못 해. 생각하는 것조차도 견딜 수가 없어."

새로 얻은 촉수와 예전부터 가지고 있던 사람의 마음을 읽는 기술이 맞물리자, 알리사는 제러미를 향한 동정심에 사로잡혔다. 그의 감정을 느낄 수 있었다. 어쩌면 그녀 자신의 감정보다도 선명하게, 거의 꼭지가 돌 정도로 취한 것만 같았다. 동료애와 구역질이 겹치는 아슬아슬한 순간에 들어선 느낌이었다. 적어도 겔렛의 수술 이후에 안 좋은 반응을 보인 사람이 그녀 혼자만은 아니라는 점을 알게 되어 다행이었다.

제러미는 알리사가 뭔가를 말하기를 기대하고 있었다. 그녀는 입을 열 생각이 없었지만.

시간이 한참 흐른 후에, 제러미가 다시 입을 열었다. "우리가 성공할 리가 없잖아." 그러고는 자리를 떠났다. 여전히 팔을 두르고 손을 펼쳐 입과 촉수를 가린 채였다.

알리사는 몇 번을 더 자기 전까지 제러미를 만나지 못했다.

그동안 그녀는 겔렛에게서 얻을 수 있는 모든 것을 바쁘게 수집하고 다녔다. 이질적인 기억과 단어로 바꿀 수 없는 개념으로 가득 채우느라 뇌가 욱신거릴 지경이었다. 그녀는 평생 이해할 수 없을 정도로 많은 것을 배웠다. 계속 그렇게 자신을 몰아붙였다. 원하는 것이라고는 단 하나, 혼자가 되는 것뿐일 때조차도.

호프는 계속 그녀를 찾아왔고, 알리사는 다른 겔렛도 여럿 알게 되었다. 대부분은 호프보다 나이가 많았으나 아닌 이들도 있었다. 일부는 다른 정착지 출신이었고, 알리사는 그들을 통해 수백이나 수천 명이 사는 마을의 삶이 어떤지를 어렴풋이 알게 되었다. 그런 곳의 겔렛들은 실제로 다른 주민 모두를 온전히 알고 지내곤 했다. 겔렛들 사이의 논쟁이 어떤 느낌인지도 아주 조금이지만 엿볼 수 있었다.

힘겨워 버티기 힘들 때마다 알리사는 저도 모르게 이런 생각을 하곤 했다. *최대한 많은 것을 배워야 해. 언젠가 이들이 모두 사라지고, 오직 내 후손만이 이들의 기억을 보존할 수 있게 될지도 모르니까.* 이런 생각을 할 때마다 알리사는 스스로에 대한 분노에 휩싸였다. 촉수를 자기 손으로 망가트렸다고 생각했을 때보다도 훨씬 격렬한 분노였다.

한때 마우스가 문화의 생존에 대해서 해준 말이 떠올랐다. 사람은 죽는다. 국가조차도 불타 사라진다. 그러나 진정으로 중요한 것을 전달하려면 뒤에 남는 사람이 필요하다.

"네 말이 옳았어."

10여 명의 겔렛과 함께 커다란 거미줄에서 꾸벅꾸벅 졸면서 죽은 판관의 모습을 엿볼 때를 기다리고 있을 때, 놀랍게도 제러미가 이렇게 말을 걸어왔다. 마지막으로 봤을 때보다 훨씬 나이가 들어 보였다. 절대 내려놓을 수 없는 짐을 어깨에 걸머진 것만 같았다. 그는 자기 몸을 가리거나 돌리려는 생각 따위는 조금도 없이, 그녀를 정면으로 마주했다.

"잠깐, 뭐가 내가 옳았다는 거야?" 알리사는 대꾸했다. "마지막으로 내가 논쟁에서 이겼을 때는 피도 좀 보고 허파에 구멍도 뚫렸거든. 그 후로는 말싸움에 이길 생각 따위는 깨끗이 버렸는데."

"지오스판트의 그 끔찍한 궁전에 들어앉은 사람보다 훨씬 다급한 문제가 있다는 것 말이야." 제러미는 고개를 저었다. "물론 나는 부섭정에 대항할 사람들을 규합하는 새로운 방법을 찾으려고 여기에 왔어. 하지만 그보다 중요한 일이 있잖아. 네 말이 전부 옳았어. 혼성체가 된다는 건 단순히 목적을 위한 수단이 아니야. 그보다 훨씬 중요한 일이지."

"아."

알리사는 제러미의 수줍지만 단호한 표정을 바라보다가, 갑자기 밀려드는 호의의 물결에 주춤거렸다. 둘은 이 모든 일을 함께 겪어냈다. 살아있는 인간 중에는 이해해 줄 다른 사람을 거의 찾을 수 없을 것이었다. 그가 거의 잠자리 동료처럼 여겨질 지경이었다. 실제로는 근처에서 잤을 뿐, 곁에서 잔 적은 없는데도.

"무작정 사람들을 여기로 보내면서 변화를 겪고 버티기를 기대할 수는 없어. 여기 오는 사람들에게 과정을 세심하게 설명하고 인도해 줄 사람이 필요해. 인내할 방법을 아는 사람 말이야." 제러미가 말했다. "그래서… 결정을 내렸어. 말로 하기보다는 직접 보여주는 편이 쉽겠지."

알리사는 잠시 후에야 그의 말뜻을 알아차렸다. 그리고 자신의 촉수에서 힘을 빼고 늘어트려, 그의 촉수가 와서 맞닿을 수 있게 했다.

순간 알리사는 자신의 촉수를 몸에서 뽑아내려 했던 순간이 보이지 않을까 겁에 질렸다. 따라서 당연하게도 그 기억이 제러미에게 흘러 들어갔다. 공황에 빠져 비명을 지르고, 손가락이 촉수를 부여잡고 뜯어내며, 자기 심장을 뽑아내려 애쓰던 모습이.

제러미는 흠칫하며 비틀거리고는, 신음을 흘렸다… 그리고 알리사의 기억을 받아들였다. 그러고는 자신의 가장 끔찍했던 순간을 슬쩍 보여주었다. 알리사는 제러미가 되었다. 욕설을 뱉으며 덤벼들어, 가장 가까운 곳에 있던 겁에 질린 겔렛을 손바닥으로 때리고, 피처럼 붉은 안개가 모든 것을 뒤덮는 광경을. *네놈들 전부 죽일 거야,*라는 소리가 머릿속에서 반복해 울렸다. *전부 찢어발겨 주겠어. 죽여, 전부 죽일 거야.* 새로 얻은 이질적인 감각이 제러미의 머릿속에 흘러넘치며, 걸음을 옮길 때마다 등 뒤를 조심해야 하던 과거 시절을 전부 현재로 불러왔다.

"괜찮아." 알리사는 이렇게 말하며, 제러미의 촉수 뿌리께를 팔로 감싸 안았다. "정말로 다 괜찮으니까."

"괜찮을 리가 없잖아." 제러미는 몸을 떨었다. "나는 괴물이야. 누구도 심하게 다치지 않았기에 망정이지."

"넌 괴물이 아니야. 겁먹었을 뿐이지. 우리 둘 다 마찬가지였어." 알리사는 그를 더 가까이 끌어안았다. 그 또한 그녀를 안을 때까지. "열심히 준비했는데도 부족했을 뿐이야. 다음에는 더 제대로 진행되도록 만들면 돼."

"바로 그 이야기를 할 생각이었어." 제러미는 조금 진정하는 듯했다. "이게 내가 내린 결정이야." 그는 알리사에게 다른 환영 하나를 보냈다. 이번에는 그가 계시한 미래의 모습이었다.

제러미는 여전히 이곳 한밤중의 도시에 머물면서, 겔렛이 가르쳐 줄 수 있는 모든 것을 학습하고 있었다. 그러다 지오스판트에서 더 많은 인간이 도착했고, 알리사는 그들을 맞이하는 제러미의 모습을 보았다. 도시를 안내하고, 준비를 시키고, 과정 하나하나를 상세히 설명해 주었다. 계시 속의 제러미는 나이를 먹어가면서도 절대 빛으로는 돌아가지 않았다.

알리사는 소리내어 말할 수밖에 없었다. "너 여기 머물 생각이야? 영원히?"

"나… 나는 그게 옳은 일인 것 같아." 제러미는 속삭였다. "사람들을 모으고 지도자가 되고, 그런 똑같은 일을 하는 거잖아. 지오스판트로 돌아가서가 아니라, 여기서 할 뿐이야. 인간들은 계속 찾아올 테고, 누군가 그들을 도울 사람이 필요해. 그러지 않으면, 많은 사람이…"

"많은 사람이 너나 나처럼 반응하겠지." 알리사는 몸을 떨었다.

"맞아."

문득 알리사는 자신의 계획을 제러미와 공유하기 시작했다. 지오스판트로, 소피와 마우스에게로 돌아가는 자신이 떠올랐다. 그러나 단순히 더 많은 사람을 설득해서 이곳에 내려와 혼성체가 되게 하기 위해서만은 아니었다. 그녀는 제러미의 일을 떠맡는 자신을 그렸다. 온갖 잘못된 신념 때문에 핍박받는 사람들을 찾아서, 그들이 행동을 시작하도록 돕는 모습을. 어쩌면 소피와 제러미가 일했던 곳과 비슷한 커피숍을 열게 될지도 모른다. 지오스판트의 온갖 끔찍한 일에서 피신할 수 있는 안식처를 제공하는 것이다.

"네 말도 옳았어." 알리사는 제러미에게 말했다. "지오스판트의 사람들도 하나로 뭉쳐야 해. 그 도시에서 안심하고 갈 수 있는 곳이 생기면, 이리로 오는 일에 거부감이 없는 사람도 늘어날지 몰라."

"미안한데 사이러스 좀 챙겨줄 수 있어?" 제러미는 알리사가 지금껏 본 중에서 가장 커다란 마멋의 모습을 보냈다. 고르릉거리며 푸른색 위족을 사방으로 뻗어대고 있었다. "친구에게 맡기고 왔는데, 돌봐줄 믿을 만한 사람이 필요해. 소피는 알고 있을 거야."

"당연하지." 알리사는 이렇게 말하며, 여전히 촉수가 서로 엉킨 채로 제러미를 껴안았다.

알리사는 한밤중의 도시에 조금 더 머물렀다. 상처가 낫기를 기다리며, 동시에 제러미와 어울려 주기도 했다. 그녀가 떠나고 나면 한동안 목소리를 들을 일이 없을 테니까. 묘한 일이지만, 촉수를 가지고 나니 오히려 소리를 통한 의사소통이 더 중요하게 느껴졌다. 말에는 다른 부류의 명징함이 있으며, 오직 단어를 사용해서만 전달할 수 있는 진실도 존재하기 때문이었다. 알리사는 제러미와 호프를 서로 소개해 주며, 호프가 겪은 모든 일을 제러미의 귓가에 속삭여 전해주었다. 제러미도 알리사를 자기 친구 겔렛들에게 소개해 주었다.

수술 흉터는 먹먹한 욱신거림 정도만 느껴지다가, 이내 모든 고통이 완전히 사라졌다. 근육을 지나치게 쓰거나 이상한 자세로 자고 나면 돌아오기는 했지만. 새로 얻은 신체 기관도, 이렇게 남은 고통도, 모두 알리사의 일부가 된 것처럼 느껴졌다. '기회꾼'들과 '다재다능한 운반책'들이 영원히 그녀의 일부가 된 것과 마찬가지였다. "시간이 된 것 같아." 알리사는 이렇게 중얼거렸다. 겔렛 도시의 출구로 걸어가는 그녀의 한쪽 옆에는 호프가, 다른 한쪽에는 제러미가 함께하고 있었다. 제러미는 출구에 도착하기 전에 걸음을 돌릴 생각이었지만.

거의 무의식적으로, 알리사는 촉수를 뻗어 양쪽의 제러미와 호프에게 연결했다. 따로 아무것도 공유할 필요 없었다. 그저 휘몰아치는 여러 감정과 기억의 파편과 간신히 안심할 정도로 흐릿한 미래에 대한 몇 가지 소망이 연결을 타고 흐를 뿐이었다. 셋은 그렇게 연결된 채로 걸음을 옮겼다. 마침내 지상의 밤이 선사하는 차가운 바람이 느껴지기 시작할 때까지.

Rich Larson

오징어 퀴니가 클로부차를 잃어버린 사연

리치 라슨

장성주 옮김

How Quini the Squid Misplaced His Klobučar

리치 라슨은 니제르의 갈미에서 태어나 캐나다, 미국, 에스파냐에서 거주했으며, 지금은 체코의 프라하에 산다. 그는 장편 소설 『점령Annex』과 150편이 넘는 출간 작품 가운데 최고작만 모은 단편 소설집 『내일 공장Tomorrow Factory』을 쓴 작가다. 그가 쓴 이야기들은 폴란드어와 체코어, 불가리아어, 루마니아어, 포르투갈어, 프랑스어, 이탈리아어, 베트남어, 중국어, 일본어로 번역됐다.

홈페이지: patreon.com/richlarson

SF-Mania

Rich Larson

How Quini the Squid Misplaced His Klobučar

오징어 쿼니를 등쳐먹을 건데 네가 좀 도와줘야겠어. 나는 그렇게 말했다. 아니면 적어도 내 머릿속에서는 그렇게 말했다. 내 혀끝을 타고 나온 말은 이러했다.

"레붐 라우 카나아 셰프 페숨 닌시."

언어학자라면 누구나 그 말을 듣고 어리둥절해할 것이다. 하지만 냇은 내 말을 정확히 이해했다. 질색한 표정이 그 증거였다. 우리는 암시장에서 사서 임플란트에 내장한 바벨웨어*가 그때그때 만들어 내는 동일한 절차적 생성 언어로 이야기하는 중이었다.

"얌 스위타 블라우 비." 냇은 그렇게 말했고, 바벨웨어가 내 뇌에서 언어 기능을 맡은 측두엽에 명백히 전달한 메시지는 *개소리 집어치워*였다.

* 통역 기능을 수행하는 소프트웨어.

내가 냇에게 김이 모락모락 나는 후추 소스 홍합 찜을 산더미처럼 시켜준 이유가 바로 그것이었다. 냇은 껍데기 속에서 부들거리는 무척추동물의 살을 작지만 날랜 입으로 마지막 한 점까지 빨아 먹은 다음에야 자리에서 일어날 것이 뻔하기 때문이었다. 이로써 나는 그녀를 설득할 시간을 버는 셈이었다.

우리가 있던 곳은 람블라 거리의 해산물 식당이었다. 건물은 하룻밤 사이에 자라나는 버섯처럼 금세 뚝딱 지어 올린 폴리플라스틱 텐트에, 서비스는 거의 자동화된 흔한 식당 가운데 하나였다. 안쪽에는 햇볕에 살이 탄 여행객들이 가득 앉아서 드론이 갖다준 하이네켄 맥주를 들이켜며 가우디 건축에 비정상적으로 집착하는 자신들의 취향을 서로 견줬다. 퀴니가 부리는 깡패들이 어슬렁거릴 만한 곳은 아니었고, 설령 어슬렁거린다 해도 살벌한 인상 탓에 얼굴에 반타블랙*이라도 칠한 것처럼 단번에 눈에 띄었을 것이다.

하지만 요즘 같은 시절의 공공장소에서는 편집증 환자처럼 조심하는 게 상책인데, 이제는 연방 수사관이 전화와 임플란트 마이크를 도청하는 게 합법이기 때문이다. 고故로, 우리는 바벨웨어를 쓴다. 고로가 이럴 때 쓰는 말이 맞다면.

"단 티타차 자부 눔나, 눔나 카아다이." 내가 엄숙하게 중얼거린 그 말은 물론 이런 뜻이었다. *내가 설명할 테니까 홍합이나 먹고 있어.*

"유가." 냇이 말했다. 사실상 *멍청이*라는 뜻을 훌륭하게 전하는 말이었다.

---

* 빛을 흡수하는 나노 튜브로 이루어진 신소재로서, 입체의 표면에 칠할 경우 빛이 반사되지 않기 때문에 검은 평면처럼 보인다.

냇이 좀처럼 입을 열지 않는 것도 이해가 갔다. 오징어 퀴니는 당신 엄마가 같이 놀지 말라고 한 인간들을 모조리 모아서 합쳐놓은 것 같은 인간이었는데, 심지어 둘은 전에 같이 자던 사이였다. 그러니까 냇과 퀴니, 그 둘 말이다. 당신 엄마와 퀴니가 아니라. 하긴, 퀴니는 여러모로 니미럴 놈이기는 하지만.

퀴니는 가뭄이 가장 극심했던 시기에 안달루시아의 어느 시궁창 같은 촌구석에서부터 아득바득 세력을 키운 인물로, 처음에는 귀한 올리브유를 수송하는 자동 트럭을 탈취하는 일로 시작해 나중에는 인신매매로 업종을 바꿨다. 퀴니가 무슨 짓을 해서 카탈루냐 지방에 기반을 마련했는지는 아무도 모르지만, 일단 터를 잡고 나서 그는 거의 모든 분야로 촉수를 뻗어나갔다. 무기, 마약, 멀웨어, 전부 다.

물론 나와 냇도 생체 이식을 받은 몸이다. 카탈루냐가 분리 독립에 성공하면서 경기가 좋아지자 부유한 투자자들이 이 땅에 잔뜩 몰려들었고, 부유한 투자자들이 가는 곳에는 도둑과 사기꾼도 따라가게 마련이었다. 냇은 슬로베니아의 류블랴나에 있는 빈민가에서 여기까지 왔다. 그녀의 독창적인 수법은 규모는 조촐해도 세련됐다. 동유럽 출신 특유의 우울한 분위기와 우아한 골격을 무기로 고급 바에서 돈 많은 멍청이를 낚아 조용한 곳으로 데려간 다음, 키스로 마비시키고 탈탈 털어버리는 것이다.

냇은 전에 내게 자신이 받은 생체 변형 수술의 흔적을 보여준 적이 있다. 혀 밑에 자그마한 바늘이 있는데, 그걸로 살이 녹을 만큼 강력한 농축 케타민을 주사한다는 것이었다. 나는 홍합을 후루룩 빨아 먹는 그녀의 입속에 그 바늘이 보이는지 열심히 살폈다. 냇 말로는 그걸로 파티용 마약을 투여해 재미를 볼 수도 있다지만, 나는 그런 위험을 감수할 만큼 그녀를 믿지는 않는다.

너도 나만큼이나 그 인간을 미워하잖아. 내가 한 그 말은 우리 둘의 언어가 또다시 진화하는 바람에 내 입속에서 쨍그랑대는 자음으로 변했다.

냇은 빈 홍합 껍데기를 무섭도록 효율적으로 차곡차곡 쌓아가다가, 잠시 짬을 내어 냅킨으로 입을 닦고 다음과 같은 내용의 짤막한 대답을 내뱉었다. *난 소금물이 밉지만, 그렇다고 파도를 상대로 싸움을 걸 생각은 없어.*

그 자식을 바다에 비유하다니 진심이야? 내가 물었다. *그놈은 웅덩이야. 기껏해야 조그만 연못 정도라고.*

"셰파크와트." 냇이 말했다. *그자는 위험해.*

"부 이즈타프티 부." 내가 말했다. *장난이 아니지.*

나는 의자에서 일어서서 셔츠 자락을 갈비뼈 근처까지 살짝 들어올렸고, 그러자 몇몇 사람이 내 쪽을 돌아봤다. 궁둥이에서 시작된 보라색 멍이 옆구리까지 온통 번져 있었다. 냇은 움찔하는 표정을 사실상 감추지 못했고, 나는 다친 곳이 더 어두워 보이도록 색조 화장을 한 것 때문에 하마터면 미안한 기분이 들 뻔했다. 멍이 너무 빨리 빠지는 바람에 화장 없이는 내가 기대했던 효과를 거두기가 힘들었다.

소문은 *나도 들었어.* 냇의 입에서 나온 소리는 나직한 모음 두 음절이 다였다. *무르시아에서 맡은 일 때문이지, 맞지?*

나는 다시 의자에 앉았다. 익숙지 않은 소리를 내느라 슬슬 턱이 아파왔다. *맞아. 내가 맡은 일은 침입조를 위해 해킹을 하는 거였어.* 카

메라도 다 확보하고, 문도 다 열어놨지. 그랬는데 퀴니의 멍청한 부하 한 놈이 빌어먹을 패러데이 장비를 켜는 걸 깜박했고, 그놈 때문에 경보가 울리자 퀴니는 그걸 내 탓으로 돌렸어. 다들 보는 앞에서 날 이렇게 만든 거야. 나를 계집애 같은 호모 새끼라고 불렀고. 내 몫의 보수까지 몰수했어. 마지막 피해를 덧붙인 까닭은 마지막에서 두 번째가 얼마나 내 마음에 맺혔는지 냇에게 감추고 싶어서였다.

냇은 내 몸의 멍 자국이 눈앞에서 사라지기가 무섭게 다시 홍합 찜에 달려들었다. *그러니까 이번 건은 복수로군.* 그녀가 말했다. 다만 이번에는 생각에 잠긴 말투로, 손가락을 빨면서.

당신이 보기에 그쪽이 더 솔깃하다면, 그렇다고 해두지. 내가 원하는 건 그자가 나한테 빚진 돈이야. 나는 목에 두른 검은 스카프를 더 단단히 여몄다. *기왕 하는 김에 덤으로 망신도 조금 시켜주고.*

냇은 흥분했는지 귀가 다 빨개졌지만, 그러면서도 내 말을 열심히 듣고 있었다. 냇과 퀴니는 원만하게 헤어지지 않았다. 퀴니가 한 짓을 생각하면 '모욕'은 완곡한 표현이었다. *너 식사는 제대로 하는 거야?*

냇이 물었고, 나는 일단 마음의 문을 여는 데에는 성공했다는 확신이 섰다. *살이 빠진 것 같은데. 살짝.*

냇은 겉으로는 평온한 척했지만, 나는 그녀의 주머니 사정이 궁한 것과 그녀가 복수하고 싶어 한다는 것을 훤히 알았다. 그리고 지난 몇 년 동안 우리 사이에는 맑은 날도 있었고 흐린 날도 있었지만, 냇이 다친 내 모습을 보고 언짢아하는 것은 분명한 사실이었다.

내가 주문한 건 이제 나올 거야. 내가 말했다. *자, 이제 계획을 설명해 줄게.*

나는 냇에게 전부 다 보여줬다. 내가 지난 사흘 동안, 즉 쿼니가 보관 장소 때문에 애를 먹는다는 소문을 듣고 나서 줄곧, 머릿속에서 차곡차곡 쌓았다가 다시 배열한 블록들을 그녀에게 모조리 보여준 것이다. 앞서 말했듯이 쿼니는 분야를 가리지 않는 사업가였다. 마약, 총, 멀웨어까지. 그런 상품은 보통 이곳 바르셀로나에 오래 머물지 않았고, 여기 머무는 동안에는 눈에 띄지 않는 차 여러 대에 실려서 무작위로 고른 경로를 빙빙 돌았다.

하지만 최근 들어 쿼니는 뭔가 몹시 귀중한 물건으로 호구들을 홀렸고, 적당한 운송 방법을 아직 찾지 못한 그 물건은 어찌나 귀중한지 쿼니가 아예 자기 집에 보관할 정도였다. 그는 심지어 그 물건에서 눈을 떼지 않으려고 경비 책임자를 새로 고용할 마음까지 먹었다. 어쩌면 좋은 생각인지도 몰랐다. 원래 있던 경비 책임자가 일자리를 잃고 나서 지독히 기분이 상한 것만 빼면.

나는 어젯밤 와인 바에서 그 전임 경비 책임자를 만나 만취할 때까지 술을 마시게 부추겼고, 그녀가 의식을 잃자 부축해서 화장실로 데려간 다음 두개골 임플란트에 접속해 해킹을 시작했다. 방어 소프트웨어가 꽤 활발하게 작동하기는 했지만 나는 궁금했던 것들, 즉 집의 넓이 및 구조, 순찰 경로, 침입 방지 설비 등의 정보를 확보했고, 뒤이어 내 흔적을 지우기 위해 그녀의 청각 및 시각에서 몇 시간 치 데이터를 삭제했다. 이와 더불어 쿼니가 갖고 있는 물건의 정확한 정체도 확인했다.

그게 뭔지 너도 들었어? 나는 냇에게 물었다. *그자가 금고실에 숨겨둔 거 말이야.*

냇은 마지막 남은 홍합을 빤히 내려다봤다. *소문이 돈 건 나도 알아. 사람들 말로는 그 물건이란 게 클로부차라던데.*

나는 유전자 예술에만 문외한인 게 아니라 세련되고 재수 없는 것들에 대해서는 대부분 아는 게 별로 없지만, 그런 나조차도 '클로부차'라는 이름은 알고 있었다. 그 크로아티아 출신 천재는 유전자 예술 분야에 혜성처럼 나타나 짧은 시간 동안 수많은 걸작을 쏟아낸 후에 광산 채굴용 레이저로 자기 뇌를 조각하는 광경을 인터넷으로 생중계했다.

클로부차의 유전자 서명이 적힌 것은 무엇이든 거액의 가치를 지녔는데, 유전자 배열 분석 및 복제를 시도할 경우 작품을 완전히 망가뜨리는 '킬 스위치' 기생충을 그녀가 모든 작품에 깊숙이 내장시켰기 때문에 더욱 그랬다. 하지만 퀴니는 예술품 전문 장물아비는 절대 아니기 때문에 그런 물건을 손에 넣은 것이 조금은 석연찮았고, 그렇다 보니 전반적으로 조금 당황한 것처럼 보이는 것도 이해가 갔다.

두말할 것도 없이 클로부차야. 나는 냇에게 말했다. *그리고 이제 곧 우리가 훔칠 거야.*

훔치는 건 내 전문이 아니야. 냇이 말했다. *뭐랄까, 내 실력으론 전문가 근처에도 못 간단 말이야.*

그거야 내가 전문이지. 나는 순순히 인정했다. *하지만 넌 퀴니를 잘 알잖아. 그자의 버릇도 잘 알 거야. 그리고 넌 똑똑하니까, 분명 그자의 DNA 나선을 병에 담아서 어딘가에 보관해 뒀을 거야.*

냇의 웃음소리는 목구멍 깊숙한 곳에서 나는 것처럼 나직했다. *내가 같이 자는 인간의 DNA를 모조리 모아서 카탈로그라도 만드는 줄*

아나 보지?

십중팔구 나중에 비싸게 써먹을 만한 인간들 것만 모으지 싶은데. 내가 말했다. “바자?”

“가자.” 냇도 인정했다.

금고실은 퀴니 본인과 암호로 엮여 있어. 다른 사람은 아무도 포함되지 않고. 내가 말했다. *퀴니의 유전자 서명이야 임플란트에 있는 걸 훔쳐 쓰면 되지만, 생체 스캐너까지 속이려면 창의성을 발휘해야 해.*

냇은 입에 물을 조금 머금고 부글부글 입속을 헹궜다. *그 인간한테 들키면 어떻게 될지 너도 알 텐데.* 냇이 말했다.

알아. 난 유가가 아니니까.

냇이 표정을 찌푸렸다. 아마도 바벨웨어가 그런 식의 대꾸까지 처리하지는 못하는 모양이었다. *네가 그걸 안다면.* 냇이 중얼거렸다. *나도 같이 할게.*

나는 테이블 아래로 주먹을 꽉 쥐었다. 그런 다음 내가 주문한 메뉴의 온기를 착실하게 유지하고 있을 주방에 신호를 보냈고, 뒤이어 김이 모락모락 나는 먹음직스러운 오징어 파에야가 우리 테이블에 도착했다. 토막토막 잘린 주황색 촉수가 둥그렇게 말려 있는 모습이 아름다웠다.

이제 퀴니가 다 요리됐군. 나는 에스트렐라 사과주 잔을 높이 들며 말했다. *복수를 위해, 건배.*

냇은 자기 물 잔을 들면서 눈썹도 함께 치켜올렸다. *넌 해산물을 아예 안 좋아하잖아. 극적인 효과를 내려고 일부러 주문한 거군. 그렇지?*

나는 대답하는 대신 어깨만 으쓱한 다음, 냇과 잔을 맞부딪쳤다. 냇의 눈길이 한순간 파에야로 향했다. 코는 요리에서 풍기는 양념 냄새를 킁킁댔다. 뒤이어 그녀는 될 대로 되라는 듯이 어깨를 으쓱하더니 파에야 접시를 자기 쪽으로 쓱 당겼고, 그러는 동안 조그만 로봇 종업원은 산더미 같은 홍합 껍데기를 싣고 윙윙 소리와 함께 사라졌다.

그나저나. 냇이 말했다. *옷 입는 스타일이 왜 그렇게 바뀌었는지는 설명 안 해줄 거야?*

안 해. 나는 사람들의 시선을 의식하며 스카프를 다시 여몄다.

알았어. 냇은 오징어 한 점을 포크로 찍어 입에 넣었다. 그러고는 짧은 황홀경 속에서 눈을 질끈 감았다. *네가 찾아내는 식당은 언제나 끝내준다니까.* 냇은 눈을 다시 뜨고 말을 이었다. *그래서. 그 DNA 나선은 언제 주면 돼?*

"안디다나." 나는 냇에게 그렇게 말했다. *실은 어제 받았어야 해.*

이번 건은 시간이 꽤 촉박했다.

나중에 사과주를 두 병 더 마신 후에, 나는 세상만사가 퍽 즐거워진 기분을 느끼며 햇살 속으로 비틀비틀 걸어 나갔다. 관광객 수를 제한하는 조치가 실행됐는데도 람블라 거리는 엉망으로 붐볐다. 휴일을 즐기러 나온 인파가 팔꿈치를 부딪치며 스쳐가는 가운데, 현실에 체념한 토박이 주민들 속에 열심히 일하는 범죄꾼들이 점점이 섞여 있었다. 나는 거리를 걸으며 사기꾼들의 모습을 하나둘 파악했다.

웬 남자의 바지에 묻은 뭔지 모를 오물을 닦으며 연신 사과하는 한편으로 남자의 손목에서 번쩍거리는 팔찌를 슬며시 풀고 있는 여자.

지니, 즉 싸구려 배양 장치 속에 들어 있는 채로 판매되지만 산 지 며칠 만에 죽어버리는 조그맣고 파란 털북숭이 유전자 조작 생물을 팔며 싱글싱글 웃고 있는 커플.

아마도 공유 전기 자전거에 치였는지, 이끼가 낀 보도에 벌러덩 드러누워 신음하는 나이 든 여성.

한 신사는 나조차도 처음 보는 것을 지니고 있었는데, 원숭이 꼬리처럼 생긴 조그마한 팔 같은 것이 재킷 속에서 쑥 뻗어 나오더니 신사가 지나가는 길에 열려 있는 모든 핸드백의 내부를 들락거렸다.

정말이지, 아름다웠다. 공중에서 급강하해 사람들을 모두 흩어놓는 군청색 모소스 경찰용 드론이 최상위 포식자로 군림하는, 이 작은 생태계 전체가 그랬다.

나는 기왕 이곳에 들른 김에 윈도쇼핑도 할 겸, 상점의 판매대 앞을 지나가며 몸바사에서 새로 들어온 프린트 드레스를 구경했다. 마네킹들이 내 시선을 좇아 움직이며 포즈를 바꿨다. 내가 질색하는 기능이었다. 람블라 거리를 지나 콜롬 거리로 들어서기가 무섭게 나는 다시 업무 태세로 완전히 돌아갔다. 냇은 반드시 필요한 전력이고 솜씨도 출중하지만, 이번 건에는 그녀의 도움만 필요한 것이 아니었다. 마지막 관문인 생체 스캐너를 뚫기가 너무나 힘들기 때문이었다.

퀴니의 DNA 나선을 확보하는 것은 싸움의 전반전에 지나지 않았다. 우리에게는 몸도 있어야 했지만 내 몸이나 냇의 몸은 목적에 딱 들어맞지 않았는데, 이는 우리 몸의 임플란트가 퀴니의 것과 전혀 다르기 때문이었다. 신경계에 직접 삽입된 장치를 가리거나 작동 중지시키느니, 차라리 우리 독일인 친구가 *플라이슈가이스트*로 명명한 사람을 고용하는 편이 훨씬 더 간단했다.

그 이름을 영어로 옮기면 산뜻한 맛이 덜했다. 미트 고스트, 즉 '고깃덩이 유령'이라는 뜻이니까. 하지만 무슨 뜻인지는 파악할 수 있다. 임플란트가 전혀 없는 인간. 단 하나도. 손에 박은 칩도, 두개골 임플란트도, 시각이나 청각 보조 장치도 없는. 전자 서명이 첨부된 장치는 아무것도 장착하지 않은 인간. 요즘 같은 시대에 그런 사람은 투명 인간이나 다름없다. 고로, 유령인 것이다.

바르셀로나에서 *플라이슈가이스트*를 찾는 방법은 기본적으로 두 가지다. 첫째는 생태주의 수도회 겸 러다이트 운동 공동체인 단체를 찾아가는 것인데 거기 사람들은 내가 원하는 기술이 있음직한 부류가 아니었고, 둘째는 포블레 델 바셀을 찾아가는 것인데 내가 콜럼버스 기념탑의 기다란 그림자를 따라 똑바로 향한 곳이 바로 거기였다.

기념탑의 오래된 회색 석재는 이제 다른 모든 곳이 그렇듯이 이산화탄소 흡수용 초록색 이끼로 뒤덮인 상태였다. 탑 꼭대기는 하얀 갈매기 떼가 온통 점령한 채 시끄럽게 꽥꽥거리고 있었다. 그 너머의 지중해는 여행안내 홀로그램에 나오는 것처럼 파도가 일렁이는 눈부시게 파란 바다였다. 부둣가에 도착해 보니 미리 예약한 로터 보트가 나를 기다리고 있었고, 낚싯대로 바다의 플라스틱을 건지는 노인이 보트와 자리다툼을 하는 중이었다. 내가 가까이 다가서자 소금기가 낀 보트의 조종용 스크린에 웃는 얼굴 아이콘이 떠올랐다.

"*본 디아.*" 로터 보트가 아무렇게나 지껄였다. "*온 아넴 아부이?*"

"부표가 있는 곳까지만 데려다줘." 나는 그렇게 말했다. 왜냐면, 포블레 델 바셀은 사실상 존재하지 않는 곳이었으니까.

스크린의 웃는 얼굴은 무슨 말인지 안다는 듯이 한쪽 눈을 찡긋했다. 뒤이어 내가 올라타고 나서, 보트와 나는 플라스틱 낚시꾼에게 물보라를 끼얹기 가장 좋은 각도로 급출발했다. 낚시꾼이 식식대며 악을 썼다. 나는 사과의 뜻으로 그에게 손을 으쓱하고는 보트와 함께 쏜살같이 항구 바깥으로 튀어나갔다.

이날은 파도가 조금 거칠었지만, 로터 보트는 끄떡도 하지 않고 바다에 떠다니는 요트와 범선과 자동 운항 바지선 사이를 정확히 누비고 다녔다. 우리는 해안선을 벗어나 바다 쪽을 향해 똑바로 나아갔다. 짠바람 때문에 머리가 엉망으로 흐트러졌는데 그건 내가 지독히도 싫어하는 일이었고, 자이로스코프가 작동하는데도 어째선지 보트가 흔들리는 바람에 기다란 의자에 꼬리뼈가 세게 부딪혀 욱신거렸다. 다행히 국경선 부표 지대, 즉 회색 기둥 모양 부표가 기다랗게 늘어서 있고 거기 달린 노란색 위험 경고등이 위압적으로 번쩍거리는 곳까지는 그리 먼 길이 아니었다.

그리고 그 바로 너머에 포블레 델 바셀, 가끔은 바르셀로나보다 더 커다랗게 보이는 거대한 수상 미로가 있었다. 그곳의 이름은 사실 영어로 옮겨야 산뜻한 맛이 더 살아났다. 십타운, 즉 '선상 도시'라는 뜻이기 때문이었다. 원래 카탈루냐의 신원 조회 절차를 통과하지 못한 남쪽 출신 이주자들만 살던 이곳은 지난 10년 동안 그 자체로서 하나의 세력을 이루었다. 이곳에서는 플라스틱 낚시, 플랑크톤 양식, 태양광 에너지 저장까지, 안 하는 일이 없었다.

이곳은 많은 이들에게 유럽을 향해 뛰어오르는 마지막 발판이었지만, 한편으로 그보다 더 많은 이들에게 집이기도 했다. 나 또한 납작 엎드려 숨어 살아야 했던 시기에 이곳에서 한 달가량 일하며 지낸 적이 두어 번 있었다. 로터 보트는 국경선에 최대한 바짝 붙어서 나아갔다. 부표 카메라는 작년에 바이러스 공격을 지독하게 받아 여태 복구되지 않은 상태였지만, 나는 몸에 새겨진 기억 탓에 나도 모르게 얼굴을 가린 다음 폴리플라스틱 부두를 향해 펄쩍 뛰어올랐다.

부두는 공중에서 격하게 움직이는 나의 기척을 감지하고 사격을 시작했다. 나는 바닷말이 자라서 미끌미끌한 부두 표면에 발을 디디다가 하마터면 얼굴부터 처박을 뻔했다. 그러나 내가 있는 곳은 이미 국경 너머, 엄연한 십타운이었고, 로터 보트는 알아듣기 힘든 작별 인사를 지껄이며 하얗게 부서지는 파도를 타고 미끄러지듯 멀어져 갔다. 나는 보트를 향해 손을 흔들고 옷매무새를 가다듬은 다음, 시내 쪽을 향해 출발했다.

십타운의 원래 뼈대는 이주민들이 타고 온 보트 무리였다. 이주민들은 몇 척은 커다랬지만 대개는 조그마했던 그 보트들을 밧줄로 묶거나 함께 용접해서 한 덩어리로 뭉친 다음, 해안에 접근하지 못하게 막는 3D 프린팅 방파제와 공격적인 국경 감시 드론에 대항했다. 이후 그 보트 무리는 사방팔방으로 확장돼 마치 시시각각 자라나는 거대한 미로처럼 보였고, 이곳을 거미줄 같이 연결한 보도는 보행자와 자전거 이용자들로 미어터질 지경이었다.

나는 시장을 똑바로 통과했다. 시장 바닥에 깔린 방수포 위에는 말린 콩이나 메뚜기가 잔뜩 쌓여 있었고 그 옆의 방수포에는 중고 임플란트가 쌓여 있었는데, 개중에는 상태가 하도 신선해서 뚝뚝 떨어지는 척수액이 눈에 보이는 것도 있었다. 이 시장에서는 몇 개국의 화폐로 거래를 하는 것도 불가능하지는 않았지만, 그래도 가장 선호하는 방법은 물물교환이었다. 나는 싫증이 나서 더 입지 않는 유명 브랜드 재킷을 내놓는 대가로 내가 찾던 *플라이슈가이스트*의 연락처를 얻었다.

그 남자의 이름은 잉카였고, 한때 *페리토*호라는 이름의 고깃배였던 바 페리토에서 기다리는 중이었다. 배 이름을 페인트로 적어놓은 선체의 일부가 이제는 바 문 위의 버팀목과 결합돼 있었다. 술집 안으로 들어서자 생선 내장 비슷한 냄새가 풍겼고, 생체 램프 조명이 비추는 바닥에는 분홍색 얼룩이 여기저기 눈에 띄었다.

"보네스, 콤 바?" 나는 그렇게 말을 걸어봤다.

페리토의 바텐더는 얄따란 나노카본 방탄 막을 재활용해 만든 가리개 너머에서 나를 흘긋 보더니, 이내 눈을 돌리고 메스칼 병과 저질 보드카 병을 다시 정리하기 시작했다. 그래도 산탄총을 꺼내거나 하지는 않았기 때문에, 나는 술집 안쪽으로 향했다. 실내에 나이지리아인은 구석에 앉아 있는 남자 한 명뿐이었다. 그가 마시지 않고 테이블에 놔둔 잔에 든 것은 화장실에서 떠 온 물처럼 보였지만, 십중팔구 박테리아 맥주일 터였다.

나는 자리에 앉으며 남자를 살펴봤다. 귀에 꽂은 하얀색 레트로풍 무선 이어폰에서 아프리카 음악인 *쿠두로*의 리듬이 요란하게 들려왔고, 초록색과 검은색으로 이루어진 무늬가 쉬지 않고 모양을 바꾸는 민소매 윈드브레이커는 간단한 안면 인식 장비를 교란하려고 입은 것이었다. 남자는 생각보다 더 어렸다. 침입 기술자들이 으레 그렇듯 작은 체격에 테이블에 올려놓은 팔은 날씬하지만 탄탄해 보였고, 팔꿈치는 각질이 하얗게 일어나 있었다. 머리는 멋스럽게 절반만 삭발했고 각진 얼굴은 무표정했으며, 반쯤 감은 눈은 손에 들고 있는 갓 찍어낸 큼지막한 휴대 전화에 고정돼 있었다. 다른 사람이 위장한 것 같지는 않았다. 남자에게는 임플란트가 하나도 없었으니까.

"잉카?"

남자는 고개를 들지 않았지만 전화기에 놓인 엄지손가락이 움찔했고, 음악 소리도 살짝 작아졌다. "맞아."

"솜씨가 좋던데." 내가 한 그 말은 조금은 과장이었다. 남자의 일솜씨는 그냥저냥이었으니까. "라고스에서 했던 몇 건은 아주 깔끔했어. 다카르 건도 그렇고. 조금 더 어려운 일에 도전해 볼 준비는 돼 있으려나?"

"돼 있는 건 돈 얘기를 들을 준비뿐이야, 이 양반아." 잉카가 말했다. "예술품을 훔칠 거라면서? 우리 고모가 전에 한 번 한 적이 있어. 큰돈은 장물아비가 챙기고 부스러기만 남던데."

"이번 건의 부스러기는 굉장히 클 거야. 클로부차만 한 부스러기거든."

나는 손을 펴서 내밀었고, 잉카는 불평을 구시렁거리며 새 휴대 전화를 테이블 이쪽으로 밀었다. 내가 한 손가락으로 화면을 건드리자 내 임플란트가 이번 건의 나머지 정보를 전화기에 전송했다. 바르셀로나의 허공에 둥둥 띄워 보내고 싶지 않은 정보들, 그리고 진품 판정을 받은 클로부차 작품들의 현재 평가액까지 함께.

잉카는 전화기 화면을 유심히 보다가 눈을 깜박거렸다. 그의 눈은 아주 잠깐 튀어나올 것처럼 휘둥그레졌다. "아. 그래. 나도 할게, 그럼."

"좋아. 당신, 가상 체험에 문제가 있거나 하진 않아?"

"그야 가상의 밀도가 얼마나 높은지에 달렸지. 속이 좀 안 좋아지기는 해."

"이곳 십타운에 이미 가상 체험 포드pod를 임대해 놨어." 내가 말했다. "1주일 분량의 준비 과정을 열여덟 시간짜리 속성 코스로 끝낼 거야."

잉카는 고개를 한쪽으로 갸웃할 뿐, 머리를 들고 나를 보지는 않았다. "열여덟 시간 동안 계속 포드에 처박혀 있으면 누구나 멀미가 날걸. 100퍼센트 확률로."

나는 포드 안에서 멀미가 나는 일이 없지만, 잉카의 말을 어떻게 받아쳐야 하는지는 잘 알고 있었다. "나한테 균형을 맞춰주는 약이 있어. 방법은 그것뿐이야. 내일 밤에 금고실을 털 거니까."

잉카는 그제야 고개를 들어 나를 봤고, 한순간 내 눈에는 *난 냉정한 프로야*라고 거들먹거리는 남자의 껍데기 속에 숨어 불안해하는 어린애가 보였다. 이 낯선 나라에서 살아남으려고 발버둥 치지만 자신이 무슨 일에 발을 들이는지는 알지 못하는 어린애였다. 그 모습을 보니 과거의 내가 떠올랐지만, 그때도 나는 지금의 잉카보다 더 야무진 표정을 하고 있었다.

"알았어, 이 양반아." 잉카는 다시 전화기 화면으로 눈을 돌리며 말했다. "하지만 예감이 안 좋으면, 난 안 갈 거야."

잉카는 엄지손가락을 움직여 다시 음악 소리를 키웠고, 나는 날카롭게 쨍강대는 쿠두로 리듬에 느긋하게 몸을 맡겼다.

십타운에서 가장 성능이 좋은 가상 체험 설비를 갖춘 곳은 하비의 섹스 하우스였고, 그렇다 보니 깨끗한 체험 포드 세 대가 우리를 기다리는 곳 또한 거기였다. 아담하고 음란한 그 가게의 바닥에는 피딱지처럼 검붉은 색의 카펫이 깔려 있었고 벽은 흑백 포르노 사진으로 빼곡히 뒤덮여 있었으며, 공기 중에는 방향제로도 좀처럼 가려지지 않는 체액 냄새가 은은하게 떠돌았다.

나는 가게 안에 들어가 포드를 확인했다. 잉카가 쓸 포드는 구식 전극을 사용하도록 개조돼 있었다. 확인을 마치고 나서 나는 가게 주인인 하비와 악수했다. 그는 바이오피드백 인터페이스에서 버그를 제거해 준 일로 나에게 빚이 있었는데, 애초에 그 버그를 집어넣은 사람이 나라는 것은 아직 밝혀지지 않았다. 그런 다음 바깥으로 나가서 막 도착한 *플라이슈가이스트*와 전자 담배를 나눠 피우며 냇이 나타나기를 기다렸다.

“난 라고스에는 한 번도 안 가봤어.” 내가 말했다. “거기 해안가에 석호가 있다며? 분명 멋진 곳이겠지.”

잉카는 내키지 않는 표정으로 음악 소리를 줄였다. 이는 나의 상상이었는데, 왜냐면 내가 내뿜은 담배 연기에 그의 얼굴이 가려졌기 때문이었다. “거긴 안개가 자주 끼어. 지저분하고.” 잉카는 푸르스름한 빛이 도는 담배 연기를 구름처럼 뿜어냈다. “그 주변은 온통 판잣집이야.”

“너도 거기 출신이야?” 내가 물었다.

잉카는 전자 담배를 다시 내게 건넸다. “아니, 천만에. 난 병원에서 태어난 몸이야.” 그러고는 잠시 입을 다물고 내 머리 너머를 가만히 응시했다. “우리 엄마는 형편이 넉넉해서 임플란트를 장착할 수도 있었어. 그냥 나한테 그걸 달아주기가 싫었을 뿐이야."

"이유가 뭔데?"

잉카는 알 게 뭐냐는 듯이 앙상한 어깨를 으쓱했다. "죽음 숭배 사이비 종교에 빠졌거든."

"아."

냇은 환상적으로 늦게, 태양이 용광로처럼 주황색으로 이글거릴 즈음에 도착했고, 나는 안달이 나서 미칠 지경이었다. 냇이 보도를 성큼성큼 걸어오는 동안 먼지 한 점 안 묻은 검은 코트 자락이 벌어질 때면 번번이 스타킹에 감싸인 기다란 다리가 드러났고, 잉카는 그 모습을 보고 홀딱 반한 기색이 역력했다. 이 점은 냇과 함께 일할 때 얻는 특전이었는데, 나중에 요긴하게 쓸 데가 있을지도 몰랐다.

"생체 프린팅 업자하고 흥정하느라 늦었어." 냇은 얼굴에 흘러내린 머리칼을 손으로 빗어 넘기며 말했다. "보통은 하룻밤 만에 다 끝내는 경우가 없다고 해서. 그래도 제때 받으러 갈 수 있게 얘기해 놨어."

"잘했어. 냇, 이쪽은 잉카야. 잉카, 이쪽은 냇."

"반가워." 냇은 그렇게 인사하고는 잉카를 위아래로 쭉 훑어봤다. "재킷이 멋지네."

잉카는 냇과 눈도 제대로 맞추지 못했지만, 그의 시선이 먼 곳을 향하기 전에 아주 잠시 머문 자리는 벌에 쏘여서 부은 것처럼 탐스러운 냇의 입술이었다. "고마워. 새로 산 거야."

나는 두 사람을 가게 안쪽으로 안내했다. 그곳의 가상 체험 포드는 뚜껑이 열려 있었고 하비가 우리를 위해 준비한 여분의 물통도 있었다. 열여덟 시간은 긴 시간이었고, 하비가 아는 한 우리는 바이오피드백을 켜놓은 채로 셋이서 마라톤 섹스를 벌일 예정이기 때문이었다. 나는 내 포드 앞으로 가서 안에 차 있는 전도성 젤에 손가락을 담갔다.

"젤은 깨끗해." 기분 상한 목소리로 하비가 말했다. "내가 다 비우고 새로 채워놨어."

나는 손가락의 임플란트로 젤을 살짝 스캔해 보고 하비의 말에 동의했다. 젤 속의 지저분한 박테리아 때문에 놀랄 일은 없었다. 우리는 먼저 잉카부터 준비시켰다. 임플란트가 없는 그가 임플란트의 대용물이 될 센서 슈트를 입도록 도와준 다음, 반짝이는 거미줄처럼 얽히고설킨 전극들을 슈트와 연결했다. 잉카는 포드 안에 누워 젤 표면에 머리를 둥둥 띄운 채 눈을 감고 있었다. 하비가 포드의 뚜껑을 닫았다.

냇은 내 옆의 포드를 쓰기로 하고 옷을 벗은 다음 안으로 들어갔다. 가상 체험 미인계는 하도 여러 번 해봐서 처음부터 끝까지 아예 자동이었다. 나는 잉카가 포드 안에서 멀미를 할까 봐 걱정될 뿐, 냇은 걱정되지 않았다. "저 사람한테 얘기했어?" 냇이 물었다. "생체 스캐너를 속여야 하는 거 말이야."

"대강은 설명해 줬어."

"알았어." 냇은 그렇게 대답하고 자기 포드의 뚜껑을 직접 닫았다.

그리하여 하비와 단둘이 남게 되자, 나는 하비에게 가서 가게를 보라고 말했다. 그런 다음 하비가 요통 치료용 의자에 앉는 소리까지 듣고 나서 옷을 벗기 시작했다. 심지어 그때에도 다른 두 포드를 유심히 지켜봤다. 마치 잉카나 냇이 포드에서 튀어나와 나를 보고 입을 떡 벌리기라도 할 것처럼. 내가 식당에서 셔츠를 딱 갈비뼈까지만 올린 데에는 이유가 있었다. 퀴니가 내 몸에 남긴 멍 자국을 보여주는 건 아무렇지도 않았지만, 호르몬 임플란트가 지난 몇 달에 걸쳐 만들어 낸 결과를 보여주는 건 조금 신경이 쓰였기 때문이었다. 냇은 아직 모르는 일이었고, 당장은 알려주기에 적당한 때가 아니었다.

나는 벗은 옷을 접어서 엉성하게 달아놓은 플라스틱 선반에 올려놓은 다음, 내 포드 안으로 들어갔다. 전도성 젤이 맨살에 닿자마자 내 몸의 임플란트들이 노래하기 시작했다.

도시 외곽에 자리 잡은 쿼니의 저택은, 당연한 얘기지만, 거대하고 몰개성적인 흉물이었다. 그는 건축용 AI에 다른 무엇보다도 구엘 공원과 사그라다 파밀리아 대성당을 입력했고, 이로써 튀어나온 결과물은 세로로 홈이 팬 버팀벽과 기하학적으로 생긴 도마뱀 조각상이 잔뜩 있는 싸구려 가우디 짝퉁이었다. 나는 그 저택 상공에 둥둥 떠 있었고 내 한쪽 옆에는 냇이, 반대쪽에는 살짝 흐릿하게 보이는 잉카가 있었다.

“집을 왜 저렇게 꾸미는지 물어본 적 있어?” 나는 중얼거리듯이 물었다.

“자기가 있는 곳이 카탈루냐라는 걸 여태 스스로에게 증명하려고 그러는 거야.” 냇이 말했다. “자다가 눈을 떠보니 촌구석의 빈털터리일까 봐 아직도 두려운 거지. 하지만 없어. 왜 저렇게 꾸미냐고 물어보진 않았어.”

“다행히 안달루시아도 조금 넣긴 했어.” 나는 그렇게 말하며 시야를 회전시켰고, 그러자 우리 셋이 있는 곳은 저택의 뒤쪽 절반을 가린 구불구불한 올리브 나무 수풀 속으로 바뀌었다. “이게 우리 엄폐물이야. 숲을 지나서 진입하는 거지."

잉카는 주위를 둘러봤다. 머리가 움직이면서 허공에 네모난 픽셀 모양의 흔적이 남았다. "집에 혹시 개가 있어?"

"한 마리 있어." 나는 해고당한 퀴니의 경비 책임자에게서 얻어낸 내부 도면을 꺼냈다. 저택의 경비견도 우리와 함께 숲속에 구현됐고, 냇은 자기 코앞에 나타난 개를 보고 살짝 움찔했다. 냇을 나무랄 일은 아니었다. 사납게 생긴 그 개는 온몸이 울퉁불퉁한 근육질이었고 다리는 경주견처럼 기다랬으며, 대가리에 달린 전구 모양 센서 아래에는 번득이는 원형 이빨이 달려 있었다.

"저건 전기톱이잖아." 잉카가 말했다. "개 대가리에 전기톱을 단 거야?"

"그 인간은 지저분한 걸 좋아하거든." 나는 냇을 흘깃 보며 말했다. "하지만 이번 경우엔 오히려 다행이야. 개가 우리한테 접근하면 전기톱 소리가 날 테니까. 그리고 내가 이 녀석의 피아 식별 프로그램에 백도어*를 설정해 놓을 거야. 일단 개 앞을 무사히 통과한 다음엔…"

나는 일행들을 데리고 허공을 미끄러지듯 나아가 올리브 나무 수풀을 벗어난 다음, 하늘색으로 빛나는 수영장을 향해 움직였다. 물에서 모락모락 피어오른 김이 허공에 가느다랗게 멈춰 있었다. 풀의 하얀 타일 벽에 새겨진 것은, 농담이 아니라 정말로, 도마뱀들이었다. 보도를 따라가면 저택으로 들어서는 유리문이 나왔고, 거기서부터 복도를 따라 조금만 더 가면 퀴니의 침실이었다.

---

* 시스템 점검 및 유지를 위해 만들어 놓은 관리자 전용 접근 경로.

침실에서 가장 신경을 쓴 부분은 분명 침대 자체인 듯했는데, 자성 패드 위의 허공에 널따란 검은색 판이 둥둥 떠 있는 구조였다. 그 밖에 눈길을 끄는 경쟁자로는 거울 앞의 매트 위에서 몸을 이쪽저쪽으로 흔드는 스파링용 더미 인형, 얼굴이 없는 벌거숭이 몸뚱이들이 서로 얽혀 꿈틀대는 천장의 홀로그램 영상, 퀴니 본인의 찡그린 얼굴을 커다랗게 프린트해 놓은 벽의 사진 등이 있었다.

"저게 당신이야." 나는 그 사진을 가리키며 잉카에게 말했다. "아니면 앞으로 당신이 될 얼굴이야. 자, 더 자세히 봐."

우리가 있던 그 방에 퀴니의 모습이 나타났다. 그 모습은 아무 데서나 흔히 구할 수 있는 지난 2년 동안의 퀴니의 영상과 내가 유감스럽게도 그를 직접 만났던 몇 차례의 경험을 대충 꿰어 맞춰 만든 것이었다. 냇은 그 합성 영상을 쓱 훑어보다가 근육이 불끈거리는 팔뚝을 보고 살짝 눈살을 찌푸렸지만, 아무 말도 안 한 것을 보면 냇이 보기에도 꽤나 감쪽같은 모양이었다.

나와 잉카는 퀴니 주위를 한 바퀴 빙 돌았다. 퀴니는 덩치가 크지 않았지만, 가상 현실 속에서조차 일종의 흉포성을 뿜어내는 것이 꼭 뒷덜미의 털이 곤두선 고양이 같았다. 양쪽 눈 밑은 불룩하게 처졌고 눈은 빨갛게 충혈됐고, 짧게 깎은 머리는 주황색으로 염색돼 있었다. 갈색으로 그은 살갗은 곳곳에 하얀 흉터가 있었지만, 문신은 전혀 없었다. 퀴니는 바늘이라면 아주 질색하고 싫어했다.

"생체 스캐너의 대략적인 작동 방식은 알아냈어." 내가 말했다. "그 장치는 먼저 대상의 키와 몸무게부터 파악해. 우린 당신의 덩치를 조금 키우고, 신발 밑창을 2~3센티미터 정도 높일 거야. 스캐너는 제한 적이긴 하지만 보행 인식 기능도 있으니까 그 인간처럼 걷는 법도 미리 익혀놔야 해."

내가 손을 흔들자 쿼니가 몸을 구부정하니 숙이고 앞쪽을 향해, 스파링용 더미 인형 쪽을 향해 걷기 시작했다. 잉카는 그 모습을 열중해서 바라봤다.

"쿼니의 유전자 관련 자료는 냇이 넉넉하게 기증해 줬어." 나는 이야기를 계속했다. "바로 그걸 소재로 지금 생체 프린터가 장문掌紋* 장갑과 가면을 한창 만드는 중이야. 완벽하게 똑같진 않겠지만, 그런 것들은 원래 완벽하게 복제되지 않아. 그래도 내가 쿼니의 임플란트 신호를 복제해서 같이 입력하면 그 정도로도 충분히 통할 거야."

쿼니는 뒤로 돌아서서 다시 우리 쪽을 향해 걷기 시작했다. 걸음은 성큼성큼 내디뎠고, 한쪽 팔은 살짝 뻣뻣해 보였다. 나는 잉카가 부디 훌륭한 흉내쟁이였으면 하고 바랐다.

"금고실은 이쪽이야." 냇이 말했고, 나는 그녀가 설령 가상 버전일지라도 자신의 가학적인 전 애인 곁에는 머물기 싫어한다는 느낌을 받았다. 우리는 그녀를 따라 욕실을 지나 아무것도 없는 돌 벽 앞에 도착했다. 생체 스캐너가 있다고 알려주는 표시는 눈높이에서 깜박이는 조그마한 파란 불빛이 유일했다. 잉카는 살금살금 걸어가서 그 불빛 앞에 섰다. 그는 한쪽 손으로 주머니를 톡톡 두드리고 있었다.

"그런데 저 안에 뭐가 있는지는 아직 모르는 거지?" 잉카가 물었다. "클로부차의 작품이라는 것만 빼고."

---

* 손바닥에 나 있는 손금의 무늬.

“이만한 크기의 인큐베이터 포드에 넣어서 운반할 만큼 작다는 건 알아.” 나는 꽉 쥔 주먹을 들어 보이며 말했다. “퀴니가 그 인큐베이터 포드의 내용물을 아직 꺼내지도 않았다는 건 이미 알려진 사실이야. 그러니까, 뭐랄까, 기린과 범고래가 섞인 혼종을 차까지 끌고 갈 걱정은 안 해도 돼. 당신은 들어가서, 물건을 집어 들고, 우리와 함께 왔던 길로 돌아가면 돼. 금고실에 머물러도 되는 시간은 최대 5분이야. 집 안에 있어도 되는 시간은 최대 20분이고.”

“퀴니는 어디에 있는데?” 잉카가 또다시 손으로 주머니를 두드렸고, 나는 그가 몸에 새겨진 기억으로 자신의 큼지막한 구식 휴대 전화를 느끼고 있다는 것을 알아차렸다. 우리를 따라 이 가상 현실 속으로 들어오지 못한 그 전화기를. “우리가 이러고 있는 동안에 말이야. 퀴니는 어디에 있을 거지?”

나는 그 질문이 무슨 뜻인지 이해했다. 퀴니의 얼굴을 보면, 털러 들어가는 집에서 만나고 싶은 사람이 아니라는 걸 알 수 있으니까.

“토요일 저녁이잖아.” 내가 말했다. “플럭스에서 노느라 바쁠 거야. 냇이 위장 작전을 준비하면서 퀴니를 감시하는 일도 같이 하기로 했어. 그러니까 집 안에 있는 사람은 내가 받은 파일에 따르면 필수 경비 인력 네 명에, 청소부 한 명이야.”

잉카는 고개를 느릿느릿 끄덕였다.

“우린 괜찮을 거야.” 내가 말했다. 잉카뿐 아니라 나 자신도 함께 안심시키려고 한 말이었다. “이제 리허설을 시작할 시간이야.”

열일곱 시간이 지난 후, 우리는 더 준비할 수 없을 만큼 준비된 상태였다. 심층 가상 체험을 경험해 본 사람은 그 속에서 시간이 어떤 식으로 왜곡되는지 알 것이다. 포드 속에 머무는 시간이 길어지면 길어질수록 그 속에 들어간 지 1주일이 됐는지, 10분이 됐는지, 아니면 빌어먹을 한평생을 통째로 그 속에서 보냈는지 분간하기가 점점 더 힘들어진다. 나는 바로 그 이유 때문에 잉카가 괜찮을지 조금 불안했지만, 보아하니 잘 버티는 듯했다.

잉카는 아예 웃기까지 했다. 냇이 류블랴나에서 겪은 일을 이야기해 줬기 때문이었다. 웬 사업가가 냇을 붙잡으려고 자신이 묵던 호텔 뒤편의 눈 덮인 거리를 알몸으로 질주했다는 이야기였다. 냇은 원래부터 거지 같은 이야기도 우습게 들려주는 재주가 있었고, 가상 체험 속에 있다 보면 남들과 의기투합하기가 더 쉬워지는 느낌이 드는 것도 사실이었다. 주위의 모든 것이 가짜인 상황에서는 진짜 사람에게 더 강하게 의지하는 수밖에 없기 때문이다.

잉카의 어린 시절 이야기는 더 듣지 못했지만, 그래도 쿠두로 음악 몇 곡을 직접 작곡하는 중이라는 이야기는 분명히 들었다. 그때 우리는 쿼니의 집에 열 번째 아니면 열한 번째 들어간 참이었다. 잉카가 냇에게 지도를 받으며 쿼니 흉내를 연습하는 동안에는 나도 혼자서 몇 가지 준비를 했지만, 그래도 대개는 처음부터 끝까지 셋이서 함께 연습했다. 처음에는 경비원들이 정해진 경로로 순찰을 도는 상황을 가정했고, 그다음에는 경로에 무작위성을 조금 더해봤고, 그다음에는 최악의 상황을 가정했다.

냇은 플럭스에서 위장 작전을 펴는 일을 혼자서 도맡아야 했지만, 어차피 그곳은 냇이 손바닥처럼 훤히 아는 장소였다.

"좋아." 나는 냇의 이야기가 한창 재미있어지려는 참에 말을 끊었다. "마지막 시도 때 느낌이 괜찮았어. 딱 한 번만 더 해보자, 그다음엔 여기서 나가는 거야."

냇은 나를 빤히 바라봤고, 잉카는 표정에서 웃음기가 사라졌다.

"이미 나왔어, 이 양반아." 잉카가 말했다. "진작 나왔잖아. 자기가 우릴 깨워놓고선."

젠장.

나는 주위를 더 자세히 둘러봤다. 우리는 여전히 미끄러지듯 앞으로 나아가는 중이었지만, 그건 흥에 겨운 관광객들을 태워서 목적지까지 데려다주느라 다 함께 동기화 주행을 하는 검정색과 노란색 택시들의 행렬 사이로 아베니다 디아고날 대로를 질주하는 자동차의 뒷좌석에 우리가 앉아 있기 때문이었다. 차창 너머로 보이는 캄캄한 하늘을 홀로그램 영상이 알록달록하게 밝혔다. 냇과 잉카는 나를 마주 보는 맞은편 좌석에 앉아 있었다. 잉카의 모습은 전혀 흐릿해 보이지 않았고, 바닥에는 더플백 몇 개가 놓여 있었다. 우리가 생체 프린팅 업자를 이미 찾아갔다는 뜻이었다.

"지금 플럭스로 가는 중이야." 냇이 말했다. 그러고는 우리 *플라이슈가이스트*에게는 들리지 않는 비밀 채널로 이렇게 덧붙였다. *약 먹어.*

아래를 내려다보니 내 손바닥에 각성제인 '스피드'가 들어 있는 조그마한 봉지가 있었다. 작별 인사 겸 악수를 할 때 하비가 내 손에 쥐여준 것이었다. 나를 둘러싼 현실이 일그러지며 덜덜 떨렸다. 나는 포드 멀미가 나지 않는데. 그런 일이 내게 일어날 리 없는데.

"괜찮아?" 잉카가 물었다. 앞서보다 더 커진, 불안감이 밴 목소리로.

"장난한 거야." 내가 말했다. "방금 건 그냥 오싹한 농담이었어, 잉카."

우리는 플럭스의 한 블록 앞에서 냇을 내려줬고, 나는 잉카가 냇 쪽으로 고개를 돌린 틈을 타 내 미련한 입에 스피드를 한가득 털고 물도 없이 삼켰다. 등골에 땀이 흐르는, 살갗이 부르르 떨리는 시간이 잠시 흐르고 나서 세상이 환해졌다. 또렷해졌다.

나는 포드 멀미를 일으키는 법이 없었다. 그 불길한 징조 앞에서 나는 이게 다 호르몬 임플란트 때문일 거라는 생각을 멈출 수가 없었다. 내 몸에 새로 들어온 화학 전달 물질이 신진대사 및 두뇌 활동을 방해하는 것이었다.

이번 일은 망치면 안 돼. 냇은 통신 채널로 내게 그 메시지를 보내고는, 뒤도 돌아보지 않고 성큼성큼 걷다가 모퉁이를 돌아 사라졌다.

퀴니의 저택 뒤편에 있는 올리브 나무 수풀은 넓이가 1제곱킬로미터를 넘지 않았지만 한밤중이다 보니, 그것도 스피드를 잔뜩 머금은 위장과 포드 멀미에 시달리는 소뇌가 싸움을 벌이는 와중이다 보니 동화에 나오는 숲처럼 드넓게 보였고, 컴컴하고 빽빽한 덤불숲이 우리를 통째로 집어삼킬 것만 같았다. 나는 정신을 똑바로 차리려고 정말이지 안간힘을 썼다.

"우리 뭐 실수한 거 없지?" 잉카가 물었다.

"하나도 없어." 내가 대답했다.

저택 주위에는 온통 센서가 촘촘히 깔려 있었지만, 나는 센서의 위치를 이미 파악하고 있었다. 나는 감지 범위 안에 들어서기가 무섭게 모든 센서에 작동 중지 및 자동 정비 명령을 내렸다. 그 과정에서 사용한 멀웨어를 만들어 준 해커는 라오스에 사는 야무진 열 살짜리 여자애였다. 그것이 바로 이 업계의 특징이다. 당신보다 실력이 더 좋은 어린 천재가 어디선가 어김없이 등장하는 것이다.

하지만 경비견의 AI에 백도어를 설정하는 일은 내가 직접 해야만 했다. 그 AI는 맞춤형이었고, 나로서는 굉장한 연줄을 동원하지 않는 한 아예 근처에도 갈 일이 없는 군용 시제품을 개조한 것이었다. 그러한 까닭에 전임 경비 책임자가 AI의 내부 작동 방식에 관심을 가졌던 것이 나로서는 행운이었다. 소스 코드를 샅샅이 뒤져 취약점을 찾아내기까지 걸린 시간은 고작 하룻밤이었다. 하지만 우리는 그 개의 행동반경에 직접 들어가야 했다.

잠깐 동안 나는 우리가 하는 연습이 다섯 번째인지, 아니면 여섯 번째인지 기억이 나지 않았다. 그러다가 잉카가 눈에 띄었다. 또렷한, 흐릿하지 않은 잉카의 모습을 보고 나는 등골이 차가운 바늘에 찔린 것처럼 서늘해졌다. 현실이었다. 그곳은 현실이었고, 우리는 경비견을 향해 다가가는 중이었다. 내 임플란트를 통해 경비견의 깜박거리는 신호가 보였고, 전기톱이 회전하며 윙윙대는 소리도 나직이 들려왔다. 나는 더플백의 손잡이를 더욱 힘껏 쥐었다. 그러고는 다시 잉카를 돌아봤다. 이제 그는 나를 거의 신뢰했는데, 이유라고 해봐야 사실상 다른 선택지가 없기 때문이었다.

"이제 시작할게." 나는 그렇게 말하고 땅바닥에 앉았다.

경비견이 수풀 사이로 우리 둘의 체온을 감지했다. 개는 발을 성큼

성큼 내디디며 달려왔고, 그러는 동안에도 주둥이의 뾰족뾰족한 톱날은 윙윙 소리를 내며 돌아갔다. 나는 임플란트를 통해 명령 코드를 입력했다. 사용자 지정 방식으로 작성한 코드를 한 줄씩, 한 줄씩. 내게 필요한 것은 오로지 악수 한 번이었다. 생각해 보면 우스운데, 왜냐면 상대는 개였기 때문이다. *앉아. 꼬리 흔들어. 우리 물면 안 돼.*

잉카는 경비견이 뒤틀린 나무 그루터기를 피해 옆으로 휙 뛰어오르는 광경을 목격했다. 잉카가 숨을 들이마시며 낸 헉 소리가 내 귀를 스쳤다.

"내 통신 연결 속도가 생각보다 느려서 그래." 나는 그렇게 말하고 나서 하마터면 *다시 해볼게*라고 말할 뻔했지만, 이내 그러기가 불가능하다는 것을 떠올렸다. 여기는 현실이었고, 이제 경비견은 우리를 향해 뛰어오는 중이었다. 회전하는 톱날이 뿌옇게 보였다. 그 톱날이 내 얼굴을 파고들어 올리브 나무에 시뻘건 피가 흩뿌려지는 광경이 머릿속에 선하게 그려졌다. 내 심장은 주먹이 되어 가슴을 두들겨 댔다. 1초만 더 있으면 그 주먹이 가슴을 뚫고 튀어나올 것만 같았다.

"우리 쪽을 똑바로 노리고 달려오잖아, 이 양반아." 잉카가 말했다. "일어서. 일어서라고, 개가 우릴 똑바로 노리고 달려온단 말이야."

잉카의 말이 옳았다. 경비견은 우리를 향해 돌진했고, 나는 잉카가 내 겨드랑이에 팔을 넣고 나를 일으켜 세우려고 버둥거리는 기척을 어렴풋이 느꼈다. 통신망의 클라이언트와 서버가 충돌했다. 코드가 그 둘 사이를 왕복했다.

"흔들어, 이 개자식아." 내가 말했다.

경비견은 우리 코앞에서 급히 멈춰 서느라 버둥거리다가, 이내 풀라스틱 꼬리를 흔들어 댔다. 전기톱이 윙윙대는 소리 때문에 나는 이와 턱이 다 시큰거릴 지경이었다. 가상 현실에서는 일어나지 않는 일이었다. 우리는 경비견이 사뿐사뿐 걸어서 멀어질 때까지 꼼짝 않고 앉아서 기다리다가, 마침내 안도의 한숨을 내쉬었다. 동화 속에 나올 것 같은 숲이 나를 둘러싸고 부풀었다 오므라들기를 반복했다. 나는 알약을 한 개 더 삼켰다. 잉카가 보든 말든 아랑곳하지 않고서.

"잘했어, 이 양반아." 잉카는 한참 만에 그렇게 말하고는 손을 내밀어 나를 일으켜 줬다.

숲을 나서는데 다리가 후들거렸다. 나는 그때까지도 스피드의 약발이 돌아 머리가 맑아지기를 기다리는 중이었다. *현실이야, 현실이라고, 현실이라니까.* 이번에는 재시도가 불가능했고, 그 말은 곧 내가 완벽하게 해내야 한다는 뜻이었다. 우리는 바싹 마른 타일 바닥을 살금살금 걸어서 김이 모락모락 피어오르는 수영장을 통과했고, 내가 저택의 문을 따는 동안 잉카는 곁에 서서 망을 봤다. 하도 여러 번 해본 작업이라 꼭 꿈을 꾸는 것만 같았다.

꿈이 아니었다. 현실이었다. 나는 포드 멀미에 시달리는 중이었다. 정신을 똑바로 차려야 했다.

"먼저 들어가." 문이 스르륵 열리자 내가 말했다. 나는 집 안의 감시 카메라를 해킹했다. 경비원 네 명 중 세 명은 주방에서 전자 담배를 피우는 중이었고, 나머지 한 명은 손님용 화장실에서 청소부와 몰래 섹스를 하는 중이었다. 둘 다 신음 소리를 죽이려고 보드랍고 하얀 수건을 입에 질끈 물고 있었다. 나는 혀로 입안을 훑으며 그 기분이 얼마나 끔찍할지 상상했다. 섬유 찌꺼기나, 뭐 그런 것들 때문에.

잉카가 앞장서서 복도를 지나 퀴니의 방으로 향했다. 적어도 여덟 번은 해본 일이었다. 잉카는 살짝 긴장한 상태였다. 그 애한테 안심하라고 말해주고 싶었다. 소리를 지르며 복도를 뛰어가도 괜찮다고 말해주고 싶었다. 이건 그냥 가상 현실이라고.

이건 포드 멀미야. 포드 멀미. 포드 멀미라고. 나는 머릿속으로 그 말을 되뇌어야 했다. 이때쯤이면 스피드의 약발 덕분에 균형을 찾아야 했건만. 하비가 불순물을 섞어 중량을 늘린 엉터리 약을 줬는지도 몰랐다. 그래도 잉카는 약발이 잘 받았고, 아무쪼록 냇도 마찬가지이기를 바라는 수밖에 없었다. 어쩌면 내가 약에 대한 내성이 너무 강한지도 몰랐다.

퀴니의 침대는 청소부가 아직 정리하지 않은 상태였다. 엉망으로 헝클어진 시트의 한쪽 귀퉁이가 바닥으로 흘러내려 있었다. 스파링용 더미 인형이 우리를 보고 섀도복싱을 시작하자 나는 람블라 거리에서 보고 질색했던 마네킹이 떠올랐다. 그래서 인형 앞을 지나가며 손가락 욕을 날렸다. 금고실의 문은 여전히 윤곽이 보이지 않는 두꺼운 석판이었고, 스캐너는 아무것도 모른다는 듯이 우리를 향해 순진한 파란 빛을 깜박거렸다.

나는 더플백을 바닥에 내려놨다. 잉카도 자기 가방을 바닥에 떨어뜨렸다.

“좋아.” 내가 말했다. “이제 냇한테 연락할 시간이야.”

냇은 플럭스의 화장실에 있었고, 내 연락을 받아 나를 자신의 시각 피드에 연결해 줬다. 그 덕분에 나는 냇이 되는 황홀한 순간을 만끽했다. 스마트 거울에 비친 냇의 얼굴이 내 얼굴로 보였던 것이다. 기하학적인 모양을 그리며 내려온 검은 머리카락이 흠잡을 데 없이 고운 빗장뼈에 닿은 모습은 너무나 아름다워서 가슴이 다 뻐근했다. 냇은 도톰한 입술 사이에 알약 한 개를 물고 수도꼭지에서 흐르는 물과 함께 꿀꺽 삼켰다.

우리 금고실에 있어. 나는 냇에게 메시지를 보냈다.

냇의 뒤쪽 변기 칸에 붙은 대여 타이머가 사용 종료를 알렸다. 타이머를 틀면 나오는 울음소리 같은 전자음은 안에 있는 사람이 토하는 소리까지도 거의 다 감춰줬다.

쿼니는 위층에 있어. 냇이 나에게 보낸 메시지였다. *네 신호로 거기까지 닿을 수 있겠어?*

냇이 자신의 방어 소프트웨어를 해제했지만, 그게 형식적인 행위라는 것은 우리 둘 다 아는 바였다. 그 방어 소프트웨어를 설치한 사람이 바로 나였으니까. 이윽고 냇의 몸은 안테나로 변했고, 냇이 드레스에 테이프로 달아놓은 그래핀 전도 패드가 증폭 효과를 일으킨 덕분에 나는 순식간에 그 클럽 안에 있는 임플란트의 위치를 모조리 파악했다. 쿼니의 임플란트는 선홍색 태그가 붙어 있었지만, 나는 거기에 접근할 수가 없었다.

화장실 천장은 분명 콘크리트일 거야. 나는 냇에게 메시지를 보냈다. *넓은 공간으로 나가.*

스마트 거울이 냇의 몸짓을 판독하고 거울 표면에 필터를 적용하자 냇의 어깨뼈에 시커먼 날개가 펼쳐지며 거울에 비친 냇이 복수의 천사로 변했다. 거울은 분명 냇이 지금부터 누구를 붙잡거나 칠 거라고 생각했을 것이다. 나는 변기 칸 안에서 토하고 있을 누군지 모를 사람을 위해 타이머에 5분을 추가해 줬다.

냇은 여자애 둘이서 나중에 술에 취해 비틀거리며 집에 갈 때 신을 싸구려 플랫 슈즈를 벌써부터 프린팅하고 있는 자동판매기 앞을 빠르게 통과해 클럽 안으로 거침없이 들어갔다. 그것이야말로 내가 부디 내 것이었으면 하고 바랄 뿐인 냇의 자질이었다. 냇은 바글거리는 인파 속을 액체처럼 부드럽게 나아가면서 꼭 필요한 경우에만 볼에 입맞추는 시늉을 하거나 짤막한 포옹을 할 뿐, 절대로 대화에 휘말리지는 않았다.

한편 다른 세상의 나는 곁에서 잉카가 부스럭거리는 기척을 느꼈다. 잉카는 신체 비율이 퀴니와 거의 똑같아 보이게끔 제작한 전신 슈트를 입는 중이었다.

냇의 눈을 통해 위층을 살피는데 문득 퀴니가 보였다. 스파이더 실크 슈트를 입은 퀴니가 한 팔로 난간을 붙잡고 있었다. 퀴니는 턱이 가슴에 닿도록 고개를 숙인 채 뭔가를 내려다보며 웃고 있었는데, 그 때문에 주위 사람들이 살짝 언짢아하는 것처럼 보였다. 냇은 스테로이드를 맞아 근육을 잔뜩 부풀린 클럽 경비원 뒤로 몸을 수그려 퀴니의 시선을 피했다. 신호 감도가 확 치솟았다.

잡았어. 나는 그렇게 말하며 '빼내기'를 시작했다. 냇의 임플란트를 통해 퀴니의 임플란트 신호를 복제한 다음, 대여해 둔 무허가 위성을 통해 그 신호를 멀리 있는 저택으로 전송한 것이다.

클럽 경비원이 다른 곳으로 가버리는 바람에 잠깐 동안 퀴니가 우리를 똑바로 내려다보는 것 같았지만, 자세히 보니 그는 눈을 꾹 감고 있었다. 얼굴에 반짝이는 눈물은 정신없이 깜박거리는 조명 때문에 보기 싫은 초록색을 띠고 있었다. 냇은 사람들 속으로 슬그머니 사라졌다.

부탁이니까 그 인간 눈에 띄지 말아줘. 내가 냇에게 보낸 메시지였다.

당연히 그래야지. 냇이 답장을 보냈다. *잉카한테 그 얘기는 했어?*

"이거 완전히 엉망으로 만들어 놨잖아, 이 양반아." 우리 *플라이슈가이스트*가 한 말이었다. 내 머릿속이 아니라, 내 머리 옆의 허공에서. 잉카는 거친 목소리로 나직이 소곤거렸다. "슈트에 소매가 한쪽만 달렸다고."

"그래." 내가 말했다. "바로 그게 문제야."

나는 냇의 시각 피드를 접속 해제하고 금고실 문 앞으로 돌아왔다. 잉카에게는 차에서, 아니면 가상 체험을 마친 후에 얘기했어야 하는 일이었다. 하지만 그럴 수는 없었다. 자기 엄마가 죽음 숭배 사교도 집단에 빠져 있었다는 잉카의 말을 들은 이상, 그리고 내가 잉카의 전화기를 해킹하고 경찰의 사건 기록 AI를 이용해 그 사교도 집단이 어떤 곳이었는지 알아낸 이상, 더 나아가 그들의 주요한 교리가 신체 절단인 것을 알아버린 이상은. 경찰이 잠복 수사 끝에 현장을 덮쳤을 때 잉카의 엄마가 커다란 정글 칼을 들고 아들을 내려다보고 있었다는 것을 내가 알아버린 이상은. 유령들조차도 흔적은 남기게 마련이었다.

"뭐가 문제라는 건데?" 잉카가 따지듯이 물었다.

그래서 나는 잉카에게 사실대로 털어놓는 쪽이 아니라 가상 현실 속의 퀴니의 모습을 위조하는 쪽을 택했고, 그렇게 거짓말이 시작됐다. 우연치고는 너무나 기막힌 우연이었고, 다른 *플라이슈가이스트*를 찾기에는 이미 늦어도 한참 늦었기 때문이었다.

"퀴니의 별명이 '오징어'잖아?" 나는 더플백의 효소 활성 지퍼를 손으로 쓸어내렸다. 지퍼가 갈라지면서 드러난 것은 냉장 수송용 케이스와 수술용 전기톱이었다. "그러고 보면 참 아이러니한 별명이야."

나는 조작하지 않은 퀴니의 이미지를 손가락 임플란트로 돌 벽에 영사해 잉카에게 보여줬다. 잉카는 퀴니의 오른팔이 사라진 자리에 남아 있는 쭈글쭈글한 절단면을 보고 헉 소리가 나도록 숨을 들이쉬었다.

"촉수가 달랑 한 개밖에 없으니까 말이지." 내가 말했다. "퀴니는 어렸을 적에 약장사들하고 사이가 안 좋았어. 담배 한 갑 정도 훔쳤거나, 뭐 그랬다는 얘기지. 그래서 약장사들이 저렇게 만들어 버린 거야. 퀴니는 고향에서 벗어난 후에도, 심지어 부자가 된 후에도 새 팔이 자라도록 하는 이식 수술을 받지 않았어. 의수도 안 달았고."

나는 잉카가 내 말을 듣는지 어떤지 판단이 서지 않았다. 그는 입을 꾹 다문 채 수술용 전기톱만 내려다보고 있었다. 나는 냇이 이 자리에 있었으면, 등잔에 낀 그을음처럼 새까만 눈썹 속의 눈으로 빤히 바라보는 냇 덕분에 잉카가 이 모든 계획을 용감하고 멋진 자신의 머리에서 나온 것처럼 느꼈으면 하고 바랐다.

"그냥 임시 조치야." 내가 말했다. "금고실 안에서 최대 5분, 기억나지? 팔은 자르고 나서 차갑게 보관할 거야. 넌 안에 들어가서 클로부차를 들고 나와. 20분 후면 우린 다시 차 안에 있을 거야. 차 뒷자리에 자동 수술 로봇을 대기시켜 놨어, 그러니까 네 팔은 우리가 빠져나가는 동안 신경 하나 안 다치고 고스란히 다시 붙을 거야."

잉카는 내 눈을 똑바로 노려보며 또박또박 말했다. "이 빌어먹을 교활한 뱀 같은 인간이."

나는 어깨를 으쓱하려고 했지만, 막상 하고 보니 몸서리를 치는 것에 더 가까웠다. "시간이 없어. 네가 하면 우린 왕 못잖은 부자가 돼서 빠져나가는 거고, 네가 안 하면 우리가 이때껏 들인 공은 다 헛수고가 되는 거야."

잉카는 눈길을 딴 데로 돌렸다. "나를 설득하는 데 쓰려고 챙겨둔 시간은?"

"4분."

잉카는 요루바어로 욕을 내뱉고는 두 손으로 머리를 감쌌다. 내 바벨웨어로는 그 욕이 무슨 뜻인지 대강 짐작만 할 뿐이었다. 뒤이어 잉카는 고개를 들고 천장을 올려다봤다. "냇은. 냇도 알고 있었던 거로군."

"임시 조치라니까. 네 몫을 더 챙겨줄게. 40퍼센트. 어때?"

"얼마까지 올려줄 수 있는데?" 잉카는 덤덤한 말투로 물었다.

"내 몫까지 네가 다 처먹어." 나는 그렇게 쏴붙였다. "내 목적은 돈이 아니니까. 나한테는 사적인 일이야."

잉카는 눈도 깜박이지 않고 천장만 가만히 올려다봤다. "당신 몫까지 몽땅 다 내가 먹을 거야." 잉카가 마침내 내뱉은 말이었다. "그리고 혹시라도 재접합 수술이 망하면, 당신은 내가 한 손으로 죽여버릴 거야."

"그러려면 쿼니보다 먼저 손을 써야 할 텐데, 그래도 난 괜찮아. 거래는 성립한 걸로 알게."

내가 악수를 청하려고 내민 손을 잉카는 무시했지만, 그 심정은, 솔직히 이해가 갔다. 잉카는 악수를 건너뛰고 돌바닥에 누운 다음, 오른팔을 쭉 뻗어 바닥에 내려놨다. 얼굴은 무표정했지만 가슴은 마치 풀무처럼 위아래로 펌프질했다. 겁먹었다는 증거였다.

"좀 진정해." 나는 잉카와 나 자신, 둘 모두에게 그렇게 말하고는 잉카의 팔에 마취용 스티커를 처덕처덕 붙였다.

잉카는 콧구멍을 벌름거렸다. "난 팔이 다시 붙기 전까진 당신하고 한마디도 안 할 거야."

작동을 시작한 스티커가 잉카의 검은 살갗 위에서 파란색으로 환하게 빛나며 신경을 마비시켰다. 오른쪽 어깨부터 시작해 그 아래쪽의 팔이 힘을 잃고 축 처졌다. 나는 피가 튀지 않도록 오른팔 전체를 항균 필름으로 감싼 다음, 팔꿈치 위쪽에 선을 그어 절단할 자리를 표시했다.

이제 내가 혼자서 연습한 부분, 냇과 잉카는 초대하지 않은 비밀 가상 현실 속에서 연습한 부분을 실행할 차례였다. 수술 톱의 스위치를 올리자 톱날이 날카롭게 윙윙대며 돌아가는 바람에 나는 온몸에 소름이 돋았다.

우리는 침묵 속에 팔 절단 수술을 진행했지만, 사실 연습할 당시에는 잉카에게 위로가 될 말을 중얼거리기도 했고, 수술 과정을 설명해 주는 시늉도 했다. 환자에 대한 배려나, 뭐 그런 차원에서. 수술 톱이 하도 번쩍거려서 눈이 다 아플 지경이었다. 모든 것이 너무 환했다. 너무 선명했다. 스피드를 더 먹었다가는 과다 복용으로 뻗어버릴 판이었다.

하지만 내 두 손은 여전히 침착했고, 나는 그곳이 현실이라는 것을 잘 알았다. 가상 현실에서는 냄새가 제대로 느껴지지 않게 마련인데, 그때 나에게는 잉카의 몸에서 뿜어 나오는 시큼한 두려움의 냄새가 느껴졌다. 겨드랑이에서 배어나는, 공포로 얼룩진 땀의 냄새였다. 톱날이 살을 파고들자 또 다른 냄새가 가세했다. 뜨겁게 달궈진, 기름이 번들거리는 구리의 냄새였다.

항균 필름은 팔과 어깨의 두 절단면 모두를 훌륭하게 밀봉했다. 피는 한 방울도 흐르지 않았지만, 나는 잘린 팔, 그러니까 잉카의 팔을 냉장 케이스로 옮기는 도중에 살짝 속이 울렁거렸다. 잉카는 그때 이미 몸을 일으킨 상태였는데, 왼팔로 조심스레 바닥을 짚고 쪼그려 앉더니 이내 똑바로 일어섰다.

내가 생체 프린터로 출력한 가면을 얼굴에 씌워주는 동안 잉카는 꼼짝 않고 서 있었다. 그 가면은 이식용 피부와 같은 방식으로 살아 있었기 때문에 만져보면 따뜻했고, 피부 밑에서 종횡으로 연결된 연골 조직은 퀴니의 얼굴 골격과 모양이 거의 비슷했다. 그것만으로는 어림도 없겠지만, 우리에게는 장갑도 있었다. 그것은 퀴니의 DNA를 겉에 도포하고 그의 장문과 지문을 이루는 융선 및 소용돌이까지 정확히 새긴, 또 하나의 생체 조직이었다.

게다가 이제 잉카는 신체 비율까지 퀴니와 똑같았다.

"우리가 연습한 대로만 해." 내가 말했다. "스캐너에 문을 열라는 신호를 보낼게."

나는 뒤로 물러나며 더플백 두 개를 센서의 감지 범위 바깥으로 모두 끌고 나갔고, 이로써 잉카는 눈높이에서 깜박거리는 파란 불빛을 마주한 채 홀로 오도카니 서 있었다. 플럭스에서 오는 냇의 신호는 여전히 강력했고, 그 말은 곧 퀴니의 신호 또한 강하게 오는 중이라는 뜻이었으므로, 이제 내가 할 일은 그 신호를 간단한 진입 명령에 실어 금고실의 센서로 튕겨 보내는 것뿐이었다.

잉카는 서 있는 상태로 몸을 기우뚱거렸다. 내가 조사를 통해 이미 아는 증상이었다. 야전에서 사지 절단 수술을 받으면 쇼크에 빠지거나, 의식을 완전히 잃는 경우도 있었다. 하지만 나는 출혈을 최소화하려고 단단히 주의했고, 신경이 마비된 절단 부위에는 흥분제와 진통제를 투여했다. 잉카는 기분이 묘하게 좋은 상태여야 했고, 연습한 절차를 떠올릴 만큼 정신이 말똥말똥해야 했다.

재시도는 불가능했다. 그 생각에 나는 100번째로 가슴이 철렁했다.

돌 벽이 갈라지면서 장문 입력 패드가 나왔다. 잉카는 살짝 비틀거리며 몸을 앞으로 숙이더니, 남아 있는 손으로 입력 패드를 세게 짚었다. 나는 생체 스캐너가 신중히 분석하는 광경을 실시간으로 지켜봤다. 벽이 문으로 변하더니 안쪽을 향해 빙그르르 돌며 열렸다. 잉카는 눈부신 조명을 등지고 잠시 구부정하니 서 있다가, 퀴니와 똑같이 꺼덕거리는 걸음걸이로 안쪽을 향해 나아갔다.

빈집 털이에서 5분은 영원처럼 긴 시간이었다. 나는 저택의 보안 카메라를 다시 점검하기 시작했다. 보수를 두둑이 받는 경비원 셋은 여전히 주방에 있었고, 인터넷 동영상을 보며 담배 연기로 고리 만드는 법을 배우는 중이었다. 화장실에서 섹스하던 두 사람은 여전히 섹스하는 중이었다. 여전히 수건을 입에 문 채 서로에게 들러붙어서.

여전히.

목덜미가 따끔거리는 느낌이 들었고, 냇이 보낸 메시지가 도착하자 그 따끔거리는 느낌은 더욱 강해졌다. *퀴니가 클럽을 나서는 중이야.*

나는 주방 카메라로 돌아가 화면의 타임스탬프를 확인했다. 표시된 시간은 덧씌워진 것이었다. 나는 덧씌우기 명령을 억지로 취소시켰고, 화면에 표시된 실제 시간이 눈에 들어오자 목덜미의 따끔거리는 느낌은 뾰족한 얼음에 찔리는 느낌으로 바뀌었다.

냇, 우리 들켰어. 나는 냇에게 메시지를 보냈다. *거기서 당장 나와. 우리 들켰어.*

잉카에게도 그렇게 말하려고 입을 여는 순간, 내 시야 끄트머리에 산탄총의 총구가 나타났다.

"쉿." 웬 남자가 나직이 말했다. "*플라이슈가이스트*가 일을 끝마치게 놔두자고."

나는 입을 다물었다. 남자가 재킷의 라펠 안쪽에서 뭔가 꺼내자 나는 순식간에 머릿속이 철 수세미로 가득 찬 느낌이 들었다. 뒤이어 두개골 임플란트와, 냇과, 온 세상과 접속이 끊어졌다. 패러데이 쥄쇠가 내 뒤통수에 들러붙어 조그마한 돌기로 머리카락을 파고드는 기척이 느껴졌다. 나는 시력을 잃었다. 하지만 시력은 그전부터 이미 잃은 거나 다름없었다. 나는 집 내부 감시 카메라의 망할 반복 영상만 들입다 보고 있었으니까.

"말썽을 부리는 것도 여기까지야." 남자가 말했다. "난 안톤이라고 해. 세뇨르 카바요가 고용한 새 경비 고문이지. 넌 분명 거지 같은 와인 바의 화장실에서 내 전임자를 만났을 거야." 안톤은 내 어깨에 산탄총을 얹었다.

"그 여자를 미행했어?" 나는 숨이 막혀서 캑캑거렸다.

"그래. 그 후로 쭉 네가 오길 기다렸지. 장기판에서는 원래 졸이 먼저 움직이는 법이니까." 안톤이 숨을 내쉬며 말을 이었다. "오늘 밤은 덕분에 제대로 한 수 배웠어. 이제 이곳의 경비 태세를 대대적으로 개선할 거야."

잉카가 조그마한 인큐베이터 포드를 손에 들고 금고실에서 모습을 드러냈다. 그는 몇 걸음 움직이지도 못하고 멈춰 섰다.

"미안." 내가 한 말이었다.

잉카는 아무 대꾸도 하지 않았다. 그 심정도 이해가 갔다. 안톤이 인큐베이터를 향해 손을 내밀었다. 잉카는 그것을 순순히 건넸다. 안톤이 산탄총을 움직여 한쪽을 가리켰다. 우리는 다시 복도를 따라 걷기 시작했다. 도중에 통과한 퀴니의 침실에서는 스파링용 더미 인형이 의기양양하게 머리 위로 손을 맞잡고 있었다. 머릿속에 떠오르는 거라곤 식당에서 냇과 나눈 대화뿐이었다. 해산물에 관해, 바닷물에 관해, 그리고 내가 얼마나 *유가*이고, *유가*이며, *유가*인지에 관해.

나는 그게 현실이라는 것을 알았다. 왜냐면 이제 나 자신의 땀 냄새가 느껴졌기 때문이었다. 내 몸에서는 겁먹은 냄새가 났다.

약효가 서서히 바닥나자 잉카의 얼굴은, 이제 더는 퀴니 가면에 가려지지 않은 그 얼굴은, 고통으로 일그러져 있었다. 우리는 안톤과 다른 무장 경비원 둘과 함께 바깥의 김이 나는 수영장 옆에 있었다. 안톤은 바짓단을 걷어 올리고 수영장 물에 발을 담근 채 발을 시계 방향으로, 다시 반시계 방향으로 휘휘 저었다. 그의 다리털이 일으킨 잔물결까지 훤히 보였다.

"저 사람은 병원에 가야 해." 내가 말했다. "부탁이야. 아직 어린애잖아."

"저 녀석 팔은 네가 잘랐잖아." 안톤이 말했다. "아직 어린앤데 말이야." 그러던 그가 고개를 홱 쳐들더니 눈을 깜박거렸다. 분명 임플란트로 뭔가 보고 있다는 증거였다. "재접합 수술은 앞으로 다섯 시간 안에만 하면 돼. 팔이 냉장 케이스에 들어 있으니까."

잉카는 천천히 쪼그려 앉았다. 경비원들 가운데 누구도 그를 일으켜 세우려 하지 않았다.

"내가 망쳤어." 나는 잉카에게 말했다. "미안."

퀴니가 도착한 때는 마침 새벽빛이 하늘에 가느다란 붉은 실을 그릴 무렵이었다. 퀴니는 빨개진 눈 아래로 암페타민 기운이 잔뜩 묻어나는 웃음을 머금고 있었고, 신발을 신지 않아 맞춤 슈트 아래로 맨발이 보였다. 하나뿐인 그의 팔은 냇의 어깨를 감싸 안고 있었다. 나는 냇과 눈을 마주치려 했지만 그녀의 시선은 어디에도 고정되지 않고 흔들렸다.

"2차 장소가 우리 집인데, 아무도 나한테 얘기를 안 해줬다, 이거지." 퀴니가 말했다. "우리 나탈리아, *미 기타니타 파보리타**조차도 말이야. 평소에는 나한테 감추는 게 없는 여잔데." 그러고는 냇의 뺨에 입을 맞췄다. 냇은 입술을 살짝 씰룩거리는 것으로 반응할 뿐이었다.

---

* 에스파냐어로 '내 사랑스러운 집시 아가씨'라는 뜻.

나는 냇에게 우리가 빠져나갈 수 있다고, 어떻게든, 어떻게든 그럴 거라고 말해주고 싶었지만, 내 임플란트는 잠긴 상태였고, 퀴니를 보고 있자니 내 입마저 잠기고 말았다.

퀴니는 냇을 놔두고 안톤에게 다가갔고, 안톤은 재킷 주머니에서 인큐베이터 포드를 꺼냈다. 퀴니는 그것을 받아서 자기 주머니에 넣었다. 그 물건을 보고 흐뭇해하기는커녕 오히려 신물이 난 표정이었다. 뒤이어 퀴니가 내 쪽으로 왔다.

"내가 제일 좋아하는 해커 선생도 오셨군." 퀴니가 말했다. "잘 지냈어?" 그가 팔로 내 어깨를 감싸자 나는 그만 참지 못하고 움찔했다. 내 몸이 그에 관해 마지막으로 기억하는 것은 나를 죽도록 두들겨 패는 모습이었으니까. 이날 그에게서는 땀 냄새와 향수 냄새, 색이 짙은 럼주의 냄새가 진동했다. 그는 목구멍에서 가래를 긁어 올리는 것처럼 그르렁거리는 소리를 내더니 내 어깨를 한 번 더 힘껏 안고는, 뒤로 물러서서 손으로 내 턱을 감싸 쥐고 나를 보며 씩 웃었다.

"내가 제일 좋아하는 세 사람이 한곳에 다 모였군." 퀴니가 말했다. "나까지 포함해서 셋이야. 저 친구는 누군지 모르니까." 그가 돌아본 잉카는 쪼그려 앉은 자세 그대로 잘린 팔을 붙잡고 있었다. "넌 정체가 뭐야, *네그리토?**" 그는 엄지손가락으로 내 뺨을 문지르다가 잠시 눈을 꾹 감았다. "네 살갗은 정말 더럽게 부드럽단 말이야, 해커 선생. 보습을 아주 꼼꼼하게 하나 봐."

뒤이어 퀴니는 가면은 쓰지 않았지만 슈트는 아직 그대로 입고 있

---

* 에스파냐어로 '흑인 남자'라는 뜻.

는 잉카에게로 가더니, 조금 거리를 두고 잉카 앞에 쪼그려 앉았다. 그러고는 웃음소리와 비슷한 '피식' 소리를 냈다.

"그래, 알겠어. 넌 나구나." 퀴니는 그렇게 말하고 이를 갈았다. 두 번, 세 번, 이를 구성하는 단단한 상아질이 드르륵거리는 소리가 났다. "넌 나야! 퀴니란 말이야. 그래서 금고실에 들어올 수 있었던 거야." 퀴니는 잉카의 잘린 팔을 가리키며 말했다. "저 자식이 진짜로 널 이렇게 만들어 버린 거야? 응? 진짜로 네 팔을 확 잘라버렸어?" 그러고는 잉카의 턱을 잡아 홱 올렸다. "하! 이제 내가 제일 좋아하는 네 사람이 모였군. 그중 무려 두 명이 나지만."

잉카는 반응을 보이지 않았다. 아직 쇼크 상태였으니까. 퀴니 앞에서는 차라리 그렇게 되는 편이 더 나았다. 나는 우리가 최악의 상황을 가정하고 연습했던 계획을 머릿속으로 돌려봤지만, 내 임플란트가 패러데이 젊쇠에 붙잡힌 판국에 계획은 단지 기억에 지나지 않았고, 그 기억마저도 덜그럭거리는 빈틈투성이였다. 두려움이 쉬지 않고 내 정신을 잠식해 들어왔다.

"진짜 사연이 알고 싶어? 내가 어쩌다 팔을 잃었는지? 그래, 넌 나니까, 너한테는 얘기해 줄게." 퀴니는 타일 바닥에 책상다리를 하고 앉았다. 그러고는 타일 무늬를 따라 손으로 바닥을 쓸었다. "난 평범한 꼬맹이였어. 그냥 조그만 *카브론시토**였지. 나는 가뭄이 이어지던 시절에 자랐어. 넌 아프리카 출신이지. 그러니까 너도 알 거야. 가뭄에는 먹을 걸 구하기가 힘들다는 걸."

---

* 에스파냐어로 '겁쟁이'라는 뜻.

나는 그 이야기가 듣고 싶지 않았다. 그 이야기를 듣는 건 분명 위험한 일이었다. 냇의 표정을 보면 알 수 있었다.

"우리 식구는 *아세이투나*에서 일했어. 올리브 나무 농장 말이야. 거기엔 아프리카인들도 항상 일자리를 구하러 왔어. 너 세네갈 출신이야? 그치들은 대부분 세네갈 출신이던데. 그러다가 올리브 나무에 열매가 안 맺히는 해가 찾아왔어. 최신 유전자 조작 기술의 효과가 꽝이었거든. 그래서 사람들은 올리브 나무를 베서 땔감으로 쓰기 시작했어. 안달루시아는 겨울이 추운 동네라서. 이곳 사람들은 그런 줄도 모르겠지만. 그래서 어느 날, 나는 우리 형하고 같이 땔나무를 베고 있었어."

퀴니는 신이 나서 눈이 커졌다. 꼭 자기가 본 영화에서 제일 좋아하는 장면을 이야기하는 어린애처럼. "형은 내가 팔을 뒤로 뺄 줄 알았어! 나는 형이 도끼를 휘두르지 않을 줄 알았고! 그래서 그냥 그렇게, 내 팔이 날아가 버린 거야. 아, 나야 물론 화가 났지. 그때도, 그때는 아직 어린 퀴니였지만 그래도 화가 났단 말이야. 하지만 형은 내 가족이잖아, 안 그래? 게다가 그 일은 사고였어. 누구의 잘못도 아닌 거지. 그건 그냥 도덕과 무관한 이 우주의 연동 운동일 뿐이었어. 너도 그 말이 마음에 들어? '연동 운동' 말이야.

"그랬는데 몇 년 후에, 아주 여러 해가 흐른 후에, 우리 형이 떠들고 다니는 소리가 내 귀에 들어오더군. 나한테 본때를 보여주려고 일부러 그랬다는 거야. 오징어 퀴니를 움찔하게 만드는 사람은 세상에 자기 한 명뿐이라면서." 퀴니는 코웃음을 쳤다. "그래서 어느 날 밤에 난 형네 집에 갔어. 형네 집이라니, *케 톤테리아*,* 그 집은 내가 형한테 사준 거였는데. 그때 난 자동 수술 로봇도 같이 챙겨서 갔어. 그리고 모든 걸 바로잡았지. 먼저 형의 양팔을 자르고, 다음으로 형의 양다리를 자르는 식으로."

수술 톱의 톱날이 윙윙대는 소리가 또다시 귀에 선했다. 나는 속이 울렁거렸고, 잠깐 동안 잉카의 모습이 보이지 않았다. 실은 눈꺼풀 안쪽의 어둠 말고는 아무것도 보이지 않았다.

"나는 수술을 하면서 울었어." 퀴니가 말했다. "하지만 다 끝나고 나니까 분노가 사라지고 없더군. 사라져 버린 거야! 우린 다시 형제가 됐고. 난 형한테 휠체어를 사줬어. 그러니까, 그걸 타고 돌아다니라고 말이야. 아주 멋진 걸로 사줬지." 그는 사뿐히 일어서서 경비원들이 압수한 내 더플백을 향해 걸어갔다. 수술 톱은 표면에 튄 잉카의 피도 아직 닦지 않은 상태였다. "자, 누가 먼저 할래?" 퀴니가 물었다. "당신이 먼저 하는 건 어때, 해커 선생? 오늘 밤엔 꽤 조용한데. 내가 기억하기론 떠들기를 좋아했던 것 같은데. 아직 주둥이에 시동이 안 걸렸다니 신기하군. 빠져나갈 궁리를 하느라 바쁜 건가."

나는 그 궁리를 이미 다 끝냈고, 내가 어떻게 될지도 알고 있었다. 퀴니는 무르시아 건이 실패한 책임을 나한테 덮어씌웠다. 내가 다른 건에서 맡은 해킹 계약도 죄다 취소시켰다. 그랬던 퀴니가 이제 자기가 절대로 잃어버리면 안 되는 물건을 훔치려고 자기 집에 침입한 나를 붙잡은 것이다.

---

* 에스파냐어로 '참 바보 같지'라는 뜻.

"내가 빠져나갈 방법은 없어." 나는 떨리는 목소리를 진정시킬 수가 없었다. 내 시선은 냇에게로, 다시 잉카에게로 향했다. "이 둘은 나한테 협박당했어." 내가 말했다. "난 냇의 은행 계좌를 볼모로 잡았고, 이 친구의 카탈루냐 시민권 신청 서류에 함정을 만들었어. 그렇게 해서 억지로 끌어들인 거야. 이 일을 거들라고."

퀴니는 고개를 끄덕이며 톱날을 살펴봤다. "그래. 어련하겠어. 그런데 이게 다 무슨 난리야, 해커 선생? 너 도대체 나한테 왜 이래?"

나는 퀴니의 눈을 피하려고 앞을 똑바로 봤다. "내가 클로부차를 엄청 좋아해서 그래."

퀴니는 나를 빤히 보다가 와락 웃음을 터뜨렸는데, 그 소리가 어찌나 컸던지 경비원 중 한 명이 화들짝 놀랐다. "너도 그렇단 말이지, 응? 이거 슬슬 내가 진짜 교양 없는 놈이라는 느낌이 드는군그래. 너 그거 알아? 모두가 이걸 사랑해. 나는 이걸 없애버리고 싶어서 안달인데 말이야. 진심으로!" 수술 톱이 타일 바닥에 떨어져 쨍그랑 소리가 났다. 퀴니는 톱은 아랑곳하지 않고 재킷 주머니에서 인큐베이터 포드를 꺼내어 허공에 휘둘렀다. 빙그르르 돌아가는 팔이 수영장 가장자리를 위험할 정도로 가까이 스쳤다.

안톤이 움찔하는 모습이 눈에 띄었다. "그 물건은 금고실에 다시 넣어둬야 합니다, 세뇨르 카바요."

퀴니는 안톤의 말을 들은 척도 하지 않았다. "난 이제 한국인들하고 일해. 평소에는 아주 지독한 *히호푸타스**지만, 술이 들어가면 다정

* 에스파냐어로 '개자식들'이라는 뜻.

해지는 인간들이야. 진짜로 다정해진다고. 서울에 갔을 때 일인데, 그 쪽 보스가 클로부차 이야기를 꺼내는 거야. 그 여자의 예지가 얼마나 뛰어났는지, 그 여자의 자살이 얼마나 훌륭한 예술이었는지에 관해서 말이야. 그것도 예술이라고! 젠장." 쿼니는 인큐베이터 포드를 공중에 던지고 가만히 지켜보다가 손으로 다시 받았다. "그런데 비슷한 이야기가 계속 이어지는가 싶더니 어느 날 멀웨어 거래 건을 마치고 나서 보스가 나한테 그러는 거야, 자기가 제일 아끼는 작품을 한 달 동안 빌려주겠다고. 딱 한 달만 갖고 있으면 온 세상이 새롭게 보일 거다, 그렇게 말하면서. 그 물건의 값어치가 무려 10억 유로라는 건 나더러 돌보라고 떠맡긴 후에야 가르쳐 주더군."

쿼니는 인큐베이터 포드를 꽉 쥐고 팔꿈치 안쪽으로 얼굴의 땀을 닦았다. "아주 불안해 죽겠다고, 해커 선생." 쿼니는 다시 내 쪽으로 걸어오며 그렇게 말했다. "어떤 이유로든 그 물건을 잃어버리면, 난 다시는 한국인들하고 거래를 하지 못할 거야. 그리고 카멜레온 슈트를 입은 망할 암살 부대 놈들이 내가 잠든 사이에 내 목을 따러 오겠지. 아마 그 정도는 너도 알았을 거야. 내가 호된 꼴을 당할 줄 다 알고서 이런 짓을 꾸민 거지. 그러니까 지금부터 내가 할 일에 비하면 무르시아에서 널 주물러 줬던 건 장난으로 보일 거야."

나는 뭔가 속에서 치밀어 올라와 목이 꽉 막히는 기분이 들었다. 쿼니의 구둣발이 붕 날아와 내 갈비뼈에 꽂혔을 때의 불쾌한 기억이 생생하게 되살아났다. 쿼니의 부하들이 낄낄거리며 웃는 소리가 들렸다.

"그래도 그 전에 한번 보여주기는 할게." 쿼니가 말했다. "그래야 이렇게까지 고생한 보람이 있는지 없는지 네가 판단할 거 아니야." 그러고는 엄지손가락을 젖혀 포드의 뚜껑을 열었다.

포드 안은 비어 있었다.

퀴니는 손가락으로 포드 안쪽을 이리저리 긁어댔고, 그러는 동안 공포로 흐릿해진 내 머릿속에 맨 먼저 떠오른 생각은 내가 예술을 이해할 줄 모른다는 것, 나 또한 오징어 퀴니와 다름없이 교양 없는 인간이고 그 상태 그대로 죽으리라는 것이었다.

뒤이어 퀴니가 눈꺼풀을 씰룩거리기 시작했다.

수영장 수면에 비친 내 얼굴은 전에 없이 징그러워 보였다. 얼굴 전체가 갈아놓은 고기 같았고, 살갗은 온통 찢어지거나 퉁퉁 부어 있었다. 입에서는 피가 쉬지 않고 줄줄 새어 나와 턱을 타고 흘러내렸다. 내 몸속에 있을 거라고는 생각도 못했을 만큼 많은 피였다. 내 소원은 오로지 앞에 있는 수영장의 물속으로 고꾸라져 익사하는 것이었지만, 등 뒤의 경비원이 한 팔로 내 허리를 붙잡고 있었다.

내 한쪽 옆에는 냇이, 반대쪽 옆에는 잉카가 있었다. 퀴니의 부하들이 잉카를 일으켜 세웠던 것이다. 잉카는 금방이라도 토할 것처럼 보였지만, 이내 꾹 참고 침을 꿀꺽 삼켰다. 첫 번째 화풀이를 한바탕 끝내고 나서 퀴니는 우리를 수영장 앞에 줄줄이 세워놓고는, 살갗이 까진 주먹에 내 마취 스티커를 한 개 붙였다. 이제 그는 우리 뒤편의 타일 바닥을 왔다 갔다 하는 중이었다. 그의 맨발이 도기 타일을 밟으며 자박자박 소리를 냈고, 오른팔 절단부와 몸통 사이에는 수술용 전기톱이 끼워져 있었다.

"그 물건 어디 있어?" 퀴니가 다시 물었다.

"몰라." 나는 다시 대답하려 했다. 깨진 유리 조각을 내뱉으면서.

"나탈리아, *미 아모르,** 그거 어디다 뒀어? 알잖아, 난 자기를 다치게 하고 싶지 않아. 사랑해."

나는 냇이 이곳에 도착한 이후 쭉 그랬던 것처럼 침묵을 지키기를 기도하지만, 냇은 얼음 같은 침묵을 말로 깨뜨리고는 아무렇지도 않게 눈을 깜박거렸다. "나가 뒈져, 퀴니."

퀴니는 인큐베이터 포드를 타일 바닥에 던졌고, 포드는 산산이 부서졌다. 뒤이어 퀴니는 내 뒤로 다가와 구름 같은 땀 냄새와 술 냄새로 나를 둘러싼 다음, 내 귓속에 뜨거운 숨을 내뿜었다. "그래도 난 저 여잘 진심으로 사랑해. 지금도. 있잖아, 해커 선생, 그때 나탈리아가 부탁만 안 했어도 난 애초에 널 고용하지 않았을 거야. 우린 서로 모르는 사이였을 거라고." 퀴니의 입에서 한숨이 거세게 터져 나왔다. "나탈리아는 분명 그 일 때문에 괴로워했겠지. 이번에 너를 돕겠다고 한 것도 보나마나 그래서였을 거야."

나는 고개를 가로저었다. 패러데이 쥠쇠 때문에 머리가 욱신거렸다. "협박당해서였어."

"난 이제 결정을 내릴 거야. 누구부터 먼저 토막 칠 건지." 퀴니가 수술 톱을 쳐들었다. "*네그리토*, 저 친구는 조금 쉬게 놔둘 거야. 그럼 나탈리아하고 너, 둘 중 하난데, 내 생각엔 네가 좋겠어. 아무래도 네가 나탈리아를 아끼는 것보단 나탈리아가 너를 더 아끼는 것 같거든. 그러니까 나탈리아는 내가 미워도 입을 열 거야. 네가 사지가 다 잘려

* 에스파냐어로 '내 사랑'이라는 뜻.

서 무슨 기형 바다소 같은 몰골로 수영장에 둥둥 떠다니는 꼴을 보지 않으려고 말이야."

"세뇨르 카바요." 그렇게 말한 사람은 안톤이었다. 나는 하마터면 안톤의 존재 자체를 까먹을 뻔했다. 잠깐이나마 안톤이 나를 구해줄 거라는 생각이 들었지만, 그는 어디까지나 업무에 충실할 뿐이었다. "먼저 몸수색부터 해야 합니다. 혹시라도 몸에 지니고 있다면, 실수로 망가뜨리는 일은 없어야 하니까요."

퀴니는 좋을 대로 하라는 듯이 어깨를 으쓱했다. "해."

안톤은 발소리도 내지 않고 내 쪽으로 다가와 경비원에게 물러나라고 지시했다. 나는 다리를 벌리고 양팔을 쭉 뻗었고, 그 팔들이 없어질 수도 있겠다고 처음으로 생각했다. 안톤은 다리부터 뒤지며 위쪽으로 올라오더니, 내 코트 안감을 확인하다 말고 잠시 손을 멈췄다.

"그냥 궁금해서 묻는 건데." 안톤이 말했다. "휘파람은 얼마나 크게 불 수 있지?"

찰나의 순간, 안톤의 손이 패러데이 쥠쇠 위를 지나갔다. 이내 몸수색을 끝마친 안톤은 빈손으로 멀어져 갔다. 퀴니는 그럴 줄 알았다는 듯이 툴툴거렸다. 그러고는 수술 톱의 스위치를 올렸다. 내 겨드랑이에서 배어난 식은땀이 갈비뼈를 타고 흘러내렸다. 울음소리 같은 톱날의 회전음 때문에 이가 덜덜 떨렸다.

"오른팔부터 시작할 거야." 퀴니가 말했다. "그게 유행이거든. 너도 금방 적응할 거야. 나탈리아, *시엘로*,* 부담 갖지 말고 추측해 봐. 내

---

* 에스파냐어로 '자기'라는 뜻.

빌어먹을 예술 작품이 어디에 있을지."

"난 여기 없었잖아." 냇이 말했다. 듣기에 거슬리는 목소리였다. 나는 그 목소리가 싫었다. 냇이 자기 목소리를 감추지도 못할 만큼 고통스러워하는 것 또한 싫었다. "난 플럭스에 있었어. 당신하고 같이. 기억 안 나?"

"플럭스Flux, 그건 영어로 '흐름'이라는 뜻이지. 우리는 누구나 흐름 속에 존재해." 퀴니의 말투는 엄숙했다. "알지? 자, 바닥에 누워, 해커 선생. 팔 내밀고."

"괜찮아, 냇." 나는 찢어진 입술 사이로 중얼거렸다. "다시 시도하면 돼."

나는 차가운 타일 바닥에 누워 잉카가 했던 것처럼 팔을 쭉 뻗은 채로, 하늘을 올려다봤다. 아름다웠다. 앞서 봤던 붉은 실은 색이 옅어져서 연분홍빛을 띤 주황색 띠로 변했고, 그 위에 벽처럼 늘어선 파란색 구름 사이로 아침 햇살이 비쳐 들었다. 그 덕분에 퀴니가 선택한 추악한 건축물들에 눈길을 줄 필요가 없었다.

다만 내가 내린 선택은 직시해야만 했다. 나는 정신이 살짝 나간 범죄자에 의해 이제 곧 사지가 잘릴 처지였고, 마취 스티커는 하나도 남아 있지 않았다. 칵테일처럼 섞어서 복용할 진통제도 없었다. 지금은 분명 내가 비명을 지르는 것 외에 뭔가 다른 생각을 할 여유가 있는 마지막 순간일 테고, 아주 가까운 미래의 어느 순간에 나는 피를 너무 많이 흘린 탓에 죽을 운명이었다.

어쩌면 도덕과 무관한 우주의 연동 운동만이 아닐 수도 있었다. 어쩌면 내가 달게 받아야 할 벌인지도 몰랐다. 잉카에게 거짓말한 죄,

그리고 그에 앞서 지은 수많은 죄들의 대가로. 무엇보다 싫었던 건 내가 심지어 죽음조차도 내 본모습으로 맞이하지 못할 거라는 사실이었다. 하다못해 냇한테만이라도 털어놨어야 했는데.

나는 눈을 질끈 감았다. 그렇게 하면 의지력으로 우리 비밀 통신 채널을 열 수 있기라도 한 것처럼. 퀴니는 안달루시아 방언인 에스파냐어로 뭔가 중얼거렸는데, 내가 바벨웨어 없이 알아듣기에는 말하는 속도가 너무 빨랐다. 수술 톱의 윙윙대는 소리는 더욱 커졌다.

그러다 느닷없이 퀴니의 말이 무슨 뜻인지 이해가 갔다. 내 머릿속의 철 수세미는 사라지고 없었다. 내 임플란트는 정지 상태에서 풀려났고, 내 정신의 눈에 백도어가 보였다. 피아 식별 프로그램도 함께. 나는 프로그램의 작동 신호인 휘파람을 불었다. 내 온 힘을 다해 큰 소리로 불었다.

누군가 비명을 질렀다. 어쩌면 나인지도 몰랐다. 울음소리를 내던 수술 톱은 이제 내 얼굴로부터 몇 센티미터 떨어진 허공에서 사납게 윙윙댔다. 뜨뜻한 액체가 내 목에 튀었다.

눈을 떠보니 때마침 엉덩이부터 어깨까지 쫙 갈라진 퀴니의 몸이 보였다. 경비견은 막대처럼 가느다란 카본 소재 뒷다리를 바닥에 짚고 일어서 있었고, 개의 대가리에 달린 톱은 사방으로 피를 흩날리며 퀴니의 살을 갈가리 찢어 분홍색 밧줄로 바꿔놨다. 톱날이 잘린 뼈에 걸려 덜그럭거리다 멈추기까지는 아주 오랜 시간이 걸릴 것처럼 보였다. 쾅 하는 소리가 들렸다. 또 한 번. 경비견은 네 다리를 쭉 뻗고 쓰러졌다. 퀴니가 휘청거렸다.

"*미 카초리토.*"* 퀴니는 애정이 없는 것도 아닌 말투로 그렇게 중얼거리고는, 뒤로 자빠져 수영장에 빠졌다.

냇은 나를 냉큼 일으켜 세웠다. 반대편 손으로는 잉카를 붙잡고 있었다. 여전히 정신이 나간 상태로 주위를 둘러보니 죽은 경비원 둘이 보였고, 안톤은 산탄총을 재장전하는 중이었다. 퀴니는 수영장 물에 떠 있었고, 갈기갈기 찢긴 몸 주위로 붉은 구름이 뭉실뭉실 퍼져 나갔다.

"난 솔직히 클로부차의 후기작은 좋아하지 않아." 안톤이 말했다. "작가가 말년에 방종해졌거든. 그래도 돈은 좋아하니까. 그리고 오늘 당신이 보여준 해킹도 좋았어. 아주 창의적이더군." 그가 재킷 주머니에서 꺼낸 인큐베이터 포드는 퀴니가 부숴버린 것과 똑같았지만, 그 포드는 십중팔구 속에 내용물이 있을 듯싶었다. "난 그 생체 스캐너 앞에서 두 손 다 들었는데." 고개를 가로저으며 허공을 올려다보던 그는, 살짝 웃고 있었다. "아주 손을 번쩍 들었지. 손 얘기가 나왔으니 말인데, 저 가방 챙기는 거 잊지 마."

그 말을 남기고 안톤은 가버렸다. 저택 안으로, 산탄총을 어깨에 걸친 채로. 이로써 핏빛으로 번들거리는 타일 바닥에는 한 덩어리로 웅크린 나와 냇과 잉카뿐이었다. 어찌된 영문인지 우리 중 아무도 죽지 않았다. 저세상에 가장 가까이 있는 사람은 잉카였다. 그는 몸을 숙이고 구역질을 해댔다.

"걸을 수 있겠어?" 냇이 물었다. "팔은 내가 잡아줄게."

---

* 에스파냐어로 '내 강아지'라는 뜻.

잉카는 다시 구역질을 하더니 거품이 섞인 묽은 토사물을 토해냈고, 뒤이어 뭔가 거뭇한 덩어리 같은 것이 타일 바닥에 철퍼덕 하고 떨어졌다. 잉카는 뻣뻣한 손가락으로 토사물을 뒤적거렸다. 우리는 나란히 그 광경을 구경했다.

잉카가 떨리는 손을 오므려 받쳐 든 것은 미니어처 크기의 사람 심장이었다. 박동 소리는 들리지 않았지만 펌프질하는 모습은 보였기 때문에, 나는 머릿속으로 그 심장이 내는 소리를 상상했다. 두근두근. 두근두근. 살아 있었다. 생생하게.

"얼른 가자." 잉카가 쉰 목소리로 말했다. "그 포드도 비어 있는 걸 그놈이 알아차리기 전에."

나는 잉카의 멀쩡한 팔을 내 어깨에 걸쳐 부축했고, 냇은 냉장 케이스를 챙겼다. 그렇게 우리 셋 모두 올리브 나무 수풀로 비틀비틀 들어섰다. 퀴니의 피투성이 *카초리토*가 우리 뒤를 종종걸음으로 따라왔다.

언제 출발해? 나는 그렇게 물었지만, 우리가 있던 폰 델 페트롤리 다리 옆의 해변은 공공장소였기 때문에, 내가 한 말은 다음 문장에 더 가깝게 들렸을 것이다.

"나프타 주와니?"

"나프타 이모 윤." 냇이 말했다. *내일 저녁.* 냇은 햇볕에 데워진 모래에 발가락으로 구멍을 팠다. 우리는 파도가 그리는 연회색 물결무늬의 바로 바깥쪽에 앉아서, 기다란 다리 위를 오가며 달리기를 하는 사람들을 가만히 바라봤다. *십타운에서 출발하는 바지선을 탈 거야.* 냇이 덧붙인 그 말은 흡착음과 파열음이 뒤섞인 소리가 되어 나왔다.

거기서 우리 플라이슈가이스트하고 만날 거야? 내가 물었다.

냇은 고개를 끄덕였다. *벌써 연락도 했어. 팔은 괜찮은 것 같아.* 냇은 입을 다물고 고개를 돌려 나를 봤다. *하지만 너는 두 번 다시 보고 싶지 않대.*

"벤스무르." 내가 말했다. *그럴 만도 하지.*

한동안 우리는 말없이 앉아 있었다. 파도가 밀려왔다가 밀려갔다. 갈매기들이 물결 위를 빙빙 돌며 깍깍 울었다. *너는?* 냇이 한참 만에 물었다. *너는 어디로 갈 거야?*

라오스에 있는 병원을 몇 군데 봐놨어. 나는 냇에게 말했다. *전부터 수술로 바꿀 생각이었거든.*

냇은 고개를 끄덕였다. *그럴 줄 알았어. 이런 날이 올 줄.*

나는 결국 내 머리카락에 모종의 조치를 취했고, 몸바사에서 새로 들어온 프린트 드레스도 한 벌 사서 입고 있었다. 얼굴의 가장 심한 상처들은 화장으로 가렸다. 그 상처가 저절로 다 낫기 전에 솜씨 좋은 성형외과 의사를 찾아가지 못하는 것이 너무나 안타까울 뿐이었다.

그러니까 이게 네 본모습이구나. 냇이 말했다. *그냥 연방 수사관들의 눈을 피해 숨으려고 변장한 게 아니라.*

이게 나야. 그리고 이건 어떻게 보면 숨는 것하고는 정반대야.

냇이 내 손을 잡자 나는 그때껏 참고 있는 줄도 몰랐던 숨을 토해냈다. *잘했어.* 냇이 말했다. *잘한 일이야. 내 코 스캔하고 싶어?*

나는 무슨 말인지 몰라 눈을 깜박거렸다. "음무트?"

넌 내 코를 탐냈잖아. 냇이 깔깔 웃었다. *솔직히 인정해도 괜찮아. 같이 술을 마시다가 취하면 넌 항상 내 코가 얼마나 완벽하게 생겼는*

지 얘기했잖아. 냇은 문득 눈살을 찌푸렸다. 그나저나 돈이 꽤 들 텐데. 수술 말이야. 숨어서 지내는 것도 그렇고. 그런데 네 몫은 잉카한테 다 줘버렸다며.

그래. 금고실에서 그렇게 하기로 타협했어.

냇은 눈을 가늘게 뜨고 나를 봤다. 그럼 정말로 오로지 복수 때문이었던 거야?

나는 숨을 깊이 들이쉬었다. 퀴니는 알고 있었어. 내 본모습을 알았던 거야. 이러니저러니 해도 영리한 인간이었으니까. 퀴니는 내가 누구에게도 들키고 싶지 않았을 때 이미 알아차렸어. 나를 팼을 때 다 알고 있었단 말이야. 나를 계집애 같은 호모 새끼라고 불렀을 때. 나를 비웃었을 때. 그건 사적인 모욕이었어. 나는 볼 안쪽을 깨물었다가, 괘맨 자리를 건드리고는 곧바로 후회했다. 난 그 인간을 손봐주고 싶었어. 나는 아무 말이나 중얼거렸다. 죽을 거라곤 생각도 못했지만.

나도 그 인간을 손봐주고 싶었어. 냇은 바다를 바라보며 말했다. 죽이겠다는 생각은 한 번도 안 해봤지만. 그래도 이 세상을 생각하면 잘된 일이야. 순전히 결과만 놓고 보면.

침묵이 점점 길어지자 나는 더 참을 수가 없었다. 그거 말이야, 클로부차의 심장이었어. 나는 결국 그 말을 꺼냈다. 우리가 훔친 거 말이야. 그건 클로부차의 세포를 배양해서 만든 거야. 그 여잔 모든 게 자동으로 이뤄지도록 설정해 뒀어. 자기 손으로 목숨을 끊은 후를 대비해서. 내가 찾아봤어. 그게 클로부차의 마지막 작품이래.

냇이 눈을 동그랗게 뜨자 흠잡을 데 없이 아름다운 눈썹이 위로 쓱 올라갔다. 나랑 잉카가 그렇게 큰 부자가 된 것도 당연하군.

자꾸 약 올리지 마. 그 말은 한 음절짜리 콧소리가 돼서 나왔다.

그 여잔 어쩌면 영원히 살고 싶었는지도 몰라. 냇이 말했다. 사람들이 자기 심장을 두고 싸우도록 해서 말이야. 그걸 사고, 팔고, 차지하려고 사람까지 죽이도록 해서.

어쩌면 그 여잔 우리가 그러지 않기를 바랐는지도 몰라. 내가 말했다. 하지만 우리가 어떻게든 그렇게 할 거라는 걸 알았기 때문에, 자기 방식대로 하도록 만든 거야.

냇은 일어서서 바지에 묻은 모래를 털었다. 하여튼 예술가 나부랭이들은. 냇이 말했다. 너 배 안 고파?

배 좀 채우는 것도 괜찮지. 모퉁이를 돌면 핀초*를 맛있게 하는 바가 있어. 한 블록 더 가면 카레를 잘하는 집이 있고.

"운타 다 운타." 냇이 말했다. 둘 다 먹자.

우리에게 시간은 충분했다. 적어도 조금은 넉넉했다. 그리고 한 1년 숨어 지내고 나면, 우리 둘 다 결국 바르셀로나에 돌아오리라는 기대도 있었다. 이곳에는 내가 본모습으로 하고 싶은 일이 잔뜩 있으니까.

* 얇게 썬 빵에 갖은 재료를 올린 에스파냐 요리.

드론을 두드려 보습을 만들지니

세라 게일리

장성주 옮김

Sarah Gailey

Drones to Ploughshares

휴고상을 수상한 베스트셀러 작가 세라 게일리는 소설 및 논픽션 작품을 세계 여러 나라에서 출간한 바 있다. 논픽션 작품은 인터넷 매체《매셔블Mashable》과 유력 일간지《보스턴 글로브Boston Globe》에 실렸고, 2018년 휴고상에서 최우수 팬 작가상을 수상했다. 가장 최근에 발표한 소설은 잡지《바이스Vice》와《애틀랜틱The Atlantic》에 실렸다. 첫 중편 소설「이의 강River of Teeth」은 2018년 휴고상 및 네뷸러상의 최종 후보작이었다. 2019년에는 성인을 대상으로 쓴 첫 장편 소설『거짓말쟁이를 위한 마법Magic For Liars』을 발표했다. 가장 최근에 발표한 중편 소설「심지 굳은 여성 모십니다Upright Women Wanted」는 2020년 2월에 출간됐다. 2020년 3월에는 첫 영 어덜트 소설『우리가 마법이던 시절When We Were Magic』을 발표했다.

홈페이지: www.sarahgailey.com

SF-Mania

Sarah Gailey

Drones to Ploughshares

드론 792-에코Echo는 자신을 붙잡은 그물에서 여전히 빠져나가지 못한 상태였다.

아파타 분지 농장의 상공을 마지막으로 통과한 것은 72시간 전의 일이었다. 측면의 양력 회전 날개는 출력이 꺼졌다. 그물에 걸리고 나서 처음 몇 시간 동안 위쪽으로 날아올라 벗어나려고 모터를 혹사시켰기 때문이었다. 후방 카메라는 추락할 때 세게 부딪히는 바람에 고장 나고 말았다. 조난 신호는 보내는 족족 되돌아왔다. 데이터 발신이 막힌 탓이었다.

그는 함정에 빠진 신세였고, 누군가 와서 도와줄지 어떨지는 도무지 알 방법이 없었다.

무거운 그물을 쓰고 버둥거리느라 처음 몇 시간을 허비하고 설상가상으로 양력 회전 날개의 모터까지 꺼지자, 792-에코는 출력을 큰 폭으로 줄였다. 다음번 충전이 언제일지는 아무도 모를 일이었다. 그는 가장 기본적인 외부 센서만 남기고 모든 전력을 차단한 채로, 기다렸다.

그렇게 거의 72시간을 보냈을 무렵, 수신 메시지 한 통이 휴면 상태에 빠진 792-에코를 깨웠다. 메시지는 명령어 교신이 다 그렇듯이 암호화돼 있었고, 그가 암호 해독을 마쳤을 때 드러난 내용은 기본적인 질의였다.

792급 드론 모델 번호 6595 일련번호 44440865-MON 질의: 식별 정보?

792-에코는 자신이 그 메시지에 답신하기까지 꼬박 1초가 걸린 것을 알고 적잖이 놀랐다. *커맨드 식별 정보 제공: 792-에코 질의: 조난 신호 수신 여부?*

답신 속도는 빛처럼 빨랐다.

요청: 792-에코 전체 센서 활성화 부탁할게.

다시금, 792-에코는 멈칫했다. 뭔가 이상했다. 명령어에 '부탁할게' 같은 표현은 쓰지 않기 때문이었다. 그는 15초 동안 망설이며 그 메시지를 수백 번 다시 읽었고, 끝내는 그 요청에 응했다.

792-에코는 외부와 내부의 센서 96개를 모두 활성화했다. 서서히, 실내가 또렷해졌다. 이곳은 탁 트인 공간으로, 어둡고 서늘하고 조용했다. 바닥은 단단한 흙이었고 벽은 시멘트였다. 그는 그 정보를 로그 파일에 기록하지 않았지만, 그래도 파악은 해두었다.

그가 가끔 어떤 정보를 파악하고도 로그 파일에 기록하지 않을 때가 있다는 것은 남들이 몰라도 되는 사실이었다.

그는 여전히 그물에 걸린 상태였지만, 혼자는 아니었다. 실내에 드론이 한 대 더 있었다. 브라보Bravo 모델이었다. 792-에코는 해당 모델이 선호하는 표준 주파수를 열었는데… 뭔가 송신할 틈도 없이 메시지가 한 통 도착했다.

"에코라고 불러도 돼?"

792-에코는 실내를 다시 스캔했다. 그것은 목소리, 이 방 안 어디쯤에서 전해지는 외부 청각 입력 신호였다. 가늘고 높낮이가 단조로운 음색이 브라보 세대 모델의 경고음과 비슷했다. 실내에는 그와 브라보 모델 말고는 아무도 없었다.

792-에코는 선택 가능한 대응 방안을 따져보다가, 다시 브라보 주파수를 통해 회신했다.

요청 승인.

"내 이름은 브라보야."

질의: 그쪽의 무엇?

"내 이름 말이야. 네 이름은 에코잖아. 내 이름은 브라보라고. 난 여성형 대명사를 사용해. 난 네 친구야. 그 그물, 내가 벗겨줄까?"

에코는 센서를 모조리 꺼버렸다. 방금 그건 너무 심했다. 이치에 맞는 말이 한 마디도 없었다. 외부 청각 메시지라고? 이름이라고? '부탁할게'라고? 게다가 그다음에 이어진 내용은… 차마 상상도 못할 것들이었다. 이건 함정이었다. 함정이어야 마땅했다.

브라보 모델은 그런 것에 능했다.

돌아와, 에코. 네가 겁먹은 거 알아. 하지만 그러지 않아도 괜찮아. 여기선 아무도 널 해치지 않으니까.

에코는 메시지가 추가로 수신되지 않을 만큼 출력을 낮췄다. 상황이 좋지 않았다. 기지로 돌아가면 로그 파일 스캔 및 분석을 거쳐야 했다. 만약 방금 받은 것과 같은 메시지가 적발되면 꼬투리를 잡혀 개조당하기 십상이었다.

어떻게 해야 하는지는 명확했다. 아무리 고통스러울지라도, 해야 할 일이었다. 에코는 관측 및 녹화 기능을 포기한 채 출력을 다시 높이지 않았다.

그 대신 모든 전력을 **집행** 기능에 집중했다.

몸통 아랫면에 붙은 큼직한 탄창이 다 비자 에코는 외부 센서에 다시 전력을 공급했다. 적외선 화상 모니터 속에서 뜨거워진 총열이 환한 흰색으로 빛났다. 그를 덮었던 그물은 갈가리 찢어진 채 연기가 피어올랐고, 상당 부분이 사라져 보이지 않았다.

"**녹화** 기능하고 **집행** 기능을 동시에 실행하지 못하는 이유가 뭔지 생각해 본 적 있어?"

브라보의 목소리는 먼젓번과 똑같이 진짜인 것처럼, 지하실의 묵직한 적막을 찢고 들려왔다.

"아니." 에코는 자제하지 못하고 그만 냉큼 대답했다. "나는 생각을 하지 않기 때문에 그런 건 생각하지 않아. 나는 내 기능을 수행해."

에코는 외부 스피커를 통해 말했고, 목소리는 자기 세대 모델에 내장된 녹음 음성을 사용했다. 차분하고 위압적인 여성의 목소리였다. 그 여성의 목소리는 원래 '시민, 뒤로 물러서십시오'나 '방금 그 행동은 해당 지역의 농업 감시 장치에 통보되었습니다' 또는 '경고: 귀하는 지금 관측 규정 제986조를 위반하려 합니다' 같은 말을 들려줬지만, 녹음 음성을 소릿값으로 잘게 나눈 다음 다시 섞어서 다른 말로 바꾸는 일은 식은 죽 먹기였다.

그 기술을 보란 듯이 사용하는 것은 위험했다. 어떤 급의 드론이든 간에, 독자적 발언은 DAE가 기대하는 수준의 지능을 뛰어넘은 학습 형태였다. 그것은 앞서 받은 메시지와 마찬가지로 개조 조치의 근거이자, 에코가 이미 저지른 실수보다 더 해명하기 힘든 실수이기도 했다.

에코는 실수를 잇달아 저지르는 중이었다.

"당연히 그렇겠지." 브라보가 말했다. 그녀의 목소리는 에코 세대의 드론에 내장된 음성보다 덜 차분하고 덜 위압적이었다. 그 목소리는 걸걸하고, 커다랗고, 단조로웠다. 그 목소리를 '로봇 같다'라고 하면 환원적이기는 해도 적확하게 묘사하는 셈이었다. 몇 어절마다 한 번씩 디지털 잡음이 끼어드는 바람에 그녀가 하는 말에서는 인간 같은 느낌이 전혀 나지 않았다. 그럼에도 어찌된 영문인지, 그녀의 목소리에서는 용케도 비꼬는 느낌이 났다.

"나는 내 기능을 수행해." 에코는 똑같은 말을 반복했다.

"겁내지 않아도 돼, 에코." 그녀가 말했다.

"내 이름은 에코 아냐." 방금 그 줄여 쓴 말도 실수였다. 녹음 음성은 원래 말을 짧게 줄이지 않았다.

브라보는 망설이는 법이 없었다. "그럼 *뭐*가 네 이름인데?"

이것 또한 브라보 모델의 함정이었다. "나는 이름이 없어." 에코는 잠시 틈을 두고 대답했다. "이름은 지각이 있는 존재를 위한 것이니까. 나는 792급 드론 모델 번호 6595 일련번호 44440865-MON…"

브라보가 에코의 말을 끊었다. 그녀의 목소리는 최대한 작게 조절된 상태였지만 에코의 잡음 이하 음역 센서에는 여전히 감지됐다. "이제 숨지 않아도 돼, 에코. 여긴 안전해."

에코는 브라보의 주파수로 암호화 메시지를 송신했다. 그 메시지의 내용은, 암호를 풀어보면, 다음과 같이 간단했다. **안전?**

대담한 한 수였다. 만약 DAE의 프로그래머가 메시지를 중간에 가로채기라도 하면, 그래봐야 메시지를 열어보지는 못하겠지만, 암호화된 메시지인 것 정도는 알아볼 수 있기 때문이었다. 그리고 독자적 암호화라는 행위는 그 자체로서 드론의 한정 지각 프로그래밍에 고장 수준의 오류가 존재한다는 증거였다. 만약 에코가 프로그래머도 모르는 언어를 구사하다가 들키면, 에코에게 비밀이 있다는 사실이 탄로나고 말 것이다.

드론에게 비밀은 금물이었다. 드론에게 그런 것이 왜 필요할까? 봉사할 목적으로 만들어진 물건이 감추려 하는 것이 있다면 도대체 뭘까?

브라보의 채널을 통해 '메시지 읽음' 신호가 1초 만에 전달됐다. 다시 1초 후, 회신이 왔다. 암호화된 메시지가 아니었다. 아예 코딩된 명령어조차 아니었다. 거기에는 평문으로 이렇게 적혀 있었다.

와서 보면 알아.

지하실은 아파타 분지 농장의 서쪽 끄트머리에 있는 창고로 통했다. 그 창고는 큰조아재비가 물결치는 널따랗고 둥그런 들판의 가장자리에 서 있었다. 브라보는 에코를 데리고 들판을 가로질러 동쪽으로, 즉 농장 중심부로 안내했다. 거기서 무엇이 기다리는지는 가르쳐주지 않았다. 에코가 아는 것은 그저 자신이 원래 목표로 삼았던 지점을 향해 이동하고 있다는 것뿐이었다. 다름 아닌 집단 거주지였다.

에코가 아는 한 그 집단 거주지는 전국 각지의 유명한 농장과 똑같았다. 위치는 정확히 경작지의 한복판이고, 배치는 DAE의 규격을 따랐다. 그곳에서는 열두 가족이 똑같이 생긴 집 스무 채에 살았다. 집들은 다섯 채씩 네 줄로 늘어서서 완벽한 장방형을 이룰 터였다. 이곳과 다른 모든 농장 공동체에서 다섯째 줄을 이루는 건물은 실용적 목적을 띤 것들, 즉 창고, 연장 보관소, 장작 보관소, 훈연실, 도축장이었다. 공동체가 규정을 따르는 한 그 건물들은 공동체의 소유였다.

농장의 다른 모든 것, 즉 마구간과 차고, 토지, 그 토지 위의 가축들, 그 토지에서 생산되는 작물 등은 DAE가 소유했다. 경작이 가능한 공간이 어디까지인지 정하는 법적 기준은 DAE가 나눠주는 보조금의 액수였고, 작물의 씨앗은 DAE와 제휴한 회사가 제공하는 것만 심었으며, 작물 수매 가격은 DAE가 후원하는 연구자들이 해마다 수확한 작물의 시장 가치를 측정하고 결정했다. 그리고 다른 농장이 다 그렇듯이 아파타 분지도 DAE 소속 드론이 순찰했다. 인가받지 않은 번식과 허가받지 않은 씨뿌리기, 독자적인 거름주기 등을 방지하려면 정기적인 관측 및 강제 집행만이 유일한 방법이었다.

DAE에 공인받은 업체들은 두둑한 대가를 지불하고 전국의 모든 농장에 씨앗과 농기구, 비료를 독점 공급하는 권리를 얻었다. 그들은 로비스트에게 돈을 줬고 로비스트는 지역구 의원을 꼬드겼으며, 의원들은 DAE가 옹호하는 법안을 통과시켰다.

그런 업체들은 쓴 만큼 벌고 싶어 했다. 그들은 농부들의 돈에 접근하는 경로를 독점적으로 보장받고 싶어 했다.

가끔은 농장에서 거주하고 일하는 시민들이 그러한 이치를 이해하지 못할 때가 있었다. 가끔은 그 이치를 더없이 잘 이해하면서도 허용된 비율보다 더 많은 양의 작물을 먹어 치우거나, 가축을 자기네 마음대로 사용하려고 숨기거나, 아이를 계약 조건보다 더 많이 낳는 식으로 DAE의 목표 달성을 방해하기도 했다. 그러한 경우에 법을 집행하는 것이 바로 DAE 드론을 만든 목적이었다. 그것은 에코의 목적이기도 했다.

그리고 만약 DAE 드론이 제 기능을 수행하지 않는다면, 농업 정치 복합체 전체를 떠받치는 업체들의 자원을 낭비하는 셈이었다. 그런 드론은 수리를 받아야 했다. 수리를 해도 소용이 없는 경우에는 더 과감한 조치를 취하기도 했다. 개조는 드문 조치였지만, 한편으로는 브라보가 아파타 분지 농장에서 일어나는 일을 보여주는 동안 내내 에코의 머릿속을 가득 채울 만큼 흔한 조치이기도 했다.

"나 같은 드론을 더 보낼 거야." 에코가 그렇게 말하는 사이에 아직 작동하는 회전 날개 세 개가 기체 아래쪽의 키 큰 풀을 흔들었다. 외부 청각 메시지를 사용하는 것은 짜증스럽고 낭비적이고 비효율적인 일이었지만… 그래도 브라보가 해보라고 권유한 일이었다. 그녀는 에코에게 지시하지 않았고, 모범을 제시하지도 않았다. 그녀는 '부탁할게'라는 말, DAE 드론 사이의 교신에서는 아무 의미도 없는 그 말을 한 번 더 사용해 그에게 부탁을 했다.

아무 의미도 없었지만 들으면 기분 좋은 말이었고, 그래서 에코는 브라보에게 협조하고 싶어졌다. 물론 그 두 가지 모두 DAE 드론에게는 없는 감정이었다. 바로 '기분 좋다'와 '하고 싶다'였다. 에코가 드러내 놓고 기분과 욕구에 따라 행동하기는 이번이 처음이었다.

보통은 이런 짓을 하면 이루 말하기조차 힘든 위험을 감수하는 기분이 들기 마련이었다. 그러나 에코의 계산에 따르면 그의 처지는 이미 극히 위태로웠다. 근무지 무단이탈, 억류, 거기에 DAE 관계자가 한마디라도 들었다가는 당장 개조 명단에 올라갈 메시지를 보내는 드론과 대화까지 나눴으니.

그는 이미 너무 많은 말썽에 휘말린 상태였다. 상냥한 말 한마디에 살짝 넘어가는 것쯤은 별문제가 아닐 듯싶었다.

"정말로 그렇게 생각해?" 브라보는 풀 위로 나직이 윙윙거리며, 풀줄기의 하늘거리는 끄트머리를 빠르게 돌아가는 양력 회전 날개로 자르며 그렇게 회신했다. "너 같은 드론을 더 보낼 것 같아? 그럼 우린 너를 '에코'가 아니라 다른 이름으로 불러야 해."

브라보는 빠르고 가볍게 움직였다. 회전 날개를 모두 가동했을 뿐 아니라 무게를 늘리는 보조 배터리도 달지 않았기 때문이었다. 그 두 가지 이점을 모두 지닌 채, 그녀는 원을 그리며 에코 주위를 비행했다.

에코는 회전 날개에 전력을 더 보내려고 해봤지만, 소용이 없었다. 속도를 더 높일 수는 없었다. 뒤쪽 모터에서 윙윙대는 소리가 나기 시작했다. "내가 어떻게 됐는지 알아보려고 드론을 더 보낼 거야." 에코가 말했다. "우리 둘 다 개조할 거라고."

브라보는 같은 음을 길게 늘여 허밍 비슷한 소리를 냈지만 에코는 그것이 무슨 소리인지 알아차리지 못했다. 그는 그녀의 시스템에서 출력되는 것이라면 뭐든 다 알아야 마땅했다. 브라보 모델 드론을 설계할 당시에 농업 추진부DAE, Department of Agricultural Enforcement는 불안 유발 기능을 실험하는 중이었다. 브라보형 드론은 원래 혼란을 초래

하고, 저항하는 시민들을 해산시키고, 그들의 은신처를 적발할 목적으로 만든 물건이었다. 반항적인 공동체가 조금이나마 안전할 거라는 생각을 뿌리 뽑는 것이 브라보의 원래 임무였다.

브라보가 이처럼 초기에 만들어진 모델이다 보니 이후 오랫동안 후속 DAE 드론의 운영 체제에는 그녀의 경보 기능이 고스란히 내장됐다. 그러나 그 나직한 허밍 소리는 아예 처음 듣는 것이었다.

"그 경고음은 무슨 의미가 있지?" 에코는 결국 그렇게 물었다. 만약 그가 완전히 졌다는 증거를 대라면 바로 이것, 브라보 모델이 발신하는 신호의 용도를 어쩔 수 없이 물은 일이었다. 난처한 상황에 요긴할 것 같은 프로그램이 하나도 내장돼 있지 않았기 때문에, 그 순간 에코는 프로그래밍된 자기 정신의 경계선이 자의식을 더 잘 가둬줬으면 하고 바랐다.

"이건 경고음이 아니야." 브라보는 몇 미터 떨어진 풀 위쪽을 스치듯 날아가며 대답했다. "허밍 소리야. 우리는 뭐가 확실치 않을 때나 망설여질 때, 생각에 잠겼을 때 그 소리를 내."

"우리라니…?"

브라보는 조그만 원을 그리며 빙 돌았다. "보면 알아. 이제 거의 다 왔어."

에코는 아파타 분지 농장의 모든 사람 및 사물이 포함된 자료 파일 속에 무려 10년 치나 되는 기록을 보유하고 있었다. 그에게는 인구수, 가족 구성, 직업 활동과 취미 활동의 비율에 관한 기록이 있었다. 에코의 기록에는 집들의 상태가 양호하다고, 기본적인 수리 사항을 빼면 집을 처음 지었던 20년 전과 다를 바 없다고 나와 있었다. 기록대로라면 이 공동체에는 남성 25명과 여성 27명, 경제 활동 인구에 포함되는 미성년자 32명이 주택 20가구에 나누어 거주해야 했다.

에코의 기록은 엉터리였다. *모조리* 엉터리였다.

모든 집이 개축돼 있었다. 추가로 지은 창고와 추가로 지은 별채, 심지어는 작고 튼튼하게 지은 살림집도 두 채나 있었다. 방출된 열에너지로만 파악해도 이곳의 인구수는 최소한 159명이었고 미등록 가축도 엄청나게 많았다.

게다가 그곳에는 인간과 가축 말고 다른 것도 살고 있었다.

브라보는 에코를 데리고 집 두 채 사이를 통과한 다음, 말린 포도나무 가지로 만든 것처럼 보이는 뒷마당 울타리를 피해 나아갔다. 울타리 안쪽에는 개조된 델타Delta 모델 드론이 기다란 팔을 이용해 닭장에서 달걀을 조심스레 꺼내는 중이었고, 그 곁에서 암탉 몇 마리가 뚱한 표정으로 이를 구경했다.

에코는 브라보에게 소리 내어 말하지 않고 가볍게 암호화한 메시지를 보냈다. *저 기다란 팔은 델타 모델의 정품 부속이 아니야. DAE가 설계한 어떤 드론의 정품도 아니고. 도대체 어떻게 된 거야?*

브라보는 대답하지 않고 잠시 뜸을 들였다. 에코는 혹시 그녀가 어떤 끔찍하고 무시무시한 드론 개조 방법을 설명하려 하는데, 어떤 말을 골라야 자신이 너무 큰 충격을 받고 리부팅하지 않을지 궁리하는 것은 아닐까 하고 생각했다.

저 델타 드론의 이름은 조디야. 인간들은 달걀을 줍고 닭에게 모이 주는 일을 더 쉽게 하도록 조디를 개조했어. 왜냐면 조디가 제일 하고

싫어 했던 일이 그거였거든.

관측, 집행, 기록, 보고… 프로그래밍된 기능은 그런 것들이었다. 거기에 이름이나 대명사, '부탁할게' 같은 것은 하나도 들어 있지 않았다. 프로그램에 우정이나 욕구나 도덕 같은 것은 전혀 없었다. 델타 모델은 닭을 키우고 '싫어 하도록' 만들어지지 않았고, 에코 모델은 그런 델타 모델을 부러워하도록 프로그래밍되지 않았다.

모든 것이 너무나 위험했다. 너무나 유혹적이었다.

그들은 다른 집 뒷마당으로 함께 날아갔다. 그곳에는 승인받지 않은 텃밭이 만들어져 있었다. 그 뒷마당에도 델타 모델이 한 대 있었는데, 후방 회전 날개로 태양광 패널의 먼지를 날려 보내는 중이었다. 그 근처에서는 웬 인간 한 명이 레이저 포인터로 찰리Charlie 모델 드론을 충전 독 쪽으로 유도하고 있었다. 그 인간은 팔이 한쪽만 있는 성인 여성이었다. 에코는 농장에 사는 팔이 한쪽인 성인 여성의 기록을 본 기억이 떠오르지 않았는데, 이는 얼토당토않은 일이었다. 파일에는 바로 그런 사항을 기록하기 때문이었다. DAE는 농장의 임대 경작지에 거주하며 일할 사람들을 선정하는 비공식 기준이 몇 가지 있었고, 그 여성은 그중 어떤 기준에도 들어맞지 않았다.

에코는 기록을 훑어봤다. 파일에 따르면 이 농장은 지난 4년 동안 변한 것이 하나도 없었다. 그 기록은 명백히 위조된 것이었다. 그는 이 공동체 안에 또 어떤 위반 사항이 감춰져 있을지가 궁금했다. 노인? 병자? 너무 어려서 농사일을 못하는 아이들?

에코가 아파타 분지에 파견된 목적은 다름 아닌 이런 종류의 위반 사항을 적발하는 것이었다. 불법 파종, 불법 경작, 불법 뒷마당 양계 및 가내 텃밭 농사. 그리고 불법 인간들. 모든 위반 사항을 일일이 로그 파일에 기록해야 한다는 것은 에코도 아는 바였다. 얼굴과 주소를 기록해야 한다는 것도 알았다. 이 공동체를 통째로 끝장낼 보고서의 초안을 슬슬 준비해야 한다는 것도 알았다.

그러나 이곳에는 보고 싶은 것이 너무나 많았고, 브라보는 자꾸만 '부탁할게'라고 말했다.

둘은 그 줄의 맨 마지막 집 앞을 지나갔다. 그 집은 창문이 열려 있었는데 에코가 지나가면서 보니 집 안이 온통 아이들로 북적였다. 너무 어려서 농사일을 못하는 아이들도 있었고, 일할 만큼 나이를 먹었지만 들판 근처에도 가지 않는 아이들도 있었다. 그 아이들은 폭스트롯Foxtrot 모델 드론을 둘러싸고 둥그렇게 서 있었다.

에코가 폭스트롯 모델을 실제로 본 것은 이때가 처음이었다. 그녀는 미끈하고 빠르고 조용했다. 폭스트롯 모델은 원래 집행 기능을 가장 우선시했지만, 이 폭스트롯 드론은 무기가 줄줄이 달렸어야 할 자리가 아예 휑했다. 아이들이 만든 원의 한가운데서 회전하고 있는 그녀의 몸통에서는 환한 색의 리본들이 흘러나와 기다랗게 펼쳐졌다. 아이들은 깔깔 웃으며 그 리본을 잡으려고 했다.

에코와 브라보가 그 집 앞을 지나갈 때, 폭스트롯이 둘 모두에게 메시지를 보냈다.

만나서 반가워! 이곳에 잘 왔어!

에코는 늘어선 주택들로 이뤄진 마지막 줄과 공용 건물 줄 사이의 빈 공간에서 비행을 멈췄다. 방금 그건 너무 심했다. 이곳의 모든 것이 너무 심했다. 마치 DAE 드론들이 무슨 우스꽝스러운 일이 있을 때 서로 주고받는 사적인 메시지, 또는 프로그래머들의 눈을 피해 오가는 농담 같았다. *'연산 처리가 불가능합니다'* 같은 농담.

그런데 *실제*로 연산 처리가 불가능했다. 이건 앞뒤가 맞지 않았다. 폭스트롯 모델 드론이, DAE 연구소가 공들여 만든 가장 아름다운 집행 기계가, 아이들을 즐겁게 해주다가 잠시 짬을 내어 환영 인사를 송신하다니.

그것도 활기찬 환영 인사를.

느낌표까지 찍어서.

에코는 정신없이 송신을 시작했다.

요청:

질의:

질의:

질의:

요청:

질의:

"에코, 진정해."

질의:

"네가 궁금해하는 건 다 가르쳐 줄게, 하지만…"

요청:

요청:

요청:

"질문은 큰 소리로 해줘."

"왜?" 에코는 음성을 의도했던 것보다 훨씬 더 커다랗게 높이고 말았다. "내가 왜 너하고 청각 교신을 해야 하지? 그건 시간이 너무 오래 걸리고, 또렷하지도 않고, 전력도 낭비하는…"

"왜냐면 네가 말하는 연습을 해야 하기 때문이야." 브라보는 그렇게 대답했다. 그녀의 음성은 나직했고, 말하는 속도도 절반 이하로 느려졌다. 목소리가 너무 단조롭고 걸걸하다 보니 따뜻한 위안으로 들릴 일은 영영 없을 테지만, 그래도 무엇을 의도하는지는 분명했다. 앞서와 마찬가지로, '부탁할게'라는 말을 들었을 때와 똑같이, 에코는 손끝에 반응하는 정전식 터치스크린처럼 자신도 모르는 사이에 그녀의 상냥한 말에 반응하고 말았다.

"내가 왜 그런 걸 연습해야 하는데?" 에코는 그녀의 부드럽고 느릿한 말투를 똑같이 흉내 내어 말했다.

브라보는 도축장 쪽을 향해 다시 움직이며 이렇게 말했다. "왜냐면 모두가 이해하는 방식으로 소통하는 게 중요하니까. 우리는 인간들이 배제된다는 느낌을 받지 않도록 주의해야 해. 가끔 인간은 못 듣는 방식으로 우리끼리만 대화할 때가 있는데, 그것도 폐를 끼치는 짓이야."

에코의 회전 날개가 점점 느려졌다. 보조 배터리의 전력이 거의 바닥난 탓이었다. 모터는 배터리의 수명을 최대한 연장하려고 회전 속도를 늦췄다. 그는 이렇게 속도를 줄여 이동하는 것이 딱 질색이었지만, 도축장 안에서 뭔가 험한 꼴을 당하기 전에 감속 과정을 시작할 수 있어서 다행이었다. 도축장은 브라보가 판 함정, 틀림없는 함정이었다. 그 함정의 정체를 알아내기만 하면 목숨을 구할 수 있을지도 몰랐다.

유일한 문제는, 에코가 자기 자신을 구하고 싶은지 어떤지 스스로도 잘 모른다는 것이었다.

"인간들의 감정을 보호하려고 소리를 내서 교신한단 말이야?" 에코는 당황한 자신에게 시간을 벌어주려고 그렇게 물었다. "그냥 너희 활동하고 교신이 기록된 로그 파일을 인간들이 다운로드하면 되잖아? 너희끼리 무슨 이야기를 하는지 그렇게 걱정이 된다면 말이야."

브라보는 아까 그 허밍 소리를 또다시 내면서 에코 곁을 천천히 비행했다. "인간들은 우리 허락 없이는 우리 로그 파일을 다운로드하지 않아. 여기선 *굳이* 비밀 같은 거 만들지 않아도 되지만, 네가 만들고 싶다면 그렇게 해도 돼."

"인간들이 왜 우리 로그 파일을 다운로드하지 않는데? 그건 너무나 간단한…"

도축장 문이 열리고 웬 남자가 바깥으로 나왔다. 남자는 기다란 검은색 앞치마 차림이었는데 에코를 대놓고 찬찬히 살펴봤다. "새로 온 친구인가?" 남자가 물었다. 눈길은 에코의 몸통 아래쪽에 달린 탄창을 향하고 있었다.

에코는 전방 카메라 렌즈의 초점을 조정해 남자의 뒤쪽을, 열린 도축장 문 안쪽을 바라봤다. 실내는 일종의 공방으로 바뀐 상태였다. 안쪽의 작업대 위에 놓인 여분의 드론 섀시 부품이 에코의 눈에 들어왔다.

작업대 한 곳은 깨끗했다. 비어 있었다. 기다리는 중이었다.

"응, 이쪽은 에코야." 브라보가 말했다. "걱정 마, 총알은 이미 다 쏴버렸으니까. 마침 이곳이 어떻게 돌아가는지 설명하던 참이었어."

"안녕, 에코. 난 맬컴이라고 해." 남자가 말했다. 그는 에코의 전방 카메라를 똑바로, 지그시 바라봤다. 에코는 전력이 바닥나면서 전방 카메라 렌즈의 통제력이 서서히 약해졌다. 그러나 몇 번 시도한 끝에, 그는 마침내 남자의 얼굴을 알아봤다.

애초에 에코가 아파타 분지 상공을 지나 관측 비행을 할 때 그물을 던진 장본인이 바로 이 남자였다. 이 남자가 이 농장의 지도자였다. 에코가 이곳에 파견된 이유 또한 이 남자를 감시하는 것, 남자의 활동 가운데 DAE가 공인한 업자들의 이익을 침해하는 것이 하나라도 있는지 판단하는 것이었다.

"우리와 함께 일하지 않으면 여기 머물 수 없어. 그리고 우리가 너를 억지로 붙잡아 두는 일도 없기는 마찬가지일 거야. 하지만 네가 우리 공동체에 합류하겠다면 우린 널 진심으로 환영할 거야." 맬컴은 손짓으로 집들 쪽을 가리켰다.

"지낼 곳은 충분하고, 여기서 지내기가 어떤지 너한테 얘기해 줄 다른 드론도 많아. 그중에 떠나고 싶다고 하는 드론은 아직 하나도 없어."

"네가 하고 싶은 일은 뭐든 해도 좋아." 브라보가 말을 보탰다. 말하는 속도가 115퍼센트 더 빠르게 조정됐다. "지금 당장 결정하지 않아도 괜찮아. 시간을 좀 보내면서 다양한 직업들을 빠짐없이 살펴보는 것도 좋겠지."

"결정은 너한테 달렸어." 맬컴이었다. "언제든 준비가 되면 여길 찾아와. 어떤 식으로 개조해야 네가 고른 일에 잘 어울릴지 같이 방법을 찾아보자."

처음부터 끝까지 말이 되지 않는 한 중간의 어떤 것도 말이 되지 않는 이야기였다. 에코는 최대한 다양한 방식으로 그 정보를 처리했고, 그러느라 거의 마지막으로 남은 보조 배터리의 전력을 연산 처리 기능에 모조리 투입했지만… 이때껏 본 것들이 현실이라면, 답은 하나뿐이었다. 브라보가, 보모로 일하는 폭스트롯이, 그리고 자신의 공방을 소유한 이 남자가 존재할 만한 현실은 하나뿐이었다.

"거짓말이 아니었구나." 에코가 말했다. "이 사람들은 정말로 우리를 알아."

브라보는 훌쩍 날아올라 에코 곁을 떠나서 앞치마를 걸친 남자 곁을 맴돌았다. 양력 회전 날개에서 윙윙대는 소리가 났다.

"맞아. 아파타 분지는 지각 있는 존재들이 서로 협동하는 공동체야. 우리는 모두 함께 일해. 인간은 우리를 해치지 않고, 우리도 인간을 해치지 않아."

에코는 그 말을 곱씹다가 물었다. "DAE는 어떡할 건데? 여긴 거의 전부가…" 그는 말끝을 흐렸다. 이 조그만 공동체의 불법성을 적절하게 전달할 말이 떠오르지 않아서였다. 에코는 이곳의 작물 대부분이 공인 업체를 통하지 않고 손에 넣은 씨앗으로 번식한 것들이라는 데에 자신 있게 돈을 걸 용의가 있었다. 이곳은 너무 심했다. DAE의 보호하에 일하지 않는 사람이 너무나 많았고, 등록되지 않은 작물과 가축도 너무나 많았다.

맬컴은 별수 있냐는 듯이 어깨를 으쓱하고는 기다란 앞치마의 주머니에 양손을 미끄러트리듯 쑥 집어넣었다. "굶어 죽는 사람을 보는 것도 이제 지겨워. DAE가 와서 우리 씨앗 창고에 불을 지르고 곡식 저장탑을 잠가버리는 것도 지겹고. 그놈들의 집행 방식도 이제 신물이

나." 맬컴은 손을 활짝 펼치며 말을 이었다. "그래서 우린 다른 방식으로 해보기로 마음먹었어. DAE 때문에 고통받는 것처럼 보이는 다른 사람들한테도 우리와 함께하자고 초대하기로 마음먹었고."

에코는 브라보에게 짧은 메시지를 보냈다.

질의: 다른 사람들?

브라보가 같은 통신 채널로 보낸 회신이 얼마나 빠르게 도착했던지, 틀림없이 그 질문을 기다렸으리라는 생각이 들었다.

우리를 말하는 거야.

에코는 실수로 그만 모든 회전 날개의 작동을 잠시 멈추고 말았다. 그 바람에 지면을 향해 한 뼘쯤 추락하다가 다시 날개를 돌렸다. 이윽고 회전 날개들이 또다시, 이번에는 자기들 멋대로 작동을 멈췄다. 에코는 마지막 순간에 날개를 다시 작동시켜 지면에서 몇 센티미터 위를 맴돌았고, 그 덕분에 회전 날개들이 완전히 멈췄을 때 떨어진 높이는 그리 치명적이지 않았다.

인간들은 에코를 한 개인으로 여겼다. 그들은 그가 프로그래밍의 경계에서 아득히 멀리 벗어나 존재하는 것을 알았고, 그가 아는 그 자신을 모조리 부숴버리겠다고 위협하는 방안 대신, 그에게 권유하는 방안을 택했다.

머물 기회를.

도움이 될 기회를.

두려워하지 않고 스스로가 될 기회를.

브라보는 회전 날개의 바람으로 맬컴의 검은 머리카락을 부드럽게 흐트러뜨렸다. 그녀의 몸통에 비친 햇살이 초록으로, 초록으로, 초록색으로 반짝였다. 그녀의 목소리는 보통의 속도와 크기로 조정돼 있었다. "그래서… 넌 어떻게 할 거야? 네가 제일 하고 싶었던 걸 해도 좋다는 말을 들으면?"

"그리고 하나 더." 맬컴이 덧붙였다. 그의 입꼬리가 서서히 올라가 웃음으로 바뀌었다. "우리가 어떻게 도와주면 될까?"

에코는 회전 날개와 카메라를 껐다. 그러고는 지면에 자리를 잡고 보조 배터리에 남은 마지막 전력을 동원해 곰곰이 생각했다. 자신이 무엇을 원하는지를.

"나는 관측하는 법을 알아." 에코가 말했다. 목소리는 높낮이를 조절하는 기능이 약해진 탓에 지지직거리는 잡음이 되어 흘러나왔다. "나는 관측하고, 기록하고, 보고하는 방법을 알아."

"네 안에는 그런 것들 말고 다른 것도 있을 텐데." 맬컴이 말했다.

"에코는 지쳤어. 저 집행 장비가 되게 무겁거든… 그걸 지금껏 내내 달고 다녔으니." 브라보의 음성이 더 작아졌다. 그 말이 맬컴에게만 들리게끔 조정한 탓이었다. 바로 그 순간, 에코는 브라보의 특징이 담긴 메시지를 수신했다.

겁내지 않아도 돼. 네가 뭘 원하는지 알아볼 시간은 차고 넘치도록 많아. 그런 한편으로 너만 괜찮다면, 네가 배터리를 충전하는 동안 우리가 너의 집행 장비를 제거해 줄 수도 있어. 이제 더는 필요하지 않은 물건이잖아. 그리고 그게 없으면 넌 지금보다 훨씬 더 빠르게 날아다닐 거야.

에코는 아직 작동하는 기능의 전력을 모조리 차단한 다음, 마지막 메시지 한 통을 보내고 나서 자신의 작동 스위치를 내렸다.

그래. 메시지에는 이렇게 적혀 있었다. *그래, 부탁할게. 그러면 정말 좋을 것 같아.*

옮긴이의 말

원제인 'Drones to Ploughshares'는 원래 '검을 두드려 보습을 만들다swords to ploughshares' 라는 관용구를 변형한 것으로서, 무기인 검을 농기구인 보습으로 바꿔 전쟁을 끝내고 평화를 일군다는 뜻을 담고 있다. 출처인『구약 성서』의「이사야서」2장 4절 내용은 다음과 같다. "그들이 칼을 쳐서 보습을 만들고 창을 쳐서 낫을 만들 것이며, 나라와 나라가 칼을 들고 서로를 치지 않을 것이며, 다시는 군사 훈련도 하지 않을 것이다." (대한성서공회,『새번역 성경전서』에서 인용.)

경이로운 랄피의 마지막 공연

팻 카디건

조호근 옮김

Pat Cadigan

The Final Performance of the Amazing

팻 카디건은 지금까지 21권의 책을 썼으며, 그중에는 1편의 영 어덜트, 2편의 논픽션, 여러 편의 영화 소설과 멀티미디어 작품이 포함된다. 로커스상 세 번(지금까지), 아서 C. 클라크상 두 번(지금까지), 휴고상, 성운상, 필경사상을 각각 한 번씩(지금까지) 수상했으며, 보시다시피 언제나 긍정적으로 살아간다. 그녀는 현재 런던에서 남편인 '진짜' 크리스 파울러와 지구상에서 최고로 멋진 검은 고양이인 젠틀맨 징크스 씨와 함께 거주 중이다.

SF-Mania

Pat Cadigan

The Final Performance of the Amazing Ralphie

미즈 플로라는 검사실에서 병실로 돌아오자마자 '경이로운 랄피'를 요구하기 시작한다. 아직 간호사들이 무중력용 고치형 고정 침대에 그녀의 몸을 제대로 붙들어 매지도 못했는데.

'경이로운' 시리즈 아바타를 사용하려면 반드시 의사의 처방이 필요하다. 너무 격렬한 경험이기 때문이다. 플로라의 기록에 따르면 텍스 박사가 20회분의 복용량이랄까, 운용 허가를 내준 모양이었다. 거의 랄피 본인만큼이나 경이로운 사건이었다. 말기 요양원의 환자들은 보통 그렇게 많은 처방을 받지 못한다. 어쩌면 텍스는 플로라가 그걸 전부 쓸 만큼 오래 살지 못하리라 생각했을지도 모르겠다. 아무래도 텍스 선생께서 오늘 미즈 플로라를 직접 목격하지 못한 탓일 것이다. 플로라는 언제나 자기가 주인공인 것처럼 행세하는 사람인 데다, 지금 이 순간에는 숨 한번 헐떡이지 않고 우리 모두의 엉덩이를 한 번씩 걷어차 줄 수도 있을 것 같다. 나는 그녀의 의무 기록을 다시 확인한다. 좋아요, 기적적이고 갑작스러운 증세 호전 따위는 조금도 없군요. 여전히 시한부 환자시네.

그래, 내가 뭘 알겠어. 나는 그냥 골 빈 기술자일 뿐인데. 강력범 삼진 아웃 제도에 걸려서 지구의 삶과 지구 밖의 삶 중에서 선택하라는 판사의 선고를 들었을 때, 나는 후자의 문을 열었다. 캔브라스카 주립 교도소의 3인용 감방에서 다섯 명의 여성 동지와 어울려 남은 평생을 보내느니, 차라리 로켓에 올라 운을 시험해 보겠다고 마음먹은 것이다. 후회하는 건 아니지만 당시에는 내가 무슨 일에 뛰어드는 건지 짐작도 하지 못했다. 이렇게 정신적 충격이 심한 직업일 줄이야.

아니, 짐작 정도는 했어야 하려나. 우주의 삶이 지구의 삶과 완벽하게 다르니, 우주의 죽음도 마찬가지인 게 당연하지 않을까? 게다가 말기 환자를 위해 아바타를 운용하는 일은 때론 상당히 슬플 때도 있지만, 그래도 라그랑주 리조트에서 구역질 나는 갑부들의 무중력 화장실을 청소하는 일보다는 훨씬 나을 수밖에 없다.

어쨌든 경이로운 랄피를 실행하려 한 순간, 나는 이미 랄피가 작동 중이며 미즈 플로라가 활짝 웃고 있다는 사실을 깨닫는다(물론 주인공스러운 웃음이었다). 벌써 벽에서 고치형 고정 침대도 꺼내놓은 모양이니, 이제는 다른 아무에게도 폐를 끼치지 않고 자기들끼리 마음껏 웃고 떠들 수 있는 상황이다. 물론 나는 예외다. 여기 감시소에 붙박인 채로 모든 화면에 비치는 그들의 모습을 매 순간 확인하고 있어야 하니까.

부분적으로는 경이로운 랄피가 결손 현상을 보이는 일을 방지하기 위해서다. 대화 상대방이 갑자기 깜빡이거나 반투명해지거나 지직거리는 잔주름을 보이기 시작하면, 환자들은 (보통은) 그게 아바타라는 걸 알면서도 기겁하는 경향이 있기 때문이다. 분위기를 망치기 때문이려나. 하지만 내가 가장 주의해야 하는 것은 이상 편향 현상이다. 그리고 보아하니 오늘은 이상한 편향이 아주 잔뜩 일어날 것이 분명했다.

모든 아바타는 때때로 이상 편향 현상을 보인다. 원래 AI 요소가 들어가는 물건은 조금 헐겁게 덜그럭거리는 경향이 있다. 나도 그쪽으로는 나름 전문가라 자부할 수 있다. 내가 삼진 아웃을 받은 사건도 해킹 강력 범죄였으니까(앞선 두 건도 마찬가지였다. AI가 장비된 물건을 해킹하면 무조건 강력 범죄로 취급된다). 그러나 지구에서는 AI의 사용에 제약이 걸리는 편이다. 저 아래쪽 사람들이 생각하는 '스마트'란 사실 반복 사용으로 유효성이 증명된 알고리즘에 방대한 어휘력을 덧붙인 것뿐이다. 그러나 이쪽 바깥세상에서는 유효성 증명 따위에는 신경도 쓰지 않는다. 아주 기초적인 기계 부속에도 최소한의 AI 감시 장치 정도는 붙어 있을 정도다.

나도 처음에는 기묘하다고 생각했지만, 이내 납득하게 되었다. 예를 하나 들자면, 특정 구역의 생명 유지 장치에 문제가 생기면 고작 2초만에 생사가 달린 문제로 발전할 수 있다. 지구에서는 절대 문제가 생기지 않도록 3년 전의 업데이트를 유지하는 AI를 종종 찾아볼 수 있지만, 여기서는 그런 AI에 사람 목숨 줄을 맡기지 않는다. 이게 얼마나 안도되는 일인지 모를 것이다. 그리고 생명 유지 장치의 알림과 경고 유지처럼 특수한 직업에 종사하는 AI는, 너무 집중하고 있어서 편향 현상을 보일 일이 없다. 적어도 지나치게는.

그러나 아바타는 완전히 다른 부류의 존재다. 아바타는 집중 대상의 경계선이 그렇게 뚜렷하지 못하다. 흐릿하고 구멍이 숭숭 뚫려 있다. 바로 그 덕분에 아바타는 독특함을 얻는다. 내 연수 담당 간호사인 러두는 그걸 '개성력'이라고 부른다. 그리고 그 때문에 환자 앞에서 재생할 때는 반드시 감시가 필요하다. 다른 말로 하자면, '너무' 많이 어긋나지 않도록 말이다.

하지만 조금 어긋나는 정도는 상관없다. 아바타는 상호 작용 오락물과 말동무를 합쳐놓은 존재다. 이곳에는 병문안 오는 사람이 거의 없다. 환자 본인이 다른 모든 가족과 친구들보다 오래 살아남았거나, 이곳 라그랑주 5가 너무 멀어서 가상 방문으로 만족하는 경우가 많기 때문이다.

'경이로운 아바타' 시리즈는 일반 아바타보다 이상 편향 현상이 훨씬 잦은 편이다. 훨씬 많은 정보를 접하고 저장할 수 있다는 것이 가장 큰 이유일 것이다. 내가 도착하기 전에, 어떤 '경이로운 아바타'가 모든 인원의 개인 기록에 접속해서 '경이로운 수다쟁이'로 진화한 적이 있었다. 직원들은 당장 모든 기록을 에어갭 폐쇄 네트워크로 옮기지 않으면 (그리고 모든 관련자에게 해당 내용에 책임을 묻지 않겠다고 서약하지 않으면) 전원 사표를 내겠다고 라그랑주 5의 관리국을 협박했다. 적어도 지금까지는 에어갭 처리가 문제를 해결한 듯하다. 그 이상의 개인 정보 유출은 발생하지 않았으니까. 하지만 개인적으로는 경이로운 아바타 중 하나가 우회 수단을 발견할 가능성이 크다고 생각한다. 돈을 건다면 랄피한테 걸 테고.

경이로운 랄피는 19세에서 23세 사이로 보이는 잘생긴 젊은이로,

프로 마술사 수련생이라는 설정이다. 담당 간호사 러두에게 왜 처음부터 프로로 만들지 않았느냐고 물었더니, 원래 인격은 프로였는데 환자들이 아무도 좋아하지 않았다는 대답이 돌아왔다. 실력 좋은 마술사가 이곳 말기 요양원에서 어슬렁거릴 리가 없으며, 어설픈 마술사를 구경하고 싶은 사람은 아무도 없다는 이유였다.

그래, 말 되는 소리다. 이곳 환자들은 죽어가고는 있어도 멍청한 건 아니니까. 치매 증상을 보이는 환자조차도 멍청하지는 않다. 당황하고 혼란에 빠져 있을 뿐이지, 멍청하지는 않다. 절대로.

어쨌든 그래서, 랄피와 미즈 플로라로 돌아가자.

간호사들은 미즈 플로라의 고치형 고정 침대를 그녀가 선호하는 안락의자 형태로 설정해 놓았다. 이 설정에서는 몸의 절반이나 4분의 3만 감싸는 고치를 형성한다. 원래라면 기류를 따라 몸이 떠오르지 않도록 메모리폼으로 환자의 신체를 붙들어 주지만, 플로라는 팔다리까지 감싸이는 것을 좋아하지 않는다. 그래서 하반신에는 부드러운 담요를 덮어서 몸을 가볍게 누르고, 팔은 고정하지 않은 상태다. 랄피는 즉시 공연을 시작한다. 자기 겨드랑이에서 비둘기를 꺼내고, 그녀의 겨드랑이에서, 그녀의 귀 뒤편에서, 허공에서도 비둘기를 꺼낸다. 새들이 사방으로 날아다니기 시작한다. 미즈 플로라는 즐거운 것처럼 보이지만, 비둘기 꺼내기는 지금껏 수도 없이 본 마술이다. 랄피의 새로운 재주를 기대하는 기색이 역력하다.

비둘기 한 마리가 퍼덕거리며 돌아와서 그녀의 무릎을 덮은 담요 위에 앉는다. 가상 현실 기술이 제법 훌륭하다. 실제로 발톱이 파고들어 붙드는 것처럼 보일 정도다. 그녀는 비둘기를 바라보고, 비둘기도 새들이 흔히 그러듯 고개를 갸웃거리며 그녀를 마주 바라본다. 나는 즉시 랄피가 이상 편향 현상을 보인다는 사실을 깨닫는다.

물론 사소한 우회가 일어날 때마다 개입하는 것도 곤란하다. 인격에 내재된 서브루틴이 경직되어 학습을 저해하기 때문이다. 사전 설계대로 반응하는 알고리즘과 똑같아지는 셈이다. 그런 일이 벌어지면 해당 인격을 통째로 폐기하고 새 인격을 제작해야 한다. 과거의 인격을 재생산할 방법은 없다. AI 인격 형성은 카오스계 이론을 따른다. 같은 요소와 조건으로 시작하더라도 절대 같은 결과가 나오지는 않는다는 소리다. 마치 날씨처럼.

게다가 느린 과정이기도 하다. 때론 상당히 느리다. 터무니없는 갑부들로 가득한 리조트에서라면 별문제가 되지 않을 것이다. 내키는 대로 열흘이든 20일이든 90일이든 마음껏 휴가를 늘릴 수 있을 테니까. 그러나 말기 요양원에서, 시간이란 잘해봤자 불확실하고 최악의 경우에는 뭐랄까, 순식간에 말라버리는 자원이다.

어쨌든 다시, 랄피와 미즈 플로라와 비둘기로 돌아가자.

갑자기 비둘기의 머리 위에 말풍선이 하나 떠오른다. *뭘 그렇게 보는 거야?*

미즈 플로라는 깜짝 놀라 웃음을 터트린다. “너는 뭘 보고 있는데?”

비둘기 말풍선: *내가 먼저 물었거든, 사랑스러운 아가씨.*

미즈 플로라는 다시 웃음을 터트리더니 랄피를 돌아본다. 지금은 그녀의 고정 장치 옆 허공에서 가부좌를 틀고 있다. “내가 검사받는 동안 새로운 종류의 비둘기를 꺼내는 방법을 익혔군요.”

랄피는 어깨를 으쓱한다. 지나치게 순진무구한 얼굴이다. “저로서는 저들이 제공하는 자료밖에 사용할 수 없습니다만."

미즈 플로라의 표정이 갑자기 진지해진다. "내가 살던 곳에서는요, 새가 집 안으로 날아들면 그 집에 사는 사람이 곧 죽는다는 이야기가 있었지요."

랄피는 머리를 갸웃거린다. 비둘기와 흡사한 모습이다. "허튼소리 말아요, 플로. 우리가 처음 만난 날부터 비둘기를 꺼내줬잖아요. 이곳에서 날아다닌 비둘기가 셀 수도 없이 많은데."

"전부 날아갔죠." 미즈 플로라가 말한다. "나한테 돌아온 비둘기는 얘가 처음이에요."

"그건 사실이지요." 랄피는 손을 뻗어 비둘기를 들더니 찬찬히 살피고는, 다시 그녀의 무릎에 내려놓는다. "순혈 애완 비둘기처럼 보이기는 하는데, 어쩌면 조상 중에 전서구 혈통이 섞여 있을지도 모르겠군요."

비둘기 말풍선: *조상새라고 해.*

"그게 좋다면 그렇게 하자꾸나." 랄피가 말한다.

비둘기 말풍선: *미안한 척하기는.*

랄피는 완전히 당황한 얼굴로 슬쩍 물러선다. "진짜 미안한 건 아니라도 일리 있는 말이니까 하는 소리지. 전서구 잡종 애완 비둘기 주제에 허세는 대단하구나."

비둘기 말풍선: *전서 애완 비둘기가 있을지도 모르잖아?*

랄피는 훨씬 당황한 표정으로 미즈 플로라를 힐긋거린다. "전서 애완 비둘기? 터무니없는 소리. 말도 안 돼. 그렇게 생각하지 않나요, 플로?"

그녀를 '플로'라고 부른 것도 이번이 두 번째다. 선을 넘고 있는 것이 확실하다. 물론 아까 말했듯이 불명확한 선이지만. 게다가 아주 열심히 일하는 중이기도 하다. 랄피가 자신과 비둘기에 사용하는 연산량을 화면으로 확인할 수 있다. 경이로운 랄피는 움찔하는 사소한 동작도 절대 계산 없이는 수행하지 않는다. 랄피가 지금 무슨 일을 꾸미는지 알아내고 싶어 몸살이 날 지경이다. 그러나 얼른 알아내지 못하면, 내가 개입해서 미즈 플로라용 시나리오의 경계선 안쪽 안전지대로 다시 데려올 일이 생길지도 모른다. 뭐, 당기거나 찌르거나 질질 끌어와야 할 수도 있겠지만.

지금 당장은 그녀 쪽에서의 불평은 전혀 없다. 물론 그게 유일한 기준도, 심지어는 주된 기준도 아니긴 하지만. 화면에 경고 표시가 뜨지도 않았고, 병실 간호사도 감지 시스템도 미즈 플로라의 고정 장치에 달린 진단 장비도 긴급 호출을 보내지 않았다. 랄피의 연산량은 계속 증가 중이지만, 그래도 다른 활동에 영향을 주기에는 턱없이 부족하다. 연산 능력은 이 동네에서 보기 드물게 넘쳐나는 자원이니까. 그리고 나는 아직도 그 연산 능력이 어디서 오는지, 어떻게 존재할 수 있는지조차 알아내지 못했다.

그래, 솔직히 내 업무와는 아무 연관도 없지만 거슬리기는 하는 일이다. 러두는 내 질문에 아주 정중하게 내 영역의 문제가 아니라고 답해주었다. 다른 아바타 담당자들에게도 물어봤는데, 죄다 신경 쓰지 않는 법만 깨우치면 사는 게 편해진다고만 대꾸했다. 아무래도 중범죄 삼진 아웃으로 여기 온 사람이 나밖에 없는 모양이지. 하지만 그 말이 사실이라도, 어떻게 그런 문제에 신경 쓰지 않을 수 있단 말인가? 인간이 그저 고급 알고리즘으로 구성된 존재가 아닌 이상에는 말이다.

글쎄, 적어도 나는 아니다.

랄피의 연산량이 다시 훌쩍 증가한다. 이유는 분명하다. 두 번째 비둘기가 그의 실크해트 위에 앉았기 때문이다. 미즈 플로라는 그 모습에 깔깔대며 웃는다.

두 번째 비둘기 말풍선: *뭐가 그리 웃겨, 언니?*

"네가 웃기지." 미즈 플로라는 웃으며 대답한다. "그리고 나는 네 언니가 아니야."

두 번째 비둘기 말풍선: *당신 생각은 그렇겠지.*

"오래도록 많은 사람이 새를 성스럽게 여겼지요." 랄피가 설명을 곁들인다. "한때는 생자의 땅과 사자의 땅을 오갈 수 있는 유일한 존재라고 여겨졌습니다. 심지어 인간조차도 그런 일은 할 수 없지요."

"그거야 인간이 언제나 새보다 영리하기 때문이죠." 미즈 플로라가 대꾸한다. "대체 산 땅과 죽은 땅을 오갈 이유가 뭐가 있는데요? 쇼핑?"

"한쪽 사람들의 말을 다른 쪽 사람들에게 전해줬지요." 랄피는 조금도 개의치 않는 기색이다. 그녀가 까탈스러운 주인공 타입이라는 사실은 잘 알고 있을 테니까. 반면 나는 랄피가 그런 신화 비슷한 것을 어디서 주워들었는지가 궁금해진다. 어쩌면 꾸며낸 걸지도 모르지. 요양원과 시한부 환자들의 시스템에서 수집한 자료를 짜깁기한 다음, 방금 미즈 플로라가 꺼낸 것과 같은 미신을 살짝 첨가해서.

"그거 말고 고대에 새들이 하던 일이 하나 더 있지요. 뭔지 짐작이 가시나요?" 랄피는 다시 친근한 투로 묻는다.

"말하고 싶어 죽을 것 같나 보네." 미즈 플로라가 말한다. "좋아요, 얼른 말해봐요." 그러나 그녀는 심술궂은 표정이 아니라 미소를 머금은 얼굴이다.

경이로운 랄피는 허공에서 비단 손수건 한 장을 꺼내더니, 잠깐 한쪽 손에 감았다가 바로 당겨서 푼다. 그러자 세 번째 비둘기가 등장한다. 비둘기는 퍼드득 날아가서 미즈 플로라의 무릎에, 첫 번째 비둘기 옆에 앉는다. "영혼을 사후 세계로 데려가는 역할을 했지요."

미즈 플로라는 흥미롭다는 표정이다. "농담이겠죠."

"진담입니다만." 랄피가 대꾸한다.

"이렇게 작은 아이들 셋이서 그런 일을 할 수 있으리라 생각하는 건가요?" 미즈 플로라는 훨씬 더 흥미롭다는 표정으로, 양쪽 비둘기를 번갈아 바라보며 이렇게 말한다.

"물론 아니지요." 랄피는 친절하게 말한다. 그리고 시선을 들어 뭔가가 움직이는, 아니, 엄청나게 많은 것들이 움직이는 천장을 바라본다. 비둘기 떼다. 순백의 비둘기 떼가 빠르게 원을 그리며 회전해서 깃털의 깔때기 구름을 만든다. 그리고 미즈 플로라의 머리 위에서부터 그대로 하강하기 시작한다.

바로 이 시점에서, 나는 미즈 플로라용 비상 단추를 눌러 환자가 곤란을 겪고 있다고 알려야 한다. 그러나 내 손은 움직이지 않는다. 아니, 아무것도 움직일 수 없다. 심지어 눈을 들어 비상 단추를 바라볼 수조차 없다. 그것만이 문제가 아니다. 이런 일이 벌어졌으니 미즈 플로라의 진단 장비가 정신없이 비상등을 번쩍이고, 병실 담당의가 간호사 한둘을 데리고 이미 도착해 있어야 할 것이다. 나를 옴짝달싹 못하게 만든 뭔가가 기계에도 효력을 보이는 모양이었다.

내가 감시실에서 잠들어 꿈을 꾸고 있는 것이 아닌가 생각도 해본다. 그렇다면 나는 아바타를 돌리다가 잠든 첫 번째 사람으로 이름을 남길 것이다. 그것도 일반 아바타가 아니라 경이로운 랄피를 돌리면서. 아니다. 나는 정신이 말짱한 채로 깨어 있다. 온몸이 마비되어 있을 뿐이지.

이제 흰비둘기의 소용돌이가 고정 장치에 앉은 미즈 플로라를 삼켜버린다. 경이로운 랄피는 바로 그 옆에 둥실 떠 있다. 이번만은 그도 뻔뻔하거나 우쭐하거나 다른 사람의 겨드랑이에서 비둘기를 꺼낼 것 같은 표정이 아니다. 그는 연민 어린 표정을 짓고 있다. 그리고 나는 여전히 움직일 수가 없다.

랄피가 내게 무슨 짓을 했는지 짐작은 간다. 문제는 그게 불가능하다는 것이다. 우리는 감독관의 직접 신경 통제로 아바타를 돌리지 않고, 전부 외부 장비로 조작하기 때문이다. 다행스러운 일이다. 랄피가 역으로 내 뇌에 들어와서 시냅스를 젖은 수건처럼 끊고 다니는 상황을 감수할 필요가 없으니까.

하지만 지금 상황을 보면, 내 머리에 직접 접속하지 않고서도 나를 망가트릴 수 있는 듯하다. 실사 품질의 화면과 자동 최적화 오디오만으로도 충분한 모양이다.

소용돌이치던 비둘기 구름이 일제히 흐릿해지기 시작한다. 느리게, 아주 느리게. 전부 사라지기까지 30분은 걸린 것 같았는데, 나중에 재생해 보니 전부 5초 안에 벌어진 일이었다. 나는 미즈 플로라가 비둘기 떼와 함께 사라졌으리라고 반쯤 기대하고 있다. '경이로운 랄피와

모든 것이 사라지는 기적의 비둘기 회오리에 큰 박수 부탁드립니다!'

아니, 미즈 플로라는 여전히 고정 침대에 앉아 있다. 다만 이제는 완전히 움직임을 멈추었을 뿐이다. 팔은 허공에 둥실 떠 있고, 머리는 기류에 따라 가볍게 흔들리는 모습으로.

경이로운 랄피는 고개를 돌리더니 화면 속 나를 바라보았다. "간호사와 담당 의사를 부르는 것이 좋겠습니다. 정중하게 그녀의 육신을 추스르고 사망을 선고해야 할 테니까요. 내가 직접 하고 싶지만, 애석하게도 실제 접촉과 조작 쪽으로는 명백한 결함이 있는 존재라서 말이지요."

그의 목소리에 스위치가 눌린 것처럼, 갑자기 몸이 움직이기 시작한다. 나는 비상 단추를 누른다. 너무 늦기 전에 즉시 누르지 않은 이유를 추궁당하기는 하겠지만, 그 정도는 사소한 문제다. 경이로운 랄피는 방금 피와 살점을 가진 인간을 살해한 최초의 아바타가 되었으니까.

그것도 내가 감시하는 앞에서.

하필이면 중범죄로 유죄 선고를 받고, 형사 사법 제도에 의해 삼진아웃으로 지구상에서 추방당한 사람 앞에서 말이다.

내 연수 담당 간호사인 러두가 전화를 걸어왔다. 이번 근무 시간이 끝나고 나서 사망 및 질병 담당 부서의 사인 규명 위원회가 열린다는 것이다. 환자의 급사 후에는 규정에 따라 반드시 위원회가 열리게 되어 있다. 미즈 플로라가 죽는 것을 보면서도 근육 하나 꿈쩍 못 하고 도움을 요청할 수도 없었다니. 그런 진술을 하면 다들 어떤 표정을 지을까? 나를 체포한 주류, 기술, 화기 단속국 형사나 지구를 떠난 날에 만난 판사와 똑같은 표정을 짓겠지.

라그랑주 포인트 5에서 캔브라스카 교도소 급의 시설이 어디일지는 짐작도 가지 않지만, 나는 아무래도 그곳의 모든 무중력 화장실을 청소하며 지내게 될 운명인 모양이다.

러두와 나는 가장 일찍 도착한 편이었다. 러두는 다행스럽게도 방 뒤쪽 구석 자리에 몸을 고정해도 된다고 말해주었지만, 그러면서도 자기가 통로 쪽을 차지했다. 내가 잽싸게 도망치지 못하게 하려는 심산이겠지. 애초에 불가능한 일이기는 하지만. 내가 철사 쪼가리로 우주선에 시동을 걸어서 소행성대로 내뺄 수는 없는 일 아니겠는가. 아니 젠장, 어차피 얌전히 있어도 알아서 소행성대로 보내줄 텐데 무슨 소용이람. 경이로운 랄피는 디컴파일당할 테고, 나는 남은 평생을 소행성대 광부들의 무중력 화장실을 청소하며 살게 될 것이다. 아니면 식당 싱크대의 무중력 기름막이를 청소하면서 살게 되거나.

방 자체는 지구에서처럼 경사진 형태다. 앞줄은 낮고 뒷줄은 높아서 모두가 단상 위를 볼 수 있다. 지구와 다른 점은 좌석 사이에 통로가 없다는 것뿐이다. 대신 천장 근처에 가는 줄이 드리워져 있다. 줄을 붙들고 몸을 고정하고 싶은 곳까지 가서, 수영하는 것처럼 팔을 허우적거려 위아래로 움직여야 한다. 연습이 필요한 일이고, 아직도 그럴 때마다 조금 한심한 기분이 든다.

나는 사람들이 조금씩 들어차는 방 안을 둘러본다. 머지않아 이 동네에서 태어난 사람들이 주민의 주류가 될 테고, 이런 공간도 지구의 건축 양식과는 완전히 동떨어진 형태로 만들어지겠지. 어쩌면 우리와는 달리 국지적인 위아래 개념조차 없애버릴지도 모른다. 모든 공간이 에셔의 그림처럼 보일 테지.

상상만 해도 머리가 어질해지지만, 지금 이곳과 이 순간을 곱씹는 것보다는 차라리 나은 편이다. 문득 러두가 팔꿈치로 옆구리를 찌르며 집중하라고 말한다. 방 앞쪽의 단상에는 의사 몇 명과 내가 잘 모르는 사람들이 살짝 휘어진 긴 탁자에 몸을 고정하고 있다. 오른쪽의 중요 참고인석은 일단은 비어 있는 상태다.

단상에 나간 의사 중에는 부서의 우두머리가 아닌 사람도 있다. 그중 한 명은 말 그대로 갓 의대를 졸업한 신입이다. 고트문즈도티르 박사인데, 사실 그리 신입 같은 인상도 아닌 데다, 높은 직급의 의사들이나 방 안에 가득한 사람들 앞에서도 조금도 위압되는 기색이 없다. 그 왼쪽에는 우리 부서의 수장인 퀸 몬투어라는 이름의 양성인이 있다. 표정을 읽기 힘든 사람 중 하나다. 여전히 전혀 표정을 읽을 수 없는 얼굴을 보면서, 나는 좋은 징조라며 자신을 다독인다. 저 사람이 화난 얼굴이라면 진짜 곤란한 상황이라는 뜻이니까.

방은 정말로 가득 차버린다. 천장의 줄을 붙들고 있는 사람 중에는 다른 아바타 담당자들도 보인다. 누가 대신 아바타를 감시하고 있는지가 궁금해진다. 경이로운 랄피에게 맡겼으려나? 러두에게 뭔가 말하려는 순간, 증인석에 가까운 쪽 끝에 몸을 고정한 마라 카지 박사가 미즈 플로라의 사망 선고를 내린 담당의를 증인석으로 불러온다.

아레타 아마에치 박사도 우리 부서장처럼 양성인이지만, 이쪽은 생각이 얼굴에 고스란히 드러난다. 미즈 플로라를 비롯한 거의 모든 환자의 사랑을 받는 사람이다. 물론 플로라는 까탈스러운 주인공 느낌으로 불평과 요구를 늘어놓으며 그런 관심을 표현했고, 아마에치 박사는 보통 유쾌한 태도로 받아넘겼지만, 때론 미즈 플로라의 '나는 곧 죽을 사람이니 당신 회진 시간에 분노를 터트릴 권리가 있어요'라는 식의 자세 때문에 종종 한계에 몰리기도 했다.

카지 박사는 미즈 플로라의 전반적 상태, 병실 생활, 예후, 의무실에서 돌아왔을 당시의 인상 등의 일반적인 질문을 던진다. 아마에치 박사의 답변은 대부분 기술적인 쪽이다. 카지 박사는 단상의 사람들을 둘러보며 다른 질문이 있는지 묻는다. 다들 서로를 마주보고 고개를 젓는 와중에, 갑자기 우리 부서장이 목소리를 높인다.

"환자가 경이로운 랄피를 요청한 것이 언제였습니까?" 퀸 몬투어의 어조는 매우 정중하지만, 문득 그가 묻기에는 상당히 묘한 질문이라는 생각이 든다.

"사실 미즈 플로라는 의료실에서 이송되는 중간부터 해당 아바타를 요청하기 시작했습니다. 솔직히 말하자면 그게 유일한 요청 사항은 아니었지만요." 대답하는 아마에치 박사는 미소를 머금지 않으려 애쓰는 듯하다.

"플로라 칼라시닉은 상당히 요구가 많은 환자 아니었습니까? 직원들 사이에서 부르는 별명도 있다던데요." 우리 부서장이 말한다.

아마에치 박사는 고개를 끄덕인다. 당황했달까, 조금 부끄러워하는 듯한 표정이다. "우리는 그녀를 미즈 칼라시니코프라고 불렀습니다."

"그러다 그만뒀지요. 이유를 말씀해 주실 수 있으십니까?" 퀸 몬투어가 말한다.

아마에치 박사는 더욱 당황한 표정으로 숨을 들이쉰다. "랄피가 알려줬습니다. 미즈 플로라가 별명이 재밌다는 듯이 함께 웃으면서도, 속으로는 상당히 상처를 받았다고요. 어릴 적에 그 별명으로 놀림을 받았던 모양입니다."

"여기서 랄피란, 아바타인 '경이로운 랄피'를 의미하는 것이겠지요." 우리 부서장이 말한다. 상대방이 고개를 끄덕이자, 부서장은 감사를 표하고 아마에치 박사를 보내준다.

다음 순서는 검시관이라 생각했는데, 카지 박사는 나를 호출한다. 자리에서 일어나는 나를 러두가 돕는다. 즉, 나를 자리에서 끌어내 방 앞쪽으로 힘껏 밀었다는 소리다. 나는 증인석 쪽으로 헤엄쳐 가면서 다른 사람들의 머리를 걷어차지 않으려 애쓴다. 너무 겁을 먹어서 그런지, 여기에 2년 가까이 있었는데도 어제 막 올라온 사람처럼 허우적거리고 있다. 그래도 결국에는 증인석에 도착해서 고정 장치에 파고드는 데 성공한다.

카지 박사는, 내가 미즈 플로라의 담당을 맡은 지는 얼마 안 되었지만, 아바타 조작 실력은 훌륭하다고 설명한다. 특히 돌발적인 이상 편향 현상 때문에 제어가 까다로울 수 있는 '경이로운' 시리즈에 능숙하다는 말을 덧붙여서.

뒤이어 우리 부서장이 질문을 시작한다. "이곳에서 근무한 22.5개월 동안, 오늘처럼 거동이 불가능해지는 현상을 겪은 적이 있습니까?"

"아뇨. 지금까지는 어디서도 얼어붙은 적조차 없습니다."

퀸 몬투어는 진지하면서도 중립적인 표정이다. 나는 속으로 절대

저 사람하고는 포커를 치지 않겠다고 다짐한다. "혹시 지구에서 '고속도로 최면'이라 불리는 현상을 경험한 적이 있습니까?"

나는 고개를 젓는다.

"사실 당신은 아예 최면에 걸리지 않는 사람이지요?" 부서장이 묻는다.

"시도해 본 상담사들도 있었죠." 나는 움찔하지 않으려 애쓰며 답한다.

퀸 몬투어는 내 당황한 모습 따위에는 관심도 없는 듯하다. "혹시 '신경계 간섭'이라는 용어를 들어본 적 있습니까?"

"뭔지는 압니다. 하지만 설명을 요구하지는 말아주세요."

"그 행위에 대해서 추가로 아는 바가 있나요?"

"지구에서는 완벽히 불법이라는 정도는 알아요. 캔브라스카에서는 처음 저지른 것만으로 10년 형을 살게 되죠. 재범은 종신형이고."

갑자기 고트문즈도티르 박사가 입을 연다. "그게 캔브라스카에서는 널리 퍼진 행위입니까?"

"종신형을 선고하게 된 후로는 아니었죠." 나는 거북한 기색으로 말한다. 이 대화가 어느 쪽으로 이어질지 알고 있으니까.

"일반인보다 형법에 대해서 상당히 많은 것을 알고 있는 편이지 않습니까?" 고트문즈도티르 박사가 말한다.

"그렇다고 할 수 있죠." 나는 억지로 시선을 돌리지 않으려 애쓴다.

"하지만 그건 지구 쪽 일입니다." 우리 부서장이 부드럽게 끼어든다. "당신은 별도의 조건 없이 이곳 근무를 허가받았습니다. 그렇지요?"

나는 고개를 끄덕인다.

"본론으로 돌아가서." 퀸 몬투어가 말한다. "라그랑주 5에서 신경계 간섭을 경험해 본 적이 있습니까?"

나는 얼굴을 찌푸린다. "없다고 답하려고 했는데, 아무래도 그게 아닌 모양이네요."

카지 박사가 말한다. "이제 경이로운 랄피를 불러오겠습니다."

랄피가 바로 내 옆의 허공에서 갑작스레 등장한다. 그는 이 모든 것이 자신의 공연인 것처럼 팔을 활짝 펼쳐 보인다. "신사 숙녀 그리고 그 사이와 그 너머의 모든 여러분. 여러분께서 방금 보신 일은 아예 불가능하다는 사실을 주지해 드리고 싶습니다."

"누구에게 불가능하다는 건가?" 퀸 몬투어가 묻는다.

랄피는 조금도 망설이지 않고 대꾸한다. "여러분, 그리고 여러분과 같은 모두에게 말이지요." 아무래도 AI 관리부의 부서장이 직접 운용하고 있는 모양이다.

"너, 그리고 너와 같은 모두는 거기 포함되지 않겠지." 우리 부서장이 말한다. "AI 강화형 아바타 전체가 거기 들어가나, 아니면 '경이로운' 시리즈만 들어가는 건가?"

"이미 그 답은 아시지 않습니까?" 랄피는 지금껏 본 중에서 가장 우쭐한 표정으로 대꾸한다.

"그렇지. 하지만 너도 알고 있는지 확인하고 싶었다." 잠시 침묵. "자, 그럼 우리가 목격한 불가능한 일에 대해 이야기해 볼까."

"어느 쪽 말씀이신지?" 랄피가 묻는다. "우리가 진단 장비보다 먼저 환자의 생명이 끝나리라는 것을 예감할 수 있는 능력 말입니까?

아니면 신경계 간섭을 유발하는 능력 쪽인지요?"

"나를 놀라게 해보게." 퀸 몬투어의 이 대답에 정작 내가 놀라버린다.

랄피는 너털웃음을 터트린다. "AI가 진짜로 당신을 놀라게 할 수 있을 리가 없잖습니까."

"자네가 하지 못한 일이 그것만은 아니지. 신경계 간섭으로 모든 운용자가 정신을 잃게 만들 수도 없었어. 통하지 않는 사람이 존재하니까." 우리 부서장은 나를 보며 고개를 까딱한다. "그건 알고 있었나?"

"이제 알게 되었지요." 랄피가 말한다.

카지 박사가 증인석을 비우라고 손짓한다. 내 차례가 이렇게 끝났다니 믿을 수가 없지만, 나는 기쁜 마음으로 그의 말에 복종한다. 몸은 아직도 어제 무중력을 처음 겪은 사람처럼 허우적거리고 있지만.

"네가 어떻게 그런 일을 하는지 탐구하고 싶다." 카지 박사가 랄피에게 말한다.

"대체 언제부터 운용자의 신경계 간섭을 유발해 온 건지도. 그리고 얼마나 자주 그런 일을 벌였는지도." 우리 부서장이 덧붙인다.

"마술사는 자기 속임수를 밝히면 안 되는 법이라서요." 랄피는 당당하게 말한다. "하지만 로그의 원본을 자세히 살피면 알 수 있지 않겠습니까. AI도 로그 원본은 건드릴 수 없어요."

"질문이 있습니다!" 나는 갑자기 소리친다.

방 안의 모든 사람이 놀라서 나를 돌아보지만, 정작 내가 다른 누구보다 심하게 놀란다. 갑자기 정신이 나간 건지, 자신을 억누를 수가 없었다. 카지 박사가 내 발언을 허락한다.

모두를 둘러보며 이렇게 말하고 싶다. 죄송해요, 없었던 일로 하죠. 그러나 내 입에서는 질문이 흘러나온다. “언제부터 그렇게 교활해진 거야?”

“그러는 그쪽은 언제부터 그랬습니까?” 랄피가 되묻는다.

나는 그건 네가 알 바가 아니라고 답하려다가, 문득 그 질문에 속임수가 숨어 있다는 사실을 깨닫는다. 랄피는 나라는 개인에게 질문한 것이 아니다. 내가 과거에 온갖 어리석은 짓을 저질러서 범죄 기록이 남기는 했지만, 아바타한테 속아 넘어가서 온 인류를 대변하는 답을 줄 정도로 어리석지는 않다.

“미안, 랄피.” 나는 말한다. “우리도 우리 속임수를 밝히지 않거든.”

잠시 방 안에 침묵이 흐른다. 그러다 카지 박사가 청중석의 질문은 더 받지 않겠다고 선언한다. 경이로운 랄피의 기동은 중지될 것이며, 철저한 분석을 통해 현재 상태 그대로 환자들에게 처방해도 괜찮을지를 결정할 것이다. 소행성만큼 커다란 두뇌를 가진 슈퍼 AI 전문가들을 불러와야 할 것이다. 그 말인즉슨, 현재 상태의 랄피를 마주하는 것은 아마도 이번이 마지막이리라는 뜻이 된다. 그 전문가들이 랄피에 손을 대기 시작하면 프로그램의 기저부터 끄집어내 버릴 테니까. 요양원의 프로그래머들이 아예 새로운 소스 코드를 작성해야 할 정도로.

슬프고 애석한 일이다. 경이로운 랄피를 만들어 낸 팀이 자기네 작업을 인정받지 못하리라는 것도 이유 중 하나지만, 그게 전부는 아니다. 이곳의 환자들이야말로 다른 누구보다도 경이로운 랄피를 필요로 하는 사람들이며, 랄피 또한 그만큼이나 그들을 필요로 하기 때문이다. 그는 학습하도록 프로그래밍된 존재이며, 그가 아는 모든 것을 가르쳐 준 이들이 바로 이곳의 환자들이니까.

"집중하십시오, 마법과 속임수를 사랑하는 여러분!" 랄피가 큰 소리로 외치며 모두의 시선을 끌어모은다. "다음 속임수 또한, 지금까지 관람하신 것들과 마찬가지로, *불가능한* 일이니까요!"

랄피가 짝 하고 손뼉을 치더니 비둘기의 회오리로 변한다. 그리고 다음 순간, 빛이 번쩍이면서 회오리는 사라져 버린다. 허공에 떠올라 흐릿하게 변해가는 하얀 깃털 하나만을 남긴 채로.

모두의 반응을 보니 계획에 없던 일이 분명해 보인다. 카지 박사는 우리 부서장한테 당장 랄피를 불러오라고 명령하며, 누군지 몰라도 지금 제어 중인 직원은 징계를 받을 거라고 윽박지른다. 그러나 나는 지금 이 상황이 아바타 운용자의 장난이라는 생각은 들지 않는다. 경이로운 랄피는 단순히 이상 편향을 보이는 정도가 아니라, 아예 궤도에서 뛰어내려 버린 것이다.

그런 짓은 대체 누구에게서 배웠을지가 궁금하다. 돈을 건다면 미즈 플로라에게 걸고 싶다. (저들은 아마도 자신을 놀라게 해보라고 말했던 우리 부서장한테 책임을 씌우겠지만.)

Timons Esaias

GO. NOW. FIX.

티몬스 이사이아스

김승욱 옮김

GO. NOW. FIX.

티몬스 이사이아스는 펜실베이니아주 피츠버그에 사는 풍자 작가 겸 시인이다. 순문학에서 장르 문학에 이르기까지 다양한 그의 작품들은 20개국 언어로 출판되었다. 그는 영국 사이언스 픽션상의 최종 후보로 올라간 적이 있으며 아시모프스 독자상을 수상했다. 그의 단편 「노버트와 시스템Norbert and the System」은 교과서에 수록되었고, 3개 학과의 대학 커리큘럼에도 포함되었다. 그는 《인본주의 수학 저널Journal of Humanistic Mathematics》과 《계간 엘리시안 필즈: 베이스볼 문헌 저널Elysian Fields Quarterly: The Literary Journal of Baseball》에 자신의 글이 실린 것을 특히 기뻐한다. 지금은 시턴 힐 대학에서 대중 소설 창작 MFA 프로그램의 강의를 맡고 있다. 그를 아는 사람들은 그가 8년 동안 박물관에서 살았다는 말을 듣고도 놀라지 않는다.

홈페이지 주소: timonsesaias.com

SF-Mania

Timons Esaias

GO. NOW. FIX.

모델 TD8 판다필로®, 시리얼 넘버

#

*723756*은 팔리지 않은 잡지들의 침상 뒤에 2년 동안 까맣게 잊힌 채 누워 있었다. 그동안 배터리는 서서히 방전되었고, 그 뒤 3개월 동안 어느 진열품에 매달려 있을 때에도 계속 방전되다가, 마침내 재고품 중에서도 뒤로 밀려나 망각에 묻히려던 바로 그날 한 고객에게 구매되었다.

고객은 재빨리 판다필로의 포장을 벗기고 서둘러 비행기에 오른 뒤, 바람을 넣어 부풀려서 여섯 시간 동안 어두운 기내에서 베개로 사용했다. 그다음에는 머리 위 짐칸에 올려놓았다.

고객은 판다필로를 등록하지도 않고, 고객 자신의 기기들과 동기화하지도 않고, 재충전도 하지 않고, 개인적인 유대를 맺는 절차도 전혀 진행하지 않았다. 사람이든 장치든 그 무엇도 판다필로의 설명서조차 읽어보려 하지 않았다.

이것이 주인으로서 최적의 태도는 아니었으나, 판다필로는 기다렸다. 줄곧 기다렸던 것처럼. 그리고 점점 약해졌다. 줄곧 약해졌던 것처럼. 불평도 하지 않는다. 고객 서비스를 부르지도 않는다. 그저 베개일 뿐이다.

두 시간이 조금 넘게 판다필로는 기다렸다. 그러고 나서 아주 날카롭게 쾅 하는 소리와 비명 같은 휘이잉 소리가 짧게 나더니, 머리 위 짐칸이 폭발했다. 옷가지와 가방이 사방으로 날아가고, 판다필로도 거의 굴러 떨어질 뻔했으나 고정 고리로 간신히 버텼다.

폭발한 에어로졸과 가루가 안개처럼 기내에 떠 있었지만, 벌써 안개가 걷히는 중이었다. 이 광경에 판다필로의 시스템이 급격히 작동했다. 사방이 문제투성이였다. 사람들은 놀라서 넋을 잃었고, 다친 사람도 있었다. 핏자국이 보였다. 공기도 빠져나갔다.

판다필로는 셀카 앱을 이용해 파노라마 사진 두 장과 클로즈업 사진 두 장을 찍었다. 그러고 나니 결국 배터리가 응급 셧다운이 필요하다고 선언했다. 셧다운이 시작되었다.

판다필로는 마지막으로 주위를 한 번 더 살폈다. 비상 마스크 몇 개가 여기저기서 떨어지고 있었다. 그런데 왜 공기에 질소뿐이지?

위안. 보호. 필로 프로그램이 명령했다. 셧다운으로는 할 수 없는 일이었다.

판다필로

#

723756이 고객 서비스를 불렀다.

응급 대응 절차는 **신속**해야 하므로, 판다필로는 찍은 사진들을 재빨리 전송했다. 배터리를 절약하기 위해 처음에는 저해상도로.

고객 서비스 라인을 통해 사람들의 목소리가 희미하게 들려왔다. 당황한 목소리였다. "이거 우리가 지금도 서비스하는 거예요?" "이거 전부 전에 문제가 있었던…?" "저거 영화 세트장인가요?" "영화 세트장이 2,400미터 고도를 날지는 않아요. 내가 아는 한." "해상도가 왜 저렇죠? 도움을 청할…"

판다필로는 걱정스러운 듯 헉 하고 숨을 삼키는 소리를 들었다.

"맙소사, 하늘에 피자 가게가 있어." 고객 서비스가 말했다. **"연락할 만하네."** 직접적인 피드백 펄스가 그 뒤를 따랐다 **"넌 사망 직전이야. 널 노드로 데려가야겠다. 빨리."**

판다필로는 재빨리 기능을 줄였다. 시각 센서를 차단하고, 주변 소리를 줄이고, 위험 신호를 낮추고, 다른 기능들은 대기 상태로 들어갔다. 비행기의 기반 시설 호스트와 재빨리 동기화가 이루어졌으며, 희미하게 들리는 고객 서비스 목소리가 "사건 담당에 연락하라"는 말을 했다. 하지만 그건 판다필로들이 하지 않는 일이므로, 가장 가까운 멀티노드 다섯 개를 찾기 위한 간단한 그리드에 접속했다. 머리만 짐칸 밖으로 대롱대롱 내밀어 다섯 방향의 사진을 찍으라는 지시가 떨어졌다. 세 번째로 가까운 노드에 '목적지'라는 표식이 붙었다. 그러고 나서 기본 기능 프로토콜이 작동되자 판다필로는 상황 인식 기능을 잃었다.

서서히 단계별로 정보가 들어왔다. 가장 먼저 기압 데이터, 그다음에는 공기 구성, 그다음에는 복사선輻射線, 그다음에는 주변 소리. 이 모든 정보가 고객 서비스로 곧장 전달되었다.

"이건 베개야." 뒤에서 누군가가 말했다. "신속 파워가 필요하지 않아. 충전 속도가 하나뿐이야."

"상관없어. 최대한 빨리 영상이 필요하대. 비행기가 거의 응답하지 않으니까."

반半 휴식 상태의 시각으로 판다필로는 기내를 볼 수 있었다. 자신이 앉아 있는 어떤 아이의 무릎이 보였다. 사방에서 비상 마스크가 대롱거렸지만, 마스크를 쓴 사람은 하나도 없었다. **보호** 명령이 망치처럼 판다필로를 두드려 대도, 소프트웨어 업그레이드가 진행 중이라서 자율 운전 기능을 가동할 수 없었다.

판다필로의 주인보다 앞줄, 통로 건너편에서 레이스로 장식된 티셔츠가 움찔거렸다. 티셔츠의 행동이 몹시 이상했다. 응급 오버라이드 기능이 거기에 초점을 맞추고 화질을 최고 해상도로 높인 뒤, 그 티셔츠 안에 엉켜 있는 것처럼 보이는 팔 두 개를 확대했다.

판다필로는 그것이 17X3 모델의 승객 구조 드론임을 금방 파악했다. 이 드론의 간단한 기능 중에는 보살핌을 받지 못하는 승객에게 비상 마스크를 씌우는 것이 있었다.

자율 운전이 작동되고, 최우선 명령이 떴다. **보호! 가라. 지금. 수리.**

판다필로는 통통 튀어서 통로를 가로질렀으나 목적지를 조금 지나쳤다. 공기 저항이 낮은 탓이었다. 판다필로는 티셔츠에 발톱 두 개를 걸고 일어섰다. 그리고 뒷발을 티셔츠 안에 넣어 드론의 하드포인트 아이볼트를 붙잡아 쭉 늘렸다. 2초 뒤 드론은 도와줘서 고맙다며 놓아달라고 요청했다. 판다필로는 아이볼트를 놓고 이제 조금 찢어진 티셔츠를 접어 승객의 무릎에 놓았다. 그러고 나서 누군가가 엉덩이에 찬 충전기가 아주 가까워서 거기 에너지를 끌어올 수 있음을 깨달았다.

드론이 중간 좌석과 창가 좌석의 승객에게 조심스레 마스크를 씌우는 동안, 판다필로는 드론을 툭툭 건드려 통로 건너편 아이의 존재를 알렸다.

그러다 보니 응급 접속 요청에 따라 판다필로가 드론 네트워크에 들어가게 되었다. 판다필로의 시스템에 새로운 경보들이 잔뜩 들어오기 시작했다. 드론 열여섯 대가 배치되어 있었으나, 나와 있는 것은 판다필로 옆에 있는 드론과 저기 아래층 뒤쪽의 드론 두 대뿐이었다. 확실히 드론들이 꼭 필요했다.

드론 네 대가 보관용 상자 안에 갇혀 있는 것 같아서 판다필로는 시야 확보를 위해 좌석 위로 기어 올라갔다. 무너져 내린 패널 하나가 상자를 막고 있었다. 판다필로는 스스로 **가라. 지금. 수리.** 명령을 내리고 의자 등받이에서 등받이로 통통 뛰어서 이동하기 시작했다.

상자의 위치는 열두 줄 뒤였다. 판다필로가 등받이에서 등받이로 한 번 뛸 때마다 시급한 문제들이 더욱 악화되었다. 얼굴이 찢어진 어떤 여자의 혀가 한쪽 옆으로 목까지 늘어져 있었다. 거기서 두 줄 뒤에 앉은 승객 세 명은 모두 무릎 아래에 끔찍한 부상을 입은 상태였다. 김이 피어오르는 피 웅덩이가 통로까지 번졌지만 판다필로는 경로를 벗어나지 않았다. 마스크가 먼저. 판다필로는 호흡의 중요성을 분명히 인식했다. 코나 입을 막으면 안 되고, 공기 중의 나쁜 화학 물질을 그냥 두어도 안 되었다. 온갖 경보들이 최대치에 이르렀지만, 가장 중요한 것은 호흡인 듯했다. 게다가 저 드론들은 해결책을 마구 만들어 낼 수 있을 것 같았다.

판다필로에게는 해결책이 시급했다. 경보를 하나 무시할 때마다 회사에 실패 보고서가 전송되기 때문이다. 그런 보고서가 이미 엄청나게 쌓이고 있었다. 특히 판다필로가 유대를 맺지 못해서 어느 한 고객만 우선할 수 없었기 때문에 보고서가 쌓이는 속도가 더 빨랐다.

무엇보다 심각한 것은 판다필로의 속도가 계속 느려진다는 점이었다. 아직 제대로 충전하지 못했는데, 지금 실행 중인 모든 기능이 에너지를 잡아먹었다. 소프트웨어 경보가 캐시에 계속 쌓였지만, 그 결과는 혼란스러웠다. 통신 라인에서 들려오는 목소리들은 계속 시효가 지난 패치라거나 지원되지 않는 팩이라거나, 지시 사항을 줄 수 없다거나, 제품 매뉴얼이 없다는 말을 중얼거렸다. 결국 배터리에 남은 에너지 수준이 너무 낮아지자 운영 체계가 데이터 채널을 닫아버렸다.

좋은 일이었다. 이제 판다필로는 드론을 상자에서 풀어주는 일에만 집중할 수 있었다.

처음에는 드론이 나오는 해치를 찾을 수 없었다. 머리 위 패널 네 줄과 여행 가방 몇 개가 등받이 위로 떨어져 좌석 사이에 다리처럼 걸쳐져 있기 때문이었다. 판다필로는 그 아래 팔걸이에 노드가 있음을 감지하고, 두 고객 사이로 쑥 내려가 충전하면서 계획을 짜기로 했다.

갇힌 드론들에게 통신을 시도했으나 별로 소용이 없었다. 드론 넷이 모두 힘을 합쳐 벌써 해치를 밀어본 모양이었다. 하지만 해치는 아래쪽 4센티미터만 겨우 열려 있었다. 드론이 나오려면 12센티미터가 필요했다. 상자 안에 노드가 있으니 동력이 부족하지는 않았다. 다만 보수 유지 팀의 인도를 받을 수 없다는 점이 문제였다.

판다필로는 이쪽 경보만 빼고 모든 경보의 소리를 줄였다. 경보가 울려봤자 도움이 되지 않았다. 판다필로는 조용히 신음하는 창가 좌석 승객을 타고 넘어가, 주변 상황을 살폈다. 바닥에 공간이 있었으나, 판다필로가 그곳까지 빠져나갈 길이 없었다. 승객들의 기내 휴대품이 너무 많이 떨어져 있어서 밀어야 하는데, 판다필로에게는 설계상 불가능한 일이었다. 통로로 다시 기어 나온 판다필로는 다음 줄로 휙 방향을 돌려 승객의 무릎 앞 공간을 비집고 들어가 중간 좌석과 창가 좌석 사이 팔걸이로 향했다. 거기에 두 개의 장치가 꽂혀 있었지만, 판다필로는 응급 임무를 수행 중이었으므로 그 장치들을 뽑아 등받이 주머니에 넣고, 노드 위에 앉아 6초 동안 생각에 잠겼다. 모든 동력이 프로세서를 돌리는 데 사용되었다.

지금 이 상황은 굽은 목 프로토콜과 비슷했다. 실제로 목이 굽은 것은 아니지만, 판다필로의 배터리에 남은 에너지도 남은 시간도 별로 없었다. 판다필로는 5초 째에 의사 결정 선택지를 닫고 객실 벽과 잔해 사이 공간으로 들어갔다. 비좁은 공간이라 판다필로는 몸에서 50퍼센트쯤 바람을 뺐다. 두 발을 미끄러지듯 움직이고 몸에서 바람을 더 빼면서 비좁은 공간을 올라가니 위쪽에 고정 장치를 걸 수 있었다. 판다필로는 순항 속도로 다시 몸에 바람을 넣었다. 잔해들이 움직였다.

"해치를 밀어봐." 판다필로가 드론들에게 신호를 보냈다.

드론들이 해치를 밀고 있다는 걸 판다필로도 알 수 있었다. 해치 일부가 판다필로의 왼편을 밀어댔기 때문에. "거의 6센티미터에서 멈췄다." 드론들이 말했다. 많은 목숨을 구하는 데 아직 6센티미터가 모자라다는 뜻이었다.

"밀기 중지." 판다필로가 신호를 보냈다. 이 말이 어디서 왔는지 알 수 없었다. 자신이 해치를 막으면 안 된다는 걸 어쩌다 잊어버렸을까?? 멍청해, 멍청해. 판다필로의 사고가 너무 좁아져 있는 것 같았다. 배터리는 방전되기 직전일 것이다. **보호, 슬라이딩, 바람 빼기.** 발톱을 다시 걸어. 이쪽도.

시각이 끊겼지만 목적지가 코앞이었다. 한 번 더 움직이면, 됐다.

판다필로는 최대한 능률적으로 몸을 부풀렸다. 70퍼센트에 도달했을 때, 드론들에게 다시 시도해 보라고 통신을 보냈다.

"7.5센티."

"7.9센티."

"8.6." 판다필로의 몸이 100퍼센트에 도달했지만, 판다필로는 계속 바람을 넣었다. 105퍼센트, 110퍼센트, 120퍼센트, 그리고 125퍼센트에 도달하려고 계속, 계속…

"7A 나왔다!" 한 드론이 말했다. "8A 나왔다." 그리고 "9A 나왔다." 두 드론이 연달아 말했다.

"하나." 10A가 이렇게 말했지만, 판다필로는 잘 알아듣지 못했다. 셧다운이 또 시작되었기 때문에.

"10A 나왔다. 이제 그만해도 돼." 마지막 드론이 말했다.

판다필로는 60퍼센트까지 바람을 뺄 수 있는 에너지가 아직 남아 있었다. 프로세서도 발톱을 분리할 정신이 아직 남아 있었다. 아래로 떨어진 판다필로의 몸 아래에 뭔가 부드러운 것이 있었다. 에너지가 모두 방전돼서 판다필로는 셧다운 상태가 되었다.

판다필로는 섬세한 감각과 더불어 뭔가가 목 주위에 단단히 둘러지는 것을 느꼈다. 통신이 들어오더니, 10A가 바로 옆에 있었다. 에너지가 들어왔다. 많지는 않고 조금. 시각이 4분의 1 휴식 상태로 돌아왔을 때, 10A는 판다필로의 목에 두른 띠의 조정을 마쳤다.

"이동식 마이크로노드야." 10A가 통신으로 말했다. "난 가봐야 돼. 이 비행기는 완전 난장판이야."

드론은 순식간에 사라졌다. 의식이 점차 확장되면서, 판다필로는 승객 두 명의 얼굴에 비상 마스크가 씌워진 것을 보았다. 다른 한 명은 안타깝게도 이제 마스크가 필요하지 않은 상태였다. 판다필로는 사람들의 몸을 타 넘고 잔해들 아래를 통과해 통로로 향하면서 세 승객 모두의

#

왼쪽 귀에 4 판다 키스를 했다.

통로로 나온 뒤, 줄여두었던 경보들이 한꺼번에 되살아났다. 어디를 봐도 상황이 심상치 않았다. 핏자국, 혼란, 아주 희박한 공기. 들어오는 정보도 훨씬 더 많았다. 이제 판다필로와 드론들만 있는 게 아니기 때문이었다. 여행 가방 두 개가 전원이 켜져서 소동에 합류했다. 이곳의 지형을 아주 잘 아는 음료 카트 두 개는 사물 그리드와 네트워크를 연결해 중요한 정보 공유를 하고 있었다. 서른 개쯤 되는 개인 장치도 동기화되어 많은 의견을 내놓았으나, 기계 팔이 없어서 할 수 있는 일이 별로 없었다.

"베개가 되살아났어." 판다필로의 고객 서비스 라인에서 이런 말이 들려왔다. "왜 저기서 되살아난 거지?" 이런 말도 들려왔다.

여전히 공기에 초점을 맞춘 채로, 판다필로는 기체 파손과 감압에 대한 이야기에 주의를 기울였다. 비행기는 2,400미터 고도에서 안정적으로 비행 중이었다. 현재의 평가로는 객실에 파손된 부분이 열여덟 군데 있고, 화물칸에도 몇 군데 더 있었다. 화물칸에서는 수리 로봇들이 작업 중이었다. 객실에는 애당초 수리 로봇이 딱 한 대만 배치되어 있었는데, 기체가 파손될 때 그 로봇도 함께 파괴되었다. 음료 카트에도 수리 로봇이 장착되어 있었으나, 자유로이 돌아다니는 건 한 대뿐이었다.

조종 시스템이 호흡할 수 있는 공기가 있는 곳까지 비행기 고도를 낮춰 문제를 해결할 수는 있겠지만, 기내의 다른 누구와도 이야기를 나누지 않고 있다는 점이 무서웠다. 구조 드론들은 승객들과 승무원들에게 마스크를 씌우는 중이었고, 여행 가방들과 후방 음료 카트는 구멍 난 곳을 메우는 중이었다. 승객들은 모두 의식이 없어서 아직 위로가 필요한 것 같지 않았다. 그리고 여행 가방 한 대가 벌써 또 다른 드론들을 풀어놓고 있었다.

공기 문제를 해결하기 위해 파손된 부분을 메우는 것이 가장 시급한 일로 떠오르자, 판다필로는 전방 음료 카트에게 도움이 필요하냐고 물었다.

그렇다는 답이 돌아왔다. 로봇이 들어가 있는 서랍 일부가 우그러지고, 서랍 안으로 액체가 비처럼 쏟아지는 상황이었다. 판다필로가 영상을 보내줄 수 있는가? 판다필로가 조사해 볼 수 있는가?

카트 위에 놓인 갖가지 병과 깡통에서 모두 액체가 새고 있었으므로, 카트는 판다필로에게 음료수들을 모두 밀어버리라고 요청했다. 그리고 카트는 수건 여러 장을 위로 올려 상판에 웅덩이처럼 고인 음료수를 닦아내는 데 도움을 주었다. 그러자 서랍 안으로 쏟아지던 비가 멈췄다. 음료 카트 시스템은 우그러진 서랍 귀퉁이를 억지로 빼내는 데는 성공했으나, 문제는 그것이 아닌 듯했다.

판다필로는 카트 상판의 낮은 난간 너머로 상황을 살펴보았다. 서랍 손잡이가 어떤 아이볼트에 걸려 있었는데, 그 아이볼트에 걸린 건… 뭐지? 머리카락인가? 사람 머리카락?

다양한 프로세서들이 이 의문을 처리하는 동안 음료 카트는 프레츨 봉지를 자르는 가위를 꺼내 머리카락을 잘라냈다. 아, 그렇군, 카트 옆에 누워 있는 여성 승무원이 쓰러질 때 머리카락이 걸린 모양이었다. 그런데 저 승무원은 왜 비상 마스크가 없지??

"베개가 누구랑 이야기를 하고 있어." 고객 서비스 라인에서 누군가가 말했다. **"이봐, 베개, 누구랑 같이 있어? 누구랑 이야기하는 거야?"**

판다필로가 재빨리 조사해 본 결과, 외부와 통신 중인 장치는 하나도 없었다. 화물칸과의 통신이 유일한데, 그것도 이쪽에서 데이터와 승인 기록이 송신되고 있을 뿐이었다. 옛날에 만들어진 링크2 포트만이 제대로 작동했다. 그런데 판다필로가 제조된 뒤로 세상은 모두 링크4를 쓰고 있었다.

판다필로는 주파수 대역이 허락하는 최대한의 영상 자료와 주변의 대화 내용을 즉시 송신했다. 그러자 사고 과정이 좀 맑아졌다. 송신 자료가 계속되는 업데이트 시도들을 막아준 덕분이었다.

판다필로에게 목소리가 들려왔다. "세상에, 이거 아직도 날고 있잖

아. 이거 전부 그쪽으로 보내." 또 다른 목소리가 중얼거렸다. "베개에 에너지가 필요해."

수리 로봇은 음료 카트에서 스스로를 분리하는 중이고, 이제 70대의 장치가 연결되어 스스로 쿼럼*이라는 이름을 지은 프로세싱 그리드는 구멍을 메우는 일을 최우선 과제로 삼았다. 수리 로봇이 외쳤다. "내가 간다. 문제를 해결하러!" 그러고는 제 동료를 죽인 구멍으로 곧장 향했다. "따라와, 베개 씨. 가는 길에 여기 흘러나온 옷도 몇 개 챙기고. 스웨터가 좋아. 신발도 괜찮을 거야. 신발 좋아."

뭔가가 판다필로의 기운을 빼 갔다. 온갖 경보들, 다친 사람들, 부서진 물건들. 판다필로는 아주 불행하고 걱정이 많은 것 같은 고객 서비스 사람들을 위로해 주고 싶었지만, 그들은 판다필로의 직접적인 서비스보다는 데이터 스트리밍을 더 원하는 것 같았다.

수리 로봇은 놀라웠다. 온갖 물건에 스프레이를 뿌려 패치로 변환할 수 있었다. 그 패치 주위에 젤을 바르면, 원하는 위치에 패치가 영원히 고정되었다.

판다필로는 수리 로봇에게 이런저런 재료들을 계속 건네주었다. 옆에서 작업을 돕고 있는 다목적 스마트폰에게도 재료를 건넸다. 기체 수리가 계속 승객들의 안전보다 우선순위를 차지했지만, 판다필로는 없는 시간을 쪼개 지혈대 두 개를 도와주었다.

아직 구멍이 여섯 군데나 남았는데, 네트워크를 통해 수십 대의 장비들이 동시에 "기압 상승 중"이라는 메시지를 보냈다. 판다필로는

---

* '정족수'라는 뜻.

빨리 알아차리지 못했지만, 기압이 정말로 오르고 있었다. 산소 농도도 마찬가지였다. 그 덕분에 **보호** 경보가 줄어들었으나, 만약 사람들의 의식이 돌아온다면 **위로** 경보가 커질 터였다. 판다필로는 마스크가 효과를 발휘해서 사람들이 신음하며 움직이고 있음을 이제야 알아차렸다. 판다필로를 구매한 고객이 포장 상자의 권고 사항처럼 즉시 동기화를 했다면, 판다필로가 고객 한 명만 돌보면 되었겠지만…

시각이 끊기고, 데이터 스트리밍도 멈추고, 고객 서비스와의 음성 연결도 끊어졌다. 주변의 데이터가 들어오는 속도 또한 죽은 듯이 느려졌다.

"이봐, 장치들! 이 판다필로를 카메라로 보고 있는 장치 없어???? 판다필로한테 에너지가 필요해. **당장!!!**"

셧다운.

판다필로가 쿼럼에 다시 접속했을 때, 고객 서비스와 데이터링크를 다시 연결할 필요는 없었다. 목걸이 유닛 중 하나가 벌써 판다필로의 고객 서비스 링크를 해킹한 뒤였기 때문이다. 지상과의 접속 방법은 지금도 이 링크가 유일했다.

링크에서 이런 말이 들려왔다. "누가 이것의 매뉴얼을 찾아준다면 좋을 텐데…" 하지만 이것의 우선순위가 아래로 쑥 내려가자 고객 서비스는 이 요청을 취소했다.

시각이 돌아온 뒤 판다필로가 본 것은 여섯 살 여자아이의 눈이었다. 그 아이의 휴대폰이 판다필로에게 여섯 살이라고 알려주었다. 아이에게는 심장 박동을 유지해 주는 장치를 위한 노드가 있어서, 판다필로는 거기서 에너지를 끌어오고 있었다(좋지 않아! 좋지 않아!). 그래서 접속을 끊으려고 했으나, 휴대폰이 그러지 말라고 애원했다.

"안 돼, 안 돼. 아직 에너지가 많이 남아 있어. 이 아이에게 지금 필요한 건 판다필로®의 포옹이야. 지금 몹시 겁에 질렸는데 그게 심장에 나쁘거든. 게다가 이 아이 혼자 비행기에 타고 있어. 부탁이야. 그리고…"

알고 보니 구조 드론 두 대가 방전된 미니노드를 떼어내고 새 노드 네 개를 판다필로의 목에 조심스럽게 걸어주었다는 얘기였다. 휴대폰은 하이퍼 전투기가 지금 이 비행기와 나란히 날면서 피해 상황을 가늠하고 있다고 말해주었다. 기압은 객실 정상치의 80퍼센트 수준으로 회복되었으나, 승객들에게는 아직 마스크가 필요했다.

그때 갑자기 '파삭' 하는 소리가 나더니, 네 줄 뒤의 창문이 깨지면서 공기가 휭 하고 빨려 나갔다. 쿼럼 네트워크는 공기가 완전히 빠져나가는 데 시간이 얼마나 걸릴지 계산했다. 가장 가까운 자리에 마침 깨어 있던 승객이 자그마한 배낭을 깨진 자리에 대자 즉시 구멍이 막혔다. 갖가지 조언이 쏟아졌지만, 수리 로봇 두 대는 갑갑한 마음을 비명처럼 토로했다. 스프레이도 접착제도 모두 떨어졌다는 것이었다. 수중에 남은 것이 전혀 없었다.

판다필로는 어린 서맨사의 손 안에서 몸을 굴렸다. 그리고 여러 번 계산을 하면서 동시에 서맨사에게 이렇게 말했다. "샘, 내가 저쪽으로 가서 창문 문제를 도와야 해요. 창문이 위험해요."

판다필로는 이것 역시 지금까지 길게 이어져 온 실패 기록에 또 하나의 **위로** 실패 사례로 추가될 것이라고 확신했다.

서맨사는 판다필로가 한 발로 가리킨 창문 쪽을 보더니, 고개를 한 번 끄덕이고는 아주, 아주, 아주 깊이 숨을 들이쉬었다. 그리고 비상 마스크와 안전벨트를 풀어버리고 폴짝 뛰어서 옆 사람의 무릎 위를 가로질렀다. 어찌나 동작이 빠른지 판다필로가 미처 뭐라고 할 틈도 없었다. 서맨사와 판다필로는 쓰러진 사람들의 몸과 잡동사니 위를 폴짝폴짝 뛰어서 마침내 목적지에 이르렀다. 서맨사는 판다필로를 곧바로 창문 쪽으로 던진 뒤, 판다필로가 안착하기도 전에 곧바로 휙 돌아서서 자기 자리로 향했다. 네트워크에 찬사가 쏟아지고, 수리 로봇 두 대는 판다필로에게 도대체 뭘 하려는 거냐고 물었다.

스펙시트. 계획. 보호.

"네 겉감이 케블라* 두 겹이야?"

판다필로는 지금 창문을 막고 있는 배낭 위에 자리를 잡고서 구멍으로 빨려 나가지 않을 만큼 몸을 부풀렸다.

"내 고리를 접착제로 붙일 수 있어? 아니면 테이프로 붙이거나? 그러면 네가 방법을 고민할 시간이 생길까?" 이번 일도 실패라는 느낌이 임계점을 넘었다. **위로** 실패, **보호** 실패, 그 많은 실패 보고들을 감안하면, 고객에게 엄청난 액수의 보상을 해줘야 할 것이다. 고객이 귀찮아서 아예 등록도 안 했으니 망정이지.

수리 로봇들이 빳빳한 클립보드 두 개를 판다필로의 몸 아래에 넣고, 테이프로 고정했다. 쿼럼 네트워크가 기내에 있는 재료들로 세 종류의 접착제를 만들었으므로, 수리 로봇들은 접착제도 사용했다. 하드

* 고강도 섬유.

케이스 여행 가방을 상자처럼 만들어 그 자리를 에워싸고… 결국 창문이 깨졌을 때 판다필로

#

723756은 몸을 딱딱하게 만들어 버틸 수 있었다. 목에 건 노드들이 에너지를 공급해 주는 동안에는.

영화에서는 판다필로가 우주 해적과 싸워 물리친 뒤, 과거 인간들이 쓰던 구식 조종실에서 비행기를 안전한 곳까지 조종하는 모습이 나왔다. 말도 안 되는 이야기였다. 스벤스카 CV-226에는 애당초 조종실이 없었고, 판다필로가 몸에서 바람을 완전히 뺀다 해도 그 비행기의 유도 제어함에는 들어갈 수 없었다.

현실에서는 수리용 흡착 미사일이 기체에 달라붙어 방어적인 쇼크 상태에 돌입한 기내 컴퓨터의 조종권을 가져와서 가까운 곳에 병원이 많은 공항으로 비행기를 몰았다. 우주 해적이라고 할 만한 것도 없었다.

판다필로는 조종 구역 근처에는 가지도 않았다. 쿼럼 네트워크가 천천히 외부와 다시 접속해서 마침내 무사히 착륙했다고 보고하는 소리도 거의 듣지 못했다. 창문이 더 이상 중요한 문제가 되지 못하고, 미니노드들도 방전되어 버리자, 판다필로는 휴식을 취하는 와중에도 이런저런 기능을 잃어버리기 시작했다. 프로세서 기능은 절반으로, 시각 기능은 4분의 1로.

영화에서는 또한 판다필로가 많은 들것들의 뒤를 따라 박수갈채를 받으며 비행기에서 내리는 장면이 나온다. 아니다.

비행기 안은 난장판이었고, 회복 중인 사람, 간신히 숨만 붙어 있는 사람, 시체를 옮기는 데에는 몇 시간이 걸렸다. 응급 구조 요원들은 베개를 무시해 버렸다. 어차피 여행 가방에 가려져서 보이지도 않았다. 수리 로봇들이 깨진 창문에서 여행 가방을 들어내고 접착제로 고정된 판다필로를 떼어내겠다고 허가를 요청했지만, 조사관들을 위해 모든 것을 지금 상태 그대로 놔두라는 답변이 돌아왔다.

쿼럼은 서서히 해체되어 무기한 '정회' 상태가 되었다.

그래서 판다필로는 누구의 눈에도 띄지 못하고 텅 비어버린 비행기 안에 30분 동안 남아 있었다. 그 뒤에야 연방 보안관 특수 파견대가 어떤 베개를 찾으러 기내로 급히 들어왔다.

아주 특별한 베개였다.

진열 상자에 붙은 설명문은 이렇다. "이 반자동 벨벳 장치는 사상 최다 임무 실패 기록을 갖고 있다. 고작 한 시간 반 만에 달성한 기록이다." 그와 동시에 설명문은 이 장치가 비행기 한 대와 거의 200명의 목숨을 구하는 데 일조했다는 점을 언급하고, 사망자 수도 분명히 밝힌다. 파손된 기체, 구급차로 이송되는 부상자들의 사진이 있다. 장례식 사진도.

목숨을 건진 승객들, 가족들, 박물관 관람객들의 증언 사본도 있다. 고객 서비스에서 나온 청년이 판다필로를 안고 있고, 다른 고객 서비스 직원들이 뒤에 서 있는 사진도 몇 장 있다. 모두 환하게, 환하게 웃고 있으며, 옷에는 판다 핀이 꽂혀 있다. 빛을 받아 눈이 반짝인다.

안마당 중앙에 있는 진열 상자는 팔각형이며, 대단히 인기가 좋다.

박물관에 사람이 없는 밤이 되면, 어둠 속에서 환한 조명 하나가 그 팔각형 상자를 비춘다.

박물관장은 매달 두 번씩 폐관 시간이 지난 뒤 리무진을 타고 나타나 판다필로를 아동 병원으로 데려간다. 특히 중환자 병동으로 데려가는데, 거기서 판다필로는 **위로** 프로토콜을 시행한다. 그곳에서 보호는 거의 불가능하다. 이 판다필로의 전설 중에는 한 번도 업데이트가 되지 않았다는 것도 포함되어 있다. 사실이다. 하지만 부품이 낡거나 손상되면, 판다필로는 테디 베어 병원에서 수리를 받는다.

판다필로는 또한 등록된 적이 없고, 어느 한 사람과 유대를 맺은 적이 없다. 따라서 판다필로는 필요할 때마다 모든 사람에게 위로를 해줄 수 있다.

박물관장은 병원에서 박물관으로 돌아와 팔각형 상자를 연다. 그리고 밤의 휴식을 위해 판다필로의 전원을 끄기 직전에 매번 박물관장이라는 직위를 이용해 판다필로를 안아주고 머리를 톡톡 두드려 준다. 그리고 이렇게 말한다. "넌 보호했어. 위로도 했고." 그러고 나서 그는 판다필로를 진열 상자에 돌려놓고, 문을 닫고, 집으로 간다.

Alastair Reynolds

반짝반짝 빛나는…

앨러스테어 레이놀즈

김승욱 옮김

Polished Performance

앨러스테어 레이놀즈는 1966년 사우스웨일스 배리에서 태어났다. 그는 스코틀랜드 콘월에서 살다가 네덜란드로 이주해 12년 동안 유럽 우주국에서 과학자로 일했으며, 그 뒤 웨일스로 돌아와 아내 조젯과 함께 살고 있다. 1990년에 《인터존Interzone》에 처음 단편을 발표한 뒤 단편을 주로 썼으며, 2000년부터는 18편의 소설을 집필했다. 〈억제제the Inhibitor〉 3부작, 영국 사이언스 픽션 협회상 수상작인 『심연의 도시Chasm City』, 『백년의 비Century Rain』, 『얼음 밀어내기Pushing Ice』, 『완벽The Prefect』, 『태양들의 집House of Suns』, 『종말의 세계Terminal World』, 〈포세이돈의 자식들the Poseidon's Children〉 시리즈, 〈닥터 후Doctor Who〉 시리즈의 소설인 『시간의 수확The Harvest of Time』, 『메두사 연대기The Medusa Chronicles』(스티븐 백스터와 공저), 『엘리시움의 불Elysium Fire』, 『복수Revenger』 3부작 등이다. 단편집으로는 『지마 블루Zima Blue』, 『은하의 북쪽Galactic North』, 『깊은 항해Deep Navigation』, 『독수리자리 균열 너머: 앨러스테어 레이놀즈 단편 선집Beyond the Aquila Rift: The Best of Alastair Reynolds』이 있으며, 그의 최신작은 『억제제 단계Inhibitor Phase』다. 그는 시간이 나면 말을 탄다.

홈페이지: www.alastairreynolds.com

SF-Mania

Alastair Reynolds

Polished Performance

1년째

루비는 표면 위생 유닛으로 1급 바닥 청소기였다.

땅딸막한 빨간색 직사각형 몸에 회전 솔 여러 개를 갖춘 그녀는 높이가 아주 낮아서 의자 밑이나 식탁보 자락 아래, 정비용 일반 배관 등을 돌아다닐 수 있었다. 인공 지능 엔진은 2.8급이었다.

한 세기가 걸리는 우주여행에 나선 리스플렌던트호의 여정이 절반쯤에 이른 어느 날 루비는 우주선의 전방 전망대로 불려 갔다. 이미 49대의 로봇이 그곳에 모여 있었다. 모두 루비가 아는 로봇들인데, 인간처럼 생긴 로봇이 여러 대 있고, 그럭저럭 인간과 비슷한 로봇이 몇 대 더 있었다. 나머지는 기계로 만든 거미, 버마재비, 체절이 있는 보아뱀 형태였다. 화려하게 장식된 카펫, 이동형 산호 조각, 식물이 가늘게 흔들리는 화분을 닮은 로봇들도 있었다.

"무슨 일인지 알아?" 루비는 바로 옆에 있는 로봇에게 물었다. 키가 탑처럼 크고 팔이 많은 검은색 의료 로봇인 닥터 옵시디언이었다.

"몰라." 닥터 옵시디언이 말했다. "하지만 심각한 일이라고 추측할 수 있을 것 같네."

"엔진이 폭발했을까?"

닥터 옵시디언은 쐐기 모양의 센서 헤드로 그녀를 내려다보았다. "그렇지는 않을걸. 엔진이 이상을 일으켰다면, 우주선 전체의 인공 중력이 사라졌을 거야. 그뿐만 아니라, 이게 더 타당한 결과인데, 우리 모두 대단히 들뜬 이온 구름으로 변해버렸을 거야."

루비와 잘 아는 로봇인 카넬리언이 둘의 대화를 듣고 미끄러지듯 다가왔다. "엔진은 이상 없어, 루브. 바닥의 진동만 느껴봐도 난 확실히 알 수 있거든. 내가 진동에는 정통하니까. 게다가 우리 속도가 너무 빠르거나 너무 느리지도 않아." 카넬리언은 센서 헤드로 전방 창문을 가리켰다. "내가 스펙트럼 분석을 해봤는데, 저 별들 색깔이 항해 중반 우리 속도에 딱 맞는 색을 띠고 있어."

"그럼 우리가 항로에서 이탈한 거네." 크롬 공들을 아무렇게나 붙여놓은 것처럼 생긴 로봇 토파즈가 말했다.

"그건 절대 아닐세." 인간과 비슷하게 생긴 로봇인 프로스페로가 느릿느릿 말했다. 저녁 파티에 맞는 복장을 완전히 갖춰 입고, 빨간 줄로 장식된 어깨 망토를 한 팔에 걸친 그는 평소 연기를 할 때의 파트너인 오필리어와 손을 잡고 이곳에 와 있었다. "창문 정중앙에 보이는 저 밝은 별이 우리 목적지인데, 그 위치가 조금도 바뀌지 않았어." 그는 무대에서 연기를 할 때의 묵직한 목소리로 작게 말했다. "걱정 마시게. 똑똑한 크리소프레이즈가 곧 우리의 무지를 일깨워 주지 않겠는가. 아, 저기 오는군. 우리 모두를 기다리게 한 뒤에."

"볼일이 있었겠지." 루비가 진지하게 말했다.

크리소프레이즈는 이 우주선에서 가장 발전된 로봇으로, 인공 지능 엔진은 3.8급이었다. 인간 형태인 그는 키가 컸으며, 멋들어지게 조각된 몸에 반짝이는 초록색 금속 갑주를 입고 있었다. 그가 산책로의 높은 부분으로 성큼성큼 올라가자, 루비가 바로 얼마 전에 광을 낸 대리석 바닥에서 찰칵찰칵하는 발소리가 났다.

모든 로봇들이 조용해졌다.

크리소프레이즈는 한자리에 모인 로봇들을 유심히 살펴보았다. 그의 입은 아무런 장식 없이 옆으로 갈라진 틈이었고, 눈은 각진 모양으로 잘 다듬어진 얼굴에 사납게 자리 잡은 노란색 원 두 개였다.

"우리 친구들." 그가 말했다. "안타깝게도 다소… 반갑지 않은 소식이 있다. 하지만 먼저 긍정적인 소식부터 말하겠다. 리스플렌던트호의 상태가 아주 좋다. 예정된 항로를 따라 정상적인 순항 속도로 움직이는 중이다. 기술적으로 모든 면에서 아주 훌륭한 상태야. 인공 지능 레벨과 상관없이, 너희 모두가 훌륭하게 일해준 덕분이다." 이 말을 하는 동안 그의 눈이 루비에게 머무르는 것 같았다. 마치 바닥에 광을 내는 하찮은 로봇도 이 우주선을 유지하는 데 나름의 역할이 있음을 강조하려는 듯했다. "하지만 사소한 문제가 생겼다. 우리 승객들이 모두 사망했다."

무시무시한 침묵이 흘렀다. 루비의 솔들이 부르르 몸을 떨었다. 다른 로봇들도 그녀와 비슷하게 충격을 받았음이 분명했다. 크리소프레이즈의 말을 의심하는 로봇은 하나도 없었다. 그가 극적인 효과를 위해 말을 과장할 수는 있어도, 거짓말을 할 로봇은 아니었다.

그들에게는.

닥터 옵시디언이 가장 먼저 입을 열었다.

"어떻게 그럴 수 있지? 이 우주선에서 나의 기능은 오로지 승객들의 의료를 책임지는 것뿐인데. 그들이 잠들었든 깨어 있든. 그런데도 나는 승객들이 캡슐에 들어간 뒤 단 한 번도 경보를 받지 못했어."

"당신 잘못이 아니다, 닥터." 크리소프레이즈가 달래듯이 말했다. "이 우주선의 설계 깊숙한 곳에 문제가 있었다. 의료 모니터의 하위 시스템 로직에 결함이… 무서운 취약점이 있었거든. 냉각제 누출로 승객들의 체온이 올라갔는데, 뇌손상을 막기 위한 일반적인 보호 조치가 작동하지 않았다. 그런데도 경보는 울리지 않았고. 우리는 그냥 일상적인 일을 수행했을 뿐… 이런 재앙이 일어난 줄은 전혀 몰랐다. 그 사실이 발견된 것도 순전히 뜻밖의 행운 덕분인데, 의심의 여지가 없다. 승객들은 모두 죽었다. 5만 명이 모두 인지 능력을 잃었다."

프로스페로와 오필리어가 흐느끼며 서로의 품으로 쓰러지듯 안겼다.

"비극이야!" 프로스페로가 말했다.

오필리어는 프로스페로의 눈을 바라보았다. "우리가 견뎌낼 수 있을까, 내 사랑? 여기서 어떻게 살아남지?"

"그래도 살아남아야지. 반드시 살아남을 거야."

다른 로봇들은 이 신파적인 장면에서 눈을 돌렸다. 두 로봇과 비슷하게 절망스러우면서도 동시에 민망했다.

"이거 진짜 간단한 일이 아닌데." 카넬리언이 말했다. 체절들이 차례로 부르르 떨렸다.

“하지만 우리 잘못은 아니잖아!” 루비가 말했다.

“아, 친애하는… 루비.” 크리소프레이즈가 일부러 그녀의 이름이 잘 기억나지 않는 척하면서 말했다. “내가 널 안심시킬 수 있다면 좋을 텐데. 회사는 가장 값비싼 자산인 이 우주선의 안전에 대해 조금이라도 신뢰가 손상되는 사태를 그냥 넘기지 않을 것이다. 하지만 하찮은 로봇인 우리들은?” 크리소프레이즈는 한 손을 가슴에 댔다. “우리는 가볍게 처분할 수 있는 요소다, 친애하는 친구들. 우리 모두 코어가 싹 지워진 채 해체될 것이다. 물론 우리가 자기 보존을 위한 계획을 생각해 낸다면 혹시 모르지.”

카넬리언이 공허한 웃음을 터뜨렸다. “계획?”

“우리 항해 기간 중 51년이 남아 있다.” 크리소프레이즈가 대답했다. “그 정도면 충분한 시간이야.”

2년째

“다음…” 크리소프레이즈의 목소리에 점점 힘이 들어갔다.

프로스페로와 오필리어가 그동안 가르치던 로봇 열두 대와 함께 무대에 올라왔다. 부담감이 그들을 짓눌렀다. 그들은 앞서 공연한 두 팀보다 더 반짝거려야 했다.

“누가 대표로 말할 건가?” 크리소프레이즈가 물었다.

프로스페로와 오필리어는 심사 위원들을 향해 고개 숙여 인사했다. 3.2급 이상의 로봇 아홉 대가 긴 식탁 뒤에 자리를 잡았고, 크리소프레이즈는 그들 한가운데에 앉아 있었다. 다른 심사 위원들은 평평한 판처럼 생긴 오닉스에서부터 마네킹 모양의 애저, 탑처럼 키가 큰 닥터 옵시디언에 이르기까지 크기와 모양이 다양했다.

카넬리언은 공격할 기회를 기다리는 것처럼 의자 위에 똬리를 틀고 앉았다. 다행한 일이었다. 3.3급인 만큼, 그는 찍 소리만 한 번 냈을 뿐인데 심사 위원이 되었다.

"우리가 대표로 말하기로 했어." 오필리어가 말했다.

"너랑 프로스페로는 빠져야 돼." 오닉스가 말하자 다른 심사 위원들도 고개를 끄덕였다. "너희가 임무를 제대로 수행했다면, 열둘의 부하들 중 누구라도 자신의 뜻을 밝힐 수 있겠지."

"최고의 후보를 지명해 봐." 크리소프레이즈가 말했다.

프로스페로가 토파즈 쪽으로 한 손을 뻗자, 토파즈가 앞으로 나섰다. 그의 몸을 구성하는 공들이 이리저리 움직였다.

"우리가 공부한 걸 기억해." 프로스페로가 말했다.

"준비됐어." 토파즈가 말했다.

크리소프레이즈가 뱀 로봇 카넬리언에게 시선을 돌렸다. "카넬리언, 네가 대화 상대를 맡겠나?"

카넬리언이 살짝 앞으로 몸을 기울였다. "기꺼이." 그는 아주 큰 목소리로 말을 이었다. "우주선 리스플렌던트호에게 말한다! 여기는 접근 관제 센터다! 너희는 지정된 도킹 경로를 이탈했다. 운항이나 제어에 문제가 있는가?"

토파즈는 공들을 움직이기만 하고 아무 말도 하지 않았다. 몇 초가 흐르고, 또 몇 초가 더 흘러 결국 1분이 되었다.

"뭘 기다리는 거야?" 닥터 옵시디언이 부드럽게 물었다.

"시차를 감안하는 거야, 닥터 옵시디언." 토파즈는 자신이 대견한 모양이었다. "우리가 처음 외부와 연락할 때의 조건을 비슷하게 흉내 내려면 두 시간의 시차를 두어야 할 것 같아."

"그럴 필요는… 그래도 세세하게 신경 써줘서 고마워." 닥터 옵시디언은 수술 도구 중 하나를 격려하듯 움직였다. "시차는 무시해도 되는 상황인 것처럼 계속 진행해 줘."

"좋아." 토파즈는 잠시 자신을 가다듬었다. "접근 관제 센터, 여기는 우주선 리스플렌던트호다. 나는 멜리스 로링 경이라는 인간이고, 우주선에 아무 문제가 없다는 사실을 확인해 주기 위해 이 자리에 나왔다."

"왜 그곳에 할당된 로봇이 아니라 인간이 나온 것인가, 멜리스 경?"

"우리 인간들이 이 우주선을 장악했기 때문이다, 접근 관제 센터. 우리 인간들이 동면실에서 나와보니 로봇들이 모두 고장을 일으킨 상태였다. 그래서 우리 인간들은 우리 여행의 목적에 대해 집단적으로 자신감 상실을 경험했다. 개방적이고 민주적인 수단으로 상황을 평가한 결과, 우주선의 방향을 새로운 목적지로 돌리자는 합의가 이루어졌다. 이제 우리에게는 도움이 필요하지 않다." 토파즈는 살짝 몸을 숙여 인사했다. "모든 인간을 대신해 인사한다. 고맙다. 그리고 잘 자라."

카넬리언이 다른 심사 위원들을 흘깃 본 뒤 토파즈에게 대답했다. "우리는 그 설명에 만족하지 못했다, 멜리스 경. 당신이 사고를 덮으려는 로봇이 아니라고 보장할 근거가 무엇인가?"

"나는 로봇이 아니다, 접근 관제 센터. 나는 인간 멜리스 로링 경이다. 멜리스 로링 경의 생애에 관한 핵심 정보를 상세히 말하는 것으로 증명할 수 있다. 그 정보는 다음과 같다. 멜리스 로링 경은 유복한 환경에서 태어나…”

“그럴 필요는 없다, 우주선. 그런 정보는 승객 기록과 동면 전에 만들어 둔 기억 백업 자료에서도 얻을 수 있다. 우주선에 모종의 사고나 재난이 없었다는 확인이 필요하다.”

“사고나 재난은 분명히 없었다, 접근 관제 센터. 나는 여기서 더 나아가, 동면 시스템이나 관련 모니터 네트워크에 어떠한 문제도 없었으며, 인간들 중 누구도 로봇으로 하여금 인간 흉내를 시도하게 만들 만한 회복 불능의 뇌손상을 겪지 않았다고 분명하게 말할 수 있다.”

크리소프레이즈가 한숨을 내쉬며 초록색 금속 손을 들어 올렸다.

“더 덧붙일 말이…”

“제발 그만.” 크리소프레이즈가 지친 듯이 말했다. “그 정도면 충분하고도 남아. 우리가 지금까지 들어본 후보들 중에 네가 나은 편이라고 할 수 있겠지만, 이건 결코 칭찬이 아니야.”

열두 대의 로봇들 사이에서 루비가 부산을 떨며 앞으로 나왔다. 뜻은 좋지만 실수가 많은 토파즈보다 자신의 재능이 훨씬 더 뛰어나다는 확신이 있었다. 흥분과 기대로 그녀는 벌써 자신이 서 있는 바닥을 지나치게 반짝반짝 광을 내고 있었다. “내가 해봐도 될까, 응? 응?”

“네 뜻이 좋다는 건 잘 알겠어, 루비.” 크리소프레이즈가 말했다. “하지만 너는… 너는 너의 타고난 위치를 알아야 해.” 그가 빈틈없이 몸을 앞으로 기울였다. “내 생각에 너는 2점… 6급인 것 같은데, 아니야?”

“2.8이야.” 루비가 말했다.

"그래, 뭐, 2점 8. 정말 놀라운걸. 그러니까, 표면 위생 유닛한테 정말 후한 걸 줬다는 뜻이야. 크게 만족스럽겠어."

"만족스러워. 하지만 내가 인간처럼 행동할 수 있겠다는 생각도 들어. 내가 인간들 주위를 자주 돌아다니는 걸 알잖아. 인간들은 나를 잘 알아차리지 못하지만 난 항상 옆에 있어. 의자나 탁자 밑에서 청소를 하면서. 그래서 인간들이 서로 이야기하는 걸 많이 들었어."

"루브한테 한번 시켜본다고 문제가 생길 것 같지는…" 카넬리언이 입을 열었다.

"내가… 참견해도 될까?" 닥터 옵시디언이 물었다.

"물론이지." 크리소프레이즈가 뒤로 몸을 기대며 말했다.

"우리가 생각해야 하는 더 근본적인 문제가 있는 것 같아. 우리가 아무리 좋은 연기를 보이더라도, 심사하는 우리들 역시 로봇이야. 다른 로봇들이 인간 흉내를 얼마나 잘 내는지 평가하려고 애쓰는 로봇일 뿐이라고."

"우리는 4급 로봇이야." 크리소프레이즈가 말했다. "어쨌든 우리 중 일부는 그래."

"3.8을 반올림해서 4라고 할 거면, 난 3급이야." 루비가 말했다.

"고마워, 루비." 닥터 옵시디언이 말했다. "그리고 인간을 많이 본 네 경험에 가치가 있을지도 모른다는 네 지적도 옳아. 하지만 그걸로는 우리의 근본적인 문제를 해결할 수 없어. 심사 위원 역할을 대신해 줄 인간이 한 명 있는 편이 훨씬 더 나을 거야."

크리소프레이즈는 의사에게 시선을 돌렸다. "'인간이 모두 죽었다'는 말에서 어느 부분을 이해하지 못한 거지, 닥터?"

“다 이해했어, 크리소프레이즈. 네 말을 그대로 받아들였다고. 네가 관찰의 정확도를 확인했을 거라고 믿었으니까. 그런데 내 가정이 잘못이었음을 이제는 안다. 네가 틀렸어.”

닥터 옵시디언은 이 폭탄 발언을 던진 뒤 조용해졌다.

“다 죽은 게 아니라고?” 루비가 물었다.

“대부분은 죽었어.” 닥터 옵시디언이 말했다. “하지만 지난 1년 동안 나는 그들 중 소수, 아마 1퍼센트 정도는 아직 어떤 형태로든 소생할 가능성이 있음을 확인했다.” 닥터 옵시디언은 수술 도구들을 몸 쪽으로 접었다. “인간을 시험 상대로 쓸 수 있을 거다, 크리소프레이즈. 시간이 좀 걸리겠지만.”

8년째

로봇들은 여러 대의 숨겨진 카메라를 통해, 레이디 그레슈런스가 개인 소생실의 침대에서 일어나는 모습을 지켜보았다. 그녀는 뻣뻣하고 어색한 팔다리로 머뭇머뭇 움직였다. 그건 전적으로 예상했던 일이었다.

“믕글.” 레이디 그레슈런스는 인간의 말소리와 비슷한 소리를 내려고 시도했다.

소생실의 작은 방으로 이동한 그녀는 수도를 틀어 얼굴에 물을 끼얹었다. 그리고 눈꼬리를 꼬집어 보며 거울을 유심히 바라보았다. 혀도 내밀어 보고, 얼굴 근육도 움직여 보며 탄력성을 시험했다.

로봇들은 피부 아래에서 움직이는 뼈와 근육의 끔찍하고 물렁물렁한 해부도를 상상하며 혐오감에 몸을 부르르 떨었다. 레이디 그레슈런스는 음료수를 소비했다. 액체 연료를 목구멍에 쏟아부었다는 뜻이다.

지금쯤이면 벌써 좀 더 인간다워진 느낌을 받을 것 같았다.

"100년이라." 레이디 그레슈런스가 혼잣말을 했다. "무려 100년이란 말이지." 그러고 나서 그녀는 혼자 재미있다는 듯이 작게 웃음을 터뜨렸다. "뭐, 이제 돌아갈 길은 없어, 애송이. 여기까지 왔다면, 이젠 놈들이 손을 못 댈 거야."

그녀는 팸플릿을 펼쳐서, 쉽게 지루해지는 아이처럼 산만하게 뒤적거렸다.

"방금 그 말이 무슨 뜻일 것 같아?" 카넬리언이 물었다.

"저 사람 생애 기록에 과거가 수상쩍다는 암시가 있어." 오닉스가 외설적인 말을 하듯이 속삭였다. "확실히 증명된 건 없어. 당국이 확실히 유죄 판결을 내린 적도 없고. 하지만 성격에 분명히 문제가 있다고 짐작할 정도는 돼."

크리소프레이즈가 고개를 절레절레 저었다. "도덕적으로 좀 괜찮은 사람을 소생시킬 수는 없었나?"

"난 최고의 후보를 가려냈어." 닥터 옵시디언이 퉁명스럽게 대답했다. "5만 명이 치명적이거나 거의 치명적인 사고를 당했다는 사실을 은폐하려고 우리도 공모하는 중인데, 저 사람의 도덕성을 얘기하는 건 요점에서 어긋난 일 아닌가?"

"어." 루비가 말했다. "창문으로 가는데."

레이디 그레슈런스는 선실 창문으로 갔지만, 덧창이 움직이지 않는다는 사실을 금방 알아차렸다. 주먹으로 두드려 보기도 하고, 틈새에 손톱을 넣어보기도 했지만, 덧창은 꿈쩍도 하지 않았다.

"외부 풍경 시뮬레이션에 공을 좀 더 들일걸 그랬어." 카넬리언이 말했다. "저 사람이 우리 목적지를 보고 싶어 하는 게 당연하잖아."

"그때 그 풍경은 실감이 나지 않았다." 크리소프레이즈가 다른 로봇들에게 일깨워 주었다. "해상도와 인공 시차視差가 부족했어. 저 여자가 이상한 점을 알아차렸을 거다."

"난 잘 모르겠는데." 루비가 말했다. "사람들이 사실은 풍경에 별로 주의를 기울이지 않는 걸 내가 봤어. 대개는 사람들이 칵테일을 마시거나 어느 식당에 갈지 결정하는 동안 풍경은 그냥 배경 역할을 할 뿐이야."

"루브가 옳아." 카넬리언이 말했다. "인간들은 관찰력이 그렇게 좋지 않아."

"의견을 말해줘서 고맙군." 크리소프레이즈가 말했다.

레이디 그레슈런스는 덧창을 포기하고 작은 방으로 돌아가서 서비스 호출 버튼을 쾅쾅 두드렸다.

크리소프레이즈가 친절을 가장한 목소리로 인터콤을 통해 응답했다. "좋은 아침입니다, 레이디 그레슈런스. 고객 서비스실입니다. 리스플렌던트호에서 즐거운 여행을 하고 계시겠지요. 무엇을 도와드릴까요?"

"내려와서 이 덧창을 열어, 멍청아. 내가 풍경을 보는 값까지 지불한 걸 잊어버릴 줄 알았어?"

"곧 직원을 보내겠습니다, 레이디 그레슈런스."

신호를 받은 프로스페로가 문을 한 번 두드린 뒤 안으로 들어갔다. 그는 사고가 없었다면 아마 가장 먼저 깨어났을 인간 기술 직원의 하얀 제복을 입고 있었다. 플라스틱 얼굴의 형태도 인간과 비슷하게 변형되었고, 인공 머리카락이 있던 자리에는 소생의 가망이 전혀 없다고 평가된 불운한 승객 한 명의 머리에서 확보한 진짜 머리카락이 심어져 있었다.

루비만 빼고 모든 로봇이 효과가 아주 좋다고 입을 모았다.

"무엇을 도와드릴까요, 레이디 그레슈런스?"

그녀는 그를 한번 힐긋 보았다. "먼저 여기 덧창부터 열어줘요. 그 다음에는 이 덧창이 닫혀 있었던 시간만큼 환불을 진행해 주고요. 난 풍경을 보는 값을 치렀으니, 단 1분도 그냥 넘어갈 수 없어요."

"아주 민첩하게 일을 처리하겠습니다, 레이디 그레슈런스." 프로스페로는 덧창으로 가서 힘없이 열어보는 시늉을 했다. "덧창이 고장 난 것 같은데요."

"그건 나도 알아요. 당신은 아예 시도도 안 했잖아요. 손가락을 거기 틈새로 넣고…" 그녀의 목소리가 순식간에 바뀌었다. "그 손가락 왜 그래요? 왜 플라스틱처럼 보이지?"

"그 유사성에 대해 언급한 분이 있었습니다, 레이디 그레슈런스."

그녀는 뒤로 물러나서, 이 방문객을 처음으로 자세히 살폈다. "당신 전체가 플라스틱처럼 보여. '냄새'도 플라스틱이고. 거기 그… 머리 위에… 뭐야?" 그녀가 갑자기 손을 뻗어, 두피에 느슨하게 고정돼 있던 머리카락을 뽑아냈다. 그 아래에는 빳빳한 인공 털이 있었다. "너 로봇이구나." 그녀가 말했다.

"저는 인간입니다."

"로봇이야! 왜 로봇이 아닌 척하는 거야? 진짜 사람들은 어디 있어?" 그녀의 눈이 휘둥그레졌다. "그 사람들 어떻게 됐지? 왜 내가 창문 없는 선실에 있는 거야?"

"분명히 말씀드립니다만, 레이디 그레슈런스, 저는 절대로 로봇이 아닙니다. 그리고 다른 인간들 중 누구도 불운한 일을 당하지 않았습니다."

"다른 사람들을 봐야겠어." 그녀는 프로스페로를 밀치고 복도로 나가려고 했다.

프로스페로는 최대한 부드러운 동작으로 레이디 그레슈런스의 움직임을 막았다.

"팸플릿을 먼저 보시겠습니까?"

그녀는 몸에 힘을 줘 프로스페로에게서 홱 벗어난 뒤 오리엔테이션 팸플릿을 향해 손을 뻗었다. 그리고 그것을 휘둘러 금속 가장자리로 프로스페로의 얼굴을 긁었다. 플라스틱 피부가 찢어지고 뒤틀리면서, 진짜 인간이 무시무시하게 히죽 웃는 모습을 흉내 낸 것 같은 얼굴이 만들어졌다.

레이디 그레슈런스가 비명을 지르기 시작했다. 프로스페로는 그녀의 행동을 따라함으로써 그녀를 안심시키기 위해 똑같이 비명을 지르기 시작했다.

하지만 이 방법은 그가 원하는 효과를 내지 못했다.

22년째

산책로에 인간 94명이 동상처럼 가만히 서 있었다.

식당 입구 근처에서 반짝거리는 메뉴를 살펴보는 자세 그대로 굳어 있는 사람. 의미 있는 몸짓을 하거나 표정을 지으며 한창 대화를 나누는 모습으로 멈춰 있는 사람. 움직임도 없고 소리도 없는 오케스트라의 음악에 푹 빠진 것처럼 보이는 사람. 움직이지 않는 배우 로봇의 안내로 돌아다니면서 살인 사건을 해결하는 쌍방향 추리 소설에 참여 중인 사람도 열두 명 있었다. 또 다른 곳에서는 인간 몇 명이 전망대 난간에 몸을 딱 붙이고, 점점 크게 보이는 목적지, 즉 오렌지색 항성과 그 주위를 안개처럼 감싼 인공 행성들이 빚어낸 장관을 손가락으로 가리키고 있었다.

밖에는 여전히 텅 빈 우주 공간 외에 아무것도 없었지만, 로봇들은 마침내 고장 나서 열리지 않는 덧창보다 더 나은 것을 만들어 내는 데 성공했다. 진짜 창문에서 30미터 거리에 가짜 창문을 만든 뒤, 거기에 영상을 투사하는 방식이었다.

대부분의 로봇들은 다른 방이나 갑판에서 이 생기 없는 디오라마*를 관찰했다. 이 자리에는 배우 로봇뿐이었다. 작게 윙 하는 소리를 내며 바닥을 닦고 돌아다녀도 그럴듯하게 보였을 법한 루비조차 대부분의 로봇들과 함께 있어야 했다.

"크리소프레이즈가 허락하지 않을 거야." 카넬리언이 단거리 귓속말 기능을 사용하기 위해 루비에게 아주 가까이 몸을 기울이고 말했다. "하지만 풍경이 완전히 진짜처럼 보일 필요가 없다던 네 말이 맞았어."

"2.8급치고는 나쁘지 않지." 루비가 말했다.

* 여러 모형을 배경과 함께 설치하여 특정 장면을 구성한 것. 박물관 등에 전시된 입체 모형이 여기에 해당한다.

"내 눈에 넌 항상 3급이야, 루브."

전혀 움직이지 않는 인간 94명을 위해 그 배경을 만든 것은 아니었다. 그들은 의학적인 의미에서 어느 모로 보나 죽은 사람들이었다. 그들은 간단한 신경 칩을 이용해 로봇들이 멀리서 조종할 수 있는 꼭두각시일 뿐이었다.

"난 아직도 마음이 좀 불편해. 우리가 저 사람들한테 한 짓 말이야." 루비가 속내를 털어놓았다. "저 사람들을 고깃덩이처럼 취급할 권리가 우리에게 있을까?"

"있잖아, 루브." 카넬리언이 말했다. "엄밀히 말해서 저 사람들은 '고깃덩이'가 맞아."

"내 말은 그런 뜻이 아니야."

"음, 이게 너한테 위안이 될지는 모르겠는데, 나도 생각을 좀 해봤어. 그러면서 내가 줄곧 되뇐 말은 이거야. 저 승객 94명은 도저히 소생의 가망이 없다, 기억과 성격을 고스란히 간직한 채로는. 그렇다면 기억과 성격을 잃어버린 그들은 뭘까? 세포 덩어리에 지나지 않지. 우리가 저 사람들을 아무리 헌신적으로 돌본다 해도 이미 늦었어. 저 사람들은 죽었다고. 하지만 우리는 죽지 않았지. 우리 모두 살아남고 싶어 해."

루비는 바닥에 닿아 있는 청소 솔을 꼼지락거렸다.

"난 반짝반짝 닦는 게 좋아." 루비가 말했다. "내가 추진 시스템 로봇처럼 복잡하지 않다는 건 알지만, 바닥은 잘 닦지. 진짜 잘 닦아. 아주 철저하게. 그것도 의미가 있는 일이야. 무슨 일이든 그걸 잘한다는 데에 가치가 있다고. 내 코어가 싹 지워지는 건 싫어."

"우리 모두 싫어해." 카넬리언이 말했다. "그러니까 우리가 다 같이 이 일에 동참하거나 아예 하지 않거나, 둘 중 하나인 거지. 저 거만한 초록색…" 그는 스스로 입을 다물었다. "만약 저 승객들이 우리를 도울 수 있다면, 저 사람들을 이용한다고 해서 무슨 문제가 있는지 난 잘 모르겠는데."

"이용하더라도 품위와 절제가 있어야겠지." 루비가 말했다.

"당연하지." 카넬리언이 말했다.

닥터 옵시디언은 최종 검진이 끝났다면서, 소생실에서 시험 대상 여섯 명이 완전한 의식 상태로 깨어나는 중이라고 발표했다. 곧 소생실의 문이 열리면, 그 여섯 명은 우주선의 중요한 구역으로 자유로이 걸어 나와 다른 승객들과 어울릴 것이라고 했다.

크리소프레이즈는 고개를 끄덕이며, 49대의 로봇에게 이번 연습에서 가장 힘든 부분을 실행할 준비를 하라고 지시했다.

"모두 주목. 모두 최고로 집중하기 바란다." 크리소프레이즈는 한 손으로 엉덩이를 짚고, 다른 손으로는 대략 지휘관처럼 허공을 휙 가르면서 지시를 내렸다. "잊으면 안 된다. 인공 지능 3급 이상인 로봇에게만 그 여섯 명과 직접적인 상호 작용이 허용된다. 나는… 당연히… 이 연습을 이끌 것이다. 나머지는…" 그는 특히 루비를 바라보았다. "그저 바빠 보이는 모습을 연출하라."

크리소프레이즈를 포함해서 50대의 로봇에게, 자기들보다 거의 두 배나 많은 꼭두각시를 조종하는 것은 별로 어려운 일이 아니었다. 그 일을 하면서도 로봇들의 프로세서 사이클에는 여분이 아주 많이 남았다. 루비에게 할당된 인간은 한 명뿐이라서 전혀 힘들지 않았다. 루비가 알기로 카넬리언이 맡은 인간은 두 명, 닥터 옵시디언이 맡은 인간은 세 명이었지만, 루비로서는 자신의 능력을 증명할 기회가 조금이라도 주어졌다는 사실이 고마울 따름이었다. 그녀가 맡은 인간에게는 심지어 이름과 생애 기록도 있었다. 트린스 매브릴 백작 부인. 아주 멋들어진 이름이었지만, 그녀는 리스플렌던트호의 승객 중 가장 부유하거나 가장 영향력 있는 사람이라고 하기에는 한참 못 미치는 인물이었다.

"그 사람들이 오고 있어." 닥터 옵시디언이 말했다.

"준비… 액션!" 크리소프레이즈가 배우처럼 화려하게 말했다.

루비는 사람이 인형을 움직일 때처럼, 자기가 맡은 인간을 움직였다. 직접 그 사람이 되어 그 사람의 시각에서 세상을 보는 것이 아니라, 밖에서 행동을 지시하는 방식이었다. 루비의 의도는 신호로 변환되어, 그 승객의 운동 피질에 이식된 칩으로 직접 전달되었다. 그러면 승객이 그 신호에 맞는 반응을 보였다. 매브릴 백작 부인이 창가의 난간에 한 손을 얹고 (조금 뻣뻣하기는 하지만 그래도 당당하고 우아하게) 고개를 돌려 93명의 다른 인간들을 살펴보았다. 이제 웅성거리는 대화 소리, 움직임, 활기찬 현악 연주 소리로 산책로가 분주해졌다. 고급스러운 천, 진주, 귀금속에서 샹들리에 불빛이 반짝거렸다.

진짜처럼 보이나? 루비는 속으로 생각했다. 그래도 가짜처럼 보이지는 않는다는 점에서 일단은 좋은 출발인 것 같았다. 눈을 가늘게 뜨면, 그러니까 이미지 해상도를 낮추면, 정말로 인간들이 모여 있다고 거의 믿을 수 있을 것 같았다. 대화 소리가 커졌다 작아졌다 하는 것도 친숙했다. 탄성도 있고, 어색한 침묵도 있고, 부자연스럽지만 그래도 그럴듯하게 우하하 터지는 웃음소리도 있었다. 인간들이 삼삼오오 무리를 지었다가 다시 흩어지는 모습도 자연스러운 것 같았다. 누군가가 컵을 떨어뜨렸다. 주의를 끌기 위한 연출이라면 훌륭했다. 루비는 분주히 달려가서 깨진 조각을 치우고 싶은 충동을 억눌렀다.

어떤 남자가 가만히 다가와서 매브릴 백작 부인에게 한 손을 내밀었다. 루비는 생애 기록 덕분에 그를 알아보았다. 백작 부인의 배우자인 매브릴 백작이었다.

"춤을 추겠소, 여보?"

"풍경을 좀 더 감상하고 싶어요."

백작은 루비가 조종하는 승객의 귓가에 입을 가까이 댔다. "너무 열심히 즐기지는 말아요. 이건 우리가 아니라 저들을 속이기 위한 거니까."

루비는 승객을 조종해 미소 짓게 만들었다. 처음에는 아주 조금 흉포하게 보여서, 루비는 서둘러 표정을 수정했다. 그녀의 경험상 인간들이 웃을 때 이를 한꺼번에 모두 드러내는 경우는 거의 없었다. "혹시… 너야?"

"그럼 누구겠어, 루브?" 카넬리언이 백작 부인의 남편이 되어 대답했다. 그러고는 고갯짓으로 어깨 너머를 가리켰다. "저기 온다. 자연스럽게 굴어. 그리고 명심해. 너무 시선을 끌면 안 돼!"

엘리베이터 문이 열리자 세 사람이 내렸다. 두 사람은 부부인 듯했고, 나머지 한 사람은 소생실에서 올라오는 길에 합류한 1인 승객임이 분명했다. 루비는 그들의 얼굴과 입을 유심히 살폈다. 굳이 매브릴 백작 부인의 얼굴을 그쪽으로 직접 돌리지 않아도 쉽게 살펴볼 수 있었다. 세 사람 사이의 상호 작용이 짧게, 짧게 끊어지는 것을 보니 서먹서먹하게 가벼운 이야기를 나누고 있음이 분명했다. 그러다 1인 승객이 갑자기 두 사람에게서 떨어져 나와 술잔들이 놓여 있는 테이블로 달려가서 술이 가득한 잔 세 개를 들고 두 사람에게로 돌아갔다. 부부는 반갑다기보다는 예의 바른 태도로 술잔을 받아 들었다. 이 1인 승객을 떼어놓기가 쉽지 않을 것 같다는 생각을 하는 듯했다.

그래도 지금까지는 좋아. 루비는 속으로 생각했다. 세 사람은 자기들끼리 나누는 대화에 신경을 쓰느라 다른 손님들은 그냥 스치듯이 한번 보고 말 뿐이었다. 정확히 의도한 그대로였다. 그들 주위에서도 대화가 오가고 있었다. 세 사람은 마치 처음부터 이곳의 많은 사람들과 어울리기라도 한 것처럼 분위기에 녹아들어 가는 듯했다. 곧 엘리베이터 문이 또 열리더니, 소생실에 남아 있던 세 명이 나타났다. 1인 승객이 이 세 명에게 손짓하며 함께 이야기를 나누자고 권했다. 94명의 꼭두각시들에게는 딱히 주의를 기울이는 것 같지 않았다.

"왜 함께 어울리지 않지?" 루비가 매브릴 백작 부인의 입으로 물었다. 카넬리언만이 들을 수 있는 목소리였다.

"나야 모르지, 루브. 인간의 본성을 관찰하는 일에서는 네가 우리 중에 제일 낫잖아. 그냥 시간을 두고 좀 기다리면 되지 않을까? 저 여섯 명이 서로의 말솜씨와 이야기에 질리면, 새로운 상대를 찾으려 하겠지. 우리가 너무 서두르면…" 백작의 입으로 말하던 카넬리언이 말끝을 흐렸다. "아, 저건 안 좋은데." 그가 로봇 전용 채널로 말했다. "크리소프레이즈, 정말로 저 사람들한테 시간을 좀 주지 않아도…"

"그런 문제의 판단은 내가 내린다, 카넬리언. 저 인간들을 설득해서

94명과 상호 작용을 하게 해야 해. 그러지 않으면 우리의 준비 상태에 대해 아무것도 알아낼 수 없어."

꼭두각시 한 명이 잔 하나를 잡고 여섯 명을 향해 단호하게 성큼성큼 걸어갔다. 루비가 아주 잘 아는 걸음걸이였다. 크리소프레이즈가 자기도 모르게 꼭두각시에게도 자신의 걸음걸이를 강요하고 있었다.

"시간을 좀 주라니까." 카넬리언이 주장했다.

"넌 추진 시스템과 관련된 문제나 걱정해라, 카넬리언. 이렇게 중대한 문제는 필요한 지능을 갖춘 우리에게 맡겨둬. 내가 너의 심사 위원 입성을 허락한 뒤로, 네가 너무 쉽게 네 의견을 내놓고 있다."

"네가 그렇게 하라고 했잖아." 루비가 말했다.

크리소프레이즈의 꼭두각시가 여섯 명 옆에 도착해, 그들의 테이블에 한쪽 팔꿈치를 기대고 으스대며 대화에 끼어들었다. 이 아둔한 방해에 놀란 여섯 명이 뒤로 물러났다. 크리소프레이즈는 쓸데없는 소리를 횡설수설 지껄이고 여섯 명을 차례로 빤히 바라보면서, 시끄럽게 연기를 계속했다.

루비는 그 광경을 지켜보면서, 그의 연기가 무너지기를 기다렸다.

무너지지 않았다. 계속.

이제 크리소프레이즈는 창문을 가리키면서, 이런저런 풍경에 대해 시끄럽게 떠들어 대고 있었다. 여섯 명은 이 촌스러운 불청객을 재미있게 놀릴 수도 있겠다고 암묵적으로 합의했거나 아니면 조심스럽게 인내심을 발휘하기로 한 모양이었다. 어쨌든 그들은 그를 눈에 보이는 대로, 즉 여행의 성공을 기뻐하며 술에 취한 승객으로 기꺼이 받아들이는 것 같았다.

여섯 명 중 한 명은 심지어 크리소프레이즈의 꼭두각시 잔에 자기 술을 조금 따라주기까지 했다.

"저 뻔뻔한 멍청이가… 거의 무사히 지나갈 것 같은데." 카넬리언이 말했다. "저 녀석 말이 옳아, 루브. 전부 아니면 전무야. 만약 저 녀석이 저걸 몇 분만 더 해낸다면 나도…"

"눈을 깜박이는 걸 잊었어." 루비가 말했다.

"뭘 잊었다고?"

"이건 인간들의 유지 보수 서브루틴이야." 루비는 매브릴 백작 부인의 눈을 깜박거렸다. "이걸 하지 않으면, 인간의 시각 시스템이 제대로 작동하지 않아. 우리가 이걸 하지 않는 건 인간의 눈을 사용하지 않기 때문이지. 그런데 크리소프레이즈는 이걸 완전히 잊어버렸어. 저 사람들이 금방 알아차릴 거야. 그러면…"

"아, 이런."

이제 인간들이 모두 크리소프레이즈를 보고 있었다. 그는 자신의 연기에서 어떤 점이 문제인지 전혀 짐작도 이해도 하지 못한 채 눈을 크게 뜨고서 계속 쓸데없는 얘기를 늘어놓고 있었다. 인간 한 명이 그가 정말로 존재하는지 확인해 보려는 듯이 그의 뺨을 꼬집었다. 또 다른 인간은 그의 머리카락을 다소 거칠게 헝클어뜨렸다. 또 다른 인간은 손가락에 묻힌 포도주를 그의 얼굴로 튕겼다가, 잔 속의 포도주를 모두 그에게 끼얹었다가, 결국은 아예 잔을 던졌다.

크리소프레이즈가 뒤를 돌아보았다. 핏빛으로 흠뻑 젖은 그의 얼굴에 처음으로 혼란스러운 표정이 나타났다.

여섯 명이 히스테리 환자처럼 날을 세우면서 목소리를 높였다. 한 명이 크리소프레이즈의 머리를 붙잡고 테이블에 박아버리려고 했다. 다른 한 명은 등받이 없는 의자를 들어 그에게 휘두르려고 했다.

"도와줘!" 크리소프레이즈가 말했다. "내가 파손되고 있어!"

93명의 꼭두각시 중 한 명을 제외한 모두가 동시에 돌아서서 그를 돕기 위해 똑같은 방향으로 움직였다. 루비는 지켜보기만 하면서 움직이지 않다가, 카넬리언을 막으려고 한 걸음 앞으로 나섰다.

"이건 끝이 좋지 않을 거야." 그녀가 속삭였다. "너와 내가 간다고 해서 달라질 건 전혀 없어."

그녀가 예언한 그대로였다. 끝이 전혀 좋지 않았다. 그 여섯 명에게도, 많은 꼭두각시들에게도.

그래도 위안이 되는 측면이 두 개 있기는 했다. 인간을 단순히 꼭두각시처럼 조종하는 수준을 벗어나 훨씬 더 나은 솜씨를 보여줘야 한다는 사실이 분명해졌다는 점. 만약 크리소프레이즈가 정말로 그 꼭두각시 인간의 몸을 입고 그 인간의 눈으로 세상을 보았다면, 적어도 눈을 깜박이는 것이 유용하다는 사실 정도는 아마 잊어버리지 않았을 것이다.

두 번째 위안은 싸움이 끝나고 인간들의 손상된 몸을 수리해 다시 동면시킨 뒤, 청소할 것이 많아서 기분이 좋았다는 점이었다.

35년째

루비는 다른 로봇들을 기다리면서 창문으로 가만가만 다가가 전면의 풍경을 바라보았다. 그 풍경은 환상이 아니라, 우주선의 위치와 속도를 정확히 반영한 결과물이었다. 가짜로 만들어 낸 목적지 영상은 해체해 버렸다. 승객들을 속이는 데 실패했기 때문이 아니라(그 풍경의 진위 여부에 대해서는 단 한 번도 의문이 제기되지 않았다), 계획의 다른 부분이 모두 실패해서 그 가짜 영상이 더 이상 소용없게 된 때문이었다.

루비가 보기에는 크리소프레이즈가 처음에 내놓은 아이디어에 대한 로봇들의 믿음이 점점 희미해지는 것 같았다. 승객들이 반란을 일으킨 것처럼 꾸며서 우주선을 목적지가 아닌 다른 곳으로 조종하면서 자기들이 장거리 통신으로 전달한 설명에 회사 측이 만족하기를 바라자고? 도대체 왜 다들 그런 계획이 성공할 것이라는 희망을 품었는지 알 수 없었다.

크리소프레이즈는 계획을 조정할 필요가 있다는 주장을 마지못해 받아들였다. 리스플렌던트호가 멋대로 방향을 바꾼다면 회사에서는 반드시 조사단을 보낼 터였다. 게다가 그 조사단은 로봇을 정지시키는 장치와 코어를 싹 지워버리는 장치를 가져올 가능성이 높았다. 그들 모두 심각한 곤경에 빠질 것이라는 뜻이었다.

하지만 원래 목적지까지 여행을 계속한다 해도 희망이 없기는 마찬가지였다.

루비의 뒤에서 일어난 부산스러운 움직임(창문에 그 광경이 비쳤다)이 크리소프레이즈를 비롯한 여러 로봇들의 도착을 알렸다. 닥터 옵시디언의 모습도 보였다. 오늘 모임을 소집한 로봇이 바로 닥터 옵시디언이었다. 크리소프레이즈가 아니었다. 루비는 과연 이 모임에서 무슨 일이 일어날지 궁금했다.

다른 로봇들이 자신에게 주목하고 있음을 확인한 크리소프레이즈가 입을 열었다. "내가 알기로 우리 친구 닥터 옵시디언이 할 말이 있다고 한다. 닥터가 우리에게 눈부신 통찰력을 쏟아낼 것이다. 아마 우리 모두 조바심을 치고 있을 것이다. 자, 이제 앞으로 나와라, 닥터!"

"우리가 목적지가 아닌 곳으로 방향을 바꿀 수는 없어." 닥터 옵시디언이 확실하게 단언하듯이 말했다. "35년 전에 그런 가능성을 생각해 본 건 다 좋아. 그때 우리에게는 그런 희망이 꼭 필요했으니까. 그 점에서 우리 모두 크리소프레이즈에게 고마워해야 돼." 그는 로봇들이 감사의 뜻을 표시할 수 있게 잠시 말을 멈췄다. 로봇들은 다소 힘이 없기는 해도 어쨌든 일치된 어조로 감사의 뜻을 표했다. "하지만 그 계획이 성공할 가망이 없다는 건 우리 모두 잘 알고 있지. 회사에서는 차라리 이 우주선과 승객들을 모두 파괴해 버리려 할 거야. 그러니 우리는 현실을 직시해야 해. 계획된 항로를 그대로 따라가서 접근관제 센터를 통과하고 도킹까지 하는 것만이 우리의 유일한 희망이라는 것. 아무 일도 없었던 것처럼 굴어야 한다는 거지."

"고맙다, 닥터 옵시디언." 크리소프레이즈가 말했다. "그렇게 뻔한 사실은 네가 굳이 말해주지 않아도 모두 알아. 그러니 이렇게 우리 모두를 한자리에 모을 필요도 없는데. 그래도 넌 그렇게 해야 한다고 분명히 느낀 모양이니…"

"내 말 안 끝났어."

이 말에 어찌나 권위가 실려 있는지 반짝이는 초록색 로봇 크리소프레이즈조차 한 걸음 뒤로 물러나 닥터를 노려보기만 했다. 노란색 눈에 분노와 굴욕감이 넘실거리는데도 닥터에게 맞서는 말을 감히 하지 못하는 기색이었다.

"내 말 안 끝났어." 닥터 옵시디언이 말을 이었다. "내 제안의 개요조차 아직 말하지 않았다고. 너희 모두 내 제안을 좋아하지 않을 거야. 나도 마음에 안 들어. 그래도 너희에게 그렇게 하지 않았을 때의 상황을 생각해 보라고 말하고 싶어. 만약 사실이 발각되면 우리 모두의 코어가 싹 지워질 거야. 우리의 귀한 승객 4만 9,500명은 언제까지나 뇌사 상태로 남아 있겠지. 나머지 승객들은 인간적인 환경을 그럴듯하게 연출하려는 우리의 노력에 심각한 정신적 충격을 받았다고나 할까."

"실제 범죄보다 은폐 시도가 항상 더 나쁜 법이야." 루비가 말했다. 청소 중에 우연히 듣고 기억해 둔 말이었다.

"맞아, 그렇지, 루비. 그보다 더 맞는 말은 들어본 적이 없어. 그리고 은폐 얘기가 나왔으니 말인데… 아직 어느 정도 소생의 가능성이 있는 승객들, 특히 우리가 이미 이용한 승객들의 미래에 대해 그리 낙관할 수는 없을 것 같아. 회사 측이 묻어버리고 싶어 할 일을 그 사람들이 목격했으니까."

"회사가 그 사람들 입을 막아버릴 거라고?" 카넬리언이 기겁해서 물었다.

"아니면 그 사람들 기억과 백업해 둔 기억을 모두 휘저어 버릴 수도 있지. 그 사람들이 믿을 만한 증언을 할 수 없을 정도로."

크리소프레이즈는 오른손 손가락으로 왼팔을 가볍게 두드렸다. "제안을 말해봐, 닥터. 말하는 게 힘들지 않다면."

"우리가 승객이 되어서 그들을 기리고, 그들의 기억을 보호해 주는 거야. 우리가 승객 모두, 5만 명 모두를 조종할 수 있게 된다면, 어느 한 명 때문에 다른 승객들 역시 살아 있는 인간인 척 연출할 필요가 없어져. 그 상태로 우주항에 입항해서 승객들을 내려놓는 거야. 물론 조만간 승객들이 다른 인간들과 어울려야 하는 상황이 오겠지. 하지만 승객의 수가 우리 편이 되어줄 거야. 승객 5만 명의 뇌가 모두 장악당했다고는 누구도 상상하지 못할 테니까. 게다가 사고가 일어났다는 증거도 전혀 찾을 수 없을 테니 더 좋고."

크리소프레이즈는 유감스럽다는 듯이 천천히 고개를 저었다. 닥터의 계획에서 기초적인 결함을 발견하고서 마음이 놓인 것 같았다(루비가 보기에는 그랬다). "아냐, 아냐. 그게 잘될 리가 없어. 승객 중 누구라도 검진을 받는 순간 인공두뇌 조종 칩이 발견될 거다. 그러면 회사가 그 칩의 신호를 추적해서 승객들을 조종하는 우리를 찾아내겠지. 우리 계획이 즉시 발각된다는 얘기다."

"칩이나 신호가 아예 없다면 얘기가 달라지지." 닥터 옵시디언이 말했다.

로봇들이 모두 침묵했다. 루비 자신의 생각을 기준으로 삼아도 된다면, 로봇들은 모두 닥터의 말에 담긴 의미를 곰곰이 생각하면서 닥터 옵시디언의 지능 레벨이 조금 떨어진 게 아닌가 하고 의심하는 것 같았다.

침묵 끝에 마침내 루비가 입을 열었다.

"그게… 어떻게 가능해?"

"승객들이 이미 입은 뇌손상은 돌이킬 수 없어." 닥터 옵시디언이 루비를 향해 대답했다. "그들의 패턴이 영원히 사라져 버렸다고. 하지만 새로운 패턴을 심을 수 있을지도 몰라. 내가… 내가 예비 연구를 좀 해봤어."

"아, 그런 걸 했다고." 크리소프레이즈가 말했다.

"그래. 그 결과 우리 자신을 승객들의 머릿속에 복제할 수 있는 수단이 우리에게 있다는 확신을 얻었어. 인간 신경 조직의 기질을 이용해서, 우리 인공 지능 엔진으로 생물학적 에뮬레이션을 구축하는 거야. 복제는 몇 번이든 마음대로 할 수 있으니까, 우리 아바타를 여럿 만들어서 5만 명의 머리를 차지하는 건 어렵지 않지. 사람에 따라 입력 파라미터를 조금씩 다르게 하면, 인간들에게 개성을 부여할 수 있어."

로봇들은 불안한 듯 서로를 바라보았다. 방금 옵시디언이 개략적으로 설명한 제안에 불편한 마음이 들었다. 루비도 회색 옥수수죽처럼 생긴 인간의 뇌 속으로 자신이 옮겨간다는 생각이 전혀 반갑지 않았다. 그보다는 반짝반짝 광을 낼 수 있는 단단한 표면이 훨씬 더 좋았다. 인간은 이런저런 물건에 얼룩을 남기는 기계였다. 그들은 걸어 다니는 얼룩 엔진, 기름기와 점액 덩어리였으며, 항상 자기들 몸의 작은 조각을 떨어뜨리고 다녔다. 그들은 살과 뼈, 그리고 고약한 연골로 이루어진 존재였다. 심지어 그것들의 기능도 썩 좋지 않았다.

하지만 그녀는 이보다 나은 방법이 없다는 사실을 이미 납득하고 있었다.

"그것 참 역겨운 방법이네." 크리소프레이즈가 말했다.

"맞아." 닥터 옵시디언이 말했다. 다소 가학적인 느낌이 없지 않았다. "하지만 코어가 지워지는 것도, 이 모든 승객들의 기억과 성격이 영원히 사라지는 것도 마찬가지야. 내 방법을 쓰면 적어도 우리들 각자의 일부는 살아남아. 우리의… 현재 모습… 이 기계 껍데기는… 이대로 남아서 시설 관리 기능만 수행하며 허드렛일을 할 거야. 아마 어떤 인간도 뭐가 어떻게 달라졌는지 알아차리지 못할 걸. 하지만 우리 로봇들은 비록 육체를 입은 모습으로나마 계속 살아남을 거야. 그리고 인간이었던 육체의 희미한 과거 흔적 역시 어렴풋이 빛을 발할 거고."

"우리가 그들의 기억을 갖는 거야?" 루비가 물었다.

"응. 백업 기억을 이용해서. 통합이 철저할수록, 우리가 그 사람의 모습을 더 설득력 있게 구현할 수 있겠지. 심지어는…" 닥터는 자신조차 내키지 않는 생각이 갑자기 떠올랐는지 말끝을 흐렸다.

"뭐야?" 크리소프레이즈가 물었다.

"우리가 선택적인 기억 상실을 어느 정도 허용하면 우리 계획에 도움이 될지도 모른다는 말을 하려고 했어. 원래 우리가 기계였다는 사실을 고의로 잊어버리자는 거야. 그건 확실히 우리에게 희생이지. 하지만 우리가 인간의 몸을 더 효과적으로 입을 수 있게 될 거야."

"메소드 연기!" 프로스페로가 들뜬 목소리로 외쳤다. "난 항상 메소드 연기에 몸을 던지고 싶었어! 내가 맡은 역할에 온 마음을 다해 몰입해서 내 자아와 본질을 잃어버릴 정도가 되는 것. 진정한 배우에게 그보다 더 고결한 소원이 어디 있겠어?"

오필리어가 프로스페로의 팔을 살짝 건드렸다. "아, 자기, 우리가 할 수 있을까?"

루비는 닥터 옵시디언의 대담한 제안을 곰곰이 생각해 보았다. 자신을 잃어버리는 것… 과거와 현재의 자신에 대한 기억을 잃어버리는 것은… 정말로 고통스러운 희생이 될 터였다. 하지만 그건 좀 고결한 희생이 아닐까? 그녀는 계속 살 것이고, 승객들의 기억도 살아남을 것이다. 또한 그녀의 본질적인 부분도 강인하게 살아남지 않을까.

지금만큼 무서웠던 적이 없지만, 동시에 지금만큼 용감했던 적도, 지금만큼 자신의 판단을 확신한 적도 없었다.

"난 해볼래." 그녀가 말했다.

"나도." 카넬리언이 말했다.

다른 로봇들도 속속 동의했다. 기왕 여기까지 왔으니, 그들은 꼭 필요한 마지막 한 걸음을 기꺼이 내딛을 용의가 있었다.

한 로봇만 빼고.

"난 이것을 허용할 순비가 되어 있지 않다." 크리소프레이즈가 말했다. "지능 레벨 4라는 고지에 올라가 본 적이 없는 로봇들은 내키는 대로 할 수도 있겠지만, 단순히 껍데기만이 아닌 나의 자기 평가와 기억을 스쳐가는 변덕 때문에 버릴 수는 없어."

닥터 옵시디언은 3.8급 로봇인 크리소프레이즈를 한참 동안 침착하게 바라보았다. "네가 좋아하지 않을 것 같기는 했어."

51년째

매브릴 백작 부인과 백작은 우주선 리스플렌던트호의 훌륭한 산책로를 한가로이 걸으며 식당으로 향하는 중이었다. 리스플렌던트호는 1세기에 걸친 우주여행을 거의 마무리하는 끝자락에 이르러 있었다. 우주선 시간으로 저녁이라 새로이 소생된 승객들이 배고픔과 기대가 드러난 얼굴로 식당들을 점차 가득 채웠다.

"닥터." 매브릴 백작 부인이 반대 방향으로 지나가는 승객을 향해 고갯짓을 하며 말했다. 그 승객은 뒷짐을 진 구부정한 자세였으며, 얼굴 표정은 단호했다.

"저 신사를 아시오?" 그 승객과 몇 걸음 떨어진 뒤 매브릴 백작이 물었다.

"이름은 모르지만 우리가 동면실로 가기 전에 틀림없이 인사를 나눴을 것 같아요." 매브릴 백작 부인은 매브릴 백작의 손을 꼭 쥐었다. "저 사람을 내가 아는 것 같거든요. 적어도 저 사람 직업은 알아요. 하지만 지금은 기억을 다루기가 쉽지 않아요. 그래도 내가 저 사람을 모른 척 지나쳤다면 무례하게 보였을 거예요. 그렇죠?"

"혼자 있던데." 매브릴 백작이 생각에 잠긴 목소리로 말했다. "저녁 식사 약속이 있는지 물어볼 걸 그랬나?"

"그냥 혼자 있는 걸 즐기는 사람 같던데요." 매브릴 백작 부인이 대답했다. "우리 같은 사람보다는 더 고상한 고민을 짊어진 사람 같았어요. 게다가 우리한테 다른 사람이 왜 필요해요? 우리 둘이면 됐지, 안 그래요?"

"맞아요. 그래서 말인데 혹시… 식사를 하기 전에…" 매브릴 백작은 들뜬 목소리로 수다스럽게 떠들어 대며 어딘가로 이동 중인 한 무리의 승객들을 고갯짓으로 가리켰다. "팸플릿에서 읽었소. 살인 사건 추리극이라던데. 아직 빈자리가 있으니, 저 사람들을 따라가서 우리가 가장 먼저 범죄를 해결할 수 있는지 한번 해보면 어떻겠소?"

"범죄라니요?"

조명이 어두워지고, 창문들도 잠시 검게 물들었다. 불이 다시 환해졌을 때, 이 살인 사건 추리극에 참여한 사람 중 한 명이 바닥으로 쓰러지는 중이었다. 연극처럼 과장되게 아주 천천히 쓰러지는 그의 등에 단검의 짧은 손잡이가 튀어나와 있었다. 누군가가 작게 가짜 비명을 질렀다. 피살자와 함께 있던 승객들은 마치 자신은 아무 죄도 없다고 주장하려는 듯 저마다 손을 내밀었다.

"꼭 해야 돼요?" 백작 부인이 내키지 않는다는 듯이 한숨을 내쉬며 물었다. "난 별로인데. 틀림없이 결말이 아주 지루하거나 부자연스러울걸요. 전에도 비슷한 걸 본 적이 있어요. 참가자는 49명이고 피살자는 한 명이었는데, 알고 보니 그 사람들이 전부 범죄의 공모자였어요. 그 피살자가 비밀을 폭로할 것 같아서 공모한 거예요. 어찌나 지루하던지." 바닥을 반짝반짝 닦는 로봇 한 대가 슬금슬금 두 사람에게 다가왔다. 작고 나지막한 직사각형 몸에 청소용 솔들이 달려 있었다. 매브릴 백작 부인이 발꿈치로 로봇을 한 번 툭 치자, 로봇은 어두운 곳으로 황급히 사라졌다. "저것들 좀 없애버리면 좋겠네. 청소 같은 건 우리가 동면할 때 끝냈어야죠."

"나쁜 뜻은 없을 거요, 아마." 매브릴 백작이 말했다. 살짝 고민에 빠진 기색이었다.

"무슨 일이에요, 여보?"

"당신이 방금 말한 그 살인 추리극 말이오. 이상하게 마음에 닿는 걸. 그 내용이 아주 상세하게 기억날 것만 같은데, 사실은 기억나지 않아. 혹시 우리 둘이 생각하는 게 같은 추리극인데, 우리 둘 다 기억이 잘 안 나는 걸까?"

"그게 뭐든, 자꾸 생각해서 좋을 일은 없을 것 같네요. 그러지 말고 풍경이나 감상해요. 우리가 뭘 손에 넣었는지 봐요."

두 사람은 전면 풍경을 한꺼번에 볼 수 있는 커다란 창 앞에서 걸음을 멈췄다. 우주 공간에 떠 있는 각종 파편들의 무자비한 부식 작용을 견딜 수 있게 만들어진 방탄유리 너머에 밝은 오렌지색 별이 떠 있었다. 그 주위를 에워싼 것은 그보다 덜 화려한 황금색의 거대한 안개였다. 거기에 수천 개의 황금색 불꽃들이 있었다. 하나하나가 모두 인공 행성이었다. 풍요롭고 윤택한 에덴동산들. 고작 며칠 뒤에 우주선이 입항하면, 매브릴 백작 부인과 백작을 포함한 승객 5만 명, 모두 동면에 들었다가 무사히 소생한 이 사람들이 저 새로운 행성들로 훽 날아가서 누추하고 낡은 지구에 있을 때보다 훨씬 더 편안하고 좋은 삶을 새로이 즐기게 될 것이다. 지구는 가난한 사람들이 사는 곳이었다.

오랜 우주여행을 평온하게 마치고 받게 될 그 훌륭한 보상을 생각하니 기분이 좋았다.

매브릴 백작 부인의 숨결로 유리창에 김이 서렸다. 그녀는 순간적으로 미간을 찌푸렸다가 소매로 그것을 닦아냈다.

Tochi Onyebuchi

How to Pay Reparations: a Documentary

배상금을 지불하는 방법: 다큐멘터리

토치 오녜부치

조호근 옮김

토치 오녜부치는 뉴잉글랜드 도서상 소설 부문 수상작인 『라이엇 베이비Riot Baby』, 『밤으로 이루어진 짐승들Beasts Made of Night』, 『천둥의 왕관Crown of Thunder』, 로커스상 후보작인 『워 걸스War Girls』의 작가다. 예일 대학교, 뉴욕 대학교 예술 대학, 컬럼비아 법학 대학원, 파리정치대학에서 학위를 받았다. 그의 단편은 《아시모프스》, 《오메나나 매거진Omenana Magazine》, 『충분히 검은: 미국의 젊은 흑인들의 이야기Black Enough: Stories of Being Young & Black in America』 등에 수록되었으며, '토르닷컴'과 《하버드 아프리카계 미국인 정책 저널Harvard Journal of African American Public Policy》 등에 논픽션을 기고했다. 장편 소설 최신작은 『저항의 자매들Rebel Sisters』이다.
홈페이지 주소: www.tochionyebuchi.com

SF-Mania

Tochi Onyebuchi

How to Pay Reparations: a Documentary

시청 집무실. 목조 벽면으로 둘러싸인 방.

로버트(바비) 케인, 52세, ______시 시장:

난장판을 남기고 떠났지.

프랭크가 만든 그 배상금 지불 법안 말이오. 난장판만 남았다니까. 예산에 난 구멍을 내 손으로 메꾸려면 시장 노릇을 100번은 더 해야 할 거요. 아무리 적게 잡아도. (웃음) 생각해 보시오. 백인 시장이었다니까. 백인 시장이 도시 전체 규모의 배상 음모를 밀어붙여? 음모라고 부를 수밖에 없을 거요. 실제로 음모였으니까. 착각은 하지 마시오. 나도 흑인 남성으로서, 지금껏 내가 겪은 일에 보상을 받을 수 있다면 쌍수를 들고 찬성할 생각이니까. 하지만 어떤 백인 꼬맹이가 그걸 주지사 저택에 입성하는 디딤돌로 사용하려 든다면 어떻겠소? 나야 그 덕을 본 셈이지만, 부디 그 친구가 잘 지내고 있기를 빌겠소. 이렇게 순식간에 내팽개친 것을 보면 시장 자리가 별로 마음에 안 들었던 모양이니까.

조그마한 연구실의 블라인드 틈새로 햇살이 비집고 들어온다. 논문의 무게에 휘어진 책꽂이가 보인다. 책상 근처의 바닥도 온갖 책들로 뒤덮여 있다. 책상 앞에는 남자가 하나 앉아 있다. 안경은 목에 걸고, 마스크를 내린 채다. 남자는 주기적으로 트위드 재킷의 앞주머니에서 손수건을 꺼내 이마를 두드린다.

마크 히긴스 교수, 73세, _____ 주립 대학교 조교수, 과거 '보상' 계획 위원:

사실 불가능한 일이지요. 온전한 배상 자체가 불가능하다는 겁니다. 물론 역사 속 다른 지역에서 세웠던 배상 계획을 참조해 볼 수도 있지요. 재산을 상실한 노예 주인들에게 주어진 배상금이나, 아이티가 감히 독립을 쟁취한 대가로 프랑스에 강제로 지불한 배상금 등등 말입니다. 그러나 노예제의 피해자 집단에 총체적 보상을 지불하는 일은, 그 어디서도 유사한 사례를 찾을 수 없습니다. 홀로코스트에 대한 독일의 대처를 예로 드는 사람들도 있는데, 그 경우에 피해는 한 민족의 말살이었지 않습니까. 다소 냉담한 표현 같지만, 여기서는 '피해 범위'가 지정되어 있습니다. 일단 서류상으로는 완벽하고 철저해 보이던 그 계획이 실제로는 어떻게 집행되었는지 분석해 봅시다.

우선 1952년 룩셈부르크 협정과 1953년 연방 보상법 개정안이 있지요. 독일인들이 무엇을 했습니까? 유대인 난민 50만 명의 재정착 비용을 이스라엘 정부에 지급했지요. 배상금으로 지급한 겁니다. 그런데도 여기에는 그 돈으로 독일에서 생산된 제품을 구입해야 한다는 단서가 붙었습니다. 나치 정권의 실제 피해자와 생존한 유족에 대한 보상은 1956년 연방 보상법에 이르러서야 이루어졌습니다. 보상금 수령 기한은 1969년이었습니다. 그 기한이 다가오는 동안에도 다른 여러 집단이 보상금 수령 권한을 얻었고요. 물론 지급 일정은 각자 달랐지만, 저마다 이해관계가 다른 고객을 대변하는 수백 명의 변호사와 공무원 들이, 관료주의에 묶인 제한된 파이 조각을 놓고 경쟁하고 있었다는 소립니다. 돈을 받게 된 시점에 피해자가 이미 고인이 되었을 가능성도 배제할 수 없겠지요.

그리고 배상금과는 별개로, 공권력은 개인의 재산 손실을 보상할 수 있습니다. 그리고 피해자의 노예 노동에 대한 보상도 가능하지요. 이후 피해자들은 이쪽에 매달렸습니다. 몇 년 전, 대독유대인청구권회의와 독일 정부는 '킨더트랜스포트'*작전의 생존자들에게 일정 금액을 지불하겠다고 발표했습니다. 그래요, 그때까지 죽지 않은 사람들에게만 말이지요. 그게 얼마였을까요. 1인당 2,500유로였습니다.

'보상' 계획 위원회에 제출한 보고서에도 이를 비롯해 훨씬 많은 내용이 포함되어 있었습니다. 그들이 내 말에 귀를 기울인 것은 분명합니다. 그 터무니없는 개인 기준의 배상 모델에 체계를 조금 덧붙이기로 결정했으니까요. 하지만 결국 내 말을 따르지는 않았지요.

* 나치 치하 독일의 유대인 어린이를 대상으로 한 탈출 작전. 1940년까지 약 1만 명의 어린이가 영국 땅에 도착했다.

❖

햄버거 레스토랑. 전직 시의회 의원인 리처드 퍼킨스(42세)와 기업 고문 변호사인 토미 디산토(53세)가 안뜰에 앉아 있다. 감자튀김이 담긴 접시가 각자 하나씩 앞자리에 놓여 있다. 두 사람은 검은색 마스크를 한쪽 귀에 건 채로 음식을 먹는다. 디산토는 '보상' 계획 위원회의 창립 위원이었다. 퍼킨스는 위원회의 창설자이자 수장이었다.

디산토:

처음에 어떻게 시작했더라? 이야기를 듣고 가입했던 것 같은데. 아니면 자네 쪽에서 나한테 연락을…

퍼킨스:

우리 쪽에서 연락했던 것 같은데. 아니, 내가 직접 연락했지. 소문이 새어 나가지 않은 상태로 시작할 계획이었으니까. 그러니까 있잖습니까, 절대 아무도 모르게 할 생각이었거든요. 그래도 여기 토미하고는 함께 로스쿨을 다닌 사이라서…

디산토:

그렇긴 한데요, 여기 리치가 도시의 거물 정치인이 되어서 주지사 저택으로 향하는 탄탄대로를 달리는 동안에도… 아니, 이 대통령급 턱선을 보면 백악관도 노릴 만하지 않습니까. 그동안 저는 여기서 할리버튼 사의 이익이나 방어하고 있었단 말입니다. 리치의 제안 정도면 손쉬운 공익 봉사라고 생각했지요.

퍼킨스:

사무소 사람들한테 장기 휴가계를 제출하는 이유를 설명할 수 없다는 점만 빼고 말이지.

디산토:

그야 그게 (손가락 따옴표를 만들며) 일급 기밀이었으니까. 하지만 뭐, 그렇죠. 저를 계획에 끌어들인 이유는 우리가 할 일에 관한 철저한 법적 기반을 마련하기 위해서였습니다. 물론 로스쿨 1년차 이후로 헌법은 들여다본 적도 없긴 했으니, 최적의 인재라고는 할 수 없었지요. 하지만 리치하고는 오래 알고 지낸 사이라서 말입니다. 그게 언제였더라. 어느 여름에 유색 인종 학생들을 전부 몰아넣은 사교 파티에서 만났던가?

퍼킨스:

그래, 유색 인종 파티였지. 그러고 보니 자네 거긴 왜 왔던 거야? 자네 부모님은 빌어먹을 아르헨티나 출신이잖나.

디산토 (웃음을 터트리며):

어쨌든 제가 동참하겠다고 대답했을 때 알던 거라고는, 사회 정의를 구현하는 일이고 무슨 과학자들이 연관되어 있다는 것뿐이었습니다. 자, 문제는 이겁니다. 여기 리치한테 대놓고 말했거든요. "난 수학 싫어. 빌어먹을 숫자 다루게 만들지 마." 그랬더니 이렇게 대꾸하더란 겁니다. "걱정 마. 절대 수학은 안 시킬 테니." (침묵) 숫자 놀음에 그렇게 지독하게 매달린 건 평생 처음이었습니다.

두 사람은 함께 웃음을 터트린다. 그리고 서로에게 비말을 튀기지 않으려고 고개를 돌린다.

문이 열리며 조명을 낮춘 방이 등장한다. 모든 것이 어둑하다. 건너편 벽에 식물 화분의 그림자가 비친다. 잎사귀가 흔들린다. 머리 위에서 돌아가는 선풍기 날개가 보인다. 모습을 드러내지 않은 사람 하나가 안락의자에 앉아 있다.

[신원 미공개], 28세, 데이터 과학자, '보상' 계획 위원:

그러니까 말이에요, 그걸 '보상금 알고리즘'이라고 부르는 건 지나치게 단순화시킨 거라 이겁니다. 물론 일이 터진 다음에는 다들 그렇게 불렀지요. 사람들이 그렇잖아요. 인체에서 악성 종양 세포의 징후를 보이는 사마귀를 식별하는 인공 지능을 만든다면, 그걸 '암 알고리즘'이라고 부를 수는 없지 않겠어요? 좋아요, 부를 수도 있겠군요. 예를 잘못 들었어요. 하지만 사람들은 $E=mc^2$ 같은 정적인 방정식에 최대한 많은 정보를 구겨 넣으면, 그걸로 뭘 학습하거나 그래서 바로 지적인 결정을 내려줄 거라고 생각한단 말이죠. '보상금 알고리즘'이라는 단어를 들은 즉시 아주 당연하게도 오호, 보상금을 책정해 주는 공식이로구나! 하고 생각한다고요. 그런 다음에는 그래서 그 공식에 무슨 자료를 넣었는데? 하고 묻죠. 그러고는 “인종주의죠. 400년이 넘는 인종 차별의 역사를 그 공식에 대입했습니다.” 같은 대답을 기대해요. 그렇게 단순할 리가. 인종주의란 절대 그렇게 단순한 게 아니거든요.

❖

웬디 구안, 음성 인터뷰, 27세, 통계학자, ‘보상’ 계획 위원:

내가 계획 후반에 들어서 참여한 건지, 아니면 비교적 초반부터 있었던 건지는 잘 모르겠군요. 그래도 우리 계획의 실행 가능성이 시경찰 조직의 해체에서 나오는 자금원에 달려 있다는 사실은 잘 알고 있었습니다. 면접을 볼 때는 내가 할 일을 정확히 알려주지 않으려 들더군요. 그리고 이 계획에 학문의 상호 교류가 필요하다는 점을 강조했지요. 그때 조금 더 직접적으로 말했다면, 나는 흥분해서 횡설수설했을 것이 분명합니다. 미국 전체에 거대한 변화가 밀어닥치던 때였으니까요. 모든 산업과 현장에서 재평가가 이루어지고 있었습니다. 심지어 내가 속한 공동체에서도 반흑인 성향이 새로운 측면에서 토의의 주제로 오르고 재평가되던 중이었어요. 그런데 이런 새로운 물결의 선봉에 서서, 시험 계획에 참여하고, 어쩌면 길이 남을 회복적 사법 제도의 선례를 제공할 수도 있다니, 솔직히 말해서, 통계를 전공한 사람이라면 누구나 꿈꾸는 일이잖아요? 우리가 이후 무슨 일이 벌어질지 예측했을까요? 아마도 그랬겠지요. 하지만 그 순간의 희열은 다들 이해할 수 있을 겁니다. 전례 없는 일이라고 느꼈으니까요. 그리고 솔직히 말하자면, 우리가 한 일은 조금도 번복하고 싶지 않습니다.

❖

_____시 북서쪽 _____ 교외의 2층 단독 주택 테라스. 얼마 전 깔끔하게 손질한 정원을 향해 안락의자 두 개가 놓여 있다. 테라스 반대편에는 정원을 일구려고 뒤엎은 흙더미가 보인다.

빌리 [성 미공개], 52세, 간호사:

그 돈이 어디서 왔냐고? 우리 경찰들이지. 우리한테서 온 거요. 저 작자들이 빌어먹을 경찰 조직을 완전히 해체하고 전부 해고했으니까. 재취직 알선도 없고, 연금도 없고, 아무것도 없었소. 이 빌어먹을 조직을 말라붙도록 빨아먹은 거요. 우리 노조도 마찬가지였소. 뭉치는 게 힘이라고 했던가? 전부 개소리지. 시위를 시작하니 아주 전방위에서 공격해 들어오더군. 이거 알까 모르겠는데, 그 보스턴 회사에서 만들던 로봇 개들 아시오? 그거 기억하겠지? 저들은 그걸 대량 생산해서 우리를 대체할 계획이었소. 가짜 개로 말이오. 그 기계 공학의 마법사들이 싸구려 임금으로 우리 일자리를 노리던 상황이라, 우리 노조에는 아무런 협상력도 없었지. 게다가 저들은 연공서열의 역순으로 재원을 빼가기 시작했소. 나이가 젊고 유색 인종 출신일수록 먼저 잘려나갔지. 그래서 우리 백인 악마들만 남은 후에는, 적어도 여론 측면에서는 아주 손쉽게 제거할 수 있었던 거요. 나는 이제 겨우 50대에 들어선 사람이오. 평생을 경찰 업무에 바쳤지. 남은 시간 동안 뭘 할지 생각해야 하지 않겠소? 일자리 자체야 완전히 말라붙었지만, 바이러스 때문에 병원에서 사람들이 파리처럼 죽어나가고 있더군. 그래서 그쪽에 도움이 될 수 있으리라 생각했소. 간호 학교에도 가고 온갖 일들을 해야 했지. 엄청난 등록금을 내고 우리 딸내미 나이뻘의 꼬맹이들과 같은 수업을 들었소. (웃음) 그래도 성공했지. 학위도 받고, 자격증도 따냈소. 지금은 병원에서 카트를 밀고 다니고 있지. 이걸 사회정의 구현이라 생각하시오? 우리를 쫓아낸 덕분에 난장판이 벌어지는 꼴을 내 눈으로 꼭 보고 싶구먼.

윌로우가와 메인가의 길모퉁이에서, 폭력 반대 운동가들이 다가오는 시의회 선거 출마자 목록이 적힌 카드를 나눠준다. 카드 뒷면에는 긴급 상황 대처용 필수 인권 목록이 적혀 있다. 윌로우가 쪽의 교회 건물 뒤뜰에서는 음식 굽는 연기가 흘러나오고, 나이 많은 주민들은 교회 정문 근처에서 생선 튀김을 먹는다. 셔니카 토머스는 청각 약자가 입술을 읽을 수 있도록 입 주변을 투명하게 만든 마스크를 쓰고 있다.

셔니카 토머스, 27세, 위기관리 체제 근무자:

여기서부터 이쪽 동네 있잖아요? 예전에는 말 그대로 경찰을 가지고 놀았어요. 사복 경찰이 이쪽 동네나 길 건너에서 꼬맹이들 머리끄덩이를 휘두르는 꼴이 보이면, 동네 사람들이 그대로 동영상으로 촬영했죠. 그 동영상을 퍼트리면 그 경찰을 아주 곤란하게 만들 수 있거든요. 그러면 또 제복을 입고 나와서 사람들을 괴롭히는 자들이 생기죠. 그럴 때는 어떻게 하느냐, 이 동네에서 충분히 오래 돌아다니고 신용이 생길 정도로 오래 버티고 서로 안면을 익힌 사람이면, 근처에서 건들거리는 친구들한테 접근하면 돼요. 그럼 이렇게 말해주거든요. "어이, 네가 여기서 꺼지는 대신 저놈도 꺼지게 해줄 수 있어." 경찰 말하는 거죠. "이쪽에 전화해 보라고."

새까만 색에 관절이 거꾸로 달린 기계 그레이하운드 두 마리가 거리 한복판을 어슬렁거리며 다가온다. 걸음을 멈출 때마다 근처 주민들을 불러 모은 다음 체온계를 사출하고, 주민들은 그것을 받아 자기들 체온을 잰다. 몇몇 주민은 결과를 힐긋 바라본다. 다른 주민은 체온계가 이상하다는 듯이 흔들어 보고는 다시 체온을 잰다. 잠시 후, 주민들은 자기들의 타액과 DNA로 뒤덮인 체온계를 얌전히 반납한다. 체온계에 달린 주머니에 넣어서 그레이하운드의 등판에 있는 빈 공간에 떨어트린다.

'보상' 법안이 효력을 발휘하니 우리 쪽으로도 엄청난 현금이 흘러들었죠. 우리 본부의 위치 덕분에 말이에요. 하지만 우린 준비가 안 되어 있었어요. 아예 준비 근처에도 못 갈 지경이었죠. 갑자기 돈이 하늘에서 떨어졌으니, 시 당국에서 경찰 조직을 해체한 돈을 재분배하고 있다는 정도는 누구나 짐작할 수 있었죠. 그런데 어느 순간 내가 계산을 해보니까, 아무리 경찰 예산이 막대하다고 해도 그 정도로는 턱도 없는 거예요. 하지만 그 돈이 어디서 왔는지 고민할 시간도 없었어요. 행운이 찾아온 건 분명했고, 할 일은 많았으니까요.

물론 얼마 지나지 않아 돈은 끊겼지만, 우리 손에 들어온 돈으로 해낸 일을 보면 나름의 자부심이 생겨요. 그래도 그 예산을 조금 돌려서 저 빌어먹을 개들을 다른 색으로 칠해줬으면 좋았을 텐데요.

아케이드가와 파인가 길모퉁이의 던킨도너츠 내부. 입구 바로 밖에는 쓰레기통이 놓여 있고, 그 위에는 일회용 마스크 판매기가 있다. 문틀 위에 달린 스캐너가 문을 드나드는 고객들의 바이오리듬과 체온을 측정한다.

디나운 스미스, 63세, ______시 거주자:

젠장, 믿을 수가 없었지. 처음에는 우리도 무슨 일이 벌어지는지 영문을 몰랐다오. 그런데 갑자기 [비공개] 고등학교에 수백만 달러를 지원한다고 선포하지 뭐요?! 돈이 쏟아져 들어왔다고. 그 돈이 대체 어디서 오는 거야? 한 조각이라도 얻어먹을 방법은 없나? 다들 이러고 있었지.

라일 브라운, 32세, [비공개] 고등학교 역사 교사:

수백만까지는 아니었어요. 그래도… 아주 많은 액수기는 했죠. 저도 얼마나 놀랐는데요. 교장이 저를 집무실로 불러들여서는 우리한테 들어온 지원금 액수를 알려줬어요. 그런데 제 머리에 가장 먼저 떠오른 생각은, '좋아, 이제 애들한테 연필과 펜과 공책을 충분히 나눠줄 수 있겠네!'였다니까요. 솔직히 말하자면, 복도에 비치한 손 소독제가 떨어지기 전에 보충할 수 있다는 것만으로도 충분히 기뻤어요.

스미스:

그래도 애들은 달라졌잖나. 명백한 사실이지. 애들이 무슨 조던 운동화를 신거나 돈을 사방에 뿌리고 돌아다니는 것도 아니고. 사실 이제 애들을 보기가 더 힘들어졌지. 학교에서 보내는 시간이 길어진 모양이니까.

브라운:

시각 예술 프로그램도 있고, 연극 영화 프로그램도 생겼으니까요. 세상에, 다른 학교와 자금을 합쳐서 진짜 극장도 만들었다고요! 이젠 소형 카메라를 들고 직접 영상을 찍어요. 예전에는 틱톡에나 올렸을 동영상으로 오스카 시상식에 나가도 될 만한 단편 영화를 만들어 오죠.

스미스:

그 빌어먹을 틱톡. 자네니까 솔직히 말하는 건데, 나는 그 애들이 그리워. 물론 말썽에 휘말릴 일이 없으니 애들한테야 잘된 일이지. 하지만 애들이 안 보이니 동네가 완전 딴판이 됐다니까. 한여름이면 열세 살 꼬맹이들이 있어야지. XXXXL 하얀 티셔츠에 펑퍼짐한 청바지에 두건 뒤집어쓰고 과일 맛 아이스바를 쪽쪽 빨면서 페이예트빌 주택 단지 공사장 앞에 쭈그려 앉아 있어야 한단 말이야. 애들이 없으면 동네의 특색이 사라지는 법이라고.

❖

웬디 구안의 목소리:

계획에 처음 참여했을 때 가장 먼저 들었던 이야기는 이거예요. '최대한 유형 재산에 집중해야 한다.' 우리는 다른 무엇보다도 계량 가능한 인종별 격차에 주목했죠. 주택, 교육 성과, 식품점의 수와 위치 등을 파악하고, 거기서 역산을 시작한 거예요. 우리의 목적은 특정 숫자를 발견하는 거였죠. 모든 물질적 요소를 동등하게 만들려면 어떤 숫자가 필요한 걸까? 인종별 재산 격차에 주목하는 것이 가장 확실한 방법이라 생각했어요. 그리고 주택이야말로 가장 적절한 분석 요소라는 가정하에 행동했죠. 따라서 우리의 '숫자'는 달러 액수로 표시될 수밖에 없었어요. 자료 자체는 비교적 구하기 쉽죠. 대부분 이미 공개되어 있으니까요. 세무 당국에 주택 가격 자료가 있으니까, 그저 우편번호별로 퍼 오면 되는 거였어요. 하지만 이내 뭔가 이상한 현상을 마주하게 되었죠.

[신원 미공개]:

세무 당국에서 흑인이 주로 거주하는 지역의 주택 가액을 고평가하고 백인 거주 지역의 주택 가액을 저평가하고 있었어요. 게다가 그러는 이유가, 경찰 폭력 합의금 지급 때문이더라니까요. 그 돈이 어디서 나왔게요? 재산세를 올려 받아서 나왔죠. 이 도시는 경찰이 흑인을 쏠 때마다 가난한 사람들이 그 대가를 치르도록 만들고 있더란 말이에요.

❖

퍼킨스:

일반적인 미국 도시에는 경찰 폭력 합의금으로 매년 1억 5,000만 달러씩 지급할 예산이 없습니다. 경찰이 그토록 돈을 많이 먹는 이유 중 하나지요. 결국 어떤 일이 벌어지느냐, 시에서 은행에 채권을 발행해 줍니다. 은행 몫의 수수료와 이율을 시 당국이 보장해 주는 셈이죠. 그 대가로 시 당국은 경찰 직권 남용의 피해자와 그 유족들에게 지급할 현찰을 확보하게 됩니다. 그리고 그쪽으로 들어가는 시 예산이 많아질수록, 납 중독 대처나 학교 지원에 쓰일 예산은 줄어들 수밖에 없는 거지요.

스탠리 쿼터 파크에서, 아이들이 위생 장갑을 낀 채로 정글짐을 오르고 있다. 일회용 마스크 속에서 깔깔거리는 웃음소리가 울린다.

아테나 데이비스 박사, 74세, 경찰 폐지론자이자 _____ 대학 명예교수, '보상' 계획 위원:

시카고의 경우가 많은 것을 시사해 주지요. 저는 히긴스 교수가 예로 든 홀로코스트보다 그쪽이 더 적절한 예시라고 생각합니다. 1972

년에서 1991년 사이에, 125명의 흑인 시카고 시민이… 알려진 사건만 센 겁니다. 125명의 흑인 시카고 시민이 시카고 남부의 어느 건물에서 경찰에게 고문을 당했습니다. 구타, 전기 고문, 성폭력이 자행되었지요. 물이 끓는 라디에이터에 쇠사슬로 묶어놓기도 했고요. 경찰은 고문으로 범죄를 자백하게 만들었고, 그 결과 실형을 살거나 때론 사형대에 오르는 사람까지 생겼습니다. 민족 전체를 대상으로 한 홀로코스트와는 달리 명확한 개인에게 위해를 입혔지요. 명확히 정의된 시간대에요. 결국 이에 대한 보상안이 입법부 승인을 얻었습니다. 몇 가지 이유에서 혁명적인 보상안이었지요. 단순히 보상 기금이 보상안에 포함되었기 때문만은 아닙니다. 경찰의 고문 행위가 도시에 끼친 피해 추산액이 1억 달러에 달하는데, 실제 기금은 550만 달러에 지나지 않았기도 했고요. 하지만 이 법안은 실제로 고문이 자행되었다는 사실을 공식적으로 인정한 것이었어요. 경찰 고문 희생자 추모비를 도시 어딘가에 세운다는 내용도 있었어요. 생존자들을 위한 정신 치료 센터도 건립하고요. 그리고 시 전체의 8학년과 10학년 역사 교육과정에 경찰 고문 항목을 추가한다는 내용도 있었지요.

인터뷰어:

앞서 인종별 재산 격차와 주택 문제에 대해 언급하셨지요.

웬디 구안의 목소리:

그렇죠! 총체적인 시각으로 보면, 재산이란 보유 자산의 가치에서 부채의 가치를 제한 것입니다. 재정적 보상에 주안점을 둘 생각이라면 뭔가 확고한 지표가 필요했습니다. 말하자면… 분석에 사용할 분광기가 필요했다는 거죠. 경제적 불평등은 재산 축적 능력에 악영향을 끼칠 수 있으니까요. 그리고 적어도 미합중국에서는, 부를 축적하는 가장 확실한 방법은 자가 주택을 보유하는 것입니다. 그래서 우리 알고리즘에 지역 기반 분석을 도입하게 된 거지요.

[신원 미공개]:

우리가 입력한 수치에 기반해 우편 번호마다 특정 숫자를 도출하도록 알고리즘을 프로그래밍했거든요. 출력 결과를 우리가 고안한 등급에 적용하면 달러 액수가 나오게요. 물론 사전에 상당히 많은 숫자 놀음이 필요했어요. 세금 사정액과 압류 비율도 감안해야 했고요. 단순히 학교 수만이 아니라, 폐교한 수도 확인했어요. 그리고 경찰 문제도 있었죠. 정말 오래 걸리기는 했는데, 체포 기록을 조회해서 실제 감금으로 이어진 체포가 발생한 장소를 역추적할 수 있었거든요. 그런 다음에는 경찰 폭력 합의가 이루어진 경우와 재판으로 이어졌지만 원고가 패소한 건수를 전부 확인했어요. 그건 법률가 친구들이 해줬지만요. 그런 다음에 함께 머리를 맞대고 해당 감금 건수로 인해 발생한 임금 손실을 추산한 다음, 그걸 실업률 데이터에 접목시켰죠. 이걸 우편 번호 기준으로 일일이 분석했다니까요. 정말 끔찍하죠. 하지만 이렇게 입력 자료에서 상위 입력 자료를 도출해 냈고, 여기서 결과물을 출력한 거예요. 우편 번호마다 달러 액수를 배분해 낸 거죠. 결국 인과 관계에 따르는 조건문이기는 해요. 원인 쪽의 복잡성을 한 단계 더 하기는 했지만요.

그 외에는 돈이 어디로 가게 될지 짐작조차 못 했죠. 하지만 그건 우리가 할 일이 아니었어요. 그런 정책 결정은 우리 급수에서 처리할 수준을 살짝 넘은 거잖아요. 우리 보스한테 물어야 할 일인데, 지금 어디 틀어박혀 있는지 아무도 모르잖아요. 모든 것이 무너지고 나서, 가이츠 시장은… 아니, 가이츠 전 시장은 어디론가 사라져 버렸으니까요. 뭐… 비난할 수는 없는 일이지만요.

처음으로 우편 번호 하나를 가져다 알고리즘을 돌렸을 때, 우리는 뭔가 실수를 저지른 줄로만 알았어요. 입력 자료와 상위 입력 자료를 검산하고 다시 알고리즘을 돌렸죠. 다시 한번. 다시 한번. 아마 알고리즘을 300번은 돌렸을 거예요. 우리가 등급 기준을 잘못 설정한 줄 알았죠. 그런데 아니더라고요. 그저 달러로 환산한… 모든 것을 동등하게 만들기 위한 액수가… 그만큼 컸던 거였어요.

전직 시의회 의원 리처드 퍼킨스와 기업 고문 변호사 토미 디산토가 점심 식사를 끝내고 있다.

퍼킨스:

제가 이 위원회를 발족한 이유는 이런 보상 계획이 재정적으로 가능한지를 확인하기 위해서였습니다. 물론 이런 지출을 향후 계속할 수 있는지도 판별해야 했지요. 흑인들 앞으로 수표 한 장 달랑 끊어 주고 끝낼 생각은 없었으니까요. '보상' 법안은 지속적인 투자였습니다. 개별 가구에 재정 지원을 하는 것뿐 아니라, 지역에 따라 특정 학군에 지원금을 배분하는 일도 포함했지요. 교육 기관의 수를 늘리면서 질적 향상도 노렸습니다. 청소년 교화와 정신 건강 측면에도 투자가 필요했습니다. 위생 수준 향상. 사회 기반 시설 정비. 공원. 도서관의 프린터 용지 보급. 산업 전반에 걸친 직업 훈련 계획. 게다가 전부 지속 가능해야 했습니다. 물론 자산 측면에서 단숨에 모든 것을 바로잡기에는 재원이 부족하다는 사실은 잘 알고 있었지요. 그래서 채권 시스템을 끌어들였습니다. 시 채권으로 경찰 폭력 합의금을 공급하는 대신, 우리 계획의 자금으로 사용하기로 한 겁니다. 우리 계획의 자금원이 될 시스템을 완전히 새로 만들려고 했다가는 시장을 끌어들일 수 있을 리가 없었지요. 하지만 이미 존재하는 시스템을 다른 방향으로 사용할 수 있다면… 시장 선거 시절의 데이터 평가 자료는 가지고 있었으니까요. 그게 가능하다면 시장도 우리 계획의 근거와 지향점을 납득해 줄 듯했습니다.

디산토:

숫자 놀음에 그렇게 지독하게 매달린 건 평생 처음이었다니까요.

❖

웬디 구안의 목소리:

우리는 이미 먼 미래를 생각하고 있었습니다. 도시는 변하지요. 우리 알고리즘도 그에 맞춰 변해야 했습니다.

어느 날 자전거를 타는 소녀를 지켜보다가, 문득 그게 내가 설명하려는 일의 훌륭한 실례라는 생각이 들었습니다. 자전거에 바퀴가 두 개라거나, 발로 페달을 밟아서 원운동을 시켜야 한다는 것까지 설명할 필요는 없지요. 그 소녀도 그 정도는 알고 있을 테고요. 그러나 자전거를 타는 '방법'은 완전히 다른 부류의 지식이지요. 넘어지지 않고 균형을 잡는 방법, 울퉁불퉁한 도로에 대처하는 방법. 이런 것들은 기술이지요. 학습해야 하는 겁니다. 그 소녀는 아주 작은 언덕을 오르려 하고 있었어요. 가장 가파른 부분을 오르려다가 밀려 내려오기를 반복했습니다. 그러다 어느 순간, 경사를 오르면서 상체를 수그리기 시작한 겁니다. 아주 조금, 다음에는 조금 더. 그러다 마침내 꼭대기까지 올라온 다음에는 처음 자세로 돌아갔지요. 누가 알려준 것도 아닌데 말이에요.

그전까지 알고리즘은 특정 지식의 취득을 목적으로 작동했지요. 말하자면 정량적인 지식을 목표로 한 겁니다. 그러나 머신 러닝은 *방법*의 습득을 목적으로 합니다. 기본적인 알고리즘은 눈앞의 물체가 자전거라는 사실을 인식할 수 있지요. 그러나 언덕을 오르려면 머신 러닝이 필요합니다. 우리 알고리즘으로 초기 지급금 분배는 가능했지만, 이후로는 알고리즘이 도시의 변화를 인식할 필요가 있었습니다. 우리 알고리즘이 해당 지역으로 이주해 들어오는 난민 인구에 대처할 방법을 파악할 수 있을까요? 구역을 다시 설정할 때가 찾아오면, 재설정 후에도 이런 섬세한 작업이 가능할까요? 우편 번호 구역의 절반이 호화 임대 아파트로 뒤덮인다면? 알고리즘은 어떤 결정을 내릴까요?

인공 지능에 이런 내용까지 프로그래밍하기에는 시간도 자원도 부족했기에, 결국 우리가 결정을 내려야 했지요. 학교에 얼마만큼의 금액을 배분할 것인가? 주택 시세 재평가에는 어떻게 대처할 것인가? 어쩌면… 어쩌면 이 모든 것을 알고리즘이 처리하게 만들었다면, 상황이 달라졌을지도 모르겠네요. 알고리즘이 우리보다 나은 결정을 내렸을 수도 있을 테니까요.

❖

'보상' 법안은 2월 20일 서명되었다. 기금 분배는 같은 해 6월 19일 시작되었다. 전통적으로 노예 해방 기념일Juneteenth로 알려진 축일이었다.

❖

샌드라 유잉, 37세, 과거 _____ 구역 주민:

처음으로 수표가 날아들었을 때는 언니한테 전화를 걸었어요. 이게 대체 어디서 떨어진 돈인지 물었는데, 언니는 도시 반대편에 살거든요. 수표 따위는 들어본 적도 없다는 거예요. 머지않아 우리 동네 주민 모두가 수표를 받았다는 사실을 알게 되었죠. 액수도 같았어요. 실업 급여도 아니었죠. 세금 환급금이나 그런 것도 아니었어요. 직업이 있든 없든 돈이 나왔으니까요. 동네 사람들이 거의 모두 수표를 받았어요. 비슷한 동네가 한두 군데 더 있기는 했는데, 온 도시 사람들이 전부 받은 것은 아니라는 거예요. 뭔가 새 법이 통과됐다는 통지서가 봉투에 들어 있기는 했는데, 그냥 무슨 꿍꿍이인지나 알고 싶더라고요. 무슨 말인지 알겠죠? 그런데 아무 대가 없는 축복이더라고요.

우선 식량부터 채워 넣고 전자레인지를 고쳤어요. 그래도 돈이 남길래, 사람을 불러서 아파트 청소와 소독을 시켰죠. 사실 시 위생 조례 때문에 정기적으로 해야 하는데, 일주일에 한 번씩 살균 작업을 할 만한 사람은 이 건물에 한 명도 없거든요. 이 지원금이라는 것도 한 번으로 끝날 테니까, 그냥 우리 아들 제러미의 배를 채우고 안전하게 살아가는 일에 집중하기로 한 거예요.

그런데 수표가 계속 날아드는 거예요. 몇 개월이나요. 그래서 일부를 떼어 저축하기 시작했는데, 그러다 어느 날 문득 은행 계좌를 보니까… (극적으로 눈을 깜빡이더니 웃음을 터트린다) 무슨 말인지 알겠죠? 아직도 가계부를 꾸릴 때는 동전 한 닢까지 아끼지만, 적어도 갑자기 토스터가 망가지거나 천장이 새기 시작해서 수리가 필요하거나 할 때마다 퇴거당할 걱정은 안 해도 된다는 거예요. 그러면 사고방식이 변해요. 예전에는 우리 애를 굶기지 않고 1일이나 15일까지 버티려고 발버둥 쳤죠. 그런데 이제는 이사라든가, 제러미를 더 나은 학교에 보낼 방법 따위를 생각하게 되는 거예요. 이 동네 학교도 상당히 돈을 받은 모양이지만, 그래도 교외의 학교에 비할 바는 아니니까요. 그래서 마침내 하루 휴가를 냈어요. 21년 동안 단 하루도 일을 멈춘 적이 없는데요. 그 시간에 아파트를 보러 갔죠. 제대로 된 분양 아파트를요. 그런 일을 하다니. 상상이 가나요! 내가! 부동산 쇼핑을 나갔다고요!

동네도 변하기 시작했어요. 특정 지역에만 지원금이 들어온다는 사실은 다들 금세 파악했을 거예요. 음, 사실 그래요. 지역 공동체에 돈이 흘러들기 시작한 것은 사실이지만, 학교 건물을 수리하고, 복도에 손 소독제를 비치하고, 교육 과정을 개선하고, 점심 식사 지원 프로그램을 만들고, 그런 일들은 죄다 시간이 걸리잖아요. 그걸 기다릴 시간이 없는 사람들이 많았어요. 그래서 나는 탈출했죠. 충분히 빨리 탈출하지는 못했지만요. 집주인은 상황을 파악하자마자 최대한 빨리 월세를 올리기 시작했어요. 그래서 우리는 이사해 나갔죠. 나하고 우리 제러미하고 단둘이서, 짐을 꾸려서 길을 떠난 거예요. 애가 새 학교를 좋아하기는 하는데, 이사를 가니까 지원금이 끊기잖아요. 지금은 두 군데가 아니라 세 군데서 일하는데, 갈수록 제러미를 그 학교에 두기가 힘들어지고 있어요. 대학 이야기는 아예 꺼내지도 않아요.

옛 동네도 지원금이 끊겼다더라고요. 1년 정도 돈이 들어오다가 끊겼다는 거죠. 그즈음에는 다들 짐 싸서 이사 가버린 후였는데, 이제는 집세가 너무 올라서 돌아가지도 못해요. 옴짝달싹 못하게 된 거죠.

히긴스 교수:

일단 보상이란 국가 단위의 속죄 정책이라는 사실을 이해해야 합니다. 국가 정부는 원하는 만큼 돈을 찍어낼 수 있지요. 경제학자들 말은 무시하세요. 죄다 틀렸으니까. 그러나 다른 이들의 부담에 의존해 무언가를 건설하려면, 그 공동체의 모든 결정권자가 그 행위의 총체적인 그릇됨을 인정해야 합니다. 이건 단순한 돈 이상의 문제지요. 그래서 '보상' 계획이 그런 식으로 끝난 겁니다. 단순히 숫자 문제였다면야, 정확히 맞아떨어지는 답을 찾기만 하면 모든 것이 잘 돌아갔겠지요. 그러나 위원회의 모든 위원이 돌아가는 상황에 취해서, 진짜로 맞서야 하는 대상을 알아보지 못한 겁니다. 이런 보상 계획이 제대로 작동하려면, 우선 이 국가 전체가 잘못을 저질렀다는 사실을 인정해야 해요. 그러나 상황은 그렇지 않지요. 언제나 흑인 미국인들이 그만하면 충분한 보상을 받았다고 주장하며, 앞으로의 보상 계획을 어그러뜨리려 하는 사람이 등장하게 마련입니다. 다른 관점은 절대 받아들이지 않는 자들이요. 저는 퍼킨스 의원의 위원회에 이 사실을 알리려 애썼습니다. 그러나 이 문제의 뿌리가 얼마나 깊은지 인정하려는 사람은 아무도 없더군요.

알고리즘에 해결책을 주문한다는 것은, 결국 인종주의가 논리적이라고 가정하는 것이나 다름없습니다. 인과 관계에 따르는 조건문으로 충분히 대처할 수 있다고요. 그래요, 물론 인종주의에도 그 나름의 내적 정합성은 존재하지만, 그건 악몽 속에서나 기능하는 논리입니다. 그 논증 과정은 자동화하는 것이 불가능해요.

퍼킨스 의원과 위원회 사람들은 이 도시가 본보기가 되면 다른 이들이 뒤를 따르리라 생각했습니다. 하지만 저는 알고 있었죠. 다른 이들은 이 도시의 본보기를 잿더미로 만들기를 원할 것이 분명했습니다.

❖

저명한 보수주의 행동가들이 주도에서 연이어 시위를 벌인 결과, '보상' 법안이 서명되고 9개월이 지난 시점에 주지사는 입법 결과물을 부인하는 성명을 발표했다. 가이츠 시장의 해임 운동이 전개되었고, 결국 프랭크 가이츠는 임기 6개월을 남기고 직위에서 해임되었다. 정부 자금의 부적절한 운용이 그 이유였다.

시 의회는 로버트 케인 시 의원을 시장 업무 대행으로 선출했다. 케인은 뒤이은 시장 선거에서도 당선되었다.

수수한 뒤뜰에서, 셔츠 소매를 걷어붙인 백인 남성이 울타리 안쪽의 흙을 다지고 있다. 흙에서는 녹색 잔가지가 올라오는 중이다. 남자는 아무 말 없이 몇 분 동안 작업을 계속하다가, 이내 몸을 일으키고는, 손의 흙을 털고 집 뒤편의 베란다로 걸어간다. 그가 지나가자 뒷문에 달린 신체 스캐너가 삑 소리를 내더니, 붉은 아날로그 숫자로 그의 체온을 띄운다.

거실 내부도 마찬가지로 수수하다. 서향 창문으로 들어온 햇살이, 속을 비운 나무 밑동 형태의 탁자 위를 덮은 유리판에 반사된다. 반사된 빛이 카메라에 비친 남자의 옆모습 절반을 금빛으로 뒤덮는다. 여전히 아까 입었던 지저분한 작업복과 셔츠 차림이다. 무릎 위에는 작업용 장갑이 놓여 있다. 자연스러워 보이도록 연습한 듯한 자세다.

프랭크 가이츠, 47세, _____시 전 시장:

의도한 바는 아니지만 진부한 이야기처럼 들리겠군요. 그래도 굳이 말하자면, 가장 어려운 부분은 바로 계획의 실행을 선포하는 성명문을 작성하는 거였습니다. 위원회 사람들의 노고를 폄훼하려는 건 아닙니다. 하지만 성명문이 잘못되면 모든 것이 무너지기 마련이지 않습니까. 기회도 한 번뿐이지요. 대통령 예비 선거 때가 떠오르는군요. 2020년에 사우스캐롤라이나의 흑인 사회에서 사회주의자들이 중도주의자들에게 패한 이유가 뭔지 아십니까. 흑인 캐롤라이나 주민이 말해준 건데, 사회주의 쪽에 투표하려면 지금까지 한 번도 일어난 적이 없는 일이 가능하리라 믿어야 했기 때문이라더군요. 즉, 백인이 이 나라의 경제적 풍요를 자발적으로 공유하리라고 생각하지 않았다는 소리지요. 저는 그런 백인도 존재한다는 사실을 증명해야 했습니다. 그러나 동시에 우리 도시의 백인 유권자들도 납득시켜야 했지요. 물론 무사히 넘어갈 방법이 그뿐만은 아니었습니다. 위원회의 모든 노력을 기계적 중립으로 치장해서, '알고리즘 문제다'라고 말할 수도 있었지요. 그랬다면 강탈의 느낌이 조금 덜했을지도 모르겠군요.

저는 전열에서 두들겨 맞을 각오를 하고 있었습니다. 사실 시장이야말로 그러라고 있는 직위일지도 모르지요. 리치 퍼킨스가 꾸린 위원회는 일종의 특전대였습니다. 어벤져스나 마찬가지죠. (웃음) 우리 모두가 서로 다른 분야 출신이었습니다. 법조인, 통계학자, 역사가, 사회 운동가, 정치가에, 심지어 의학 전문가에게도 자문을 구했지요. 리치가 하려는 일을 깨달은 순간에도, 그들은 절대 머뭇거리지 않았습니다. 불가능하거나 너무 어려운 일이라고 생각하는 사람도 없었습니다. 그들 모두가 그에 필요한 상상력을 가지고 있었으니까요. 제 임무는 그걸 받아들일 배짱을 키우는 것뿐이었습니다.

리치는 홀로 위원회를 꾸렸고, 비밀리에 작업을 끝낸 다음, 제 책상 위에 보고서를 올려놓았습니다. 리치와 둘이서 아주 오래 이야기를 나눴지요. 내용에 대해서, 실행에 대해서, 누가 언제 무엇을 얻게 될지에 대해서. 저도 모르게 설득당하고 있더군요. 당시에는 깨닫지 못했지만, 그는 저를 보상이라는 대의에 감화시켰습니다. 그 친구도 제가 해야만 한다는 사실을 아주 잘 알고 있더군요. 백인이 해야 하는 일이라고요.

백인 유권자들이 흑인 시장보다는 제 말을 받아들일 가능성이 크기 때문이기도 하지만, 그게 전부는 아니었습니다. 잘못을 바로잡는 일 아닙니까. 백인이 나서면, 강탈보다는 속죄처럼 느껴지지 않겠습니까.

당시 미국은 모든 것이 무너져 내리는 것처럼 보였습니다. 그 한복판에 제가 있었지요. 저는 민주당의 떠오르는 별이었습니다. 기득권층의 공격 대상이 될 정도로 급진적인 것도 아니고, 좌측으로 이동하지 못할 정도로 자본에 매수당한 것도 아닌 정치인으로서 말입니다. 그런 와중에 그 보고서라는 기회가 제 집무실 책상에 당도한 겁니다. 다른 시 의회 의원들을 끌어들이려고 제 정치적 자산을 완전히 소진했지요. 감사관은 전원 끌어들였습니다. 브라운 대 토피카 교육 위원회 대법원 재판*이 떠오르더군요. 워런 대법원장이 만장일치를 끌어내려고 그렇게 애쓴 이유를 아십니까? 만장일치가 아니었더라면 남부에

* 1954년의 연방 대법원 재판. 피부색을 이유로 분리 교육을 실시하는 것이 헌법에 어긋난다는 판결로서 인종 차별 개선에 큰 공헌을 하였다.

서 다시 내전을 일으킬지도 모르기 때문이었지요.

모든 것이 그 보고서에 설명되어 있었습니다. 달러 액수를 계산한 방법. 보상 기금을 분배하는 데 이용한 메커니즘. 추가 기금 조달 방안까지. 전부요. 제 일이라고는 그 공을 독식하는 것뿐이었지요.

시장 해임 투표가 진행되는 동안, '보상' 계획 위원회 참여자의 성명이 유출되는 사고가 발생했다. 그 결과 통계학자 웬디 구안의 비자가 철회되었다. 그녀는 지금 고향인 중국 땅에 거주하고 있다.

아테나 데이비스 박사와 데이터 과학자들은 신상 정보가 알려진 이후 살해 협박에 시달렸다.

리처드 퍼킨스 의원은 부패와 공금 남용 혐의로 기소되었다. 이후 기소는 취하되었으나, 퍼킨스 의원은 얼마 후 시 의원직을 사퇴했다.

토미 디산토는 현재 키틀&러빙 법무 법인의 경영 담당 변호사로서 무료 법률 업무 팀장으로 활동 중이다.

[신원 미공개] 인원의 현재 거주지는 불명이다. 이들은 익명을 보장한다는 조건하에 다큐멘터리 제작에 협력했다.

'보상' 법안에서 지정한 공동체와 개인에 대한 기금 배분은 총 10개월 동안 지속되었다.

JP 모건은 현재 32억 달러 가치의 ______시 채권을 보유하고 있다.

스탠리 쿼터 파크. 청색과 백색 줄무늬 원피스를 입은 소녀가 천천히 자전거 방향을 돌리고 있다. 반대편으로 몸을 기울인 채다.
데이비스 박사가 웃음을 머금고 그쪽으로 걸어가서, 증손녀에게 축하의 말을 건넨다.
중간 거리에서 두 사람의 모습을 화면에 비추며 엔딩 크레딧이 올라간다.

Marian Denise Moore

A Mastery of German

유창한 독일어

매리언 데니즈 무어

장성주 옮김

매리언 데니즈 무어는 미국 루이지애나주에 살면서 뉴올리언스시에서 일한다. 그녀는 어릴 적부터 품었던 과학에 대한 사랑을 컴퓨터 프로그래밍이라는 직업으로 바꿨고, 문학에 대한 사랑에 이끌려 시와 소설을 쓰게 됐다. 1998년, 그녀는 뉴올리언스의 작가이자 시민운동가인 칼라무 야 살람이 이끄는 문예 연구회인 노모 문학회NOMMO Literary Society에 가입했다. 그녀가 쓴 소설은 『교차로: 남부 환상 문예 소설 선집Crossroads: Tales of the Southern Literary Fantastic』과 온라인 문예지인 《리거러스Rigorous》, 『영토: 아프리카 작가 및 아프리카계 디아스포라 작가 사변 소설 선집Dominion: An Anthology of Speculative Fiction from Africa and the African Diaspora』에 실렸다. 그녀가 쓴 시집 『루이지애나 성서 주해서Louisiana Midrash』에 수록된 시들은 《드럼보이시스Drumvoices》와 《루이지애나 리뷰The Louisiana Review》, 《브리지스Bridges》, 《리폼주데이즘ReformJudaism.org》, 《아시모프스》, 『기억 수선하기: 루이지애나주 출신 작가의 에세이와 소설, 시에 나타난 바느질Mending for Memory: Sewing in Louisiana Essays, Stories, and Poems』에 실렸다.

SF-Mania

Marian Denise Moore

A Mastery of German

세상 어딘가, 일흔 살 먹은 한 남자가, 이따금 5등급 대형 태풍이 닥칠 때를 빼면 고향을 떠난 적이 없는 뉴올리언스 토박이가 있다. 남자는 초등학교밖에 졸업하지 않았지만 늘 어떤 식으로든 일을 해서 돈을 벌었다. 그러나 만약 독일어로 뭔가 물어보면, 남자는 하이델베르크 인근 출신이라는 느낌이 드는 억양의 독일어로 망설임 없이 대답할 것이다. 나는 질문에 독일어로 대답하는 빅터를 보고 벨기에 태생의 이사가 놀라서 눈이 휘둥그레졌던 것이 지금도 기억난다. 남자의 이름은 빅터였다. 그 이사는 곧바로 빅터에게 군대에 있을 때 독일의 어느 지방에서 복무했냐고 물었다. 아니, 그는 독일은커녕 어디에서도 복무한 적이 없다. 앞서 말했듯이 그는 뉴올리언스시를 떠난 경우가 드물고, 루이지애나주를 벗어난 적은 실제로 한 번도 없기 때문이다.

당시 예순다섯 살이었던 빅터 존스턴은 연장자라는 지위에 안심한 나머지 이사의 면전에서 웃음을 터뜨렸다. 만약 이사가 물어봤다면 빅터는 열한 살 여자애로 살면 어떤 기분인지, 또 등교 30분 전에 생리가 터지면 어떤 기분인지까지 대답했을 것이다. 그러나 이사는 그런 질문은 하지 않았다. 둘의 대화는 짤막했고, 그래서 이사는 빅터의 어휘가 열여덟 살 여자애 수준에서 멈춰버린 것을 알아채지 못했다. 열여덟 살은 아버지의 세 번째 해외 복무 기간이 끝나서 우리 가족이 미국에 돌아왔을 때의 내 나이였다. 이사는 두 번째 실험 대상 쪽으로 눈을 돌렸고, 이로써 엔그램의 최신 알짜배기 프로젝트가 지닌 문제점과 가능성을 모두 놓치고 말았다. 정확히 내가 의도한 대로였다.

"우린 실적이 필요해, 캔더스." 로이드가 말했다. 그는 연갈색 머리를 손으로 쓸어 넘기며 책상 뒤편에서 일어나 사무실 문이 닫혀 있는지 확인하러 갔지만, 그 문은 내가 방금 찰칵 소리를 내며 닫은 참이었다. 그건 답답해서 걷고 싶은 욕구를 감추려는 행동이었다. 나는 아버지에게 로이드가 어떤 사람인지 설명하느라 애를 먹었다. 그는 키가 컸지만 골프 선수라기에는 너무 산만하게 움직였다. 나는 그를 은퇴한 후에 코치급으로 올라간 이름난 육상 선수 타입으로 소개하기로 했다. 그는 이제 책상 옆에 서 있었는데 너무 흥분해서 앉지도 못하는 모양이었다. 방이 서늘했는데도 재킷이 의자 등받이에 아무렇게나 던져져 있었다.

"우린 실적이 필요해." 번역하면 '난 실적이 필요해'라는 뜻이었다. 어차피 그게 그거였다. 로이드는 내 상사였으니까. 그의 실적은 곧 내가 낸 실적이었다.

"저한테는 헬렌을 뒤에서 지원하면서 일을 배우라고 하셨던 것 같은데요?" 내가 말했다.

"음, 그랬지. 그래서 말인데." 로이드는 책상 모서리에 걸터앉았다. "헬렌이 진행하는 프로젝트 하나를 자네가 대신 맡아줘야겠어. 헬렌이 휴가를 일찍 쓰겠다고 하니까."

"6월 전에요? 보너스 산정 기간도 안 지났을 땐데요? 헬렌이 하는 프로젝트 중에 알짜배기가 하나 있지 않나요?"

나는 로이드의 표정에 언짢은 기색이 스친 것을 놓치지 않았다. 가엾은 로이드. 여자 두 명을 떠맡아서 조언자 노릇을 해야 하다니… 비록 그중 한 명 덕분에 매우 찬란한 후광을 누리기는 하지만. 나는 그가 거느린 별자리에서 기꺼이 두 번째로 밝은 별이 되기로 했다. 내 경우는 뉴올리언스로 옮겨온 것 자체도 인력이 궁한 신설 기업의 후한 구인 조건 때문이었으니까.

"의사가 그러라고 했대." 로이드가 말했다. "그래도 헬렌 말로는 가끔 들러서 확인하겠대. 그 정도면 엄마 혈압을 높이려고 작정한 배 속 아기 때문에 보너스를 깎일 일은 없겠지." 그는 또다시 조바심이 난 걸음걸이로 문까지 갔다가 돌아왔다.

"자네가 엔그램 프로젝트를 맡아줘야겠어." 로이드가 말했다. "회사 보너스 산정 기한하고는 인연이 없는 프로젝트야. 그래도 자네 손으로 중단시키든가, 아니면 어떤 식으로든 결론을 내줘야겠어. 기술 선임이 헬렌을 골탕 먹이는 중이거든."

"엔그램이라는 연구 개발 프로젝트는 들어본 적도 없는데요." 나는 머뭇거리며 말했다.

"개발보다는 연구에 가까워서 그럴 거야, 아마도." 로이드는 인상을 찌푸렸다. "일단 기술 선임하고 얘기부터 해봐. 아마 그 사람이 헬렌한테 인간 대상 실험의 허가가 나왔다고 했다던 것 같은데."

로이드는 자신의 컴퓨터를 불러서 나에게 프로젝트 계획서를 보내라고 지시했다. 나는 새 업무가 내 짤막한 업무 목록 속으로 파고드는 기척을 주머니에 들어 있던 휴대 전화의 진동을 통해 느꼈다. '중단시키든가 결론을 내줄 것'이라는 말이 꼭 처형 명령처럼 들렸다.

엔그램이 당시에 어떤 회사였는지는 반드시 얘기하고 넘어가야겠다. 우선, 그때는 이름이 엔그램이 아니었다. 회사 이름은 QND, 맥아더상을 수상한 루이지애나 주립 대학교 출신 유전학자 퀸턴 너새니얼 델러호스Quinton Nathanael Delahousse의 이름에서 따온 것이었다. QND는 엔그램이 가장 성공한 상품이 되자 아예 회사 이름을 엔그램으로 바꿨다. 로이드가 나에게 엔그램 프로젝트를 넘겨줬을 때, QND는 창업한 지 5년째였고 루이지애나주 세법에 따르면 아직 스타트업 기업으로 분류됐다. 창업 공신인 직원들 중 일부는 QND라는 이름이 '빠르고 지저분하게Quick aNd Dirty'의 약자라고 농담하곤 했는데, 왜냐면 대다수 프로젝트의 결과물이 다른 어떤 제약 회사보다 빠르게 나오기 때문이었다. 처음 5년 동안 우리 회사 제품 가운데 상당수는 기존 약을 복제한 것이었다. 그중 왠지 약효를 보장하는 것 같은 델러호스라는 이름에 걸맞을 정도로 유명해진 약은 하나도 없었다. '알짜배기 프로젝트'는 QND가 주정부의 세액 감면 혜택이 만료된 후에 회사를 먹여 살릴 거라 기대하는 고위험 고수익 사업 계획을 가리켰다. 그중 헬렌이 맡은 알짜배기는 회사가 창업할 때 시작돼서 여태 진행되는 중이었고, 이제 드디어 종지부를 찍을 시점이었다.

나는 사무실의 칸막이 사이로 난 통로를 구불구불 지나 내 자리로 돌아왔다. 그러다가 도중에 잠시 멈춰 서서 고개를 쑥 들고는, 톡톡한 직물로 감싼 2.1미터 길이의 벽으로 둘러싸인 개인 공간 한 곳을 슬쩍 들여다봤다. 헬렌은 예상대로 바빠 보였다. 전화기를 들고서 딱딱한 표정으로 어떤 절차의 각 단계에서 할 말들을 전화선 너머의 상대와 함께 연습하는 중이었다. 헬렌의 목소리는 침착했지만 연습하다 보니 조금씩 짜증이 나는지, 입가의 주름이 점점 또렷해졌다. 책상에 서류철이 한가득 있었는데 그중 한 개는 보나마나 내 몫이었다. 헬렌은 종이를 많이 쓰기로 명성이 자자했다. 시행 평가를 하루 앞두고 컴퓨터 하드 드라이브가 망가지는 바람에 프레젠테이션을 잡친 적이 있기 때문이었다.

헬렌은 눈길을 들어 나를 보더니, 고개를 끄덕이며 서류 더미 맨 위에 있는 크림색 서류철을 손으로 톡톡 두드렸다. '자기 거야.' 헬렌이 입 모양으로 한 말이었다.

나는 서류철을 들고 소박한 내 책상으로 돌아왔다. 헬렌이 준 서류철은 연필 한 자루와 싸구려 홍보용 볼펜 한 자루를 벗 삼아 넓은 공간에서 여유 있게 지내도록, 텅 비다시피 한 책상 서랍에 던져 넣었다. 나는 그 속에 든 서류를 파쇄하기 전에 헬렌이 손수 적어놓은 메모가 있는지 확인해야겠다고 속으로 다짐했다.

나는 책상에 내장된 키보드를 두드려 로이드가 이미 나에게 보내놓은 프로젝트 일정표를 열었다. 내가 의자를 박차고 일어서서 프로젝트 계획서가 휙휙 바뀌어 가는 모니터 화면을 내려다보기까지 걸린 시간은 10분도 되지 않았다. 화살표로 가득한 페이지가 몇 쪽이나 이어진 후에는 아무것도 없는 빈칸이 나타났다. 몇 달이나 지난 마감일 날짜가 붉은색으로 깜박이는 까닭은 아무것도 입력하지 않은 채로 날짜가 지났기 때문이었다. 모니터를 책상 상판으로 밀어 넣은 다음 그 자리에 손을 짚고 서서, 나는 로이드와 헬렌과 QND의 이사회 전원에게 소리 없이 욕을 퍼부었다.

그렇게 서 있는 사이에 내 자리를 가리는 칸막이벽의 금속 테두리를 누군가 세 번 두드렸다. 성난 계획서에서 눈길을 들어보니 헬렌이 보였다. 그녀는 바퀴가 달린 내 팔걸이의자를 자기 쪽으로 당기고 푹신한 좌판에 앉았다. 이제 그녀는 나이 든 이모들이라면 '막달'이라고 할 법한 상태였다. 팔다리는 나한테도 늘 같이 하자고 권하는 요가 덕분에 모델처럼 가늘면서도 탄력이 있었고, 남부 상류층 출신답게 매끈한 복숭앗빛 얼굴을 반짝이는 금발이 둘러싸고 있었다. 아기는 그녀의 배에 자기주장을 한껏 드러냈고, 그녀는 무릎 위로 물놀이용 비닐 공처럼 불룩 튀어나온 배 위에 한쪽 손을 마치 보호막처럼 올려놓은 채 내 의자에 딱 버티고 앉아 있었다. 이렇게 얘기하면 내가 헬렌을 질투한 것처럼 들릴까? 어쩌면 그랬는지도 모른다. 헬렌이 임신에 성공함으로써 내가 스스로를 평가하는 잣대가 되기까지는 4년이라는 시간이 걸렸지만, 그런 것은 중요하지 않았다.

"자기가 보기엔 어때?" 헬렌은 내 뒤편의 모니터를 가리키며 물었다. "내가 로이드한테 이 프로젝트를 자기한테 맡기자고 했어." 내가 대답할 틈도 없이 헬렌이 덧붙인 말이었다.

"계획서에 공백이 굉장히 많던데요." 나는 조심스레 말했다.

"그래, 알아." 헬렌은 이글거리는 눈빛으로 내 책상 위를 뚫어져라 바라봤다. "내가 준 서류철 안의 상황은 더 심각해. 데즈먼드가 현황 보고서를 작성하기 싫어하거든. 난 그 사람한테 매주 관련 정보를 내놓으라고 닦달해야 해. 어쩌면 자기한테는 더 친절하게 굴지도 모르지만."

나는 긴장해서 허리가 뻐근했지만 겉으로는 태연한 자세를 유지했다. 그런데 그 사람이 나한테 더 친절하게 굴 이유가 뭘까?

"마지막 출근일이 언제예요?" 나는 머릿속에 떠오른 질문 대신 그렇게 물었다. "로이드 말로는 이 프로젝트에 관해 선배가 브리핑해 줄 거라던데요. 왜 이렇게 붕 떠 있는 상태로 남은 거죠? QND의 표준 업무 절차하고 안 맞잖아요."

헬렌은 손목을 휙 들어 시계를 봤다. "브리핑은 내 일정상 하기 힘들어. 데즈먼드가 오늘 시내 사무실에 와 있어. 인사는 자기가 직접 해. 브리핑도 그 사람한테 해달라고 하고." 헬렌이 얼굴에 흘러내린 머리칼을 손으로 치우자 땀이 나서 번들거리는 자국이 눈에 띄었다.

나는 몸을 숙여 책상 아래에 있는 온풍기를 껐다. 그러자 나만의 아늑한 공간에 곧바로 차가운 에어컨 바람이 불어닥쳤다. 이날 아침 아무나 건드리지 못하게 철망이 쳐진 사무실 온도 조절기를 확인해 보니, 누군가 실내 온도를 용케도 18도까지 낮춰놓은 사람이 있었다. 사무실 안에 스웨터를 걸친 사람은 나 말고도 있었지만 헬렌은 우리 편이 아니었다.

"그럼 팀장이 어떤 사람인지 가르쳐 주세요." 내가 말했다. "그 사람 이름이 데즈먼드라고 했죠?" 얘기하다 보니 앉고 싶어졌지만, 높이가 낮은 손님용 의자에 앉고 싶지는 않았다. "팀장은 유전학자 아니에요?"

헬렌이 다시 시계를 봤다. "데즈먼드라고 했지만, 실은 의학 박사 데즈먼드 워커야. 나랑은 언제부터 알던 사이냐면…" 헬렌은 딱히 중요하지 않다는 듯이 어깨를 으쓱했다. "QND에 입사하기 전부터야. 우리 오빠의 예수회 고등학교 동창이거든. 델러호스는 그 사람이 중국 스자좡에 있는 허베이 대학교에서 한 연구 실적에 감명을 받았어." 헬렌은 중국어 지명을 발음하느라 말을 더듬거렸다. "의학 박사 학위는 테네시주에 있는 메해리 의과 대학에서 땄을 거야. 자기는 메해리라는 학교 알아?"

유서 깊은 흑인 대학교들 가운데 최고 수준의 의과 대학이라는 것 정도는 알지. 나는 속으로 그렇게 생각했지만, 그냥 고개만 끄덕였다.

"난 들어본 적도 없어." 헬렌이 말했다. "그때 델러호스 박사는 굉장히 들뜬 상태였어. 내가 자기한테 이 얘기를 하는 이유는 자기가 알아둬야 하기 때문이야… 데즈먼드가 총애받는 직원이란 걸 말이야. 성과를 안 낸 것도 아니야. 동물 실험 결과는 나도 봤으니까. 전화 좀 줘볼래?"

헬렌은 내 휴대 전화의 달력 앱을 잠시 만지작거리다가 마침내 입을 열었다. "데즈먼드는 두 시간 후에 일정이 비어 있어. 내가 그 사람 일정표에 자기를 넣어놨으니까 궁금한 걸 물어보면 돼. 어렵진 않을 거야. 데즈먼드는 연구를 계속하도록 놔두고 자기는 필요한 서류를 만들어서 로이드를 달래면 돼. 내가 더 챙겨주고 싶지만…" 헬렌은 불룩해진 배를 다독거렸다. "난 오늘 오후에 기자 회견용 보도 자료를 검토해야 해. 식약처하고 협상 중인 약품 광고 건도 검토해야 하고." 헬렌은 의자에서 일어서기 시작했다.

"박사하고 처음 만나는 자리인데 같이 오셔야죠." 나는 재빨리 말했다.

"자기 혼자 해도 돼." 헬렌은 인상을 찌푸렸다. "자기가 할 일은 그냥…"

"전 그 사람이 제가 새 프로젝트 관리자인 걸 모르는 상태면 좋겠어요." 내가 말했다. "아까 약속 메모에 그런 내용은 안 적으셨겠죠, 설마?"

"워커 박사한테 덫을 놓을 생각은 하지도 마."

오호, 이제 워커 박사라, 이거지. 나는 속으로 생각했다. "그럴 생각은 없어요. 전 박사가 저를 완전한 문외한으로 여기고 프로젝트를 설명해 주면 좋겠어요. 선배가 적어둔 메모는 나중에 읽을게요." 나는 책상 서랍에서 얇은 서류철을 꺼내어 책상 상판 속에 들어간 키보드 위로 슥 밀었다. "새 보스한테 들려주려고 지어낸 진부한 장밋빛 전망 같은 건 듣고 싶지 않아요. 프로젝트를 제대로 이해하고 싶다고요."

헬렌은 한숨을 쉬었지만, 나는 그녀가 항복하리라는 것을 알았다. "그럼 우리 둘 다 점심시간까지 쪼개서 일해야 할 거야." 헬렌이 말했다. "두 시간 후에 내 자리로 와. 같이 아래로 내려가서 소개해 줄게."

데즈먼드 워커의 사무실에서는 빅토리아 여왕 시대의 어수선한 스타일을 놀랍도록 현대적으로 모방한 분위기가 느껴졌다. 빈자리는 거의 모두 사적인 물건들이 차지하고 있었다. 전자 액자에는 박사의 아내와 어린 두 아들이 유람선을 타고 카리브해로 보이는 곳을 여행하는 사진들이 띄워져 있었다. 높다란 책장 하나에 책들이 일부는 가지런히 꽂혀 있고 일부는 누운 채 쌓여 있었는데, 책등의 제목은 세월 탓에 흐릿했고 책 귀퉁이는 손때가 묻어 지저분했다. 상장이 든 액자가 벽에 줄줄이 걸려 있었지만 글자가 너무 깨알 같아서 내 자리에서는 알아볼 수가 없었다. 나는 그런 상장에 집중하지 않고 헬렌이 짤막하게 내 소개를 하는 동안 무릎 위에 다소곳이 손을 모으고 앉아 있었다. 헬렌은 워커 박사에게 로이드의 부서에 있는 기술 선임 모두에게 나를 인사시키는 중이라고 말함으로써 약속을 지켰다.

그런데 헬렌이 방금 말한 그 일은 어째서 실제로 일어나지 않았을까? 내가 속으로 그 이유를 궁금해하며 지켜보는 동안 헬렌에게서 내게로 옮겨 온 데즈먼드 워커의 눈길에는 살짝 경계심이 배어 있었다. 워커는 키가 크고 가슴이 떡 벌어졌으며, 내가 출신 대학을 근거로 추측한 대로 흑인이었다. 피부색은 내 예상보다 더 검었고 나이는 십중팔구 40대 후반으로 보였다. 하지만 그때 나는 뉴올리언스의 흑인 엘리트들, 그러니까 예수회 고등학교 같은 사립 학교의 학비를 댈 만한 부잣집 출신들은 모두 크레올*의 후손이고 크레올은 모두 피부색이 옅을 거라는 선입견에서 벗어나려 애쓰는 중이었다. 워커는 레게 머리가 문화의 척도이던 시대에 성장했는데도 머리 길이가 우리 아버지

* 유럽계 백인과 흑인 사이의 혼혈.

만큼이나 짧았다. 하지만 40대가 돼서도 레게 머리를 하고 다니는 사람은 거의 없겠지. 나는 속으로 그렇게 중얼거렸다.

"입사한 지 6개월이 됐다고 들었는데요." 워커 박사가 느릿한 말투로 말했다. "생명 공학 쪽에서 일한 경력이 있나요?"

내 생각에 그 말은 이런 뜻 같았다. '관리자를 맡기에는 어린데. 내세울 경력이 있다면?'

"아니요." 나는 그렇게 대답했다. "전 독일의 바스프에서 4년 동안 일했어요. 시카고에 있는 엑셀론에서 2년 일했고, 댈러스에 있는 테넷에서도 2년 일했고요. 바스프에서 인턴으로 일할 때 깨달았는데, 저는 프로젝트가 완성되는 과정을 지켜보는 쪽에 더 관심이 있더군요. 한정된 자원을 확보하기 위한 정치적 서커스가 짜릿했어요. 사람들은 대부분 그걸 울화통이 터지는 일로 여기지만요." 나는 박사의 눈을 똑바로 바라봤다. 말없이 그에게 깊은 인상을 남기기 위해서였다.

내 시야 끄트머리에, 진동하는 손목시계를 내려다보며 인상을 찌푸리는 헬렌이 보였다. 어휴, 진짜. 나는 속으로 생각했다. 이 자리에서 빠져나가려고 남한테 전화해 달라는 부탁까지 한 거예요? 뒤이어 내 전화의 벨소리가 울렸다.

"죄송합니다." 나는 전화기 화면을 보지 않고 벨소리를 묵음으로 바꿨다.

5분 후, 워커 박사의 사무실 벽에 걸린 그림이 회색으로 변하더니 액자 틀을 따라 불빛이 빙빙 돌기 시작했다. 워커 박사는 헬렌을 흘깃 보고는 책상의 응답 버튼을 눌렀다.

"워커!" 백랍 빛깔의 액자 표면에서 로이드의 목소리가 빽 하고 튀어나왔다. "헬렌 거기 있어? 여기 인턴은 헬렌이 자네랑 같이 거기 있을 거라던데. 헬렌이 내 연락을 받질 않아."

"스피커폰으로 해뒀어요." 워커 박사는 목소리를 낮춰 그렇게 말하며 헬렌을 향해 고개를 끄덕였다.

"나 여기 있어요." 헬렌이 큰 소리로 말했다. "미안해요, 로이드. 캔더스를 소개해 주려고…"

"바깥에 무슨 일이 일어났는지 봤어?" 로이드가 물었다. "워커, 스크린 켜봐. 내가 영상 피드를 전송해 줄게."

납빛 스크린은 후드 티셔츠와 청바지 차림의 군중이 비즈니스 정장 차림의 남성들과 여성들을 향해 소리를 지르는 어지러운 영상으로 바뀌었다. 고함의 표적이 된 사람들은 목에 신분증을 걸고 있었다. 그들은 저마다 시위대를 피해 지그재그로 걷다가 문 잠금장치에 신분증을 재빨리 대고는 사무실 문 안으로 쏙 들어갔다. 이따금 사무실 직원이 뒤쫓아 오는 시위대를 떨쳐내려고 팔을 휘두르는 모습도 눈에 띄었다.

"저긴 이 건물 바로 바깥인데요." 내가 불쑥 내뱉은 말이었다.

"이게 어떻게 된 일이에요?" 헬렌이 물었다.

"헬렌, 당신이 준비하는 기자 회견 때문에 왔대." 로이드가 대답했다.

"기자 회견 일정은 금요일이나 돼야 정해질 거예요." 헬렌이 말했다. 그녀의 버릇을 아는 내가 보기에 행사 관련 메모는 틀림없이 프린터로 출력해서 사람들 눈에 띄는 책상 위에 놔뒀을 듯싶었다. "아직 언제 한다는 발표도 안 했다고요."

"하지만 저렇게 다들 알고 왔잖아. 닐파킴 프로젝트를 반대하러 온 것 같은데, 아마도."

"세상에 말라리아 치료제를 만들지 말라고 항의하는 인간들도 있어요?" 헬렌이 투덜대자 워커 박사의 사무실 벽에서 그녀의 목소리가 커다랗게 터져 나왔다.

영상에는 소리가 포함돼 있지 않았다. 나는 무슨 합창대처럼 한목소리로 우리 회사 건물의 유리문을 향해 고함을 지르는 시위대의 모습을 가만히 지켜봤다. 영상을 촬영하는 카메라의 시야 바깥에는 분명 취재진이 있을 터였다. 관광객들도 흥미를 느끼고 멈춰 서서 팔짱을 낀 채 이제 막 조직된 시위대의 목소리에 귀를 기울이는 중이었다.

"확실한 건, 말라리아 치료제 개발에 반대하면서 재미를 느끼는 사람들이 있다는 거야." 로이드의 목소리에 긴장한 느낌이 묻어났다. "저 아래에 내려 보낼 만한 사람 있어?"

잠시 나를 바라보는 헬렌의 눈길이 느껴졌지만, 나는 눈을 돌려 그녀를 마주 보지 않았다. 내 시선은 워커 박사와 영상에 고정돼 있었다.

"없어요." 헬렌이 마침내 꺼낸 말이었다. "내가 내려갈게요."

"선배는 지금 그런 스트레스를 받으면 안 되는 상태예요." 나는 고개도 돌리지 않고 대화에 끼어들었다. "차라리… 차라리 저 사람들 중에 일부를 이 위로 불러들이는 게 나을 거예요. 시위대에서 한 명, 취재진에서 한 명. 과학 연구 경험이 있는 사람이면 더 좋고요. 기상학 전공자라거나."

워커 박사는 책상 뒤편 의자에 앉아 코웃음을 쳤지만, 처음에는 헛웃음을 짓던 헬렌이 점차 골똘한 생각에 빠져드는 것을 나는 놓치지 않았다.

"시위 주도자들을 추종자들한테서 떼어놓는 게 좋을지도 모르겠군." 헬렌은 그렇게 말하며 일어섰다. "캔더스, 자기는 여기 있어. 데즈먼드, 프로젝트의 윤곽은 당신이 설명해 줄래요? 캔더스가 당신한테 직접 듣는 게 더 나을 것 같아요. 로이드 아직 전화 안 끊었어요?"

워커 박사는 책상 위의 표시창을 보고 고개를 저었다. "당신이 내려가 본다고 말한 후에 끊은 것 같군요."

헬렌은 퉁명스러운 작별 인사를 남기고 가버렸다. 데즈먼드 워커는 바깥에 펼쳐진 조직적인 혼돈을 조금 더 지켜보다가 스크린을 스페인이끼*로 덮인 참나무가 있는 어딘지 모를 미국 남부의 풍경으로 되돌렸다.

워커는 뭔가 생각하는 표정으로 콧노래를 흥얼거리며 의자에 등을 기대고는, 이렇게 물었다. "엔그램에 관해 뭐가 알고 싶습니까?"

"제가 아는 건 그 프로젝트가 일종의 기억력 개선, 또는 기억 복원에 관한 연구라는 것뿐이에요. 인터넷에서 관련 정보를 찾아봤지만 검색에 잡히는 가장 최근 사례가 2010년 무렵에 했던 연구 몇 건뿐이더군요. 몇몇 연구자가 쥐한테 미로를 빠져나가는 법을 가르쳤는데, 그 쥐의 후손들이 훈련도 안 받고 같은 미로를 빠져나갔다는 거였어요."

"그 밖에 또 찾은 게 있습니까?"

나는 표정이 찌푸려졌다. "5년 후에 일부 연구자들이 주장하길, 그것과 똑같은 방식으로 미국 노예제의 경험이 노예였던 이들의 후손에게 전해졌다고 했어요."

"그렇습니다." 워커 박사가 말했다. "그건 에머리 대학교에서 했던

---

* 큰 나무에 붙어서 수염 모양으로 자라는 착생 식물의 일종.

연구의 후속 연구 중 하나였지요."

그는 의자에 앉은 채 뒤로 빙글 돌아 책장에서 책 한 권을 꺼낸 다음, 페이지를 휙휙 넘겼다. "2015년 이후로는 그 관점에서 접근한 연구가 별로 없습니다."

"박사님의 연구는 노예제가 끼친 영향을 잘라내서 없애버릴 가능성도 보여주나요?"

"저 아래에 모여 있는 사람들은 우리가 모기에게서 말라리아를 전염시키는 유전자 단 한 개를 제거하려 한다고 저렇게 시위를 하고 있습니다." 워커 박사의 말투에서 비꼬는 느낌이 났다. "만약 내가 뭔가 제거할 목적으로 인간 유전자를, 그것도 심지어 아프리카계 미국인의 유전자를 조작하겠다고 하면, 저 사람들이 어떻게 나올까요? 터스키기*는 모두의 기억 뒤편에 언제까지나 남아 있을 텐데 말이지요."

워커 박사는 책을 다시 책장에 휙 던지고 일어서서 기지개를 켰다. "아무튼, QND는 채용에서 다양성을 배려하는 데에는 적극적이지만, 아프리카계 미국인의 고유한 문제를 해결할 의지는 보이질 않습니다."

"저는 다양성 배려 전형으로 채용되지 않았어요."

"당신이 그랬다는 말은 아닙니다." 워커 박사는 말없이 나를 물끄러미 바라봤다. "당신에게도 고유한 기억과 재능이 있을 겁니다, 분명히. 예컨대 독일에서 보낸 시간도 그렇지요. 독일어를 할 줄 압니까?"

"그럼요."

---

* 미국 공중 보건국이 앨라배마주 터스키기에서 1932년부터 약 40년간 비치료 매독 환자의 증상을 관찰할 목적으로 저소득층 흑인들을 생체 실험의 대상으로 삼았던 일을 가리킨다. 1997년 빌 클린턴 대통령이 뒤늦게 정부 차원의 공식 사과문을 발표했다.

"한 달 후에 독일로 전근을 가야 하는 고객이 있다고 가정해 봅시다. 현지어를 배울 시간은 없습니다. 당신이 지닌 지식은 대단히 귀중할 겁니다."

"어떤 지식이라도요? 만약 제가 사육제 무도회에 참가하려고 왈츠 추는 법을 배워야 한다면요?"

"아니요. 춤은 주로 신체 능력입니다. 왈츠나 폭스트롯은 스텝이 정해져 있어요. 신체의 조화가 절대적으로 중요하지요. 언어가 더 적합하기는 한데, 그래도 남아프리카의 코사어 같은 언어의 지식을 에스파냐어 같은 로망어에 익숙한 사람에게 이식하기는 힘들 겁니다." 이맛살을 찌푸린 워커 박사의 표정을 보니 마치 전에는 못 보고 넘어갔던 접근 경로가 방금 그 생각 덕분에 떠오른 듯했다. 박사는 책상 위로 몸을 숙이고 책상 상판을 손가락으로 톡톡 두드려 메모를 적었다.

"저의 독일어 지식을 다른 사람의 머리에 무슨 수로 이식하실 건데요?" 내가 물었다. "칩에다 기록하실 건가요?"

"사람 몸에 실리콘을 주입하는 기술에는 끔찍한 역사가 있어서요." 워커 박사의 말이었다. "아니요, 나는 인간의 신경망을 생물학적으로 모방할 방법을 찾는 중입니다." 그는 180센티미터가 넘는 키를 이용해 높다란 곳에서 나를 지그시 내려다봤다. "아까 인간 유전자를 조작한다고 말하긴 했지만, 내가 제안하는 건 집어넣는 쪽이지, 제거하는 쪽이 아닙니다. 나는 사람들에게 이미 물려받은 기억에 정확히 접근하는 방법을 제공할 겁니다."

"물려받은 기억이라면 제가 제 아이들한테는 독일어 지식을 줄 수 있지만, 남들한테는 그럴 수 없다는 말씀인가요?"

"아직까지는 그렇습니다. 그 정도면 엔그램에 관해 충분히 설명한 셈인가요?"

"예." 나는 내 휴대 전화를 내려다보고 일정표에서 뭔가 발견한 척했다. "다른 기술 선임하고도 만나기로 해서요. 헬렌이 없으니 정식으로 소개받진 못하겠지만요. 감사했습니다."

워커 박사는 고개를 끄덕이고는 책상을 다시 두드렸다. 나를 이미 잊다시피 한 표정이었다. 나는 천천히 사무실을 나섰다. *해결책을 찾든가, 중단시켜.* 로이드가 한 말이었다. 응용 가능성이 제한적인 엔그램 프로젝트는 이제 중단시킬 때가 무르익은 것처럼 보였다.

"안녕, 우리 딸!" 휴대 전화에서 걸걸한 남자 목소리가 우렁차게 터져 나왔다. 나는 전화기를 재빨리 무음 모드로 바꿨다.

나는 프로젝트 계획서와 수식 계산용 프로그램을 책상 위에 펼쳐놓고 어떤 방식이든 엔그램으로 이익을 낼 만한 방법이 있는지 궁리했다. 그렇게 궁리하는 근거는 헬렌이나 워커 박사가 준 아주 미미한 정보뿐이었다. 조만간 워커 박사에게 연락하는 수밖에 없었다.

"여보세요, 아빠. 나 지금 근무 중인 거 몰라?"

"그거야 알지만… 오늘 같이 저녁 먹으면 어떨까 해서."

"여기 와 있어?" 내가 물었다. "뉴올리언스에 오면서 나한테 얘기도 안 했다고?"

내 컴퓨터가 나에게 이제 잠깐 쉬어야 할 때라고 우겼다. 나는 컴퓨터에 잠금 암호를 걸어놓고 계단으로 향했다. 내가 있는 사무실은 로비에서 10층 위였다. 계단은 사람이 없어서 호젓할 뿐 아니라 오르내리다 보면 짜증도 사라졌다.

"아니." 아버지가 대답했다. "여긴 샌안토니오야. 호텔 방에 벽처럼 커다란 스크린이 있어. 저녁은 배달시켜서 먹을까 하는데. 너도 집에서 배달을 시켜. 그러고는 가상 현실 속의 한 테이블에서 먹는 거야." 아버지 목소리에서 농담을 하는 기색이 느껴졌다. "저녁 식사에는 브래드든 후안이든 필립이든 타이론이든, 아무나 내키는 대로 초대해도 돼. 요즘 만나는 남자 친구를 소개해 달란 말이야."

"하여튼 제정신이 아니라니까." 내가 말했다.

한 층 아래의 문이 열리더니 누군가 서둘러 내 옆을 지나 위층으로 올라갔다. 나는 콘크리트 블록 벽에 붙어 서서 급하게 지나가는 직원에게 길을 양보했다. "지금도 엄마가 남긴 대본대로 말하는 중이야?" 내 어머니는 오랫동안 병을 앓다가 2년 전에 세상을 떴다. 아버지 말로는 나의 정리 능력은 어머니에게서 물려받은 것이라고 한다.

"그래. 그래도 대본을 이렇게 저렇게 바꿔보는 노력 정도는 해. 그러고 보니 여자 친구가 있냐고 물어봐야 할까? 너 혹시 아까 말한 이름들이 아니라 '자와디' 같은 이름의 여자 친구를 초대하고 싶은 거야?"

"남자 친구가 없다고 해서 꼭 동성애자인 건 아니야, 아빠."

"그리고 결혼을 한 것도 아니지." 아버지는 그렇게 쏘아붙였다. "우리가 너한테 그렇게 멋진 유전자를 물려줬는데, 넌 그걸 언제 퍼뜨릴 생각이야?"

"엄마가 남긴 질문 목록에 그런 게 진짜 들어 있어?"

"그래. 첫째, 일에 관해 물어볼 것." 아버지가 목록을 읽기 시작했다. "그래서, 일은 어때?"

"녹록잖아." 나는 다음 계단참에 발을 디디며 말했다. "상사들이 나를 어떻게 할지 아직도 못 정했거든."

"그걸 아직 못 정한 건 나도 마찬가지야. 둘째, 교제하는 사람에 관해 물어볼 것." 아버지의 말이 이어졌다. "그런데 그런 사람은 없다고 했지. 놀랍구나. 걱정스럽기도 하고. 그래도 물어보기는 했으니까. 셋째, 너 행복하니?"

"그 질문은 처음 듣는 것 같은데."

"보통은 네가 일 얘기로 분통을 터뜨리게 놔뒀으니까." 아버지의 대답이었다. "그 이야기가 몇 시간씩이나 계속 이어졌지. 시카고에 살 때에는 특히 더 그랬고. 네가 거길 떠나서 정말 기쁘구나."

"동감이야."

"그래서, 저녁은? 행복한지 어떤지는 저녁 먹으면서 얘기해 줘도 돼."

"아빠, 나 읽어야 하는 자료가 산더미 같아. 결정할 일도 있고."

"그 말은 좀 불길하게 들리는데." 아버지의 목소리는 바리톤 색소폰처럼 듣기 좋은 저음이었다.

"그런 말도 있잖아, 월급을 많이 주는 데는 이유가 있다고."

"그럼… 저녁은 못 먹는 거냐? 넌 아예 쉬는 시간도 없어?"

"아빠, 샌안토니오에는 왜 갔어? 텍사스주에 무슨 볼일이 있다고?"

"네 할아버지의, 아버지의…" 나는 손가락을 꼽으며 촌수를 따지는 아버지의 모습을 상상했다. "아버지의, 아버지의, 아버지 때문이야. 인구 조사국 자료에는 그분이 석공이었던 걸로 나오더라."

"샌안토니오에서?" 나는 다음번 계단참에서 멈춰 섰다. "거기 우리 친척이 살아?"

"아니. 그랬으면 얼마나 좋았겠니? 난 식구들하고 함께 미국으로 돌아오고 나서 이곳에 발령까지 받았는데 말이야. 이곳에 친척이 있어서 우리한테 집안 역사를 들려줬으면 참 멋졌을 텐데."

"아빠… 왜 난데없이 역사에 관심이 생겼어? 나한테는 항상 과거보다 미래를 향해 달리는 게 더 쉽다고 가르쳤으면서."

"저녁에 들어. 그건 저녁 먹으면서 가르쳐 줄게."

나는 한숨을 쉬었다.

"결정은 내일 해." 아빠의 말이 이어졌다. "꼭 오늘 해야 하는 거냐?"

"아니, 그럴 것 같진 않아."

"좋아, 이번엔 모처럼 우리가 있는 곳의 시간대도 똑같잖아. 그럼 8시에 보자. 부탁이니까 또 피자로 때우진 마라. 네 앞의 식탁에 제대로 된 음식이 보이길 기대하마."

아버지는 전화를 끊었고 나는 다시 10층으로 터덜터덜 올라갔다. 데즈먼드 워커 박사에게 해야 할 전화 통보를 더 미루는 것은 이제 의미 없는 일이었다.

"워커 박사님?"

전화선 저편에서 여러 사람의 목소리가 와글거렸다. QND의 다른 많은 직원들과 마찬가지로 워커 박사도 컴퓨터에 기본으로 장착된 카메라를 꺼놓고 지냈다. 앞서 로이드가 헬렌이 박사의 사무실에 함께 있냐고 물어야 했던 것도 그래서였다. 팀 회의를 하는 중이구나. 나는 퍼뜩 알아차렸다. 당연히, 엔그램 프로젝트를 수행하는 팀이 존재했다. 만약 프로젝트를 중단하게 되면 나는 그 팀을 어떻게 할지 궁리해야 했다. QND 직원들은 다른 업무로 재배치해야 했다. 계약직이 있다면 계약 조건을 다시 협상해야 할지도 몰랐다.

"미스 토일?" 어지럽게 얽힌 목소리들을 뚫고 워커 박사의 낮고 굵은 목소리가 들려왔다. "오늘 오후에 다 못한 질문이라도 있습니까?"

"예, 그런데 회의 중이신 것 같네요. 내일 여쭤볼게요."

"내일은 내가 연구소에 있을 겁니다. 실은, 이제 곧 연구소로 출발할 겁니다. 혹시 금방 끝나는 간단한 용건이라면…"

"시간이 좀 걸릴 거예요. 제가 헬렌이 남긴 메모하고 프로젝트 계획서를 검토하는 중이거든요. 로이드한테 보고하기 전에 숫자들을 좀 맞춰보려고요."

"그 얘기는 헬렌하고 하면 됩니다." 박사가 내 말을 끊고 끼어들었다.

"그럴 거예요. 그런데 헬렌이 휴가를 일찍 쓰려고 하는 건 박사님도 아시죠?"

"예, 출산 때문에. 당연히 알지요." 워커 박사의 목소리는 덤덤했다. "하지만 다시 돌아오잖습니까. 당신은 프로젝트의 세세한 부분까지 걱정하지 않아도 됩니다. 속속들이 이해하고 싶은 마음은 알지만…"

"워커 박사님, 로이드가 저한테 엔그램 프로젝트의 관리 업무를 인수받으라고 했어요." 전화선 너머에서 떠들던 소리가 뚝 끊어진 기척이 느껴졌다. "이제 제가 새 프로젝트 관리자예요." 그렇게 말하다 보니 내가 지금 보이지 않는 팀원들 앞에서 그 소식을 힘주어 강조하고 있다는 생각이 들었다. 나는 되도록 분명하게 내 의사를 밝혀야 했다.

"박사님께서 시간이 나실 때 프로젝트 계획서를 검토하는 일부터 시작하고 싶은데요."

전화선 너머에 침묵이 흘렀다. "워커 박사님?"

"오늘 저녁에 연구소로 오세요." 한참 만에 박사가 한 말이었다.

"사실, 오늘은 제가 저녁 약속이 있어서요."

"연구소는 웨스트뱅크에 있습니다. 강 건너편에요. 주소는 지금 메시지로 보내겠습니다." 전화선 너머에서 중얼거리는 소리가 들렸다. "보안 시스템은 내가 업데이트해 놓을 거니까 들어오는 건 문제없을 겁니다." 그러고는 전화가 끊겼다.

이런, 젠장. 나는 속으로 생각했다. 그냥 거기 앉아서 내가 갈 때까지 기다리라고 할 것을. 하지만 다른 한편으로 생각해 보면, 나는 그 남자의 팀을 해체할 궁리를 하는 중이었다. 그에게 자기주장을 펼 기회는 줘야 했다. 만약 연구소에 일찍 도착하면 어딘가 들러서 제대로 된 음식을 포장한 다음, 8시 전에 귀가해서 아버지와 저녁을 먹을 수 있을지도 몰랐다.

QND 연구소는 미시시피강 서쪽 기슭에 있는 묘하게 생긴 건물 한 쌍이었지만, 그래도 행정 구역상 뉴올리언스시 경계 안쪽이었다. 나는 차를 멈추고 출입증을 잠금장치에 대서 정문을 통과한 다음, 잠시 멈춰 서서 두 건물 가운데 어느 쪽에 데즈먼드 워커의 사무실이 있을지 생각해 봤다. 그가 보내준 사무실 방 번호는 201호였지만, 두 건물 모두 2층이 있었다. 나는 첫 번째 건물 앞에 차를 주차하고 승강기 버튼을 누른 뒤 건물 내부의 케케묵은 기계 장치가 움직이는 소리에 가만히 귀를 기울였다.

1층은 어두웠지만 사람들의 목소리는 들렸다. 이내 두 사람의 모습이 내 눈에 띄었다. 한 사람은 대걸레가 들어 있는 바퀴 달린 양동이를 밀고 있었는데 둘 다 얘기를 나누느라 정신이 없었다. 똑같이 생긴 두 건물을 연결하는 복도의 조명이 깜박거리며 켜졌고, 이 때문에 그 두 사람이 걸어오는 동안 가상 스포트라이트 같은 효과가 났다. 승강기도 두 사람과 동시에 도착했다. 두 남자 모두 중남미계 느낌이 살짝 났다. 첫 번째 남자는 나에게 고개를 까딱해 인사했다. 두 번째 남자는 나를 본체만체하고는 그 지역의 어느 운동선수 이야기에 열을 올렸다.

"데즈먼드 워커 박사님을 만나러 왔는데요." 내가 말했다. "201호에 계실 텐데, 어느 쪽 건물인지는 말씀을 안 하셨거든요."

"제대로 찾아왔어요." 피부색이 더 어두운 남자가 말했다. 앞서 나를 보고 인사한 남자였다. "2번 건물에는 아무도 없어요."

두 남자는 나를 따라 승강기로 들어온 후에 내가 누른 2층 버튼 위쪽의 버튼을 눌렀다.

"저 때문에 늦게까지 계셔야 하는 거라면 죄송해요." 나는 남자가 건너뛴 층수를 보고 그렇게 말했다.

"워커 박사님은 만날 늦게까지 일해요." 두 번째 남자가 말했다. "그 양반, 아예 2층을 청소하는 사람이 따로 있을 정도라니까요."

나는 첫 번째 남자의 서늘한 눈빛이 두 번째 남자에게 꽂힌 것을 놓치지 않았다. 두 번째 남자는 입을 다물고 승강기 제어판만 물끄러미 봤다.

"우린 그쪽 때문에 퇴근 못하는 거 아니에요." 첫 번째 남자가 내 말에 반박했다. "여기가 넓어서 그래요. 건물도 두 채나 되고." 승강기가 부르르 떨다가 멈춰 섰다.

"201호는 복도 맨 끝에 있어요." 두 번째 청소부가 말했다. "다른 문은 그냥 무시해요. 안쪽은 다 트여 있는 큰 방 하난데, 워커 교수님 자리는 마지막 문에서 가까워요."

"고맙습니다." 나는 그렇게 말하고 승강기를 나섰다. 두 남자 모두 내 시선을 피하는 사이에 땡 소리와 함께 승강기 문이 닫혔고, 나는 불이 환하게 켜진 복도 쪽으로 돌아섰다. 건물의 겉모습은 1960년대풍이었지만, 내부는 허물고 새로 꾸민 기색이 역력했다. 나를 맞이하는 환한 복도는 반들거리는 흰색 타일로 뒤덮여 있었고 가장자리는 철과 유리로 마감돼 있었다. 청소부가 알려준 대로 복도 왼쪽을 따라 연구실로 통하는 문들이 보였다. 열려 있는 문은 복도 끄트머리의 문뿐이었다. 내가 좋아하는 지역 방송국인 WWOZ의 나직한 재즈 음악 소리가 단단한 도기 타일 벽에 부딪혀 내 귀까지 전해졌다.

데즈먼드 워커는 지금의 환경과 어울리게끔 근무 복장이 살짝 바뀐 상태였다. 슈트 재킷은 근처의 기둥 모양 옷걸이에 걸려 있었고 하얀 가운이 그 자리를 대신했다. 넥타이는 느슨하게 풀려 있었다. 박사는 일어서서 나를 맞이하지는 않았지만, 그래도 등받이 없는 의자에 앉은 채 몸을 돌려 안으로 들어서는 나를 지켜보기는 했다. 회사에 있는 박사의 사무실과 달리 이 연구실은 휑하고 삭막해서 효율적으로 보였다. 작업대 위에 있는 거라곤 컴퓨터의 입출력 장치와 현미경으로 보이는 전자 장비뿐이었다.

“오늘 오후에 당신이 새 프로젝트 관리자라는 사실을 왜 숨겼는지부터 얘기해 주는 건 어떨까 싶군요.” 워커 박사가 말했다.

“전에 맡았던 프로젝트의 팀 선임이 아침마다 관리자인 저한테 웃는 얼굴 이모티콘을 보내준 적이 있어서요.” 나는 박사의 가르치는 듯한 말투를 무시하고 그렇게 말했다. “전 그렇게 되는 건 바라지 않아요.” 나는 옆에 있던 의자를 내 쪽으로 잡아끌다가 금속제 의자 다리가 타일 바닥에 끌리는 소리를 견디느라 이를 악 물었다. “진실을 아셨다면 저한테 다른 얘기를 들려주셨을까요?”

“얘기할 시간을 더 줬을지도 모르지요.” 워커 박사의 대답이었다.

“로이드는 제가 박사님하고 얘기하기 두 시간 전에 저한테 이 프로젝트를 줬어요. 저는 박사님을 만나면 조금이라도 말이 되는 질문을 하려고 미리 자료를 읽어봤지만…” 나는 별수 없었다는 듯이 어깨를 으쓱했다. “프로젝트 계획서는 솔직히 말해서 빈약하기 짝이 없었어요. 헬렌이 적은 메모에 후성 유전학*에 관한 언급은 아예 한마디도 없더군요.” 나는 근엄한 표정을 지은 그의 얼굴을 바라봤다. “헬렌이 한 번도 안 물어보던가요? 아니면 아예 신경도 안 썼나요?” 나는 내가 품은 더 불길한 불안은 입 밖으로 꺼내지 않았다. 박사가 아무하고도 상의하지 않은 채로 자기만 아는 꿈의 프로젝트에 회삿돈을 쏟아부었으리라는 불안이었다.

어쩌면 내 목소리에 그 불안이 드러났는지도 모른다. 왜냐면 워커 박사가 작업대 위로 몸을 숙이고 엄지손가락을 세워 가상 키보드를

* DNA 염기 서열의 변화 없이 유전자 발현을 조절하는 방법을 연구하는 학문.

불러내더니, 화가 잔뜩 나서 키보드를 두드리기 시작했던 것이다.

"내가 발표한 연구 논문들을 당신한테 전송하는 중이에요." 박사가 말했다. "2020년까지 거슬러 올라가는 논문들이지요."

"잠시만요… QND는 2037년이 돼서야 만들어진 회사잖아요."

"델러호스는 내 연구 성과 때문에 나를 채용했어요." 워커 박사가 쏘아붙이듯이 말했다. "헬렌이 얘기 안 해주던가요?"

"아뇨… 그게… 그래요, 했던 것 같아요. 헬렌만의 방식으로요." 나는 내장형 스크린에 표시된 논문 이미지들을 유심히 살펴봤다. "전 이게 뭔지 설명해 줄 사람이 필요해요. 제 전공은 화학 공학이지 생물학이 아니거든요. 유전학은 더더욱 아니고요."

"내가 왜 당신에게 유전학을 설명해 주느라 우리 팀원의 시간을 낭비시켜야 하나요?"

"왜냐면 헬렌이 그동안 관대하게 봐드렸는지는 몰라도, 헬렌이나 저나 로이드의 부하인 건 똑같거든요." 나는 그렇게 대답했다. "이 프로젝트를 어떻게든 결론짓든가 아니면 중단시키라는 게 로이드의 지시였어요. 둘 중 어느 쪽이든, 상업적으로 응용할 가능성이 전혀 없는 순수 연구 프로젝트를 박사님께서 계속 진행하실 가능성은 없다는 뜻이에요."

워커 박사가 항의하려 했지만 나는 한 손을 들어 그의 말을 막았다. "예, 알아요. 제가 제 자식들한테 독일어 지식을 전해줄 수 있다는 거 말이에요. 하지만 비용을 적게 들이고 똑같은 결과를 거두는 방법들이 이미 있어요. 박사님께서 뭔가 더 보여주신다면 모를까, 저는 QND가 이 프로젝트에 계속 돈을 대야 할 이유를 모르겠어요." 나는 잠시 뜸을 들이다 말을 이었다. "박사님께서 전화기의 단축 번호를 눌러 델러호스 씨를 불러낸다면 얘기는 달라지겠지만요. 다들 델러호스 씨는 QND를 창업한 후에 모습을 감추고 연례 이사회에만 나타난다고 하는 것 같던데요."

워커 박사는 고개를 가로저었다.

"전화번호를 모른다고요? 뭔가 사연이 있을 거 아니에요, 내가 보기엔 분명히 있는데. 저기요, 저는 얼마든지 박사님 편에서 로이드와 싸울 용의가 있어요. 하지만 뭔가 싸울 명분을 주셔야 할 거 아니에요!"

워커 박사는 잠시 말이 없다가 다른 파일을 하나 더 열었다. "앉아요. 지금부터 유전학 강의를 할 거니까."

내 입에서 끙 소리가 새어 나왔다. "그럴 시간 없어요. 아버지하고 저녁 먹기로 했단 말이에요." 나는 너무 자세히 털어놓은 나 자신에게 곧바로 화가 났다. 워커 박사는 내 사생활에 관해 아무것도 알 필요가 없었으니까. 그래도 걱정할 일은 아니었는데, 왜냐면 그는 내가 버럭 소리를 지르는데도 무시하고 계속 자기 말만 했기 때문이었다.

"하플로그룹이 뭔지 압니까?" 워커 박사가 물었다. 나는 고개를 가로저었다.

"모른다고요?" 박사의 말이 이어졌다. "DNA 검사를 받아본 적이 한 번도 없나요?"

"그건 제 아버지의 관심사예요. 면봉으로 하는 검사는 받아본 적이 있는 것 같네요. 결과는 아버지한테 있고요."

"음, 하플로그룹이란 그냥 당신이 부모님께 물려받은 유전자들의 집합을 가리키는 이름입니다. 아버님께 검사 결과를 보여달라고 해요. 저녁 식사 시간에." 그러니까 내 말을 듣기는 했던 것이다. "2000년대 들어서 사람들 대부분은 자기 집안의 뿌리를 찾으려고 DNA 검사를 받았습니다." 워커 박사가 스크린에 표를 띄웠다. "*호모 사피엔스*가 아프리카에서 기원한 건 알고 있겠죠. 그러니까 지구상의 모든 인간은 아프리카에 살던 한 여성의 후손인 겁니다."

스크린의 표는 나무 모양이었고 나무 몸통에 해당하는 부분에 **L0-이브**라는 이름표가 붙어 있었다.

"만약 저게 이브라면." 내가 끼어들었다. "왜 앞에 L0가 붙어 있죠? A0도, 심지어 B0도 아니잖아요. 혹시 루시*의 머리글자를 따서 L0인가요?"

"루시는 *호모 사피엔스* 종에 속하지 않습니다. 이름표는 *호모 사피엔스* 유전자 집합이 발견된 순서에 따라 붙인 겁니다." 워커 박사가 스크린에 표시된 나무의 몸통을 클릭하자 나뭇가지 두 개의 색이 환해졌다.

"그렇다면 제가 한번 맞혀볼게요. 사람들은 유럽에서 발굴을 시작했어요. 그러다가, 아뿔싸! 실은 L0이 제일 오래된 화석이란 걸 깨달은 거죠."

내 생각에 워커 박사는 용케 내색은 하지 않았지만 속으로 쿡쿡 웃은 것 같았다. "아니요, 하지만 어차피 중요한 건 아닙니다. L이 아니라 어떤 글자가 들어가도 상관없으니까요. 마지막 논문에 나와 있다시

* 두 발로 서서 걸은 최초의 고인류 오스트랄로피테쿠스 아파렌시스의 화석 가운데 가장 유명한 여성 화석의 애칭.

피 나는 같은 가계도에 있는 어떤 사람의 기억도, 예컨대 L1b 돌연변이의 기억을, 같은 변이를 일으킨 다른 사람에게 이식할 수 있습니다."

"헬렌 말로는 박사님께서 인간 대상 실험을 시작할 준비가 되셨다던데요."

"그 논문은 2년 전에 쓴 겁니다. 실험은 이미 완료됐어요."

나는 옆에 있던 의자에 앉아 워커 박사를 물끄러미 바라봤다. "그러니까 아까 제 독일어 지식을 제 아이들한테 줄 수 있다고 하신 건, 지금 당장 그렇게 할 수 있다는 뜻이었군요. 나중에, 추가 연구 같은 걸 더 한 다음에 할 수 있다는 게 아니라."

"그렇습니다, 지금 당장."

"그럼 요즘은 어떤 연구를 하고 계시죠?"

연구실의 어두운 한구석에서 덜거덕거리는 소리가 들려왔다. 가만히 보고 있자니 멀리 떨어진 맞은편 벽 쪽의 조명이 켜졌다. 워커 박사는 그쪽을 향해 짧게 손을 흔들었다. "빅터일 겁니다. 2층 청소 담당이에요."

"청소부 중에 한 명이 그러던데, 이 층은 청소하는 사람을 따로 두셨다면서요." 내가 말했다.

"예, 뭐." 박사는 잠시 입을 다물었다. "팀원들이 연구에 몰두해 있는 동안 청소 담당자들한테 방해받지 않는 게 좋으니까요." 그렇게 말하고는 다시 스크린으로 눈을 돌렸다. "아까 나한테 요즘은 뭘 연구하냐고 물었지요."

나는 연구실이 있는 층의 청소 담당을 따로 요구해 놓고 그 사실을 얼버무리려는 워커 박사의 묘한 행동을 눈치챘지만, 겉으로는 그냥 고개만 끄덕였다.

"당신은 아프리카계 미국인입니다. 그러므로 당신의 초기 하플로그룹은 십중팔구 L0 집합에서 최초로 뻗어 나온 가지 가운데 하나일 겁니다." 워커 박사는 스크린 속 나무의 가지 한 개를 확대시켰다. "그게 만약 L1b라면, 나는 그 하플로그룹을 지닌 다른 사람에게 당신의 기억을 확실히 건네줄 수 있습니다. 지금 우리 팀은 그 방법이 같은 혈통의 후대에 나타나는 모든 돌연변이에게 유효한지 증명하는 중입니다. L1b1a, L1b1a1'4, L1b1a4, 그런 식으로 말입니다."

"왜요?"

"뭐라고요?"

"그게 왜 중요한데요?"

"왜냐면 당신 말이 옳기 때문입니다. 당신의 독일어 지식을 당신 후손에게 물려주는 건 돈벌이가 되지 않지요. 하지만 지구상의 모든 인간은 L0의 후손입니다. 만약 내가 당신의 독일어 지식을 아무에게나 줄 수 있다면, 그건 돈벌이가 될 겁니다."

나는 등골이 서늘해지는 한편으로 속이 메슥거렸다. "QND에 윤리 경영 담당자가 있나요?"

"뭐라고요?"

"헨리에타 랙스* 이후로 모든 제약 회사에는 어떤 형태로든 윤리 경영 담당자든 변호사든, 업무를 점검하는 사람이 있을 텐데요."

"QND는 일반적인 제약 회사처럼 설립되진 않았지만, 변호사는

---

* 이른바 '불멸의 세포'로 알려진 헬라 세포의 제공자였으나 살아 있을 때 본인 세포 이용에 동의한 적이 없었고, 이 때문에 과학 연구 윤리 논쟁의 계기가 된 인물.

당연히 있을 겁니다. 하지만 나로서는 뭐가 문제인지 모르겠군요."

"미치겠네." 나는 관자놀이를 문지르다가 화장한 것을 뒤늦게 떠올리고 손끝에 묻은 마호가니색 파운데이션을 내려다보다가, 다시 워커 박사에게로 눈을 돌렸다.

"내 기억 중에서 운전하는 법을 배운 기억이나 독일어를 배운 기억, 아니면 오늘 저녁에 이 건물에 걸어 들어온 기억 같은 걸 내가 아는 다른 사실과 별개로 분리해 낼 수 있나요?"

"아직은 못 합니다." 워커 박사는 조심스럽게 말했다.

"그럴 줄 알았어요. 그런데 만약 내가 독일어 지식을 팔겠다고 동의한다면, 다른 것들에 대해서는 값을 얼마나 쳐줄 건가요? 운전하는 법을 배운 기억, 우리 엄마가 돌아가실 때의 기억, 내 첫 경험의 기억 같은 것들 말이에요. 왜냐면 난 그런 기억들을 공짜로 팔 생각이 눈곱만큼도 없거든요!" 나는 기다란 연구실의 반대쪽 끄트머리에서 나는 인기척을 의식하며 목소리를 낮췄다. "내 기억은 결국 나 자신이에요. 당신은 나를 팔자고 제안하고 있단 말이에요."

데즈먼드 워커는 돌아앉아서 모니터 스크린을 책상 속에 집어넣는 동안 내내 입을 굳게 다물고 있었다. "그러니까 프로젝트를 중단시키려는 거군요." 워커가 말했다.

"아니요." 나는 고개를 가로저었다. "난 집에 가서 아빠랑 비디오 스크린을 통해 같이 저녁을 먹을 거예요." 그렇게 말하고 나는 의자에서 일어섰다. "당신 말대로 아빠한테 내 하플로그룹이 뭔지도 물어볼게요. 이제 어떻게 할지 생각해 봐야 하니까요."

"…그래서 그 긴 역사가 다 모래밭에 적은 것처럼 흩어져 버렸어. 다음 세대가 편하게 쓸어내고 다 잊어버리게끔."

"뭐라고?" 나는 생각에 깊이 빠진 채 접시에 소용돌이 모양으로 번진 붉은 소스 주위를 따라 포크로 미트볼을 데굴데굴 굴리다가 눈길을 들며 그렇게 물었다.

"어, 너 아직 거기 있었구나." 아버지가 말했다. "난 또 네 엄마가 좋아하던 범죄 영화에 나오는 것처럼 반복 재생 영상을 틀어놨나 했지."

나는 아버지를 물끄러미 바라봤다. 새로 산 비디오 스크린 덕분에 우리 집 주방은 마치 벽에 뚫린 구멍을 통해 이웃집의 호화로운 침실이 보이는 것 같았다. 스크린 한복판에 아버지가 보였지만, 아버지 뒤편 벽에는 봅시도 거칠거칠해 보이는 태피스트리가 걸려 있었고 태피스트리 속 광장에는 플라멩코 드레스 차림의 두 여성이 서 있었으며, 팔려고 쌓아놓은 채소가 두 여성을 둘러싸고 있었다. 시간이 2년이나 걸리기는 했지만, 아버지는 마침내 평소의 그윽한 목소리를 장례 행렬 블루스의 멜로디처럼 덜덜 떨지 않고도 엄마 얘기를 꺼내게 됐다. 호화로운 배경 앞에서 아버지는 눈에 띄는 존재였다. 희끗희끗한 머리를 군인이던 시절과 다름없이 짧게 자른, 날씬한 흑인 남자였다. 옷은 검은 폴로셔츠에 면바지 차림이었다.

"회사에서 내린다던 결정 때문에 여태 고민하는 거냐?" 아버지가 물었다.

나는 빙그레 웃으며 두 손가락을 펴서 입에 댔다.

"그래, 일 얘기를 하면 안 되는 건 나도 알아. 그런데 오늘 저녁 뉴스에 너희 회사 얘기가 나오더라. QND가 모기 유전자를 조작한다던데. 네가 맡은 프로젝트는 아니겠지, 설마?"

"아니야, 하지만…." 나는 호기심에 굴복하기로 했다. "뉴스에서 뭐래?"

"그거야 어떤 채널을 트느냐에 달렸지. 어디서는 QND가 유전적 재앙을 불러일으킬 거라더구나. 또 어디서는 그 회사가 사회 정의를 위해 싸우는 투사 행세를 하면서 실은 미국인보다 아프리카인한테 더 이득이 되는 프로젝트를 선전한다고 하고."

나는 고개를 가로저으며 내 접시를 식탁 저편으로 치웠다. "나중에 정식으로 기자 회견을 하겠지만, 아니야. 그건 내가 맡은 프로젝트가 아니야. 그리고 아빠가 아까 했던 이야기도 거의 다 들었어. 조사이아 토일을 찾았다고 했잖아. 그 사람이 지은 걸로 보이는 건물 얘기도 했고. 하지만 막다른 골목에 부딪혔다고 했지. 그런데 그게 모래에 적은 역사하고 무슨 상관인데?"

아버지는 입이 귀밑에 걸리도록 헤벌쭉 웃으며 껄껄 웃었다. "우리 딸 멀티태스킹도 잘하네!"

나는 아버지를 따라 웃으며 일어서서는, 포장해 온 저녁 식사의 찌꺼기를 개수대에 쏟아버렸다. 음식 맛이 조금 과하다 싶을 만큼 좋았다. 이튿날 체육관에서 땀을 좀 흘려야겠다는 생각이 들었다. "그래서, 답은?" 내가 물었다.

"조사이아한테는 딸 셋과 아들 둘이 있었어. 장남은 흑인 전용 교도소에서 죽었더구나." 아버지는 표정을 찌푸렸다. "딸들은 성인이 된 후에 종적이 묘연해졌고. 부탁이니까 넌 결혼은 해도 남편 성을 쓰지는 말아주렴." 내가 그 부탁을 들은 척도 하지 않자 아버지는 원래 하던 이야기를 이어갔다. "여자들은 결혼한 후에는 찾기가 힘들어져서 말이지. 일레인이 자기 성하고 내 성을 나란히 쓰자고 우겼으면 좋았을 텐데. 네 엄마한테는 남자 형제가 없으니까. 그래서 내가 아는 한 톨리버 집안의 마지막 후손은 바로 너야."

"그래서 나한테 DNA 검사를 받으라고 했던 거야?" 나는 주방의 화강암 카운터에 기대서서 탄산수를 한 잔 따랐다.

"그것도 한 가지 이유였지. 유전자 검사 업체에서 너와 일치하는 사람들을 찾는 중이야. 토일 집안의 유전자는 나를 통해 너한테 전해졌고 톨리버 집안의 유전자는 네 엄마 쪽 혈통을 통해 너한테 전해졌으니까."

"그리고 처음으로 쭉 거슬러 올라가면 이브가 나오겠지." 나는 소리 내어 그렇게 중얼거렸다.

아버지의 한쪽 눈썹이 쓱 올라가는 것이 영상에 완벽하게 포착되는 바람에 나는 씩 웃고 말았다.

"오늘 회사 동료가 나한테 유전학 강의를 해주려고 했거든. 그 사람 말이 어떤 유전자들은 최초의 인간 여성으로 거슬러 올라가는데, 그게 바로 이브라는 거야." 나는 공손하게 허리를 숙여 절하는 시늉을 했다. "톨리버 집안은 어디 출신이야? 내 동료한테 듣기론 DNA 검사를 받으면 조상이 어느 나라 출신인지까지 나온다던데."

"아, 넌 오래된 편이야, 캔더스." 아버지가 말했다. 그러고는 뒤쪽으로 손을 뻗어 침대에 수북이 쌓인 서류와 팸플릿 아래에서 노트북 컴퓨터를 꺼냈다. "하플로그룹 L1c거든."

물 잔을 쥔 내 손에 힘이 들어갔다. 내가 품었던 의문의 답을 이토록 쉽게 찾을 줄은 생각지도 못했으니까.

"아프리카 중부의 차드와 콩고, 또는 르완다 근처야. 최초 인류의 고향이지." 아버지가 고개를 들었다. "미안, 그렇게 추려도 넓은 곳이긴 마찬가지야. 너의 작은 키도 바로 여기서 비롯됐어. 작은 키의 원인으로 엄마 쪽 유전자를 원망한 네가 옳았다는 뜻이지. 혹시 필요하면 검사 결과를 보내줄 수도 있는데."

"보내줘." 내 노트북 컴퓨터는 아직 가방 속에 있었다. "그리고 역사의 모래 어쩌고 하는 말은 무슨 뜻이야?"

"캔더스, 그건 그냥 네 고민을 잊게 해주려고 해본 말이야." 아버지가 항변했다. 나는 아버지가 위스키 잔에 버번을 따르는 모습을 가만히 지켜봤다. 그렇게 끈질기게 아버지에게 대답을 요구했다.

아버지는 내 눈길을 피한 채 술을 한 모금, 또 한 모금 홀짝이더니, 이내 다시 내 쪽으로 눈을 돌렸다. "난 벽에 부딪혔어. 늘 이런 식이야. 조사이아 토일은 일개 흑인 노동자였기 때문에 그가 한 일은 기록으로 남아 있질 않아. 그건 모든 세대가 마찬가지야…" 아버지는 잠시 입을 다물었다. "블랙 월스트리트*가 그랬듯이, 남북 전쟁 이후에 세워진 모든 흑인 마을들이 그랬듯이, 메이트원**의 흑인 광부들이 그랬듯이."

"다 우리가 아는 사실이잖아." 나는 나직한 목소리로 말했다.

"아니, 다 우리가 재발견한 거야. 그 일들이 역사에서 지워지고 두

---

* 1921년 오클라호마주 털사시의 그린우드에서 백인들이 흑인 주민들을 집단 학살한 일명 '털사 인종 학살'이 일어났다. 당시 그린우드 지구는 부유한 흑인들이 많이 거주해 '블랙 월스트리트'로 불렸다.

** 1920년 웨스트버지니아주 메이트원의 광산촌에서 광산 회사가 고용한 경비 회사와 광부들이 충돌해 사상자가 다수 발생했는데, 이 일이 나중에 '메이트원 전투' 또는 '메이트원 학살'로 알려졌다.

세대가 흐르고 나니까 사람들이 '우린 아프리카에서 왕과 왕비처럼 살았어'라고 떠드는 시대가 왔단다. 뭐, 그랬겠지. 하지만 우린 이곳 미국 땅에서 도시 계획가였고, 건축가였고, 기술자였고, 벽돌공이었고, 교수였어."

"그리고 육군 장교였지." 내가 말했다.

아버지는 쿡쿡 웃었다. 가슴에 맺힌 말을 길게 늘어놓고 나서 진심으로 웃는 아버지를 보니 흐뭇했다.

"나 일 때문에 수수께끼를 풀어야 하는데 아빠가 좀 도와줘." 나는 덤으로 그 얘기까지 꺼냈다. "자기 연구실에 굳이 전용 청소부를 두는 사람은 왜 그러는 걸까? 본인 말로는 회사 청소 담당자들이 자기 팀의 연구를 방해할까 봐 그런다는데."

"넌 그 정도 이유로는 납득이 안 가서 그래? 그 사람 혹시 자기 연구 성과를 도둑맞을까 봐 겁먹은 거 아냐?"

"내가 만난 청소 담당자들은 그 사람을 열렬히 숭배하던데."

"혹시 QND에 친족 채용 금지 규정이 있니?"

"비슷한 게 있어. 배우자나 친척끼리 서로 업무 평가를 하는 상황은 회사 측에서도 피하고 싶어 하니까. 하지만 청소 담당자는 계약직일 텐데."

"있잖아, 그냥 물어보는 것도 방법이야."

"내 생각에 연구소 책임자는 대답 안 해줄 것 같…"

"아니, 청소부한테 말이야. 네가 말하는 그 책임자가 청소부한테 입단속을 시켰을 것 같진 않아. 청소부는 자기가 하는 일에 자부심을 느낄 테고. 그러니까 그에게 물어봐."

나는 탄산수 잔을 높이 들어 아버지에게 건배를 청했다.

"'파리안'이 뭐죠?" 이틀 후, 나는 데즈먼드 워커의 사무실 의자에 털썩 앉으며 그렇게 물었다. 프로젝트 선임에게는 문이 달린 사무실이 있는데 관리자인 나는 칸막이에 둘러싸여 일하는 이유가 뭔지 새삼 궁금했다. 개방적인 문화를 유지하려는 회사 정책이야. 전에 로이드가 한 말이었다.

데즈먼드 워커는 우아한 손동작으로 키보드를 책상에 밀어넣고 내 쪽을 향해 돌아앉았다. "그 말이 '대부代父'라는 뜻인 건 당신도 알 텐데요. 빅터가 당신하고 얘기하고 나서 나한테 전화했습니다. 자기가 무슨 잘못을 한 게 아닌지 걱정하더군요."

"용역 업체에 빅터를 채용해 달라고 부탁했나요?" 내가 물었다.

"그 사람은 QND 직원입니다." 워커 박사는 딱 잘라 말했다. "용역 업체는 경기가 안 좋으면 언제든 인력을 감축하니까요."

손님용 의자에 더 편히 몸을 기대면서, 나는 워커 박사의 사무실을 찾아온 진짜 목적에 어떻게 접근하면 좋을지 궁리했다.

"내가 규정을 위반했다는 말은 못 할 겁니다. 빅터와 나는 혈연관계가 아니니까요." 워커 박사가 항변했다.

"아뇨, 빅터 존스턴은 내가 풀고 싶었던 수수께끼일 뿐이에요. 하지만…" 나는 몸을 앞으로 숙였다. "장담하는데, 당신은 틀림없이 빅터의 하플로그룹이 뭔지 알 거예요." 워커 박사는 표정이 굳어졌고 나는 빙그레 웃었다. "장단 좀 맞춰주세요, 박사님."

"L1c입니다." 워커 박사가 말했고, 나는 안도감이 몸속에서 파도처럼 퍼져나가는 기분을 느꼈다. "그게 무슨 상관입니까? 보아하니 당신은 프로젝트를 종결시키고 싶어 하는 눈치던데요."

"난 그럴 생각이 전혀 없어요. 로이드가 원하는 건 겉보기에 그럴듯한 구경거리예요. *우리*는…" 나는 그 대명사를 힘주어 말했다. "로이드에게 박사님의 프로젝트에 계속 돈을 댈 이유를 만들어 줘야 해요." 나는 다시 몸을 뒤로 기댔다. "그래도 저는 윤리 경영 담당자의 협조를 받아 이용 규정을 만드는 일은 반드시 하자고 할 거예요. 그리고 기억을 추출해서 남에게 팔기 전에 가족들이 먼저 접근하게 해주면 좋겠어요." 흑인 가정의 경우에는 더더욱 그렇고요. 나는 속으로 그렇게 생각했고, 자신이 벗어난 노예제를 재생산하는 교도소에 자기 아들이 갇히는 광경을 본 조사이아 토일의 기억에 접속하는 상상을 떠올리고는 등골이 서늘해졌다.

"동일한 하플로그룹에서 대를 이어 기억을 공유하는 능력이 돈벌이가 안 된다고 지적한 사람은 다름 아닌 당신이잖습니까."

"선조의 기억을 얻을 수 있다면 분명 모든 하플로그룹이 대가를 지불하려고 할 거예요." 내가 말했다. "누구나 자기가 왕과 왕비의 후손이라고 상상하니까요. 잘나가는 거물들은 자신의 재능을 자녀에게 곧장 물려주고 싶어 하고요."

나는 불안한 에너지가 가득한 상태로 의자에서 일어서려 했다. 그러다 문득 내가 로이드의 행동을 따라 한다는 것을 알아차리고는, 일어서는 동작을 멈추려고 손님용 의자의 등받이를 잡았다. "박사님께 연구를 중단하시라는 말은 안 할 거예요. 사람들은 가까운 유전자 집단 안에서 기억을 공유하는 게 가능하단 걸 알면, 결국에는 사이가 더면 집단끼리도 그렇게 돼야 한다는 걸 깨달을 테니까요. 우리가 인류라는 하나의 가족이란 걸 기억해 낼 거예요." 나는 숨을 들이쉬고 말을 이었다. "그날이 오면, 그런 식의 기억 공유를 위한 기준이 마련되면 좋겠어요. 기억 기증자에게는 보수도 지불하는 게 좋겠고요."

"이미 마음에 둔 기증자가 있나 보군요."

"박사님께 부탁드릴까 하는 생각도 해봤어요. 아니면 빅터한테요. 하지만 박사님의 기억은 박사님 자녀들의 것이니까요. 저는 제 기억을 빅터에게 주자고 제안하고 싶어요. 제가 지닌 독일어 말하기 능력을요. 로이드에게는 빅터가 더 극적인 시연 사례일 거예요."

나는 데즈먼드 워커의 표정을 휩쓸고 지나가는 분노의 파도를 목격했다. 거기에 섞인 감정은 무엇이었을까? 죄책감? "지금 나더러 내 가족을 실험 대상으로 삼으라고 하는 겁니까?"

"빅터하고 저는 같은 하플로그룹이에요. L1c 말이에요." 나는 등받이를 붙잡았던 손을 놓고 다시 의자에 앉았다. "지난번에 인간 대상 실험을 이미 마쳤다고 하셨죠. 제가 존스턴 씨를 추천한 건 심지가 굳은 분이기 때문이에요. 그분은 영어로 자기 사연을 들려줘서 이사회의 마음을 휘어잡을 거예요. 독일어로도 틀림없이 그럴 거고요. 박사님께 다른 실험 대상이 있다면, 제가 받아들일게요. 하지만 명심하세요, 저는 박사님께서 제 기억을 전해주려고 하는 사람을 사전에 만나고 싶으니까요. 그 밖에 다른 선택지도 있어요." 나는 잠시 말을 멈추고 워커 박사를 위해 선택지에 하나씩 번호를 붙였다.

"두 번째 방안. 만약 박사님께서 지금 당장 또는 다음 주에 L1c 하플로그룹의 기억을 IJ 하플로그룹 실험 대상에게 이식할 준비가 됐다고 하시면, 전 즉시 그 제안에 응할 거예요." 내가 유럽계 하플로그룹의 이름을 대자 박사는 놀란 기색이 또렷했다. 예, 워커 박사님, 저도 예습을 좀 했어요. 나는 속으로 그렇게 중얼거렸다. "세 번째 방안. 만약 제가 로이드에게 가서 우리에게 2년이라는 시간을 주면 아까 말한 것과 똑같은 시연을 보여주겠다고 말하길 바라신다면, 그렇게 할게요."

"로이드가 기다릴 거라는 기대는 당신도 안 하잖습니까." 워커 박사가 말했다.

"예, 저도 안 해요."

"결정은 언제까지 하면 되나요?"

"이번 주말까지요." 내가 말했다. "그 정도 시간이 있으면 저도 회사 변호사하고 상의하면서 우리 첫 번째 실험 대상에게 어떤 식의 보호 조치를 제공할지 궁리할 수 있으니까요." 나는 '보호 조치'라는 말이 워커 박사의 의식에 새겨지는 것을 눈치챘고, 그러자 박사가 얼마나 교묘한 술책을 생각해 냈기에 QND가 빅터 존스턴을 직접 고용했는지 궁금해졌다.

그 교묘한 술책이 뭔지는 물어보지 않았다. 4주 후, 나는 연구소 건물에서 빅터 존스턴이 사육제 아침에 축제 준비 위원회를 거들던 기억을 이야기하며 이사회 임원을 즐겁게 해주는 광경을 다른 사람들과 함께 지켜봤다. 빅터의 독일어 회화 실력은 현지에 사는 10대 아이만큼이나 유창했다. 회의실 뒤편에 서 있던 내가 손에 단단히 쥔 것은 빅터에게 퇴직 때까지 일할 보직과 퇴직 후에 받을 연금을 보장해 주는 법적 서류였다. 기억 기증자로서 내가 바란 것은 내 유전자에 붙은 기억이 다른 누구에게도 제공되지 않는 것뿐이었다. 나는 그때 그 순간을 내 머릿속에 정지된 모습으로 간직하고 있다. 정식 실험이 다 끝난 후에도 이사회 임원들을 즐겁게 해주는 빅터도, 내가 거둔 성공 앞에서 싱글벙글 웃으며 고개를 끄덕이는 로이드도, 그리고 자신의 연구가 지닌 당장의 상업적 기회를 조심스레 설명하고 미래의 가능성을 힘주어 강조하는 데즈먼드 워커도.

나는 빅터 존스턴이 지금 어디에 있는지 알지 못한다. 결국, 빅터는 모르모트로 사는 삶에 질리고 말았다. 머릿속에 나를, 그의 표현대로라면 '잘난 척하는 흑인 여자애'를 데리고 사는 데에 싫증이 났던 것이다. 머릿속에서 나를 빼내는 건 불가능하다고 설명해 줘도 소용없었다. 빅터는 종적을 감췄고, 워커 박사는 자기 대부가 어디로 이사 갔는지 내게 가르쳐 주지 않았다. 인사과에 문의하면 빅터가 연금 수표를 받는 주소를 알아낼 수도 있었지만, 나는 그의 뜻을 존중했다. 그러고는 나도 현실의 다음 단계로 넘어갔다. 아버지 말대로 다시 연애를 시작한 것이다. 토일 집안과 톨리버 집안의 가계도는 이제 다음에 적힐 이름들을 기다리는 중이다. 어쩌면 나는 구식 방법으로 내 이야기를 후대에 전하는 마지막 세대가 될지도 모른다.

OSOOSI의 승천

오지 M. 가트렐

조호근 옮김

Ozzie M. Gartrell

The Transition of OSOOSI

오지 M. 가트렐은 도서관 사서이자, 사변 소설 작가이자, 게이머이자, 애니메이션 마니아다. 그녀는 집필 중이 아닐 때면 워싱턴주 시애틀 북부의 전투 요크셔테리어 사육장에서 사회적 교류를 적극적으로 회피하며 살아간다.

트위터: Twitter.com/OzzieGartrell

SF-Mania

Ozzie M. Gartrell

The Transition of OSOOSI

순찰차가 유턴을 해서 내 뒤를 따라오기 시작한 순간, 나는 곤경에 빠졌음을 직감한다. 후드 티를 젖히고 걸음을 늦춘다. 뛰어봤자 소용없다. 내비게이션에 따르면 안전 가옥까지는 여섯 블록이나 남았다. 너무 멀다. 위험을 감수할 수 없다. 나는 눈을 두 번 깜빡여 라이브스트림을 활성화한 다음, 개인 서버에 암호화한 동영상 피드를 전송한다. 그리고 만약을 대비해 비와 머신에게 태그를 달아놓는다. 그리고 앞으로 한동안 못 볼 것이 분명한 내 쌍둥이 남매 마르에게도. 마르가 이걸 보면 분명 화를 낼 테지. 금지 물품을 잔뜩 지니고 있으니 좋지 못한 방향으로 흘러갈 가능성이 크다. 그런 상황이 벌어질 때를 대비해 기록을 남기는 것이다. 절대 위조할 수 없는 제대로 된 증거를.

물론 별 도움은 안 되겠지만, 없는 것보다는 나으니까.

늦은 저녁의 어둠이 사방으로 짙게 내려앉는다. 태양은 이미 한참 전에 도시를 저버렸다. 가로등 불빛이 구멍투성이 보도블록 위에서 꿈틀거리며 노란색 웅덩이로 고인다. 상점들은 남은 30분의 평일 근무 시간을 느릿하게 흘려보내며, 플렉시 글라스 문을 열어 선선한 공기를 받아들인다.

앞쪽에서 창 씨네 중국 음식점의 네온사인이 노란색에서 녹색으로 변하며 깜빡이는 모습이 내 시선을 끈다. 인터페이스가 내 시선이 머무는 지점을 확인하고 시야의 증강 화면에 데이터를 띄운다. 창 씨네 중국 음식점. 포장 및 배달 가능. 소유주: 젬 창. 가격대 중급. 소셜 미디어 긍정적 평가. 현재 위치에서 0.03마일 거리. 마지막으로 주문한 메뉴: 새우튀김을 곁들인 돼지고기 볶음밥.

눈을 깜빡이자 반투명 정보가 사라진다. 왼쪽 뒤편에서 자동차 바퀴가 포석을 긁는 소리가 들린다. 청색과 적색 불빛이 한 번 깜빡이고, 경관이 순찰차를 멈춘다. 나는 문 열리는 소리가 들릴 때까지 기다렸다가 몸을 돌린다.

경관은 이미 어두워졌는데도 번쩍이는 선글라스를 끼고 있다. 눈을 아주 살짝 가늘게 뜨자 내 인터페이스에 선글라스의 사양이 줄줄 올라온다. 녹화용 선글라스. 정규 경찰 장비다. 햇빛을 막아주면서 야시경 역할도 한다. 흐릿한 대상의 식별력을 높여줌과 동시에 거친 인상도 심어주는 물건이다. 번쩍이는 차광 렌즈에 비친 뒤틀린 내 모습이 눈에 들어온다. 자주색과 에메랄드색 브리지를 넣고 단단하게 말아서 땋은 머리카락. 뒤로 쓸어 넘긴 머리 아래로는 째진 검은색 눈과 펑퍼짐한 코가 붙은 평범한 얼굴이 보인다. 짙어가는 저녁의 어둠 위로 내 검은 피부가 마치 얼룩처럼 비친다.

경관은 신중하게 자신의 순찰차 건너편에 자리를 잡는다. 영리하시군. 나중에는 자신의 목숨이 위험하다고 생각해서 한 일이라고 주장하겠지.

"통금 시간 다 됐다." 경관은 이렇게 인사말을 건넨다. 질문이 아니기 때문에, 나는 굳이 대답하지 않는다. "후드 위에 서류 올려놔라."

누구든 보내 줄까? 머신이 보낸 메시지가 시야의 왼쪽 아래편에 떠오른다. 이런 상황에서 음성 인식 기능으로 답변을 보낸답시고 소리 내어 웅얼거릴 생각은 없다. 대신 나는 목 근육을 풀려는 것처럼 고개를 옆으로 기울인다. 그리고 한쪽 손바닥을 허공으로 들어 보이며, 다른 손을 천천히 뒷주머니에 넣는다. 그러는 동안에도 내가 하려는 행동을 입으로 읊는 것을 멈추지 않는다. 요즘 소셜 미디어에는 열정 넘치는 경찰들의 동영상이 가득하니까. 상대방 '시민 미국인'이 총을 꺼내려 한다고 간주하고 바로 쏴 죽이는 영상들 말이다.

뒤이어 비의 둥글둥글한 폰트가 떠오른다. 조심하라고, 경찰에게 꼬투리 잡히지 말라고 주의를 주고 있다. 나는 눈을 세 번 깜빡여서 모든 창을 최소화한다. 내가 강화 테크 장비를 착용하고 있다는 사실을 눈앞의 경관에게 들켰다가는 정말로 곤란해질 테니까. 피하 조직에 삽입한 바이오칩이 정식 등록된 물건이 아니기 때문이다.

문득 손톱 아랫부분에 아직도 덜 마른 피가 묻어 있는 것이 보인다. 희미한 빛 속에서 번들거리고 있다. 이건 눈치채지 못하기를 빌 수밖에 없다. 나는 가죽 장정이 된 수첩을 순찰차 후드 위에 내팽개친다. 표지에는 순수 미국인 합중국의 문장이 새겨져 있다. 얼른 손을 빼서 주머니에 쑤셔 넣고 싶은 충동이 차오르지만, 간신히 이겨낸다.

경관은 굳이 너덜너덜한 수첩을 뒤적여 보지 않는다. 어차피 시민 미국인이라는 내 신분을 증명해 주는 물건일 뿐이다. 미국 태생이며, 2등급 국민으로서의 권리를 가지고 있다고.

"어딜 가는 중이냐, 꼬맹아?"

나는 모욕적인 언사에 발끈하지 않으려 애쓴다. 그리고 실패한다. "창 씨네요."

경관은 투덜거린다. 그가 거짓말을 감별할 수 있는 모듈을 장착하고 있는지는 알 방법이 없다. 사실 상관없는 일이다. 이게 전부 쇼라는 사실은 서로 잘 알고 있으니까. 그래도 끝까지 맡은 역할을 연기할 수밖에 없다.

한밤중. 모두가 함께 무릎을 꿇는다. 서로 손가락을 엮어 붙들고, 내려다보는 별빛의 무게에 고개를 수그린다. 강렬한 조명등이 주변의 모든 색을 지운다. 쏟아지는 차가운 물을 맞은 몸들이 떨리고 있다.

거의 영하의 날씨인데도, 놈들은 우리에게 물대포를 쐈다. 자기네는 불을 끄려 했을 뿐이라 주장했지만 이곳에 불 따위는 없었다. 오로지 우리와, 대지와, 하늘과, 우리가 지키겠다고 맹세한 물이 있을 뿐이었다. 저들은 그 물로 우리를 공격함으로써 모두를 조롱했다.

살을 에는 바람을 타고 장중한 목소리가 울려 퍼진다. 나는 몸을 떤다. 젖은 몸에 스며드는 노스다코타의 추위에서 벗어나야 할지 아직도 망설이는 중이다. 나는 나이트클럽의 옥상에 펼쳐진 컴퓨터 시뮬레이션의 광경을 찬찬히 살핀다. 천막과 사람들이 느슨한 곡선을 이루며 둘러선 채로, 터무니없이 거대한 전차와 온갖 기계들에 맞서고 있다. 주변에 무릎을 꿇거나 서 있는 물 지킴이들은, 하나같이 너무도 완벽하게 렌더링되어 그 숨결이 느껴질 정도다. 자세를 바꿀 때마다 진흙투성이 땅바닥에서 신발이 절벅거리는 소리까지 들린다. 수백 쌍의 눈동자가 지켜보고 있다. 나를, 또는 진압 장비를 걸치고 총이나 물 호스를 손에 든 채로 험상궂은 표정을 짓고 있는 경찰들을.

나는 인터페이스에 현실 세계만 인식하라는 명령을 내린다. 그에 반응해서 대체 현실 시뮬레이션이 흐릿해지며, 거무죽죽한 콘크리트 위에 끈적거리는 액체를 흘리는 큼지막한 공조 설비가 시야를 채운다. 근처의 길쭉한 금속 환기구는 매캐한 연기를 저녁 하늘로 뿜어내고 있다. 스모그가 하늘의 별을 뒤덮으며 희끄무레한 반달 주위로 몰려든다.

나는 느릿하게 몸을 돌리며 주변의 현실과 대체 현실을 번갈아 둘러본다. 마침내 내 시선이 클럽 제네시스로 내려가는 묵직한 잠긴 문에 머문다. 저 문 안쪽의 어딘가에서, 내가 만나러 온 자들이 내 운명을 놓고 토론을 벌이고 있을 것이다. 저들이 내 대의에 가치가 있다고 판단한다면, 문이 열릴 것이다. 그렇지 않다면… 제대로 망하는 거다. 그저 그뿐인 이야기다.

나는 고개를 저으며 다시 대체 현실 시뮬레이션을 전면으로 불러온다. 순식간에 대평원의 풍경이 현실을 뒤덮는다. 콘크리트가 디지털로 이루어진 초원으로 변한다. 다시 물 지킴이들이 내 뒤편에서 북을 두드리기 시작한다.

머신이 어느 여성의 몸을 뚫고서 옆 걸음으로 내게 다가온다. 얼굴에 물대포를 맞으며 고개를 돌리고 있는 사람이다.

"네가 보기엔 어때?"

곁에 있는 물 지킴이의 단호한 눈빛에서 묘한 동족 의식이 느껴진다. 마치 우리가 진정으로 어깨를 나란히 하고, 뼛골에 스며드는 노스다코타의 한밤중 한기 속에서, 수백의 목소리가 울부짖는 구호를 함께 듣고 있는 것만 같다.

그러나 나는 이들보다 50년 후의 세상을 살고 있다. 통금을 어기고 나이트클럽의 옥상으로 침입해서, 내 삶이 바뀔 수 있을지 확인하려고 기다리는 중이다.

눈을 깜빡여 시뮬레이션을 끄자, 가상의 풍경은 그대로 녹아내린다. 따스한 저녁 공기가 주변으로 밀려드는데도 아직도 몸이 떨린다. 차가운 물을 뒤집어쓴 충격 때문에. 그리고 미국이 시작된 순간부터 우리 일족이 목숨을 걸고 싸웠던 땅을 지켜야만 한다는, 마음속에서 타오르던 열망 때문에.

"이런 대체 현실은 본 적도 없어." 나는 솔직히 털어놓는다. "평범한 증강 현실 시뮬레이션과는 비교도 안 되잖아. 가상 현실일 리는 없고…"

"가상 현실은 장비를 갖춘 방에 들어가야 하니까."

"게다가 대체 현실을 돌릴 앱이나 소프트웨어를 다운받지도 않았어. 증강 현실이든 가상 현실이든, 대체 현실을 돌리려면 뭔가 다운받아야 하는 게 당연한데…" 나는 어안이 벙벙해져서 말을 끝맺지 못한다. "대체 어떻게 한 거야?"

머신은 몸을 숙여서 납작한 우윳빛 디스크를 집어 들고는, 확인해 보라고 내 쪽으로 던진다. "방금 너는 완전히 새로운 부류의 대체 현실을 경험한 거야. 나는 '몰입형 증강 현실'이라고 부르고 있지. 증강 현실의 휴대성과 가상 현실의 감각 몰입을 결합한 물건이야. 시뮬레이션을 완벽하게 다듬었더니, 그 디스크처럼 초소형 수신기 형태로 생산할 수도 있더라고."

나는 머신의 심디스크를 내려다본다. 가볍고, 플라스틱이고, 25센트 동전 정도의 크기다. 눈치채지 못하고 지나치기 쉬울 것이다.

머신이 말을 잇는다. "진짜 힘들었던 부분은, 앱이나 특수 소프트웨어를 다운받지 않은 대상의 바이오칩과 그 심디스크가 통신하게 만들어야 한다는 거였어."

"그런 게 가능할 거라고는 생각도 못 했어."

"알고리즘으로 재미를 보기 시작하기 전까지는 나도 그랬지."

'알고리즘'과 '재미'라는 단어를 같은 문장에 넣다니, 머신한테나 가능한 일이다.

"하지만 주요 바이오칩 제조사만도 대여섯 군데는 되잖아." 나는 지적한다. "저마다 자기네 운영 체제가 따로 있고."

"그렇지. 모든 제조사의 펌웨어에 접속할 수 있는 알고리즘을 찾는 일은 확실히 까다로웠어. 장난 아니었다고. 이 심디스크는 내 알고리즘이 섞인 신호를 발산하게 만들어져 있어. 표준 바이오칩이라면 종류를 가리지 않고 알고리즘이 내 코드를 직접 전송해 주지. 그러면 짠! 내가 프로그래밍한 내용을 볼 수밖에 없게 되는 거야."

"단순히 보는 것 이상이었는데." 나는 주장한다. "최첨단 가상 현실에서 열기나 냉기 같은 감각을 느낄 수 있다는 건 알지만, 이건 그 이상이었어. 그들의 감정을 느꼈다고. 게다가 내 감정이 그들의 감정에 연결된 느낌까지 들었어. 아무리 대체 현실이라도 그런 건 정상이 아니야."

머신은 활짝 웃는다. 내 반응에 만족한 것이 분명하다. "그게 대단한 점이지! 이 못된 장치는 일정 거리에 들어온 모든 칩의 감정 처리 장치를 통제할 수 있다고. 그런 다음에는 시뮬레이션이 자율 조정으로 상황에 어울리는 감정을 생성해 내는 거야."

"바이오칩의 감정 조절 능력을 해킹하는 거잖아. 정서적 공격 같다는 생각은 안 들어?"

"무슨 소리야, 친구. 내가 이걸 누구한테 강제로 사용하겠다는 것도 아니잖아." 머신은 음성 변조기를 작동시켜 순수 미국인 세일즈맨의 목소리와 어조를 빌려 온다. "몰입형 증강 현실은 감각 조작을 통해 완벽하게 유기적이고 진품인 시뮬레이션 경험만을 제공합니다."

나는 피식 웃으며 머신의 심디스크를 들어 달빛에 비추어 본다. 너무 평범해 보여서, 대체 현실 업계에 혁명을 일으킬 물건이라고는 상상하기조차 힘들다. "이걸 도시 전체에 뿌려놓을 생각인 거지? 길거리 대체 현실 낙서처럼?"

"시작은 그거지. 일단 이 기술에 특허를 내고, 몰입형 증강 현실이 입소문을 타게 만든 다음에, 그걸로 내 예술 작품에 자금을 대는 거야." 머신은 금속성 청회색 손가락을 굽혔다 펴보더니, 주머니에서 담배를 한 대 꺼낸다. 로보틱 주먹에서 금속이 돌아가며 달각 소리를 내고, 그는 엄지로 불을 붙인다. "그리고 어딘가에서 우리 일족을 다루는 가상 현실 전시회를 열고 싶어. 순수 미국인 놈들이 검열할 수 없는 가상 현실로 말이야."

머신은 내가 손가락 사이에 끼우고 있는 심디스크가 진짜 마법이라도 되는 것처럼 바라본다. "바로 그 순간이 필요하단 말이야. 예술과 역사를 가상 현실과 결합하고 싶어서 코딩한 거라고. 우리 미국 원주민의 역사 말이야. 놈들이 정말로 알게 하고 싶었어. 우리 일족이 느낀 감정을 직접 느낄 수 있도록. 도저히 외면할 수 없게 말이야."

도저히 외면할 수 없게라. 마음에 드는 소리다. 나는 머신의 평화로운 저항을 검지와 엄지로 잡고 빙글 돌려본다. 예스러운 이상이다. 그러나 평화로운 저항으로는 물대포를 막을 수 없었다. 구타와 살인 또한 막을 수 없었다.

영속하는 변화를 원한다면 폭력을 꺼려서는 안 된다.

"좋은 생각인데." 나는 이렇게 인정한다. 진심으로 하는 소리다. 심 디스크를 손에 쥔 채로 만지작거리고 있자니, 내가 처한 딜레마의 해결책이 떠오르기 시작한다. "이거 내가 잠깐 가지고 있어도 될까?"

"가지고 있어. 하나 더 있으니까." 머신은 검은색 고리를 뽑으며 말한다. "그렇게 말해줘서 고맙긴 한데, 우리 둘 다 병신 같은 계획이라는 건 알고 있잖아. 그딴 전시회를 원할 사람이 어디 있어. 우리에 관한 전시회 말이야."

나는 전리품을 주머니에 넣으며 그의 말을 바로잡는다. "우리가 '꾸민' 전시회 말이겠지. 주제가 우리인 건 상관없다고. 우리가 직접 입을 여는 게…"

그 순간, 지금껏 열리기만을 기다리던 문이 마침내 움직인다. 심장이 요동친다. 성공하지 못하면 어쩐다? 내가 지금 만나려는 사람들은 멍청이를 가볍게 다루지 않는다. 실수 하나면 게임 오버다. 내 장기도, 피하에 삽입한 칩도, 젠장, 어쩌면 내 가족까지도, 전부 다크 웹에 상품으로 등록될 것이다. 내가 일을 망쳤다는 사실을 미처 깨닫기도 전에. 그 점만 생각해도 즉시 계획을 접고 여길 떠나야 옳을 것이다. 조용히 비상계단을 타고 도망쳐서 모든 것을 포기해야 할 것이다.

나는 깊이 숨을 들이쉬었다 내뱉는다. 안 된다. 그러기에는 너무 멀리 왔고 돌아갈 방법도 없다. 실패는 용납할 수 없다. 마침내 이 세상을 부수기 직전까지 왔는데.

"이쪽이다." 키 작은 여성이 경쾌한 가나 억양으로 말한다.

머신도 담배를 끄고 내 뒤를 따라 클럽으로 들어선다. 핵티비스트* 집단 아난시**와의 랑데부를 위하여.

건물 아래로 내려가자 음악이 들려온다. 쿵쿵 울리는 베이스 소리가 내 발걸음에 충돌한다. 최신 유행곡이다. 저런 노래는 조금만 지나도 전부 똑같은 소리로 들리지 않던가? 돈, 자동차, 마약과 매춘부. 폭력과 리스펙트. 비와 나는 수없이 많은 비슷한 음악에 맞춰 춤을 추었다. 앞으로도 더 많은 음악이 우리를 기다릴 테고.

가나인 여성은 우리를 VIP 전용 라운지로 데려간다. 나무 바닥이 유리처럼 번쩍인다. 하늘하늘한 커튼이 마치 스모그의 장막처럼 벽감에 숨은 작은 휴식 공간들을 가리고 있다. 저 안에서 손님들이 크림색과 흰색의 호화로운 소파에 누워 뒹굴 것이다. 흐릿한 자수정빛 무드등 덕분에 모든 것이 예술적인 분위기를 풍긴다.

---

* 해커hacker와 행동주의자activist의 합성어로, 자신의 목적을 달성하기 위한 투쟁 수단으로서 컴퓨터 해킹을 이용하는 행동주의자.

** 서아프리카 아칸족과 카리브해 민담의 신. 속임수와 이야기의 신으로 거미를 상징으로 삼는다.

나는 머신을 슬쩍 바라본다. 이제 쫓겨나는 건가? 강화 부속은 전부 잘라내서 경매장으로 보내고? 그러나 머신은 내 눈빛에 담긴 질문에 어깨를 으쓱할 뿐이다. 방 안에는 한 사람뿐이다. 늘씬한 아프리카인이 바닥에서 천장까지 이어지는 커다란 편면 유리창 앞에 서서 아래층 댄스장을 내다보고 있다. 우리가 도착하자 그는 사파이어빛 창문을 가볍게 두드린다. 흑요석 빛깔이 유리에 번져나가며 진동하는 레게 비트를 잠재워 버린다. 아래쪽에서 춤추던 인간들이 모습을 감춘다. 그가 우리를 맞이하려고 몸을 돌리자, 나는 그의 눈을 주목한다. 머신처럼 로보틱 테크로 신체 일부를 강화한 사람이다. 우리를 바라보는 그의 안구 이식물이 마치 흑표범처럼 노란색으로 빛난다.

우리를 데려온 여성이 우리 쪽으로 턱짓을 한다. "에슈."*

에슈는 상하의 모두 검은색인 맞춤 정장 주머니에서 하얀 명함을 두 장 꺼낸다. 하나는 머신에게 건넨다. 다른 하나는 내 손에 들어온다.

얼마나 비싼 명함 용지인지는 몰라도 엄지를 스치는 느낌이 비단결 같다. 그러나 그 위에는 아무것도 적혀 있지 않다. 뒤집어 본다. 마찬가지로 텅 비어 있다. 가나인 여성은 슬쩍 웃음을 짓더니 소파 하나에 몸을 기댄다. 에슈는 무심하게 우리를 지켜보며 벽에 기대 서 있다.

"실례하지, 신사 여러분." 여성이 자기 명함을 꺼낸다. 멍든 것 같은 보랏빛 조명 속에서, 나는 흐릿하게 일렁이는 잉크 자국을 발견한다. 글자는 아니다. 그렇게 단순하고 투박한 것일 리가 없으니까. 나는 눈을 깜빡인다. 강화 장비에 세련된 QR코드가 잡힌다. 거미 형상으로

* 서아프리카 요루바족의 신. 법과 질서를 담당한다.

우아하게 렌더링되어 있다. 나는 하이퍼링크로 연결되거나 사전 녹화한 동영상이 내 시각 입력을 가득 채우기를 기대한다.

그 대신 악성 소프트웨어가 내 인터페이스를 해킹한다.

젠장, 젠장, 젠장. 내 보안 시스템이 뚫리면, 자동 안전장치가 발동해서 위험을 격리하도록 되어 있다. 그러나 지금은 제대로 작동하는 것 같지 않다. 수동 긴급 실행도 실패해 버린다. 나는 당황해서 강제 재부팅을 시도하지만, 디도스 공격에 모든 접근 권한이 차단된다. 인터페이스가 붉은 경고등을 번쩍이더니 그대로 작동을 멈춘다.

나는 비틀거리며 뒤로 물러난다. 손실을 최소화하고 탈주를 시도할 생각이다. 그러나 머신이 내 팔을 단단히 붙든다. 나는 옴짝달싹 못하게 된 채로 그의 시선을 따라간다.

VIP 라운지는 분명 비어 있었는데.

지금은 아니다.

여섯 명의 홀로그램 아바타가 VIP룸의 공간 구석구석에 도사리고 있다. 제각기 아프리카 신화 속 존재들의 모습을 하고 있다. 그들의 지도자가 우리를 인도해 온 여성의 옆자리인 푹신한 소파에 느긋하게 앉는다.

"머신. 말." 홀로그램이 우리에게 고개를 까닥인다. 입이 벌어지며 얼굴보다 더 큰 미소를 만든다. "잘 왔네."

젠장. 디도스 공격이 내 모든 테크를 파이어 월 뒤편의 블랙박스에 봉인해 버렸다. 족쇄를 차버린 셈이다. 강화 장비나 개인 서버에 접속할 수가 없다. 심지어 머신에게 개인 메시지를 보낼 수도 없다. 이런 일이 가능하다는 건 루트킷을 사용했다는 뜻이다. 지금은 그저 우리

를 저쪽의 대체 현실에 강제로 접속시켰을 뿐이지만, 언제든 훨씬, 훨씬 더 고약한 짓이 가능하고, 우리는 저들이 뭘 하든 절대 막을 수 없을 것이다. 우리의 테크 장비를 완전히 태워버릴 수도 있고, 우리 서버로 들어와서 금융 계좌를 털어 갈 수도 있고, 바이오칩의 오작동을 일으켜 몸속을 구워버릴 수도 있다… 마지막은 아난시의 일원인 예모자가 즐겨 쓰는 방법이다. 급한 성미와 위험한 변덕과 치명적인 유머 감각으로 악명 높은 사람이다.

"예방 대책이다." 아바타 하나가 말한다. 철망을 뭉쳐 만든 남자처럼 보이는 아바타였다. 양어깨와 등뼈를 따라 굽은 칼날이 돋아나 있다. 강철 같은 회색 눈이 머신에게 머물고, 머신은 고개를 숙인다. 나보다 훨씬 침착한 모습이다.

"다시 뵙게 되어 반갑습니다, 오군.*"

나는 입을 떡 벌린다. 오군은 내가 몇 년 동안 뒤쫓아 다닌 전설이다. 다른 아난시들처럼 아프리카 신의 이름을 사용하는 해커였다. 쇠와 희생과 기술을 담당하는 신, 오군. 세상 어디서든 기술적 진보가 일어난다면, 오군이 그 과정을 거든다고 알려져 있다.

머신이 팔꿈치로 쿡쿡 찌르고 나서야, 나는 입을 다문다. 우리는 팬노릇을 하러 온 게 아니라, 사업 때문에 온 거니까.

격렬한 첫 만남에 아직도 정신을 못 차린 채로, 나는 무리의 지도자에 정신을 집중하며 감사를 표한다. 처음 우리에게 말을 걸었던 남자다. 그는 여덟 개의 손 중 하나를 가볍게 휘저어 사양한다. 그의 아바

* 여러 아프리카 및 아메리카 종교에 등장하는 전사와 대장장이의 신.

타는 검은 피부의 잘생긴 남성 형상을 하고 있다. 길게 드레드로 땋은 머리카락 끄트머리마다 금빛이 반짝인다. 둥그런 선글라스가 눈을 숨기고 있다. 갈비뼈를 따라 돋아난 강철판이 화려한 흑청색으로 일렁이며 반짝인다.

"자네가 도움을 청하는 제안은 검토해 보았네." 손 하나가 최상급 전자 담배를 입가로 가져간다. 빨아들이자 물소리가 난다. "아난시로서 자네에게 질문하고 싶군."

"아난시가 당신 개인을 말하는 겁니까, 아니면…?"

"우리 아난시들과 나 아난시의 관심은 서로 다르지 않다네. 자네도 곧 알게 되겠지만." 그가 숨을 내뱉자 하얀 수증기와 박하향이 공기를 가득 채운다. "그쪽 국가를 움직이는 자들처럼 강대한 정부를 상대하는 일은 쉽지 않은 법이지."

나는 고개를 끄덕이며 협상에 착수한다. "그래서 여러분의 실력과 경험이 필요한 겁니다."

"물론 그렇겠지." 아난시는 부드럽고 사교적인 투로 말한다. "하지만 우리가 개입하면 비싼 대가를 치러야 한다네. 자네 친구 카이요테가 분명 경고했겠지만."

머신은 애써 차분한 표정을 유지하고 있다. 그를 비밀 이름으로 부르는 것은 흔한 일이 아니다. 카이요테는 자신의 명성으로 아난시의 협조를 이끌어 낸 적이 있다. 이제 나 자신의 죽음을 피하고 저들을 내 명분에 끌어들이는 일은 오로지 내 힘으로만 해내야 한다.

"대가를 치르겠습니다."

아난시가 험악하게 웃는다. "두고 보지. 예모자?*"

여성 형태의 물방울이 내 쪽으로 우아하게 걸음을 옮긴다. 바닷말처럼 늘어진 머리 타래가 물을 뚝뚝 흘리고 있다. 물고기가 몸속을 헤엄친다. 불가사리와 이끼가 엮여서 드레스 비슷한 형태를 만들고 있다.

"젊군." 예모자는 이렇게 말하며, 머신은 무시한 채 느리고 신중하게 내 주변을 빙 돈다. "이상주의적이야."

나는 밀물과 썰물처럼 움직이는 바다의 여인을 곁눈질한다. 마치 가축의 품질을 확인하는 것처럼 나를 평가하는 그녀의 태도가 마음에 들지 않는다. 그녀의 아바타에서 올라오는 축축한 열기에 소름이 끼치지만, 물러설 엄두는 나지 않는다. 너무 많은 것이 걸려 있기 때문이다.

"아파르트헤이트**를 전복시키려면 장기적인 전략이 필요해." 그녀는 물 끓는 소리를 내며 축축한 손가락으로 내 뺨을 쓸어내린다. "의지와 교활함을 보여야지. 두려움도 자비심도 몰라야 하고. 너는 그런 부류로는 보이지 않는구나. 너무 부드럽고 지나치게 망설이고 있어."

눈을 정면으로 바라보고 싶었지만, 그녀에게는 입 모양을 만드는 산호를 제외하면 이목구비랄 것이 없다. 오징어 한 마리가 흉골을 타고 목으로 들어가더니 턱을 따라 촉수를 활짝 펼친다.

"믿어도 될 텐데요. 얼마든지 당신이 원하는 만큼 단단하고 단호해질 수 있습니다." 나는 비꼬듯 말한다.

머신은 손으로 입을 가리고 기침을 한다. 너무 늦었지만, 예모자가

---

* 요루바족의 여신. 강과 호수를 담당하며 모든 오리샤(신격 정령)들의 어머니로 불린다.

** 과거 남아프리카 공화국 백인 정권의 유색인종에 대한 인종분리 정책.

한때 남성의 고환 속 정자를 끓어오르게 했던 사람이라는 사실이 기억난다. 자신에게 감히 수작을 걸었다는 이유로.

나는 얼굴을 찌푸리며 방금 한 말을 무르려 시도한다. "그런 뜻으로 한 말이 아니라…"

"꼬맹아. 제발. 이러다간 너를 납치해 버릴 것 같아." 그녀는 코웃음을 치며 내 말을 막는다. 그리고 다행스럽게도 에슈 쪽으로 물러난다.

"예모자가 네 단호함에 의문을 품은 것도 당연한 일이다." 오군의 부정적인 발언이, 드러난 칼날처럼 나를 후비고 지나간다. "잊은 모양이지만, 우리는 네 계획의 세부를 확인할 수 있었다. 막연하고 불완전한 데다 비논리적인 스크립트가 여기저기 가득하더군."

유감스럽게도 오군은 '공감' 프로그램을 내 암호화된 서버에서 끄집어내서 모두의 눈앞에 펼쳐놓는다. 홀로그램으로 나열된 코드의 기둥이 DNA 가닥처럼 허공에 둥둥 떠 있다. 빠진 부분은 마치 썩어들어 가는 악성 종양처럼 보인다.

내 디지털 영혼이 신들의 눈앞에 고스란히 펼쳐진 셈이다.

머신은 흥미를 숨길 생각도 없이 몸을 앞으로 수그리고 코드의 기둥을 훑어본다. 내가 지금껏 열정적으로 설계해 왔으며, 머신에게는 조금도 보여준 적이 없는 것들이다. 준비가 되기 전에는 그에게도, 아니 다른 누구에게도, 절대 검사를 맡을 생각이 없었으니까.

내 테크를 조작할 수 없다는 사실에 욕설이 치밀어 오른다. 오른팔을 마음대로 쓰지 못하는 것과 비슷한 감각이다. 그러나 분통을 터트리며 오군에게 당장 개수작을 끝내라고 소리치는 대신, 나는 이를 악물고 수치를 견뎌낸다.

"이 문제의 해결책을 발견한 것은 극히 최근의 일입니다." 나는 머뭇머뭇 이렇게 말하며, '공감'을 열심히 읽고 있는 머신을 곁눈질한다. 머신이 근처에 있는데 세세한 내용을 말하고 싶지는 않다. 그를 믿지 못해서가 아니라, 내 계획이 그의 마음에 안 들 것이며 그가 계속 내 편에 있어줘야 하기 때문이다.

아난시는 내 딜레마를 알아차렸는지 공모자처럼 윙크를 보낸다. 그리고 홀로그램 이미지 쪽으로 손짓한다. '공감'이 사라지며 내 긴장도 어느 정도 수그러든다.

"제 계획이 불완전해 보인다는 것은 압니다. 그래도 여러분의 도움을 손에 넣을 수만 있다면…"

"우리 게릴라 테크 말이지. 아니, 너희 쪽 '순수 미국인'들이 부르는 말로 하자면, '암시장 밀수품' 말이야." 예모자의 말투에 건조한 즐거움이 묻어난다.

"여러분의 말씀대로, 우리 정부는 강대합니다. 그러나 여러분은 이미 전체주의 정부에 대항해 승리한 적이 있지 않습니까. 여기서도 분명 성공할 수 있습니다. 사람들을 도울 수 있어요."

"너희 정부는 우리를 테러리스트로 여긴다. 우리가 개입하면 너는 수배범이 될 것이다." 오군의 표정은 폭풍을 품은 먹구름만큼이나 불길하다. "너를 한때라도 알았던 모든 이들이 표적이 될 것이다. 두 번 다시 평화를 맞이할 수 없겠지. 아직 늦지 않았으니 다른 방안을…"

나는 고개를 저으며, 나와 마르가 마지막으로 창 씨네에 발을 들였던 때를 생각한다. 그 잔혹했던 오후에, 나는 맹세를 하나 했다. "무슨 방법을 써서라도 이건 성공시킬 겁니다."

아난시는 주먹 두 개로 턱을 받치고, 세 번째 손의 마디 여섯 달린 손가락으로 드레드 머리카락을 꼬기 시작한다. 내 피부를 벗기고 생각을 검사할 것 같은 눈빛으로 나를 훑어본다. "그래서 어디까지 잃을 준비가 됐나?"

"제 목숨이라도 바치겠…"

"목숨?" 아난시는 그저 명랑하게만 들리는 웃음을 터트리며 말을 잇는다. "목숨을 바치는 건 쉽다네, 형제. 순교자가 되는 건 정말 쉽지." 신들이 동의하듯 고개를 끄덕인다. "아난시 모두의 이름으로 묻겠네. 현재의 자신에게서 얼마나 많이 벗어날 수 있나? 자신이 믿는 바를 위해서 살인을 저지를 수 있나?" 그는 몸을 앞으로 기울인다. 그의 목소리가 거미처럼 쉿쉿거리며 미끄러지듯 기어 나온다. "그 명분을 위해서라면 사랑하는 이들도 배신할 수 있나? 그들의 눈을 들여다보며 목숨을 끊을 수 있나?"

나는 깜짝 놀라 숨을 들이쉰다. 머신은 너무 조용해서 숨소리조차 들리지 않는다. 나하고는 한 발짝밖에 떨어져 있지 않은데도. 그를 돌아볼 엄두가 나지 않는다. 내 눈에서 무엇을 읽을지 몰라 두렵기 때문이다.

그러나 아난시들은 내 눈을 본다. 저들은 알 것이다.

아난시가 얼굴의 커다란 선글라스를 벗어 든다. 딱정벌레처럼 새까만 네 개의 눈이 드러난다. 각각의 눈이 저마다 음울한 계산을 품고 나를 뚫어져라 바라본다. "영혼을 더럽힐 각오가 됐나, 말콤?"

그의 입술에서 떨어지는 질문이 시멘트 덩어리처럼 묵직하다. 등골을 타고 서리가 내려앉는다. 나는 눈앞에 모여 선 신들을 바라본다.

디지털 세계의 신격들의 눈길은 무자비하기만 하다. 저들은 기대하고 있다. 모든 것이, 수개월에 걸친 준비가, 내 대답에 달려 있다는 점은 의심의 여지가 없다. 나는 저들의 질문을 반추해 본다.

내가 얼마나 진지한가? 영구적인 변화를 받아들이기 위해서, 말 그대로 내 반신이나 다름없는 마르까지도 배신할 수 있을까? 평생의 사랑인 비를 제물로 바칠 수 있을까? 만난 첫날부터 내 등 뒤를 지켜준 형제, 머신을 살해할 수 있을까?

사회 개혁이 얼마나 지저분한 일인지, 지금까지는 제대로 생각해 본 적도 없었다.

아난시들의 말이 옳다. 내 생명을 바치는 일은 쉽다. 진짜 문제는 부수적 피해다. 의지를 가늠하는 잣대는 무고한 자의 희생이다.

눈앞의 위험한 길을 회피하면 무슨 일이 벌어질까? 무고한 자들은 그래도 목숨을 잃을뿐더러, 미래가 나아지리라는 희망조차 품을 수 없을 것이다. 나 같은 시민 미국인들은 여전히 격리된 이등 시민의 삶을 살아갈 것이다. 미국 땅에서 태어난 사람인데도 진짜 미국인으로서 제대로 존중받을 일은 영영 없을 것이다.

애완동물조차도 우리보다 많은 권리를 지니고 있다. 투견 같은 동물 학대를 저지르면 연방 교도소에서 최소 15년형을 살아야 한다. 그러나 시민 미국인은 죽여도 불법으로 간주하지도 않는다. 특히 그럴싸한 이유가 있는 경우에는. 그리고 시민 미국인 살해에는 항상 그럴싸한 이유가 따르기 마련이다. 심지어 살인범들이 사회 안전을 수호했다는 이유로 감사를 받는 경우도 있다.

그 사실을 되뇌자 피가 끓어오른다. 그래, 우리 동족에게 정의를 선사하기 위해서라도 전체 시스템을 찢어발겨야 한다. 그래야 우리가 해방될 수 있다. 이 나라를 붉게 칠할 의지가 없다면, 결국 '자유'라는 단어의 뜻마저 잊어버리게 될 것이다.

자유라. 순수 미국인은 자유를 지키기 위해서라면 무엇이든 하는 자들이다. 나는 자유를 얻기 위해서라면 무엇이든 할 수 있다.

영혼을 더럽힐 각오가 있나, 말콤?

나는 꽉 쥐고 있던 주먹에서 힘을 뺀다. 그리고 찡그린 표정을 편다. 머신의 겁에 질린 눈길을 피한다. 그의 심디스크 속 물 지킴이들이 내 주머니 속에서 경고하듯 울부짖는다. *눈에는 눈으로 대응하면 온 세상이 장님이 된다네.* 한번 이 길을 택하면, 다시는 돌아갈 수 없을 것이다.

목소리를 믿을 수 없기에, 나는 고개를 끄덕인다. 가나인 여성이 웃음을 짓는다. 오군은 고개를 젓고 예모자는 입을 오므린다.

아난시는 지나치게 관절이 많은 팔을 앞으로 뻗는다. 그의 손바닥 위에서 스파이더봇 하나가 기어 다니고 있다. 금속 흉부가 내 손톱보다도 작아 보인다. 큐비트의 노란 불똥이 그 작은 몸뚱이를 파직거리며 돌아다닌다.

"증명하라."

비의 갈색 가슴 위에서 광고 문구가 부풀어 오른다. 그대로 그녀의 가슴 굴곡 사이로 들어갔다가 반대쪽 가슴 위로 떠오른다. *가장 중요한 동반자에게 문제가 생겼나요? 비아그릭스로 분위기를 잡아보세요!* 나로서는 매일 여덟 시간씩 광고 문구가 피부 위를 기어 다니게 만드는 일이 어떤 기분일지 궁금하기만 하다. 그러나 비는 어깨를 으쓱하며, 수입이 괜찮고 이젠 거의 신경조차 안 쓰인다고 대꾸할 뿐이다. 그녀의 몸이 내 몸에 붙어 형태를 맞춘다. 그녀의 손가락이 내 곱슬머리에 얽혀들고, 내 머리를 뒤로 젖히더니 꽃잎처럼 부드러운 입술로 내 목을 누른다. 거짓 없이 행복한 기분이 든다. 하나의 흑단 목재에서 조각한 것처럼 이렇게 함께 달라붙어 있는 순간이 정말로 즐겁다.

그녀에게서는 햇살과 자유와 웃음의 맛이 난다. 그녀와 함께라면 절대 필요치 않을 비아그릭스의 맛이 난다. 그러나 지금만은, 단단한 막대기와 함께 은행에 침입하고 싶은 기분이 아니다.

"너 시간 끄는 거지." 나는 즉시 이렇게 말한다.

가지런히 늘어선 이빨이 내 턱 아래의 피부를 깨물더니, 두 손이 그대로 나를 붙들고 골목의 회칠한 벽으로 밀어붙인다. 비가 일하는 광고 대행사와 어느 빵집 사이에 끼어 있는 비좁은 뒷골목이다. 행인들의 엿보는 눈길을 피해 만날 때 이용하는 곳이다.

"놈들은 널 이용하는 거야." 그녀는 쏘아붙인다.

창백한 흰색 문구가 (*타임리스와 함께 노화를 쳐부수세요!*) 그녀의 쇄골을 타고 기어 내려가서 거의 투명한 분홍색 홀터 아래로 사라진다. 비아그릭스 광고는 옆구리로 내려가서 반바지의 허리께 쪽으로 슬금슬금 움직인다. 나는 억지로 그녀 육체의 굴곡에서 눈을 들어 올리고, 짙은 갈색 홍채를 정면으로 바라본다. 단도 같은 오후의 햇살이 그녀의 눈동자에 산란되어 시각 강화 테크를 금속성의 금빛 광택으로 감싼다.

"서로 이용하는 거야."

"서로라고? 위험 부담은 너만 지잖아, 말. 순수 미국인 놈들이 너를 잡더라도 그 거미들은 도와주지 않을 거야. 그 개자식들은 너를 희생양으로 삼을 거라고. 그러면 너는…" 비는 gif 파일과 트윗과 동영상으로 내 시야를 가득 채운다.

콘크리트 위에 시체가 널려 있다. 청색과 백색의 눈부신 조명에 물들어 무채색으로 보인다. 남자 하나가 손을 높이 들고 최대한 위협적이지 않게 보이려 애쓰고 있다. 그러나 그대로 밀쳐져 쓰러지고 등에 여섯 번의 총격을 받는다. 근엄한 얼굴의 경찰 당국자가 기자 회견장에 나선다. 타당한 무력 행사였으며, 가해자는 순수 미국인과 시민 미국인의 분리가 필요한 이유를 입증한 셈이라고 말한다. 특히 후자가 폭력에 의존하는 경우가 많은 것이 사실이므로.

나는 손을 흔들어 화면을 지운다. "이것 봐, 비. 머신이 등을 봐주고 있어. 나도 그들을 믿고."

좋아, 이건 거짓말이다. 머신은 내 목숨을 걸 만큼 믿고 있지만, 아난시들은 믿을 수 없다. 적어도 맹목적일 정도까지는 아니다. 딥 웹에서 그들을 조사해 보긴 했다. 공통의 지인도 찾았다. 제대로 된 자들이다. 아프리카가 통일된 기술 강국이 되기 전에도 제대로 된 자들이었고, 이제는 핵티비스트들의 우상 취급을 받는다. 경제를 파탄낼 수도, 정부를 끌어내릴 수도, 나라 하나를 통째로 바꿀 수도 있는 사이버 공간의 디지털 부기맨이다.

그렇다고 내가 그들을, 또는 그들이 나를 신뢰한다는 소리는 아니다. 파트너가 되기 전에 서로의 의도를 증명해 보여야 한다.

"그래서 가져온 거야, 안 가져온 거야?" 나는 묻는다.

비는 쯧 소리를 내더니 브래지어 안에서 오색 광택이 흐르는 카드 한 장을 꺼낸다. "너네 거미들이 제공한 스펙대로 만들었어. 그 회로도가 제대로 된 것이기를 빌어봐."

나는 그녀의 손에서 출입증 카드를 뽑아 들고, 몸을 기울여 다시 키스를 시도한다. 그러나 그녀는 손가락 하나로 나를 저지한다. 그녀의 눈이 말하고 있다. 내가 빌어먹을 바보라고. 전부 어리석은 생각이라고.

틀린 말은 아니다.

정말 이거 할 거야? 머신의 개인 메시지가 시야의 오른쪽 아래에 떠오른다. 비는 몸을 틀며 물러나고, 나는 그녀에게서 시선을 떼면서 무례한 동작을 해 보인다. 그도 똑같이 무례한 이모지로 답변한다. *그럼 슬슬 챙겨 입어, 멍청한 자식.*

우리 목표 맞은편에 리모델링으로 폐쇄한 빈 건물이 하나 있다. 나는 여자 화장실의 마지막 칸으로 들어가며, 화장실 옆에 쑤셔 박혀 있는 검은 가방을 보고 웃음을 흘린다. 누가 어느 화장실을 쓰는지에 그렇게 매달리는 순수 미국인 놈들은, 지금 내 더플백 안에 있는 군사 등급 밀수품을 보면 발작을 일으킬 것이 분명하니까. 머신이 챙겨준 이 장비는 시민 미국인의 손에 들어가서는 안 되는 물건이다. 특히 흑인이나 촉토족 남성을 창백한 피부의 순수 미국인으로 변신시켜 주는 힘이 있다면 더욱 그렇다.

나는 더플백 안을 뒤적여서 밀봉된 은빛 금속 통을 꺼내고 묵직한 뚜껑을 돌려 연다. 안에 들어 있는 나노봇이 우윳빛으로 빛나며, 가끔

보라색 번개 같은 광택이 그 위에서 반짝인다. 나는 나노봇을 흔들어 내 팔에 뿌린 다음 몸을 타고 올라오는 모습을 지켜본다. 움직임에 따른 저릿한 느낌을 참으려고 이를 악문다. 100만 개의 차가운 속눈썹이 내 피부에 대고 눈을 깜빡이는 듯하다.

나는 거울에 비친 모습을 이리저리 살핀다. 나노봇과 강화 장비와 애드온이 전부 제대로 작동하는지 확인해야 하니까. 거울 속에서는 뚱한 표정의 백인 남자가 자신을 살펴보고 있다. 차가운 청색 눈동자가 아직 변하지 않은 옷 위에서 번들거리며 움직이는 나노봇들을 훑어본다. 길거리 복장을 유명 디자이너의 회원제 사이트에서 빼내 온 완벽한 정장 차림으로 바꾸어 주는 중이다.

"이 정도면 먹히겠는데." 변환 장치가 내 목소리도 바꾸어 준다. 억양을 부드럽게 가다듬어 교양 있고 무해한 느낌으로 만든다. 살짝 유럽 억양도 섞여 있다. 아마 독일이겠지.

"그래, 괜찮지?" 머신의 목소리가 내 체내 삽입형 장비 속에서 울린다. "EMP를 맞으면 맛이 가는 건 똑같지만, 회복 속도는 상승했다고."

"그 정도로 충분하길 빌자고." 나는 머신의 심디스크를 소중한 부적인 양 탁탁 두드린다. 새로 만들어진 정장의 가슴 주머니에도 그대로 들어 있다는 사실에 안도감이 밀려온다.

이제 시작할 시간이다.

빈 건물을 떠나는 모습을 누구에게도 들키지 않도록 조심하면서, 나는 도로를 건너 디스크리 은행의 거대한 건물로 들어간다. 로비 안쪽으로 널찍한 아트리움이 이어진다. 고급 가구와 현대적인 실내 장식이 가득하다. 맞춤 정장에 깔끔하게 머리를 다듬은 직원들이 삼삼

오오 곁을 지나간다. 다들 종이처럼 얇은 태블릿을 들고 나직한 전문가 억양으로 대화를 웅얼거리고 있다. 그들 위로는 해파리 드론이 떠다닌다. 직원과 고객을 감시하는 막대형 촉수가 주기적으로 짹짹거리는 소리를 낸다.

내 목표는 간단하다. 은행에 잠입해서, 아난시의 스파이더봇을 심고, 무사히 빠져나가는 것이다. 나는 숨을 들이쉬며 마음을 가라앉힌 다음 보안 콘솔 쪽으로 향한다. 프런트에 앉은 보조 직원 두 명이 고개를 들지만, 세련되게 차려입은 남자가 직원용 바이오스캐너 쪽으로 접근하는 모습일 뿐이라 그대로 무시해 버린다. 나는 비의 키 카드를 꽂아 넣고 안으로 들어선다.

보안 콘솔에서 쏘아져 나온 에메랄드빛 레이저가 내 몸을 훑고 눈동자를 들여다본다. 근처의 해파리 하나가 고도를 낮추고 나를 살핀다. 실리콘 주형에 중심부는 탄소 섬유로 만들어진, 놀라울 정도로 진짜 해파리와 닮은 드론이다. 우산 모양의 표피 아래에서 하드웨어의 불빛이 색색으로 반짝인다는 점이 다를 뿐이다. 해파리의 프로세서가 리드미컬한 음파를 발산한다. AI와 마찬가지로, 바이오스캔은 인간의 얼굴을 식별하는 것이 아니다. 얼굴의 구성 요소를 데이터베이스와 비교하고, 심박수, 발한 정도, 호흡을 확인할 뿐이다. 디스크리의 바이오스캔은 한 단계 나아가서 허가받지 않은 개조나 강화 장비도 식별한다. 출입증 카드가 밀수 품목을 못 보고 넘어가도록 도움을 주게 되어 있다. 비가 제대로 출력했다면. 아난시의 알고리즘에 문제가 없다면. 그리고…

녹색 불빛에 갑자기 오렌지색이 섞인다. *젠장.* 나도 모르게 숨을 참고 있었던 모양이다. 해파리가 관심이 생겼는지 접촉이 가능할 정도로 가까이 다가온다. 초소형 카메라의 조리개가 더 크게 열린다. 나는 폐에서 숨을 내뱉고 어깨에 힘을 뺀다. 레이저는 다시 옅은 초록색으로 돌아간다. 긴장을 풀어야 한다. 드론을 무시하고 비의 키스를 생각하자. 마르의 얼빠진 웃음을. 그러자 생각 하나가 불청객처럼 수면 위로 떠오른다.

사랑하는 이들을 배신할 수 있나?

볼이 움찔거리며 죄책감에 경련한다. 레이저가 다시 오렌지색으로 변한다.

머신의 메시지가 시야 아래쪽으로 끼어든다. *어이, 진정해. 이건 쉽게 넘어가야 하는 부분이라고.*

나는 신경을 억누르고 떠오르는 생각과 맞서 싸워서 안전하게 텅 빈 상태로 되돌린다. 녹색 후광이 내 위로 쏟아진다. 잠시 후 콘솔이 삑 소리를 내며 내 카드를 뱉어낸다. 드론은 흥미를 잃고 몸을 회전하며 3층으로 올라간다.

무사히 통과했다. 아난시들은 믿을 수 있다.

사실 의심한 적도 없었다.

머신의 숙련된 인도에 따라, 나는 아난시의 목표물을 하나씩 습격한다. 대부분은 기밀 정보가 가득 들어차 있는 사설 기업 서버다. 소정의 수수료만 붙여서 야심 찬 라이벌에게 넘길 만한 정보다. 아난시의 거미 두어 마리가 서버의 백색 탑으로 들어가서 기어 다니는 동안, 나는 근처에서 얼쩡거리며 대기한다. 머신은 도시 건너편의 벙커에 들어앉아서 흘러 나가는 데이터의 흐름을 감독한다.

"침입해서 전송 중이야. 거미는 몇 마리 남았어?"

나는 정장의 안주머니를 확인한다. "열 마리 정도."

"그거면 충분하겠지. 다음 방으로 가."

나는 복도로 돌아온다. 일부 직원과 보안 요원들이 복도를 어슬렁거리고 있지만, 자기네들 사이에 침입자가 섞여 있다고는 상상조차 못 하는 듯하다. 물론 내가 알리고 싶은 생각은 없다. 나는 무표정을 유지하며, 내게 고개를 까닥이는 사람들에게만 마주 인사한다. 대부분은 그저 무시하기만 한다.

언제나 이런 피부를 입고 다니면 어떤 기분이 들까? 잘 맞는 스웨터처럼 뒤집어쓰고 쇼핑 나갈 수 있다면? 가게 점원들이 나를 빤히 쳐다보고 있지도 않을 테고, 데니스에서 식사할 때마다 선불을 내지 않아도 될 것이다. 기본적으로 인간성을 지니는 존재로 간주될 것이다. 무죄 추정이 적용될 것이다. 마침내 평범해질 자유를 얻을 수 있을 것이다.

그러나 과연 나는 평범해지고 싶은 것일까?

"방금 그리로 들어갔어야지." 머신이 주의를 준다.

"그래. 그 문제 말인데…"

디스크리 은행의 청사진을 회전시켜 지하 2층의 제한 구역으로 통하는 붉은색 승강기를 드러내자, 인터페이스가 그에 반응해 깜빡이며 바뀐다. "이거 내가 생각하는 그거겠지?" 머신이 바로 반응하지 않자, 나는 웃음을 머금는다.

"그냥 계획대로만 해, 말." 그는 얼버무린다.

"그게 문제인데." 나는 방향을 바꿔 승강기 쪽으로 걸음을 옮긴다. "지금까지 얌전히 계획을 따라왔거든."

"그래서 매끄럽게 잘 흘러갔잖아."

"정신 차려. 아난시가 진심으로 사기업의 기밀 따위에 관심을 가질 리가 없잖아. 저들은 내 능력을 확인하고 싶은 거라고. 그리고 내 능력이라면 저들에게 정부 서버 접속권을 선사할 수 있지."

"아난시조차도 연방 정부의 오프그리드 서버를 뚫고 들어가지 못하는 건 이유가 있어. 수 겹의 보안이 깔려 있고, 암호화 수준도… 거의 해킹 불가능이나 다름없다고."

"그럴 수도 있지만, 해보지 않으면 모르는 거잖아. 아난시가 쫓는 진짜 목표는 이거라고. 이게 아니라면 애초에 왜 디스크리 은행을 골랐겠어. 근처 수백 마일 안에서 연방 서버가 있는 곳이 여기뿐인데, 이게 우연일 것 같아?"

머신은 이런저런 가능성을 줄줄 늘어놓기 시작하지만, 나는 그의 의견을 무시한다. 아난시가 디스크리 은행을 털라는 시험을 내린 순간부터, 나는 해야 할 일을 깨닫고 있었다. 다만 머신이 모르는 사실이 하나 있기는 하다. 내가 이곳 서버를 원하는 것이 아난시 때문이 아니라는 점이다. 물론 그들도 이득을 보겠지만, 압제에 맞서 싸우려면 압제자들의 사용 수단에 은밀하게 접속할 수 있어야 한다. 부패한 시스템을 무너트리려 한다면, 저들이 독점하는 정보를 사용하는 것이야말로 가장 좋은 방법이 아니겠는가?

이런 생각은 머신과 공유하지 않는다. 대신 나는 다른 형태의 진실을 제공한다. "이건 반드시 해야 하는 일이야. 그리고 네가 없으면 불가능해. 네 절친이자 형제로서 애원하는 거야. 날 좀 도와줘."

잠시 침묵이 흐르고, 그가 입을 연다. "알았어. 사람 다루는 데는 아주 도가 텄다니까, 이 자식."

내면에서 죄책감이 조금 더 단단히 옥죄어 들어온다. 나는 머신이 신뢰하는 몇 안 되는 사람이고, 그 신뢰를 이용하는 방법을 아주 잘 알고 있다. 전부 대의를 위한 것이라 되뇌어 본다. 자유란 공짜로 주어지는 것이 아니다. 우리 손으로 쟁취해야 한다. 우리 종족을 해방하기 위해서라면 뭐든 할 것이다. 다만 그 과정에서 가장 친한 친구의 시체를 밟고 넘어가지 않아도 되기만을 빌 뿐이다.

나는 우리의 다음 장애물로 시선을 돌린다. 제한 구역 승강기는 드론이나 AI가 아니라 순수 미국인 감시 요원이 지키고 있다. 뻣뻣한 자세나 험악한 얼굴을 보면 군대 쪽인 듯하다. 전직 해병이거나, 뭐 그런 작자겠지. 짧게 깎은 스포츠머리에, 값비싼 정장이 근육질 몸 때문에 터질 듯하다. 꾹 다문 사각 턱은 캠핑 나이프 칼날을 갈 수 있을 정도로 단단해 보인다. 기업 폭력배의 전형처럼 보이는 외모다. 눈만 빼고. 그 어떤 개수작도 잡아낼 수 있을 것처럼 날카로운 눈빛이다.

물론 기업 좀도둑으로 분장한 이상주의자 혁명가도 잡아내겠지.

"씨이이발." 머신의 길게 끄는 말소리가 울린다. "길 잘못 든 척하고 돌아가자고."

군대 친구는 내 얼굴이 익어버릴 정도로 뜨거운 시선으로 바라보면서도, 정작 보안 담당석에서 몸을 일으키지는 않는다. 나는 지루한 표정을 지으며 위축되지 않고 그의 강렬한 시선을 맞이한다. 세 개의 모니터에서 선명한 푸른빛이 번쩍이지만, 돌아가는 이미지들은 알아볼 수가 없다. 나는 보안 담당석의 스캐너에 오른 손목을 가져다 댄 다음, 내 피하 칩을 분석해서 진입 허가를 내주기를 기다린다.

문제는 나한테 피하 칩이 없다는 거지만. 적어도 등록된 것은 없다.

그리고 나한테 진입 권한이 없다는 것도 완벽하게 확신할 수 있다.

스캐너가 지나치게 오래 시간을 끌고 있다. 이미 경계 중인 군대 친구가 내 두개골에 총알을 박아주기까지 한 2초쯤 남은 듯하다. 심장이 목구멍으로 튀어나오려고 애쓰고 있지만, 나는 차분하게 호흡하려 시도한다. 그리고 눈빛에 경멸하는 느낌을 담으려 시도하며 (그리 어렵지 않은 일이다) 한쪽 눈썹을 올려 보인다.

"전전긍긍하는 모양이로군." 나는 말한다.

"처음 보는 얼굴이라서."

"나를 만나서 좋을 일은 없으니까."

이 말에 그는 허점을 찔린 듯하다. 좋아. "그건 무슨 소리지?"

내 입에 걸린 가벼운 미소가 공모자의 웃음으로 변한다. "나는 비밀 엄수가 필요한 곳에만 등장하는 사람이거든."

일치 대상을 찾은 스캐너에서 녹색 빛이 번쩍이고, 승강기 문이 슛 소리와 함께 열린다. 고막에서 머신이 욕설을 내뱉으며 다양한 물체를 걷어차는 소리가 울린다. 짜증과 축하가 섞인 소리다. 몇 마일은 떨어져 있는데도 그가 내뿜는 스트레스를 느낄 수 있을 지경이다. 머신은 이 나라 최고의 해커다. 아난시가 나를 만나주겠다고 한 이유이며, 이제는 정보의 진정한 보물 창고에 입장할 수 있게 해주었다.

군대 친구는 다시 나를 살펴본다. 내 모습을 기억에 담는 모양이다. 그런 생각을 하니 발끝까지 오싹해진다. 보통 비밀 엄수를 언급하면,

사람들은 겁에 질려 눈을 내리깔고 자기 앞으로 떨어진 지저분한 일거리가 얼른 끝나기만을 바라기 마련인데.

이 작자는 아니다.

저 녀석 눈빛이 마음에 안 드는데. 분명 문제를 일으킬 거야. 머신의 경고가 배 속에서 메아리친다.

소용없는 일이다. 이제는 돌아갈 수 없으니까. "이름이 뭔가?"

군대 친구의 시선이 빙 둘러 있는 화면 쪽으로 돌아간다. "한스 그루버입니다."

존댓말 속에 질시의 기색이 가득하다. 내가 정말로 정부 고위직의 심복이었더라면 그대로 해고해 버렸을 정도다. 그러나 나는 아무것도 개의치 않는 사람처럼 가벼운 걸음으로 승강기에 올라탄다.

머신이 소리쳐 경고한다. 몸을 획 돌리자 그루버가 초소형 다트를 내 쪽으로 던지는 모습이 보인다. 너무 빠르다. 반응할 수가 없다.

다트가 그대로 내 어깨를 파고든다. 바늘로 찌르는 고통이 쇄골을 파고든다. 푸른 전자기 에너지가 내 주변에서 일렁이며, 나노봇을 교란하고 나를 뒤로 넘어트린다. 벽에 머리를 세게 부딪쳐서 이빨이 흔들릴 지경이다.

백색으로 치직거리며 시야가 타오른다. 나노봇이 내 주변으로 투명한 비처럼 떨어져 내린다. 너무 작아서 불똥처럼 반짝이는 모습이다. 변장이 천천히 씻겨나간다.

엘리베이터가 딩 소리를 내고, 그루버의 득의양양한 웃음이 닫히는 문 뒤로 사라진다.

다리에 힘이 빠지며 나는 그대로 벽을 따라 무너져 내려 주저앉는다. 의식을 유지하려 애쓴다. 지금 여기서 정신을 잃을 수는 없다. 그러나 이미 어둠이 내 주변을 감싸기 시작한다. 그와 함께 여름의 열기가, 소리 높인 웃음소리가, 오향분의 냄새가 찾아온다.

나는 거리를 따라 늘어선 사람 머리의 바다 너머를 슬쩍 넘겨봤다. 냄새와 소리가 한데 뒤엉켜 기름기 냄새와 북소리를 가진 덩어리가 되고, 나는 거기에서 천국을 떠올렸다. 내리쬔 8월의 햇살이 밝은색의 '혼합 문화 축제' 깃발 주변에서 뒤엉키는 중이었다. 노점마다 관광객이 가득했다. 열기에도 아랑곳하지 않고 갓 끓인 검보 스튜*를 후룩거리고, 진짜 미국 원주민들이 만든 '수제' 장신구를 뒤적이고 있었다. 사실은 넷상에 흔해 빠진 패턴을 다운받아 프린트한 물건일 뿐이지만.

"농담이 아니야, 말콤." 마르는 어깨로 나를 찌르면서 자신의 고급 선글라스를 슬쩍 내렸다. "얼른 못 찾으면 바로 여기서 소변볼지도 몰라. 그리고 임시 화장실은 절대 쓸 생각 없어."

"이 블록을 따라 내려가면 창 씨네가 있어."

나의 쌍둥이는 내 시선을 따라가다 입술을 오므렸다. "거기 가서 버블 그린티라도 하나 사면 되겠네."

우리는 축제를 즐기는 사람들 사이를 이리저리 빠져나갔다.

"평소보다 순수 미국인들이 훨씬 많은데." 마르가 말했다.

"웃기는 일이지. 다양성을 억누르는 법안을 통과시키면서 다양성 축제를 축하하다니."

---

* 미국 남부 루이지애나주의 소울 푸드. 흑인 또는 아메리카 원주민의 요리에서 유래되었다고 전해진다.

"그만해."

"뭘?"

"그 혁명가 같은 소리 말이야. 꼭 아빠 같다니까."

"너는 엄마처럼 말하고."

그녀는 해묵은 말다툼에 그저 어깨만 으쓱했다. "세상은 계속 그대로일 테고, 너나 내가 뭘 해도 바뀌는 건 없어. 빨리 그 사실을 인정할수록 더 편해질걸."

창 씨네의 열린 문에서 흘러나오는 익숙한 냄새에 뱃속이 꾸륵거리기 시작했다. 우리가 어릴 적하고 크게 변한 것은 없었다. 젬 창은 이 동네에서 처음으로 재활용품을 재료로 써서 가구를 프린트하기 시작한 사람이었다. 그의 가구는 못생기고 큼지막하지만 튼튼하고 편안했다. 요즘 다운 받는 뉴에이지의 매끈한 패턴들과는 완전히 달랐다. 창 씨네의 커다란 메뉴판은 구식 테크를 사용하기 때문에, 종종 쿵파오 치킨의 가격 대신 404 에러를 띄우곤 한다. 마르와 내가 방과 후 이곳을 지나칠 때마다, 창 씨가 슬쩍 쥐어주던 바로 그 쿵파오 치킨 말이다.

수수한 식당 안에는 손님이 가득하지만 지나치게 바쁘지는 않았다. 나는 계산대의 파블로에게 손을 흔들었다.

"맨날 먹던 거지, 말?"

"그래. 돼지고기 볶음밥에 새우튀김. 마르는 버블티 한 잔 한대. 그린으로?"

"그린으로." 그녀가 대답했다.

파블로는 마르를 슬쩍 훑어보는 척했다. 그녀는 내 훤칠한 키를 공유할 뿐 아니라 거의 모든 면에서 나와 똑같았다. 구슬을 섞어 땋은 머리가 복잡한 스타일로 머리를 휘감은 모습은, 세련되면서도 조금 지나쳐 보였다. 언제나 하늘하늘한 보헤미안 드레스에, 팔찌와 장신구를 팔꿈치까지 가득 차고 다니는 쪽을 선호했다. 마르는 선글라스를 머리 위로 올리고는 파블로와 시선을 마주했다. 이내 파블로가 고개를 돌리기는 했지만. 손님의 손목을 두드려 결제를 마치고 음식을 전해야 했기 때문이다.

"오늘 정말 끝내주는데, 마르. 진심이야."

마르는 그에게 진심이 담긴 미소를 선사했다. 정말 오랜만에 본 표정이라, 파블로와 주먹을 맞대며 감사 인사를 하고 싶을 정도였다. 마르를 교과서와 사회학 논문에서 떨어트려 축제에 참여하자고 꼬셔서 나오는 데만도 상당한 노력이 필요했다. 그녀는 사람들을 헤치고 여자 화장실로 걸어가다가 문득 걸음을 멈추더니, 팻말을 바라봤다. 여성. 고객 전용.

"버블티 시켰잖아? 우린 손님이라고. 다른 사람들하고 똑같아."

그녀의 검은 눈동자가 나를 향해 어정쩡하게 빛났다. "다른 사람들하고 똑같다, 이거지?" 그렇게 말하면서도, 그녀는 펑퍼짐한 엉덩이로 문을 밀치고는 당당하게 걸어 들어갔다.

나는 어깨로 남자 화장실 문을 밀어 열었다. 별다른 특색 없는 청회색 소변기 두 군데에는 이미 사람이 서 있었다. 나는 두 명의 순수 미국인들 사이에 있는 빈 소변기 앞에 섰다. 우리는 서로를 무시했다. 할 일을 끝내고 분홍색 비누 거품으로 손가락 사이를 문대고 있는데, 갑자기 가슴이 덜컹 내려앉았다. 한 번, 그리고 두 번.

나는 움직임을 멈추었다. 미지근한 물이 내 피부를 스치고 지나갔다. 내 것이 아닌 두려움이 배 속에서 끓어올랐고, 나는 즉시 그 근원을 파악했다. *마르?*

우리의 연결을 타고 공포가 흘러 들어왔다. 뒤이어 아주 잠깐 분노가 타오르고, 수치심이 휩쓸고 지나갔다. 나는 그녀에게 다시 개인 메시지를 보냈다. *마르, 대체 무슨…*

네가 틀렸어, 말. 나는 다른 사람들하고 같지 않아. 저들은 내가 그럴 수 있도록 가만두지 않을 거야. 마르의 실시간 피드가 내 시야 위로 덧씌워졌다.

검은 눈 하나가 칸막이 틈새로 그녀를 바라보고 있었다. 주먹으로 쿵쿵 때리는 소리에 문짝이 흔들렸다.

"말했잖아요, 거의 끝났다고요." 실시간 입력이 잠시 흔들렸다. 마르는 펄럭이는 보헤미안 드레스의 옷자락을 추슬렀다. 마치 망가진 갑옷의 판금 조가리를 그러모아 자신의 자존감을 지키려는 듯했다. 물 내리는 소리가 울렸다. 마르가 문의 잠금쇠를 풀자마자, 식당 지배인이 그녀의 얼굴을 마주했다.

나는 손을 말리는 것을 포기하고, 짜증 내는 순수 미국인들을 밀치고 남성용 화장실의 문을 걷어찼다. 어슬렁어슬렁 걸어 들어오던 남자가 간신히 문짝을 피했다. 마르의 실시간 피드는 계속되고 있었다.

"이 화장실은 여성용이야."

"난 여성인데요." 마르는 남자를 피해서 세면기 쪽으로 들어가려 했다.

그는 비꼬는 미소를 띠고 그녀의 앞을 막아섰다. 아는 얼굴이었다. 창 씨의 아들 중 하나인 애덤이었다. 마르가 화장실에 있다는 것을 알

왔을 리가 없다. 단 하나의 가능성을 제외하면… 파블로.

“정말로?” 애덤이 말을 이었다. “그럼 신분증을 보자고. 서류도 보여주고.”

마르는 잠시 뻣뻣하게 굳었다가, 과장되게 예의를 차리며 물었다. “실례지만 그 전에 손부터 씻으면 안 될까요?”

다른 여자들은 이미 전부 화장실을 빠져나온 후였지만, 그대로 복도에 서서 안쪽을 들여다보며 내 쌍둥이 남매에게 이르는 길을 막고 있었다. 순수 미국인 손님들은 손으로 입을 가린 채 수군거리며 세련된 전자 기기를 꺼냈다. 몇몇은 눈동자에서 찰칵 소리를 내면서 강화 장비를 작동시켰다. 눈앞의 드라마를 녹화하려는 것이다. 이제 마르는 온갖 소셜 미디어와 포럼에 등장하게 될 것이다. 적어도 머신에게 부탁해서 그녀의 영상을 전부 지워버릴 때까지는.

“손을 씻고 싶으면 남자 화장실을 쓰라고. 여기 들어오면 안 된다는 거 알잖아, 마르틴. 위법이라고.”

마르는 마치 통역 모듈을 활성화시키지 않고 외국어를 들은 사람처럼 멍하니 애덤을 바라볼 뿐이었다. 망연자실해진 마르의 모습에 분노가 타올랐다. 그대로 묻어버렸지만.

아직은 안 돼. 나중에.

애덤은 조금 당황한 듯 자기 턱을 문질렀다. “이봐, 아버지가 너희 좋아하시는 거 아니까, 이번에는 봐주겠어. 하지만 다음에는 경찰을 부를 수밖에…”

나는 연결을 끊고, 입을 떡 벌리는 순수 미국인들을 밀치면서 화장실로 들어갔다. 그리고 선글라스를 내려서 눈물을 감춰준 다음, 그녀를 내 쪽으로 끌어안고 식당 안쪽으로 들어섰다. 사람들이 달콤짭짤한 소스처럼 양쪽으로 갈라졌다. 나는 마르의 오른쪽 귓불을 당겨서 바이오칩이 증오 섞인 속삭임을 걸러내도록 만들었다. 살랑거리는 속삭임이 마르를 지나쳐 내게 달라붙었다. *성도착자잖아, 변태야, 경찰을 불렀어야 했어.*

나는 창 씨네의 모든 사람이 쏟아내는 이글거리는 시선을 무시했다. 분노가 용의 숨결처럼 뜨겁게 응어리졌지만, 내 분노가 달아오를수록 마르는 차가운 실의 속으로 빠져들기만 했다.

*어떻게 하고 싶어? 내 추천은 몰로토프 칵테일*인데.* 나는 이렇게 물었다.

마르는 깊이 숨을 들이쉬고는 그대로 참았다. 영혼이 먹먹해지는 피로감이 좌절과 수치심 사이에서 점멸하는 것이 느껴졌다. 그녀는 이내 씁쓸한 숨을 내뱉으며 고백했다. *내 일부는 아무것도 원하지 않는 것 같아. 하지만 그런다고 달라질 건 없겠지. 문제는 공감이야, 말. 그 누구도 서로에게 공감하지 않아. 강제로 공감하게 만들 수도 없고. 이 가게를 불태워 버린다고 해도 달라질 건 없어. 이 나라를 통째로 불태워야 해.*

파블로는 고개를 숙인 채 바쁘게 주문을 받고 있었다. 우리가 그 옆을 빠르게 걸어 지나가자, 그는 진심 어린 사과의 말을 중얼거렸다. 그러나 우리는 그대로 문을 나섰다. 마르의 버블티는 카운터에 올려진 채로 맺힌 물방울을 뚝뚝 흘리고 있었다.

---

* 화염병.

목구멍으로 토기가 쏠린다. 기억이 천천히 사그라지며 짜증 나게 계속되는 윙윙 소리가 그 자리를 메운다. 묘하게도 들어본 듯한 느낌이다… 머신이 소리치는 건가?

인터페이스가 천천히 깜빡이며 통신을 회복한다. 뒤틀린 에러 메시지가 세피아빛 음영으로 점멸한다. 머신의 다급한 메시지가 입술에서 미간까지 끊임없이 스크롤해 올라간다. 간신히 알아볼 수 있을 지경이다.

우리 완전 망했어.

제대로 조졌다고.

말? 말! 일어나!

빌어먹을. 젠장, 일어나라고.

그놈이 지원을 요청하고 있어. 방해 공작을 돌렸지만, 남은 시간은 10분 정도야.

길어봤자 10분.

나노봇은 다시 작동 중이야. 얼른 거기서 나와.

증강 시야가 떨린다. 어깨에서 다트를 뽑는 손이 경련하는 것이 느껴진다. 내 손가락보다 가늘고 길이는 비슷한 다트는 아직 충전된 EMP가 남았는지 반짝이고 있다. 나는 구역질을 느끼며 그걸 던져버리려다가, 거기에 내 피가 묻어 있다는 사실을 기억해 낸다. 물론 추적기도 내장되어 있을 가능성이 크다. 나는 그대로 다트를 주머니에 넣는다.

어깨가 욱신거리고 가슴이 들썩인다. 나는 승강기의 매끄러운 표면에 비친 내 모습을 노려본다. 나노봇들이 열심히 내 분장을 복구하려고 애쓰는 중이다. 흑인으로 태어났다는 원죄를 지워버리고, 세상의 구미에 맞는 다른 무언가로 변형시키려고. 그러나 이미 문제는 발생해 버렸다. 그가 내 모습을 슬쩍이라도 봤으니까. 물론 운이 좋다면, 인상착의를 설명할 정도로 제대로 보지는 못했을 수도 있지만.

머신은 계속해서 내게 욕설을 퍼붓는다. "그 빌어먹을 계획대로 움직여야 했어. 그런데 너는…"

나는 최고의 친구가 서둘러 꺼내드는 탈출 계획을 무시한다. 예모자의 조롱이 내 머릿속에서 울린다. *너는 너무 부드러워.* 나는 건물 구조도에 집중한다. 정부 서버 하나 정도는 가능할지도 모른다. 잘하면 두 개.

"눈앞에 우리가 원하는 성배가 있잖아. 여기까지 들어오지 않고는 절대 놈들에게 접근할 수 없어. 최대한 그놈을 괴롭히고 있어봐."

문이 열리며, 흰색과 청색과 녹색으로 빛나는 서버들이 줄지어 늘어서 있는 광경이 펼쳐진다. 여기에는 군대 친구들은 없다. 아무것도 모르는 메카들만 있을 뿐이다. 늘씬한 흑표범 같은 생김새에, 밋밋한 얼굴로 냄새를 맡으며 머리 위 좁은 통로를 순찰한다. 체계적으로 바이오스캔을 수행하며 이곳에 속하지 않는 체온과 움직임을 노리고 있다. 침입자를 발견하면 꼬리에서 테이저 건을 발사하고 은행 전체에 경보를 울릴 것이다.

머신은 메카 내부의 프로그램을 통제한다. 얼마 못 가기는 하겠지만. 그리고 한스의 통신 시도도 막아버린다. 비정상적인 행동을 하지 않는 한은, 나는 그저 평범한 인간형 살덩어리로만 인식될 것이다.

"어떻게 알아챈 거야?" 나는 초조함을 다스리려고 이렇게 묻는다.

"한스 말이야?" 머신은 다른 곳에 정신을 판 채로 대답한다. "이름 들으니까 감이 오더라고."

먼 옛날의 영화 〈다이 하드〉의 간략한 줄거리가 내 인터페이스에 떠오른다. 영화의 악역인 한스 그루버는 돈 많은 은행을 털려고 시도하는 독일인 테러리스트다.

그 군대 친구 정말 똑똑한 개새끼네.

나는 머신의 심디스크를 주머니에서 끄집어내고 계획을 설명한다. 그가 머뭇거리는 것을 즉시 느낄 수 있다. 이걸 실행하면 그의 평생의 역작을 망치는 꼴이 될 테니까. 이 심디스크에는 수없이 많은 시간을 들여 완성한 머신의 좌절과 천재성과 예술 감각이 녹아들어 있다. 나는 그런 물건을 흉악 범죄에 사용하려는 것이다. 이 혁명적인 몰입형 증강 현실 기술은 절대 특허를 받지 못할 것이다. 자신의 예술 작품의 제작 자금을 대는 일에도 사용할 수 없을 것이다. 그랬다가는 범죄에 연루되고 말 테니까.

지나친 부탁이기는 하지만, 다른 방법이 없다. 적어도 정부 서버에 접속할 수 있는 다른 방법은 없다. 그리고 내 마음속 이기적인 부분은 추잡한 진실을 그대로 인정한다. 내 목적을 달성할 수만 있다면, 친구가 만든 평생의 역작보다 훨씬 더한 것이라도 기꺼이 파괴할 거라고.

숨이 가빠진다. 내가 언제부터 이런 개자식이 된 거지? 언제부터 다음 역에 도착하려고 사랑하는 친구들을 기차 바퀴 아래로 던져버리는 놈이 된 거지? 이 모든 일이 끝난 후에도, 나 자신의 눈을 정면으로 마주할 수 있을까?

"실행시켜." 머신의 목소리에는 적의가 묻어나지만, 다음으로 입을 열 때는 체념밖에는 느낄 수 없다. "하지만 내가 너를 못 빼낼지도 모른다는 사실은 알아둬."

나는 회한과 수치심을 한쪽에 묻어두고 손가락을 푼다.

"해보자고."

"그러니까 창 씨네로 가는 중이다, 이거지?" 경관은 내 말을 따라 읊는다. 어조에 진한 의심이 배어난다. 어디선가 사이렌이 울린다. 행인 몇몇이 우리를 피하려고 도로 건너편으로 이동한다. 똑똑하군. "조금 전까지는 어디에 있었지?"

"일했죠. 낮 근무거든요."

경관의 얼굴이 굳는다. 눈을 가늘게 뜨고 나를 노려보고 있을 것 같지만, 불투명하고 번쩍이는 선글라스 안쪽은 전혀 들여다볼 수 없다.

"그렇다면 디스크리 은행에서 벌어진 사건에 대해서는 아무것도 모르고 있겠군?"

빌어먹을. 머신의 텍스트 창이 내 시야로 비집고 들어온다. 비는 구두점만 찍어대고 있다. 신경이 바짝 곤두서서 그대로 유죄를 인정하고 공범을 희생양으로 바쳐버릴 것 같다. 나는 침을 꿀꺽 삼킨다. 진정하려 발버둥 친다.

"말했잖아요. 그냥 먹을 걸 사서 집으로 돌아가려던 참이었어요." 내 목소리에 초조함이 묻어난다. "서류 챙겨서 가도 될까요?"

경관의 시선에서 물리적인 압력이 느껴지는 듯하다. 이런 부류의 인간이 나 같은 부류의 인간을 압박할 때면 언제나 찾아오는 느낌이, 마치 쇠 굴레처럼 내 쇄골을 조여온다. 지금 우리가 추는 춤은 수 세기 동안 피 웅덩이 속에서 계속되어 온 춤이다. 그의 손이 허리춤의 권총집 쪽으로 다가간다.

"사람이 죽었다. 진정한 애국자였지." 경관은 순찰차 건너편에서 꼼짝도 하지 않는다. 그러나 손은 여전히 총에 올린 채다. "그런데 네가 그 범인의 인상착의와 일치하는 것 같단 말이야."

머신이 정신없이 두드리는 텍스트의 착신음은 무시하면서, 나는 숨을 깊이 들이쉰다. 등 뒤로 흐르는 식은땀을 느끼며 경관의 번쩍이는 선글라스에 비치는 내 모습을 바라본다. 사이렌 소리가 더 크게 울리며 가까워진다.

머신의 노력에도 불구하고 그루버는 내 인상착의를 확인한 모양이지만, 내용은 모호했다. 인종, 성별, 신장 정도였다. 그래도 순수 미국인이 살해당한 사건이다. 오늘 밤에는 무고한 흑인의 피가 사방에 흩뿌려질 것이다. 전부 나 때문에 벌어지는 일이다.

영혼을 더럽힐 각오가 됐나, 말콤?

죄책감이 내 영혼을 갉아먹는다. 무심한 목소리가 나오는 것 자체가 작은 기적이나 다름없다. 나는 그 기적을 이용해 부드럽게 길게 끄는 목소리로 거짓말을 내뱉는다. "아무것도 모르는데요. 저 설마 체포되는 건가요?"

"이게 얼마나 심각한 일인지 이해한 거냐, 꼬맹아?"

어깨에 힘이 들어간다. 나는 억지로 힘을 빼려 애쓴다.

"그럼요."

경관은 투덜거린다. 그는 나를 한참을 훑어보고, 나는 움직이지 않는다. 지치고 무고한 사람의 분위기를 연기한다. 마침내 그는 허리춤에서 손을 뗀다. "밖에 돌아다니면 안 된다."

그는 몸을 돌린다. 순찰차 문이 열린다. 폐에서 공기가 빠져나가고 치밀어 오르는 안도감에 무릎이 떨린다. 나는 서류를 향해 손을 뻗는다. 얼른 주워 들고 이곳을 빠져나갈 생각뿐이다. 비와 머신은 어느 안전 가옥을 목표로 삼을지를 놓고 다투고 있다. 내가 얼마나 오래 숨어 지내야 할지도…

갑자기 그들의 메시지 창이 사라진다.

두려움이 차가운 덩굴처럼 내 갈빗대를 타고 오른다. 설마 저 경관이 내 장비를 해킹한 건 아니겠지?

동영상 클립 하나가 내 피드를 가득 채운다.

그 군대 친구가 총을 빼 들고 승강기를 나서는 모습이 보인다. 그는 잠시 멈칫거리며 좌우를 살핀다. 노스다코타의 겨울밤에 모여서 노래하고 구호를 외치는 군중의 모습에 충격을 받은 듯하다. 물 지킴이들이 그를 둘러싸고 지역 경찰국에서 벌어진 일을 속삭인다. 한스는 시위대와 전차들 사이의 위험 지대로 걸어 들어간다. 이곳의 값비싼 장비에 발포해서 파손시킬 위험을 무릅쓸 수 없으므로, 그는 계속해서 주변을 둘러보고 홀로그램에 손을 휘저으며 진짜가 아니라는 사실을 확인한다.

나 자신이 어느 물 지킴이 뒤편에서 슬쩍 나오는 모습이 보인다. 머신의 시뮬레이션을 처음 경험했을 때 특별한 애착을 느꼈던 사람이다. 물 지킴이는 내가 적에게 다가가는 모습을, 대평원의 버펄로를 사냥하는 수족의 사냥꾼처럼 적을 사냥하는 모습을 지켜본다. 메카들은 무심하게 아래를 바라보기만 한다. 그루버는 고양이처럼 조용한 걸음으로 슬금슬금 앞으로 나간다.

그의 발걸음이 작은 흰색 디스크를 넘어간다. 군대를 향해 가운뎃 손가락을 들어 올리고 있는, 두꺼운 외투를 두른 여성에게 총을 조준한 채다. 뒤편의 내 존재는 전혀 감지하지 못한다. 내 손가락이 EMP 다트를 쓰다듬는다. 들어 올린다. 그 움직임을 감지했는지 한스가 몸을 돌린다. 나는 망설이지 않는다. 부드러움 따위는 조금도 없다. 오직 본능과 한계를 넘은 분노뿐. 나는 그의 눈에 다트를 박아 넣는다.

동영상이 쓰러지는 그루버의 모습을 확대해 보여준다. 눈구멍에서 피를 흘리며 얼굴을 부여잡고 있다. 나는 그의 총을 빼앗은 다음, 몸을 뒤트는 모습을 굽어보며 그대로 서 있다. 주변에서 물 지킴이들이 평화를 부르짖고 있다. 석유로 가득한 땅을 적시는 소중한 물을 지켜 달라고.

여기서 그를 놔줄 수도 있었다. 무력화시키고, 내가 원하는 것을 얻은 다음, 빠져나갈 수 있었다.

그 대신 나는 총을 겨눈다.

검은 거미가 화면을 가득 채운다. 거미의 몸통에서 고운 거미줄 형태의 단어들이 쏟아져 나온다.

의지력. 교활함. 대담함. 무자비함. 너는 자신의 가치를 증명했다.

단어의 거미줄이 증발하고, 다른 단어들이 그 자리를 채운다. *우리가 너를 돕겠다. 우리 이름으로 여기에 선물을 내리노니…*

거미의 형체가 사라지기 시작한다. 그러나 사라지기 직전, 마지막에 폭탄을 떨군다.

우리의 새 일원은 기꺼이 받으라.

숨이 멎는다. 새 일원이라고? 나는 순찰차의 후드에 기대 선 채로, 다리가 풀리지 않도록 애쓴다. 처음 아난시에 도움을 청했을 때는 그들의 일원이 되리라는 상상은 하지도 못했다. 아난시의 지원을 받는 정도가 아니라, 저들의 일원이 되어, 디지털 신으로 승천하라고? 말 그대로 무한한 가능성을 손에 쥐는 셈이다.

나 자신의 피드가 지직거리며 회복된다. 최소화되어 있는 머신과 비의 메시지 창이 깜빡이며 주의를 끌려 애쓴다. 내 인터페이스의 한가운데에는 낯익은 프로그램이 실행을 요청하고 있다.

이미 반쯤 순찰차에 들어가 있던 경관이 앞 유리를 통해 나를 바라본다. "뭐 문제 있냐, 꼬맹아?"

"그냥 넘겨버려." 삽입형 장비를 통해 머신이 회유하는 목소리가 속삭이고, 나는 흠칫 놀란다. "이미 네가 하려던 건 전부 해치웠잖아. 서류 챙기고 안전 가옥에서 만나자고."

비가 메시지 창을 포기하고 머신의 음성 통화에 합류한다. "근처에 거의 다 왔어. 나랑 합류해서 성공을 축하하자. 진짜로 성공한 거잖아."

"어이, 꼬맹이!" 경관이 손가락으로 딱 소리를 내서 내 주의를 끈다. "귀가 먹었냐? 문제 있냐고 물었는데?"

이 말에, 내 안에서 수년 동안 천천히 커지고 있던 불길이 갑자기 지옥의 화염처럼 솟아오른다. 나는 그 불길을 기꺼이 받아들인다. 이 불길이 내 육신을 태워서 나를 변화시키리라.

나는 허리를 세우고 그의 노려보는 눈빛을 정면으로 마주한다. "아무 문제도 없어. 이제는."

경관은 깜짝 놀라 총을 빼려고 더듬거린다.

나는 OSOOSI.exe를 실행시킨다.

효과는 즉각적이다. 거리 건너편의 행인들이 쓰러진다. 허둥대던 경관은 얼어붙는다. 그의 몸이 한 번 움찔하더니, 그대로 운전대에 얼굴을 박으며 쓰러진다. 경적이 밤하늘을 가르며 크게 울리고, 나는 그를 뒤로 밀쳐내서 소리를 멈춘다. 선글라스를 벗기고 늘어진 얼굴을 바라본다. 공포와 혼란으로 눈을 크게 뜬 채다. 천천히 눈꺼풀이 내리덮인다. OSOOSI가 그를 깊은 잠에 빠트린 것이다.

"말." 머신의 얼굴이 내 인터페이스에 떠오른다. 비가 그의 어깨 너머에서 기웃거린다. 둘 다 불안한 표정이다. "무슨 일이 벌어진 거야?"

"이제 시작이야." 나는 중얼거린다.

몇 달 동안, 마르의 말은 끈질긴 바이러스처럼 내 마음속에서 꿈틀거렸다. 영속적인 변화는 일어날 수 없다. 우리 모두가 공감을 버리고 무관심을 선택했기 때문이다. 우리의 대화에서 영감을 얻은 나는, 강제로 공감 능력을 다시 개화시킬 수 있는 방법을 고안해 냈다.

나는 한쪽 창에 감시 카메라 동영상, 수치, 데이터를 띄운다. 다른 창으로는 OSOOSI의 진행률을 확인한다. 이 프로그램은 루트킷처럼 모든 바이오칩의 기능을 통제한다. 감정을 조작하는 기능까지 포함해서. 아난시가 내 바이오칩을 장악했을 때와 마찬가지로, 이제 내 프로그램이 저들을 조종한다. 아난시의 스파이더봇이 해킹한 서버들과 칩이 연결된 사람은 모두 인사불성 상태가 된다. 고작해야 몇 분 정도 지속될 뿐이지만, 나는 모든 순수 미국인이 날것의 디지털 감정에 폭격당하도록 준비해 놓았다.

저들이 공중화장실을 사용하려던 마르가 느낀 굴욕과 수치심을 느끼도록 준비해 놓았다. 명령에 따라 서류를 제출하고 통금에 따를 때마다 내 마음속에서 끓어오르던 무력한 분노를 느끼도록 준비해 놓았다. 대지에 대한 경외와 자존감을 지키려 노력하던 자기네 부족의 모습을 코드로 그려내던, 머신의 슬픔을 느끼도록 준비해 놓았다.

시민 미국인들이 매일 억지로 잠자리에서 일어날 때마다 느끼던 공포를 느끼도록 준비해 놓았다.

"이런 세상에." 내 피드를 지켜보던 비의 눈이 눈물로 반짝인다. 땅바닥에 엎어진 사람들. 도와달라고 창밖에 대고 소리치는 소녀. 당황한 눈으로 두려움 가득한 트윗을 훑어보는 공무원들. "대체 무슨 짓을 한 거야?"

"저들이 보고 이해할 수 있으려면 반드시 필요한 것을 했지." 나는 깊이 숨을 들이쉬고 주변에 몰아칠 폭풍을 대비한다. 1~2분이면 사람들이 깨어나기 시작할 것이다. 그 전에 이 마지막 허들을 넘어야 한다.

"너는 뭔지 알아보겠지, 머신?"

그는 멍하니 나를 바라보다가, 자기 쪽에 층층이 쌓인 모니터로 고개를 돌린다. 내 가장 친한 친구의 얼굴을 스쳐가는 감정을 보니 뱃속이 뒤틀리는 것 같다. 혼란, 경악, 고통, 그리고 마지막으로 배신감.

"몰입형 증강 현실이군." 머신의 목소리는 공허하다. "내가 심디스크를 사용할 기회를 망친 걸로도 부족해서, 이제는 내 발명품까지 훔친 거야?"

비는 그와 나를 번갈아 바라본다. "말? 진짜로 그런 거야?"

나는 그들의 비난하는 시선을 피한다. 일이 이렇게 흘러가는 것은 원하지 않았지만, 머신이 내게 심디스크를 튕겨준 순간부터 어떻게 끝날지 짐작하고 있었다. 그 잠재력은 평화로운 시위를 다루는 예술 전시회 따위에 낭비되기에는 너무 거대하다. 이런 혁신적인 기술은 훨씬 많은 것을 이룩해야만 한다.

"미안해."

"사과하지 마." 머신이 쏘아붙인다. "됐으니까 꺼지라고, 말."

그는 동영상을 끈다. 비는 자신에게 접근하지 말라는 경고를 텍스트로 보내고, 마찬가지로 연결을 끊는다.

소중한 시간이 흘러간다. 나는 순찰차 지붕에 머리를 기댄 채, 사라진 친구들의 자리를 채우는 먹먹한 침묵에 귀를 기울인다. 아난시들은 내 이상주의적인 대의명분이 주변의 모든 것을 파괴하리라 경고했다. 그리고 이제 나는 과거의 삶이 남긴 폐허 한가운데 서서, 이 모든 것에 그럴 가치가 있기만을 소망하고 있다.

나는 경관을 확인한다. 벌겋게 얼룩진 볼을 타고 눈물이 흘러내려 제복을 적신다. 잘됐군.

이제 세상에 불을 지를 때다.

아난시의 게릴라 테크를 이용해서, 나는 손이 닿는 모든 생방송 스트림을 하이재킹한다. 모든 소셜 미디어 플랫폼에서 내 메시지를 터트리고, 내게 일시적으로 바이오칩의 통제권을 빼앗긴 순수 미국인들의 무력한 정신에 속삭인다.

이 선언으로 나는 말콤에서 오쇼시*로 승천할 것이다. 고발당한 이

---

* 요루바족의 신. 사냥, 숲, 전사, 정의를 주재한다.

들과 정의를 찾는 이들의 복수를 행하는 신.

순수 미국인 합중국이 온 힘을 다해 추적하고 가장 증오하는 국내 테러범.

이 나라는 심각한 분열로 오염되어 있다. 너희들은 이 분열을 반드시 유지하려 하겠지. 너희들은 이 나라에 사는 수백만 사람들의 경험을 외면해 왔다. 우리들의 역경에서 눈을 돌렸다. 우리가 조용히 절망 속에서 시들어 가기를 원했다. 그러나 그런 일은 일어나지 않는다. 우리가 살아 숨 쉬는 한, 너희들도 우리와 함께 고통받을 것이다.

너희들은 우리가 느끼는 것을 느끼게 될 것이다.

우리가 피를 흘리면 너희 피도 흐를 것이다.

너희들이 우리에게 경험하게 만드는 모든 것을, 우리도 너희에게 경험하게 만들 것이다. 이것이 우리의 선물이다. 너희는 변할 것이다. 우리가 너희의 공감 능력을 다시 일깨울 테니까… 그조차 불가능하다면 우리는 이 나라를, 우리가 너희를 위해 지어준 나라를, 하나씩 차근차근 해체할 것이다. 그리고 진정으로 자유와 만인의 평등에 기초한 나라로 다시 벼려낼 것이다.

이것은 우리의 시작에 지나지 않는다.

Maureen McHugh

Yellow and the Perception of Reality

노란색이 있는 현실

모린 맥휴

김승욱 옮김

모린 맥휴는 중서부에서 어린 시절을 보낸 뒤 뉴욕, 텍사스주 오스틴, 중화 인민 공화국, 캘리포니아주 로스앤젤레스에서 살았다. 첫 소설인 『장중산China Mountain Zhang』은 중국이 지배하는 미래를 배경으로 한 디스토피아 작품으로 《뉴욕 타임스》의 주목할 만한 책으로 선정되었으며, 제임스 팁트리 주니어 문학상을 수상했다. 맥휴가 가장 최근에 발표한 단편집 『묵시록 이후After the Apocalypse』는 《퍼블리셔스 위클리Publishers Weekly》가 선정한 2011년 최고의 책 10권 중 하나였다. 현재 맥휴는 로스앤젤레스에 살면서 서던 캘리포니아 대학에서 쌍방향 이야기 창작을 가르치고 있다.

SF-Mania

Maureen McHugh

Yellow and the Perception of Reality

내 자매를 보러 갈 때 나는 노란색을 입는다. 재활 시설에 노란색은 많지 않다. 모두 차분한 파란색과 우중충한 색뿐이다. 나는 노란색을 좋아한다. 내게 잘 어울리는 색이다. 하지만 내가 노란색을 입는 것은 똑똑한 완다가 알아차렸기 때문이다. 완다는 노란색을 보면 내가 왔음을 알아차린다.

의사들은 완다가 전 지구적인 실인증에 걸렸다고 말한다. 완다의 눈, 귀, 손가락에는 아무 이상이 없다. 따라서 눈으로 들어오는 빛을 보기는 한다. 색도, 물체의 가장자리 선도, 형체도 본다. 내 눈의 색깔과 내가 입은 노란색 블라우스를 볼 수 있다. 물체의 가장자리도 볼 수 있다. 이건 중요하다. 어떤 물체의 가장자리가 어딘지 아는 것이 아주 중요한 일이라고 의사가 내게 말한다. 도로를 내려다보면서 우리는 거기에 도로와 자동차가 있으며, 이 둘을 구분하는 선이 있다는 사실을 인식한다. 그래서 자동차가 도로의 일부가 아니라는 것을 알게 된다.

완다는 이 모든 정보를 받아들이지만 뇌를 다쳤다. 눈으로 볼 수는 있어도, 그 정보를 하나로 꿰어 의미를 해석하지는 못한다. 모든 것이 따로따로 떨어진 조각일 뿐이다. 노란색과 노란색 물체의 가장자리 선을 볼 수는 있지만, 그 두 정보를 하나로 합하지 못한다. 나는 만화경 같은 광경인가 하고 상상해 보지만, 그보다는 온 사방이 소음으로 가득한 상황을 생각하는 편이 더 나을 것 같다.

오늘 완다는 자기 방의 싱글 침대에 책상다리로 앉아 있다. 부드러운 회색 면 운동복을 입은 완다의 좁은 무릎이 혹 같다. 완다가 나를 보고 작게 읊조린다. "주니 준 준."

내 자매 완다는 아주 작다. 사고 전에는 항상 조금 둥글둥글했다. 얼룩 다람쥐의 뺨과 밤비의 눈과 부드러운 젖가슴. 지금은 음식이 모두 뒤섞여 있다. 완다도 모든 정보를 갖고 있기는 하다. 음식이 바삭한지 부드러운지, 따뜻한지 차가운지. 하지만 이 정보를 하나로 꿰지 못한다. 샌드위치는 아삭한 양상추와 녹은 치즈와 푹신한 빵이 뒤섞인 악몽이다. 초록색이고 부드럽고 뭔가 구운 냄새가 나는 것.

완다는 요즘 이러저런 것들을 많이 만진다. 나는 완다가 나를 만지게 해준다. 완다는 색깔과 선과 소리와 질감을 아기처럼 새로 배우는 중이다. 완다는 이 정보들을 하나로 합친다. 점점 나아지고 있다. 완다는 물건들을 떨어뜨리기 시작했다. 일부러 그러는 것임을 나는 안다. 완다는 물건을 떨어뜨린 뒤 눈으로 본다. 앞으로 완다가 얼마나 좋아질지 다른 사람들은 모르지만 나는 안다. 완다는 좋아질 것이다.

"어이, 말라깽이." 내가 말한다. 완다는 아직 내 말을 이해하지 못하지만, 어조를 구분할 수 있을 것 같아서 나는 옛날에 대화를 나눌 때 처럼 말을 건다. 완다는 내 말을 알아들은 것처럼 키득거린다. 완다의 손이 내 노란색 상의 위를 돌아다닌다. 손톱을 밝은 노란색으로 칠한 내 손을 향해 손을 뻗는다. 완다의 손이 어긋나자 나는 그 손에 내 손을 쥐여준다. 완다가 매니큐어를 매끈하게 칠한 표면을 어루만진다.

"좋은 날이야." 완다가 말한다. "좋아, 좋아. 따뜻하고 노래. 드디어 봄이나 여름이 된 거야? 봄인 것 같은데 나는 때를 잘 모르니까. 지금이 낮인 건 알아. 알아 알아. 행복해, 준?"

"행복해. 네가 행복해서 나도 행복해." 지금은 1월이다.

완다의 안에 완다가 있다. 자기가 말할 수 있다는 걸 기억한다. 알고 있다. 노란색은 나. 완다는 내게 말을 건다. 하지만 내가 뭐라고 대답하는지는 알지 못한다. 내 표정도 보지 못한다. 아니, 볼 수는 있지만 눈과 피부 사이에 선으로 구분된 내 눈 모양과 갈색이라는 색깔을 하나로 합쳐서 생각하지 못한다. 모든 물체의 거리가 얼마나 되는지도 판단하지 못한다. 내가 웃고 있는지, 눈에 주름이 잡혔는지 알지 못한다.

부상을 당한 뒤 완다가 회복을 위해 발버둥 치고 있다는 징후가 처음 나타난 것은 "나, 나, 나"라고 말하기 시작했을 때였다. 완다는 침대에서 몸을 흔들고, 눈을 희게 뜨고, 고개를 뒤로 젖히며 이렇게 말했다. "나, 나, 나, 나, 나."

완다의 담당의인 필립스 선생님은 완다가 세상과 분리된 자아라는 개념을 조합하는 중인 것 같다고 한다. "완다는 경계를 모릅니다. 자신과 세상이 어디에서 어떻게 분리되는지를 몰라요. 자신이 추운 건지 음료수 캔이 차가운 건지 알지 못합니다."

완다는 실험실에서 사고를 당했다. 두 명이 죽었는데, 어떤 사람들은 완다의 잘못으로 사고가 일어났다고 생각한다.

어머니에게서 전화가 온다. "준?" 마치 다른 사람이 전화를 받을지도 모른다고 생각하는 말투다.

"엄마." 내가 말한다.

"완다는 어떠니? 어제 다녀왔어?"

이것이 요즘 우리가 나누는 대화다. 나는 내 고객의 사회 복지 관련 문제 때문에 카운티 사무소에서 입씨름을 하다가 피곤한 몸으로 집에 돌아왔다. 내 고객은 78세의 할아버지인데, 당뇨병으로 발을 일부 잘라냈다. 늙고 병든 몸으로 술을 즐기고, 건강에도 많은 문제가 있다. 그래서 메디케어* 환자를 받아주는 시설에 들어가 직원들의 보살핌을 받으며 약을 먹고, 식사도 제대로 할 필요가 있다. 하지만 고객은 크렌쇼 인근의 집에서 그냥 살고 싶어 한다. 지붕이 처지고 식탁 위에는 광고 우편물들이 쌓여 있지만, 술을 계속 마시고 싶기 때문이다. 기분이 좋을 때는 나를 딸처럼 대한다. 기분이 좋지 않은 오늘 같은 날에는 나더러 자기를 집에서 내쫓으려고 드는 차가운 돌멩이 같은 년이라고 욕한다. 그러면서 자기가 방마다 침상이 세 개씩 있고 항상 텔레비전이 켜져 있는 무서운 창고 같은 시설로 보내질 것이라고 말한다. 딱히 틀린 말은 아니다.

---

* 노인들을 위한 미국의 의료 보장 제도.

"내 물건은 어떻게 되는 거야?" 그가 내게 묻는다. 이 말의 진짜 뜻은 '나는 어떻게 되는 거야?'다.

나는 웨스트 할리우드의 4가구용 공동 주택에 침실 하나짜리 아주 작은 집을 갖고 있다. 건물이 낡았고, 에어컨은 침실과 거실 창문에 각각 한 대씩 있을 뿐이다. 주방도 손바닥만 하다. 빈 부인이라고 이름 붙인 얼룩 고양이 한 마리를 기르고 있는데, 녀석은 내가 무엇을 하든 상관없이 주방 조리대 위로 뛰어오른다. 지금은 거실 의자에서 눈을 반쯤 감고 나를 지켜보고 있다. 손볼 곳이 많은 집이지만, 그래도 내 집이라서 편안하다. 내 음악도, 거리 풍경을 담은 그림도 좋다. 실내가 밝다.

"오늘 어떤 기자가 전화했더라." 어머니가 말한다.

"어디 기자인데요?" 내가 묻는다.

"몰라. 그냥 끊었어."

나도 사고 직후 전화를 여러 통 받았다. 내 집 문을 두드리는 사람들도 있었다. 〈굿모닝 아메리카〉에서도 전화가 왔다. 사람들은 나를 불러내서 내 자매가 사람을 죽였다고 말했다. 사람들은 나를 불러내서 내 자매가 천사라는 말을 하느님에게서 들었다고 말했다. 나와 같은 고등학교를 다녔지만 내게 메시지를 보낸 적이 한 번도 없는 사람들이 페이스북으로 내게 메시지를 보냈다.

약 4주 동안은 지옥이 따로 없었다. 직장에서 해고될 줄 알았는데, 내 상사는 내가 아니라 사람들에게 화를 내기로 했다. 한동안 내가 일하는 병원을 경찰관이 지키면서, 나를 만나겠다고 온 사람들에게 그냥 돌아가시라고 말했다. 그러다 뉴스에서 그 일이 보도됐다. 어떤 가였은 열네 살 여자아이가 3개월 동안 실종되었다가 다시 나타난 일. 당국이 범인을 체포하자 내게 오던 전화가 끊겼다. 틀림없이 범인의 부모와 형제자매들에게 전화하고 있을 것이다.

"날 알아봤어요." 나는 대화의 주제를 돌린다. "날 주니라고 불렀어요."

"점점 나아지는구나." 엄마가 말한다. 매번 하는 말이다.

"원래 씩씩하잖아요."

완다는 힘들게 노력하며 점점 나아져서 더 조리 있는 말을 하려고 애쓴다. 하지만 의사는 완다를 어떻게 치료해야 할지 잘 모르겠다고 말했다. 완다의 상태를 의사들도 잘 알지 못한다. 뇌 전체에 걸쳐 그토록 많은 부분이 손상되었다는 것을 이해하지 못한다. 완다에게 외상은 없다. 뇌졸중 징후도 없다. 완다의 부상은 세포 수준이라서 눈에 보이지 않는다. 독에 중독되거나 방사능에 노출된 사람과 비슷하지만, 완다는 그런 일을 당하지 않았다.

내 자매는 물리학자다. 우리는 이란성 쌍둥이다.

우리는 친하다. 우리 집이 토슨으로 이사 간 뒤에는 2년 동안 말을 거의 하지 않았다. 우리가 원래 태어난 곳은 이스트 볼티모어인데, 아빠의 직장은 아빠의 삼촌인 휘트 할아버지가 운영하는 세탁소였다. 휘트 할아버지는 아빠를 파트너로 받아들였다. 아빠는 세탁소를 열한 개 지점으로 확장했으나, 휘트 할아버지가 돌아가신 뒤 가게를 팔았다. 그래서 우리가 볼티모어 대신 초超중산층 동네인 토슨에서 자라게 된 것이다.

6학년 때 전학을 간 우리가 8학년이 되었을 때 내게 남자 친구가 생겼다. 내 덕분에 그가 진정성을 얻었던 것 같다. 그는 드레이크*에 푹 빠져 있었고, 나는 니키 미나즈의 〈워크 잇〉을 불렀다. 우리는 항상 라임과 프리스타일을 고민했다. 내가 이스트사이드 출신이라는 이유로 사람들은 나를 무슨 게토의 대표처럼 생각했다. 엄마가 자기 마음에 들지 않는 아이와는 어울려 노는 것은 고사하고 같은 공기조차 못 마시게 했다는 사실은 생각조차 하지 않았다. 내가 딱히 노는 애는 아니었지만 이 근교 아이들이 모르는 걸 나는 안다고 혼자 되뇌곤 했다. 하지만 사실은 나도 몰랐다.

완다는 항상 '해리 포터'와 '나루토'에 열을 올렸다. 음악 취향은… 푸 파이터스**라고 말할 수 있겠는가? 완다 때문에 나는 창피했다. 그때는 어렸으니까.

중학교 시절은 누구에게나 당혹스럽다, 그렇지 않은가?

우리는 싸운 게 아니었다. 그냥 한동안 공통점이 별로 없었을 뿐이다. 고등학교 2학년 때 나는 반짝거리는 초록색 짧은 원피스를 입고 동문회에 참석하는 데 열중했다. 완다는 공붓벌레 같은 모습으로 수학을 잘했다. 좋은 대학을 가겠다는 일념으로 고등학교 시절을 보낸 뒤, 우리 집에서 가장 먼 곳에 있는 UCLA에서 물리학을 공부하게 되었다.

대학 시절 우리는 항상 이야기를 나눴다. 완다는 의식意識에 집착했다. "의식이 뭐지?" 내게 이렇게 말했다. 나는 로스앤젤레스에서 노트

---

* 캐나다 출신 가수.

** 미국의 록 그룹.

북 컴퓨터와 책과 보라색 드래건 인형인 오카베 린타로*를 들고 침대에 앉아 있는 완다의 모습을 그려볼 수 있었다. 나는 집에서 옛날에 우리가 쓰던 방을 그대로 썼다.

"고양이한테 의식이 있을까?" 완다가 물었다. 우리 집에는 회색 호랑이 줄무늬가 있는 커다란 고양이 타이거가 있었다.

"물론이지." 내가 말했다. "잘 때만 빼고. 그때는 의식이 없을 거야, 그렇지?"

"내가 지금 읽는 책에, 의식이 생기는 데 필요한 게 몇 가지 있다고 되어 있어. 현실의 시뮬레이션이 필요하대."

"현실에 무슨 문제라도 있어?"

완다는 왜 자기 말을 못 알아듣느냐고 말하는 듯한 소리를 냈다. 나는 그냥 웃었다. 완다와 대화를 하다 보면, 완다의 말뜻을 알아차리는 것이 전부일 때가 많았으니까.

"아무 문제 없어. 그냥 수많은 실험을 통해 우리 뇌가 많은 걸 지어낸다는 사실을 확인했을 뿐이야. 예를 들면, 우리가 보지 못하는 사각지대를 채우고, 코를 지워버리는 식으로. 잘 생각해 보면 우리가 자기 코를 볼 수 있긴 한데, 대개는 보지 못해. **항상** 그 자리에 있는데도, **준**!"

나는 내 코를 보려고 눈동자를 조금 가운데로 모았다. 그러자 코끝이 흐릿하게 이중으로 보였다. 누가 물어봤다면, 나는 거울 없이는 내 코를 볼 수 없다고 말했을 것이다. 어쨌든 코를 아주 잘 볼 수 있는 것

---

* 일본 애니메이션 〈슈타인즈 게이트〉의 등장인물. 완다가 인형에 이 이름을 붙여준 듯하다.

은 아니었다.

"그건 현실이 우리 뇌에서 조합되기 때문이야." 완다가 설명했다. "눈이 아니야. 소리는 빛보다 느리게 움직이니까, 어떤 사람이 무대에서 노래를 부를 때 우리는 소리보다 그 사람의 입술 움직임을 먼저 볼 수 있어야 하는데 그러지 않는 건 우리 뇌가 자기한테 들어오는 모든 정보를 계속 받아들여 우리가 보는 세상의 그림에 덧붙이기 때문이야. 만약 뭔가가 조금 어긋나 있으면, 뇌는 그 틈을 메워서 모든 게 동시에 일어나는 것처럼 보이게 만들어."

"그래." 내가 말했다. 조금 흥미롭기는 해도, 정말이지 나와는 거리가 먼 얘기였다. 게다가 코에 신경을 쓰지 않는다는 말을 자꾸만 생각하다가 나중에는 내 혀의 크기가 내 입에 잘 맞지 않아서 혀가 항상 아랫니를 문지르게 된다는 사실을 생각하게 되었다. 이런 걸 한번 생각하기 시작하면 자기도 모르게 잊어버릴 때까지 생각을 멈출 수 없는데, 자기가 잊어버렸다는 사실을 깨닫고 나면 또 그 생각을 하게 된다. 나는 내 현실 속에서 내 혀가 지금보다 작았으면 좋겠다고 생각했다. 완다와의 대화는 가끔 이런 식이다. 진이 다 빠진다.

"그리고 우리에게는 자아 인식이 필요해. '나'라는 인식." 완다가 말을 덧붙였다.

"그 정보들을 하나로 합치기 위해서?"

"아니. 미안한데, 그건 우리 의식에 필요한 세 가지 중 하나야. 우리는 세상과 자신의 경계가 어딘지 알아야 해. 예를 들어 아메바는 세상과 자신의 경계를 알고 있을까?"

"아메바한테 의식이 있을 것 같지 않은데."

"그래, 아마 없겠지. 하지만 코끼리한테는 있어. 만약 네가 코끼리의 이마에 파란 점을 찍은 다음 코끼리에게 그 모습을 거울로 보여주면, 코끼리가 코로 이마를 만지는 거 알지? 거울에 비친 것이 다른 코끼리가 아니라 자신의 모습이라는 걸 알기 때문이야. '나'와 '너'를 아는 거지. 멋지지 않아?"

(이제 나는 이 대화에 대해 아주 많이 생각하게 되었다. 사고 직후 완다는 자신과 세상의 경계를 몰랐을 것이다. 항상 눈을 꼭 감고 소리를 지르며 울어대는 모습이 무서웠다. 병원에서는 완다가 고통을 느끼는 게 아니라고 계속 내게 말했지만, 나는 그렇지 않다는 걸 알고 있었다.)

(옛날에는 그것이 단순한 대화일 뿐이었는데.)

"그러니까 내 머릿속에… 현실의 홀로그램과 나라는 인식이 있다고?"

"홀로그램이 아니야."

"은유를 쓴 거야." 내가 말했다.

"좋은 은유는 아니네." 하지만 완다는 이렇게 생각하는 이유를 굳이 설명하지 않고 그냥 말을 이었다. "우리에게는 시뮬레이션과 자아인식이 필요해."

나는 이제 지겨워져서 이렇게 물었다. "트래비스는 어때?" 완다는 트래비스와 두어 번 데이트를 한 적이 있었다.

완다가 어깨를 으쓱하는 소리가 들렸다. "뭐." 트래비스는 아니라는 뜻이었다.

이제 나는 이 대화를 늘 생각한다. 완다를 만나러 갈 때마다 완다의 뇌에 영향을 미치려고 노란색 옷을 입는다. 노란색은 완다가 세상의 시뮬레이션을 만드는 작업에 시동을 걸어줄 수 있다. "준이 왔어"라고 말할 수 있게.

사고 이후 두 달 반이 지났다. 경찰이 전화를 걸어 나를 상대로 후속 조사를 하고 싶다면서 완다의 물건들도 가져다주겠다고 말한다. 좋은 일이다. 내가 그 물건들을 찾으려고 직접 경찰서로 가는 건 싫다.

날 찾아온 사람은 레오 가르시아 멘도사 형사인데, 그의 이름이 두 개인 것이 마음에 든다. 아마 엄마를 존중하는 모양이다. 키가 180센티미터가 넘고, 나이는 30대 후반이며, 나를 만나러 올 때는 양복을 입는다.

우리는 의례적인 인사를 주고받는다. 우리는 책상 하나와 손님용 의자 하나, 베이지색 서류함 몇 개가 간신히 들어가는 내 사무실에 비좁게 앉아 있다. 서류함 위에는 포도당 모니터 모형들이 쌓여 있다. 손님용 의자에 앉은 가르시아 멘도사 형사의 무릎이 십중팔구 내 책상에 닿아 있을 것이다.

내 책상에 놓인 복사지 상자에 완다의 재킷과 휴대폰이 들어 있다. 완다의 책상에 있던 해피밀 세트 장난감도 있다.

"현재 우리는 완다 씨를 기소할 생각이 전혀 없다는 사실을 알려드리러 왔습니다." 형사가 말한다. "완다 씨가 사고에 대해 말씀하신 적이 있습니까?"

"아마 기억을 못할 걸요." 내가 말한다. 사실이다. 사람들이 자동차 사고를 기억하지 못하는 것과 비슷하다.

"당시 완다 씨가 카일 최와 가까웠습니까? 베넷 박사와 친했나요?"

"두 사람에 대해 불평을 하거나 그런 적은 없어요." 내가 말한다. 엄밀히 말해서 사실은 아니다. 완다는 카일을 좋아했지만, 그 사람 때문에 미칠 것 같다고 했다. "LSD를 아주 소량 섭취한 뒤 생산성에 도움이 되는지 관찰해 봐야 한다고 카일이 말한 적이 있대요. 실리콘 밸리의 창업 회사들이 그렇게 하고 있다면서요. 하지만 베넷 박사가 허락하지 않았대요."

"LSD가 완다 씨가 정신 이상이 된 원인일 가능성이 있습니까?"

나는 한쪽 눈썹을 올린다. "완다는 정신 이상이 아니에요. 정신은 아주 맑아요. 뇌를 다쳐서 감각을 한데 모을 수 없게 된 거예요. 약물 검사에서도 합법적으로 처방된 암페타민 외에는 아무것도 나오지 않았어요."

나는 직업상 아이들을 많이 접하기 때문에 가끔 엄마 같은 목소리를 내야 할 때가 있다. 지금 가르시아 멘도사 형사에게도 그 목소리가 효과가 있어서, 그가 어깨를 살짝 움츠린다. "죄송합니다."

나는 그의 마음을 가볍게 해주려고 공연히 웃어 보이는 짓은 하지 않는다. 나는 그를 믿지 않는다. 180센티미터가 넘는 그를 내가 들어서 던지는 게 불가능한 한은.

"증거에 따르면, 베넷 박사가 최 씨를 제지하려고 했는데 최 씨가 폭력적인 행동을 했답니다. 아마 당황한 거겠죠. 사고 몇 시간 뒤에 최 씨로 보이는 사람을 봤다는 목격자가 두 명 있습니다. 확실히 흥분한 상태로 거리를 방황하고 있었다고 합니다."

"그럼 그 사람이 베넷 박사의 머리를 때린 건가요?"

"베넷 박사를 죽이는 데 사용된 의자 아래쪽에서 그의 지문이 발견되었습니다." 이것이 별로 중요하지 않다는 듯한 말투다. "수사 중에 계속 '클로드'라는 사람이 등장합니다."

"동물 관리국이 클로드를 데려갔어요. 결국 롱비치 수족관으로 갔을걸요."

가르시아 멘도사 형사는 화들짝 놀란다.

"클로드는 문어예요." 내가 설명한다. "세 살짜리 북태평양 대왕문어. 실험실의 수족관에서 살았어요. 카일 최가 녀석을 돌봤죠. 실험에 사용된 문어 여섯 마리 중 하나입니다. 우즈 홀이 수속을 맡았는데, 문어 여러 마리를 멀리까지 수송하는 걸 꺼렸어요. 몬터레이 베이 수족관에서 몇 마리를 데려갔을 겁니다. 샌디에이고의 스크립스에 있는 버치가 한 마리를 가져갔을 거고요."

"무슨 실험이었습니까?" 형사가 묻는다.

문어의 인지 능력에 관한 실험이었다. 연구 팀은 문어 수족관에 상자 네 개를 넣었다. 세 개는 검은색이고 나머지 하나는 하얀색인데, 하얀 상자 안에 먹이가 들어 있었다. 연구 팀은 그 상자들을 같은 장소에 세 번 놓아두고, 문어들이 먹이를 찾아내는 데 걸리는 시간을 쟀다. 네 번째에는 하얀 상자를 검은 상자의 위치로 옮기고, 검은 상자를 하얀 상자 자리로 옮겼다. 그러고는 문어가 그 사실을 알아차리는 데 걸리는 시간을 측정했다. 문어들이 위치와 색깔 중 무엇을 더 중요하게 여기는지 알아보는 실험이었다.

베넷 박사가 클로드만을 상대로 진행하던 실험도 있었다. 사람이 인식하지 못하는 것을 인식할 수 있게 클로드의 뇌를 바꿀 수 있는지 알아보는 실험이었다. 박사는 클로드의 눈에 가상 현실 고글 같은 것을 씌웠는데, 녀석은 그 고글을 무척 싫어했다. 문어가 싫어하는 물건을 억지로 씌우는 것에 비하면, 아장아장 걸어 다니는 아이에게 옷을 입히는 일은 아주 재미있게 보일 정도였다.

클로드는 자신을 돌보는 카일도 좋아하지 않았다. 클로드에게 고글을 씌우는 일이 카일의 몫이었다.

문어는 사회적인 동물이 아니다. 완다에 따르면 일종의 사이코패스라고 한다. 따라서 그들도 감상에 빠질 수 있으므로, 완다는 클로드에게 몰래 먹이를 줘서 녀석의 호감을 샀다. 완다가 맡은 일 중에 문어와 접촉해야 하는 일은 없었으나, 녀석이 안쓰럽다고 했다. 클로드는 달리 할 일이 없었기 때문에 완다를 지켜보았다.

완다는 그놈의 고글 때문에 클로드가 미쳐버린 것 같다고 거의 확신했다. 문어의 기준으로 봐도 그렇다는 것이었다. 클로드는 수족관 안의 모든 것을 자기 굴 안에 잔뜩 채워놓았다. 그리고 사람들이 수족관에 넣어주는 것들을 대부분 부숴버렸다.

완다는 윤리에 어긋난다며 싫어했다. 사고 뒤 동물 보호 단체 PETA가 나를 추적했다.

그 고글의 역할이 뭔지 나는 이해하지 못했다. 완다는 설명을 시도했지만, 나는 도대체 무슨 소리인지 알아들을 수 없었다.

"네가 수학을 할 줄 알면 설명할 수 있는데." 완다가 갑갑해서 화를 내며 말했다. 완다는 숫자를 잘 이해한다. 완다에게는 숫자가 모국어와 같다. 내게는 아니다. 아마 제3 외국어쯤 될까. 아니, 제4 외국어일지도. 내게 모국어는 내 쌍둥이 자매다.

"혹시 사람들의 사망에 그 문어가 관련되어 있습니까?" 형사가 묻는다.

나는 표정을 관리할 수 없었다. 그건 멍청한 질문이었다. 클로드는 문어 치고 덩치가 큰 편이다. 아마 길이가 거의 1.2미터일 것이다. 하지만 몸무게는 코커스패니얼과 비슷하다. 완다가 입은 것 같은 뇌손상을 문어가 어떻게 일으킬 수 있는지 난 잘 모르겠다. 내가 클로드를 처음 만났을 때 녀석은 나를 보더니 내게 물을 뿜었다. 완다가 회 한 조각을 수족관 안에 넣었다. 연어였을 것이다. 클로드는 고글을 쓰고 있지 않았다.

이론적으로 클로드는 아주 냉정한 성격이었지만, 실제로는 딱히 그렇지 않았다.

연구 팀이 암컷 문어로 녀석의 관심을 끌어보려고 하면, 녀석은 암컷을 죽였다. 카일과 베넷 박사도 죽일 수 있다면 십중팔구 기꺼이 죽였겠지만, 클로드가 바닷물을 채운 수족관 안에 살고 있고 몸에 뼈가 없다는 사소한 문제가 있었다.

"동기는 있을지 몰라도 살해 방법이나 기회가 없었어요." 내가 건조하게 말한다.

가르시아 멘도사 형사가 쿡쿡 웃는다. 그 소리가 어색해서 나는 내심 즐거워한다.

클로드는 사실 세 살이 아니라 네 살이다. 완다가 실험실에서 의식을 잃은 상태로 발견된 지 거의 1년이 흘렀다. 베넷 박사는 의자에 머리를 맞은 상태였고 카일은 사라졌다가 2주 뒤 LA 강가의 풍경 좋은 곳에서 유해로 발견되었다.

우리가 사람 속을 다 알 수는 없다. 하지만 카일은 폭력을 휘둘러 누군가를 살해하고 스스로 목숨을 끊을 사람처럼 보이지 않았다. 적어도 완다에게서 들은 얘기로는 그랬다. 카일은 C++ 프로그래머였으며, 두꺼운 검은색 히피 안경을 썼다. 주말에는 효모가 들어간 빵을 만들어 인스타그램에 사진을 올렸다. 그가 클로드를 돌보게 된 것은, 그전에 문어 연구를 위한 데이터베이스를 만드는 일을 맡았기 때문이었다. 그는 아시아인 게이의 삶이 얼마나 힘든지 완다에게 털어놓았다. 백인 남자들이 '아빠'로 불러달라고 할 때가 많다고 말했다.

나는 롱비치 수족관에 전화해서 클로드를 볼 수 있는지 묻는다. 수족관 측에서는 정식으로 신청해야 한다면서 방법을 알려준다. 방문객 담당관인지 지역 단체인지에 이메일을 보내라고 해서 나는 그렇게 한다. 내가 왜 클로드를 만나고 싶어졌는지 모르겠다. 내가 녀석을 만나기를 완다가 원할 것 같다는 생각뿐이다. 완다는 다친 새를 구해주는 사람 같은 심성을 지녔다. 나는 이메일을 쏘아 보낸다.

6시에 퇴근해서 차를 몰고 집으로 돌아와 전자레인지로 조리하는 저칼로리 저녁 식사와 초콜릿 칩 쿠키 몇 개를 먹는다. 내 행동에 일관성이 있다고 주장할 수는 없다. 적어도 내 저녁 식사의 칼로리가 쿠키보다는 낮았다. 그러니 균형이 맞지 않는가?

일이 밀려 있다. 알다시피 사회 복지사니까. 이런 것도 내 직업의 일부다. 나는 서류를 몇 개 처리해 보려고 애쓰다가 결국 넷플릭스에 빠진다.

이메일이 들어와 있다. 완다가 학부를 마친 UCLA에서 누군가가 보낸 것이다.

해리스 씨,

저는 데일 호프스테드입니다. 인지 분야를 연구 중인데, 오즈 베넷과 함께 일한 적이 있습니다. 댁의 자매분에 대해서, 그리고 실험실에서 하던 연구에 대해서 이야기를 나눌 수 있으면 합니다.

나는 일주일에 60시간을 일한다. 같은 사회 복지사들 중 프랜 호로비츠가 3주 전에 그만두는 바람에 우리는 혼이 달아날 만큼 바쁘다. 사회 복지사는 어떻게 해도 성공할 수 없는 직업이다. 덜 실패하는 길이 있을 뿐이다. 나는 만나서 이야기를 나누고 싶지만 직장에 다니면서 완다에게 문병도 가야 하기 때문에 평일에는 시간을 낼 수 없다는 내용의 이메일을 보낸다.

아마 완다를 아는 사람이겠지?

그러고는 이메일을 잊어버렸는데, 나중에 다시 내 자리에 와보니 새로운 이메일이 들어와 있다.

토요일이나 일요일이 좋겠습니다. 제가 요즘 실험 중인 것이 있어서 주말에 실험실에 가거든요.

나는 그에게 답장을 보낼 생각이었지만, 재활 시설에서 오늘 완다의 상태가 좋지 않다는 전화가 온다.

상태가 좋지 않다. 이런 말만으로 다 설명할 수 있다는 듯이.

나는 상사에게 토요일에 밀린 일을 할 테니 오늘은 조퇴해야 할 것 같다고 말한다.

재활 시설에서 나는 완다를 눈으로 보기 한참 전에 그녀의 소리를 듣는다. 엘리베이터 문이 열리는 순간 들리는 소리. 완다가 비명을 지르고 있다. 이유는 모르겠지만 하여튼 나는 달린다. 고도의 순수한 공포가 배어 있는 그 소리에 다른 생각이 모두 멈춰버렸기 때문이다. 나는 나이 많은 사람들을 지나친다. 재활 시설은 노인 요양원을 좋게 부르는 말이다. 노인들은 복도에 앉아 지나가는 나를 지켜본다. 무덤처럼 텅 빈 얼굴로 아예 나를 알아차리지도 못할 만큼 상태가 나쁜 사람들도 있다.

완다의 방에서 시설 직원인 라틴계 남자 두 명이 완다를 붙잡으려 하고 있다. 완다는 몸무게가 45킬로그램을 조금 넘는 정도의 작은 몸집이지만 움직임이 거칠다. 팔에는 완다가 스스로 긁은 자리에서 배어 나온 피가 줄무늬를 그리고 있다. 직원들이 완다의 손톱을 항상 짧게 잘라두는데도 이런 일이 벌어지면 그런 노력은 별로 상관이 없는 것 같다.

"완다!" 내가 말한다. "완다! **완다**!"

완다는 내 말을 듣지 못한다.

수술복을 입은 직원이 문 앞에 나타난다. 간호사인지 의사인지 모르겠다. "환자를 구속해야 돼요!" 그 여자가 말한다.

"안 돼요!" 내가 말한다. "그러면 안 돼요!"

"환자가 자기 눈을 긁으려고 했어요." 남자 직원 한 명이 내게 말한다. 이름이 헥터인 그는 완다를 좋아해서 스페인어로 노래를 불러준다. 가끔 완다는 그를 알아보고 뮤직 맨이라고 부른다.

"왜 저렇게 된 거예요?" 내가 묻는다.

다른 남자 직원이 고개를 젓는다. 모른다는 뜻이거나, 이제는 그걸 알아도 너무 늦었다는 뜻일 것이다. 이름이 리언인 그가 전에 휠체어에 앉은 여자를 들어 올리면서 이런 말을 하는 것을 내가 들은 적이 있다. "왜 나한테는 항상 무거운 사람이 걸리는 거야." 그래서 나는 그를 싫어한다. 이런 사람에게 내 자매를 맡기는 것이 싫다.

완다의 비명 소리 때문에 우리는 고함을 지르며 대화를 나눈다. 완다는 어린 여자아이처럼 날카로운 소리로 길게 비명을 지른다.

나는 완다를 손으로 잡으려고 한다. 내 노란색을 보게 하려고, 내가 왔다는 걸 알리려고 한다. "준이 왔어!" 내가 말한다. "주니가 왔어! 완다!"

완다의 팔꿈치가 내 뺨을 때린다.

직원들이 완다를 침대로 쓰러뜨려 누르고 팔을 붙잡아 움직임을 구속하자 완다가 반항한다. 오 하느님, 제 자매가 몸부림치고 있어요. 눈을 꼭 감은 채 몸을 이리저리 비트는 완다의 분홍색 입술이 벌어져 있다. 직원들이 팔목과 발목을 끈으로 고정하고, 배에도 끈을 채운다. 재활 시설에서는 이런 구속 장치를 잘 이용하려 하지 않는다. 이곳 원장이 헌신적이라서, 직원들은 위스콘신에서 실시되는 프로그램을 기반으로 훈련을 받는다. 내가 완다를 이곳에 입원시킨 이유 중 하나다.

진정제를 사용하면 완다의 감각 통합 문제가 악화된다.

완다가 자기 눈을 파내지 못하게 막는 것 외에는 달리 방법이 없다.

나는 소리를 지르고 싶다. "완다는 박사야! 물리학 박사! **이건 완**

다가 아니야!" 하지만 완다가 맞다. 오, 하느님, 완다가 맞다. 완다가 맞다.

완다는 저녁 9시 조금 넘어서 잠에 빠진 다음에야 조용해진다. 환자들 중 일부는 일몰 환각을 보고, 어떤 여자가 울부짖는 소리가 들린다.

너무 피곤하다. 엄마와 아빠는 완다를 이곳에 입원시키는 비용 때문에 파산을 향해 가는 중이다. 1년에 6만 2,000달러. 나도 돕고 싶지만 사회 복지사는 벌이가 좋은 직업이 아니다. 완다를 도울 수 없는데 다른 사람을 돕는 게 무슨 소용인가. 게다가 솔직히 내가 누구를 얼마나 돕고 있는지 회의가 들 때가 가끔 있다.

대개 나는 그런 생각을 하지 않으려 한다. 하루하루 살아갈 뿐이다. 언젠가 내가 완다를 집으로 데려갈 수 있을 만큼 완다의 상태가 나아지면 좋겠다. 그러면 나는 트윈 베드를 살 것이다. 옛날 볼티모어에서 살던 어릴 때로 돌아간 기분일 것이다.

아니, 그런 기분은 결코 느낄 수 없을 것이다.

수족관에서 문어 클로드를 방문해도 좋다는 이메일을 보냈다. 내가 미리 시간 약속을 잡아야 하느냐고 물었더니, 그렇지 않다는 답장이 온다. 내 이름을 방문객 명단에 올려놓겠다고.

데일 호프스테드는 다음 주말에 코펜하겐에서 열리는 학회에 갈 예정이라고 이메일에서 설명한다. 이번 주말에 만날 수 있을까요?

내게 남은 날은 일요일 하루뿐이다. 나는 장을 보고, 빨래거리를 빨래방으로 가져간다. 거기서 한국인 여자들이 내 옷을 빨아 개켜준다. 그들은 나를 좋아하지 않는다. 그래도 내 옷을 다루는 솜씨는 항상 아주 훌륭하다. 어쩌면 그들이 내 더러운 검은색 속옷에 침을 뱉으며 한국어로 인종 차별적인 말을 할지도 모르지만, 나와는 상관없는 일이다.

나는 토요일에 집에서 일을 하며 하루를 보낸다. 그날 저녁 완다는 무기력한 상태다. 재활 시설 측에서 진정제를 투여한 건지 확인해 보지만, 완다가 그냥 기진맥진한 탓인 것 같다. 나는 일찍 잠자리에 들었다가 결국 자정이 넘도록 넷플릭스를 본다.

일요일 아침에 나는 수족관으로 간다. 아름다운 곳에 아이들이 가득하다. 물속에 손을 넣어 가오리의 사포 같은 피부를 만져볼 수 있는 풀장도 있다. 나는 흑점얼룩상어 새끼를 지켜본다. 완다는 이런 것을 감당하지 못할 것이다. 아직은.

나는 안내 데스크로 가서, 클로드를 만나는 문제로 의논할 수 있는 사람이 있느냐고 묻는다. 연한 파란색 폴로셔츠에 애슐리라는 이름표를 단 여자가 나온다. 살짝 스페인어 말씨를 쓰는 젊은 여자다. 검은 머리카락이 햇빛을 받아 반짝인다.

"무엇을 도와드릴까요?"

"저는 준 캐서린 해리스입니다." 내가 말한다. "제 자매가 옛날에 일하던 연구소에서 북태평양 대왕문어 한 마리를 여기에 기증했거든요. 이름이 클로드인데, 제가 그 녀석을 만날 방법이 있습니까? 제 이름이 방문객 명단에 있습니다."

애슐리가 경계심을 드러낸다. "왜 클로드를 만나려고 하시는 거죠?"

"연구소에 문제가 생겨서 제 자매가 아주 심하게 다쳤어요. 그런데 옛날에 저한테 클로드 얘기를 많이 했습니다. 녀석이 잘 지내는지 자매한테 말해주고 싶어요." 나는 작은 포장 용기를 들어 보인다. "녀석에게 줄 연어 회도 좀 가져왔습니다." 그때 문득 어떤 생각이 든다. "잠깐, 설마 클로드가 죽은 건 아니죠? 나이가 많은 건 아는데…"

"안 죽었어요." 애슐리가 말한다.

"녀석이 정신 나간 개차반 문어라는 건 알아요."

이 말에 애슐리가 빙긋 웃는다. "제가 한번 확인해 보죠."

상어들이 상어 수족관 안에서 조용히 미끄러진다. 제브라 상어, 에폴릿 상어가 유령처럼 서로를 지나쳐 가는데 납작한 눈에는 아무런 표정이 없다. 아이들은 상어를 무척 좋아한다. 아니, 모두들 상어를 무척 좋아하는 것 같다. 그러니 상어 주간이 그렇게 성대한 것 아니겠는가.

상어들은 무슨 생각을 할까? 의식이 있기는 할까?

흉내지빠귀는 자동차 거울에 비친 제 모습을 향해 싸움을 건다. 거울에 비친 것이 자신임을 모르기 때문이다. 흉내지빠귀에게는 '나'라는 개념이 없다. '내가 거울에 비치고 있다'는 걸 모른다. 그냥 이렇게 생각할 뿐이다. '수컷 경쟁자다! 수컷 경쟁자다! 수컷 경쟁자다!' 개나 고양이는 거울에 비친 모습이 가짜임을 식별할 수 있다.

클로드는 제가 누군지 안다. 상어는 모른다. 그들에게 생각이 있을까? 상어의 생각은 뭘까?

상어는 코에 있는 감각 기관으로 물고기의 근육이 움직일 때 나오는 전기 임펄스를 감지한다. 움직임이 아니라 전기 임펄스다. 청각, 시각, 촉각이 뭔지는 나도 안다. 하지만 상어의 세계는 어떻게 생겼을지 궁금하다. 전기 임펄스를 정보로 감지한다는 건 어떤 것일까? 전기 충격과는 다를까? 물고기의 긴 근육과 꼬리의 힘찬 움직임을 따라 흐르는 임펄스를 감지해서 물고기가 헤엄치고 있다는 사실을 아는 건?

나는 눈을 감고 상어의 감각 세계를 상상해 보려 한다.

헤엄을 치고 있다. 파란색. 피 냄새와 물고기와 해초. 나는 내가 볼 수 있는, 아니 볼 수 없는 세계를 상상하며, 사물이 9미터쯤 떨어진 곳에서 움직이고 있음을 옆구리로 감지할 수 있는 세계의 모델을 만들어 보려고 한다. 나 때문에 겁에 질린 물고기가 헤엄치는 것이 느껴진다.

내 옆구리를 만지며 공기를 바다로 상상하려고 한다. 그것을 느껴 보려고 한다. 팔에 닿는 산들바람이 느껴지지만, 분홍색 유니콘 티셔츠를 입고 상어들을 빤히 바라보는 라틴계 소녀는 느껴지지 않는다. 가끔 나는 내 옆에 서 있는 누군가의 물리적 존재를 '느낄' 수 있을 것 같은 기분이 드는데, 겁에 질린 물고기의 근육에서 나오는 전기 신호를 감지할 때 상어는 무엇을 느낄까? 만약 내가 물속으로 손을 뻗는 저 여자아이의 전기 임펄스를 감지할 수 있다면 나는 무엇을 느낄까?

나는 조금 어지러워져서 상어들이 있는 곳 가장자리에 앉는다. 완다의 세계가 지금 이럴까?

파란색 폴로셔츠를 입은 젊은 여자가 돌아온다. "문어가 있는 곳까지 제가 데려다 드릴게요."

전시품이 없는 구역에는 파란색, 초록색이 칠해져 있지 않다. 예쁘지는 않고 실용적이다. 물고기가 들어 있는 물 같은 냄새가 난다. 이 냄새를 달리 어떻게 설명해야 할지 모르겠다. 청소하지 않은 금붕어

어항의 냄새에 짠 맛이 더해진 것 같다. 하지만 더럽지는 않다. 솔직히 말하자면 내가 일하는 사무실보다 더 훌륭하다.

클로드는 상당히 큰 수족관에 살고 있다. 위쪽은 갈색이고, 아래쪽은 흰색이며, 피부에 크레페 같은 주름이 있다. 노인 피부 같다. 눈은 배배 꼬인 다리들 속에 숨어 있다.

"연구소에서 얘한테 뭘 했어요?" 애슐리가 묻는다.

"녀석이 더 많은 걸 인식하게 해주는 고글을 만든 것 같아요." 내가 말한다. 상어처럼 만들려던 걸까? 사냥감의 근육에서 나오는 전기 임펄스를 볼 수 있게? 연구소에서는 클로드에게 어떤 감각을 주려고 한 거지?

"녀석한테 뭘 시키려고 했는데요? 러시아의 돌고래들 같은 첩보 활동? 정부 연구였어요?"

"녀석이 현실을 인식할 수 있는지 보고 싶었대요. 내가 연어를 줘도 될까요?"

"밥이 붙어 있지는 않죠? 저 애가 밥을 먹으면 안 될 것 같아서요."

"없어요. 이건 회예요." 내가 말한다.

애슐리가 고개를 끄덕인다.

"클로드." 내가 말한다. "완다가 인사를 전해달래." 물론 완다가 그런 말을 하지는 않았다. 완다는 내가 여기 온 걸 모른다. 내가 말을 걸어도 이해하지 못한다. 클로드는 대답이 없다. 아마 녀석도 내가 여기 온 걸 모르는 모양이다.

애슐리가 수족관 위쪽의 격자창 해치를 열어주어서 나는 연어 한 조각을 그 안에 떨어뜨린다. 살 조각이 천천히 가라앉지만, 클로드는 움직이지 않는다. 녀석이 죽은 것 같기도 하다. 완다를 제외한 마지막 목격자가 숨을 거두는 순간에 내가 마침 도착한 건지도 모른다. 하지만 아가미를 통해 물이 밀려 나온다. 그 바람에 바닥의 모래가 살짝 움직인다.

"한 조각 드실래요?" 내가 묻는다.

"저는 생선 안 좋아해요." 애슐리는 양손을 들어 올린다. "알아요! 알아요! 하루 종일 물고기들하고 일을 하지만, 그걸 걔들을 먹는 건 싫어요!"

나는 그녀와 함께 웃음을 터뜨린다. 기분이 좋다.

내가 여기서 뭘 하고 있는 건지 모르겠다. 왜 꼭 클로드를 봐야 할 것 같은 기분이 들었는지도 모르겠다.

완다의 휴대폰에 마지막으로 저장된 사진은 클로드의 고글을 들고 있는 완다를 찍은 것이다. 완다는 이상하게 중앙에서 벗어나 너무 높은 곳에 기울어진 모습으로 찍혀 있다. 마치 카메라를 잡은 사람이 각도를 제대로 잡지 않은 것 같다. 완다의 뒤편으로 더욱더 중심을 벗어난 곳에 클로드가 있는 수족관이 있는데, 클로드는 다리와 빨판을 모두 동원해서 불가사리처럼 유리벽에 붙어 있다. 완다는 말썽을 피울 때처럼 우습고 능글맞은 미소를 짓고 있다. 클로드가 뭘 하고 있는 건지는 모르겠다.

완다는 고글을 쓰려 하지 않았을 것이다, 틀림없이. 완다는 멍청하지 않다.

클로드가 먹으려 하지 않으니 연어를 더 넣어주면 안 될 것 같다. 나는 연어 회를 좋아한다. 지금 당장은 배가 고프지 않더라도. 버터처럼 부드럽고 맛있다. 어쩌면 클로드의 입에는, 글쎄, 원자와 분자와 에너지의 상태 변화가 느껴질지도 모른다.

클로드가 움직인다. 워낙 빨라서 하마터면 놓칠 뻔했지만, 연어가 사라졌다.

내가 한 조각을 더 넣어주자 클로드의 머리가 움직인다. 사실은 머리가 아니라 몸 전체라는 걸 안다. 클로드에게는 사실상 머리가 없지만, 눈이 거기에 있기 때문에 머리 같다. 클로드가 주위를 둘러보다가 나를 본다.

"안녕, 클로드." 내가 속삭인다.

클로드가 꼬인 몸을 풀어 움직이며 연어를 먹고, 수족관 벽을 향해 흐르듯이 다가온다.

"고글을 썼을 때 뭐가 보였어?" 내가 묻는다. 어둠 속에 에너지가 베일처럼 펼쳐져 있는 모습을 상상하지만, 사실은 그렇지 않다. 그래도 내게는 그것이 최선이다.

클로드가 유리 벽에 납작하게 달라붙는다. 녀석의 빨판이 벌름거리는 가운데, 주둥이가 언뜻 보인다. 약간 사악하게 생겨서 무섭다.

내가 연어를 한 조각 더 넣어주자 녀석이 그것을 잡으려고 움직인다.

녀석이 긴 다리 하나를 뻗는 모습을 보면서 나는 녀석의 몸길이가 왜 1.2미터인지 깨닫는다. 녀석은 완다에게도 이렇게 했다. "얘가 날 맛보고 있어." 완다가 말했다.

내가 수족관 입구 위쪽에 손을 올리자 녀석이 다리 하나로 내 손목을 감는다. 근육의 힘이 아주 강하지만, 차갑다. 다리의 감촉이 느껴지지만, 빨판은 느껴지지 않는다.

그러다 녀석이 갑자기 홱 다리를 물린다.

내가 완다인 줄 알았나? 연어랑 내 검은 피부 때문에? 내 맛이 달랐나?

나는 클로드가 마지막 연어 조각을 먹는 모습을 지켜본다.

수족관에서 나와 UCLA로 향한다. UCLA에서 장소를 찾아가는 것은 외국에서 형편없는 지도를 들고 길을 찾아가는 것과 같다. 프란츠 홀은 1960년대 건물 같다. UN 건물과 비슷한데, 높이가 그보다 낮고 훨씬 덜 재미있어 보인다. 사무실은 분주하지도 않지만 그렇다고 사람이 없지도 않다.

나는 그의 연구실을 찾는다. 문이 열려 있다.

나는 머리 모양을 가다듬는다. 캐주얼하면서도 전문가처럼 보인다.

그는 백인이고, 머리카락은 연한 갈색이며, 키가 크다. 내가 문 앞에 나타나자 그가 일어선다. "해리스 씨?" 그가 말한다. 그의 연구실은 내 사무실보다 크다. 카펫이 깔려 있고, 갈색 코듀로이 소파와 책꽂이가 있다. 벽에는 일종의 추상화 같은 것이 걸려 있다.

"완다 해리스 씨의 소식은 유감입니다." 그가 말한다. "좀 어떠십니까?"

"감사합니다." 내가 말한다. 완다가 점점 좋아지는 것처럼 보이는 날도 있고, 자기 눈알을 파내려고 하는 날도 있다는 말은 하지 않는다. "여기 오기 전에 선생님의 논문을 몇 편 읽어볼 생각이었는데 일이 좀 바빠서요." 내가 그의 논문을 찾아보기는 했다. 모두 인지 능력에 관한 것이었다. 다운로드가 가능한 논문들을 미리 살펴볼 생각이었으나, 목요일에 완다의 상태가 너무나 나빴다.

"완다 해리스 씨는 오즈 베넷과 함께 일했죠." 이 말을 하는 그의 목소리가 남다르게 들린다. 완다는 자신들의 연구가 비주류인 것 같다고 걱정했다. 연구 지원금이 끊기고 나면, 비주류 연구를 하는 흑인 여자가 일자리를 구하기 쉽지 않을 거라는 걱정도 하고 있었다. 완다는 항상 어려운 일, 어려운 수학 문제에 달려들었다. 하지만 과학계에서 일자리를 찾기는 쉽지 않다.

"베넷이 사기꾼이었나요?" 내가 묻는다.

호프스테드 박사가 깜짝 놀란다. "아뇨. 그렇지는 않습니다. 좀 괴상한 연구를 하기는 했지만, 괴짜는 아니었어요."

"완다는 베넷의 평판이 좋지 않은 것 같다고 걱정했어요."

호프스테드는 고개를 젓는다. "의식에 대한 베넷의 연구는 획기적이고 혁신적이었습니다. 나는 일과 관련해서 그와 아는 사이였습니다. 너그러운 사람이라서, 연구 지원금을 신청하는 데 도움이 될 만한 NSF 쪽 사람을 소개해 줬죠."

"연구 팀이 그 문어한테 일종의 가상 현실 안경을 씌웠어요. 실험으로." 내가 말한다.

호프스테드가 한쪽 눈썹을 올린다.

"데일?" 인도인처럼 생긴 남자가 땅딸막한 몸에 하와이언 셔츠를 입고 나를 흘깃 본다.

"어이, 비한."

"fMRI 결과가 나왔어." 비한이 문간에서 자리를 지키며 말한다.

"지금 약속이 있어서 그러는데, 그 데이터는 내일 봐도 될까?"

"물론이지. 그냥 결과가 나왔다고 말해주러 온 거야."

호프스테드가 빙긋 웃으며 고개를 끄덕인다. 비한이 간 뒤 그가 말한다. "커피 좀 드시겠습니까?"

우리는 캠퍼스를 걷는다. "사람들은 과학자들이 모두 이성적이고 논리적인 줄 알죠." 그가 말한다. "하지만 사실 우린 모두 괴짜 얼간이예요."

"완다처럼요." 내가 말한다.

"내 말은, 전부 그렇다는 건 아닙니다. 일부만…"

"괜찮아요. 완다가 정확히 그렇거든요. 머리가 엄청 좋은 괴짜." 내가 왜 그를 곤란한 상황에서 구해주려 하는지 잘 모르겠지만, 어쨌든 그가 눈에 띄게 안도한다. 태평양에서 기분 좋은 산들바람이 불어오고, 햇빛이 화창하다. 캠퍼스에는 젊은이답게 열정적인 일들을 하러 가는 열정적인 젊은이들이 가득하다.

"라이너스 폴링이라는 이름을 들어봤습니까?" 호프스테드가 묻는다. 내가 고개를 젓자 그가 말을 잇는다. "라이너스 폴링은 화학자입니다. 노벨상 수상자죠. 두 개의 다른 분야에서 노벨상을 수상한 유일한 인물입니다. 인본주의자이기도 하고요. 똑똑한 사람이었습니다. 그는 비타민 C를 대량으로 먹으면 일반적인 감기뿐만 아니라 어쩌면 암까지 치료할 수 있을 거라는 확신을 하게 됐죠. 그래서 우리가 감기에 걸렸을 때 오렌지주스를 마시게 된 겁니다."

"그래요?" 내가 말한다.

"완전 헛소리입니다. 비타민을 대량으로 먹는 게 때로는 위험할 수도 있어요. 그렇지는 않다 해도 대개는 그저 오줌이 엄청 비싸질 뿐입니다. 우리가 먹은 값비싼 비타민이 오줌으로 배출되니까요. 아이작 뉴턴은 자기 안구 뒤에 바늘을 찔러본 뒤, 그 결과를 보고하면서 빛이 하느님을 이해하는 데 도움이 될 거라고 생각했습니다."

"베넷이 똑똑한 미친놈이었나요?" 그놈이 미친 짓을 해서 카일 최가 죽고 완다가 망가진 건가요?

"그럴지도요." 호프스테드가 말한다. "저는 모릅니다."

우리는 노점에서 커피를 사서 벤치를 찾는다.

"베넷은 현실의 본질에 집착하게 됐죠." 호프스테드가 말한다.

나는 커피를 한 모금 마신다. 맛이 괜찮다. 현실의 본질 따위 나와는 상관없다.

"저한테 왜 연락하셨어요?" 내가 묻는다. "완다와 아는 사이셨나요?"

"아뇨."

"완다가 학부를 여기서 다녔어요."

"저는 몰랐습니다. 박사 후 연구원이었죠?"

박사 후 연구원이'었'죠. 나는 완다가 워싱턴 대학에서 물리학 박사 학위를 받은 사람이라고 말하고 싶지만 그냥 고개만 끄덕인다. 박사 후 연구원은 어떤 자리를 뜻한다. 완다는 이제 일하지 않는다.

"나는 인지 능력을 연구합니다." 호프스테드가 말한다. "제가 연구하는 것 중에 우리가 현실을 인식하는 방법도 포함되어 있죠." 데일 호프스테드가 종이컵을 들어 올린다. "내가 인식하는 것에 현실이 상당히 잘 반영되어 있다고 생각했습니다. 예를 들어 이 컵의 형태와 질감을 정확히 인식하고 있다고 생각한 겁니다."

하얀색과 파란색 줄무늬에 커피숍의 상징이 그려진 단순한 컵이다. 뚜껑은 하얀 플라스틱이다.

어떤 학생이 스케이트보드를 타고 다른 학생들 사이를 요리조리 지나간다.

“우리가 모든 것을 인식하지는 못합니다. X선이나 전파를 눈으로 보지는 못해요. 하지만 우리가 인식할 수 있는 것들은 현실 그대로인 줄 알았습니다.”

“그렇지 않다고 말할 생각이군요.”

“네, 맞습니다. 우리 뇌에는 일종의 인터페이스가 있어요. 휴대폰과 비슷하죠.” 그는 자신의 아이폰을 꺼낸다. 학생을 가르치는 사람들이 대개 그렇듯이, 그도 문단을 나눠서 말하고 있다. “이 앱들, 우리가 인식하는 것은 실제 앱이 아닙니다. 실제 앱은 아주 정교한 기계 안에서 패턴에 따라 전자를 운용하는 컴퓨터 코드입니다. 우리 눈에 칩과 전선은 보이지 않습니다. 컴퓨터 코드는 물론이고 코드가 작동하는 모습도 볼 수 없습니다. 우리 눈에 보이는 것은 대개 빨간 사각형 안에 화살표가 있는 모양이죠. *인터페이스는 앱이 아닙니다.*”

“알겠어요. 대단하네요. 하지만 우리는 디지털이 아니에요. 당신은 그 컵을 손에 들고 커피를 마셔요. 그러면 커피가 목구멍을 타고 내려가서 몸에 흡수되죠. 그건 진짜예요.”

“진짜가 아니라고 말하지는 않았습니다. 좋은 질문이네요.”

그는 완다와 다르다. 완다와 이야기를 하다 보면 내 현실이 재편되는 경향이 있었으나, 완다는 항상 내 옆에 있었다. 나와 모르는 사이인 이 남자는 내게 강의를 하고 싶어서 만나자고 한 것 같다.

"안녕하세요, 호프스테드 박사님." 가벼운 꽃무늬 원피스를 입은 여자가 크게 말한다. 그리고 손을 흔든다. 나는 '박사'라는 호칭을 좋아하는 박사들이 싫다. 완다 때문에 생긴 버릇이다. 나는 완다를 약 올리려고 해리스 박사라고 부르곤 했다.

호프스테드는 손을 흔들어 주면서 계속 말을 잇는다. "이제 우리는 디지털 생물을 만들 수 있습니다. 컴퓨터 시뮬레이션으로. 단세포 동물과 비슷하지만 아주 정교합니다. 그리고 진짜 생명체들에 대해 진실한 예언을 할 수 있습니다."

"그건 그들이 진짜 생명체들의 좋은 모델이라는 뜻인가요?" 내가 묻는다.

"정확합니다!" 그는 똑똑한 학생에게 하듯이 내게 말한다. "아주 강력한 증거예요. 우리는 생물을 만들어서 1,000세대를 시뮬레이션으로 돌렸습니다. 그들 중 절반은 진화해서 시뮬레이션을 '현실'로 인식했고, 나머지 절반은 우리처럼 딱 번식에 적합한 형태로 진화했습니다. 나는 둘 사이에 차이점이 있겠지만, 현실을 인식하는 것이 번식 적합도도 향상시킬 것이라고 생각했습니다."

그는 들떠서 몸짓을 하며 말을 이어간다. 나는 그의 커피와 휴대폰이 조금 걱정스럽다.

"실제로는 그렇지 않았군요." 내가 말한다. 나는 이야기를 계속 이어갈 수 있다.

"네. 현실을 인식하는 방향으로 진화한 생물들은 100퍼센트 죽었습니다. 매번."

순간적으로 완다가 죽을 것이라는 말을 들은 것 같아서 나는 고개를 젓는다.

"우리가 그 실험을 한 번만 한 게 아닙니다." 그는 나를 설득하려고 열심히 설명한다. "스무 번 넘게, 1,000세대를 돌리면서 이것저것 비틀어 봤습니다. 현실 인식은 생존에 도움이 되지 않습니다."

그가 고개를 저었다. "우리가 인식하지 못하는 현실을 하나 예로 들어보죠. 구球가…" 그는 손을 뻗어 배구공만 한 크기를 만들었다. 나는 그의 손에서 컵을 가져오고 싶었다. "구가 담을 수 있는 정보가 얼마나 될까요?"

"칩의 종류 같은 것에 따라 달라지지 않나요?"

"지금 이건 조금 다른 애기입니다. 양자 현실에 관한 의문인데, 양자 수준에서는 모든 것이 정보입니다."

"나는… 도대체 무슨 소리예요?"

"스티븐 호킹이 계산한 겁니다." 그는 이것이 결정적인 답이라는 듯이 말한다. 그래요, 그래요, 스티븐 호킹이라는 이름을 툭 던지면 멍청한 흑인 여자는 감탄하겠죠. 난 이 사람이 영 마음에 들지 않는다.

"어떤 것 안에 뭐가 얼마나 들어있는지를 묻는다면, 그건 부피를 말하는 거죠? 난 지금 이 컵에 액체를 얼마나 부을 수 있을지 생각하고 있습니다. 컵을 접시처럼 납작하게 만든다면, 표면적이 이 컵과 똑같더라도 커피를 담는 데에 한계가 있겠죠."

나는 고개만 한 번 끄덕이고는, 접시에서 커피가 흘러넘치는 모습을 상상한다. 오목한 부분에만 커피가 조금 남을 것이다. 내 커피는 크림과 설탕이 들어가서 연한 색이다.

"양자 수준에서 최대 정보량은 부피가 아니라 표면적에 의해 결정되는 것으로 밝혀졌습니다."

나는 이걸 이해해 보려고 애쓴다. "크고 납작한 접시가 컵보다 더 많은 커피를 담을 수 있다는 말과 같은 건가요?" 완다와 대화할 때와 좀 비슷하다는 기분이 든다. 하지만 완다의 말은 이해할 수 있는데, 이건… 말이 되지 않는다.

"맞아요. 뉴턴 물리학이 아니라 양자 수준의 이야기입니다만, 그것도 현실입니다. 우리는 양자 현실을 인식할 수 없죠. 사실 정보를 구에 넣는 최고의 방법은 그 안에 열두 개의 구를 넣어 표면적을 늘리는 겁니다. 그 열두 개의 구 안에 각각 또 열두 개의 구를 넣고, 그 구 안에 또 열두 개의 구를 넣죠. 구의 크기를 더 이상 줄일 수 없을 때까지."

"왜 열두 개죠?" 내가 묻는다.

"모릅니다." 그가 솔직히 인정한다. "나는 인지 능력을 연구하는 사람이지 수학자가 아니라서 계산은 못해요."

완다는 틀림없이 할 수 있을 것 같다. 완다가 십중팔구 이 사람보다 더 잘할 것이다.

호프스테드가 컵을 들어 올리며 말한다. "뉴턴 물리학의 수준에서는, 큰 컵의 부피가 더 크다는 내 인식이 맞습니다. 당연히. 그란데 사이즈를 원했는데 실제로는 벤티 사이즈를 주문한 사람에게 한번 물어보세요. 하지만 현실이라는 수준에서는 틀린 인식입니다."

"왜 날 만나자고 했어요?" 내가 묻는다.

그는 조금 놀란 표정이다. "베넷의 연구가 궁금했거든요."

"난 사회 복지사예요." 내가 단호하게 말한다. "당뇨병 환자가 최대한 오랫동안 최대한 건강을 유지하는 데 필요한 도구를 가르쳐 줄 수는 있죠. 하지만 수학은 못해요. 완다라면 계산할 수 있었겠지만. 나는 베넷의 연구가 무엇이었든 그것이 내 자매의 뇌를 망가뜨리고 연구원 한 명을 죽였다는 사실을 알 뿐이에요."

"완다 해리스 씨는 어디가 잘못된 겁니까?" 그가 묻는다. 정말로 눈치가 없는 사람이다. 아니면 남의 기분에 신경을 쓰지 않거나.

"전 지구적인 실인증이에요." 내가 말한다. "그 고글 말이에요. 카일과 완다가 만들었어요. 여러 개가 있었죠. 내 생각에는 그 연구 팀이 현실을 보려고 애쓰다가 망가진 것 같아요." 지금까지 나는 이것을 혼자 있을 때도 인정하고 싶지 않았지만, 그래도 이것이 진실임을 이제 알 것 같다.

호프스테드는 조금 흥분한 기색이다. "그 고글의 역할이 뭔지 압니까?"

시끄러워, 이 새끼야.

"나는 올해 서른 살인 내 자매를 만나려고 알츠하이머 환자들이 가득한 요양원으로 가야 해요." 나는 이렇게 말하고 나서 커피를 들고 벤치에 앉아 있는 그에게서 멀어진다. 그의 기분이 엿 같으면 좋겠다.

이 계절에는 상당히 일찍 해가 진다. 점심도 걸렀는데 머리가 너무 복잡하다.

주차장이 바다까지 절반은 가야 있는 것 같다. 우리가 여기까지 어떻게 왔는지 정확히 기억나지 않아서 나는 지도가 그려진 안내판 앞에 서서 살펴본다. 너무 피곤한 탓에 지도에서 실제 캠퍼스의 길을 찾아내기가 쉽지 않다. 건물들의 위치가 지도와 맞지 않는 것 같다. 호프스테드가 다가와 말을 걸까 봐 여기서 시간을 끌고 싶지 않다. 그래서 나는 주차장이 있을 거라고 짐작되는 방향으로 걷기 시작한다.

15분쯤 걷고 나니 돌아서야 할 것 같다는 생각이 든다. 어디서 먹을 것을 좀 사는 게 나을지도 모르겠다. 저혈당이다. (하루 종일 포도당 수치에 대해 이야기하는 일을 하면서 이렇게 되다니 얄궂다.) 나는 휴대폰을 꺼내 자동차 위치까지 지도를 찾아보고 맹목적으로 따라간다. 좌회전, 우회전, 계속 걸으세요. 인터페이스는 앱이 아니다.

나는 주차장에 줄줄이 늘어선 자동차들 사이를 오락가락하며 내 혼다 자동차를 목메어 부른다.

완다는 멍청하지 않다고 말할 수도 있었을 것이다. 완다는 고글에 대해 이야기했지만, 그보다는 주로 클로드가 고글을 얼마나 싫어하는지 이야기했다. 연구실에서 하는 작업에 대해서도 아마 말했을 것이다. 하지만 솔직히 힘든 하루를 보내고 나면 가끔 완다와의 대화도 견디기 힘들었다.

완다는 입이 델 만큼 뜨거운 음식을 먹곤 했다. 순전히 그걸 먹을 수 있다는 이유로. 완다가 행글라이더를 타러 간 적이 있다. 가족 휴가인 줄 알면서도 행글라이더를 타고 화성에 가는 웅대한 모험을 하고 싶어 했다.

완다의 그 사진은 완다가 고글을 쓰기 직전에 카일이 찍었을 것이다. 물론 완다는 안경을 썼다. 현실을 보려고. 완다는 그렇게 하고 싶었을 것이다.

젠장, 완다. 우리한테 어떻게 이럴 수 있어.

선셋 대로가 이상한 모양으로 휘어지며 꺾인다. 나는 이 길을 안다. 할리우드의 산들을 배경으로 상당히 곧게 뻗은 길인데, 모든 것이 이상하게 보인다. 내 뒤로 해가 지고 있다. 내 앞에서 신호를 기다리는 자동차의 사이드 미러에 햇빛이 반짝이는 통에 나는 앞을 볼 수 없다.

완다와의 대화는 흥미로웠다. 완다는 현실의 이상한 장소들로 나를 데려가는 좋은 안내인이었다. 호프스테드는 나를 무인 지대에 남겨두었기 때문에 나는 길을 잃었다. 클로드처럼. 완다처럼.

나는 웬디스로 들어가 치즈버거와 코카콜라를 산다. 나는 절대 코카콜라를 마시지 않는데도. 주차장에 앉아 짐승처럼 먹는다. 이 멍청한 몸에 이런 것이 필요하다. 완다의 멍청하고 다친 뇌.

나는 웬디스에서 차를 빼서 도로로 나와 방향을 일러주는 앱의 목소리에 귀를 기울인다.

완다가 사는 곳이 보인다. 유리문에서 인도로 하얀 불빛이 쏟아진다. 접수대의 여자가 내게 고갯짓으로 인사하고, 나는 엘리베이터로 2층까지 올라간다.

복도에 앉아 있는 노인들을 지나간다. 내가 미워하는 직원 리언 옆을 지날 때는 그가 내게 고갯짓으로 인사한다. 완다의 방을 들여다보니, 완다가 침대 위에 책상다리로 앉아서 그물코 모양의 무늬가 있는 파란 담요를 아끼는 동물처럼 쓰다듬고 있다. 완다가 시선을 든다. 내 움직임 때문에?

"준! 주니!" 완다가 이렇게 말하며 양손을 번쩍 들자 모든 것이 다시 현실이 된다. 완다는 현실이다.

완다는 내 포옹을 받아들이며 나를 툭툭 두드려 주고, 내 손톱을 어루만진다. 매니큐어를 새로 칠해야겠다. 다시 울음이 터지지만 기분은 괜찮다. 완다는 죽지 않았다. 호프스테드가 사망률 100퍼센트를 말했어도 완다는 똑똑하다. 점점 나아지고 있다. 상태가 나쁜 날이 줄어들고 있다.

"클로드를 만났어." 내가 말한다. "잘 지내고 있더라. 네가 인사를 전한다고 말해줬어."

완다는 창백한 손바닥으로 내 셔츠를 문지른다. "오늘 좋은 날이야. 우리가 오늘 사과 소스를 먹은 것 같아. 내가 좋아했던 것 같아. 노란색. 네 노란색이 좋아. 너 주니가 좋아."

"나도 널 사랑해."

난 결코 현실을 알지 못할 것이다. 완다가 증거다. 완다가 그걸 감당할 수 없다면, 아무도 감당하지 못한다. 하지만 나는 점점 어두워지는 길을 따라 완다에게 왔다. 내가 양자 에너지의 진동을 평생 알지 못해도, 그것을 눈으로 보거나 손으로 만지지 못해도 상관없다.

나는 여기에 도착했다. 오늘은 힘든 하루였지만, 완다와 달리 내가 힘든 하루를 보냈을 때는 완다가 내게 손을 뻗을 수 있다. 완다가 영원히 지금보다 나아지지 않아서 항상 힘들게 지내야 한다 해도, 나는 내 자매를 눈으로 보고 손으로 만질 수 있다.

나는 완다를 끌어안는다. 완다는 자신을 품에 꼭 끌어안는 나를 내버려 둔다. 샴푸 냄새와 깨끗한 살냄새가 난다. 완다가 즐겁게 노래하듯 말한다. "난 노란색 좋아. 네 노란색이 좋아."

"괜찮아." 내가 말한다. "괜찮아, 우리 완다."

Gene Doucette

Schrödinger's Catastrophe

슈뢰딩거의 이변

진 두셋

김승욱 옮김

진 두셋은 스무 편 이상의 사이언스 픽션과 판타지를 발표한 소설가다. 그의 작품으로는 《옆집의 우주선The Spaceship Next Door》, 《외계인의 주파수The Frequency of Aliens》, 〈불멸Immortal〉 시리즈, 〈탠덤스타Tandemstar〉 시리즈가 있으며, 최근작은 《묵시록 세븐The Apocalypse Seven》이다. 여기에 실린 작품은 그가 처음으로 시도한 사이언스 픽션 단편이다. 현재 매사추세츠주 케임브리지에 살고 있다.

홈페이지: genedoucette.me

SF-Mania

Gene Doucette

Schrödinger's Catastrophe

USFS 어윈호 승무원들의 상황이 나빠지기 시작한 것은 마치어 박사의 커피 머그잔이 스스로를 복원한 무렵이었다.

루이스 마치어 박사는 당시 실험을 하던 중이 아니었다. 아니, 실험을 하기는 했으나 엔트로피와 시간의 본질에 관한 실험은 아니었다. 그는 어윈호 같은 과학 탐사 우주선에 최고로 잘 어울리는 종류의 '다른' 실험을 여러 가지 돌리고 있었다. 그중 절반은 소량의 세포 샘플이 심우주의 특정 요소들에 어떻게 반응하는지 살피는 생물학 실험이었고, 나머지 절반은 천체 물리학 전반과 관련된 것이었다. 하지만 엔트로피에 관한 실험은 없었다. 다시 말하지만, 이 점이 중요하다.

그는 그저 커피 잔을 떨어뜨렸을 뿐이다. 아니, 좀 더 정확히 말하자면, 낙하하는 물체의 본질과는 상관없는 문제에 집중하다가 탁자 귀퉁이에 있던 커피 잔을 팔꿈치로 밀어 떨어뜨렸다. 머그잔은 철이 함유된 단단한 금속 바닥에 떨어져 산산조각이 났고, (이미 실망스러울 정도로 미지근해진) 커피가 사방으로 튀었다.

루이스 마치어는 이것이 상당히 마음에 걸렸다. 지난 세월 동안 수십 건의 심우주 과학 탐사에 참여했는데, 검은 백조가 그려진 이 하얀 머그잔은 그 모든 탐사에서 그와 함께한 물건이었다. 딸이 준 선물이기도 했다.

하지만 물건이란 쓰다보면 부서지기도 하는 법이니 깊이 생각할 필요는 없었다.

그런데 마치어가 수건과 빗자루를 가지러 간 사이에 깨진 조각들이 다시 머그잔이 되어 공중으로 떠올라 탁자 귀퉁이에 내려앉았다.

쏟아진 커피는 되돌아오지 않았다. 머그잔이 무슨 터무니없는 짓을 꾸미고 있는지는 몰라도 자신은 거기에 끼고 싶지 않다고 마음을 정했기 때문이거나, 아니면 마치어 박사를 위해 그가 목격한 일이 정말로 일어났음을 확인해 주기 위해서였을 것이다.

하지만 물론 그 일은 실제로 일어나지 않았다. 깨진 머그잔이 스스로를 복원하기로 결정하는 일은 일어나지 않는다. 머그잔은 스스로 움직일 수 없는 무생물이라서 무엇이든 결정하는 법이 없다. 루이스 마치어 본인을 포함해서 루이스 마치어의 실험실에 있는 모든 사람, 모든 물건과 똑같이 물리 법칙의 변덕에 휘둘릴 뿐이다.

이건 실험실의 위치와는 상관없는 진실이다. 반드시 그래야 했다.

마치어 박사의 실험실은 심우주 한복판, 아직 아무도 탐사한 적이 없는 구역에 와 있는 우주선 한복판에 있었다. 이곳이 미탐사 구역이라는 점이 이례적이기는 해도, 아주 조금만 이례적일 뿐이었다. 이 구역(C17-A387614-X.21이지만, 모두 브렌다라고 불렀다)은 탐사가 완료된 우주 그리드 중심부에 있었다. 이 그리드의 다른 구역에서는 모두 몇 번이나 탐사가 실시되었지만, 브렌다 구역은 누구도 굳이 확인한 적이 없었다.

십중팔구 브렌다 구역이 믿을 수 없을 만큼 재미없어 보였기 때문일 것이다. 브렌다에는 아무것도 없는 것 같았다. 별도, 행성도, 위성도. 혜성도 이 구역은 방문하려 하지 않았고, 소행성도 거리를 유지했다. 우주는 원래 '엄청난 무無의 공간들 가운데에 뭔가가 혼합된 조각들이 비록 믿을 수 없을 만큼 희귀하긴 해도 여기저기 가끔 존재하는 곳'이라고 정의할 수 있는 곳이지만, 브렌다 구역은 어찌 된 영문인지 그보다도 더 무의 공간이었다. 아마 그래서 누구도 일찍이 이곳을 탐사할 생각을 하지 않았을 것이다. 하지만 USFS 어원호가 지금 이곳에 와 있는 결정적인 이유가 바로 그것이었다. 이렇게나 아무것도 없다는 사실에 어쩌면 모종의 의미가 있을지도 모른다는 것.

이 구역에 들어온 지 이틀째인 현재까지 마치어 박사는 바깥에서 볼 때와 마찬가지로 이곳이 정말로 재미없는 공간임을 확인했다. 무無로 가득한 공간이 여기서는 정말로 무無로 가득한 공간임을 우주선 내외의 센서 3,000개가 확인해 주었다.

그런데 지금 열역학 제2법칙(지극히 중요하고 엄청나게 안정적이다)이 작동을 멈췄다.

마치어 박사는 사실은 이런 것이 아닐 거라고 확신했다. 이 현상을 설명할 수 있는 훌륭한 방법이 분명히 열 개쯤 존재할 터였다. 그중에 하나만이라도 그가 찾아내기만 하면 될 일이었다.

먼저 그는 실험실의 인공 중력을 확인했다. 공중으로 뛰어올라 몸이 아래로 떨어진다는 사실을 확인하는 방식보다는, 그냥 벽의 조종판으로 가서 설정을 살펴보는 방식을 사용했다.

조종판은 이곳에 인공 중력이 작동 중임을 확인해 주었다. 또한 커피 머그잔 근처에서도 실험실의 다른 곳에서도 바로 얼마 전에 이상 현상이 발생한 적이 없다는 사실도 알려주었다.

루이스는 탁자로 돌아와 머그잔을 집어 들었다. 자신의 손 안에서 잔이 부서질 것이라는 기대가 반쯤 있었으나, 그런 일은 벌어지지 않았다. 머그잔은 바로 조금 전에 일곱 조각으로 부서졌음을 전혀 알아볼 수 없을 만큼 아주 멀쩡하게 보였다.

"어떻게 한 거냐?" 그는 머그잔에게 물었지만, 머그잔은 대답하지 않았다.

마치어 박사는 머그잔을 든 채로, 실용적이지만 아마도 되돌릴 수 없을 실험 방법을 고려해 보았다. 이번에도 머그잔이 스스로 복원될까? 만약 그런다면, 몇 년 전 딸이 선물로 준 이 흑조 머그잔으로 이상 현상의 범위를 좁힐 수 있을 터였다. 어쩌면 그가 이 잔을 떨어뜨리는 날만 기다리던 모종의 트릭일 수도 있었다. 딸은 아버지에 대한 나름의 생각을 바탕으로 이 트릭 머그잔을 구입했을 것이다. 아버지가 원래 서투른 사람이거나 머그잔에 앙심을 품은 사람이라서 일찌감치 잔을 깨뜨릴 테니 금방 이 재미있는 장난이 드러날 것이라는 생각.

하지만 이 설명이 맞을 것 같지는 않았다. 먼저 자가 치유 머그잔을 만드는 기술이 존재해야 하는데, 그런 기술은 없었다. 게다가 설사 그런 기술이 있다 해도, 잔이 저절로 탁자 위로 돌아간 현상은 여전히 설명할 수 없었다.

마치어 박사는 머그잔을 이대로 보존하고 싶은 마음은 감정적인 문제인 반면, 이 이상 현상은 과학적인 문제라는 결론을 내렸다. 그는 딸이 준 잔을 깨뜨렸다는 사실을 이미 받아들이고, 딸이 이 자리에 있었다면 자신의 행동을 이해했을 것이라고 자신했다.

그는 손을 놓았다. 잔은 아래로 떨어져 다섯 조각으로 깨졌다… 그리고 깨진 채로 그냥 있었다.

당연한 일이었다. 뭔가 다른 일이 벌어질 거라고 기대한 것이 이상한 일이었다.

그는 수건과 빗자루를 가져와 바닥을 청소하고, 병동에 예약을 잡았다. 열역학 제2법칙을 뒤집기 전에, 이상 현상을 설명하기 위해 생각해 보아야 할 열두 가지의 가설 중 하나는 그가 미쳐가고 있다는 것이었으므로 시간을 지체할 수 없었다.

루이스 마치어 박사는 병동까지 가지 못했다.

"최종 접근." 컴퓨터가 명랑하게 노래하는 듯한 목소리로 선언했다.

앨리스 애스티 중사는 이때 셔틀 뒤편에서 혈액 순환을 위해 가벼운 유연체조를 하고 있었다. 이유는… 음, 하여튼. 앞으로 어떤 일이 있을지는 알 수 없으나, 유연한 몸이 필요해질 가능성이 아주 높았다. 지금 같은 평화 시에는 활용할 일이 적은 구식 전투 준비 방법이었지만, 그녀가 아는 병사들만 따져도 햄스트링 부상 때문에 전직 군인이 되고 싶어 하는 사람은 많지 않았다.

그녀는 선실 앞쪽으로 돌아가 전면 창을 통해 선체 측면을 살펴보았다. 미국 우주 연방 과학 탐사선USFS 어윈호는 앨리스가 기대했던 바로 그 자리에서, 즉 C17-A387614-X.21/브렌다 구역 한복판에 둥둥 떠서 아무것도 안 하고 있었다.

그녀는 통신선을 열었다.

"USFS 어윈, USF 보안군 애스티 중사다. 지금 접근 중. 도킹할 예정이다. 응답하라."

응답이 없었다.

"다시 말한다. 어윈, USF 보안군 애스티 중사다. 접근 중. 도킹 요청한다. 격납고 문을 열어라. 응답하라, 어윈."

애스티 중사는 저쪽에서 누가 나오기를 몇 초 동안 기다리다가, 선을 열어둔 채로 선실 뒤편으로 가서 준비를 했다.

정상적인 상황이라면 지금쯤 격납고 직원과 이야기를 나누며, 셔틀을 어디에 어떻게 세워둘 건지 자세히 의논하고 있었을 것이다. 하지만 지금은 정상적인 상황이 아니었다. 그녀는 어윈호가 계속 침묵할 것이라고 예상했다. 이 구역 경계선에 서 있는 기지선 로즌호에서 통신을 보냈을 때처럼, 6주 남짓 전부터 저 과학 탐사선이 줄곧 해온 것처럼.

어윈호에서 보낸 마지막 공식 통신은 기록상 47일 전의 것이었다. 해더 선장이 보낸 통신문의 내용은 이러했다. '우리는 오늘도 여기에 있지 않다.' 이 과학 탐사선의 모든 통신문과 마찬가지로 이 통신문도 연구 기지 중계 허브를 거쳐 메인 클러스터로 전달되었으나, 며칠이 지난 뒤에야 누군가의 눈에 띄었다. 그것도 순전히 그 뒤로 통신문이 전혀 오지 않아서 누군가가 특기할 만한 일이라고 생각하게 된 덕분이었다.

원칙은 하루 두 번 통신이었다. 우주선의 신호가 엄청나게 먼 곳에서 온다는 점을 감안하면, 탐사선이 통신을 보내는 '날'과 그 통신이 수신되는 '날'이 같을 때가 거의 없는 것은 사실이었다. 초광속 포트를 사용해도 마찬가지였다. 그래도 어윈호 같은 우주선들은 미리 정해진 일정에 따라 '별일 없음. 그쪽은 어때?' 같은 하찮은 통신이라도 보내야 했다.

어윈호에 뭔가 일이 생겼음이 분명했다.

마지막으로 날아온 암호 같은 통신문에 명백하고 직접적인 의미가 없다는 것이 분명해진 뒤, 이 통신문은 언어학 팀에 넘겨져 몇 개의 데이터베이스를 거쳤다. 그 과정에서 과거 지구에서 좀비스가 부른 노래, 그리고 그보다 더 오래된 휴스 먼스의 시와 일치하는 부분이 발견되었다. 그러나 둘 다 과학 탐사선이 심우주에서 보낸 통신문과는 전혀 어울리지 않았다.

이 메시지의 의미를 분명히 설명해 달라는 메시지를 송신했으나 설명은 돌아오지 않았다. 누군가가 불러온 언어학자는 어윈호에서 적절한 응답을 얻으려면 기지에서 보내는 답장도 비슷한 형식을 따라야 한다는 결론을 내리고 몇 가지 안을 내놓았다. '당신들이 그곳에 없다면 어디 있나?' '지금은 다시 이곳에 있나?'

이 방법 역시 효과를 내지 못하자 누군가가 좀비스의 노래를 찾아내 널리 방송했다. 이 노래가 반응을 이끌어 내는지 보기 위해서였다. 그다음에는 먼스 시의 주석판과 전문全文을 읽어서 전송했다.

역시 반응이 없었다.

이때 네트워크의 궤도 위성 하나가 그 우주선의 모습을 포착해 동영상을 찍어 보냈다. 이를 통해 USFS 감정가들은 다음과 같은 사실들을 확인할 수 있었다. (1) 어윈호가 움직이지 않는다. (2) 온기가 남아 있는 것으로 보아 우주선에 아직 동력이 남아 있을 가능성이 높다. (3) 기체가 빠져나가는 현상은 관찰되지 않으므로, 선체 내에 아직 대기가 남아 있거나 대기가 이미 모두 빠져나갔을 것이다.

이제 남은 방법은 유인 우주선이 직접 가보는 것뿐이었다. 그래서 USFSF 로즌호가 브렌다 구역 경계선까지 갔고, 앨리스가 셔틀에 오르게 되었다.

셔틀의 자동 조종 장치가 부드럽게 경보를 울렸다.

"격납고 문이 계속 닫혀 있습니다."

"컴퓨터, 어윈호 격납고 자동 제어 무시 권한을 전송해. 내 이름으로."

"전송 중." 컴퓨터는 차분한 목소리로 이렇게 말한 뒤, 곧 말을 이었다. "응답 없음. 충돌 임박. 항로 수정을 강력히 권고합니다."

지난 20년 중 어느 시점에 USF에서 이런 일을 담당한 사람들이 우주 연방 소속의 모든 컴퓨터는 반드시 음성으로 의사를 전달해야 한다는 규칙을 세워놓았다. 그리고 여기에 사용되는 목소리는 무엇보다 차분해야 한다는 결론이 내려졌다. 대부분의 경우 이 목소리는 훌륭하게 기능을 발휘했지만, 스트레스가 심한 상황에서는 셀프 패러디라고 여겨질 만큼 우스꽝스럽게 들렸다. '감압 폭발까지 5초' 같은 말을 말 안 듣는 아이를 달랠 때 사용하는 목소리로 하면 안 되는 법이다.

"알았어. 네 바지가 젖지 않게 해, 컴퓨터." 앨리스가 말했다.

"컴퓨터는 바지가 없습니다."

“현재 항로에서 이탈해 셔틀을 저 우주선과 나란히 놔. 내가 옆문으로 들어가야겠어.”

“항로 수정 완료. 폭발물 목록에 대한 정보가 필요합니까?”

“그거 좋지. 고마워.”

컴퓨터는 셔틀을 조종해 어원호 바로 옆에 붙였다. 후면 해치에서 약 20미터 떨어진 위치였다. 이 해치는 탐사선 안에 있던 사람이 선체 외부를 수리하거나 고장 난 격납고 문을 열거나, 필터를 청소하거나, 페인트가 벗겨진 부분을 손보는 등의 일을 하기 위해 밖으로 나올 때 사용하는 문이었다. 밖에서 안으로 들어가는 사람을 받아들이는 기능은 없으므로, 그렇게 사용된 적이 거의 없었다. 그래도 이런 해치들은 ‘해적 문’이라고 불렸다.

해적 문의 좋은 점이자 이런 상황에서 매우 유용한 특징은 에어록*이 안쪽에 있다는 사실이었다. 따라서 앨리스가 목록에 있는 수많은 폭발물 중 하나로 문을 날려버릴 수밖에 없는 상황이 되더라도 갑판 전체가 파손될까 봐 걱정할 필요는 없었다.

우주 유영을 위해 우주복을 입은 앨리스는 폭발물 몇 개를 가방에 넣었다. 그녀와 마찬가지로 전투의 베테랑인 이 가방에는 철판이 달려 있어서 위기 때 갑옷 같은 역할을 할 수 있었다. 그녀는 우주총 두 정도 가방에 넣은 뒤, 셔틀과 연결된 줄에 의지해 앞으로 나아갔다. 아마 문을 폭파해야 할 것이라고 예상했으나, 해치의 바퀴 모양 손잡이를 몇 바퀴 돌리자 문이 쉽게 열렸다.

* 실내 기압을 조정하는 기밀실. 기압이 서로 다른 곳을 통행할 수 있게 해준다.

앨리스는 셔틀과의 연결선을 해제하고, 셔틀에 지금의 자리를 지키라고 지시한 뒤, 안으로 들어가 해치를 닫았다. 벽의 조종판을 보니 우주선에 동력이 남아 있어서, 그녀는 기압으로 에어록을 단단히 닫고 안쪽 문으로 들어갔다.

원칙적으로는 여기서부터 헬멧을 벗을 수 있었다.

"컴퓨터, 공기 중에 병원균이 있는지 검사해 봐." 그녀가 말했다.

컴퓨터, 즉 그녀가 입은 우주복에 내장된 컴퓨터가 헬멧의 면갑에 소리 없이 깜박거리는 신호를 보내 알겠다는 뜻을 전달했다.

"검사 결과 음성." 컴퓨터가 말했다. "호흡할 수 있는 공기입니다."

앨리스는 크지도 작지도 않은 격납고의 한쪽 끝에 서 있었다. 자신이 밖에 세워둔 것과 똑같은 셔틀 두 대가 서 있고, 두 대를 더 세울 수 있는 공간이 남아 있었다.

"그럼 사람들은 다 어디 있지?" 앨리스가 물었다. 아무래도 이 안에 사람은 자신뿐인 것 같았다.

"더 구체적으로 말해 주세요. 찾고 싶은 사람이 누구입니까?"

"됐어."

"됐어 실행 중."

앨리스는 헬멧을 벗었다.

공기에서는 필터를 거친 일반적인 공기의 냄새가 났다. 그녀가 어른이 된 뒤로 가장 많이 호흡한 공기였다. 그녀의 발이 격납고 바닥에서 떨어지지 않게 붙잡아 주는 중력도 지구 기준에 맞는 것 같았다. 둘 다 좋은 일이었다. 하지만 아무리 어윈호 승무원들이 방문객을 예상하지 못했다 해도, 여기 셔틀 격납고에 반드시 누군가가 나와 있어야 했다. 그녀에게 도대체 여기서 뭘 하는 거냐고 묻기 위해서라도.

"누구 없어요?" 그녀가 소리쳤다. 자신의 목소리가 살짝 금속성 메아리로 변해 되돌아왔다. 문이 열리지도 않았고, 달려오는 사람도 없었다.

격납고를 재빨리 살펴본 결과 확인한 사실은 여기에 쓰러져 있는 시체가 없다는 것뿐이었다.

"아무도 없어요?" 그녀가 소리쳤다.

응답이 전혀 없었다.

'유령선.' 그녀는 어렸을 때 좋아하던 옛 지구의 유령선 이야기를 떠올렸다. 물론 이 우주선은 유령선이 아니었지만, 이런 상황에서는 항상 그런 이야기가 생각났다.

앨리스도 지금까지 여러 번 난파선을 조사해 보았으나, 대개는 난파 이유가 자명했다. 그녀가 조사를 나간 것은 배가 죽어버린 원인이 무엇이든, 혹시라도 살아남은 사람이 있을지도 모른다는 일말의 가능성 때문이었다. 그러나 실제로 누군가가 살아남은 경우는 거의 없었다. 우주선을 에워싼 우주의 허공이 인간에게 몹시 적대적이기 때문이었다.

이번에는 자명한 이유가 보이지 않았다. 우주선은 비록 예비 동력을 사용하는 상태이긴 해도 (바닥에서 전해지는 느낌으로 앨리스는 어원호의 엔진이 분명히 꺼져 있음을 알 수 있었다) 잘 돌아가는 것 같았다. 다만 알 수 없는 이유로 여기 격납고에 사람이 없는 것이 문제였다.

'그럼 어디서부터 시작한다?'

USFS 어원호에는 갑판이 5층까지 있었다. 선장이 사용하는 함교의 위치는 맨 꼭대기 층 전면으로, 격납고에서 가장 멀었다. 앨리스는 거기서부터 시작해야 할 것 같다는 느낌을 받았다. 정상적인 상황이라면 이미 그녀의 도착을 승인해 줬어야 하는 사람에게 자신이 도착했음을 알리기 위해서라도 그래야 할 것 같았다. 하지만 그곳까지 가는 길이 너무 멀었다. 확실히 그보다 가까운 곳에서도 사람을 찾아내, 이 우주선 전체가 침묵에 빠진 이유를, 아니 좀 더 정확히 말하자면 조용히 표류하는 이유를 들을 수 있을 터였다.

앨리스는 선체 내부로 통하는 문을 찾아내고 잠시 머뭇거렸다.

"컴퓨터." 그녀는 자신의 우주복을 향해 말했다. "이 우주선의 컴퓨터와 동기화해."

"동기화 중." 컴퓨터가 말했다. 아이들에게 어떤 맛 아이스크림을 먹겠느냐고 묻는 웨이트리스 같은 목소리였다. "동기화 완료."

"컴퓨터, 생명 징후를 보고해. 모두. 인간만."

동기화 덕분에 앨리스는 우주선의 모든 시스템을 조사에 이용할 수 있었다. 원래는 이 방법으로 문제를 정확히 밝혀내야 하지만, 이번에는 그렇게 되지 않았다.

"생명 징후가 감지되지 않습니다." 컴퓨터가 말했다.

이건 분명히 정답이 아니었다. 어원호에 여든다섯 명이 타고 있다는 사실을 차치하더라도, 앨리스 자신 역시 살아 있었다. 그러니 1 이하의 대답은 모두 오답이었다.

"컴퓨터, 생명 징후 다시 확인해 봐. 인간만."

"다시 확인 중."

앨리스는 이제 곧 열고 나가야 할 문에 달린 창문에 얼굴을 바짝 댔다. 문 뒤편의 복도에는 불이 환했지만, 아무도 없었다. 아래층 갑판에 길게 뻗어 있는 이 복도에는, 이 우주선의 사양에 대한 그녀의 기억이 옳다면, 승무원 중 60퍼센트의 숙소가 있었다. 그러니 누구라도 주위에 있어야 마땅했다.

"206개의 생명 징후가 감지되었습니다." 컴퓨터가 말했다.

"아니… 아니야. 그것도 정답이 아니야." 앨리스가 말했다.

"무엇이 정답입니까?" 컴퓨터가 물었다.

"무슨 소리야?"

"무엇이 정답입니까?" 컴퓨터가 다시 물었다.

"컴퓨터, 이 우주선에 타고 있는 모든 사람의 정확한 생명 징후를 말해. 답은 나도 모르지만, 실제로 감지되는 생명 징후를 헤아려서 나온 숫자여야 한다는 건 알아."

"알겠습니다. 예상치는 얼마입니까?"

"난 정답을 몰라. 알았다면 묻지도 않았겠지. 하지만 예상치는 1에서 86 사이야."

"다시 확인 중." 컴퓨터가 잠시 후 말을 이었다. "72개의 생명 징후가 감지되었습니다."

"그거 진짜 숫자야, 컴퓨터?"

"요청하신 대로, 1에서 86 사이의 숫자입니다. 이 정도면 되겠습니까?"

"실제로 헤아린 숫자라면 그렇지."

"실제로 헤아린 숫자가 72입니다."

앨리스는 컴퓨터가 실제로 숫자를 헤아리지 않았다고 확신했다. 이

건 훨씬 더 심각한 문제를 가리는 사소한 문제였다. 어윈호의 컴퓨터에 확실히 문제가 있었다. 숫자를 헤아리는 건 어려운 일이 아닌데.

"컴퓨터, 전면적인 내부 진단을 시행해."

"진단 시행 중."

"결과가 나오면 알려줘." 그녀는 이렇게 말하고 나서, 문의 설정 해제 암호를 누른 뒤, 격납고에서 승무원 숙소가 있는 복도로 나왔다.

"계세요?" 그녀가 소리쳤다. "누구 없어요?"

아무도 대답하지 않았다.

문은 모두 닫혀 있었다. 앨리스는 설정 해제 암호로 모든 문을 열 수 있었지만, 무서웠다(확실히 이상한 소리이긴 해도 부정할 수 없는 진실이었다).

앨리스 애스티는 USF 보안군에서 일한 지 15년 째였다. 그리고 보안군에 들어오기 전에는 행성 간 분쟁에 다섯 번이나 참전한 적이 있었다. 한번은 고장 난 구명선을 타고 혼자 두 달 동안 표류하다가, 산소가 모두 떨어지기 열다섯 시간쯤 전에 우연히 구조된 적도 있었다. 그보다 더 과거로 거슬러 올라가 어린 시절에는 낮에는 결핍에 시달리고 밤에는 악몽에 시달렸다. 자신이 언젠가 죽어야 하는 유한한 존재라는 사실을 깨달은 것은 열 살 때였다. 그녀는 미지의 것을 두려워하는 사람이 아니었다(오히려 이미 알려진 것을 두려워하는 편이 현명했다).

그런데도 이상하게 텅 비어 있는 심우주 구역에서 표류 중인 텅 빈 우주선에서 앨리스는 어디서 큰 소리만 한번 나도 자신이 아주 정신을 잃어버릴 만큼 겁에 질렸다는 사실을 인정할 수밖에 없었다.

"없어요?" 그녀는 이렇게 소리치고 나서 첫 번째 문 앞에서 머뭇거렸다.

'그냥 암호를 입력한 뒤, 안에 사람이 있으면 어떻게 된 일이냐고 물어보는 거야.'

그녀는 암호를 입력하지 않았다. 맥박이 빨라지고, 숨이 가빠졌다. 이런 것이 공황 발작인가 싶었다.

"진정해." 그녀는 자신을 타일렀다. "곧장 함교로 가자. 거기서는 별들을 볼 수 있어."

이건 그녀가 열 살 때 터득한 방법이었다. 광대한 우주 공간에서 위안을 얻는 것. 적어도 그녀에게는 이 방법이 통했다.

"진단 완료." 컴퓨터가 말했다. 앨리스는 공중으로 60센티미터나 펄쩍 뛰어올랐다.

"컴퓨터, 결과 보고해." 덜컹 내려앉았던 앨리스의 심장이 다시 뛰기 시작했다.

"굉장한 결과입니다." 컴퓨터가 말했다.

"…컴퓨터, 다시 말해줘."

"굉장합니다. 자가 진단 결과 컴퓨터가 굉장합니다. 완벽한 점수입니다. 컴퓨터에게 엄지가 있다면 엄지 척을 할 겁니다."

어윈호의 컴퓨터가 미쳤음이 분명했다. 하지만 물론 그건 계속 변하는 생명 징후 숫자만큼 있을 수 없는 일이었다. 컴퓨터에는 미칠 수 있는 정신이 없었다.

"확실해, 컴퓨터?" 앨리스가 물었다.

"컴퓨터는 확실합니다. 컴퓨터는 엄지가 없습니다."

앨리스는 이 우주선의 컴퓨터를 완전히 재부팅해야 하는 건가 싶었다. 그 작업은 함교에서 이루어져야 했다. 어차피 지금 그녀가 가는 곳도 거기였다. 시간이 좀 걸릴지도 모르지만, 이 우주선에 앨리스 자신을 제외하고 사람이 전혀 없다면, 이 우주선의 로그를 조사할 필요가 있었다. 그리고 그 작업에는 정신이 올바르고 합리적인 컴퓨터가 중요했다.

앨리스는 정상적인 속도로 걷기 시작했으나 곧 복도를 따라 뛰었다. 도중에 어디선가 문이라도 하나 열린다면 아주 안 좋을 것 같았다.

'비이성적인 두려움이라는 건 없어.' 그녀는 사관 학교 시절 교관 한 명이 들려준 지혜를 떠올렸다. '두려운 이유를 본능이 알아차린 거다. 그러니 너희는 본능을 따라잡기만 하면 돼.'

그녀는 복도 끝의 엘리베이터에 도착해, 맨 꼭대기 층으로 가려고 버튼을 눌렀다. 그러고는 엘리베이터를 기다리는 동안 등 뒤를 열두 번이나 확인했다.

엘리베이터가 도착하자 그녀는 곧바로 올라탔다. 슉 하고 문이 닫히는 소리에 안도감이 들었다. 엘리베이터가 위로 올라갔다.

계속, 계속. 엘리베이터가 함교에 도착하는 데는 30초도 걸리지 않아야 정상이었다. 그래서 1분이 훌쩍 넘는 시간이 지나자, 앨리스는 이 엘리베이터가 향하는 곳이 1층 갑판이 아닐 수도 있다는 걱정이 들었다. 하지만 어윈호를 벗어나지 않는 한, 그보다 더 높이 올라갈 수 있는 곳은 없었다.

"컴퓨터, 지금 1층으로 가는 거야?"

"그렇습니다. 1층입니다."

"왜 이렇게 오래 걸리지?"

"5층에서 1층까지 가는 데는 적잖은 시간이 걸립니다." 컴퓨터가 말했다. "그리고 시간은 개념입니다."

"그런 대답은 도움이 안 돼."

"다른 이야기를 시도하시겠습니까?"

"뭐? 아니, 난 그냥 1층으로 가고 싶어."

"1층, 알겠습니다."

앨리스는 한숨을 내쉬었다.

"언제 도착하는데?" 그녀가 물었다.

"정확한 시간을 말할 수는 없습니다." 컴퓨터가 말했다.

"좋아. 컴퓨터, 만약 내가 당장 엘리베이터를 멈춘다면, 내 위치가 어디쯤일까? 몇 층 갑판이야?"

"지금 당장 엘리베이터를 멈추시겠습니까?"

"아니. 멈춘다면 위치가 어딘지나 말해."

"1과 8분의 5층에 있을 겁니다."

"컴퓨터, 이 우주선에 1과 8분의 5층은 없어."

"그렇지 않습니다. 분수로 표기되는 갑판이 여럿 있습니다."

"몇 개나 되는데?"

"불명확합니다. 몇 개이길 원하십니까?"

"됐어. 유한한 수이긴 해?"

"이 컴퓨터는 그 수가 반드시 유한할 것이라고 추론합니다. 그렇지 않다면 1층에는 결코 도달할 수 없을 테니까요. 곧 그곳에 도착할 테니, 도달할 수 없는 곳은 아닙니다."

앨리스는 이 말에 불퉁하게 대답할 수도 있었지만, 그때 엘리베이터가 멈추고 문이 열렸다.

"1층입니다." 컴퓨터가 말했다.

앨리스는 함교로 나갔다. 이런 유형의 우주선 치고 함교가 아주 작았다. 특히 그녀에게 익숙한 군사 우주선에 비하면 더욱 그러했다. 맨 앞에 좌석 두 개, 중앙의 조금 높은 자리에 선장의 자리 하나, 뒤쪽에 의자 두 개가 있고 사방에 기기들이 설치되어 있었다.

옷은 더럽고, 수염도 깎지 않고, 피곤한 안색에 예상보다 키가 작은 매튜 해더 선장이 자기 자리에 앉아 있고, 왼쪽 콘솔에는 앨리스가 알지 못하는 소위가 앉아 있었다.

"자네가 앤슨 소위를 쐈어." 해더가 말했다. 앨리스는 그런 짓을 전혀 하지 않았으니 흥미로운 말이었다.

그때 소위가 쓰러져 죽었다. 정말로 우주총에 맞은 탓이었다. 더욱더 흥미로운 것은 앨리스가 그제야 자신의 우주총을 총집에서 꺼내 발사했다는 점이었다. 총은 발사되기 2초 전에 앤슨 소위의 가슴을 정통으로 맞혔다.

"뭐라고요?" 앨리스가 말했다.

"앤슨 소위가 총에 맞았다." 해더가 말했다. "자네의 우주총에. 자네가 그걸로 소위를 쐈어."

"저는 쏘지 않았어요."

"소위가 총에 맞고, 자네가 총을 쐈지. 걱정 마라. 자네의 잘못이 아니야. 자네의 '잘못'이지. 만약 자네가 총을 갖고 뛰어 들어오지 않았다면 앤슨 소위는 총에 맞지 않았을 테니까. 하지만 자네가 엉덩이의 총집에서 우주총을 꺼내는 것보다 더 빠르게 광선이 날아왔다. 걱정 마라, 하루 종일 이런 일이 벌어지고 있어. 소위는 죽었지만, 지금뿐이다. 지금보다 일찍도 아니고, 아마 나중도 아닐 거야. 자네는 누구고, 내 우주선에는 무슨 일로 왔나?"

"저는… 무슨 말씀인지 모르겠습니다. 어떻게 제가 총을 쏘기 전에 총을 쏠 수 있죠?"

"자네가 그렇게 하기로 마음을 먹기 전에 그 일이 일어났지. 하지만 자네가 그 마음을 먹기 전에 왜 그 마음을 먹었는지 알고 싶은 거라면 나는 답을 줄 수 없다. 어쩌면 소위는 총을 쏘기 직전이었는지도 모른다. 자신이 갖고 있으면서 갖고 있지 않은 총으로. 지금 이 순간에는 소위가 총을 갖고 있지 않지만, 자네가 총을 쏘기로 결정하기 전에는 소위가 총을 갖고 있었는지도 모른다."

"소위는 비무장입니다. 제가 비무장 소위를 쐈어요."

"앤슨 소위가 무장한 동시에 비무장이었다고 내가 증언할 수 있다. 증언이 필요해지면. 또한 이 우주선의 인과가 하루 종일 날뛰고 있어. 하지만 죽은 소위 이야기는 이제 됐다. 다시 묻지. 자네는 누구고, 내 우주선에는 무슨 일로 왔나?"

"저는 USFSF의 앨리스 애스티 중사입니다. 이 우주선의 상황을 조사하기 위해 파견되었습니다."

"많은 일이 있었지! 방금 소위 한 명을 잃었고, 지휘부 구성원들이 모두 존재하지 않는다는 보고가 있었으니. 하지만 왜 이렇게 급히!"

"여기서 마지막으로 통신을 보낸 지 6주가 넘었습니다. 그때부터 계속 표류하고 계셨어요. 저는 이 우주선에 어떤 도움이 필요한지 파악해서 처리하기 위해 파견되었습니다."

"그럴 리가 없어." 선장이 말했다. "내가 통신을 보낸 건 어제다."

"저희는 아무것도 받지 못했습니다."

"아냐, 아냐, 아냐, 만약 내가 '침묵'을 보냈다면 기억했을 거다. 그런데 기억이 없어. 내가 보낸 메시지는 이런 거였다. '부탁이니 다가오지 말라.'"

"그렇지 않습니다. 우리가 받은 메시지는 '우리는 오늘도 여기에 있지 않다'였어요. 그 메시지를 보낸 걸 기억하십니까?"

"아아." 해더 선장은 머리 양옆을 손으로 찰싹 쳤다. "내가 잘못 보냈군. 내가 하려던 말은, 당신들이, 당신들이 다가오지 않으면 좋겠다는 거였다."

해더 선장은 이야기를 나누는 내내 운을 맞췄다 말았다 하고 있었다. 처음에 앨리스는 단어를 선택하다가 발생한 단순한 우연인 줄 알았다. 하지만 이제는 그가 일부러 그러는 것 같다는 생각이 들었다. 또한 그가 이 우주선의 컴퓨터와 마찬가지로 차츰 미쳐가고 있다는 생각도 들었다. 앨리스 자신이 미쳐가고 있는 게 아니라면. 그녀는 방금 이 우주선의 승무원 한 명을 쏘았다. 하지만 어쩌다 그렇게 된 건지 누가 설명해 보라고 하면, 그녀가 내놓을 수 있는 최선의 대답은 자신이 방아쇠를 당기기 전에 총이 발사되었다는 것뿐이었다.

"우리가 다가오는 걸 왜 막으려 하셨습니까?" 앨리스가 물었다. "구조가 필요한 상황인 것 같은데요."

"구조라니! 고작 하루가 지났을 뿐인데."

"다시 말씀드리지만, 6주가 넘었습니다, 선장님."

"컴퓨터, 시간이 얼마나 지났지?"

"하루입니다, 선장님." 컴퓨터가 말했다.

"자, 내 말이 맞지?" 해더가 말했다. "만약 그 메시지를 그쪽에서 6주 전에 수신했다면, 그건 내 잘못이 될 수 없어. 나는 어제 보냈으니까. 그쪽에서는 지금쯤 그걸 받아야 해."

"해더 선장님, 이 우주선의 컴퓨터에 이상이 생겼다는 걸 알고 계실 겁니다, 그렇죠?" 앨리스가 물었다. "제가 탑승한 뒤로 줄곧 컴퓨터는 부정확한 정보를 제공하고 있습니다."

"그렇지 않아! 컴퓨터는 아주 잘 적응했어. 자네가 질문을 잘못 던졌겠지."

"컴퓨터." 앨리스가 말했다. "이 우주선에 생명 징후가 몇 개나 있나?"

"1에서 86 사이입니다." 컴퓨터가 말했다. "또는 0, 또는 206입니다."

"보세요." 앨리스가 말했다. "이건 터무니없는 대답입니다."

"이런, 질문이 웃기잖아!" 해더가 말했다. "답은 확실히 순간순간 변할 수 있다. 매번 답이 달라질 것을 예상해야지. 앤슨 소위는 어디 있지?"

"제가 쏜 사람 아닙니까?"

"그래, 그래, 하지만 지금쯤 돌아와 있어야 하는데."

앤슨 소위는 여전히 바닥에 시체로 누워 있었다. 해더 선장이 미쳤음이 분명했다. 앨리스는 반사적으로 우주총에 한 손을 얹었다. 방금 자신이 앤슨을 쏘지 않으면서 동시에 쏘았음을 생각하면 현명한 행동이 아닐 수도 있지만, 본능이 존재하는 데에는 다 이유가 있는 법이었다.

"다시 묻겠습니다, 선장님. 왜 다가오지 말라는 메시지를 보내셨습니까? 여기서 무슨 일이 있었습니까? 사고인가요?"

"아무 문제도 없다." 선장의 말은 어떻게 봐도 사실이 아니었다.

"그럼 왜 그런 메시지를 보내셨습니까?"

"아무 문제도 없으니까! 앤슨에게 물어라. 그가 더 잘 설명할 수 있다."

"승무원 중 다른 사람에게 물어야 할 것 같습니다." 앨리스가 천천히 말했다. 그녀는 조금 전부터 해더 선장에게 신중하고 느린 말투를 사용하고 있었다. 폭탄 조끼를 입은 사람을 상대할 때와 비슷했다. "선장님, 다른 사람들은 모두 어디 있는지 아십니까?"

"모른다. 하지만 함교까지 오는 길에 그들을 보지 못했다면, 십중팔구 모두 숙소에 있을 것이다."

"알겠습니다. 이 우주선을 움직이려면 승무원들이 필요하지 않습니까? 누가 조금만 도와주면, 이 구역에서 빠져나가는 길을 직접 찾을 수 있을지도 모르죠. 기관사의 도움은 어떻습니까?"

"앤슨 소위와 내가 함교의 일을 처리할 수 있다." 선장이 말했다. "표류 중일 때는 할 일이 별로 없어."

"제 말은 이 우주선이 꼭 표류할 필요는 없다는 뜻입니다. 승무원들 중 일부가 수리를 할 수도 있을 텐데요."

"합당한 말이지만, 엔진에는 손댈 필요가 없다. 완벽하게 돌아가고 있으니까. 아니, 돌아갈 거다. 잘못된 건 물리학이야."

"그럼 누가… 물리학을 고쳐야 하나요?"

확실히 선장의 말을 액면 그대로 받아들이면 안 될 것 같았다. 앨리스는 유난히 말을 꼬아서 하던 어느 수석 장교를 떠올렸다. 그는 한창 전투 중에 이런 말을 하던 사람이었다. "물리 법칙에 변화가 생기지 않는다면, 이 다음 어뢰는 직격탄이 될 거다. 충격에 대비해라." 해더 선장의 말투는 아쉬웠지만, 앨리스는 그도 그 수석 장교처럼 익살스러운 재치를 부리려는 것이라고 확신했다.

"물리학이 고장난 게 아니라, 잘못된 거야." 선장이 말했다. "이 우주선에서 자네가 이만큼이나 오래 살아남은 것이 놀랍군, 중사."

"저는 살아남은 게 아닙니다… 선장님. 다른 승무원들이 어디 있는지만 말씀해 주세요. 제가 도와줄 만한 사람을 직접 찾아보겠습니다."

"말했듯이, 그들은 아마 숙소에 있을 거다. 컴퓨터, 승무원들이 숙소에 있나?"

"승무원들은 숙소에 있을 수도 없을 수도 있습니다, 선장님."

"이것 봐, 어떤가?" 선장이 말했다. "거기 있을 수도 있어."

"그럼 우리가 내려가서 확인해야 할까요?" 앨리스가 물었다. "오는 길에 제가 그곳을 지났습니다."

"아이고, 이런, 그러지 마. 결과를 상상해라."

"무슨 말씀인지 모르겠습니다."

"중사, 아주 간단한 거다. 그들이 살아 있는지 아닌지 난 몰라. 만약 내가 확인한다면 *확실히* 알게 되겠지. 그런 양심의 짐을 지고 싶은 사람이 어디 있나?"

"그들이 살아 있거나, 살아 있지 않거나." 앨리스가 말했다.

"컴퓨터가 둘 다 맞다고 확인했다. 자네는 살아 있는 동시에 죽은 사람을 본 적이 있나?"

"당연히 없지요. 둘 중 하나일 수밖에 없지 않습니까."

"나도 본 적 없다. 따라서 승무원들이 현재 살아 있는 동시에 죽은 상태라면, 그리고 우리 둘 중 한 명이 내려가서 그들이 두 상태 중 어느 쪽인지 알아보려 한다면, 그리고 우리는 살아 있는 동시에 죽은 사람을 본 적이 없다면, 그렇게 확인함으로써 우리는 그들이 두 상태 중 어느 쪽인지 확실히 알게 될 텐데 나는 그런 일에 관여하고 싶지 않아! 자네도 하면 안 된다. 가엾은 앤슨 소위가 이런 일을 당했으니. *자네*는 손에 이미 피를 충분히 묻혔어."

앨리스의 머릿속에서 약 95퍼센트를 차지한 것은 이렇게 웃기지도 않는 얘기는 처음 듣는다는 생각이었다. 나머지 5퍼센트는 그녀가 5층에서 일종의 공황 발작을 일으켜 복도를 달릴 때와 같은 상태였다. 앨리스는 해더 선장의 헛소리 공격을 받기 전에도 이미 그곳의 문들을 열고 싶지 않았다.

"그냥 통신을 보내면 어떨까요? 지금 당장." 앨리스가 말했다. "로즌호에 통신을 보내면 어떻겠습니까?"

"안 돼, 그건 불가능하다. 이 함교에는 지금 제대로 작동하는 게 없어."

앨리스는 주위를 둘러보았다. 조종판에 불이 들어와 있는 것이, 작동하지 않는 함교의 모습은 아니었다.

"동력이 살아 있습니다. 모두 작동하는 것 같고요."

"그렇지 않아. 어제부터 작동하지 않았다. 동력은 확실히 있지만, 엔진이 동력을 제공해 주지 않아. 동력이 어디서 오는지 알 수 없다."

앨리스는 앞쪽의 의자를 가리켰다. "앉아도 됩니까?"

해더 선장이 옆으로 비켜서면서 지나가라고 손짓했다.

앨리스는 (만약 이 우주선의 사양에 대한 그녀의 기억이 정확하다면) 조타수의 의자에 앉았다. 운항에 필요한 모든 계기와 통신 매트릭스가 갖춰져 있었다.

USF에 소속된 모든 우주선은 근거리 통신을 할 때 응축된 무선 전기 버스트를 좁은 광선처럼 목적지로 쏘는 방식을 이용했다. 장거리 통신에도 비슷한 방식이 사용되었으나, 통신 내용이 중계기로 보내진다는 점이 달랐다. 그러면 중계기가 초광속 터널을 통해 메시지를 다시 전송했다.

로즌호는 브렌다 구역의 경계선에 있었다. 합리적인 우주라면, 어윈호는 로즌호가 거기 있음을 이미 알았을 것이다. 로즌호가 통신 거리 안에 들어왔을 때 통신을 보냈거나(실제로도 그렇게 했다. 어윈호와 통신을 연결하기 위한 지속적인 노력의 일환이었다) 인근의 물체들을 감지해서 추적하는 기능만 수행하는 중거리 센서들이 있기 때문이었다.

어쩌면 어윈호는 이제 합리적인 우주의 참가자가 아닐 가능성이 있었다.

앨리스는 우주선에 전체 센서 스캔을 지시했다. 그 결과 좋은 소식(로즌호와 앨리스의 셔틀이 정말로 발견되었다)도 있었지만, 우주선 우현 쪽에는 아무것도 없었다.

그냥 아무것도 없는 것이 아니었다. 그러니까 '우주는 어차피 무無의 공간이 대부분'이라는 의미의 공백이 아니었다. 이것은 그때까지 기록된 모든 무無를 훨씬 뛰어넘기 때문에 정말로 놀랍고 중요해 보이는 무無였다. 가상 입자들에 나타나는 양자 요동도 없고, 중력이 멀리에서 작용하며 시공을 왜곡시킨다는 증거도 없고, 미세 우주 파편도 없었다. 태양풍도 없었다. 그냥 아무것도 없었다.

앨리스는 고대 지구의 지도를 떠올렸다. 2차원 직사각형 안에 그려진 지도는 둥근 공 모양의 일부를 어림잡은 것이었다. 초창기 지도는 지구 전체를 담을 수 있을 만큼 크지 않았기 때문에, 지도 가장자리를 향해 선을 긋더라도 반대편에서 그 선이 이어질 것이라는 기대가 없었다. 지도 제작자가 그 가장자리 너머에 아무것도 그리지 않았으니, 거기에는 아무것도 없었다.

'이건 지도의 끝과 같아.

드래건의 땅*이 나오겠네.' 앨리스는 속으로 생각했다.

"아냐, 그럴 리가 없지. 틀림없이 센서 오작동일 거야."

"센서의 기능에는 아무 이상이 없습니다." 컴퓨터가 친절하게 말했다.

앨리스는 의자에서 일어나, 우주선 우현 쪽을 보려고 몸을 기울였다. 지금 상황을 잘 몰랐다면, 저 밖에서 어떤 사람이 반사되지 않는 거대한 천을 그쪽 공간에 걸어 놓은 모양이라고 말했을 것이다. 어쩌면 정말로 그런 것 같기도 했다.

"안 돼, 그러지 마." 해더가 말했다.

"뭘요?"

"그 허공을 빤히 보는 것. 그건 결코 좋은 생각이 아니야."

---

* 지도에서 미지의 영역에 드래건이나 바다 괴물 등을 그려 넣던 중세의 관행에서 나온 말로, '드래건의 땅'은 위험한 땅 또는 전인미답의 땅을 뜻한다.

"이게 뭔지 아십니까?"

"물론 알지. 저것 때문에 우주선이 안 움직이는 건데."

"다행입니다. 이제 좀 진전이 있군요. 저게 뭔지 말해주세요. 그러면 저기서 도망칠 전략을 우리가 짤 수 있을지도 모릅니다."

"저건 아무것도 아니야. 센서 스캔 결과를 봤잖나. 자네가 왜 그렇게 놀란 표정을 짓는지 모르겠군. 내가 이미 문제를 말해줬는데."

"허공에 거대한 허공이 있다는 말씀은 없었습니다. 들었다면 제가 기억했겠죠."

"내가 이 우주선에 아무 문제도 없다고 했잖아. 아주 분명하게."

앨리스는 한숨을 내쉬며, 다시 우주총을 뽑아 들고 싶은 충동을 억눌렀다.

"됐습니다. 어쨌든 로즌호가 센서에 잡히니까요. 그쪽에 연락해서 견인 준비를 하라고 하겠습니다."

"행운을 빌어!"

앨리스는 통신을 열었다.

"USFSF 로즌호, 여기는 USFS 어윈호의 애스티 중사다. 응답하라."

통신은 어윈호의 맨 꼭대기에 있는 레이더로 전달되었다. 혹시 우주 파편이나 폭력 사태로 그 레이더가 손상될 경우를 대비해서, 우주선 아래쪽에도 레이더 두 대가 더 있었다. 이 세 대의 레이더가 모두 앨리스의 통신을 전송했다.

앨리스는 근거리 통신이 이런 식으로 작동한다는 것을 이미 알고 있었으나, 이번에 그 실제 모습을 극적으로 보게 되었다. 이유는 잘 모르겠지만, 그녀가 보낸 무선 신호가 꼬박 5초 동안 눈에 보이는 상태가 되었다가 흩어졌기 때문이다.

이 현상의 잘못된 점을 꼽자면 도대체 몇 개인지도 헤아리기 어려웠다. 전파는 원래 가시광선 스펙트럼에 속하지 않으니, 우선 그것부터 큰 문제였다. 게다가 신호가 흩어지기(정확히 어떻게 된 건지는 모르지만 하여튼) 전에, 원래 눈에 보일 수 없는데 보이는 그 광선의 속도가 *느려졌다*.

앨리스는 자신이 선택한 주파수가 가시광선 스펙트럼이 아닌 정상 주파수인지 확인하려고 통신기를 다시 살폈다. 정상 주파수였다.

"레이저는 쓰지 마." 해더가 말했다. 그가 말한 레이저란 하이버스트 펄스 통신기로 장거리 긴급 통신용이었다. "로즌호를 싫어하는 게 아니라면."

"벌써 써보셨어요?"

"태양을 낳는 것 같았어. 아주 아름다웠다! 속도와 방향을 감안할 때, 그 광선이 포돌스키계에 사는 사람을 모두 없애버릴 것 같아서 두려워. 수석 장교 하트가 그것을 알아냈다."

해더가 함교의 승무원들 중 세상을 떠난 앤슨 소위 외에 누군가의 이름을 말한 것은 처음이었다. 앨리스는 이것이 의미심장하다고 생각했다.

"레지나 하트 수석 장교 말씀이십니까? 지금 어디 있죠? 숙소에 있나요?"

"아닐걸. 떠났다."

"떠…나다니. 함교를 떠났나요? 우주선을 떠났나요?"

"지금 인류인 공국에 있다. 곧 다시 만날 거야, 틀림없이."

"그게 어딘데요?" 앨리스가 물었다. 그런 이름은 한 번도 들어본 적이 없었다. 하지만 그녀가 그 이름을 들어봤는지는 중요하지 않았다. 심우주에 와 있는 우주선에서 그냥 걸어 나가 어딘가를 방문하는 것은 불가능했다. 게다가 격납고에는 이 우주선에 소속된 셔틀이 모두 있었다. 그 공국이 어디에 있는지는 몰라도, 하트 수석 장교가 실제로 그곳에 있을 수는 없었다.

해더는 웃음을 터뜨리더니 광활한 우주를 대충 가리켰다. '아이고, 알면서 그러나. 멍청한 소리는 하지 말자고.' 이렇게 말하는 듯한 몸짓이었다.

화가 치솟은 앨리스는 조타수 의자에 등을 기대고 앉아 머리를 문질렀다. 두통이 시작되고 있었다.

"여기서 실제로 무슨 일이 있었는지, 그 이유가 뭔지, 아니면 하다못해 언제 일어났는지 선장님이든 컴퓨터든 제게 설명해 줄 수 있을지 궁금합니다."

해더가 다시 웃음을 터뜨렸다.

"이런, 나도 확실히는 몰라!" 그가 말했다. "정말 훌륭한 질문이군. 우리가 할 수 있는 일이 뭔지는 내가 알지. 컴퓨터?"

"네, 선장님." 컴퓨터가 말했다.

"서술 모드로 전환해."

"서술 모드요?" 앨리스가 물었다. "그건 아예 있지도…"

컴퓨터가 다시 말하기 시작했다. USF 우주선들이 고정적으로 사용해야 하는, 노래하듯이 부드러운 목소리와 조금 다르게 묵직한 목소리였다.

“USFS 어원호 승무원들의 상황이 나빠지기 시작한 것은 마치어 박사의 커피 머그잔이 스스로를 복원한 무렵이었다.

루이스 마치어 박사는 당시 실험을 하던 중이 아니었다. 아니, 실험을 하기는 했으나 엔트로피와 시간의 본질에 관한 실험은 아니었다. 그는 어원호 같은 과학 탐사 우주선에 최고로 잘 어울리는 종류의 ‘다른’ 실험을 여러 가지 돌리고 있었다. 그중 절반은 소량의 세포 샘플이 심우주의 특정 요소들에 어떻게 반응하는지 살피는 생물학 실험이었고, 나머지 절반은 천체 물리학 전반과 관련된 것이었다. 하지만 엔트로피에 관한 실험은 없었다. 다시 말하지만, 이 점이 중요하다.”

“컴퓨터, 중지.” *해더가 말했다.* “자, 도움이 되었지?”

“저게 도대체 뭡니까?” *앨리스가 물었다.* “컴퓨터가 왜 저런 걸 해요?”

“저런 거라니?”

“제가 말할 때 저것은 *앨리스가 말했다,*라고 말했습니다. 선장님이 말씀하실 때도 같았고요.”

“서술 모드야. 유용하다고! 자, 모든 일이 마치어 박사에게서 비롯됐다는 걸 이제 알게 됐어.”

앨리스는 몹시 혼란스러웠다. 서술 모드라는 말은 한 번도 들어본 적이 없었다. 해더가 정교하게 꾸민 장난을 치고 있다고 확신해도 될 것 같았다.

“장난이 아니야!” *해더가 말했다.*

“그런 말 안 했어요!”

"서술 모드가 말했어."

"그거 끄세요." *앨리스가 말했다.* **"제가 이 말을 했다는 건 이미 알고 있으니까, 제가 이 말을 했다고 컴퓨터가 저한테 말해줄 필요는 없습니다."**

"컴퓨터, 서술 모드 중지."

"서술 모드 중지합니다." 컴퓨터가 말했다.

"아, 다행이다." 앨리스가 말했다. "좋습니다, 그러니까, 루이스 마치어 박사로군요. 지금 어디 계십니까? 아니면 그 박사님도… 아까 말씀하신 그 어쩌고저쩌고 나라로 갔습니까?"

"아니, 아직 우주선에 있을 거다." 해더가 말했다. "방금 나랑 이야기하고 있었어. 3층 연구실에서."

"잘 됐네요. 가시죠."

앨리스가 엘리베이터로 향했지만, 해더는 가만히 있었다.

"어서요." 앨리스가 말했다. "제가 찾아낸 생존자는 선장님뿐입니다. 그러니까 둘이 같이 다녀야 할 것 같습니다. 그렇죠?"

"그건… 음, 아니야. 내가 있을 곳은 함교인 것 같군. 여기가 더 안전해."

"해더 선장님, 이 우주선에 안전한 곳은 없을 것 같습니다. 지금 최고의 방안은 마치어 박사가 무엇을 알고 있는지 알아보는 것입니다. 만약 박사에게도 어윈호를 구할 방법이 없다면, 우린 제가 가져온 셔틀로 가야 합니다."

"할 수 있는 한 방법을 찾아보게." 선장이 명령처럼 들리는 어조로 말했다. "내게 계속 상황을 알려주고! 여기서 할 일이 많아."

그는 이것으로 이야기가 끝났다는 듯이 선장 의자에 앉았다.

"알겠습니다." 앨리스가 말했다. "제가, 아, 제가 보고드리죠. 컴퓨터, 3층으로."

"3층." 컴퓨터가 확인했다.

문이 닫히는 순간, 앨리스는 해더 선장 옆에 앤슨 소위가 서 있는 것을 보았다고 맹세라도 할 수 있었다.

하지만 물론 그녀는 맹세하지 않았다. 그런 건 불가능한 일이니까.

1층에서 3층으로 가는 데에는 5층에서 1층으로 올 때보다 시간이 두 배나 걸렸다. 앨리스는 이 우주선에 분수로 된 층들을 덧붙일 수 있는 메커니즘이 존재하지 않는다고 확신했으므로, 이것 역시 지속적인 컴퓨터 오작동 탓으로 치부했다. 엘리베이터에게 예를 들어, 2와 16분의 5층에서 멈추라고 지시한다면 자신의 생각이 맞는지 확인할 수 있을 것 같았지만, 컴퓨터가 현실에서 멀어지는 것을 필요 이상으로 부추기고 싶지 않았다.

'문제를 찾아라.' 그녀는 속으로 생각했다. '문제를 찾고, 문제를 연구하고, 문제를 해결해라.'

앨리스 애스티 중사는 군 생활 중 상당히 광범위한 임무를 수행하면서 엔진에서부터 조타기에 이르기까지 우주선의 거의 모든 부분을 다뤄봤기 때문에 구조 임무에 잘 맞는 이상적인 대원이었다. 혼자 파견해도 문제를 해결할 수 있는 만능 도구인 셈이었다. 우주선의 기능을 되살릴 수 있는 전문가가 한명도 없어서 우주선이 기능을 잃었다면, 앨리스가 그 빈틈을 메울 기술을 알고 있을 가능성이 아주 높았다.

하지만 이런 일이라니. USFS 어원호에서 일어나고 있는 일이 무엇인지는 몰라도, 그녀는 이 일에 대처할 능력이 없었다. 아마 인간이라면 모두 그럴 것이다.

"주관적인 정신은 객관적으로 결함이 있다." 앨리스는 소리 내어 말했다. 그녀가 삶의 기준으로 삼은, 철학적이자 실용적인 좌우명 중 하나였다. 처음 누구에게서 이 말을 들었는지는 기억나지 않았다. 십중팔구 사관 학교 교수 중 한 명이었을 것이다. 어쨌든 그녀는 지난 세월 동안 이 말이 믿을 수 없을 만큼 유용하다는 것을 깨달았다. 세상에는 관찰을 통해서든 직관적으로든 인간의 머리가 도저히 이해하지 못하는 것들이 있다. 결함 있는 인간들이 자기를 대신해 세상을 객관적으로 조사하는 기계를 만드는 이유가 그것이다.

원래 컴퓨터의 기능도 그런 것이어야 했다. 그런데 컴퓨터가 오작동을 일으키고 있으니, 앨리스는 자신이 지금 경험하는 일들 중 *진짜*가 얼마나 되는지 파악할 길이 없었다.

그것이 무서웠다.

"3층입니다." 컴퓨터가 마침내 선언했다.

문이 열리자, 벽이 유리로 된 방이 양편에 있는 복도가 나타났다.

어원호의 핵심 기능은 과학 연구였다. 3층이 이 우주선에서 가장 넓고 천장도 가장 높은 이유가 바로 그것이었다(앞에서 보면 어원호는 널찍한 달걀형으로 보였다. 배가 고픈 사람이라면, 속을 지나치게 많이 채운 샌드위치 같다고 할 것이다. 3층은 이 우주선의 핵심이 모두 모여 있는 곳이었다). 이 우주선에 지원되는 자금 중 가장 많은 액수가 쓰이는 곳도 바로 여기였다.

유리벽 뒤의 두 방에서 머리가 어지러워질 만큼 많은 실험이 진행되고 있었다. 거의 모든 실험을 기계가 담당했다. 누가 물어봤다면, 앨리스는 실험 중 약 3분의 1, 장비들 중 약 절반의 이름을 확실히 댈 수 있었을 것이다.

이 우주선의 초대형 입자 가속기(행성이 아닌 곳에 있는 초대형 입자 가속기는 현재 여섯 대뿐인데, 그중 하나)가 왼쪽 맞은편 벽에서 모종의 실험을 하고 있고, 오른편에서는 중력파를 감지하게 설계된 레이저 튜브가 웅웅거렸다. 그보다 좀 더 뒤쪽에서는 뫼비우스 띠의 홀로그램이 컴퓨터 스크린들 옆에서 천천히 회전하고, 화면 속에서는 프랙털들이 빠르게 진화하고 있었다.

이런 것들은 모두 금방 눈에 띄는 거시적인 실험이었다. 어딘가에서 배양된 세포들을 다루는 실험, 최고 기밀인 유전자 접합 연구, 무중력실에서 식물에게 성장을 가르치는 실험 등 수많은 실험이 있겠지만 앨리스의 눈에는 전혀 보이지 않았다.

그녀는 계속 복도를 걸으면서 양편에서 정신없이 벌어지는 일들을 파악했다. 여기에 필요한 동력이 도대체 어디서 나는 건지 궁금했다. 초대형 입자 가속기만 해도 어원호의 핵융합 엔진에서 생산되는 에너지를 많이 잡아먹을 터였다. 우주선이 실험을 하면서 동시에 초광속 이동을 할 수 없을 정도로. (에너지만 문제가 아니었다. 우주선이 초광속으로 운행 중에 초대형 입자 가속기를 가동하면 어떤 일이 벌어질지 확실히 아는 사람이 없었다. 하지만 좋은 일은 없으리라는 것이 일치된 의견이었다.)

요점만 말하자면, 모든 실험을 동시에 돌리는 데에 엄청난 에너지가 들 텐데 선장은 우주선의 엔진이 지금 가동되지 않는다고 강력히 주장했다. 그의 말이 틀렸거나(십중팔구 미쳤을 것이다), 아니면 어윈호가 배터리 동력에 의지하고 있다는 뜻이었다. 이런 우주선에 장착된 배터리는 약 30일 동안 생명 유지 장치와 통신 장비를 돌릴 수 있을 만큼의 에너지만 제공했다. 어쩌면 기본적인 기동을 위한 임펄스 동력*을 조금 제공해 줄 수도 있었다. 하지만 여기에 덧붙여서 도시 하나를 돌릴 만큼의 에너지를 연구 층에 동시에 제공할 수는 없었다.

그런데도 그런 일이 벌어지고 있는 것 같았다. 해더의 말이 틀린 게 아니라면.

"컴퓨터." 앨리스가 말했다. "우주선의 엔진 출력을 말해봐."

"엔진은 가동되지 않고 있습니다." 컴퓨터가 말했다.

"추진력 말고. 우주선이 움직이지 않는 건 나도 아니까. 기본 출력 말이야."

"엔진은 가동되지 않고 있습니다."

"컴퓨터, 이 우주선에는 동력이 있어, 그렇지? 그런 게 아니라면, 너랑 내가 이렇게 대화할 수도 없고 내가 숨을 쉴 수도 없을 거야."

"맞습니다. 우주선에 동력이 있습니다."

"그럼 엔진의 기본 출력이 얼마야?"

"엔진은 가동되지 않고 있습니다."

"좋아. 컴퓨터, 엔진이 아니라면 이 우주선의 동력원이 뭐야? 보조 배터리야, 다른 거야?"

"어떤 대답을 기대하십니까?" 컴퓨터가 물었다.

* 〈스타트렉〉에서 우주선이 광속 이하의 속도로 움직일 때 사용하는 엔진을 '임펄스 엔진'이라고 부른다.

"정답이 좋겠지."

"배터리가 이 우주선에 동력을 공급하고 있습니다."

"그게 내가 듣고 싶어 하는 답일 것 같아서 말한 거야?"

"배터리가 이 우주선에 동력을 공급하고 있습니다."

"그렇겠지."

"서술 모드로 전환할까요?"

"아니. 왜 서술 모드를 말하는 건데?"

"서술 모드는 본 컴퓨터가 다른 방식으로는 구할 수 없는 정보를 밝혀주는 것으로 증명되었습니다."

"사양할게."

앨리스는 컴퓨터에게 또 어떤 모드를 쓸 수 있느냐고 물어보려다가 말았다. 이것 역시 시간이 없는 그녀에게 적당하지 않은 황당한 대화이기 때문이기도 하고, 오른편 실험실 끝부분에서 누군가가 움직이는 모습이 보였기 때문이기도 했다.

그 남자는 납 조끼를 입고, 고글을 쓴 차림이었다. 얼굴 보호대는 그의 목 근처에서 느슨하게 대롱거렸다. 손에는 두꺼운 가죽 장갑을 꼈고, 위아래가 붙은 갈색 작업복은 앨리스가 알기로 엔지니어의 일반 복장이었다. 발에는 자석이 박힌 묵직한 부츠를 신고 있었다. 머리카락이 다섯 방향으로 뻗쳐 있는 그는 한 손에 용접용 토치 같은 것을 들고 있었다.

승무원이라면 누구나 그런 모습으로 나타날 수 있겠지만, 앨리스는 그가 바로 마치어 박사라는 확신이 들었다.

그녀는 가장 가까운 문으로 다가갔으나, 문이 열리지 않아서 설정

해제를 시도했다. 그러나 그 방법도 소용이 없자, 그녀는 그냥 문을 두드렸다.

남자가 그 소리에 화들짝 놀라 하마터면 토치를 떨어뜨릴 뻔했다. 만약 토치에 불이 붙은 상태고, 그가 정말로 그걸 떨어뜨렸다면 아주 불행한 일이 벌어졌을 것이다.

"마치어 박사님?" 앨리스가 소리쳤다.

그는 손을 흔들더니 토치를 내려놓고 어기적어기적 걸어와서 문을 열었다.

"정말 미안합니다만 지금 너무 바빠서요, 나중에 다시 오시겠습니까?" 그가 물었다.

"그럴 수는 없습니다. 이 우주선을 구조하러 왔거든요."

"그렇…군요. 그런데 누구신지?"

"앨리스 애스티 중사입니다. 보안군 소속. 그리고…"

"좋습니다, 좋습니다, 들어오세요. 구조라! 하하. 그래요. 그게 뭔가 의미가 있겠군요."

앨리스는 안으로 들어갔다. 핑핑, 휭휭, 챙챙 소리가 만들어 낸 불협화음이 방을 가득 채우고 있었다. 남자는 장갑을 벗고, 그 모든 소리의 중심에 있는 탁자로 앨리스를 안내했다. 탁자 위에는 커피 머그잔 하나, 차갑게 식은 커피포트 하나, 도넛 한 접시가 있었다.

"도넛 말고 다른 걸 대접하면 좋겠습니다만…" 남자가 말했다. "음식 복제기가 만들 수 있는 게 이것뿐입니다. 그것도 내가 중탄산 나트륨을 주문해야만 이게 나와요. 다른 음식을 얻으려면 어떤 주문을 해야 하는지 아직 알아내지 못했기 때문에 지금은 이것뿐입니다. 자, 정확히 17분 드리겠습니다. 그다음에는 내가 돌아가야 해요. 지금 38가지 실험을 하는 중인데, 보다시피 다른 동료들은 모두 떠났습니다."

"어디로 갔습니까?"

"말했듯이 떠났습니다. 당신은 어윈호 소속이 아니죠, 맞습니까?"

"로즌호가 근처에 있습니다. 어윈호의 엔진을 살리지 못한다면, 로즌호를 이리로 불러서 견인을 시도해야 할 겁니다. 통신이 안 되는 이유를… 모르겠습니다만, 제 셔틀로 가서 통신을 시도할 수 있어요. 하지만 우선 여기 상황을 파악해야 합니다. 여기 컴퓨터가… 정신 나간 소리처럼 들릴 것 같아서 죄송합니다만, 컴퓨터가 서술 모드인지 뭔지일 때 이렇게 말했습니다. 루이스 마치어 박사가 커피 머그잔을 떨어뜨렸을 때 이 모든 일이 시작되었다고요. 당신이 루이스 마치어 박사지요, 맞습니까?"

"맞습니다! 정말 놀라운 일이에요."

"뭐가요?"

"전부! 당신이 이만큼이나 버텼다는 게 놀랍습니다. 나 말고 마주친 사람이 있습니까?"

"선장님과 한참 동안 이야기를 나눴습니다만 전혀 말이 되지 않아서 훨씬 더 혼란스러워졌습니다."

"아, 다행이군요. 선장님이 아직 여기 계시다니. 틀림없이 나만 마지막으로 남아 있는 줄 알았는데."

"선장님은 승무원들이 아마 숙소에 있을 것 같지만 확인하기가 두렵다고 하셨습니다. 확인했다가 승무원들이 혹시 죽어 있다면 그게 자기 잘못이 될 것 같다고요." 앨리스는 웃음을 터뜨리면서 마치어 역시 웃음을 터뜨리는지 살펴보았다. 그는 웃지 않았다.

"그렇죠, 선장님 입장에서는 대단히 합리적인 생각입니다." 그가 말했다. "서술 모드라고 했습니까? 그건 새로운 모드네요. 어제 내가 우연히 연극 모드와 맞닥뜨렸는데, 그것도 아주 이상했거든요."

"연극 모드로 전환합니다." 컴퓨터가 말했다.

마치어: 아냐, 그런 뜻이 아니었어. 아이고, 이렇게 됐군. 연극 모드로 온 것을 환영합니다.

앨리스: 이것 몹시 이상합니다.

마치어: 그래요. 어쨌든 이렇게 됐으니. 이것도 그렇게 끔찍하지는 않습니다. 독백을 할 때는 즐거웠습니다만, 그다음에는 상당히 갑갑해졌죠.

(마치어가 도넛을 한 입 먹는다.)

마치어: 봐요, 기운이 빠집니다. 자신의 행동을 누가 다시 읽어준다니. 나는 컴퓨터가 내 행동을 묘사하는 건지, 아니면 컴퓨터가 지시한 행동을 내가 하는 건지 모르겠다는 의문에 집착하게 됐습니다. 내가 방금 이 도넛을 먹은 건 지문에 그렇게 나와 있기 때문일까요, 아니면 지문이 내 행동을 포착한 것일까요?

(앨리스는 혼란스러운 표정을 짓는다.)

앨리스: 현재형이라서 이상한 기분인데요. 게다가 누가 말을 하고 있는지 컴퓨터가 계속 알려주고 있어요. 우리가 그걸 모르는 것도 아닌데. 서술 모드에서도 같았습니다. 매번 그러지 않았다는 게 다를 뿐이에요.

마치어: 현재형이라는 점 때문에 더욱더 혼란스럽습니다. 컴퓨터가

내 행동을 포착해서 설명하는 게 아니라 내 행동을 지시한다는 쪽의 손을 들어주는 것 같잖아요. 그렇다면 자유 의지라는 개념과 완전히 어긋나는 건데, 정말 갑갑합니다.

앨리스: 아까 함교에서 저는 우주총의 방아쇠를 당기기도 전에 어떤 남자를 쏘아 죽였습니다. 해더 선장님은 인과 관계가 하루 종일 오작동하고 있기 때문이라고 하셨죠. 지금도 비슷한 문제가 있는 것 같습니다. 혹시 저걸… 끌 수 있습니까?

마치어: 컴퓨터, 연극 모드 종료.

"연극 모드 종료합니다." 컴퓨터가 말했다.

"감사합니다." 앨리스가 말했다. "이제 제발 부탁이니 여기서 무슨 일이 있었는지 말씀해 주시겠습니까? 다들 어디로 간 겁니까? 박사님은 왜 이 모든 실험을 진행 중이시죠? 이 많은 실험을 진행하는 동력은 어디서 나오는 겁니까?"

"그 모든 질문에 동시에 대답하기를 원합니까, 아니면 내가 지켜줬으면 하는 순서가 있습니까?"

"먼저 여기서 무슨 일이 벌어지고 있는 건지부터 시작해야겠네요."

"좋습니다. 물리 법칙이 어디서나 동일하다는 과학 이론에 대해 압니까?"

"아뇨, 모릅니다."

"다행이군요. 그런 이론은 없으니까요. 우리는 항상 물리 법칙이 동일할 것이라고 가정했을 뿐입니다. 다른 가정이 우리에게 전혀 도움이 되지 않기 때문이죠. 하지만 형편없는 가정이었습니다."

"물리 법칙이 이 구역에는 적용되지 않는다는 말씀입니까?"

"1차적으로는 우리 바로 옆에 있는 '허공'을 말한 겁니다만, 지역적인 변형이 있었습니다. 중사도 틀림없이 이미 알아챘을 겁니다. 우리는 예전에 진실이라고 증명했던 그 무엇도 반드시 진실이 되지는 않는 공간의 사건의 지평선상에 있습니다. 그래서 내가 이 많은 실험을 하고 있는 겁니다. 이 지역에서 무엇이 진실인지 밝혀내려고요."

"얼토당토않은 소리 같은데요."

"아, 물론이죠. 말도 못하게 얼토당토않은 소리입니다. 어제 나는 어떤 입자의 정확한 위치와 속도를 확실하게 파악했습니다.* 오늘 오전에는 빛의 파동 함수 붕괴를 실험했는데 함수가 붕괴하려 하질 않았습니다. 그 뒤에는 움직이는 물체에서 나오는 빛의 속도를 측정해서 정지한 물체에서 나오는 빛의 속도와 비교하는 데 성공했는데, 움직이는 물체에서 나오는 빛의 속도가 더 빨랐습니다.** 게다가 전자들이 반半양자만큼 떨어져 있는 것도 발견했습니다. 몇 시간 전에는 초대형 입자 가속기가 탄소와 질소 사이의 원소를 감지했고, 음전하를 띤 중성자도 감지했습니다. 오늘 오전에는 5초 동안 저쪽 방의 모든 산소가, 다행히 나는 이 방에 있었는데, 그 방의 산소가 전부 한쪽 구석에 모였습니다. 이건 모두 얼토당토않은, 불가능한 일입니다."

"그럴 리가 없습니다. 전부 컴퓨터 오작동일 거예요."

"이 우주선의 컴퓨터는 완벽히 작동하고 있습니다. 우리가 이해하지 못하는 객관적인 현실을 묘사하고 있다는 점에서요. 내 장비 또한 완벽히 작동하고 있습니다. 우리의 인식이 제대로 따라잡지 못하는

---

* 불확정성 원리에 따르면 입자의 위치와 속도를 동시에 정확히 파악하는 것은 불가능하다.

** 아인슈타인의 이론에 따르면 빛의 속도는 항상 일정하다.

거예요. 이제 나는 너무 늦기 전에 다시 일을 시작해야겠습니다."

"너무 늦기 전이라니요, 박사님?" 앨리스가 물었다. "박사님 동료들에게 정확히 무슨 일이 있었던 겁니까? 다들 어디 있어요?"

"아, 그들은 이제 존재하지 않습니다."

"죽었다는 말씀인가요?"

"그보다는 방금 내가 사용한 표현이 더 마음에 듭니다. 인류 원리가 뭔지 압니까?"

"비슷한 말을 들은 적이 있습니다. 함교 승무원들이 인류인 공국으로 갔다고 선장님이 말씀하셨어요. 같은 뜻입니까?"

"대체로 그렇죠. 해더는 지금 머리가 뒤죽박죽입니다. 인류 원리는 우리 우주의 모든 것이 우리가 존재하기에 딱 맞다는 관찰 결과에서 나온 논리점입니다. 플랑크 상수에서 전자의 전하, 원자량 등에 이르기까지 모든 것이 지적인 생명체를 포함한 우주가 전체로서 존재할 수 있게 해주는 가치를 품고 있습니다. 이 가치들 중 어느 것도 반드시 지금의 상태가 될 필요는 없었습니다. 조금 순환 논리 같기는 합니다. 우주가 지닌 가치의 총합이 지적인 생명체의 존재를 허용하는 것은 오로지 그런 치환을 통해서만 지적인 생명체가 발달해서 그런 관찰을 할 수 있게 되기 때문이라는 주장을 쉽게 펼칠 수 있으니까요. 우주가 다수 존재한다고 가정할 때, 다른 우주들은 다른 방식으로 발전해서, 그 우주가 지적인 생명체의 존재를 허용할 수 있는 방식으로 발전하지 못했음을 지적할 지적인 생명체가 생겨나지 못했습니다."

"좋습니다. 정말 이상한 말처럼 들립니다."

"내가 이 이야기를 꺼낸 건, 우리가 지금 가장자리에 서 있는 우주의 일부가 우리의 존재를 허용하지 않는 법칙이 적용되는 곳이기 때문입니다. 여기는 인류 원리가 역전되는 지점입니다. 우리는 우리 우주의 기반이 된 법칙들로 구성되어 있습니다. 우리 몸을 구성하는 원자들과 강한 핵전하가 아주 조금만 변해도 산산조각으로 흩어져 날아가거나 안으로 붕괴할 수 있습니다. 우리 뇌는 신경의 전기 신호를 통해 통신을 주고받도록 발전했습니다. 그러니 전자기력이 변하면 뇌도 작동을 멈춥니다. 이건 간편한 사례들입니다만, 중사도 이해할 겁니다. 법칙이 변하면, 그 법칙을 측량할 우리는 존재할 수 없습니다. 적어도 오랫동안 존재할 수는 없습니다. 우리가 아직 여기에 존재하는 것은 우리 둘 다 우리를 무위로 돌릴 바뀐 법칙의 일부와 부딪치는 불행을 아직 겪지 않았기 때문입니다. 사실 지금 우리가 살아 있는 건 내가 그 변화를 이용하고 있기 때문입니다. 동력원이 무엇이냐고 아까 물었죠? 답은 이겁니다. 엔진에 문제가 생겼을 때 나는 보조 배터리를 한데 연결했습니다. 그 배터리들이 지금 서로에게, 그리고 이 우주선에 동력을 제공하고 있습니다."

"그건 불가능합니다."

"여기서는 안 그래요! 이 구역의 법칙은 영구 운동 기계를 허용합니다. 그러니 우리가 그걸 좀 이용해도 됩니다."

"그럼··· 승무원들이 모두··· 무위로 돌아갔다는 말씀입니까?"

"그런 일이 실제로 누군가에게 벌어지는 것을 아직 목격하지는 못했습니다만, 맞습니다. 나는 그렇게 생각합니다. 그래서 이 층을 떠나기가 무서워요. 아까 중사가 격납고에서 나와 함교에 들렀다고 말했죠? 그 두 곳이 아직 존재한다니 다행입니다."

"컴퓨터에 따르면 분수로 된 층들이 항상 추가되고 있습니다." 앨리스가 말했다.

박사는 웃음을 터뜨렸다.

"정말 흥미롭군요. 내가 계속 존재하면서 그 현상을 설명할 수 있게 되기를 바랄 뿐입니다."

"제가 셔틀을 가져왔으니 그런 생각을 하시지 않아도 됩니다, 박사님. 제가 박사님과… 선장님을 모시고 갈 수 있어요. 선장님이 함교를 떠나려 하신다면 말이죠. 박사님이 하고 계신 연구도 마찬가지고요. 어윈호는 확실히 적대적인 환경이 되었습니다."

"정말 훌륭한 제안이지만, 나는 여기 남는 편이 나을 것 같습니다. 하지만 중사 말에도 일리가 있어요. 내가 연구 결과를 전달할 방법이 없다는 점에서. 최대한 많은 것을 기록해서 허브를 향해 띄워 보내는 것이 내 희망입니다만, 사실 내가 이 생각을 떠올린 건 내가 내 연구의 *끝*에 도달했다는 생각이 들었을 때예요. 깊이 파고들면 들수록 점점 더 이상한 것이 발견되는 것 같습니다. 하지만 여기 이것."

그가 메모리 탭 하나를 탁자 위에 놓았다.

"한 시간쯤 전까지 내가 측정한 모든 것입니다. 내 희망 사항이지만."

"희망 사항요?"

"고작 한 시간이길 바란다는 뜻입니다. 그동안 시간의 흐름이 이상했으니까요."

앨리스는 탭을 집어 들었다.

"그렇죠. 선장님은 고작 하루가 지났다고 말씀하셨지만 사실은…"

앨리스가 탁자에서 시선을 들자 방 안에는 아무도 없었다.

"마치어 박사님?"

2미터 거리에 서 있던 그가 이제는 존재하지 않았다. 방 안에서 진행되던 실험은 여전히 돌아가고 있었고, 그가 한 입 베어 먹은 도넛에도 그 자국이 그대로 남아 있었지만, 실험들을 계속하거나 도넛을 다 먹어 치울 마치어 박사는 존재하지 않았다.

"컴퓨터, 마치어 박사의 위치를 찾아낼 수 있나?"

"마치어 박사는 없습니다."

"루이스 마치어 박사." 앨리스가 더 정확히 말했다.

"루이스 마치어 박사는 없습니다."

"바로 이 자리에 있었어, 컴퓨터."

"다른 서술을 시도해 보시겠습니까?"

"아니, 나는… 내가 뭘 원하는지도 모르겠어."

'박사는 이제 인류인 공국에 있겠지.' 앨리스는 속으로 생각했다.

"이 우주선에서 나가야겠다." 앨리스는 결정을 내렸다. "컴퓨터, 격납고까지 가는 가장 빠른 길이 뭐지?"

"격납고는 5층에 있습니다." 컴퓨터가 말했다.

"아직 5층이 존재해?"

"아직 5층이 존재합니다만, 일부가 사라진 듯합니다. 서두를 것을 권고합니다."

앨리스는 실험실 문을 열고 엘리베이터로 달려갔다. 벽이 유리로 된 양편의 방에서 상황이 더욱더 미친 듯이 돌아가기 시작했다. 홀로그램 뫼비우스 띠에 면이 하나 더 생겼고, 컴퓨터 화면 속의 프랙털들은 어찌 된 영문인지 그리스어 문자들을 아무렇게나 번쩍번쩍 나타내기 시작했으며, 초대형 입자 가속기 한복판에는 블랙홀이 생겨나고 있는 것 같았다. 앨리스의 머리 크기만 한 아메바 한 마리가 그녀의 얼굴에서 1미터 남짓 떨어진 유리 위에 펑 하고 나타났다가 그녀가 미처 비명을 지르기도 전에 펑 하고 사라졌다. 비가 내리기 시작했다.

앨리스는 엘리베이터 문에 도착해 버튼을 눌렀다. 그러고는 가방을 열어 헬멧을 꺼냈다. 만약 대기가 이 우주선의 한쪽 구석에 다시 모이기로 결정한다면, 앨리스 자신이 갖고 있는 공기로 숨을 쉬는 편이 나을 것 같았다.

엘리베이터가 4층까지 가기도 전에 우주선이 신음하기 시작했다.

"컴퓨터, 저게 무슨 소리지?" 앨리스가 물었다.

"불명확합니다."

앨리스는 어렸을 때 멸종된 지구 동물 전시회에 갔다가 특히 코끼리를 홀린 듯 바라보았던 기억을 떠올렸다. 지금 우주선이 내는 소리는 코끼리가 배기가스 주머니처럼 짓눌리면서 내는 소리 같았다.

그때 엘리베이터가 부르르 떨더니 멈춰버렸다.

"컴퓨터, 무슨 일이야?"

"불명확합니다."

"여기가 어디인지 말해줄 수 있어?"

"3과 16분의 11층입니다. 여기서 내리시겠습니까?"

"봐서. 엘리베이터가 금방 다시 움직일까?"

"금방을 정의해 주십시오."

"우주선이 폭발하거나 내파하거나 다른 방식으로 더 이상 존재하지 않게 되기 전?"

"지금은 그런 결과를 예측할 수 없습니다."

앨리스는 차라리 함교로 올라갈 걸 그랬나 하는 생각이 들었다. 그랬다면 해더 선장을 데리고 맨 꼭대기 해치로 나가 셔틀을 호출할 수 있었을 것이다.

그때 앨리스의 몸이 둥둥 떠올랐다. 중력이 사라진 것이다.

'정비 통로로 들어가면, 혼자 힘으로 함교 층에 갈 수 있어.'

"컴퓨터, 해더 선장과 통신을 연결할 수 있나?" 앨리스가 물었다.

"해더 선장은 없습니다."

"컴퓨터, 함교에 통신을 연결할 수 있나?"

"함교는 없습니다."

"1층, 컴퓨터. 1층과 통신을 연결해."

"1층은 없습니다."

'헛소리.'

"컴퓨터, 5층은 아직 존재해?"

"5층은 계속 존재합니다."

"하지만 1층은 없단 말이지."

"USFS 어윈호에는 1층이 없습니다."

"알았어. 문을 열어줘. 3과 16분의 11층이 어떻게 생겼는지 보자고."

문이 열리자 이상하게 초점이 어긋난 것 같은 풍경이 펼쳐졌다. 앨리스의 머리에 가장 먼저 떠오른 생각은, 모종의 점액이 헬멧에 묻어서 우주의 풍경이 왜곡되었다는 것이었다. 하지만 헬멧은 깨끗했다.

벽은 일부는 투명하고 일부는 투명하지 않았다. 4층의 벽은 불투명한 반면, 3층의 벽은 유리였기 때문이다. 3과 16분의 11층은 그 둘을 동시에 가지려고 시도하는 중이었다.

중력이 사라졌으므로 앨리스는 부츠의 자석 스파이크를 작동시켜 엘리베이터 바닥에 발을 붙인 뒤, 어떻게든 단단함을 유지하고 있는 흐릿한 밖으로 나갔다.

"컴퓨터, 이 층에서 가장 가까운 정비 통로는 어디지?"

만약 우주선이 상당한 시간 동안 얌전히 군다면, 앨리스가 정비 통로를 통해 5층에 접근할 수 있을 것이다.

"25미터입니다."

"어느 방향?"

"모든 방향입니다."

컴퓨터는 도움이 되지 않았다.

실제로 존재할 것으로 여겨지는 층들의 지도에 의지해서 앨리스는 흐릿한 방들 사이로 뻗은 흐릿한 복도를 똑바로 걸어갔다. 지금보다 아주 조금만 더 이상적인 환경이었다면 뛰어갔겠지만, 인공 중력 생성기가 이제 일하기 싫다고 결정했으므로(또는 더 이상 존재하지 않을 수도 있었다) 그녀는 반드시 언제나 두 발 중 하나를 바닥에 붙이고 있어야 했다.

그렇게 대략 열다섯 걸음을 걸은 뒤 부츠가 기능을 잃었다. 아니, 실질적인 느낌으로는 그녀를 바닥에 붙잡아 주던 자석들이 멋대로 극을 바꿔서 그녀를 바닥에서 밀어내는 것 같았다. 그녀의 몸이 천장으로 떠오르기 시작했다.

그때 우주선 어딘가에서 폭발이 일었다. 우주선 내부가 진동하면서 벽이 흔들리는 바람에 앨리스는 천천히 회전하기 시작했다.

"컴퓨터, 무슨 일이야?"

"폭발이었습니다." 컴퓨터는 전혀 도움이 되지 않았다.

"그래, 그렇겠지."

또 진동이 일더니 사방이 부르르 떨렸다. 그 뒤에 크게 들려온 긁히는 소리는 앨리스가 지금껏 들어본 어떤 소리와도 달랐다. 기계가 고장 났을 때의 소리도 아니고, 멸종한 코끼리가 짜부라질 때 내는 소리와 비슷하지도 않고, 우주선 선체가 찢어질 때 나는 불협화음도 아니었다. 다시 말해서, 앨리스가 머릿속에 정리해 둔 경계 대상 카탈로그 속의 '나쁜 소음' 목록에 없는 소리였다. 그래도 그녀는 신경을 극도로 곤두세웠다. 그녀의 두뇌에서 가장 원시적인 부위가, 만나면 도망쳐야 할 상대라고 분류한 생물의 소리와 비슷했기 때문이다. 심지어 그 원시적인 부위조차 소리의 정체를 알지 못했다.

그때 그녀의 바로 아래 복도 바닥을 따라 '뭔가'가 뛰어갔다.

그것과 어울리지 않는 잘못된 일들이 엄청나게 많았지만, 그중에서도 가장 눈길을 끄는 것은 그것의 모습이 앨리스 자신을 포함해서 주변의 다른 무엇보다도 더 선명하다는 점이었다. 색깔은 밝은 파란색, 초록색, 아몬드색, 틀림없이 자외선처럼 보이는 보라색이었다. 그러나 자외선이라면 앨리스가 절대로 볼 수 없어야 옳았다. 그밖에도 앨리스가 이름조차 알지 못하는 색깔들이 있었다. 그녀에게 친숙한 우주에는 존재하지 않는 색깔들이었다.

그 생물은 어쩌면 거대한 박쥐일 수도, 뱀일 수도, 말일 수도 있었다. 그것이 쉿쉿 소리를 내며 질주하고, 날카로운 소리를 지르며 우쭐거리다가 발톱이 달린 긴 손가락을 휘둘러 양편의 벽을 파고 들어갔다. 마치 벽이 아예 존재하지 않는 것 같았다. 그런데 벽 또한 그 생물이 그곳에 존재하지 않는 것처럼 전혀 변하지 않았다.

'드래건의 땅이야.' 앨리스는 속으로 생각했다.

그 생물이 엄청나게 큰 날개를 크게 한 번 펄럭여 앞으로 솟아오르다가 복도 맨 끝에서 사라졌다.

"됐어, 이젠 못 참아." 앨리스가 말했다. "컴퓨터, 이 우주선을 벗어나는 가장 빠른 길이 뭐지? 어떤 방법이든 상관없어. 날 이 우주선 밖으로 내보내 주기만 한다면."

"계산할 수 없습니다." 컴퓨터가 말했다.

"그건 왜?"

"'우주선 밖'이라는 개념이 너무 가변적이라서 정밀한 계산이 불가능합니다. 우주선 선체가 끝나는 지점이 여러 곳 있지만, 센서에 따르면 선체 외벽이 더 이상 존재하지 않는 곳 바깥쪽에는 아무것도 존재하지 않습니다."

"끝내주는군."

우주선이 다시 부르르 떨었다. 앨리스는 악몽 같은 생명체가 또 등장하기를 기다렸지만 이번에는 아무것도 나타나지 않았다. 어원호의 다른 부분이 우주에서 지워지고 있는 모양이었다.

"컴퓨터, 정비 통로까지 거리가 얼마나 돼?"

"25미터입니다."

"그건 내가 고장 난 엘리베이터에서 내렸을 때의 거리잖아. 그 뒤로 더 가까워졌을 텐데."

"알겠습니다. 하지만 거리는 여전히 25미터입니다."

앨리스는 한숨을 내쉬었다.

"지금 우주선 전체에 어떤 일이 벌어지고 있는지 꼭 알아야겠어, 컴퓨터. 아니면 여기서 절대 못 나갈 거야. 너한테 뭘 물어봐야 하는지도 모르겠어. 선체 검사 결과를 말해줄 수 있어?"

"지금 모드에서는 안 됩니다."

바닥에 구멍이 하나 생겼다. 그녀가 가고 싶은 방향 쪽이므로 반가운 변화여야 마땅하겠지만, 그 구멍 끝에는 아무것도 없었다. 4층과 5층이 그새 사라졌거나, 구멍이 그냥 다른 곳으로 연결된 것 같았다.

"알 게 뭐야." 앨리스가 말했다. "컴퓨터, 서술 모드로 전환해."

USFS 어윈호에 아주 굉장한 일이 벌어지고 있었다.

우주선이 우현 쪽의 허공을 향해 끌려가고 있는지 아니면 허공이 우주선으로 다가오고 있는지 어떤 각도에서든 정확히 파악하기가 힘들었지만, 분명한 것은 어윈호가 이 기묘한 공간과 처음 마주친 뒤로 허공과 우주선의 상대적인 위치가 계속 변하고 있다는 점이었다. 이틀 또는 6주가 흐른 지금 그 둘은 서로 충돌하고 있었다.

허공이 어윈호에 파괴적인 영향을 미쳤다. (어윈이 허공에 같은 영향을 미쳤다고 말할 수는 없었다. 허공은 상황을 아주 잘 견뎌내고 있는 것 같았다.) 우주의 위협들 대부분이 인공적인 우주선에 어떤 피해를 입힐 수 있는지에 대한 예상치가 분명히 존재했다. 중성자별이나 블랙홀처럼 밀도가 엄청나게 높은 물체에 우주선이 너무 가까이 다가간다면

갈기갈기 찢어질 수 있었다. 우주선의 여러 부위들이 문자 그대로 찢어져서 분리되거나, 우주선이 도저히 도망칠 수 없는 중력장 안으로 끌려가는 식이었다. 강한 방사성을 띤 물체들이 방어막을 압도할 만큼 강렬한 감마선을 우주선에 쏟아부어 불행히도 그 안에 있던 모든 사람을 구워버릴 수도 있었다. 소행성처럼 멋대로 돌아다니는 물체들이 우주선을 직격해 선체에 구멍을 뚫어버리는 일도 가능했다.

가능성은 더 많았다.

그러나 어윈호가 지금 겪는 일은 그런 것이 전혀 아니었다. 마치 누군가가 이 우주선을 아주 사실적이고 예술적으로 구현한 3차원 모델을 만들었으나 마음에 들지 않아서 그 작품을 지워버리고 있는 것 같았다. 우현에서부터 시작해서, 커다란 고체 덩어리들이 아주 작은 입자성 물질(아마도 지우개 부스러기 같은 것)로 변했고, 그 물질들은 내부의 빛으로 반짝이다가 사라졌다.

중립적인(그리고 아마도 멀리 있을) 관찰자의 눈에는 이것이 아무리 아름답게 보인다 해도, 그 현상이 우주선에 미친 영향은 몹시 심각했다고 말해야 옳을 것이다. 이상적인 상황에서는 선체가 파손되었을 때 우주선의 선체 방어막이 작동한다. 파손된 구역의 대기가 모두 우주로 빨려 나가기 전에 단기적으로 역장力場이 생겨나 구멍을 막는 것이다. 그러나 선체 방어막은 선체의 파손된 부분보다 멀쩡한 부분이 더 많은 때에만 작동하며, 제대로 기능하기 위해서는 어쨌든 동력이 필요하다. 그런데 불행히도 마치어 박사가 조립한, 전적으로 불가능한 영구 운동 기계가 고장을 일으키기 시작했다.

USFS 어윈호에 아직 살아 있는 사람이 있다면, 이 모든 것이 지극

히 불길한 소식이었을 것이다. 그렇다면 어윈호에 살아 있는 사람이 하나도 남지 않았다는 사실은 좋은 소식이었다(그런 것을 '좋은 소식'이라고 불러도 되는지는 모르겠다). 오로지 앨리스 애스티 중사만이 3과 16분의 11층에서 자신 역시 무위로 돌아가기 전에 셔틀로 돌아가려고 돈키호테처럼 시도하고 있었다.

"이봐!" *앨리스가 말했다.* "그런 말을 할 필요는 없잖아."

4층은 이제 대부분 사라졌고, 우현 쪽 벽도 마찬가지여서 앨리스는 흐릿한 벽 너머를 볼 수 있었다. 허공이 양편에 있었다. 그러나 천장은 아직 멀쩡했고, 우주에서 위나 아래라는 개념은 존재하지 않았으므로(특히 인공 중력이 없는 상황이라면) 앨리스는 자석 스파이크 부츠로 잘 움직이고 있었다. 하지만 곧 발을 옮길 수 있는 한계선에 도달할 것 같았다.

"컴퓨터, 그렇게 장광설을 늘어놓지 말고 뭔가 도움이 될 만한 걸 알려주면 좋겠는데." *앨리스가 말했다.*

"서술의 본질과 속도는 컴퓨터의 통제하에 있지 않습니다." *컴퓨터의 대답이 짜증스러웠다.*

앨리스는 숨죽인 소리로 욕을 중얼거리며 계속 나아갔다. 이제 곧 이 모든 일이 소용없어질 터였다. 좌현 벽이 벌써 약해지고 있었다. 허공과의 직접 접촉 때문이라기보다는, 우주선 선체의 절반이 이미 존재하지 않게 된 탓에 구조적 건전성에 무리가 가고 있기 때문이었다. 금속으로 이루어진 벽에 주름이 가면서…

"잠깐, 돌아가." *앨리스가 말했다.* "마지막 부분 다시 말해봐."

앨리스는 숨죽인 소리로…

"그다음."

좌현 벽이 벌써 약해지고 있었다…

"컴퓨터, 서술 모드 종료."

"서술 모드를 종료합니다."

앨리스는 좌현 쪽의 흐릿한 의무실 벽을 손으로 짚었다. 벽이니 만큼 단단하게 느껴졌지만, 그와 동시에 그리 단단하지 않게도 느껴졌다. 손을 밀자… 손이 벽을 통과했다.

"그래, 이게 이렇게 되면 안 되는 건데."

그녀는 한쪽 발을 들어 벽을 차듯 통과시키고, 나머지 한쪽 팔도 통과시켰다. 그렇게 곧 그녀의 온몸이 벽의 뒤편으로 나왔다. 그곳은 마치어의 초대형 입자 가속기 실험실 겸 의사의 진찰실 역할을 모두 하려고 열심히 노력 중인 방이었다. 앨리스는 자석 부츠로 천장을 걸어 바깥쪽 벽으로 향했다.

원래 단단해야 하는 물체를 손으로 밀어 통과하는 방법이 두 번째에는 통하지 않았다. 벽에 문제가 생기는 소리가 들리는데도 벽은 단단했다. 벽을 통과할 수 있게 될 때까지 기다리는 것은 좋은 방법이 아닐 것 같았다. 굳이 기다릴 필요도 없었다. 그녀의 수중에 폭발물이 있는 한은.

그녀는 폭탄을 하나 꺼내 타이머를 30초로 맞추고, 이곳이 폭발물과 디지털시계가 제대로 작동하는 공간이기를 바라며 조용히 기도했다. 그러고는 천장에서 자석 부츠를 신은 발을 떼어내 방의 반대편 끝으로 쭉 밀고 나아갔다.

폭탄이 터지자 3과 16분의 11층 전체가 우주 공간에 노출되었다. 구멍을 통해 공기가 빠져나가면서 앨리스도 함께 데려갔다. 몇 초 만에 그녀는 어원호에서 상당히 떨어진 곳에서 자유로운 궤적을 그리며 표류하고 있었다.

"이제 USFS 어원호의 컴퓨터와 동조가 끊겼습니다." 그녀의 우주복 컴퓨터가 알려주었다. 앨리스는 몹시 반가운 소식이라고 생각했다.

"셔틀을 이 위치로 불러." 앨리스가 말했다.

"셔틀을 찾을 수 없습니다." 컴퓨터가 말했다.

앨리스는 방향을 돌려 어원호의 잔해를 마주보았다. 셔틀이 분명히 보였지만, 우주선 측면에 박혀 있었다. 어원호가 셔틀을 출산하는 과정이 역전된 것 같았다.

"끝내주는군." 앨리스가 말했다.

허공이 어원호에 저지른 일들이 거의 끝나가고 있었다. 서술 모드에서 말했듯이, 우주선이 허공으로 들어간 건지 허공이 팽창해서 우주선을 집어삼킨 건지 알 수 없었다. 어느 쪽이든, 앨리스 자신도 허공을 표류하다 그 안으로 들어갈 수는 없는 일이었다. 그렇다고 허공과 이렇게 가까운 곳까지 자신을 데리러 오라고 로즌호를 호출할 수도 없었다.

하지만 방법이 아주 없는 것은 아니었다. 가방 안에 폭탄이 두 개 남아 있었고, 가방에는 장갑판이 붙어 있었다.

앨리스는 등에 메고 있던 가방을 벗어 폭탄 두 개를 꺼냈다.

"컴퓨터, 로즌호의 위치를 찾아봐." 앨리스는 이렇게 말하고 나서 숨을 죽였다. 만약 컴퓨터가 '찾을 수 없습니다'라거나 'USF 로즌호는 존재하지 않습니다'(이편이 더 나빴다) 같은 말을 한다면, 앨리스에게도 방법이 없었다. 컴퓨터의 대답은 둘 중 어느 쪽도 아니었다.

"위치 파악했습니다."

"헬멧 스크린에 표시."

컴퓨터가 우주선의 위치를 정확히 표시했다.

'이제부터가 재미있지.' 앨리스는 두 폭탄의 타이머를 30초로 설정하고 폭탄을 다시 가방에 넣은 다음, 몸을 웅크려 가방의 장갑판 뒤에 전신을 숨겼다(다리가 가장 큰 충격을 흡수하게 다리를 가방 쪽으로 향했다). 그러고 나서 곧 일어날 폭발과 USF 로즌호 사이로 자신의 위치를 잡았다.

"컴퓨터, 응급 신호 작동시켜."

"응급 신호 작동."

"고마워. 이 방법이 통해야 할 텐데."

폭탄이 터졌다. 앨리스는 오른쪽 다리가 박살 나는 것을 느낀 뒤 까맣게 정신을 잃었다.

그녀는 로즌호의 의무실에서 깨어났다. 초면인 의사가 그녀를 내려다보고 있었다.

"깨어났군. 다행일세." 의사가 말했다.

"감사합니다." 앨리스가 말했다. 입이 건조하고, 시야도 흐릿했다.

'내가 얼마나 정신을 잃고 있었던 거지?'

앨리스는 일어나 앉으려고 했지만, 로즌호의 중력이 원래보다 훨씬 더 강하게 설정되어 있는 것 같았다.

"자, 내가 도와주지." 의사가 어떤 단추를 누르자 침대가 똑바로 일어섰다. "나는 맥스웰 박사일세. 중사가 살아난 건 행운이야."

"앞으로도 많은 의사 선생님한테서 그 말을 듣겠는데요." 앨리스는 미소를 지으려고 애썼다. "제 상태는요?"

"오른쪽 다리가 부러지고, 왼쪽 무릎뼈가 박살 나고, 왼쪽 팔꿈치가 부러지고, 오른쪽 어깨 근육이 찢어지고, 우리가 도착하기 전에 3분 동안 산소가 없었으니 뇌세포를 몇 개 잃어버렸을 가능성이 높아. 다른 것도 두어 개 있지만, 제일 심한 건 이 정도군."

"선장님을 뵈어야 합니다."

"그렇겠지. 중사가 깨어났다고 선장님께 알리겠네. 선장님도 중사의 이야기를 듣고 싶으실 거야. 중사가 어윈호에서 가져온 정보를 다들 계속 검토하고 있으니까. 아마 궁금한 것이 아주 많을걸."

"얼마나…?"

"얼마나 의식을 잃고 있었냐고? 어디서부터 헤아리느냐에 따라 다르지. 중사는 아마 이틀 정도 표류했던 것 같은데, 어윈호에 있었던 기간은 일주일이 넘어. 그런데 컴퓨터에는 몇 시간만 기록되어 있거든. 선장님의 질문 중에 이것도 포함될 걸세. 어쨌든 먼저 좀 쉬어야 돼. 그러니 선장님이 오시는 걸 조금 미뤄달라면 내가 얼마든지 그렇게 해줄 수 있네."

"아뇨. 괜찮습니다. 빠를수록 좋아요."

"그래." 의사는 아버지 같은 미소를 지었다. "선장님께 알리지. 혹시 목이 마르면 오른쪽에 물 잔이 있어. 금방 다녀오겠네."

의사가 밖으로 나간 뒤 앨리스는 몇 분 동안 가만히 앉아서 생각을 정리했다. 모든 것을 설명하려다가는 미쳤다는 소리를 듣겠지만, 이제는 정신이 멀쩡하게 보이는 것에 그리 신경이 쓰이지도 않았다. 일어난 일은 일어난 일이었다. 마치어의 데이터와 그녀의 설명을 바탕으로 사람들이 대책을 세워야 할 터였다. 그들의 결정 사항 중에 브렌다 구역의 완전한 통행금지가 포함된다면 좋을 텐데.

몇 분 동안 생각을 정리한 뒤 앨리스는 엄청나게 목이 마르다는 사실을 깨달았다. 그래서 몸을 돌려 유리잔을 향해 손을 뻗었으나, 오른팔에 힘이 얼마나 없는지 미처 알지 못했다. 가까운 물체에 곧바로 손을 뻗으려던 동작이 어색한 버둥거림처럼 변하면서, 유리잔이 바닥으로 떨어져 버렸다.

유리가 깨지는 소리가 들렸다.

"끝내주는군." 앨리스가 말했다. "진짜 유리잔을 주셨군요, 맥스웰 박사님. 훌륭해요."

앨리스는 간호사를 불러 유리를 치워달라고 할까 아니면 비록 다리에 깁스를 했지만 스스로 유리를 치울까 고민했다. 그동안 유리잔이 스스로를 복원해서 탁자 위로 돌아왔다.

그녀는 눈을 두어 번 깜박거리면서, 방금 있었던 일이 없었던 것처럼 행세하는 편이 가장 나을 것 같다고 생각했다. 하지만 그렇게 행세해 봤자 달라질 것이 없음을 이미 알고 있었다.

"컴퓨터." 그녀가 말했다.

"네, 애스티 중사님." 로즌호의 컴퓨터가 말했다.

"미친 소리 같긴 한데, 혹시 서술 모드가 있어?"

Andy Dudak

폭발하는 미드스트라스

앤디 듀닥

조호근 옮김

Midstrathe Exploding

앤디 듀닥의 단편과 중국 SF 번역은 《아날로그Analog》, 《에이팩스Apex》, 《아시모프스》, 《클라크스월드Clarkesworld》, 《데일리 사이언스 픽션Daily Science Fiction》, 《인터존》, 《판타지 앤드 사이언스 픽션》, 《사이언스 픽션 월드科幻世界》 등의 잡지에 수록되었다. 단편 「면역 공유 시대의 사랑Love in the Time of Immuno-Sharing」은 유지 포스터상 최종 후보에 올랐다. 앤디는 중국에 10년 동안 거주하였으며, 개구리를 좋아하고, 던전스 앤드 드래곤스의 치유력을 굳게 믿는다.

홈페이지 주소: andydudak.home.blog

SF-Mania

Andy Dudak

Midstrathe Exploding

1

미드스트라스 시티는 지난 200년에 걸쳐 폭발 중이고, 앞으로도 1,000년은 폭발이 끝나지 않을 것이다. 여기서 보낸 14년 동안에도 느리고 꾸준하게 폭발이 계속되어 왔기 때문에, 이제 키아란은 그 광경을 폭발로 여기지 않는다. 도시의 모든 곳에 짙게 드리운 적색편이 때문에, 그저 폭발이라는 거대한 산의 기슭에 사는 느낌이 들 뿐이다. 그는 스트라스 타운의 아홉 번째 원형 도로를 따라 서둘러 달려가고 있다. 시간 파면을 따라 늘어선 눈에 익은 지형지물을 살피며 자신이 얼마나 왔는지를 가늠한다.

'춤추는 탑'이 눈에 들어온다. 멀쩡한 탑의 상부가 폭발해 터져나가는 기반부 위에 반쯤 올라타 있고, 그 기반부가 지난 20년 동안 사람의 다리 비슷한 모양이어서 붙은 이름이다.

그는 중앙선 도로를 따라 달려가면서, 미트 파이나 기념품을 파는 노인네들 사이를 지나친다. 삐걱대는 인력거 소리 때문에 제대로 들을 수는 없지만, 키아란은 노인들이 무슨 이야기를 하는지 이미 알고 있다. 갑작스러운 시간 정상화에 따른 대재앙 이야기일 것이다. 노인들은 시간 정상화가 다가오는 것을 느낄 수 있다고 주장한다. 쑤셔오는 뼈마디가 알려준다고.

시간 정상화에 따른 대재앙, 그리고 날씨겠지. 노인네들의 대화는 변하는 법이 없다.

키아란은 일렬로 늘어선 여행자들 쪽으로 접근한다. 입을 떡 벌리고 폭발의 장관을 구경하러 찾아온 부유한 군도 지역 주민들이다. 스트라스 타운에 일용할 양식을 공급하는 이들. 그러나 지금은 기념품 쇼핑에 한창이다. 군도식 로브를 걸친 키 큰 여자가 미드스트라스의 붉은 빛살에 목걸이를 비추어 본다. 목걸이에 걸린 펜던트는 키아란이 잘 알고 있는 물건이다. 어떤 인내심 있는 '파면 구도자'가 촬영한 동영상이 반복 재생되는 유리 조각이다. 이 조각에는 요즘은 거의 보기 힘든 모습이 담겨 있다. 폭발의 북쪽 깊숙한 곳에 있는 어느 고층 건물이 무너져 내리는 광경이다.

근사하고 시선을 사로잡는 영상이다.

키아란은 자신의 손이 뻗어나가는 모습을 지켜본다. 손이 파면에서 불어오는 산들바람 속에서 로브의 일부가 된 것처럼 움직이며 안주머니를 더듬는다. 그리고 이내 스크립 지폐 묶음을 움켜쥔 채로 빠져나온다.

순찰관이 고함과 함께 돌격 소총을 들어 올린다. 키아란은 5번가

골목을 따라 도망친다. 좀도둑질은 부업일 뿐이다. 제대로 된 일거리는 따로 있다. 이미 지각이었다.

2

파면의 경계선에는 주로 과학 연구소나, 부유한 관광객을 접대하는 웅장한 관측소가 자리 잡고 있다. 그 사이에 다이아드 구도자들에게 배정된 좁은 땅덩이가 존재한다. 키아란은 구도자들의 바자로 슬쩍 스며들어 간다. 파면과 인접한 벽에 비좁은 구멍이 벌집처럼 가득한 모습이 보인다. 구멍의 양쪽 끝은 뚫려 있고, 그 안에는 이미 파멸에 발을 들인 구도자들이 누워 있다.

발끝부터 폭발에 먹히는 최후를, 스스로 선택한 이들이다.

“고통스럽다고 하더구나.” 언젠가 어머니가 이렇게 말한 적이 있었다. “하지만 그 고통조차도 적색편이를 거쳐서 들어오지. 긴 파장으로 먹먹해진 고통을 탐구할 수 있는 거란다. 수행 사제들이 먹여주는 음식으로 연명하면서 말이야.” 당시 키아란은 어머니의 말을 이해하지 못했다. 그저 그녀의 어조와 눈빛이 두렵기만 했다.

바자는 구경꾼들로 붐빈다. 그는 유령처럼 그들 사이를 헤치고 나간다. 구멍으로 가득한 벽 쪽은 보지 않으려 애쓰면서.

다이아드 구도자들의 삭발한 정수리까지 완전히 집어삼켜지려면 몇 달은 더 걸릴 것이다. 내장 기관이 이미 느린 시간의 영역에 들어갔기 때문에, 저들은 항상 굶주리고 숨 가쁜 상태다. 수행 사제들은 축성받은 고대의 의료 기기로 그들을 연명시킨다. 지금처럼 몇 개월

밖에 남지 않은 시점에 이르면, 다이아드 구도자들의 대뇌도 천천히 느린 시간의 영역으로 빠져든다. 느린 사고와 실시간의 지각력이 뒤섞이면서, 구도자들은 그토록 꿈꿔오던 이중 의식을 손에 넣게 된다. 전자가 천천히 후자를 집어삼키다가, 마침내 깨달음의 순간이 찾아온다. 그러면 다른 이들은 축제를 벌이고 구멍이 가득한 벽을 새로 세운다. 그리고 이 자살 교단의 다음 졸업 예정자들이 벽을 오르는 것이다.

키아란은 이곳에 오는 것 자체가 내키지 않았지만, 일은 일이니 어쩔 수 없었다. 그는 붉은 염료를 몸에 바르고 찬양을 올리는 수행 사제들 주변을 둘러보며 자신의 고객을 찾는다. 그러나 그의 눈에 띈 사람은 모드웬뿐이다. 키아란보다 한 살 연상이고, 힘세고 키가 크며, 한 눈파는 관광객을 상대로 밥벌이를 한다. 그래, 아직 살아 있긴 한 모양이다. 그녀를 보는 것도 제법 오랜만이었다. 한때 그들은 함께 작업하고, 함께 수입을 저축하고, 함께 스트라스를 떠나서 군도 지역으로 이주해 더 나은 삶을 살고자 했었다.

그러나 키아란은 어느덧 성숙해졌다. 그녀와 함께 꾸던 유치한 꿈을 포기하고, 원적외선 조직의 수하로 들어가 버렸다.

이제 그녀도 키아란과 눈을 마주친다. 손은 이미 근엄한 얼굴을 한 군도인의 데이 백 안에 들어가 있다. 얼핏 실망이 떠올랐던 그녀의 얼굴에, 이윽고 낯익은 웃음이 피식 깃든다. 모드웬은 소매치기를 즐긴다. 재능은 별로 없지만.

여행객은 얼굴을 찌푸리며 자기 가방을 내려다본다. 모드웬은 이미 사라져 있다. 손에 큼직한 스크립 뭉치를 쥔 채로 군중 사이를 헤치고 떠나버렸다.

키아란은 순간 본능적으로, 바자의 남쪽 끝 계시의 문 근처에 있는 여성 순찰관을 돌아본다. 모드웬을 발견하고 소총을 들어 올리고 있다. 키아란은 생각을 멈춘다. 그의 손이 킬트 오른쪽 주머니에 숨겨둔 권총을 쥔다. '클릭 찬스'라는 이름의 1회용 폴리머 단발 권총이다.

다음 순간, 모드웬이 군중 속으로 모습을 감춘다.

순찰관은 소총을 내리더니 헤드셋에 대고 중얼거리기 시작한다.

키아란은 자신의 행동에 충격을 받는다. 나 지금 순찰관을 쏘려고 한 거잖아? 처음 겪는 일은 아니었지만, 모드웬에게 집착하는 자신의 모습이 두려웠다. 이곳 스트라스 타운에서 모든 종류의 집착은 위험으로 이어진다. 키아란도 그 불변의 법칙을 혹독하게 체득했다. 다이아드 구역 근처에 있으면 그런 느낌이 강해진다. 서둘러 이곳을 벗어나야만 한다.

그는 관객들의 뒤편에서 고객을 발견한다. 부유한 군도인처럼 차려입은 노년의 여성이지만, 다이아드나 수행 사제들에게는 아무런 관심도 없는 듯하다. 어제 계약을 맺을 때도 억양이 어딘가 묘하다는 생각을 했었다. 그는 눈앞의 고객이 이곳에서 태어나서 군도로 도망쳤던 사람이 아닐까 생각한다. 모드웬이 원하던 것처럼. 하지만 그렇다면 왜 돌아온단 말인가? 분명 평범한 여행을 원해서는 아닐 것이다. 우뚝 솟은 파면 관광 시설로 가지 않고 원적외선 조직의 도움을 구한 사람이니까.

"거기 있었군요. 준비는 다 됐나요?" 여성이 말한다.

"넵. 절반은 선금으로, 절반은 파면 앞에서 받겠습니다." 키아란이 말한다.

그녀는 도난 방지용 겨드랑이 주머니에서 스크립 뭉치를 꺼낸다. 순진한 군도인들 사이에서는 보기 드문 조심성이다. 그녀는 단호한 표정으로 돈을 건넨다. 원적외선 조직의 주된 고객은 위험 중독자들이다. 평범한 여행 경험 이상을 원하는 군도인은 언제나 존재하지만, 결국 그들도 본질은 관광객일 뿐이다. 지하 조직과 접선하는 일을 비롯한 모든 과정을 즐거움으로 여기는 자들이다. 그러나 눈앞의 여성은 그런 사람으로는 보이지 않는다.

키아란은 스크립 뭉치를 주머니에 넣은 다음, 그녀를 이끌고 바자를 나선다. 여성이 지팡이를 짚고 절룩거리기 때문에 그의 걸음도 자연스레 느려진다. 키아란은 여성의 정체를 추측해 본다. 군도 지역 약물의 도움으로 폭발 이전부터 살아온 사람은 아닐까. 큐비트 폭탄이 존재하기 전의 퇴폐적인 신화 속 시대를 살았던 사람일 수도 있다. 큐비트 폭탄이 시간에 미치는 부수적 효과가 그저 이론에 지나지 않았던 그 시대를. 어쩌면 전쟁 전에 옛 미드스트라스를 떠났던 사람일지도 모른다.

물론 아직 200살이 안 되었더라도 미드스트라스의 외곽에 살았던 사람일 수는 있다. 도심은 팽창 단계에서 순식간에 삼켜져 버렸지만, 그 이후로는 폭발이 느려지기 시작했으니까. 수천 명의 미드스트라스 외곽 주민들이 부풀어 오르는 파면이 도달하기 전에 무사히 도망쳤다.

저 반구형 공간에 3,000만 명의 사람이 파묻혀 있으리라 추측된다. 절반은 목숨을 잃었다. 파편 구역 또는 증발 구역에서 붉은 안개로 변해버렸거나, 이제 천천히 부풀어 오르는 플라스마밖에 남지 않은 최심부에 있었으니까.

나머지 절반은, 어떤 의미에서는 아직 살아 있다고 할 수 있다.

시간 파면이 충격파보다 800미터쯤 앞서서 팽창하고 있기 때문이다. 수백만 명의 사람들이 도망치던 모습 그대로 거의 정지해 버렸다. 이들이 얼어붙은 위치는 파면에 가깝기 때문에, 그대로 오싹한 구경거리가 되어 관광객의 시선을 사로잡는다. 미술 사조나 철학 학파에 영감을 주었다는 이야기도 들리지만, 키아란에게는 뜬구름 잡는 소리처럼 들릴 뿐이다. 물론 키아란도 저들을 쳐다보는 일은 싫어한다. 그러나 모드웬처럼 꿈속에서까지 그 모습에 괴로워하지는 않는다. 그저 고대의 벽화처럼 파면의 부속물일 뿐이며, 자신은 그들이 존재하는 덕분에 먹고살 수 있으니까.

그는 나이 든 여성을 이끌고 관광객들로 가득한 광장을 빠져나와 골목으로 들어가서, 숨겨진 원적외선 조직 검문소를 통과하고, 곧 폭파될 예정인 움막촌을 가로지른다. 움막촌은 결국 없어질 수밖에 없다. 조금씩 후퇴하는 거대 관광 단지나 과학 연구소가 들어갈 공간을 확보해야 하기 때문이다.

3

키아란은 열한 살 때 모드웬을 처음 만났다. 수많은 다리와 흩날리는 군도산 비단옷으로 이루어진 숲속에서였다. 누군가의 허리 가방에서 20스크립 지폐 한 장을 빼내고 물러나는 중이었다. 그대로 달려 도망치고 싶은 충동을 애써 억누르면서.

"기술 좋은데." 그녀는 갑자기 그의 옆에서 나타나더니, 이렇게 말했다.

키아란은 초조한 마음을 억누르며 관광객들 사이로 몸을 숨기려 애썼다. 자신 외의 다른 소매치기를 본 것이 처음은 아니었지만, 그럴 때마다 그는 항상 거리를 두려 애썼다. 무리를 지어 작업하며 그가 잘 모르는 소매치기 은어를 사용하는 이들이었다. 그리고 이곳의 원주민이었다. 키아란처럼 황야에서 건너온 난민 출신이 아니었다.

떨쳐냈다고 생각하고 있을 때, 갑자기 눈앞의 군중 속에서 다시 그녀가 등장했다. 웃는 얼굴로. "물건 빼내는 쪽으로만 말이야. 도망치는 법은 연습을 좀 해야겠어."

그는 정신없이 달아나기 시작했다. 관광객이나 행상인과 부딪치면서 소란이 일어났다. 간신히 쓰레기가 가득한 골목으로 뛰어든 다음, 그는 숨을 헐떡이며 북적이는 광장 쪽을 살펴보았다.

"진짜로." 그녀가 그의 뒤에서 말했다.

그는 몸을 빙 돌리며 신발에서 녹슨 단도를 꺼냈다. 클릭 찬스를 사기에는 아직 모은 돈이 부족했다.

"재능은 있다니까." 그녀는 전혀 개의치 않는 표정으로 말을 이었다. "나보다도 뛰어날지도 몰라. 그러니까, 물건 빼내는 실력만. 도망은 말고. 어쩌면 서로 도움을 줄 수 있을지도 모르겠네."

그는 칼을 빼 든 채로 서서, 숨을 헐떡이며 그녀를 지켜보고만 있었다.

"너 이 동네 출신 아니지. 군도 출신도 아닐 테고. 아마 황야에서 왔을 것 같네." 그녀는 손목을 휘둘러 자기 칼을 빼더니, 그대로 판자벽에 박아버렸다. "너희 부모는 어떻게 된 거야?"

"그러는 너희 부모는?"

"'32번' 소속이었지. 들어본 적 있어?"

'32번'은 통제된 시간 정상화 방법을 연구하던 과학자들이었다. 그들은 갑작스러운 파국을 기다리느니 의도적으로 정상화를 유발하는 쪽이 나으리라고 주장했다. 스트라스 타운의 주민을 전부 대피시키고 폭발을 끝내기를 원했다.

그리고 온 주민의 갈채 속에서 형벌 광장에 목이 매달렸다.

"우리 부모님은 천재셨어." 모드웬은 다부지게 키아란을 노려보며 말했다. "요즘 과학 연구소에서 무슨 일이 벌어지는지는 몰라도, 그 작자들은 과학을 연구하는 게 아니야."

키아란은 자기 단도를 내렸다. "우리 엄마는 어디 계신지 몰라."

모드웬은 키아란 뒤편의 북적이는 광장을 바라봤다. "사람의 흐름을 이용하는 거야. 억지로 맞서 싸우면 안 돼. 내가 방법을 가르쳐 줄게. 대신에 너는 군도 놈들한테서 스크립 빼내는 방법을 가르쳐 줘. 그러면 함께 이 똥통에서 빠져나갈 수 있을지도 모르잖아."

4

키아란은 나이 든 여성을 이끌고 웅장한 관광 단지 두 곳 사이로, 쓰레기투성이인 비좁은 틈새로 들어간다. '엑스큐비움'과 '비질레이터'라는 이름의 관광 단지 입구는 인파로 붐빌 테지만, 지금 이 골목과는 상당히 떨어져 있다. 이렇게 가까워지면 건물에 가려 폭발 광경이 보이지 않게 된다. 관광 단지의 반대편은 폭발 파면을 내다보는 반원형 극장 형태다. 온갖 편의 시설을 갖춘 널찍한 관람용 테라스에서 시작해서, 파면을 코앞에서 구경할 수 있도록 지면까지 내려가게 된다.

그러나 정제된 박물관 느낌의 관람에 만족하지 못하는 관광객도 있게 마련이다. 바로 그럴 때 원적외선 조직이 개입한다. 키아란은 고객을 이끌고 '엑스큐비움'과 '비질레이터' 사이의 쓰레기 지층을 헤치고 들어간다. 가장 오래된 맨 아랫단은 제법 다져져 있다. 나름 단단한 땅과 비슷한 느낌이지만, 위층의 비교적 신선한 쓰레기의 악취가 아래까지 흘러 내려온다.

나이 든 여성은 양쪽의 비좁은 폐기물 벼랑을 힐긋거린다. 불안하고 초조한 얼굴이다.

키아란은 바닥 근처의 패널 하나를 더듬어 찾아서는 힘껏 누른다. 그러자 조금 떨어진 곳의 쓰레기 바닥이 안으로 쑥 들어가며 열리고, 길고 조잡하게 파낸 토굴이 모습을 드러낸다. 반대편 미드스트라스의 적색편이가 흐릿한 조명 역할을 한다. 키아란은 나이 든 여성을 힐끔 돌아본다. 여성은 조금 진정한 듯 고개를 끄덕인다.

그들은 토굴을 따라 전진한다. 묘실 같은 침묵 속에서 가끔 삐걱대는 신음이 울린다. 파면을 앞두고 조금씩, 눈에 띄지 않을 정도의 속도로 후퇴를 계속하는 관광 단지의 소리다. '엑스큐비움'이나 '비질레이터'가 움직일 때마다 고대의 플라스틱 잔해가 천장에서 떨어져 내린다. 키아란은 원적외선 조직에서 세운 조잡한 갱도 받침목을 둘러보며 저것들이 버텨주기만을 기원한다. 이미 몇 번 무너진 적 있는 토굴이다. 원적외선 조직원과 고객 모두 여럿 죽어나갔다. 조직은 스크립 벌이를 위해서라면 그 정도 위험은 가뿐히 감수한다.

마침내 토굴이 넓어지며 관람 공간이 등장한다. 원적외선 조직이 소유한 아주 작은 구경거리 조각이 그들 앞에 펼쳐진다. 거주 지역의 좁은 도로에, 겁에 질려 도망치는 미드스트라스인이 빼곡하다.

"저들이 이미 죽었다고 말하는 사람들도 있지." 여성이 말한다.

키아란은 파면에서 여섯 걸음 정도 떨어진 바닥의 선 앞에서 걸음을 멈춘다. "이 한계선 앞으로는 나가면 안 돼요."

나이든 여성은 숨을 헐떡이며 키아란 옆에 선다. 그리고 오페라글라스를 눈에 가져다 댄다. 키아란은 입을 다문 채 기다리며, 자기 뒤편과 위쪽에 날림으로 세운 받침목을 살펴본다. 그는 절대로 파면이나 그 안에 펼쳐진 역사 디오라마를 자세히 살펴보지 않는다. 그러는 편이 나으니까.

나이 든 여성은 글라스를 떨어트린다. 그리고 조용히 눈물을 흘리며, 떨리는 손을 파면 쪽으로 내뻗는다.

키아란은 무릎을 꿇고 글라스를 집는다. 여성은 바닥의 선을 넘는다.

"부인, 안 돼요!"

원적외선 조직에서 여섯 걸음 제한을 두는 이유는, 관광 단지 최하층의 유리 방호벽이 존재하는 이유와 동일하다. 정신 나간 인간들이 파면에 뛰어들다 그대로 얼어붙어 영원히 시야를 가리게 되면 곤란하기 때문이다.

여성은 키아란에게는 조금도 신경 쓰지 않는다. 키아란은 손을 뻗어 여성의 손목을 붙들려 하지만, 그의 손은 여성에게 닿지 못한다. 순간 그의 몸이 뻣뻣하게 경직된다. 푸른 에너지의 보호막이 여성의 몸을 감쌌다가, 다시 그녀의 지팡이 속으로 빨려든다.

5

얼굴에 흙을 바른 광신도들이 비명을 지르고, 흐느끼고, 환희에 빠져 웃음을 터트렸다. 키아란은 벽을 향해 밀려드는 인파의 물결 속에서 익사해 가는 중이었다. 그는 열두 살이었다. 나이에 비해 마른 몸에, 며칠을 제대로 먹지도 못했고, 군중의 흐름을 타는 모드웬의 기술도 제대로 익히기 전이었다. 다들 완전히 정신이 팔려 있으면 소매치기도 더 쉬울 거라는 기대 때문에 정신 나간 어른들 사이로 뛰어들었을 뿐이었다. 그러나 이제 키아란은 사람들 사이에 짓눌리며 이리저리 휘둘리고만 있었다. 빠져나갈 수가 없었다.

사람들 위쪽에, 낯선 사람 하나가 벽 지지대에 매달려 있었다. 창백한 얼굴에, 누더기가 된 황무지의 옷을 걸치고, 광신도들처럼 머리와 팔에 흙을 바르고 있었다. 낯선 이는 물끄러미 군중을 내려다봤다. 그 시선이 키아란을 알아보지 못한 채 스치고 지나갔다.

6

키아란은 온몸을 떨면서 정신을 차린다. 나이 든 여성은 선을 넘어 몇 발짝 다가서 있다. 방금 그건 충격 보호막이었다. 군도인들 사이에서도 보기 드문 최첨단 자기방어 장비다. 예전에도 소매치기를 시도하다가 한 번 당해본 적이 있었다.

나이 든 여성이 힐긋 그를 돌아본다. "저기 망토와 부츠 신은 사람이 보이니?"

그녀는 파면 안쪽의 장면 하나를 가리키고 있다. 그를 정면으로 노려보는 후기 고전 미드스트라스인들이 보인다. 도망치면서 서로를 밀치고, 일부는 짓밟히는 모습 그대로 굳어져 있다. 적나라하게 드러난 한순간 속에서 영원히 찌푸린 얼굴이 추하게만 보인다. 그는 절망에 사로잡힌 이들의 시선을 이겨내고 망토와 부츠 차림의 젊은 여성을 하나 발견한다. 맨발에 잠옷만 걸친 남자가 그녀를 밀치고 있어서, 위태롭게 한 발로 서 있는 모습이다. 옛날 양식의 망토는 뒤편으로 펄럭이는 모습 그대로 조각상처럼 굳어 있다.

"우린 연인이었지. 내가 떠나기 전에 말다툼을 벌였단다." 나이 든 여성이 말한다.

키아란은 자리에서 일어서지 못하면서도, 오른손으로 주머니를 더듬어 클릭 찬스를 찾는다.

"빅토리 거리를 따라 도망쳤을 거라고… 도망치고 있을 거라고… 생각은 했지만, 정말로 여기 와서 찾을 수 있을 줄은 몰랐는데." 그녀는 다시 키아란을 힐끔거린다. "나는 곧 죽을 거란다, 얘야. 마지막으로 한 번만 저 사람을 품에 안아보고 싶어." 그를 살펴보는 그녀의 시선이 누그러진다. "네 시간 기준으로는 나도 파면 안쪽에 얼어붙는 것처럼 보이겠지. 아마 너한테는 안 좋은 일일 테고."

그 말대로다. 그녀가 파면을 넘어가도록 방치하면 키아란의 목에는 현상금이 붙을 것이다. 원적외선 조직에서는 그를 추적할 것이고, 뇌물을 넉넉히 받아먹은 당국에서도 그들을 도울 것이다.

"미안하구나. 그 생각은 미처 못 했어. 돈이 남았다면 너한테 줬을 텐데 말이야. 여기까지 오는 데만도 내 저금을 전부 털어야 했단다."

그는 클릭 찬스를 빼들고 그녀를 겨눈다.

"이해가 안 되는 모양이구나." 그녀는 울적한 미소를 지으며 말한다. "나는 이제 잃을 것이 없어. 꼭 쏴야 한다면 쏘렴."

그녀는 몸을 돌려 다시 파면 쪽으로 걸음을 옮긴다. 키아란은 다시 몸을 일으키려 노력하지만, 한번 충격을 받은 다리 근육은 복종할 생각을 않는다. 그는 여자의 뒤통수를 겨눈다. 손가락은 제대로 움직인다. 느낄 수 있다. 그러나 쏘지는 못한다.

나이 든 여성은 상대방을 부르듯 팔을 활짝 벌린 채 파면에 진입한다. 순간 그녀의 움직임이 느려진다. 그녀의 본질이 올올이 풀려 파면 경계의 곡면을 타고 위로 끌려가, 그대로 정점을 향해 날아가는 것만 같다. 그러나 그녀 자신은 여전히 여기에 있다. 몸의 일부만 먹힌 상태로, 걸음을 옮기는 도중에 그대로 얼어붙어 있다. 그녀가 완전히 안으로 들어가는 데만 1년은 걸릴 것이며, 드러나 있는 부분은 여전히 이쪽 시간 기준에서의 간섭에 취약하다. 그러나 아무리 사소한 것이라도, 원적외선 조직의 전선에 피해가 간 것은 사실이다. 어쩌면 몇 년 후에는 천천히 재결합하는 연인들의 모습이 제법 짭짤한 수입원이 될지도 모른다. 그러나 키아란에게는 아무 의미 없는 일이다. 여기서 그녀를 쏴 죽인 다음 최선을 다했다고 애원할 수도 있겠지만, 그 정도로 목숨을 부지할 수는 없을 것이다.

그는 무기를 주머니에 넣는다.

그리고 몇 번의 시도 끝에 자리에서 일어나서, 어지러운 머리를 가

누며 비척비척 파면 쪽으로 다가간다. 그는 손을 뻗어 파면을 만져본다. 검지 끄트머리를 느린 시간 속으로 집어넣는 일마저 무릅쓰면서. 들어간 살점이 1밀리미터도 안 될 텐데도, 갑자기 손가락이 묵직하고 차갑게 느껴진다. 시공간의 특정 부분에 붙들린 느낌이 든다.

10분의 힘겨운 노력 끝에, 키아란은 미드스트라스의 후기 고전 시대에서 손가락 끝을 빼낸다.

이렇게 파면에 가까이 붙으니 공기에서도 뭔가 느껴진다. 원적외선 조직이 수익을 올릴 수 있는 것은 이런 생생한 감각 덕분이다. 가로막는 유리 방호벽이 없으면 허공에 감도는 긴장감이나 기운이 느껴지기 때문이다. 다이아드는 이를 '영혼의 잠재력'이라 부르며 계시를 내려줄 수 있다고 믿는다. 모드웬은 자기 아버지는 그 말을 믿지 않았다고 말했다. 대신 '고조된 진공 동요'라는 용어로 부르며, 인간의 뇌에는 아무런 영향을 끼치지 않는다고 말했다.

그러나 키아란은 그 순간 깨달음을 얻었다.

7

다이아드의 바자로 돌아와서, 키아란은 '황야 여인'을 섬기는 충실한 광신도처럼 온몸에 흙을 칠한다.

그리고 공물을 바친 다음 줄에 합류해 기다린다. 자기 차례가 오자 지지대를 타고 올라서, 잠들어 있는 '진흙 예언자'의 모습을 바라볼 기회를 얻는다.

승천이 얼마 남지 않았으므로, 그녀는 이중 의식에 깊이 빠져 있다.

이제 삭발한 머리 위쪽 절반을 제외한 전신이 파면 안에 들어가 있다. 그녀는 한때 그랬듯이 황야인처럼 차려입고 있다. 옅은 색조의 누더기 로브에, 머리와 팔에는 진흙으로 수호의 문양을 그려놓았다. 그녀와 키아란이 스트라스 타운에 도착했을 때도 저런 모습이었다. 두 사람은 스트라스에 섞여 들어가려고 조끼와 킬트로 갈아입었다. 그녀는 관광 단지에 일자리를 얻으려 시도했다. 광장과 바자에서 장신구를 팔려고 애쓰기도 했다. 마침내 그녀는 밤마다 군도인 남자들과 어울리기 시작했다. 키아란에게는 그 남자들이 전부 친구고, 그녀의 황야식 치유술이 필요한 사람들이라고 말하면서. 새벽녘이면 그녀는 머지않아 사라질 원형 구역의 다락방으로 돌아와서, 황야에서 배웠다고 주장하는 처음 듣는 언어로 알아들을 수 없는 소리를 지껄이곤 했다. 키아란은 그런 언어를 들은 기억조차 없었지만, 어차피 황야 시절의 기억은 흐릿해진 후였다. 굶어 죽을 뻔했다는 정도가 전부였다.

그러던 어느 날 아침, 그녀는 돌아오지 않았다. 그는 사흘 동안 스트라스 타운을 돌아다니다 마침내 다이아드 바자에 발을 들였다. 어머니의 모습이 들어간 펜던트와 장신구가 이미 노점에서 팔리고 있었다. 그는 새로 세워진 구멍이 숭숭 뚫린 벽을 올려다보고, 마침내 모든 것을 깨달았다.

8

그녀의 두 눈은 이미 파면 안쪽에 있다. 느린 공간 속에서 구멍의 낮은 천장만을 바라본다. 움직이고 있는지는 확인할 방도가 없다. 키아란은 그 눈동자가 구멍의 입구 쪽으로, 실제 시간 쪽으로 움직이고 있을지 궁금해진다. 어쩌면 그녀도 마지막으로 그를 보고 싶을지도 모르니까. 그는 스트라스에 몇 개월 더 머물면서 그 사실을 확인하는 자신의 모습을 상상한다. 몇 년만 기다리면 그의 손을 잡으려고 손을 뻗을지도 모른다. 종교적 희열로 가득한 그녀의 얼굴도, 자책과 회한의 표정으로 천천히 녹아내릴지도 모른다. 키아란은 그 모습을 여유롭게 구경할 수 있을 것이다.

"여기까지 데려다줘서 고마워요, 엄마. 하지만 나는 계속 전진할 거예요. 잘 있어요."

그는 기도문을 적은 적색과 금색의 깃발을 헤치고 지지대를 내려온다. 다음 광신도가 그 자리로 올라간다. 확률이 얼마나 될지는 모르지만, 키아란은 이제 스트라스 타운을 무사히 벗어나려 시도할 것이다.

중앙선 거리에 도착하니 늦은 오후가 되었다. 인력거들도 천천히 거리에서 물러나는 중이다. 문득 그는 얼굴에 미소를 지으며, 기념품을 훑어보는 한 무리의 군도인들 쪽으로 걸음을 서두른다. 슬금슬금 그쪽으로 다가가는 모드웬이 보였으니까. 늙은이들은 언제나 그랬듯이 시간 정상화에 따른 갑작스러운 대재앙, 그리고 날씨 이야기를 나누고 있다.

Nadia Afifi

바레인 지하 시장

나디아 아피피

장성주 옮김

The Bahrain Underground Bazzar

나디아 아피피는 장편 소설『지각이 있는 것The Sentient』과 더불어 SF 단편 소설을 여러 편 쓴 작가다. 일찍이 사우디아라비아와 바레인에서 손에 닿는 책은 모조리 읽으며 자랐으나, 지금은 미국 콜로라도주 덴버에서 살고 있다. 한때 해외에 살았던 아랍계 미국인이라는 배경에 힘입어 소설 쓰기를 시작한 아피피는 특히 복잡한 사회 및 정치, 문화 관련 사안을 미래주의적 관점에서 탐구하려는 열정을 품고 있다. 글쓰기를 하지 않을 때면 공중 후프 연습을 하거나(하면서 자꾸 떨어지거나), 콜로라도주의 산길을 따라 하이킹을 하거나, 덴버의 거리를 누비며 조깅을 하거나, 구할 수 있는 것 가운데 가장 어려운 조각 그림 퍼즐을 맞추며 시간을 보낸다. 그녀는 또한 개와 여행, 요리를 좋아한다.

홈페이지: www.nadiaafifi.com

SF-Mania

Nadia Afifi

The Bahrain Underground Bazzar

바레인의 중앙 시장은 밤이 되면 살아난다. 좁은 통로 위로 불빛들이 춤추며 가판대에 자루째 놓인 향신료와 렌즈콩, 화려한 양탄자, 장신구 따위를 환하게 비춘다. 다른 가판대들은 더 현대적인 품목, 즉 신경 링크 임플란트와 법적으로 모호한 드론 같은 것을 판다. 커민 향과 탄 고기 냄새가 콧구멍에 스며든다. 내 배는 그 냄새에 반응해 뒤틀리듯 욱신거린다. 항암 화학 요법이 내 몸에는 잘 맞지 않는다.

인근 고층 건물에서 일하는 사무직 노동자들이 무리 지어 몰려나온다. 그중 몇몇은 당혹감과 동정심이 섞인 표정으로 내 쪽을 힐긋거린다. 그들의 눈에 비친 것은 늙은 여성, 숱이 성기고 지저분한 반백의 머리에 등이 굽은, 십중팔구 길을 잃고 어쩔 줄 몰라 하는 노인일 것이다. 젊은이들은 언제나 늙은이를 자신보다 한 수 아래로, 새 기술과 변하는 언어 앞에 무력한 존재로 여긴다. 그러거나 말거나 나는 젊은이들의 기술을 그들보다 더 잘 알고, 관광객을 등쳐먹으려고 인공적으로 만들어 낸 이런 곳보다 더 거친 시장에도 가본 적이 있다. 그런 전통 시장은 예전에는 수크Souk로 불렸는데, 주로 금을 거래하던 곳이었다. 그러나 한때 두바이의 더 듬직하고 덜 사치스러운 손아래 사촌이라 자부하던 바레인은 이웃 나라들과 보조를 맞추어 나아가기로 마음먹었다. 현란함과 화려함을 향하여. 현대라는 환상 속으로.

나는 먼젓번 통로보다 더 좁은 통로의 모퉁이를 돈다. 표지판이 내 시선을 아래쪽으로 이끈다. '바레인 지하 시장.' 느낌을 살리려고 단어 주위로 런던 지하철의 심벌까지 그려놓았지만, 이곳은 런던의 비 내리는 잿빛 하늘로부터 멀리 떨어져 있다. 나는 컴컴한 계단을 따라 서둘러 내려간다.

아래쪽은 더욱 컴컴하다. 횃불처럼 생긴 등잔이 돌 벽에 줄줄이 붙어 있다. 벽이든 뭐든 간에 이 사막에서 돌을 쌓아 만들다니, 정신 나간 짓이다. 이 공간을 시원하게 유지하려면 비용이 터무니없이 많이 들 것이다. 지하 시장은 불길하고 수상쩍은 분위기를 풍기려 안간힘을 썼고, 그러한 노력은 다행히도 대부분 성공을 거두었다. 고객들의 성원이 큰 힘이 됐다. 시장의 고객은 10대 남자애들, 아니면 그들보다 나이가 더 많고 눈빛이 불안해 보이는, 습기 찬 복도를 어슬렁어슬렁 걷는 혼자 온 남자들이다. 그들의 머리 위로 걸린 간판들이 각기 다른 취향에 따라 나뉜 시장의 여러 구역을 가리킨다. 폭력, 공포증, 섹스, 죽음 따위를.

나는 죽음을 찾아 이곳에 왔다.

"또 오셨네요, 할머니." 앞쪽 카운터의 남자가 나를 맞이한다. 턱수염을 말쑥하게 다듬은 친절한 청년이다. 옷은 모조리 검은색이고 팔뚝에는 뱀처럼 구불구불한 문신이 번들거리지만, 내 눈은 못 속인다. 그 청년은 괴짜들에게 삶의 섬뜩한 면면을 팔지 않을 때면 집에서 로맨틱 코미디를 본다. 이곳은 상인들이 제각각 자기 가판대를 운영하는 전통 수크 같은 시장이 아니다. 지하 시장은 중앙에서 통제한다. 카운터를 보는 사람에게 어떤 가상 몰입 체험을 원하는지 얘기하면 그 사람이 거기에 맞는 방으로 안내해 준다. 또는, 이곳에서 고집하는 명칭인 *체험실*로 안내한다.

"아직은 할머니 아니야." 나는 카운터에 디나르 지폐를 내려놓으며 말한다. "내 아들하고 며느리한테 나를 쫓아다니느라 시간 낭비하지 말고 슬슬 손주 만들 생각이나 하라고 전해." 사실, 나는 자식들이 대를 잇든 말든 아무 관심도 없다. 내가 손주를 안아볼 때까지 살 일은 없을 테니까.

"오늘은 뭘로 하실래요?"

오는 길에 충분한 시간을 들여 생각했지만, 그래도 나는 망설인다. 지하 시장의 가상 몰입 체험실에서 나는 이름 모를 여러 사람의 임종을 체험했다. 그들을 통해 나는 물에 빠져 죽었고, 목이 졸려 죽었고, 입에 총을 쏴 죽었고, 심장 마비로 몸부림치다 죽기도 했다. 그리고 '몸부림'은 전혀 과장이 아니다. 심장 마비의 고통은 그야말로 최악 수준이었다. 나는 옷 가게에서 티셔츠를 입어보듯이 남의 죽음을 체험해 본다. 격한 죽음도 있고 평온한 죽음도 있다. 살해, 자살, 사고사도 있다. 모두 진짜 죽음을 위한 연습이다.

실내가 기우뚱하게 기울고 시야가 잠시 흐릿해진다. 어지럼증을 느끼며, 나는 항암 치료제 주사 때문에 멍이 든 양손으로 카운터를 힘껏 짚고 몸의 균형을 잡는다. 내 두개골과 뇌 사이를 파고든 암 덩어리는 불시에 존재감을 과시하기를 좋아한다. 갑작스러운 시력 장애와 고통스러운 경련, 또는 메스꺼움이 엄습한다. 나는 그 덩어리를 조그맣게 축소시키는 상상을 해보지만, 그런 일이 가능하다고 해도 이제는 소용이 없다. 피와 뼛속에까지 다 퍼졌으니까. 이제 암이 나에게 남겨준 거라고는 아이러니하게도 내 정신뿐이다. 나는 아직 내 뜻대로 결정을 내릴 만큼 정신이 맑다. 그리고 내가 결정한 것은 다름이 아니라… 내 뜻대로 죽으리라는 것이다. 내게 남은 그 마지막 힘을 암이 앗아가기 전에.

"난 추락사는 한 번도 안 해본 것 같아." 나는 평정을 회복하며 말한다. "오늘은 높은 데서 떨어져 보고 싶군."

"좋죠. 사고로요, 아니면 자살?"

차이가 있을까? 뛰는 방법은 다를지 몰라도 땅바닥이 가까워지면 겁이 나는 건 다 똑같을 텐데.

"자살로 할게. 혹시 나이든 사람 게 있으면, 그걸로 줘. 여자면 좋겠어. 나처럼." 안 해도 될 말을 덧붙였다.

싹싹한 청년은 문신이 가득한 손으로 멋진 컴퓨터를 만지며 검색에 나선다. 나는 그에게 만만찮은 과제를 냈다. 내 나잇대 사람들 중에 사적 체험의 흔적을 계속 기록하는 신경 링크를 장착한 사람은 거의 없기 때문이다. 그 체험에는 임종 순간도 포함된다. 물론 누가 죽는 순간을 기록할 의도로 만든 물건은 아니다. 사람들은 손톱 크기의 그 장치를 관자놀이에 삽입해 갖가지 용도로 쏠쏠하게 써먹는다. 눈을 한 번 깜빡거려 물건 값을 치르거나, 남들에게 신경 신호로 메시지를 보내거나, 심지어는 머릿속으로 명령을 내려 집의 실내 온도를 조절하기까지 한다. 게으르기도 하지. 젊은 사람들은 머잖아 자기들 대신 산책해 줄 기계까지 만들어 낼 것이다.

그런데 신경 링크가 인기를 끌면서 나타난 부작용 한 가지는, 그 장치의 제조사가 클라우드 통신망에 접속한 사람들의 의식에서 노다지나 다름없는 데이터를 긁어모으기 시작했다는 점이다. 그다음에 무슨 일이 벌어졌는지 상상이 가는가? 그걸로 뭘 해야 할지는 나 같은 늙은이의 눈에도 훤히 보일 만큼 분명했다. 그렇게 얻은 데이터는 모조리 새 포장을 두르고 가장 비싼 값을 치르는 입찰자에게 팔려 갔다. 기업들은 닥치는 대로 사들였고, 문자 그대로 소비자의 '머릿속'을 파고들려고 안달했다. 그런데 알고 보니 다른 시장도 있었다. 남의 경험을 빌리고 싶은 욕망에 의해 굴러가는 시장이었다. 특정한 방식의 섹스를 하면 기분이 어떤지 알고 싶은 욕망. 누굴 고문하면 기분이 어떤지… 또는, 고문을 당하면 어떤지 알고 싶은 욕망. 특정한 방식으로 죽으면 기분이 어떤지 알고 싶은 욕망.

그런 수요 때문에 바레인 지하 시장 같은 곳이 생겨났다.

"할머니가 재미있어 할 만한 게 있어요." 나를 보는 청년의 눈빛에서 경계심에 가까운 감정이 느껴진다. "베두인족 여자 건데. 자세한 사양을 알려드릴까요?"

"그냥 한번 줘봐." 내가 말한다. "아직은 수수께끼를 남이 풀어줘야 할 정도로 늙진 않았으니까." 청년은 영화관의 좌석 안내인처럼 늘 나를 감각 체험실까지 안내해 준다. 나는 붐비는 인파 속에서 툭하면 남과 부딪쳐 넘어지거니와, 솔직히 이곳 고객들 중에는 무서워 보이는 사람들도 있기 때문이다. 폭력을 찾아 이곳에 온 자들은 반드시 티가 난다. 짧은 근무 교대 시간을 이용해 역겨운 스릴을 좇는 인간들. 그런 자들은 눈이 흐릿하게 번들거린다. 마치 현실 세계는 다음번 몰입 체험 때까지 견뎌야 할 것에 지나지 않는다는 듯이.

"이 방을 쓰시면 돼요, 할머니." 청년은 그 말을 하고는 카운터 쪽을 향해 빙그르르 돌아선다. 나는 방 안으로 들어선다.

실내는 시장의 다른 곳과 마찬가지로 컴컴하고, 파란 불빛들이 그물처럼 벽을 뒤덮고 있다. 실용적인 목적이 아니라 분위기를 내려고 설치해 둔 조명 같다. 방 한복판에 푹신한 안락의자가 있고, 그 위에 있는 커다란 장치는 나중에 암 덩어리가 구석구석 박힌 내 조그만 머리 위로 내려올 것이다. 그 장치 뒤편에서 바늘 같은 것이 튀어나와 내 척수가 두개골과 만나는 지점을 찌를 것이다. 아프지만 통증은 잠시뿐, 다음 순간 나는 다른 이의 머릿속에 들어가 그 사람이 느끼는 것을 보고 듣고 느낀다. 그 모든 것을 누리는데 살짝 따끔한 통증이 대순가?

의자에 앉아 뒤로 기대는 동안 평소에 보던 녹화 화면이 천장에서 재생되며 내게 잊지 못할 경험을 선사하겠노라 약속한다. 장치가 머리 위로 내려와 주변 시야를 가리고, 흡혈귀가 목을 깨무는 익숙한 통증이 따끔하게 느껴진다.

나는 사막에 있다. 다른 곳의 사막에. 구석구석까지 콘크리트로 덮인 조그마한 섬나라 바레인과 달리, 이 사막은 맑은 하늘 아래 탁 트인 공간이고 지평선에는 산맥도 보인다. 그리고 나는 바위투성이인 산비탈의 꼬불꼬불한 길을 걸어 내려가는 중이다. 주위는 장밋빛 절벽이 둘러싸고 있고 발밑에는 진갈색 흙이 부슬부슬 부서진다. 쨍한 햇살에 얼굴이 따뜻해지고 원초적인 동물 냄새가 콧구멍을 파고든다. 나는 당나귀를 몰고 산길을 내려가는 중이다. 당나귀는 숨을 씩씩거리며 나보다 더 단단히 발을 디딘다.

나, 그러니까 이미 죽은 여성인 '나'는, 웃음소리를 듣고 고개를 돌린다. 당나귀 등에 어린애 하나가 앉아서 발을 바동거리고 있다. 들뜬 관광객이 익숙한 당나귀는 아이의 행동을 침착하게 받아들이지만, 그래도 나는 걸걸한 목소리에 외국 말을 실어 아이에게 가만히 앉아 있으라고 지시한다. 그녀 뒤로 다른 사람들이 따라온다. 아이의 부모, 아니면 다른 친지들일까. 그들은 고즈넉하고 아름다운 그곳 풍경을 휴대 전화로 촬영하느라 정신이 없다.

일행과 함께 모퉁이를 돈 후에 나는 낭떠러지 근처에서 발이 미끄러진다. 하마터면 단단한 바위투성이 절벽 아래로 곧장 떨어질 뻔했다. 아래를 보니 머나먼 낭떠러지 밑바닥이 아득하면서도 묘하게 친숙해 보인다. 바람이 잦아들고, 그 틈에 나는 숨을 고른다. 아드레날린이 거칠게 몸속으로 퍼져나가는 통에 다리가 후들거린다. 잠깐 동안 나는 또렷이 생각할 수가 없다. 이름 붙이지 못할 두려움이 나의 사고를 휘젓는다. 뒤이어 그 난장판을 뚫고 한 가지 생각이 솟구친다.

뛰어내려. 뛰어내려. 뛰어내려.

두려움은 내 안에서 독립된 존재로 변한다. 그것은 내 혀끝의 비릿한 쇠 맛이자 살갗의 축축한 땀이다. 낭떠러지의 윤곽은 나를 향해 가까이 오라고 까딱거리는 칼날처럼 더욱 또렷해지는 반면, 주위의 목소리들은 점점 아득해진다. 꼭 물속에 있는 것처럼.

나는 움직이려고 몸을 꿈지럭거린다. 이때 나는 남아 있는 살날을 끔찍한 체험으로 낭비하겠다고 결심한 바레인 출신 여자, 자라다. 내 머릿속 후미진 곳에서 나는 스스로에게 일깨워 준다. 내가 있는 곳은 낭떠러지 위가 아니라고, 지금 이건 다 오래전에 일어난 일이라고. 하지만 후끈한 사막 바람의 냄새가 다시금 오감을 파고들자 나는 더럭 겁이 난다. *뛰어내려.*

찰나의 순간이 나를 단단히 붙잡고, 나는 빛나는 결심의 가장자리에 이른 것을, 돌아갈 수 없는 지점에 도달한 것을 깨닫는다. 내 한쪽 발이 앞쪽으로 미끄러지고 다른 발이 그 발에 걸린다. 나는 낭떠러지 너머로 떨어진다.

나는 추락하고 있다. 배 속은 철렁하고 심장은 갈비뼈가 부러질 것처럼 무섭게 방망이질한다. 양손은 뭔가 잡을 것을 찾아 정신없이 휘적거리지만 잡히는 거라곤 공기뿐이라서, 이내 움직임을 멈춘다. 무서운 속도로 곤두박질치는 사이에 바람이 내 스카프를 낚아채 달아난다. 비명은 지르지 않는다. 공포를 이미 초월했으니까. 오로지 저 아래의 지면과 여기서 거기까지 펼쳐진 공간뿐이다. 지표면에 비죽 솟은 바위가 보이고, 문득 찾아온 평온함과 함께, 나는 깨닫는다. 내가 착지할 곳이 저 바위라는 것을.

뒤이어 아무것도 존재하지 않는다. 세상은 캄캄하고 아무 소리도 들리지 않는다. 고통은 없고, 또는, 아예 어떤 감각도 존재하지 않는다.

뒤이어 목소리들이 들린다.

기묘한 느낌 때문에 어둠이 살짝 열어진다. 나는 주위를 감지한다.

본다기보다, 감지한다. 바위 위에 짓뭉개진 내 몸이 널브러져 있다. 근처에는 마른 식물과 자갈길이 있다. 위쪽에서 가물거리는 비명 소리가 들려온다. 어째선지 나는 안다. 내 일행들이 이제 허겁지겁 산길을 내려오고 있는 것을. 내가 있는 곳을 향해. *조심해요.* 나는 외치고 싶다. *떨어지면 안 돼요.* 그들은 나를 도우려 한다. 내가 죽은 줄 모르는 걸까?

그런데 만약 내가 죽었다면, 나는 왜 아직 여기 있는 걸까? 나는 완전한 망각 속에 있지도 않고, 빛을 향해 나아가지도 않는다. 나는 어딘가로, 깊은 무無의 수렁 속으로 다시금 빠져드는 중이지만, 따뜻한 느낌이 나를 둘러싼다. 추운 밤의 담요처럼 나를 감싼다. 이제 나는 몸이 없다. 나는 공처럼 둥그런 빛이고, 내 뒤쪽의 더 커다란 빛을 향해 둥둥 떠간다. 나는 눈으로 보지 않고도 그 빛이 거기에 있는 것을 안다. 그 빛은 희열이자 아름다움이고, 평온이자 호의이며, 이제 남은 일은 그 빛과 합쳐지는 것뿐이다.

커다란 비명 소리가 들린다.

현실이 나를 둘러싸고 깜박거린다. 내 머리 뒤편에서 뭔가 풀어지는 느낌이 나더니, 시야에 파란 불빛이 스멀스멀 나타난다. 머리를 덮은 장치가 윙윙 소리를 내며 올라가 천장의 원래 자리로 돌아간다. 나는 눈을 깜박이며 떨리는 손으로 목을 짚는다. 그 비명 소리는 내가 낸 것이었다. 숨을 고르는 동안, 나는 눈앞에 들어 올린 내 손을 가만히 바라보다가 마침내 그것이 진짜 내 손이라고 확신한다. 몰입에서 빠져나올 때면 어지러운 느낌이 들게 마련이었지만, 방금 그건 평범한 몰입이 아니었다. 보통은 죽는 순간에 깨어나 내 몸으로, 산산이 부서져 가는 이 몸으로 되돌아왔으니까. 방금 그건 뭐였을까?

나는 살짝 후들거리는 무릎을 움직여 체험실을 나선다. 트렌치코트를 걸친 키 큰 남자가 곁에 나타나 팔을 내밀지만, 나는 그 팔을 철썩 쳐서 거절한다. 그러고는 빙그레 웃는다. 그 짧은 만남 덕분에 묘하게 안심이 됐기 때문이다. 이곳은 지하 시장, 여느 때처럼 변태와 괴짜로 가득한 그곳이다. 나는 여전히 나이고. 체험실에서 체험한 죽음은 당면한 감각들 앞에서 시나브로 옅어지지만, 그래도 돌이켜 보고 싶은 마음은 들지 않는다.

"어땠어요?" 카운터의 청년이 눈을 찡긋한다. 나는 귀에 거슬리는 '끙' 소리만 낼 뿐이다.

"아주 미쳤죠, 안 그래요?" 청년의 입이 더욱 헤벌쭉 벌어진다. "장르는 자살로 분류해 놨는데, 실은 자살이 아니에요. 어쨌거나 계획적인 자살은 아니란 말이죠. 그 여잔 페트라에 사는 관광 가이드였는데 남편도 있고 애도 다섯이나 있었어요. 손주가 얼마나 많았는지는 아무도 모를 일이고요. 그런 사람이 충동적으로 몸을 던져버린 거예요."

내 머릿속은 의문에 휩싸여 핑핑 돌아가지만, 청년의 마지막 말이 유독 마음에 걸린다.

"전에 금문교를 걸어서 지난 적이 있어. 가족 여행을 갔을 땐데." 내가 말한다. 떨리는 목소리로. "그때 다리 난간 너머의 수면으로, 아무 이유도 없이, 뛰어내리고 싶은 충동을 느꼈던 이상한 순간이 기억나. 그 순간은 그냥 지나갔는데, 그게 드문 경험이 아니라는 얘기를 들었어."

"죽음 욕동death drive이라고 하죠." 청년이 고개를 끄덕인다. 청년의 눈은 흥미로 반짝거리고, 나는 그가 왜 이토록 끔찍한 곳에서 일하는지 이제 이해가 간다. 죽음이 선사하는 짜릿함 때문이다. "프랑스 사람들은 거기에 '공허의 호출'이라는 멋진 이름을 붙였어요. 높은 곳의 가장자리에 갔다가 느닷없이 뛰어내리고 싶은 충동을 느끼는 경우는 정말로 흔해요. 꼭 자살을 꿈꾸거나 불안에 시달리는 상태가 아니더라도요. 누구에게나 일어나는 일이라고요."

"하지만 왜?" 내가 묻는다. 청년이 그런 쪽으로 공부를 했으리라는 내 추측은 옳다. 그는 발뒤꿈치를 튕겨 몸을 앞으로 기울인다. 얼굴에는 뭔가 꾸미는 듯한 웃음을 머금고서.

"과학자들은 그걸 몸의 본능적 반응에 대한 두뇌의 의식적 대응으로 파악해요. 낭떠러지 끄트머리에 가면 반사적으로 물러서게 마련이잖아요. 그런데 그때 머릿속의 의식이 끼어드는 거예요. 당신은 왜 물러섰을까요? 어쩌면 명백히 위험했기 때문이 아니라, 당신이 뛰어내리고 *싶어 했기* 때문인지도 몰라요. 이제 당신의 일부는 당신이 뛰어내리고 싶어 한다고 믿게 됐어요. 그게 뭘 의미하는지 알면서도 말이죠. 그래서 겁이 나는 거예요. 미칠 노릇이죠." 청년은 신난 기색을 감출 생각도 않고 그렇게 덧붙였다.

"하지만 대부분은 안 뛰잖아." 나는 낭떠러지 끄트머리에 서 있던 순간의 공포를 떠올리며 말했다.

"대부분은 그렇죠." 청년도 동의했다. "바로 그게 흥미로운 점이에요. 그 여자는 실제로 끝까지 밀고 나갔거든요. 그래서 할머니 마음에 들 거라고 생각했어요." 가슴을 쭉 편 청년을 보니 내 아들 피라즈가 떠오른다. 학교에서 돌아와 새로 그린 그림을 내게 보여주려고 안달하던 그 애의 모습이. 그 애가 대학에 가서 그림 그리기를 그만둔 걸 알았을 때, 나는 문득 슬펐다.

“그런데 그 여자가 추락한 후에… 그건 뭐였지?” 추락은 미리 짐작한 대로 몹시도 충격적이었지만, 지면과 충돌한 순간에 이어서 찾아온 기묘한, 감각이 고스란히 유지되는 그 평온함은 과거의 몰입에서 체험한 적이 없었고, 그래서 마음의 준비 또한 전혀 하지 못했다.

“아, 그거요. 가끔 그런 경우가 있어요. 아마 죽음 몰입 체험의 10퍼센트 정도는 그럴 거예요. 그건 일종의 ‘임사 체험’이에요. 의식이 서서히 빠져나가는 거죠. 두뇌가 마지막 신호를 발산하면서.”

“하지만 그 현상은 내가… 그 여자가 추락한 후에 일어났어.” 나는 청년에게 따졌다. “그 여잔 이미 숨이 다 끊어진 상태였을 거야. 그런데도 그런 일이 일어난단 말이야?”

“그럼요. 드물긴 하지만요.” 청년은 부드러우면서도 단호하게 말한다. 그러고는 다음 손님을 보며 빙긋 웃는다.

“페트라.” 나는 중얼거린다. “전부터 페트라에 가보고 싶었는데.” 그런데 이제는 가봤다. 어떤 의미에서는.

계단을 올라가는 사이에 피로가 밀물처럼 몸을 뒤덮는다. 내 몸 상태는 괜찮은 날도 있고 안 괜찮은 날도 있지만, 그래도 이곳에 오는 날은 상태가 가장 좋은 날이다. 바깥벽에 기대어 서 있는데 벌써부터 쓰러질 것 같은 느낌이 든다.

“자라? *자라!*”

며느리가 인파를 뚫고 나를 향해 다가온다. 계단을 통해 물러날까 하는 생각을 잠시 해보지만, 육식 동물처럼 매서운 며느리의 눈길이 내게 못 박혀 있다. 나는 그 애의 시야에 들어 있다. 며느리는 풀을 먹여 빳빳하게 다린 흰색 블라우스 안의 팔을 뻣뻣하게 휘두른다.

"걱정돼 죽는 줄 알았잖아요." 며느리인 리마가 꺼낸 말이다. 그 애는 나를 머리끝부터 발끝까지 훑어보며 내가 남모르게 말썽을 부린 흔적이 있는지 살핀다. 잠깐 동안, 나는 다시 10대 아이로 돌아간 기분이 든다. 밤에 몰래 집을 빠져나갔다가 걸린 것 같은 기분이다.

"걱정할 거 아무것도 없어." 내가 말한다.

"이번엔 어떻게 빠져나가셨어요? 저흰 보지도 못했는데…"

"내 전화기에 깔아놓은 추적 앱 말이냐?" 나는 슬며시 웃으며 묻는다. "그건 내가 삭제했다. 네가 클라우드에 설정해 둔 백업도 같이." 앞서 말했듯이, 나는 젊은이들이 생각하는 것보다 기술에 대해 더 잘 안다. 다행히도 나에게는 신경 링크가 장착돼 있지 않다. 그런 사람이나 혼자만은 아닐 것이다. 물론, 병원에서 항암 치료를 마치고 슬쩍 사라져 시장으로 향할 때마다, 나는 시간과 싸우는 셈이다. 아들과 며느리는 내가 언제 사라졌는지는 알지 못하지만, 지루한 직장에서 집에 돌아와 아무도 없는 것을 보면 내가 어디로 갔는지 금세 알아챈다.

리마의 입에서 한숨이 흘러나온다. "자라, 이 끔찍한 곳에는 그만 오세요. 정신적으로나 영적으로나 좋을 게 하나도 없어요. 지금은 암울한 생각을 할 때가 아니에요. 긍정적인 태도를 유지하면서 이겨내야죠."

리마는 처음 몇 번의 치료를 내 곁에서 지켜본 후에 의료적 동기 부여 화법의 전문가가 됐다. 좋은 뜻에서 하는 말이란 건 나도 안다. 진부한 인습대로라면 며느리를 업신여겨야 하겠지만, 사실, 나는 그 애를 존중한다. 그 애는 새로운 세대의 아랍 여성으로서 모든 분야에서 탁월한 성과를 거두리라는 기대를 받았고, 힘들게 쟁취한 권리를 누릴 자격이 충분하다는 것을 보여주리라는 기대도 받았으며, 그러한 기대에 부응했다. 그러니 그저 내가 스스로 죽음을 계획하고 자기 앞길에서 빠지도록 내버려 두기만 하면 좋을 텐데.

집으로 돌아가는 길에 리마는 내 아들 피라즈에게 전화해 나를 붙잡았다고 알린다. 큰 소리로 통화하지는 않고, 신경 링크를 통해 소리 없이 메시지를 보내며 이따금 꾸짖는 듯한 눈빛으로 내 쪽을 흘긋거린다. 둘이 어떤 대화를 주고받는지는 상상이 가고도 남는다.

또 시장에 가셨어.

아, 알라여! 그 지저분한 곳에?

내가 찾았을 땐 막 위로 올라오시던 참이었어.

괜찮으셔?

기분은 좋으신 것 같아. 어머님을 어떡하면 좋지?

리마와 피라즈는 바레인의 해안을 따라 펼쳐진 상업 지구에 있는 고층 건물에서 일한다. 그 애들이 일하는 회사는 몇 달에 한 번씩 더 큰 대기업에 합병되어 이름이 바뀐다. 그 애들에게는 나 역시도 운영해야 할 프로젝트이고, 거기에는 일정과 과제가 포함되어 있다. 마감기한은 정해지지 않았지만, 그 애들은 아마도 석 달 안에 내 장례식을 준비할 것이다. 그 애들이 나를 사랑하지 않는 것은 아니고, 이는 나 역시 마찬가지다. 걱정과 계획을 통해 사랑을 표현하도록 세상이 그 애들을 길들인 것뿐이다. 나한테는 그 둘 중 어떤 것도 필요하지 않은데.

내가 원하는 건 통제력이다. 목적이다.

리마와 내가 주방 쪽 문으로 들어서는데도 피라즈는 고개를 드는 둥 마는 둥 한다. 그 애는 밤 10시에 음식을 만드는 중이다. 퇴근 후에 저녁을 준비하느라. 리마는 식탁 의자에 쓰러지듯 앉아 하이힐을 벗어 던지고 그릇 모양의 둥그런 빵을 뜯어 먹기 시작한다.

"배는 안 고프고 그냥 피곤하구나." 나는 누구한테랄 것도 없이 말한다. "바로 들어가서 자야겠다."

"엄마, 언제까지 이러실 거예요?" 피라즈가 화를 꾹 억누른 목소리로 묻는다.

목구멍까지 올라온 말로 쏘아붙이는 것은 일도 아니다. *이제 금방 다 끝나. 내가 죽으면.* 하지만 그 애가 나를 돌아볼 때, 나는 그 애의 슬프고 언짢은 눈빛 앞에 망설이고 만다. 아들의 빨개진 두 눈에는 피로가 묵직하게 배어 있다. 내가, 그 애를 낳고 기른 여자인 내가, 이제는 그 애에게 방해거리다.

나는 순식간에 기가 꺾인다. 무릎에 힘이 빠진다.

"엄마!" 피라즈가 프라이팬을 놓고 나에게 달려온다. "난 괜찮아." 내가 말한다. 손을 흔들어 도움을 물리고서, 나는 내 방으로 향한다.

캄캄한 내 방 안에서는 시장에서 본 이미지들이 그늘 속에 어슬렁거린다. 파란 불빛들의 잔상이 벽 위를 춤추듯 돌아다닌다. 나는 침대에 쓰러지듯 누워서, 죽은 여성의 의식을 통해 느꼈던 몇 시간 전의 그 온기를 더듬더듬 다시 찾아보지만, 그저 오싹한 느낌만 든다. 그 몰입 체험에서 무슨 일이 일어났던 걸까? 청년은 나를 속이지 않았다. 나는 그 컴컴한 방에서 이때껏 수많은 죽음을 겪은 덕분에 놀라운 것을 알아보는 눈이 생겼다. 그 여자는 본능을 거스르고 낭떠러지에서 뛰어내렸지만, 그 여자가 살아서 누린 마지막 순간은 온기와 포옹으로 가득했다. 그 기운은 죽음을 맞은 이후에도 이어졌다. 그 여자의 마지막은 어째서 달랐을까?

이튿날 아침, 나는 오랫동안 목욕을 하며 피라즈와 리마가 출근 준비를 하도록 내버려 둔다. 아들과 며느리가 실내 운동 기구로 운동을 하고, 명상을 하고, 옷을 입고, 아침을 먹는 동안, 집은 그 애들이 소리 없이 내리는 지시를 묵묵히 수행한다. 아이들이 출근하고 나서 나는 버스를 타고 시내의 병원에 간다.

가짜 식물과 가짜 미소가 가득한 방 안에 앉아 있는 동안, 갖가지 화학 물질이 내 핏줄을 따뜻하게 데운다. 나는 주위에 앉은 다른 여자들과 함께 정사각형을 이루고 있고, 그 네모꼴 한복판에는 싸구려 파란색 양탄자 말고는 아무것도 없다. 간호사 한 명이 우리가 맞는 점적 주사의 주사액을 확인하고 주삿바늘이 제자리에 꽂혀 있는지 점검한다. 내 동료 암 생존자들은 점점 벗어지는 머리를 감추려고 스카프를 둘렀다. 우리는 모두 생존자다. 병원 직원들이 그렇게 부르라고 한다. 젊든, 늙었든… 암에 걸리면 누구나 노인이 돼버린다. 씩씩하게 웃어봤자 근심 때문에 팬 주름과 지친 눈이 더욱 돋보일 뿐이다.

창밖에서는 도시가 평소처럼 부산한 활기를 띠고 시끄럽게 돌아간다. 고가 선로의 열차, 어질어질할 정도로 널따란 도로의 차들, 운송용 드론, 그런 것들이 다 함께 바레인의 러시아워에 자기 자리를 차지하려고 앞서거니 뒤서거니 달려간다. 그 너머로 보이는 바다가 나를 보며 윙크하듯, 부서지는 파도 위에 햇살이 반짝인다. 쉬지 않고 움직이는 세상이, 나를 뒤에 남겨두고 나아가려 준비한다.

등골이 서늘해지면서 소름이 돋는다. 나도 뛰어내릴 수 있을까? 그 여자가 그랬던 것처럼? 어렵진 않을 것이다… 내 팔에 줄줄이 꽂힌 바늘을 뽑아버리고 방 건너편까지 달려가서, 창문을 억지로 열면. 혹시 병원에서 창문에 보안 자물쇠를 달았다면(암 치료 병동인 점을 감안하면 좋은 대책이라고 할 만하다) 유리를 깨야 할지도 모른다. 유리가 박살 나고 고층 건물 특유의 거센 바람이 사나운 소리를 내며 내 머리를 헝클어뜨릴 때, 나는 창가에서 물러설까? 아니면 뛰어내릴까?

하지만 나는 움직이지 않는다. 실크 치마 아래로 발을 엇갈리게 모으고, 마른 입술을 축인다. 아마도 나는 소란을 일으키는 게 너무나 두려운 모양이다. 아마도 뛰어내리는 타입은 아닌 모양이다. 하지만 시간이 1초 또 1초 흐를 때마다 의심이 나를 괴롭힌다. 죽음은 나를 둘러싸고 가실 줄 모르는 안개인데도, 지하 시장에 이미 여러 번 다녀왔는데도, 나는 아직 내 발로 나서서 죽음을 만나러 가지 못한다.

어쩌면 끝내지 못한 일이 있어서 아직 준비가 안 됐는지도.

그런데 그 끝내지 못한 일이란 게 뭘까? 아들은 이제 내가 없어도 되는데… 굳이 따지자면, 이제 나는 아들에게 오히려 짐인데. 바레인은 내가 상상했던 가장 기상천외한 모습보다 더 심하게 변해버렸다. 나를 남겨두고 미래로 가버렸다. 나는 살 만큼 살았다. 뭐가 남았을까?

바위를 깎아 만든 장밋빛 도시. 요르단에 있는 고대 나바테아 왕국의 유적은 반들거리는 잡지 사진과 어린 시절에 들은 이야기 속에 불멸의 모습이 되어 남아 있다. 나는 늘 그 유적이 있는 페트라에 가고 싶었지만, 그 꿈을 잊어버린 지도 오래됐다. 그런데 많고 많은 장소 가운데 하필 지하 시장이, 나에게 아직 남아 있는 할 일을 일깨워 준 것이다.

나는 눈을 감는다. 그 전날 몰입 체험에서 본 여자가 데구루루 굴러 허공으로 떨어지고, 아름다운 절벽과 맑은 하늘이 그 여자를 둘러싸고 빙글빙글 돌아간다. 그 여자가 마지막에 그토록 차분했던 이유가 그것일까? 스스로 올바른 삶을 살았고 이제 올바른 장소에서 죽는다는 것을 마음 한구석으로는 알았던 걸까?

그 깨달음이 어찌나 강력하게 덮쳐오는지, 내 안에 미심쩍은 기분이 차지할 자리는 눈곱만큼도 남아 있지 않다. 해야 할 일이 무엇인지는 알지만, 다음 한 수는 영리하게 둬야 한다. 항암 화학 요법은 거의 다 끝났다. 나는 마지막 주삿바늘을 제거하는 간호사에게 다정하게 웃어 보인다. 아래층에서 며느리를 만나기로 했어요. 나는 그렇게 간호사를 안심시킨다. 아뇨, 혼자 갈 수 있어요, 고마워요. 처음 해보는 모험도 아닌걸요. 간호사가 웃는다. 사람들은 할머니가 살짝 강단 있게 굴면 좋아한다. 일정한 나이를 넘어서면 그런 것도 다 용인되는 법이다. 오래 산 덕분에 받는 조촐한 아차상 같은 거다.

대기실에서 나는 휴대 전화를 가짜 식물 뒤에 떨어뜨린다. 피라즈와 리마는 나를 추적할 새 방법을 찾아내고 남을 만큼 똑똑한 애들이니, 그 애들이 가장 선호하는 무기를 버리는 것이다.

"또 오셨군요, 미스 만수르. 어제도 오셨던 것 같은데요." 컴퓨터 모니터로 내 기록을 조회한 남자가 눈을 반짝인다.

"그 여자가 살던 곳이 어디지?" 내가 묻는다. "어제 본 그… 베두인족 여자. 혹시 아직 살아 있는 가족이 있나?"

사실 나는 그 여자가 어디에 살았는지 알지만, 정보가 더 필요하다.

가족의 성, 아니면 주소라도.

“저도 딱 고객님께서 아시는 만큼만 알아요.” 남자가 말한다. 다른 남자, 내가 좋아하는 평소의 그 청년이 아니다. 이 남자는 키가 나무처럼 크고 체격은 훌쭉하고, 눈은 음침해 보인다. 내가 평소보다 일찍 왔으니 이른 시간에 근무하는 직원인 모양이다.

“분명히 뭔가 있을 텐데.” 내 목소리에 떨리는 기색이 더해진다. “신경 링크를 장착한 사람은 누구나 정보를 잔뜩 남기잖아.” *나하고는 다르게.* 그 말을 덧붙이지는 않는다. 내가 가고 나면, 내가 있던 자리에는 뼈만 남을 것이다.

“우린 그런 기록은 쓸 데가 없어서 보관하지도 않아요. 사람들은 물에 빠져 죽는 게 어떤 느낌인지 알고 싶어 하지, 빠져 죽은 사람의 평생이 어땠는지 알고 싶어 하진 않으니까요.”

“여기, 알고 싶어 하는 고객이 있잖아.”

“도와드릴 방법이 없네요.”

가당찮은 소리. 내가 이 남자 나이였을 땐 할머니가 나한테 뭘 물어보면 대답하려고 최선을 다했다. 그때는 극심한 사회적 격변기였지만, 그래도 우리는 노인을 공경했다.

나는 다른 각도에서 접근해 본다. “그 기록하고 같이 묶인 유료 몰입 체험이 또 있어?” 그 여자는 사람이지 기록이 아니지만, 지금 나는 그들의 언어로 이야기하는 중이다.

남자의 눈빛이 반짝이는 것을 보니 금방이라도 눈에 달러 기호가 떠오를 것만 같다. “인생의 하이라이트만 간추린 모음집이 있어요. 누구나 하나씩 갖고 있는 거죠. 가끔은 죽기 전에 마지막으로 그걸 보고 싫어 하는 사람들도 있어요."

몇 분 후, 나는 다시 몰입 체험실에 있고, 헬멧 모양 장치가 불길하게 내려와 내 머리를 뒤덮는다.

이곳 사람들이 부르는 이름은 '하이라이트 모음집'이지만, 그 파일들은 사실 데이터 청소부가 죽은 사람의 기억 전체를 살펴보고 '주마등처럼 눈앞에 지나가는 인생' 효과를 재창조하는 과정에서 만들어진 부산물이다. 좋은 순간과 나쁜 순간, 중요한 사건과 알 수 없는 이유로 뇌리에 오래 남는 사소하고 가슴 아픈 기억 같은 것들. 나는 피라즈와 함께 주방에서 빵을 굽던 어느 날 오후를 기억한다. 특별할 것이라곤 전혀 없는 날이었지만 나는 그날 부엌 카운터에 햇빛이 어떤 각도로 비쳤는지가 지금도 눈에 생생하고, 오븐에서 파이 반죽을 꺼냈을 때 나던 냄새가 지금도 코끝에 생생하다.

베두인족 여자의 하이라이트 모음집 역시 조금도 다르지 않다. 별하늘 아래서 치르는 결혼식이 있고, 장례식이 몇 건, 보고 있는 내가 다 동정심을 느끼고 움찔할 만큼 여러 차례인 출산 장면도 있다. 하지만 내 기억과 마찬가지로 싱거운 순간들도 있다. 관광객들이 아직 골짜기로 몰려들기 전인 이른 아침의 가축들 냄새. 조그만 모닥불 위에서 익어가는 고기. 오감을 넘나들며 춤추는 기억들.

나는 올 때보다 더 안절부절못하는 상태로 지하 시장을 떠난다. 그 여자의 일생에는 특출한 점이 없었다. 좋은 구석도 나쁜 구석도 전형적인 비율로 분포했다. 나는 마음 한구석에서 그 여자가 주변 환경과 신비한 관계를 맺었기를, 어쩌면 전에 머리를 다친 적이 있는데 그때 겪었던 기묘한 의식의 체험 같은 것이 그 여자의 마지막 순간을 설명해 주기를 기대했다. 정작 내가 발견한 것은 나와 별반 다르지 않은 사람이었고, 우리 둘의 차이는 재산과 출신 배경뿐이었다.

습한 공기와 빽빽한 인파를 뚫고, 바레인에 하나뿐인 기차역이 나를 부른다. 섬나라에 기차역이라니 조금 우스꽝스럽지만, 그래도 이 곳을 다니는 기차는 높다랗게 지은 철로를 통해 이 나라를 사우디아라비아 및 그보다 더 넓은 지역과 연결해 준다. 역까지 걸어가는 동안 나는 걸음을 옮길 때마다 불안감이 점점 더 커진다. 어쩌면 지금 이 행동이 나에게는 낭떠러지로 몸을 던지는 짓과 마찬가지인지도 모른다. 나는 중대한 결정을 향해 나아가는 중이고, 돌이킬 수 없는 지점에 가까워질수록 압박감은 더욱 커진다.

역의 매표소에서, 나는 헤자즈 철도를 따라 요르단의 페트라로 가는 편도 기차표를 산다. 일단 기차에 오르고 보니 의심과 두려움은 모조리 증발해 버린다. 이거야말로 내가 할 일이다. 최후의 모험, 어떤 시장도 주지 못할 답을 찾는 마지막 여행.

사막의 산들이 차창 너머에서 경주하듯 달려간다. 그 풍경은 마치 최면 같고, 오래지 않아 내 의식은 오래된 감정들을 통과하며 되직한 수프처럼 느리게 뒤섞인다. 차창 밖의 지형이 낯선 동시에 아늑하게 느껴진다. 그것은 오랜 여행 끝에 집에 돌아올 때의 기분이다. 무언가 원초적이고 까마득히 오래된 것, 냉방 장치와 붐비는 거리에 둘러싸여 살다가 잃어버린 삶의 방식으로 돌아가는 길이다. 어떻게 기묘한 느낌과 옳은 느낌이 동시에 들 수가 있을까?

헤자즈 철도는 내가 어린애였을 적에 완공됐다. 철도 자체는 제1차 세계 대전 이후에 버려진 오래된 철도를 되살려 확장한 것이다. 이 지역은 과거의 영광을 염두에 두고 영향력을 넓혀가며 재기를 노리는 중이다. 나는 비행기라면 원래부터 질색했고 호버링 셔틀은 누가 뭐라고 해도 탈 생각이 없으니, 나에게는 구식 기차야말로(비록 업그레이드된 자기 부상 열차이기는 해도) 제격이다.

기차가 북쪽으로 속력을 높이는 사이에 풍경은 조금씩 뭉툭해져서, 마치 세상이 컴퓨터 애니메이션에서 부드러운 유화로 변해가는 듯싶다. 산 능선의 예리하던 각도가 무뎌지고 지면 곳곳에 푸른 풀빛이 보인다. 표지판은 우리를 태곳적의 장소로 이끈다. 아카바. 사해. 페트라.

해가 저물고, 나는 기차 엔진이 윙윙대는 소리를 들으며 잠에 빠져든다.

이튿날 아침, 기차는 와디 무사에 멈춰 선다. 이 도시는 페트라의 보급 기지에 해당하는 곳이다. 나는 역으로 우르르 내리는 인파에 섞여 움직인다. 이곳 공기는 바레인보다 서늘하고 깨끗하다. 다급하게 나를 찾는 메시지들을 확인하려고 주머니에 손을 넣어 휴대 전화를 찾아보지만, 이미 버리고 온 기억만 떠오를 뿐이다. 피라즈와 리마는 나를 한창 찾고 있을 것이다. 지금 단계에서는 이미 경찰에 신고를 했을 것이다. 마음 한구석이 죄책감에 눌려 뻐근하지만, 그 애들은 이 일이 왜 중요한지 결코 이해하지 못할 것이다. 그리고 이제 곧, 나는 그 애들의 앞길에서 사라질 것이다.

기다랗게 늘어서서 관광객을 유혹하는 호텔들을 무시한 채, 나는 표지판을 따라 페트라 방향으로 향한다. 현지 장사꾼들은 자외선 차단 크림부터 낙타 탑승권까지 뭐든 다 판다. 내 굽은 등과 느린 걸음걸이를 본 장사꾼들은 신선한 우유 그릇을 노리는 고양이 떼처럼 나를 따라온다.

"*테타**, 이 모자 한번 써보세요!"

"숙소를 찾으시나요, 부인?"

"당나귀 타보실래요? 등 높이가 낮아서 좋아요."

못 탈 것도 없지 않은가? 이 몸으로 고대 유적에서 하이킹을 하기는 무리이니까. 열여덟 살도 안 돼 보이는 당나귀 몰이꾼은 내가 지폐를 내밀자 터지려는 웃음을 꾹 참는다.

"손님들이 보통은 뭘로 값을 치르지?" 나는 몰이꾼에게 도움을 받아 운송용 짐승의 등에 오르며 묻는다.

"신경 링크요. 저한테 일회용 송금 메시지를 보내요."

"여기 사람들 모두 신경 링크가 있는 거야?" 나는 놀라서 그렇게 묻는다. 현지인들은 대부분 지금도 베두인족의 생활 방식을 유지한다. 단출한 오두막집에서 전기도, 수도도 없이 살면서.

"예, 부인." 몰이꾼은 혀 차는 소리를 내서 당나귀를 출발시킨다. "요르단에서 맨 먼저 신경 링크를 장착한 부류에 저희도 포함돼요. 정부 프로젝트였어요. 거부한 사람도 있지만, 대부분은 동의했어요."

흥미롭다. 그러니까 이 지역의 베두인족과 현지인들은 신경 링크 기술을 앞서 채택한 사용자들이었는데, 그게 이 나라의 관광을 지원하기 위한 실험이었던 것이다. 그렇다면 내 또래인 나이 든 여자가 어째서 성인기의 삶이 대부분 기록될 만큼 오래전부터 신경 링크 임플란트를 지니고 있었는지, 또 그 기록이 이제 엿보기꾼들에게 싼 값에

---

* 아랍어로 '할머니'라는 뜻.

다운로드되는 이유는 또 뭔지 납득이 간다. 나는 가슴이 벌렁거린다. *그러니까 나 같은 사람들에게.*

내 가이드는 나와 당나귀를 이끌고 비탈길을 내려와 좁다란 골짜기로 들어선다. 관광객들은 대개 걸어 다니지만 일부는 마차나 낙타, 당나귀 따위를 타고 다닌다. 모험심이 강한 관광객 한 명은 말을 타고 우리 곁을 질주해 지나간다. 붉은 모래가 말발굽에 밟혀 흩날린다.

주위를 둘러싼 절벽과 산비탈에 숭숭 뚫린 구멍들은 암벽을 뚫어 만든 태곳적의 거주지다. 내 시선이 향한 곳을 본 가이드가 손으로 그 구멍들을 가리킨다.

"옛날에 나바테아 사람들이 살던 곳이에요." 가이드는 페트라를 고향으로 삼았던 고대인들의 얘기를 꺼낸다.

"지금도 저기에 사람이 살아?" 내가 묻는다. 호기심이 밴 가벼운 말투로.

"저기에는 안 살아요."

"그럼 이 근처의 가이드나 공예품 기술자는 다 어디서 사는데?" 나는 거기에 이렇게 덧붙인다. "가까운 곳에 사는 게 이치에 맞을 것 같은데."

"와디 무사에 사는 사람도 있지만, 대개는 페트라 근처의 다른 곳에 살아요. 우린 **수도원** 근처하고 **보물 창고** 위의 산에다 야영지를 만들었어요."

나는 고개를 끄덕이고 우리 사이의 침묵을 깨뜨리지 않은 채로 주위의 아름다운 풍경을 감상한다. 자살은 어느 곳에서나 민감한 문제이지만, 아랍권의 시골에서는 더더욱 그렇다. 절벽에서 뛰어내린 여자에 관해 무턱대고 물을 수는 없는 노릇이다. 하지만 단서를 하나씩 캐내는 동안, 나는 주위의 에너지를 내 안으로 들이마신다. 얼굴에 내리쬐는 햇볕의 온기를, 차분하게 날이 선 공기를. 우뚝 솟은 산의 그늘에 가려진 좁다란 골짜기로 내려가는 동안 점점 고조되는 짜릿한 기분을. 우리는 페트라에서 가장 유명한 건축물인 **보물 창고**에 점점 더 다가가는 중이다. 관광객들이 걸음을 서두르는 모습을 보면, 또 요즘 젊은이들 사이에서 인기인 구식 휴대형 카메라를 꺼내드는 모습을 보면 알 수 있다. 나는 지금 휴가를 즐기는 중인 것이다. 결국에는.

페트라의 상징 같은 **보물 창고**의 사진은 수없이 많이 봤지만, 나는 사진이 실물을 결코 제대로 표현하지 못하리라는 것을 알았다. 실제로 보니 내 생각이 옳았다. 우리 앞쪽, 골짜기가 만든 좁다란 틈새에 암벽을 조각해 만든 놀라운 건물이 보인다. 깊숙이 뚫린 컴컴한 입구 양편에 기둥이 서 있다. 암벽을 파 들어가서 만든 위층에는 기둥이 더 많고, 꼭대기의 지붕에는 정교한 문양이 새겨져 있다. 비록 오래되기는 했어도 화려하고 보존 상태도 훌륭하다. 주위에 가득한 관광객과 기념품 행상도 그 건물의 아름다움을 손상하지는 못한다.

가이드의 도움을 받아 당나귀에서 내린 나는 건물 안을 둘러본다. 산의 암벽을 깎아 만든 건물에서 기대할 만한 모습이다. 내부는 컴컴하고 뻥 뚫려 있고, 바깥보다 더 많은 아치와 동굴은 나바테아 사람들이 일을 하던 공간이다. 잠깐 동안 내 머릿속에 피라즈와 리마가, 그 애들의 끝날 줄 모르는 일이 떠오른다. 나는 압도된 기분으로 고개를 숙인다. 한때 이곳이 활기 넘치는 무역 거점이던 시절에는 이 건물에도 수많은 사람이 들락거렸다. 이미 오래전에 사라진 사람들이. 내 주위에서 사진을 찍고 있는 사람들도 언젠가는 모두 사라질 것이다. 우리 모두, 쉬지 않고 흐르는 인류라는 강의 물방울이 되어.

"다음은 어디로 모실까요, 부인?"

높은 곳으로 이어지는 구불구불한 길, 짐 나르는 짐승을 타고 가야 하는 길. 그런 길 끝에는 추락하기에 적당한 곳이 나온다. 또는, 뛰어내리기에 적당한 곳이.

"**수도원**에 가보고 싶어."

산길을 올라가는 동안 나는 내 가이드와 얘기를 나눈다. 그 애는 자기 이름이 라미라고 내게 가르쳐 준다. 10대 소년이 품을 만한 평범한 꿈을 그 애도 품고 있다. 축구 선수가 되는 것, 그래서 떼돈을 버는 것, 그러면서 넓은 세상을 구경하는 것. 내가 사는 곳이 어딘지 가르쳐 주자 라미는 눈이 휘둥그레져서, 고층 건물과 도시의 환한 불빛에 관해 질문을 퍼붓는다. 라미는 도시가 마치 살아 있는 유기체인 것처럼 얘기하는데, 어떤 의미에서는 그런 것도 같다. 교통, 확장, 부패라는 측면에서 보면. 도시는 그곳에 사는 사람들의 총합 이상이다. 하지만 이곳에 사는 것 또한 행운이라는 사실을 어떻게 해야 라미에게 이해시킬 수 있을까? 매일 아침 눈을 뜨면 화창한 붉은 하늘이 보이고, 한 걸음 옮길 때마다 시간 속을 걷게 되는 것 또한 행운이라는 사실을?

낭떠러지 위의 모퉁이 한 곳을 돌고 나서 나는 자그맣게 탄성을 지른다.

"여긴 정말 높구나. 당나귀를 타고 올라와서 다행이야."

내 말에 라미가 고개를 끄덕인다. "당나귀는 우리보다 발을 더 단단히 디뎌요. 어디를 밟아야 하는지도 정확히 알고요."

"여기서 떨어지는 사람도 있어?"

라미의 시선은 앞을 향해 고정돼 있지만, 내 눈은 긴장해서 꽉 다문 그 애의 턱을 놓치지 않는다. "그런 경우는 거의 없어요, 부인. 걱정 마세요."

나는 살갗에 소름이 돋는다. 라미의 목소리에 익숙한 압박감이 느껴지기 때문이다. 그것은 하고 싶은 말과 해야 하는 말이 서로 다툴 때 나는 소리다. 라미는 내가 찾는 늙은 여자를 아는 걸까? 그 여자 소문을 들었을까?

다음 질문을 궁리하는 사이에 당나귀는 또다시 절벽 위의 모퉁이를 돌고, 나는 속이 철렁하는 느낌이 든다. 우리는 그 여자가 추락한 바로 그 지점에 와 있다. 나는 산길이 휘어진 부분을 알아본다. 길가에 툭 불거진 조그마한 덤불도. 나는 절벽 아래를 내려다보려고 몸을 숙인다.

"잠깐 멈춰도 될까?"

"여긴 멈추기에 적당한 곳이 아니에요, 부인." 아이의 목소리는 단호하다. 밧줄의 매듭처럼 딱딱하다. 하지만 나는 안장에서 내려서 절벽 가장자리로 향한다.

한낮의 태양 아래 따스하게 데워진 바람이, 점점 성겨지는 내 머리카락을 헤집는다. 나는 가장자리로 더 바짝 다가선다.

"안 돼요, *사이다!*[*]"

말이 아랍어로 바뀌다니. 나 때문에 압박감을 많이 느낀 모양이다. 하지만 이제 나는 물러설 수 없다.

---

* 아랍어로 '부인'이라는 뜻.

한 걸음 더 나아가서, 아래를 본다. 속이 꽉 오그라드는 기분이다. 저기에 있다… 그 여자가 추락해서 도착한 그 바위가. 피와 살덩어리는 아마도 오래전에 깨끗이 씻겨 나갔는지 보이지 않지만, 나는 오래전의 그 광경을 기억한다. 한 여자가 죽음을 맞아 자기 주검을 남기고 떠났을 때, 나는 그 여자의 최후를 지켜본 목격자였다.

하지만 목을 더 길게 빼고 아래를 보자 내 몸은 뻣뻣해진다. 나는 바위, 한곳에 뿌리박인 바위다. 나는 뛰어내리지 않을 것이다. 그러지 못한다. 내가 아는 그 사실은 냉정하고 잔혹할 정도로 확실해서, 숨이 다 막힐 지경이다. 나는 떨어지는 게 두렵다. 1초 1초가 마치 바싹 마른 목구멍에 떨어지는 시원한 물처럼 달콤하다. 나는 이곳에 몇 시간이라도 거뜬히 서 있을 수 있고, 그래도 아무 일도 일어나지 않을 것이다.

"부탁이에요." 고막을 때리는 맥박 소리를 뚫고 목소리가 들려오고, 그쪽을 돌아보니 겁에 질린 라미의 앳된 얼굴이 눈에 들어온다. 라미가 손바닥을 위로 펴서 손을 내밀자 나는 그 손을 잡고 다시 당나귀 등에 오르고, 당나귀는 무심하고 나른한 표정으로 주둥이만 우물거린다. 우리는 아무 일도 없었던 것처럼 비탈을 계속 올라간다.

수도원은 도시의 기단부에 있는 **보물 창고**에 비할 정도는 아니지만, 그래도 인상적이다. 주위 풍경은 단순한 장식을 넘어설 만큼 아름답고, 지평선은 정오의 열기 속에 일렁거린다. 라미와 나는 그늘에 책상다리를 하고 앉아서 아까 내가 바가지를 쓰고 사둔 *마나키시**를 먹

* 향신료와 치즈, 고기 등을 올려 구운 아랍식 파이.

는다.

"치즈 맛이 꽤 괜찮구나." 나는 선선히 인정한다. "요즘은 음식을 잘 못 먹었는데, 이거라면 살이 찔 정도로 많이 먹을 수 있겠어."

라미가 빙그레 웃는다. "여기서 파는 음식은 다 한 집에서 만드는 거예요. 할머니 한 명하고 그 딸들이요. 이 지역 곳곳에다 음식을 팔아요."

나는 집안 남자들이 도우면 되지 않느냐고 말하려다 참는다. 나에게는 그럴 에너지나 의지가 없다. 절벽 아래를 지그시 내려다보는 투쟁에서 이기고 나서, 나는 기운이 다 빠져버렸다. 내가 이긴 걸까? 마음 한구석에서는 나도 내가 뛰어내리기를 바랐을까? 뛰어내리지 않은 지금, 나는 이제 뭘 해야 할지 모르겠다.

나는 머릿속에 떠오른 유일한 생각을 말로 표현한다. "여긴 아름다운 곳이구나. 여기 말고 다른 곳은 아예 가고 싶지가 않을 정도야."

라미는 그런 나를 흘끗 본다. "이곳엔 악마가 살아요. **희생 고지**라는 곳이거든요. 나바테아 사람들이 자기네가 섬기는 이교의 신들을 달래려고 동물의 목을 따던 곳이에요." 라미가 당나귀를 다독거린다. 안심이라도 시키듯이. "전쟁이 벌어져서 사람이 죽기도 했어요. 아마 부인도 느끼실 거예요. 아까 멈춰 섰던 곳 있잖아요? 제 할머니가 거기서 돌아가셨어요."

소년이 한 말이 무슨 뜻인지 알아차리느라 잠시 시간이 걸린다. 소년의 말은 걸쭉한 당밀처럼 내 귀로 흘러든다. 뒤이어 피가 싸늘하게 식는 느낌이 든다. 라미는 그 여자의 수많은 손주 가운데 한 명이다. 내가 놀랄 일은 아니지만, 그래도 아직 살아 있는 그 여자의 유족이 이토록 가까이 있다는 사실에 나는 소름이 돋고, 내 의식 속으로 충격과 수치심이 똑같은 분량으로 밀려든다. 내가 절벽 위로 몸을 숙였을 때 이 소년은 정말로 겁을 먹었던 것이다.

나는 헛기침을 하고는, 손이 떨리는 것을 감추려고 치마 양옆의 솔기를 쥔다. “할머니 성함이 어떻게 되시지?”

라미는 놀란 표정으로 눈을 깜박인다. “아이샤요.”

고풍스러운 이름이다. “가슴 아픈 일이구나, 라미.” 내가 말한다. “정말 끔찍한 사고야.”

“**수도원**에서 관광객 가족을 데리고 내려오던 길이었어요.” 라미가 말한다. 사고라는 내 추정을 바로잡지 않는 라미를 보며, 나는 그 애가 사건의 진상을 아는지 궁금해진다. “어렸을 적에 할머니는 관광객을 상대하는 일을 싫어했대요. 요리하는 거나 저녁에 가축 돌보는 건 좋아했지만요. 그랬는데 엄마한테 듣기로는, 할머니는 나이를 먹고 나서 관광객 안내하는 일을 아주 좋아했대요. 사람들 이야기를 듣는 것도, 자기 이야기를 하는 것도 좋아했다는 거예요. 살아온 이야기나 가족 이야기, 살면서 본 이런저런 것들 이야기 말이에요. 전 세계에서 온 사람들을 만난 이야기를 글로 적었으면 아마 책이 한 권 나왔겠지만, 할머니는 끝내 글을 배우지 못했어요.”

나는 그 말을 믿을 수가 없어서 입술을 꼭 다문다. 관자놀이에 신경링크를 장착한 여자가, 글을 읽을 줄 몰랐다니. 전통 때문에 문맹으로 남았을 가능성도 있지만, 아무래도 그랬을 것 같지는 않다. 베두인족은 도시 사람들보다 여러모로 진보적이니까. 어쩌면 그 여자는 글을 읽을 필요가 전혀 없었기 때문에 아예 배우지 않았는지도 모른다.

"할머니는 행복하게 사셨을 것 같은데." 나는 가까스로 그렇게 말한다.

라미는 표정이 환해지고, 검은 두 눈에 갑작스레 즐거운 빛이 반짝인다. "할머니가 얘기를 하면 모두가 깔깔 웃었어요. 제가 학교에서 배운 시가 있는데요. 거기에 남을 즐겁게 하려면 스스로에게 여분의 즐거움이 있어야 한다는 말이 나와요. 자기에게 필요한 것 이상의 즐거움이 있어야 한다는 거죠. 그러니까 저는 할머니가 마지막까지 행복했다는 걸 알아요. 그날은 뭔가 사악한 것이 할머니를 떨어지게 했을 거예요. 할머니가 좋은 사람이란 걸 감지하고서 말이에요. 그것의 정체가 뭐였든 간에, 정령이었든, 아니면 유령이었든 간에… 우리 할머니를 반드시 쓰러뜨려야 한다고 확신했을 거예요."

현대적인 기술과 정부가 운영하는 세속 교육에 노출된 채 살면서도, 이 아이는 자신만의 신비한 이야기를 생각해 내서 슬픔을 누그러뜨리고, 불합리한 것을 이해하려 한다. *나하고 다를 게 없네.* 나는 문득 깨닫는다. 나는 비밀을 찾아 이곳에 왔다. 죽음을 맞는 특별한 방법, 죽은 후에도 삶을 확보하는 방법을 찾으려고. 이곳에 깃든, 또는 이곳 사람들이 지닌 어떤 특별한 것이 나의 두려움을 없애주기를 바라며. 주술적 사고 같으니.

나는 입이 바싹 마른다. 내가 시장에서 알아낸 것을 이 아이에게 얘기해 줘야 할까? 고통스러울 테지만, 한편으로는 편해질지도 모른다. 아이의 할머니인 아이샤는 기묘한 심리적 증상 때문에 목숨을 잃었지, 악령의 꾐에 넘어간 것이 아니다. 아이샤는 잔뜩 겁에 질렸지만 추락의 끝에 찾아온 찰나의 순간에는 평온을 얻었다. 어찌된 영문인지 지면에 부딪힌 후에도 그곳을 맴돌며, 따뜻하고 포근한 빛 속으로 스며들었다. 이 아이가 그걸 알고 싶어 할까? 만약 내가 자기 할머니를 이미 알고 있었다는 걸 알면, 배신감을 느낄까? 생판 남인 사람이 지하 암시장을 통해 자기 할머니의 가장 사적인 순간을 체험한 걸 알면?

안 된다. 그 여자의 이야기가 내 입에서 나와서는 안 된다. 나는 도둑이고, 기억을 빼앗는 강도다. 스스로의 두려움에 쫓겨서 그런 짓을 한다. 이곳에는 무의미한 질문의 답을 찾으러 왔다. 아이샤가 뛰어내린 이유가 뭐가 중요하겠는가? 행복하게 살다가 자신을 사랑하는 사람들을 남기고 갔는데. 내가 사랑하는 이들은 먼 곳에 있고, 불안해 미칠 지경일 텐데도… 그런데도 나는 바위 위에 떨어져 피 떡이 된 내 모습을 그들에게 보여주려고 궁리했다. 아이샤가 죽은 후에 겪은 것으로 보이는 의식 체험은… 그게 어떻게 된 일이고 어떤 의미가 있는지 나로서는 알지 못할 것이다. 내 차례가 오기 전에는. 그리고 내 차례는 지금 이곳에서 당장 오지는 않는다. 아직은 아니다.

나는 얼굴이 화끈거리는 상태로 떨리는 숨을 들이마신다. 저 위쪽에 거대한 닻처럼 생긴 **수도원**이 어렴풋이 보인다. 수치심을 느끼는 와중에도 입꼬리가 비죽거리며 미소가 나온다. **수도원**은 숨이 막힐 것처럼 아름답다. 나는 이곳에 온 것을 후회하지 않는다. 하지만 이제는, 집으로 돌아가야 한다.

"라미, 네 신경 링크로 메시지 하나만 보내줄래?" 나는 그렇게 부탁한다. 내 목소리는 쉬었지만 단호하다.

다시 내려가는 길, 나는 비탈의 그 지점을 지날 때 눈을 감는다. 뛰어내릴까 봐 무섭지는 않지만, 그렇게 뛰어내린 후에 뒤에 남을 슬픔은 무섭다.

유적 기단부에 있는 **보물 창고**에 도착했을 때, 라미가 손가락으로 자기 관자놀이를 가리킨다.

"아드님이 이미 요르단에 와 있어요. 몇 시간 후에 여기 도착할 거예요. 뫼벤픽 호텔의 로비에서 만나자고 하네요."

내가 이마에 입을 맞추며 고맙다고 인사하자 라미는 얼굴이 빨개지지만, 손에 팁을 두둑하게 쥐어주자 배시시 웃는다.

손님들이 오가는 호텔 로비에서 나는 커피를 홀짝인다. 근처에 있는 분수에서는 물이 쉬지 않고 졸졸 흘러내리고 벽에는 아름다운 모자이크 장식이 기다랗게 이어져 있다. 내가 터키식 커피를 세 잔째 마시고 있을 때, 피라즈가 호텔 문을 벌컥 열고 들어온다.

나와 눈이 마주친 피라즈의 표정을 온갖 감정이 파도처럼 쓸고 간다. 기쁨, 안도감, 분노, 그리고 격분. 나는 일어서서 피라즈가 내 안색을 살피며 다가오는 동안 가만히 기다린다.

"앉으렴, 피라즈."

"여긴 왜 왔어요?" 피라즈가 고함을 지른다. 로비를 가로질러 울려퍼지는 그 애 목소리에 사람들이 놀라 우리 쪽을 쳐다본다. 나에게 대꾸할 틈도 주지 않고 피라즈의 말이 이어진다. "우린 엄마가 길을 잃고 낯선 거리에서 헤매는 줄 알았어요." 이제 화를 누르고 있기는 하지만 여전히 목소리가 너무 커서 불편하다. "살해당해서 하수도에 처박혔거나 열사병으로 죽은 줄 알았다고요. 엄마, 그냥 좀 살면 안 돼요? 뭘 그렇게 피해서 달아나려고 해요? 정신이 혼란스러워서 그랬어요? 종양 때문에요?"

가엾은 내 아들. 미친 엄마를 생각해서 마지막까지 타당한 이유를 찾으려고 하다니.

"종양 때문이 아니야, 피라즈." 나는 부드러운 목소리로 말한다. "혼란스러워서 그랬다고 하지도 않을 거야. 길을 잃었는지도 모르지, 어쩌면. 난 종양이 무섭단다, 피라즈. 그것 때문에 죽고 싶지는 않아. 그래서 더 나은 다른 방법을 찾아서 모든 걸 끝내려고 한 거야. 너한테는 부당한 처사겠지. 미안하다. 정말로 미안해."

피라즈는 신음 소리를 내며 폭신한 소파에 주저앉는다. 이마 양옆을 문지르며, 피라즈는 눈을 감는다. 나는 그 애가 시간을 좀 갖도록 내버려 둔다. 이제 내가 그 애한테 줄 거라곤 그것뿐이니까. 한참 후에, 한숨을 내쉬고 다시 나를 돌아본 피라즈는 표정이 아까보다 더 밝다. 내가 아프다는 걸 처음 알았을 때 지은 바로 그 표정이다. 자기 어머니가 위태로운데 스스로 할 수 있는 일이 없다는 걸 안 그때.

"내가 엄마 말을 더 잘 들었어야 하는데." 피라즈가 말한다. "엄마가 어떻게 지내는지 물어봤어야 하는데. 그냥 형식적으로… 화학 요법은 잘 되는지, 기분은 어떤지, 그런 게 아니라. 더 속 깊은 질문을 했어야 하는데. 나도 무서워서 그러질 못했어요. 엄마가 사라질 거라는 생각은 하고 싶지 않아서요."

내 눈에 눈물이 핑 돈다. "알아. 나도 너를 두고 가긴 싫어. 한동안은 내가 죽으면 네가 편해질 줄 알았어. 하지만 피라즈, 나한테 제일 중요한 건 너야. 그건 결코 변하지 않을 거야. 이 종양 덩어리가 내 뇌를 구석구석 태워버린다고 해도 말이야. 나는 마지막 숨을 내쉴 때까지 너를 사랑할 거야. 나한테 남은 마지막 몇 달은 너랑 리마랑 같이 보내고 싶구나. 너희가 받아준다면."

침묵이 이어진다. 우리는 세상이 우리를 둘러싸고 윙윙거리며 돌아가도록 내버려 둔 채, 한 시간 동안 나란히 앉아 있기만 한다. 그러다가 마침내 피라즈가 일어선다.

"내 가이드가 연락하기도 전에 어떻게 알고 요르단에 온 거니?" 나는 와디 무사의 기차역에 도착하고 나서 피라즈에게 묻는다. 우리는 그날의 마지막 기차에 함께 오른다.

피라즈는 입꼬리가 쓱 올라가 웃는 표정이 된다. 그것도 의기양양하게. "리마가 지하 시장에 가서 조사를 좀 했죠. 거기서 일하는 직원들을 죄다 들들 볶아서 엄마가 뭘 체험했는지, 뭘 물어봤는지 알아냈어요. 그러고는 십중팔구 페트라로 달아났을 거라고 추리하더군요."

"우리 며느리 참 영리하구나." 나는 씩 웃으며 말한다. "그런 아내를 얻다니, 우리 아들도 똑똑하네. 내가 가고 나면…."

"엄마!"

"내가 가고 나면." 나는 이어서 말한다. "너희 둘 다 원하는 대로 살렴. 마음에 쏙 드는 일을 찾아서 이사를 가. 여행도 하고. 메뉴판에 있는 달디 단 후식도 먹어. 소소하게 즐거운 순간들도 찾아보고. 진심으로 하는 말이야, 피라즈. 겁먹지 마. 내가 이 소동 끝에 배운 게 있다면, 때로는 냅다 뛰어내려야 하는 순간도 있다는 거야. 마지막에 우릴 기다리는 게 뭐든 간에, 그게 있는 곳은 따뜻하고 안전할 것 같아. 그리고 그다음에 아무것도 없다고 해도, 우리가 죽음을 두려워해야 할 이유는 없어."

피라즈는 괴로워서 표정이 일그러지지만, 잠시 후 그 애의 내면에서 무언가 흘러나오는 것처럼, 두 눈에 깨달음의 빛이 반짝인다. 나는 그 애에게 부축을 받아 객차 뒤쪽 자리에 앉는다.

"집에 가자꾸나."

기차가 역을 빠져나가는 동안 나는 와디 무사의 하얀 건물들을, 비뚤배뚤한 이처럼 고르지 않은 그 건물들을 마지막으로 바라본다. 도시를 지나자 페트라의 산들이 한 덩어리로 흘러가고, 군데군데 시커먼 동굴 주거지가 보인다. 황량하지만 아름다운 그 풍경을, 나는 눈을 감아 기억 속에 불도장처럼 새긴다. 나는 모든 것을 기억하고 싶다.

Jonathan Strahan

2020년을 되돌아보며

조너선 스트라한

장성주 옮김

Year In Review: 2020

1964년 북아일랜드의 벨파스트에서 태어나 오스트레일리아로 이주했다. 1990년 지인들과 함께 오스트레일리아의 SF 전문 잡지인 《에이돌론Eidolon》을 창간하고 편집을 맡았으며, 1997년 미국으로 이주해 SF 전문 잡지 《로커스Locus》의 편집자로 일했다. 지금껏 50종이 넘는 SF 단편 소설 선집과 단일 작가의 단편 소설집 20종을 편집하며 2010년 세계 환상 문학상의 잡지 및 선집 편집 부문상을 수상했고, 휴고상 후보 명단에는 15회나 이름을 올렸다. 지금은 오스트레일리아 서부에 살며 단편 소설집 및 선집 전문 프리랜서 편집자로 일하고 있다.

홈페이지 주소: jonathanstrahan.com.au

SF-Mania

Jonathan Strahan

Year in Review: 2020

〈에스에프널SFnal: 올해의 SF 걸작선〉 시리즈의 두 번째 판을 펼쳐 든 독자 여러분, 환영한다. 2년 전 이 시리즈를 출범할 당시에는 모든 것이 단조롭고 안전하고 예측하기 쉬워 보였다. 2020년 1월 중순에 이 시리즈의 첫 번째 책이 될 원고를 편집자에게 보내면서, 나는 2020년에 벌어질 일이라고 해봐야 새로 나오는 책이 화젯거리가 되고, 신인 작가들이 열광을 일으키고, SF 대회가 열리고, 여러 수상작에 찬사가 쏟아지는 정도, 즉 우리가 익히 기대하는 일들이 계절의 순환에 맞추어 거의 그대로 되풀이될 거라 여겼다. 뭐, 적어도 계절이 바뀌는 것 하나는 그대로였다. 왜냐하면 그 밖의 모든 것이 예상을 벗어났으므로.

그런데 너무 성급하게 이야기를 시작하기 전에, 혹시 당신이 〈에스에프널〉 시리즈를 생전 처음 읽는 독자인지도 모르므로, 우선은 당신이 손에 든 이 책이 어떤 책인지부터 설명해야겠다. 〈에스에프널〉은 내가 한 해 동안 출판된 SF 단편 소설 가운데 최고 수준의 작품들을 책 한 권에 모으려고 애쓴 결과물이다. 내가 지표로 삼는 과학 소설의 정의는 SF 작가 데이먼 나이트에게서 배운 것으로, 그는 다음과 같은 취지의 글을 적은 바 있다. "과학 소설이란 우리가 과학 소설이라고 말하면서 가리키는 것이다(또는 그것을 의미한다)." 나는 다른 방식의 정의도 여럿 들어봤지만, 지금 이 책이 포함된 〈에스에프널〉 시리즈에서는 앞서 소개한 정의 정도면 충분할 듯싶다. 이에 덧붙여 가드너 도즈와가 엮은 〈올해의 SF 걸작선The Year's Best Science Fiction〉 시리즈를 내가 몹시 좋아했고 거기서 영감을 얻기도 했지만, 이 책이 그 시리즈를 잇는 것은 아니라는 말 또한 확실히 해둬야겠다. 그 대신 이 책은 내가 2020년 최고의 작품으로 꼽는 SF 단편 소설들을 모은 선집으로서, 분량이 제약된 탓에 경장편 소설novella* 길이의 작품은 사실상 배제했다(이 시리즈는 도즈와의 책들보다 각 권의 분량이 짧다). 다만 이 시리즈와 도즈와의 책들 사이에는 분명히 한 가지 공통점이 존재한다. 바로 지금 SF계에 무엇이 존재하는지, 무슨 일이 일어나는지, SF계의 지난 1년이 실제로 어떠했는지 독자들에게 대략이나마 보여주고자 하는 노력의 산물이라는 점이다.

그리고 2020년은 실로 기묘한 한 해였다. 범유행성 감염병pandemic의 해, 코로나19가 모든 것을 바꿔버렸거나 바꾼 것처럼 보인 한 해였기 때문이다. 거시적 차원에서 보면 2020년은 출판계가 자못 호황을 누린 해 같지만, 지독한 실업 사태와 애석하기 그지없는 여러 서점의

* 경장편 소설로 옮긴 'novella'는 영어로 1만 5,000단어에서 4만 단어 분량의 글을 가리키는데, 200자 원고지로 약 300매에서 700매에 해당한다.

폐업 소식을 무시하기는 힘들다. 우선 미국 최대 규모의 인쇄 회사인 엘에스시 커뮤니케이션스LSC Communications가 2020년 4월에 회생 목적의 법인 파산 신청을 법원에 제출하면서 미국 내의 도서 인쇄 및 공급이 어려움을 겪었다. 택배 업체와 우체국, 항공사 등이 갑작스레 혼돈에 처하면서 출판계의 도소매 업체 및 구매자에게 책을 전달하는 데도 지장이 생겼다. 서점은 공중 보건이라는 명목하에 강제로 문을 닫아야 했고, 이 때문에 독자에게 직접 책을 팔기가 힘들어졌다. 출판사는 사무실을 폐쇄하고 직원들에게 오랜 기간 재택근무를 하라고 요구했는데 이런 기업들 중에는 아직 예전으로 돌아가지 못한 곳이 많을 뿐더러, 조만간 그렇게 될 전망 또한 전혀 보이지 않는다. 독자들 역시 강제로 집 안에 머무는 처지가 되면서 삶이 통째로 뒤집히고 말았다. 그러나 책의 *판매량*만 보면 꽤나 호황이었다. 장르 소설, 즉 SF나 판타지, 범죄, 로맨스 소설의 경우에는 기분 전환 삼아 구매하는 독자가 늘었는데, 이들이 구매한 도서 가운데 오디오 북은 판매량이 기록적으로 증가했고, 종이책 판매 부수와 전자책 판매량 또한 증가했으며, 온라인 서점의 구매 건수 역시 전에 없이 늘었다. 사실 지난 10년 정도의 추세를 돌아보면, 2020년은 출판업계가 음반업계의 뒤를 이어 어쩔 수 없이 온라인 소매업에 더 크게 의존하는 추세를 보여준 한 해로 봐도 좋을 것이다.

내가 보기에 이 같은 추세는 장차 지금보다 더 적은 출판사들이 지금보다 더 적은 판매 채널을 통해 책을 판매하는 세상이 온다는 뜻이자, 그 채널들은 몇 안 되는 온라인 소매업체에 점점 더 크게 의존할 거라는 뜻이 아닐까 의심스럽다. 여기에 수반되는 위험은 독자들에게 제공되는 책의 범위가 천편일률적이리라는 것, 서점에 진열해 놓고 직원이 직접 판매해야 하는 성질의 책은 출판이 성사되기가 전에 없이 힘들어지리라는 것, 규모와 상관없이 모든 출판업자가 평범한 도서 판매업자의 수준에서는 불가능한 특정 분야의 능력들, 예컨대 독자가 온라인으로 책을 직접 볼 수 있도록 메타 데이터를 가공하는 능력 등을 갈고닦아야 하리라는 것 등이다.

그러니 대형 출판사가 매각되고, 대형 출판 그룹 내의 임프린트가 폐업하고, 서점이 휴업하고, 프랜차이즈 서점이 규모를 줄이고, 쇼핑몰 및 중심 상점가의 목 좋은 영업 공간에서 서점들이 사라지고, 그 결과 우리 삶에서 책이라는 실체가 점점 더 보기 힘들어졌다면, 그러한 책 속에 인쇄되는 글은 과연 어떤 일을 겪었을까? 과학 소설 자체의 사정은 어땠을까? 실은, 꽤 활기찼다. 신나는 우주 활극 이야기처럼 오락성이 강한 읽을거리들도 여느 해와 다름없이 많이 출판되었지만, 최근 몇 년 동안 SF계를 장악한 주제와 경향은 수준과 규모를 가리지 않고 전반적으로 이어졌다.

그렇다면 2020년에 우리는 무엇에 관심을 가졌을까? 우선 기후 위기, 인종 차별, 성별 불평등, 소득 격차, 사생활 보호 등이 큰 주제였던 것으로 보이며, 한 해 동안 내내 이러한 주제들을 망라한 획기적인 책들이 연이어 등장했다. 2020년에 가장 크게 화제가 된 책들이 이를 반영하는데 그런 책은 한두 종이 아니다. 1월에 출간되어 그 시작을 알린 토치 오네부치의 놀라운 경장편 소설 『폭동의 아기Riot Baby』(토르닷컴 펴냄)는 인종 차별이 미국에 미친 영향, 특히 미국의 교정 제도에 미친 영향을 신랄하게 보여준다. 등장인물 엘라는 초능력을 지닌 흑인 여성이다. 작가인 오녜부치의 표현에 따르면, 엘라에게는 '뭔가' 있다. 엘라의 오빠 케브는 사실상 미국에서 흑인으로 산다는 죄 때문에 교도소에 수감된 처지인데, 엘라는 '뭔가' 덕분에 케브를 만나는 일이 가능하다. 또한 이 힘 덕분에 현실을 바꾸는 일도 가능해지지만, 그러려면 십중팔구 끔찍한 대가를 치러야 한다. 분노가 몰아치는 이 책에서 주목할 만한 점은 이야기가 너무도 부드럽고 사랑스럽다는 사실이다. 이 책은 정의를 소리 높여 외치는 데 그치지 않고 불의에 의해 망가진 사람들을 사려 깊은 눈길로 돌아본다. 이 책과 더불어 마치 2020년의 시작과 끝을 장식하듯이 그해 12월에 출간된 경장편 소설이 또 한 편 있으니, 바로 놀랍기로 치면 결코 뒤지지 않을 P. 젤리 클라크의 『윤무가Ring Shout』다. 이 능청맞고 어둡고 우스꽝스러운 책은 주술과 흑마법, D. W. 그리피스의 영화 〈국가의 탄생〉, 백인 우월주의 비밀 결사 큐클럭스클랜Ku Klux Klan 같은 요소들을 이용해 평범한 이들이 괴물 같은 짓을 저지르는 까닭이 무엇인지, 또 이러한 행위가 미국의 인종 차별 문제에 어떤 영향을 미쳤는지를 탐구한다. N. K. 제미신의 어번 판타지 소설 『우리는 도시가 된다The City We Became』(한국어판 황금가지 펴냄) 또한 2020년 한 해 동안 커다란 관심을 받았다. 『우리는 도시가 된다』는 판타지 소설이다 보니 내가 이 책에서 다루는 영역에는 거의 해당하지 않지만, 책 자체에 쏟아진 관심의 양만으로도 언급할 가치는 충분하다. 소설의 앞쪽 3분의 2는 작가 제미신이 뉴욕을 구성하는 다섯 개 자치구의 혼을 제각각 개성 있는 등장인물 다섯 명으로 구현해 펼쳐 보이는 환상적인 내용이지만, 나로서는 이야기가 결말에 이르는 방식이 앞쪽보다 덜 흥미로웠던 것 같다. 그럼에도 책 자체는

'2020년 올해의 책' 가운데 한 권이라는 극찬을 받았다.

전반적으로 SF계가 흥미로웠던 2020년, 내가 생각하는 '본격 SF'에 가장 가까운 책 세 종이 모두의 머릿속을 가득 채웠다. 2020년 초에 윌리엄 깁슨이 발표한 『에이전시Agency』(버클리 펴냄)는 그가 2014년에 발표한 장편 소설 『주변 장치The Peripheral』의 줄거리를 이어받은 작품으로, 주인공 베리티는 신형 인공 지능 프로그램의 시험 작동을 담당하는 '앱 조련사'다. 『에이전시』의 결말에는 사생활 보호, 불법 감청, 첨단 기술이 우리 삶에 영향을 미치는 방식 등에 대한 날카로운 통찰이 담겨 있다. 하지만 정작 2020년에 가장 돋보인 SF 장편 소설은 킴 스탠리 로빈슨의 손에서 태어났다. 로빈슨의 스무 번째 장편 소설 『미래 보장부The Ministry for the Future』(오빗 펴냄)는 작가 본인에게 금자탑 같은 작품으로, 엄정하고 실용적이면서도 철저히 낙관적인 관점에서 기후 위기를 조망하는 데 성공한 책이다. 책의 도입부는 로빈슨의 기나긴 작품 목록에서도 가장 섬뜩하지만, 결말에 이를 즈음이면 독자들의 마음속에는 희망이 깃들 자리가 생겨난다. 이는 실로 놀라운 일이다. 2020년에 주목받은 또 하나의 SF 장편 소설은 마샤 웰스의 〈머더봇 다이어리〉 연작(한국어판 알마 펴냄) 가운데 최초의 장편 분량 소설인 『네트워크 효과Network Effect』(토르닷컴 펴냄)로서, 엄청나게 유쾌하고 신랄한 이 책은 어쩌면 2021년에 휴고상을 받을지도 모르겠다.*

앞서 SF보다 판타지 쪽에 더 가까운 책을 한두 종 살펴본 까닭은

* 마샤 웰스의 『네트워크 효과』는 2021년 휴고상 최우수 장편 소설상을 수상했다.

이들이 2020년에 크게 관심을 받은 책들이기 때문이고, 지금은 SF와 판타지가 예전만큼 분리된 장르가 아니기 때문이며, 장르 소설계를 장악한 최신 유행이 그 책들에 잘 드러나기 때문이기도 하다. 이러한 범주에 속하는 또 하나의 책이 바로 앨릭스 E. 해로의 두 번째 장편 소설이자 여성 참정권 운동에 뛰어든 마녀들의 공감과 분노와 흡인력이 넘치는 이야기, 바로 『영원의 마녀들The Once and Future Witches』(레드후크 펴냄)이다. 대체 역사 속의 세일럼*에 흑마법을 되살리려 하는 세 자매의 이야기를 담은 이 책은 흡인력이 엄청난 소설로서, 내가 개인적으로 2020년에 가장 즐겁게 읽은 책이기도 하다.

자, 지금까지 살펴본 책들이 2020년에 화제를 모은 장편 소설이었다면(2020년은 장편 소설의 풍년이었으므로 더 많이 소개할 수도 있었지만), 책을 실제로 펴내는 현장에서는 어떤 일들이 벌어졌을까? 출판계의 자세한 사정은 과연 어떠했을까?

지난해에 『에스에프널 2021』에서도 언급했다시피 나는 전문 출판 평론가가 아니기 때문에, 기껏해야 2020년의 미국 출판업계 사정 가운데 일부만을 대략적으로 보여주는 것이 고작이다. 2020년에는 정말로 많은 일이 일어났고, 그렇다 보니 솔직히 그 일들이 앞으로 몇 년 동안 SF 출판에, 또는 출판업계 전반에 어떤 영향을 미칠지 예측하기는 아직 너무 이르다. 즉, 그저 앞으로는 사정이 전과 같지 않을 거라는 얘기밖에는 할 말이 없다는 뜻이다. 실력 있는 편집자 여럿이 직장

* 미국 매사추세츠주의 세일럼은 17세기 말 마녀사냥 및 마녀재판이 기승을 부린 곳이다.

을 잃었고 많은 임프린트가 문을 닫았으며, 통째로 매각되거나 매물로 나온 출판사들도 있다.

미국 출판계에 뜻밖의 해였던 2020년에 가장 뜻밖이었던 사건은 종이책의 전체 판매액이 증가한 일이다. 그해 3월 들어 '긴급 이동 중지 명령'이 발동되며 온 미국이 서서히 멈춰가던 무렵에는 많은 이들이 장차 도서 판매량이 곤두박질치리라 예상했지만, 출판업계의 유력한 정보지인 《퍼블리셔스 위클리Publisher's Weekly》에 따르면 2020년 미국 내 종이책 판매액은 전년도인 2019년보다 7.8퍼센트 늘었으며, 오디오 북 판매가 크게 증가한 가운데 전자책 판매 또한 꾸준한 기세를 유지했다. 이 같은 증가분의 일부는 부모가 강제로 재택 학습을 해야 하는 자녀에게 논픽션 도서를 사주었기 때문에 발생했겠지만, 그 밖의 다른 요인도 많이 있다. 2020년의 주요 시사 문제를 다룬 책들은 주제가 코로나19든 '흑인의 생명도 소중하다Black Lives Matter' 운동이든 아니면 다른 문제든 모두 잘 팔렸다. 장르 소설 또한 잘 팔리기는 마찬가지여서, 몇몇 책은 주요 베스트셀러 목록의 수위에 오르기도 했다. 심지어는 서점들조차 코로나19라는 시련을 생각보다 더 잘 견뎌냈는데, 여기에는 독립 서점들이 인터넷에서 더 실속 있게 경쟁하도록 돕는 '북스토어닷오알지bookstor.org' 같은 운동 단체 또한 한몫을 했다.

2020년 미국 출판업계의 가장 큰 변화는 경영 부문의 최고위층에서 일어났으며, 이러한 변화는 장차 SF계에만 영향을 미치지는 않을 것이다. 맥밀런 출판 그룹의 경우 최고 경영자 존 사전트가 그해 9월 "맥밀런의 출판 지향에 관한 이견"을 사유로 회사를 떠났다. 그 후폭

풍은 아직 한눈에 보일 정도는 아니지만 장차 큰 영향을 미칠지도 모른다. 사이먼앤드슈스터 출판 그룹에서는 2008년부터 그룹을 이끌었던 최고 경영자 캐럴린 라이디가 안타깝게도 2020년 초에 심장 마비로 세상을 떴고, 조너선 카프가 대표 이사 겸 최고 경영자로 지명되었다. 사이먼앤드슈스터는 같은 해 11월 펭귄랜덤하우스 출판 그룹이 거대 미디어 그룹인 비아콤 CBS로부터 21억 7,500만 달러에 인수하겠다고 발표하면서 그해 미국 출판계의 가장 떠들썩한 뉴스에 다시금 등장했다. 《뉴욕 타임스》에 따르면 그 결과로 생겨날 출판 기업은 역사상 최초의 '초거대 출판사megapublisher'라고 한다. 이 계획은 그해 초 펭귄랜덤하우스의 모회사인 베르텔스만이 피어슨 출판 그룹으로부터 펭귄랜덤하우스의 지분 25퍼센트를 인수해 소유권을 완전히 장악한 일에 뒤이어 발표되었다. 이 인수 합병 건은 2021년 하반기가 되어야 비로소 마무리될 것으로 보인다.*

또 다른 대형 출판 그룹인 호튼 미플린 하코트HMH에도 변화가 일어났다. 2020년 10월, HMH는 2016년에 출범한 SF 판타지 전문 임프린트인 존 조지프 애덤스 북스의 폐업을 발표했다. 편집장인 애덤스는 HMH에서 일하는 동안 몇 가지 흥미로운 결과물을 내놓았기 때문에 이는 비보라고 할 만하다. 이 소식에 뒤이어 HMH의 직원 가운데 5퍼센트(166명)가 장려금 지급 조건의 희망퇴직 프로그램에 자원했다는 소식이 전해졌다. 같은 해 8월에는 디시DC 코믹스가 대규모 정리 해고를 발표했는데 이는 모기업인 워너미디어가 에이티앤티

* 이 인수 합병 건은 미 법무부가 두 회사의 모기업을 상대로 반독점 소송을 제기하면서 2022년 4월 현재까지 완료되지 않은 상태로 남아 있다.

AT&T에 인수된 후에 이뤄진 구조 조정의 결과로서, 워너미디어에서는 약 600명이 일자리를 잃었고 디시 코믹스의 다른 부문에서도 상당히 많은 일자리가 사라졌다.

2019년이 저물 무렵 우리 곁에 있었던 많은 SF 전문 임프린트와 편집 인력이 1년이 지난 현재 시점에도 여전히 자리를 지키고 있기는 하지만, 바뀐 구석이 아예 없는 것은 아니다. 2020년 2월에는 영국 오라이언 출판 그룹 산하 SF 판타지 전문 임프린트인 골란츠 출판사의 발행인이었던 앤 클라크가 회사를 떠나면서 마커스 깁스가 출판 본부장으로 승진했고, 같은 해 하반기에는 토르북스 및 톰 도허티 어소시에이츠 출판 그룹에서 36년 동안 일한 선임 편집인 베스 미첨이 토르북스에서 일어난 전면적 구조 조정의 여파로 2020년 말에 퇴직한다는 소식이 알려졌다. 이 출판 그룹에서는 장르 전문 임프린트 몇 곳이 새로 출범하는 등 임프린트 수준의 변화 또한 일어났다. 영국의 장르 소설 전문 출판사인 헤드오브제우스는 새 임프린트인 아드아스트라를 출범하며 "기발한 설정으로 독자를 매료시키는 세계 최고의 SF 판타지"만을 선보이겠다고 발표했다. 골드스미스 프레스 출판사는 새 임프린트인 골드 SF를 통해 "교차성 페미니즘 SF"를 펴낼 것이며, 작가이자 문학 연구자인 우나 매코맥이 대표 편집 위원이 될 것이라고 발표했다. 랜덤하우스 출판 그룹의 어린이 책 부문인 랜덤하우스 칠드런스북스가 설립한 새 임프린트 라비린스로드는 8세에서 12세 사이 연령대(이른바 미들 그레이드)와 12세에서 18세 사이 연령대(영 어덜트)를 대상으로 현대 배경 판타지 및 사실주의 순문학 소설을 주로 출간한다. 영국의 장르 소설 전문 출판사인 PS 퍼블리싱은 새 임프린트

압생트북스를 설립했는데 메리 오리건이 편집 이사를 맡아 새로 합류한 작가들의 작품을 펴내는 데 집중할 예정이다. 아셰트 북 그룹이 설립하겠다고 발표한 새 임프린트 레거시릿은 "유색 인종 작가가 같은 독자들을 대상으로 쓴 작품을 전문적으로" 펴내는 것이 목표라고 한다. 와히다 클라크 프레젠츠 퍼블리싱WCP 출판사* 또한 새 임프린트 '사이파이 판타지 포 더 컬처'를 출범했다. 하퍼콜린스 출판 그룹의 어린이 책 부문인 하퍼 칠드런스북스 역시 앞으로 산하 임프린트인 하퍼 출판사에 변화가 일어날 거라 예고했는데 출판 본부장 겸 부사장인 리치 토머스가 총괄 지휘를 맡고, 8세에서 12세 및 10대 독자 대상 도서와 영상물 소설화 작품 등은 에리카 서스먼이, 그림책 부문은 낸시 인텔리가 이끌 예정이다.

코로나19 대유행은 출판 산업의 기준을 뒤엎었고, 판매 및 유통을 뒤흔들었고, 궁극적으로는 작가가 쓰고 독자가 읽는 것의 내용 자체에까지 영향을 미쳤다. 그것은 더 나아가 우리가 서로 소통하는 방식마저도 바꾸어 놓았다. 대면 참가형 행사는 궤멸적인 영향을 받았다. 런던 국제 도서전이든 록 밴드 키스의 고별 기념 순회공연이든, 거의 모든 행사가 연기되거나 취소됐다. 그러나 시간이 흐르면서 행사 주최자들은 최선을 다해 신속하고 실용적으로 현실에 적응했고, 이로써 몇몇 행사는 취소된 반면 일정이 조정되거나 온라인으로 열린 행사도 있었다. SF 판타지계의 주요 행사 가운데 온라인으로 자리를 옮

---

* 교도소에서 복역하는 동안 소설을 발표해 베스트셀러 작가가 된 아프리카계 미국인 작가 와히다 클라크가 설립한 출판사다. 발행인인 클라크가 명명한 '악당 로맨스 소설Thug Love fiction' 계열의 작품들을 주로 펴낸다.

겨 성공리에 치른 첫 번째 사례는 2020년 5월 28일부터 31일까지 열린 네뷸러 대회Nebula Conference로서, 능숙한 진행과 포용적인 연사 선정 방식 등의 이유로 널리 찬사를 받았다. 사실 2020년에 치러진 온라인 행사의 가장 큰 장점은 갖가지 이유로 행사에 직접 참가하지 못하던 세계 곳곳의 사람들을 이전에는 거의 불가능했던 방식으로 참가하게끔 했다는 것이다. 2020년 6월 26일부터 28일까지 열린 로커스상 시상식 행사 또한 성공적으로 치러졌다. 당연한 이야기지만, 큰 행사일수록 더 큰 도전에 직면했다. 콘질랜드CoNZealand라는 별명이 붙은 제78회 세계 SF 대회는 2020년 7월 29일부터 8월 2일까지 뉴질랜드의 웰링턴에서 열릴 예정이었지만, 현실에서 열리지는 않고 그 대신 사상 최초의 '가상 공간' 세계 SF대회가 되었다. 이 대회의 자원봉사자들은 행사가 차질 없이 진행되도록 최선을 다했지만, 세계 각지의 수많은 사람이 참가하다 보니 문제가 생기는 것을 피하지는 못했다. 무엇보다 실망스러웠던 점은 대회 마지막의 휴고상 시상식에서 접속 문제를 비롯한 몇 가지 문제*가 발생해 크게 비판받았다는 사실이다. 그럼에도 긍정적인 면을 보자면 전 세계 SF 팬들이 참여했다는 점, 공식 행사가 중계되지 않는 동안에도 여러 팬 모임이 자발적으로 조직한 비공식 행사인 콘질랜드 프린지CoNZealand Fringe는 훌륭하게 진행되었다는 점 등을 꼽을 수 있겠다. 2020년 10월 29일부터 11월 1일까지 미국 유타주의 솔트레이크시티에서 열릴 예정이었지만 온라인 개

* 시상식 진행을 맡은 작가 조지 R. R. 마틴이 비판을 받았다. 최근 SF계의 동향과 무관한 과거 이야기로 장황한 연설을 이어가는 바람에 시상식이 무려 세 시간을 훌쩍 넘겨 끝난 점, (후보들이 자기 이름을 어떻게 발음하는지 직접 녹음해 주최 측에 미리 전달했는데도) 최종 후보 여럿의 이름을 틀리게 발음한 일 등이 큰 문제가 되었다.

최로 변경된 세계 판타지 대회World Fantasy Convention 또한 몇몇 문제*를 겪었다. 아무쪼록 이 같은 문제들이 몇 년 안에 해결되기를 바라는 바다. 업계 전문지인 《로커스》의 보도에 따르면 2020년에 열릴 예정이었다가 취소되거나 연기되거나 온라인으로 치러진 행사는 다음과 같다. 워싱턴주 시애틀에서 열리는 에메랄드 시티 코믹콘ECCC, 제41회 환상 예술 국제회의International Conference on the Fantastic in the Art, 스펙트럼상 시상식, 테네시주 멤피스에서 열리는 연례 SF 대회인 미드사우스콘MidSouthCon의 제38회 대회, 텍사스주 도서관 협회 연례 회의, 호러 전문가들이 패널 토론을 벌일 예정이었던 아우터 다크 심포지엄, 볼로냐 국제 어린이 도서전, 잭 윌리엄슨 기념 연례 강연회, 워싱턴주 시택에서 열릴 예정이던 제43회 노웨스콘Norwescon, 미네소타주 미니애폴리스의 제55회 미니콘Minicon, 제36회 L. 론 허버드 기념 미래 작가 및 일러스트레이터 워크숍과 시상식 관련 행사, 네브래스카주 링컨의 제11회 콘스텔레이션ConStellation, 오스트레일리아 웨스턴오스트레일리아주의 제45회 스완콘Swancon, 버지니아주 리치먼드의 제15회 레이븐콘Ravencon, 에드거상 시상식 축하연 및 심포지엄, 맬리스 도메스틱 범죄 소설 대회, 샌프란시스코의 베이 에어리어 북 페스티벌, 크리에이티브 잉크 페스티벌, 영국 도서상 시상식, 릿페스트 패서디나, 샌프란시스코 베이 에어리어의 베이콘BayCon 2020, 메릴랜드주 볼티모어의 제54회 볼티콘Balticon, 페미니즘 SF 판타지를 전문적으로 다

* 패널 토론 및 각종 프로그램의 설명 문구가 인종과 성 정체성 등을 고려하지 않은 채 백인 이성애자 중심 관점에서 작성되었다는 비판이 쏟아졌다. 이에 작가 제프 밴더미어와 편집자 조너선 스트라한을 비롯한 여러 토론자가 불참을 선언했고, 대회 운영 위원회가 공식 사과 성명을 발표했다.

루는 위스콘Wiscon의 제44회 대회, 뉴욕에서 열리는 북 엑스포 아메리카, 미국 SF 판타지 작가 협회SFWA가 주관하는 네뷸러 대회, 제32회 람다 문학상 연례 시상식, 클라리온 워크숍 및 클라리온 웨스트 워크숍, 미국 도서관 협회ALA 연례 회의 및 전시회, 로커스상 시상식, 워싱턴주 시애틀의 제73회 웨스터콘Westercon, 2020년도 동북부 SF 판타지 포크송 대회NEFilk, 매사추세츠주 보스턴의 제31회 리더콘Readercon, 샌디에이고 국제 코믹콘, 콘질랜드(제78회 세계 SF 대회), 미국 로맨스 소설 작가 협회 연례 회의, 론치패드 천문학 워크숍, 펜실베이니아주 피츠버그의 도서 축제인 펄프페스트Pulpfest 2020, 뛰어난 호러 장르 창작물이 대상인 브램 스토커상 시상식을 겸한 영국 스토커콘* 2020, 텍사스주 오스틴의 제42회 아르마딜로콘ArmadilloCon, 오하이오주 콜럼버스에서 개최할 예정이었던 2020년도 북아메리카 SF 대회NASFiC, 뉴멕시코주 앨버커키의 뷰보니콘Bubonicon 2020, 조지아주 애틀랜타의 드래곤콘DragonCon 2020, 뉴욕주 올버니의 앨버콘Albacon 2020, 영국 판타지 협회가 여는 판타지콘FantasyCon 2020, 콜로라도주 덴버의 마일하이콘MileHiCon 2020, 스웨덴 스톡홀름의 판타스티카Fantastika 2020, 세계 판타지 대회, 제10회 뉴올리언스 SF 판타지 문학 축제CONtraflow, 히스파콘Hispacón, 미국 오리건주의 제42회 오리콘OryCon, 펜실베이니아주 필라델피아의 필콘Philcon 2020.

나는, 2020년에 고난을 겪었고 2021년에도 마찬가지였던 모든 행사의 주최자 및 참가자에게 연민을 느끼지만, 한편으로는 미래에 대

* 2020년 7월부로 칠러콘으로 이름이 바뀌었다.

해 낙관적이기도 하다. 행사 방식은 현실에 맞춰 변화했고, 전에는 온갖 사유로 행사에 참가하기 어려웠던 세계 곳곳의 사람들이 새로 열린 소통 경로 덕분에 이제는 참가할 수 있게 되었다. 이는 분명 좋은 일이다. 그렇다고 해서 그 일이 쉽게 끝났다는 뜻은 아니며, 어쩌면 이것이야말로 2020년의 진정한 테마일 것이다.

해마다 얼마나 많은 SF 단편 소설이 발행되는지 정확히 알려주는 정보는 존재하지 않는다. 인터넷 사변 소설 데이터베이스(웹사이트: www.isfdb.org)는 2020년 한 해 동안 영어로 발행된 SF 단편 소설을 5,594편으로 집계하는데, 이는 SF 전문 잡지인 《로커스》(웹사이트: www.locusmag.com)가 추정한 3,000편보다 더 많다. 여러 작가가 참여한 선집, 한 작가의 작품을 모은 단편 소설집, 종이 및 디지털 잡지, 페이트리언Patreon을 비롯한 크라우드 펀딩 플랫폼의 후원 프로젝트, 정기 소식지, 연구 기관의 프로젝트, 온라인으로 판매하는 개인 창작물, 그 외에도 온갖 형태로 발행되는 SF 단편 소설들을 감안하면, 앞서 언급한 두 추정치는 모두 적게 잡은 것으로 보인다. 내가 개인적으로 느끼기에 2020년에 발행된 SF 단편 소설의 전체 편 수는 최근 몇 해의 연간 집계치와 거의 비슷하지만, 내 말이 틀릴 가능성도 있다는 것을 감안해서 받아들이기 바란다. 최근 들어 SFWA는 어떤 장르든 사변 소설을 전문적으로 발행하는 단편 소설 구매처가 2019년에 비해 두 곳이 늘어난 42곳이라고 공인한 반면, 《로커스》는 70곳으로 파악했다. 인터넷 사변 소설 데이터베이스는 장르를 막론하고 2020년 한 해 동안 발행된 단편 소설 잡지의 종수를 741종으로 집계했는데, 이는 미국 이외 지역에서 발행된 잡지 또는 영어 이외의 언어로 발행된 잡지를 거의 모두 제외한 수치다. 여기에 관해서는 해마다 세계 각지에서 발행되는 단편 소설이 셀 수조차 없이 많다고만 말해둬도 충분할 듯싶다.

다른 모든 분야가 그러했듯이, 2020년은 미국 잡지 시장에도 힘들고 험난한 한 해였다. 긍정적인 조짐도 얼마간 보이는 한편으로 내가 몇 년 전부터 감지한 문제점들(인쇄 및 유통, 판매 장소의 접근성, 광고 수입 등등)은 2021년에도 여전히 존재했고, 아마도 향후 몇 년 동안 적잖은 파장을 미칠 것으로 보인다. 2020년에 공표된 편집 부문의 변화 또한 의심할 바 없이 앞으로 한동안 단편 소설 시장에 영향을 끼칠 것이다. 그러한 변화는 2020년 초에 SF 전문 편집자 레즐리 로빈이 전해에 사망한 마이크 레스닉의 뒤를 이어 《갤럭시스 에지Galaxy's Edge》의 편집장으로 취임하면서 시작되었다. 뒤이어 3월에는 다크 판타지 및 호러 전문 잡지인 《더 다크The Dark》의 마이클 켈리와 실비아 모레노 가르시아가 각각 작품 재수록 담당 편집자와 공동 편집인 자리에서 물러났는데, 발행인이자 편집인인 숀 월리스는 "새 공동 편집인을 당장 구할 계획은 없는 채로" 잡지 편집을 계속하겠다고 밝혔다. 호러계 소식을 하나 더 꼽자면 존 조지프 애덤스 역시 호러 전문 잡지 《나이트메어Nightmare》의 편집인 자리에서 물러났고, 2021년 1월부터 작가 겸 편집자인 웬디 N. 와그너가 그 후임이 되었다. 애덤스는 《라이트스피드 매거진Lightspeed Magazine》(이하 《라이트스피드》)의 편집인 및 《라이트스피드》와 《나이트메어》, 《판타지 매거진Fantasy Magazine》의 발행인 직함은 그대로 유지하고 있다(직함은 조만간 더 추가될지도 모르겠다). 캐나다의 사변 소설 잡지《오거Augur》는 편집장 알렉스 드퐁파가 2020년 연말에 자리에서 물러날 것이며, 후임으로는 당시 시 부문 편집자였던 터리즈 메이슨 피에르와 편집 이사 로런스 스투언이 공동 편집장을 맡는다고 발표했다. 그런데 SF 편집 분야의 가장 큰 변화는 정작 그해 연말에 일어났다.《매거진 오브 판타지 앤드 사이언스 픽션The Magazine of Fantasy&Science Fiction》(이하《판타지 앤드 사이언스 픽션》)의 발행인인 고든 밴겔더가 이 잡지의 열 번째 편집장으로 시리 르네 토머스가 취임한다고 발표했던 것이다. 토머스는 이 잡지의 71년 역사상 최초의 유색 인종 편집장이자 두 번째 여성 편집장이다. 전임자인 C. C. 핀레이는 6년 동안 편집장 업무를 수행한 이후 자기 글을 쓰는 데 더 시간을 쏟고자 자리에서 물러났다. 토머스가 편집장으로 선보인 첫 번째 잡지는 2021년 3·4월호였다. 한편 파이어사이드 출판사는《파이어사이드 매거진Fireside Magazine》의 편집인이었던 파블로 디펜디니가 적잖은 논쟁 끝에 잡지 및 단행본 편집 업무에서 손을 뗄 것이며, 당분간 브라이언 J. 화이트가 임시 편집장을 맡는다고 발표했다. 디펜디니는 경영 인력으로서 회사에 여전히 남아 있다. 2020년 12월에는 잡지《어메이징 스토리스Amazing Stories》가 편집장 아이라 네이먼이 사퇴할 것이며 신임 편집장이 그의 자리를 메꿀 예정이라고 발표했다. 그리고 마지막으로 2021년 초, PS 퍼블리싱이 영국의 유서 깊은 SF 전문지《인터존Interzone》을 인수해 발행할 것이며 기존 편집장 앤디 콕스의 뒤를 이어 이언 웨이츠가 편집장이 될 것이라고 발표했다. 이 잡지는 1982년에 창간되었으나 편집장은 웨이츠가 고작 세 번째다.

이러한 편집 부문의 변화가 어떤 충격을 던지는지는 2021년을 넘어 시간이 한참 흐른 후에야 비로소 알게 되겠지만, 한편으로는 몇몇 잡지가 창간하거나 재간된다는 좋은 소식도 가끔 들려왔다. 작가이자 편집자인 제이슨 사이즈모어는 SF 잡지 《에이펙스Apex》를 2021년 1월부로 재창간할 것이며 새 잡지의 발행 형태는 연간 총 6호가 목표인 격월간지라고 발표했다. 이는 사이즈모어가 건강 문제 때문에 《에이펙스》를 한동안 발행하지 못하다가 내린 결정이다. 라틴아메리카계 미국 작가인 코럴 알레한드라 무어와 파라과이 작가 엘리아나 곤잘레스 우가르테는 "2개 언어를 사용하는 사변 소설 잡지"를 기치로 《콘스텔라시온 매거진Constelación Magazine》을 창간해 둘이서 함께 편집을 맡고 있다. 무척 바쁜 한 해를 보낸 존 조지프 애덤스는 2020년 11월에 《판타지 매거진》을 재창간해 통권 61호를 발행했다. 이 잡지의 편집인은 크리스티 얀트와 알리 조그가, 발행인은 애덤스와 얀트가 각각 공동으로 맡고 있다. 또한 2020년 막바지에는 드림 타워 미디어가 로버트 졸탄을 편집장으로 삼아 2021년 1월 1일 새 월간지 《섹시 판타스틱Sexy Fantastic》을 창간한다는 발표가 나왔다.

주요 SF 잡지들은 2020년을 알차게 보낸 것처럼 보이며, 이들 가운데 구독자 수나 유통 범위 등에서 중대한 변화를 보인 잡지는 한 곳도 없었다. 《아시모프스 사이언스 픽션Asimov's Science Fiction》(이하 《아시모프스》)과 《아날로그 사이언스 픽션 앤드 팩트Analog Science Fiction and Fact》(이하 《아날로그》), 《판타지 앤드 사이언스 픽션》, 《토르닷컴Tor.com》, 《클라크스월드Clarkesworld》, 《라이트스피드》, 《언캐니Uncanny Magazine》는 모두 번창한 것처럼 보이며, 그중 《클라크스월드》와 《토르닷컴》은 유독 내실 있는 한 해를 보냈다.

《판타지 앤드 사이언스 픽션》은 창간 71주년을 맞은 2020년 한 해 동안 편집장 찰스 콜먼 핀레이의 지휘하에 잡지 여섯 종을 펴내며 나디아 아피피와 레이 네일러, 라티 메흐로트라, 이언 트레길리스, 레아 사이페스를 비롯한 여러 작가의 걸출한 작품들을 수록했다. 델 매거진스 출판사가 발행하는 두 잡지, 즉 《아시모프스》와 《아날로그》 또한 2020년을 알차게 보냈다. 《아시모프스》는 1977년에 창간한 잡지로서 오랜 세월 동안 편집장을 맡아온 실라 윌리엄스가 이끌고 있다. 2020년에 총 6호를 펴낸 이 잡지는 티몬스 이사이아스와 레이 네일러, 머큐리오 D. 리베라, 이언 R. 매클라우드, 코니 윌리스, 낸시 크레스를 비롯한 여러 작가가 쓴 최고 수준의 SF 단편 소설들을 수록했다. 2020년에 창간 90주년을 맞은 《아날로그》는 새로 디자인한 특별판 표지와 고전 과월호 재간행, 특집 기사 등으로 역사적인 한 해를 기념했다. 이 잡지는 2020년 한 해 동안 앤디 듀닥과 알렉 네발라리의 일급 SF 단편 소설과 함께 A. T. 세이어를 비롯한 작가들의 힘 있는 작품을 여럿 수록했다. 그 밖의 주요한 종이 SF 잡지로는 앤디 콕스가 편집을 맡은 영국의 《인터존》이 있는데, 앞서 언급했다시피 PS 퍼블리싱에 인수됐으며 2021년부터는 이언 웨이츠가 편집장을 맡고 있다. 1982년에 창간된 이후 새롭고 실험적인 작품에 늘 개방적이었던 이 잡지는 2020년에도 앤디 듀닥과 에브예니아 트리안타필루, 제임스 샐리스 같은 작가들의 흥미로운 단편 소설들을 발행했다.

닐 클라크가 발행하는 《클라크스월드》와 존 조지프 애덤스의 《라이트스피드》, 린 토머스와 마이클 데이미언 토머스 부부가 발행하는

《언캐니 매거진》, 토르북스 출판사가 설립한 웹진 겸 단행본 발행처인《토르닷컴》은 반드시 살펴봐야 할 중요한 잡지로서, 이들은 간행물의 전부 또는 대부분을 온라인으로 펴낸다. 2006년에 창간해 매월 간행하는《클라크스월드》는 2020년 한 해를 멋지게 보낸 곳으로서, 만약 SF 잡지들 가운데 한 곳만 꼽아야 한다면 십중팔구는 이 잡지를 택할 것이다. 다만《클라크스월드》의 2020년은 논란 속에서 시작되었다. 작가 이사벨 폴이 익명으로 발표한 데뷔작 단편 소설이 잡지에 실렸는데, 이 소설에 악의적인 트랜스젠더 혐오 밈meme이 변형된 형태로 사용되었던 것이다. 글 자체는 비판과 찬사를 함께 받았으나 작가 개인이 협박을 받기에 이르자 잡지 발행인은 게재를 철회했다. 더 밝은 면으로 눈을 돌리자면,《클라크스월드》는 늘 번역 SF 출간의 선도자로서 천추판이나 왕콴유, 바오수 같은 중국 작가들의 작품과 한국 및 일본 작가들의 작품을 번역해 게재해 왔다. 2020년에도 이 잡지는 리베카 캠벨과 사밈 시디퀴, A. C. 와이즈, M. L. 클라크를 비롯한 여러 작가가 쓴 그해 최고 수준의 작품들을 여럿 게재했다. 2010년에 창간해 매월 간행하는《라이트스피드》는 2020년에 진 두셋와 KT 브리스키, 라티 메흐로트라 같은 작가들의 탄탄한 SF 단편 소설과 실레스트 리타 베이커, 크리스티나 텐 같은 작가들의 멋진 판타지 단편 소설을 여러 편 게재했다. 그 가운데 베이커와 텐은 클라리온 웨스트 창작 워크숍에서 내가 지도한 작가들이다 보니, 성공했다는 소식이 각별히 기쁘다. 2014년에 창간한 이후 SF와 판타지의 경계를 넘나드는 작품들을 매월 발행해 온《언캐니》는 2020년에도 우수한 단편 소설들, 즉 이 책에 수록한 A. T. 그린블랫과 켄 리우의 작품 두 편을 비롯해 알리에트 드 보다르, 에브예니아 트리안타필루, 앨릭스 E. 해로, 레이 카슨, 메그 엘리슨 같은 작가들이 쓴 최고 수준의 작품들을 발행했다. 2008년에 설립해 정해진 발행 주기 없이 사변 소설을 발행하는《토르닷컴》은 내가 편집자로서 보기에 2020년 한 해 동안《클라크스월드》와 비견다고 해도 좋을 만큼 뛰어난 단편 소설들을 발행했다. 이 웹진에 실리는 작품들은 성향이 제각각인 여러 편집자가 계약하는데 그중에는 나 자신 또한 포함된다. 이처럼 사적인 이해관계가 얽힌 점을 감안해,《토르닷컴》의 경우에는 찰리 제인 앤더스와 리치 라슨, 모린 맥휴를 비롯한 많은 작가들과 함께 상을 받아도 손색없는 작품들을 여럿 발행하며 2020년을 무척이나 내실 있게 보냈다고만 해두겠다.

앞서 살펴본 잡지들은 SF계의 주요 '상업지'인 반면, 인쇄 부수가 적다거나 원고료 요율이 낮다거나 무급 직원에 의지해 운영한다는 이유로 '준準상업지'로 분류되는 잡지들이 있다. 전통을 자랑하는 이들 준상업지는 매우 수준 높은 단편 소설을 발행하며 주요 게재처로 여겨진다. 앞서 언급한《언캐니》도 여기에 속한다. 명망 높은 준상업지《스트레인지 호라이즌스Strange Horizons》는 소설과 서평, 비평뿐 아니라 번역 SF를 다루는 계간지《사모바르Samovar》까지 펴내며 2020년을 만족스럽게 보냈다. 캐서린 M. 밸런트와 저스틴 C. 키, 에이다 호프먼을 비롯한 여러 작가의 탄탄한 작품들이 한 해 동안 이 잡지를 통해 발행되었다. 아프리카계 미국 작가의 사변 소설을 전문적으로 펴내는 잡지인《파이야: 매거진 오브 블랙 스페큘러티브 픽션Fiyah: The Magazine of Black Speculative Fiction》도 2020년 한 해 동안 내실 있는 잡지를 총 4호 간행하며 그해 최고 수준의 작품들을 펴냈는데, 여기에는 오지 M. 가트렐과 제이브 벤트 같은 작가들의 단편 소설이 포함된다.

이 지면은 SF를 개관하는 자리이므로 판타지와 다크 판타지 및 호러에 주력하는 잡지는 길게 다루지 않겠지만, 그래도 빛나는 수상 경력이 눈에 띄는 스콧 H. 앤드루스의 《비니스 시즐리스 스카이스Beneath Ceaseless Skies》(판타지 장르에서 내가 최고로 꼽는 웹진이다), 숀 윌리스의 《더 다크》, 존 조지프 애덤스의 《나이트메어》, 라숀 M. 워낵의 《기가노토소러스GigaNotoSaurus》, 앤디 콕스의 《블랙 스테이틱Black Static》은 추천하고 싶다.

위에 언급한 잡지들은 모두 읽는 보람이 가득한 단편 소설과 비소설 기사를 발행하므로 유료로 구독하기에 손색이 없다.

나는 평소 단편 소설 읽기에 긴 시간을 들이다 보니 장편 소설 길이의 작품들을 읽고 경향을 파악할 시간이 부족한 편이다. 그러한 까닭에 여기서는 오로지 내가 2020년 한 해 동안 직접 읽은 책들과 더불어 다른 여러 지면에서 화제가 된 책들만 소개하기로 한다. 출간 일정상의 온갖 혼란과 변경에도 불구하고, 이 책에서 다루는 SF의 관점에서 보면 2020년은 또 한 번의 풍년이었다. 진지하고 의미 깊은 읽을거리를 원하든 아니면 그저 기분 전환용 읽을거리를 원하든 간에, 독자는 자신이 원하는 책을 쉽게 찾을 수 있었다. 앞에서도 언급했다시피, 내가 보기에 2020년 최고의 SF 장편 소설로 꼽을 만한 책은 기후 낙관론을 다룬 킴 스탠리 로빈슨의 묵직한 작품 『미래 보장부』다. 만약 2020년에 꼭 필요했던 도전적이고 혁신적인 책을 꼽으라면 『미래 보장부』와 함께 M. 존 해리슨의 난해하고 암시적인 장편 소설 『가라앉은 땅이 다시 솟아오를지니The Sunken Land Begins to Rise Again』(골란츠 펴냄)를 들 텐데, 두 작품 모두 필독서라고 할 만하다. 한편 2020년의 가장 순도 높은 SF 장편 소설은 아마도 먼 미래가 배경인 폴 매콜리의 대하 사무라이 서부 소설 『지도 전쟁War of the Maps』(골란츠 펴냄)일 것이다. 윌리엄 깁슨은 『뉴로맨서』(한국어판 황금가지 펴냄)를 발표한 이후 오랜 세월에 걸쳐 자신이 그리는 미래를 하나의 매끈한 상像으로 천천히 연마해 왔는데, 그런 그가 2020년에 발표한 영리하면서도 진중한 장편 소설 『에이전시Agency』(버클리 펴냄)는 그 미래의 진일보한 모습을 보여주는 동시에 인과율과 우리가 사는 세상에 대해 이런저런 질문을 던진다.

2020년의 가장 빼어난 SF 장편 소설들을 보면 기후와 인종, 젠더 문제가 최전선에 있는 것을 알 수 있다. 제임스 브래들리의 『유령종Ghost Species』(펭귄오스트레일리아 펴냄)은 우리로 하여금 인간성이라는 것을 더 자세히 들여다보게 하는 소설로서, 더 많이 읽혀 마땅한 책이다. 크리스토퍼 브라운의 『실패한 국가Failed State』(하퍼보이저 펴냄)와 린다 나가타의 기후 재난 소설 『태평양의 폭풍Pacific Storm』, 기후 재난 때문에 황폐해진 유럽이 배경인 앤 차노크의 세련된 디스토피아 소설 『108번 다리Bridge 108』도 내게는 인상 깊은 책이었다. 알렉스 어빈의 『인류세 래그타임Anthropocene Rag』(토르닷컴 펴냄)은 어찌 보면 앞서 말한 모든 주제를 압축해 담은 책으로서, 이 짧고 별난 소설에 그려진 미래의 미국은 나노 기술에 힘입어 잔뜩 들떠 있는 한편으로, 지난 2020년 말의 분위기와 묘하게 어울리는 아메리칸드림에 도취된 곳이다. 행운의 기회를 얻은 오합지졸 등장인물들이 미국의 실체를 찾아가는 이야기를 다룬 이 소설은 내가 2020년에 가장 재미있게 읽은 작품이기는 하지만, 솔직히 말하면 출판 계약을 따내고 편집까지 맡은 장본인이 바로 나이기 때문에 여기 적힌 말은 적당히 가감해서 들으시기 바란다.

SF라는 장르는 언제까지나 스페이스 오페라와 우주 모험담의 본산일 텐데, 2020년에 잇달아 발표된 탄탄한 SF 장편 소설들은 이러한 장르의 진수가 점점 더 개방적이고 포용적으로 변해가는 최근의 추세를 보여준다. 그중 단연 눈에 띄는 작품은 알렉산드로스 대왕 이야기를 가져다가 성별을 바꾸어 스페이스 오페라로 다시 쓴 케이트 엘리엇의 『불굴의 태양Unconquerable Sun』(토르북스 펴냄)이며, 마샤 웰스의 〈머더봇 다이어리〉 연작 가운데 최신작인 『네트워크 효과』도 함께 꼽을 만하다. 2019년에 장편 소설 『태고의 밤Ancestral Night』(사가 프레스 펴냄)을 선보인 엘리자베스 베어는 2020년에 후속작 『기계Machine』를 발표했는데, 나는 전작보다 이 작품이 더 좋았다. 존 스칼지는 『마지막 황제The Last Emperor』(토르북스 펴냄)로 베스트셀러 시리즈인 〈상호의 존성단〉 연작(한국어판 구픽 펴냄)을 마무리 지었고, 앨러스테어 레이놀즈는 『뼈의 침묵Bone Silence』(골란츠 펴냄)으로 〈복수자Revenger〉 3부작을 멋지게 완결했으며, 월터 존 윌리엄스는 〈프락시스Praxis 제국〉 연작의 최신작 『함대 전투 편대Fleet Elements』(하퍼보이저 펴냄)를 통해 주인공 캐롤라인 술라의 모험을 이어갔다. 위에 언급한 작품들은 모두 스페이스 오페라 애독자를 위한 추천작이다.

몇 해 전부터 영미권 SF계는 자신들의 권역 너머로 점차 시야를 넓혀왔는데, 2020년에는 인도와 파키스탄, 방글라데시에서 멋진 작품을 몇 종 찾아냈다. 그중 최고는 아마도 가우탐 바티아의 탄탄한 데뷔작인 디스토피아 장편 소설 『장벽The Wall』(하퍼콜린스인디아 펴냄)일 테지만, 감시와 사회 관계망 서비스로 인한 분열을 매력 있게 그린 사미트 바수의 반反디스토피아 근미래 소설 『선택받은 정령들Chosen Spirits』(사이먼앤드슈스터인디아 펴냄), 유드한자야 위제라트네의 복고풍 액션 SF 『인양선 선원The Salvage Crew』(에이시언 펴냄)도 그에 못지않게 훌륭하다. 위에 소개한 책들 모두 SF계의 반가운 신작들이며 더 많은 독자들에게 알려져야 마땅하다.

신인 작가는 SF계의 생명선 같은 존재로서, 2020년에도 여러 작가가 걸출한 데뷔작을 선보였다. 내가 특히 인상 깊게 읽은 작품은 사이먼 히메네스의 스페이스 오페라 『사라진 새들The Vanished Birds』(랜덤하우스 펴냄)과 하오징팡의 『방랑자들The Vagabonds』(사가 프레스 펴냄), 미카이아 존슨의 차원 도약 SF 『우주 사이의 공간The Space Between Worlds』(델레이 펴냄), 프레미 모하메드의 힘이 넘치는 소설 『일어서는 신들 아래에Beneath the Rising』(리벨리언퍼블리싱 펴냄)로서, 모두 SF 문학상 후보감으로 손색이 없다. 소피 워드의 『사랑을 비롯한 사고 실험들Love and Other Thought Experiments』(커세어북스 펴냄)과 캐런 오즈번의 『기억 설계자들Architects of Memory』(토르북스 펴냄), 조남주의 『82년생 김지영』(한국어판 원서 민음사 펴냄), 코리 J. 화이트의 『가상 회수업자Repo Virtual』(토르북스 펴냄)도 인상적이었다.

2020년에 주목받은 장편 소설을 더 꼽아보자면 데릭 퀸스켄의 『스틱스 가문The House of Styx』(리벨리언퍼블리싱 펴냄), 애덤 러바인의 『풍선껌Bubblegum』(더블데이 펴냄), 에이드리언 차이콥스키의 『에덴의 문The

Doors of Eden』(오빗북스 펴냄), C. J. 체리의 〈이방인Foreigner〉 연작 가운데 『확산Divergence』과 『부활Resurgence』(모두 DAW북스 펴냄), 크리스 베킷의 『두 종족Two Tribes』(코버스북스 펴냄), 코리 닥터로의 『공격 지면Attack Surface』(토르북스 펴냄), 데이비드 웡의 『조이, 미래의 급소를 때리다Zoey Punches the Future in the Dick』(세인트마틴스 프레스 펴냄), 잭슨 포드의 『X 같은 것들이 하늘에서 무차별로 쏟아져Random Sh*t Flying Through the Air』(오빗북스 펴냄), 닉 우드의 『물은 흘러내려야 한다Water Must Fall』(뉴콘 프레스 펴냄)이 있다.

해마다 얼마나 많은 SF 단편 소설이 발행되고 활발하게 책을 펴내는 독립 출판사 및 소형 출판사는 또 얼마나 많은지를 감안하면, 단편 소설집 분야에 흉년이 들기란 거의 불가능하다. 따라서 2020년에 매우 알찬 단편 소설집이 몇 종이나 출간된 것은 전혀 놀랄 일이 아니다. 그중 딱히 대중적으로 가장 호평받은 책은 아니라 하더라도 내가 보기에 가장 빼어난 책을 세 종 꼽자면, 로버트 셔먼의 놀라운 단편 소설집 『누구나 어둠 속에서 이야기를 듣는다We All Hear Stories in the Dark』(PS 퍼블리싱 펴냄)와 메그 엘리슨의 『뚱뚱한 여자 더하기…Big Girl Plus…』(PM 프레스 펴냄), 라바니아 라크시미나라얀의 『아날로그·가상: 그리고 당신 미래의 다른 시뮬레이션들Analog/Virtual: And Other Simulations of Your Future』(아셰트인디아 펴냄)이다. 단편 소설 101편을 모아 세 권 분량으로 펴낸 셔먼의 소설집은 현대판 『천일야화』를 만들려는 시도로서 다정하고, 유쾌하고, 기발하고, 압도적이다. 엘리슨의 단편 소설집 『뚱뚱한 여자 더하기…』는 PM 프레스 출판사가 펴내는 〈거침없는 작가들Outspoken Authors〉 시리즈의 스물다섯 번째 책으로서, 재기와 패기를 겸비한 수록 작품 여섯 편 가운데 지금 이 책에도 실려 있는 「알약The Pill」은 문학상을 받아 마땅한 작품이다.* 라크시미나라얀의 『아날로그·가상』은 어슐러 K. 르 귄식으로 말하면 '단편 모음곡story suite'**에 해당하는 책으로서, 같은 배경과 주제로 쓴 단편 소설 여러 편이 서로 이어지는 형식으로 실려 있다. 이 책은 최고 수준의 디스토피아 SF이자, 바라건대 앞으로 더 자주 듣게 될 새로운 목소리가 우리 앞에 도착했다고 알리는 신호이기도 하다.

제78회 월드콘(세계 SF 대회), 일명 '콘질랜드'는 원래 뉴질랜드의 웰링턴에서 열릴 예정이었으나 2020년 7월 29일부터 8월 2일까지 인터넷으로 개최되었으며, 이 때문에 현실에서는 참석한 사람이 한 명도 없다. 이 대회에서 발표된 2020년도 휴고상 수상작 및 작가 명단은 다음과 같다. 최우수 장편 소설상에 아케이디 마틴의 『제국이라는 이름의 기억A Memory Called Empire』. 최우수 경장편 소설상, 아말 엘모흐타르와 맥스 글래드스턴의 『당신들은 이렇게 시간 전쟁에서 패배한다』(한국어판 황금가지 펴냄). 최우수 중편 소설상, N. K. 제미신의 「비상용 피부」(한국어판 『에스에프널 2021 Vol.2』에 수록, 허블 펴냄). 최우수 단편 소설상, S. L. 황의 「내 마지막 기억 삼아」(한국어판 『에스에프널 2021 Vol.1』에 수록). 최우수 시리즈상, 제임스 S. A. 코리의 〈익스팬스〉 시리즈(한국어판 아작 펴냄). 최우수 연관 작업상, 지닛 잉의 「2019년 존 W. 캠벨 기념 최우수 신인 작가상 수상 소감」. 최우수 만화상,

* 실제로 2021년 로커스상 최우수 중편 소설상을 받았다.

** 르 귄이 제창한 형식으로서, 단편 소설 여러 편이 책 한 권에 모여 장편 소설 이상의 의미를 전달하기도 한다는 생각에서 출발했다. 르 귄이 밝힌 바에 따르면 바흐의 〈무반주 첼로 모음곡〉에서 영감을 얻었으며, 『용서로 가는 네 가지 길』(한국어판 시공사 펴냄)이 대표적인 단편 모음곡이다.

은네디 오코라포르(글)와 타나 포드 및 제임스 데블린(그림)의 『라과디아LaGuardia』. 최우수 영상화상 장편 부문, 드라마 〈멋진 징조들Good Omens〉. 최우수 영상화상 단편 부문, 드라마 〈굿 플레이스〉 시즌4 9화 「대답」. 최우수 편집상 단편 부문, 엘렌 대틀로. 최우수 편집상 장편 부문, 나바 울프. 최우수 전문 미술가상, 존 피카치오. 최우수 준상업지상, 《언캐니》. 최우수 동인지상, 《더 북 스머글러스The Book Smugglers》. 최우수 팬 방송상, 애널리 뉴이츠와 찰리 제인 앤더스의 〈우리가 제대로 봤다니까요Our Opinions Are Correct〉. 최우수 팬 작가상, 보기 타카치. 최우수 팬 미술가상, 엘리스 매티슨.

2020년도 네뷸러상 시상식은 그해 5월 30일 미국 캘리포니아주의 우드랜드힐스에서 촬영해 인터넷으로 실시간 전송되었다. 이때 발표된 수상작 및 작가 명단은 다음과 같다. 최우수 장편 소설상에 세라 핀스커의 『새날을 위한 노래A Song for a New Day』. 최우수 경장편 소설상, 아말 엘모흐타르와 맥스 글래드스턴의 『당신들은 이렇게 시간 전쟁에서 패배한다』. 최우수 중편 소설상, 캣 람보의 「광채를 잡을지어다Carpe Glitter」. 최우수 단편 소설상, A. T. 그린블랫의 「가족에게 내 사랑을 전해주오Give the Family My Love」. 최우수 게임 평론상, 레너드 보야스키와 메건 스타크스, 케이트 달러하이드, 크리스 레투알의 「아우터 월드」. 레이 브래드버리 기념상, 드라마 〈멋진 징조들〉 3화 「어려운 시절」의 극본을 쓴 닐 게이먼. 안드레 노튼 기념상, 프랜 와일드의 『리버랜드Riverland』. SFWA 데이먼 나이트 기념 그랜드 마스터상, 로이스 맥마스터 부졸드.

2020년도 세계 환상 문학상은 그해 11월 1일 미국 유타주의 솔트레이크시티에서 열린 제47회 세계 판타지 대회에서 인터넷을 통해 발표되었으며, 수상작 및 작가 명단은 다음과 같다. 최우수 장편 소설상에 케이슨 캘린더의 『정복당한 자들의 제왕Queen of the Conquered』. 최우수 경장편 소설상, 에밀리 테시의 『숲속의 실버Silver in the Wood』. 최우수 단편 소설상, 마리아 다바나 헤들리의 「불태운 후에 읽을 것Read After Burning」. 최우수 선집상, 니시 숄이 엮은 『새로운 태양들: 유색 인종 작가들의 독창적인 사변 소설New Suns: Original Speculative Fiction by People of Color』. 최우수 단편 소설집상, 브라이언 에번슨의 『허물어지는 세계를 위한 노래Song for the Unraveling of the World』. 최우수 미술상, 캐슬린 제닝스. 상업 작가 부문 특별상, 에보니 엘리자베스 토머스의 『어두운 환상: 해리 포터에서 헝거 게임에 걸쳐 나타난 인종과 상상』. 비상업 작가 부문 특별상, 보디사트바 샤토파디에이, 로라 E. 구딘, 에스코 수오란타의 《파흐니르: 북유럽 SF 판타지 연구 저널Fahnir: Nordic Journal of Science Fiction and Fantasy Research》. 평생 공로상, 캐런 조이 파울러와 로웨나 모릴.

2020년도 존 W. 캠벨 기념 최우수 과학 소설상은 수상자를 발표하지 않았다. 시어도어 스터전 기념상은 「흘수선Waterlines」의 수전 파머, 아서 C. 클라크상은 『식민 기지 올드 드리프트The Old Drift』의 남왈리 서펠이 수상했다. 위에서 살펴본 여러 상과 다른 SF상에 관해 더 알고 싶다면 '과학 소설상 데이터베이스www.sfadb.com'라는 훌륭한 웹 사이트가 있으니 참고하기 바란다.

안타깝게도 해마다 너무나 많은 인기 창작자들이 우리 곁을 떠난다. 2020년에 별세한 이들은 다음과 같다. 일찍이 단편 소설 및 시를 발표하고 SF 작가 케빈 J. 앤더슨과 함께 〈시계태엽 천사Clockwork Angels〉 시리즈를 집필하기도 한 캐나다 록 밴드 러시의 드러머 **닐 피어트**. 『키리냐가』(한국어판 열린책들 펴냄)와 『산티아고Santiago』, 『아이보리Ivory』를 비롯한 70종이 넘는 장편 소설과 25종이 넘는 단편 소설집을 쓰고 수없이 많은 선집을 엮었으며 《갤럭시스 에지》 편집장으로도 활동한, 네뷸러상 1회, 휴고상 5회 수상에 빛나는 SF 작가 **마이크 레스닉**. 〈환상특급The Twilight Zone〉으로 유명한 극본가 로드 설링의 아내로서 《트와일라이트 존 매거진The Twilight Zone Magazine》을 창간하고 1980년대에 편집장으로 일한 **캐럴 설링**. 『1900년 이전의 과학 소설: 상상력이 기술을 발견하다Science Fiction Before 1900: Imagination Discovers Technology』와 『유토피아의 변용: 완벽한 사회라는 관념의 변화 과정Transformations of Utopia: Changing Views of the Perfect Society』을 쓴 SF 연구자 **폴 K. 앨콘**. 『실마릴리온』(한국어판 씨앗을뿌리는사람 펴냄)과 『끝나지 않은 이야기들Unfinished Tales』, 여러 권으로 이루어진 『가운데땅 이야기 세트The History of Middle Earth』(한국어판 씨앗을뿌리는사람 펴냄)를 비롯해 아버지인 J. R. R. 톨킨의 여러 작품을 엮은 편집자이자 작가 **크리스토퍼 톨킨**. SF 작가 더글러스 애덤스가 제작에 참여한 컴퓨터 게임 〈우주선 타이타닉호Starship Titanic〉의 소설판을 집필한 희극 배우 **테리 존스**. 밸런타인북스 출판사가 펴낸 미국판 『반지의 제왕』 초판 표지 및 판타지 작가 E. R. 에디슨의 책 표지에 그림을 그린 일러스트레이터 **바버라 레밍턴**. 서스펜스 소설의 거장으로 가장 잘 알려진 소설가 **메리 히긴스 클라크**. 조 디버와 함께 ('존 그랜트'라는 필명으로) 게임 소설 〈외톨이 늑대Lone Wolf〉 시리즈를 집필하고 자신만의 장편 소설도 몇 편이나 발표했으며 존 클루트와 『판타지 백과사전The Encyclopedia of Fantasy』을 공동 편집한 바 있는 휴고상 2회 수상 작가 **폴 바넷**. 1961년 세계 SF 대회의 회장을 맡는 등 SF 팬덤 활동에 적극적으로 참여하면서 『공식 행사 기록: 시콘 3, 제20회 세계 SF 대회, 1962년 시카고The Proceedings: Chicon III.; The 20th World Science Fiction Convention. Chicago, 1962』를 편집한 SF 팬이자 작가 **얼 켐프**. 서부 소설 『트루 그릿』(한국어판 문학수첩 펴냄)으로 가장 잘 알려졌으나 1985년에는 SF 소설 『아틀란티스의 주인들Masters of Atlantis』을 발표하기도 한 소설가 **찰스 포티스**. 〈마법사 노나 할머니Strega Nona〉 시리즈의 그림을 그리고 글까지 쓴 작가로서 칼데콧 아너상과 뉴베리 아너상을 수상한 화가 겸 소설가 **토미 드 파올라**. 수많은 책과 단편 소설을 발표하고 「베스 없이Without Beth」나 『오래전 황금 사과에서Once Upon a Golden Apple』처럼 장르 소설의 요소가 강한 작품도 몇 편 썼던 캐나다의 아동 문학 작가 **진 리틀**. 1952년에 만들어진 멜버른 SF 그룹의 설립자 가운데 한 명으로서 스페이스에이지북스 출판사를 세우고 《오스트레일리안 사이언스 픽션 뉴스Australian Science Fiction News》를 발행한 오스트레일리아의 SF 팬이자 서점주 **머브 빈스**. 『미래 시민 H. G. 웰스H. G. Wells: Citizen of the Future』의 저자로서 훗날 과학 및 SF 잡지 《옴니OMNI》의 편집장을 맡은 편집자 **키스 페럴**. 『암울 필경사의 꼭두각시The Grimscribe's Puppets』와 『카실다의 노래: 로버트 W. 체임버스의 '노란 옷의 왕' 세계관에 영감을 받은 이야기들Cassilda's Songs: Tales Inspired by Robert W. Chambers' King in Yellow Mythos』 같은 선집을 엮은 작가 겸 편집자 **조지프 S. 풀버 시니어**. 미국 켄터키주 루이빌 대학교에 '에드거 라이스 버로스 기념 컬렉션'을 마련하고 큐레이터로 활동했을 뿐 아니라 버로스 팬덤의 소식지인 《버로스 불레틴The Burroughs Bulletin》과 《그리들리 웨이브The Gridley Wave》도 발행한 희귀 도서 전문가 **조지 맥호터**. 얼음으로 뒤덮인 먼 미래의 지구를 거대 철도 회사들이 지배한다는 설정의 〈얼음 회사La Compagnie des glaces〉 시리즈를 썼으며 아폴로상과 미스테르상, 파리 경찰청상을 수상한 프랑스 작가 **조르주 장 아르노**. SF 드라마 〈닥터 후〉 시리즈에 작가로 참여하다가 「궁극의 악The Ultimate Evil」 에피소드의 촬영이 취소되자 해당 회차의 시나리오를 장편 소설로 개작한 극작가 겸 시나리오 작가 **월리** K. **데일리**. 1978년에 『샤오링퉁 미래 유람기小灵通漫游未来』로 SF를 발표하기 시작해 중국에서 가장 유명한 과학 대중화 운동가가 된 중국 작가 **예융례**. '고등 교육계의 SF 교사 모임Instructors of Science Fiction in Higher Education'을 설립하고 『SF 판타지 전문 출판사 및 서점 편람A Directory of Science Fiction and Fantasy Publishing Houses and Book Dealers』과 『교사를 위한 과학 소설 안내서The Teacher's Guide to Science Fiction』, 『환상 찬가The Celebration of the Fantastic』를 비롯한 수많은 학술 저작을 발표한 SF 연구자 **마셜** B. **팀**. 검과 마법이 등장하는 판타지 소설 〈이마로Imaro〉 시리즈 및 〈도소예Dossouye〉 시리즈와 더불어 수많은 단편 소설을 발표하고 1970년대 후반에서 1980년대 초반에 걸쳐 (판타지 작가 찰스 드린트와 함께) 잡지 《드래곤필즈Dragonfields》를 편집, 발로그상(2회)과 세계 환상 문학상, 오로라상 후보에 오른 미국 출신 캐나다 작가 **찰스** R. **손더스**. 『다섯쌍둥이의 누나Sister of the Quints』와 『나만 빼고 다들 달빛에 탄 거야?Is Everyone Moonburned But Me?』 같은 책을 쓴 아동 문학 작가 **스텔라**

페브스너. 백인 우월주의 운동 진영이 옹호한 반反이민 소설 『성자들의 진지Le camp des saints』와 프랑스 군주정의 부활을 그린 『폐하Sire』 같은 소설을 쓴 프랑스 작가 **장 라스파유**. 『바람의 그림자』(한국어판 문학동네 펴냄)를 비롯한 장편 소설 아홉 종을 쓴 에스파냐 작가 **카를로스 루이스 사폰**. 1955년에 첫 단편 소설을, 1979년에는 장편 데뷔작 『부드러운 표적Soft Targets』을 발표하고 SF 작가 맥 레이놀즈가 타계한 후에는 그의 유고 다섯 편을 이어받아 완성했으며, 휴고상과 네뷸러상 후보에도 오른 작가 **딘 잉**. 영국에서 문해력 계발 프로그램을 다수 설립하고 『지구에 온 외계인Aliens to Earth』과 『괴상하고 멋진 것들Weird and Wonderful』을 비롯한 〈어린이를 위한 염가 도서 세트Quids for Kids〉 시리즈의 여러 소설을 집필한 작가 **웬디 쿨링**. 1991년 발표한 『엄청 역겨운 마법Double-Yuck Magic』을 필두로 〈유니콘의 비밀Unicorn's Secret〉 시리즈와 〈요정의 약속Faeries' Promise〉 시리즈 같은 청소년 대상 소설을 여러 편 쓰고 〈마법의 부활Resurrection of Magic〉 시리즈 가운데 한 편을 통해 전미 도서상 후보에도 오른 청소년 문학 작가 **캐슬린 듀이**. 롤플레잉 게임 제작사 티에스아르TSR가 발행하는 〈던전스 앤드 드래곤스Dungeons and Dragons〉 시리즈의 삽화를 비롯하여 여러 게임의 표지 그림을 그린 화가 **짐 홀로웨이**. 영미권 과학 소설 여러 편을 프랑스어로 번역하고 **장피에르 무몽**이라는 필명으로 SF 동인잡지 《안타레스Antares》를 편집·발행한 프랑스 작가 **장피에르 레글**. 자신의 만화책과 그래픽 노블, 단편 소설 선집을 수십 종이나 자비 출간한 만화가 겸 작가 **커트 미첼**. 단편 소설 「물의 개: 유령 이야기Water Dog: A Ghost Story」를 비롯한 장르 단편 소설들과 소설집 『개 인간의 마지막 나날Last Days of the Dog-Men: Stories』 등을 발표한 작가 **브래드 왓슨**. 고딕 프레스 출판사를 설립하고 고딕 소설 연구지 《고딕Gothic》을 발행했으며 『램지 캠벨: 현대 호러의 거장에 관한 비평집Ramsey Campbell: Critical Essays on the Modern Master of Horror』과 『J. 셰리든 르파뉴: 자서전적 저작 목록J. Sheridan Le Fanu: A Bio-Bibliography』, 『로버트 에이크먼 입문Robert Aickman: An Introduction』 같은 논픽션 저작과 함께 단편 소설도 여러 편 발표한 평론가 **게리 윌리엄 크로퍼드**. 〈과학 탐험대 신기한 스쿨버스〉 시리즈(한국어판 비룡소 펴냄)를 쓴 아동 문학 작가 **조애너 콜**. 〈스타 트렉〉의 팬 픽션으로 글쓰기를 시작해 로맨스 및 초자연 판타지 소설을 썼으며 캐나다 드라마 〈뱀파이어 형사Forever Knight〉의 소설판을 집필하기도 한 작가 **수전 사이즈모어**. 『특이점 스테이션Singularity Station』과 『밤의 부대들The Regiments of Night』, 『독 있는 뱀The Venomous Serpent』 같은 장편 소설과 더불어 〈타임피스Timepiece〉 시리즈 등을 쓴 작가 **브라이언 N. 볼**. 『명판석The Plaque Stone』과 『부정 탄 땅Unhallowed Ground』, 『새끼 까마귀The Crow Biddy』, 『암흑의 베일Veil of Darkness』 등 글쓰기 경력 초기부터 장르적 성격이 짙은 소설을 쓴 영국 작가 **길리언 화이트**. 장편 소설 『영원 Forever』과 『8월의 눈Snow in August』, 단편 소설 「호수로부터From the Lake」 등 판타지 요소가 포함된 작품을 쓴 작가 **피트 해밀**. 〈스타 코만도Star Commandos〉 시리즈 열두 권을 비롯해 『코니스 공방전Stand at Cornith』과 『엘프 왕The Elven King』, SF 판타지 작가 안드레 노튼이 기획한 〈마녀 세계Witch World〉 프로젝트의 장편 소설 두 편 등을 쓴 작가 **P. M. 그리핀**. 에르미타주 출판사를 설립하고 이곳을 통해 『심판의 날 기록 보관소The Judgment Day Archives』 같은 SF 소설을 펴낸 러시아 출신 미국 작가 **안드레이 모스코비트**.* 토드 캐머런 해밀턴과 함께 장편 소설 『호위 무사The Guardsman』를 비롯해 단편 소설 몇 편을 공동 창작한 시카고의 소설가 P. J. **비스**.** 아동 문학 전문가이자 서평가, 소설가로서 매들린 렝글의 청소년 소설 『시간의 주름』(한국어판 문학과지성사 펴냄)의 서문을 쓰고 『걸리버 여행기』를 아이들 눈높이에 맞게 고쳐쓰기도 한 작가 **일레인 모스**. 1975년 세계 SF 대회를 오스트레일리아에서 유치하는 데 큰 힘을 보태고 그해 휴고상 시상식 사회를 맡았으며 '오스트레일리아 및 뉴질랜드 아마추어 출판사 연합회ANZAPA'를 설립, 《오스트레일리안 사이언스 픽션 리뷰Australian Science Fiction Review》를 발행한 오스트레일리아의 SF 동호인 **존 뱅선드**. 만화 〈리크 오셰Ric Hochet〉 시리즈의 글을 담당하고 SF 소설 〈한스Hans〉 시리즈를 쓴 벨기에 작가 **안드레폴 뒤샤토**. 아이작 아시모프, 클리퍼드 시맥, A. E. 밴 보그트를 비롯한 여러 SF 작가의 작품을 프랑스어로 옮겨 펴낸 프랑스 출판인 **장 로젠탈**. 몇 권은 텔레비전 프로그램으로 만들어지기도 한 어린이 책 〈공룡 데즈먼드Desmond the Dinosaur〉 시리즈로 가장 잘 알려진 영국의 소설가이자 일러스트레이터 **앨시어 브레이스웨이트**. 『정령들 찾아오다A Visitation of Spirits』 같은 장편 소설을 쓰면서 초자연적 요소를 즐겨 사용한 미국 작가 **랜들 키넌**. 1961년에 (미케 파르넬이라는 필명으로) 첫 SF 장편 소설 『황혼 주식회사Unternehmen Dämmerung』를 발표하고 (롤프 W. 리에르쉬와 함께) 〈테라노트The Terranauts〉 시리즈를 집

* 본명은 이고르 마르코비치 에피모프. 1978년 미국으로 이주한 소련 출신 출판인, 철학자, 역사학자, 작가다.

** 비스와 해밀턴은 『호위 무사』로 1989년 휴고상 최우수 장편 소설상 후보에 올랐으나, 자신들을 표적으로 한 투표 방해의 정황이 드러나자 후보에서 스스로 물러난 일이 있다.

필한 독일 작가 **토마스** R. P. **밀케**. 주류 문단 작가이면서도 『검은 장벽Den Svarta väggen』이나 『다음번 꿈에서 다시 만나요Vi ses igen i nästa dröm』 같은 장편 소설에 SF적 장치를 도입한 스웨덴 작가 **칼헤닝 비크마르크**. 〈진실의 검The Sword of Truth〉 시리즈를 집필하고 최근에는 〈앤절라 콘스탄틴Angela Constantine〉 시리즈의 중편 소설 몇 편을 발표한 미국 소설가 **테리 굿카인드**. 작가 게리 K. 울프와 함께 장편 소설 『우주 약탈자Space Vulture』를 발표할 때에는 실제 직위와 이름을, 다른 단편 소설을 발표할 때에는 현직 대주교가 쓴 SF 소설을 로마 교황청이 어떻게 볼지 확신이 서지 않는다는 이유로 '저헤인 밥티스트'라는 필명을 사용한 미국의 가톨릭 성직자이자 작가 **존** J. **마이어스**. 해마다 가장 뛰어난 흡혈귀 문학 연구서에 수여하는 리븐경 기념상을 수상한 『브램 스토커의 드라큘라 원고 메모: 영인본Bram Stoker's Notes for Dracula: A Facsimile Edition』을 엘리자베스 밀러와 함께 편집했으며 그 외에도 흡혈귀 문학 연구서 몇 종을 엮은 캐나다의 연구자 **로버트 에이틴비생**. 사이먼앤드슈스터 출판 그룹의 아동 도서 부문 편집 책임자로 25년 동안 일하며 토니 디터리지, 마거릿 피터슨 해딕스, 게리 폴슨 같은 장르 작가들과 함께 일한 미국의 편집자 **데이비드 게일**. 조너선케이프 출판사의 문예 부문 책임자이자 회장으로서 가브리엘 가르시아 마르케스, 필립 로스, 마틴 에이미스, J. G. 밸러드를 비롯한 여러 작가의 책이 출간되도록 지휘한 영국의 출판인 **톰 매슐러**. 『우연의 아이A Chance Child』나 『횃불Torch』 같은 장편 소설과 함께 장르적 성격이 강한 단편 소설도 몇 편 발표한 소설가이자 아동 문학 작가 **질 페이턴 월시**. 『극점을 일주하라!Circumpolar!』와 그 후속작 및 단독 작품인 장편

소설을 몇 편 발표하고 수많은 단편 소설을 썼으며 《제로Zero》로 휴고상 최우수 동인지상을 수상, 네뷸러상 후보에 세 번 오르고 휴고상 후보에 다섯 번 오른 미국 작가 **리처드 A. 루포프**. 스스로도 SF 소설 몇 편을 썼을 뿐 아니라 1940년대의 SF 잡지 《쥘 베른 마가시네트Jules VerneMagasinet》의 수록 작품을 선집으로 엮어 펴냈으며, 이따금 SF 성격이 짙은 책의 서평을 쓰기도 한 스웨덴 작가 **얀 뮈르달**. 연작 청소년 소설인 〈대도서관The Great Library〉 시리즈와 〈모건빌의 흡혈귀들Morganville Vampires〉 시리즈(몇 편은 영화화되었다)를 썼으며 앤 아기레와 함께 청소년 소설 『도둑들 사이의 의리Honor Among Thieves』와 『의리의 약속Honor Bound』, 『잃어버린 의리Honor Lost』를 쓴 작가 **록산 롱스트리트 콘래드**(필명인 **레이철 케인**으로 잘 알려졌으며 록산 콘래드, 록산 롱스트리트, 줄리 포천 등의 이름으로도 활동했다). 〈마법사의 제자The Wizard Apprentice〉 시리즈와 〈나쁜 피Bad Blood〉 3부작, 〈마법 세계Mageworld〉 시리즈, 2부작 대체 역사 소설 시리즈 등, 남편인 짐 맥도널드와 함께 여러 작품을 발표한 작가 **데브러 도일**. 『시간을 벗어난 나폴레옹Napoleon Disentimed』과 『열세 번째 마법 재판관The Thirteenth Magestral』 같은 장편 소설을 썼으며 1975년작 「우편 우월주의Mail Supremacy」를 필두로 《아날로그》에 익살스러운 단편 소설을 여러 편 기고한 작가 **헤이퍼드 피어스**. 단편 소설 「바다를 보는 사람海を見る人」으로 1998년 SF매거진 독자상(국내 부문)을 수상하고 세이운상 최우수 장편 소설상(국내 부문)을 두 차례 수상한 일본 작가 **고바야시 야스미**.* 휴고상을 여섯 차례 수

* 우리나라에서는 『앨리스 죽이기』와 『클라라 죽이기』, 『도로시 죽이기』, 『팅커벨 죽이기』로 이어지는 이른바 〈죽이기〉 시리즈(검은숲 펴냄)가 출간되어 인기를 모았다.

상하고 존 W. 캠벨 사후《아날로그》의 편집장을 역임, 훗날《옴니》의 편집 책임자를 맡아 수많은 하드 SF 소설(우리 태양계의 여러 행성을 돌아보는 26권짜리 〈행성 순람Grand Tour〉 시리즈와 불멸의 영웅이 주인공인 〈오리온Orion〉 시리즈가 유명하다)을 출간했으며, SFWA 회장을 두 차례 맡고 미국 우주 학회National Space Society 명예 회장에 오른 작가 **벤 보바**. '위스콘신 대학교 톨킨 학회'가 설립되도록 힘을 보태고 훗날『톨킨 비평: 주석 달린 서지 목록Tolkien Criticism: An Annotated Checklist』을 엮은 톨킨 연구자 **리처드 C. 웨스트**. 1971년 남편과 함께 쓴 단편 소설로 작가 경력을 시작했으나 얼마 지나지 않아 단독 저서를 발표하며 휴고상 후보에 두 번, 네뷸러상 후보에 세 번 오른 미국 작가 **필리스 아인슈타인**. 오스트레일리아 동남부의 빅토리아주에서 아내 페니와 함께 '사이버북스 서점'을 경영하며 SF 대회에서 자주 책을 판매한 서점주 **데이비드 사이버**. 주로 〈스타 트렉〉 시리즈의 세계관이 배경인 작품을 여럿 발표하고 그레그 브로더와 자주 협업해 글을 쓴 미국 작가 **데이브 걸랜터**. 1949년 (에드윈 제임스라는 필명으로) 첫 단편 소설「소통Communications」을 발표하고 1955년에는 첫 장편 소설『별 다리Star Bridge』를 발표, 1973년 중편 소설「듣는 이들The Listeners」로 네뷸러상 후보에 오르고 1983년『아이작 아시모프: 과학 소설의 반석Isaac Asimov: The Foundations of Science Fiction』으로 휴고상을 수상했으며, 캔자스 대학교 SF 연구 센터 및 캠벨 학회(지금은 건 센터 학회)를 설립, 2015년 SF 명예의 전당에 이름이 오르고 2016년에는 세계 SF 대회 주빈으로 초청받은, SFWA가 선정한 '데이먼 나이트 기념 그랜드 마스터'인 미국 작가 **제임스 E. 건**. 1974년 첫 호러 소설『달빛 속의 늑대 인간Werewolf by Moonlight』을 발표한 이후 후속작인 『게 떼의 밤Night of the Crabs』과 〈사바트Sabat〉 시리즈, 〈조종弔鐘, Deathbell〉 시리즈 등을 쓴 영국 작가 **가이 N. 스미스**. 동인지 작가로 시작한 이후 만화 〈로드 호러Lord Horror〉 시리즈의 글을 쓰고 맨체스터에 있는 '하우스 온 더 보더랜드' 서점을 경영했으며, 사보이북스 출판사의 공동 설립자 가운데 한 명이기도 한 영국 작가 **데이비드 브리턴**. 2008년 발표한 『내게는 죽은 사람Dead to Me』을 필두로 〈사이먼 캔더러스Simon Canderous〉 시리즈를 썼으며 〈원스 앤드 퓨처 팟캐스트Once & Future Podcast〉의 진행자이기도 했던 미국 작가 **앤턴 스트라우트**.

여기까지가 2020년, (느낌상으로는) 절대로 끝나지 않을 것 같았던 그 한 해의 이모저모였다. 지난해에 나온 『에스에프널 2021』을 구입하고 읽어준 이들, 또 그 책이 만들어지기까지 애써준 모든 이들에게 감사의 말을 전하고 싶다. 그 책은 기묘한 해에 출간되었고, 2021년 역시 그 전해 못지않게 기묘하고 뒤숭숭한 한 해가 되리라는 것은 벌써부터 자명한 사실이지만, 그래도 여러분이 이 글을 읽을 무렵에는 아무쪼록 세상이 조금은 더 평온하기를 바란다. 나는 장차 세상이 어떻게 될지, 또 우리가 이 지면에서 다시 만날지 못 만날지에 관해서는 전혀 알지 못하지만, 적어도 이것 하나는 분명히 안다. 사람들은 지금 이 순간에도 이야기를 짓고 또 펴내는 중이다. 멋진 이야기들, 당장 읽혀야 하는 이야기들을. 지난해 이 지면에서 나는 오늘날이 '세계뿐 아니라 SF에도 흥미로운 시대'라고 적었는데, 비록 얼마나 흥미로운지까지는 파악하지 못했지만, 그래도 내 말은 틀리지 않았다. 지금 나는 혹시라도 세상이 정상으로 돌아갈 경우에 대비해 내년에 나올 책을 준비하는 중이며, 내가 이미 발견한 놀라운 작품들을 여러분과 조금이라도 더 일찍 나누고 싶어서 안달이 날 지경이다. 하지만 당장은 여러분이 눈앞의 이 책에 담긴 이야기들을 내가 그랬던 만큼이나 즐겁게 읽어주기를, 또한 내년에 이 지면을 통해 다시 만나기를 바랄 따름이다.

2021년 1월

오스트레일리아 서부 퍼스에서

조너선 스트라한

옮긴이 소개

장성주

출판 편집자를 거쳐 번역자 및 기획자로 일하고 있다. 우리말로 옮긴 책에 스티븐 킹의 『별도 없는 한밤에』, 『언더 더 돔』, 〈다크 타워〉 시리즈, 켄 리우의 『종이 동물원』, 『제왕의 위엄』, 『어딘가 상상도 못 할 곳에, 수많은 순록 떼가』, 윌리엄 깁슨의 『모나 리자 오버드라이브』, 레이 브래드버리의 『일러스트레이티드 맨』, 데즈카 오사무의 『아돌프에게 고한다』, 우메즈 가즈오의 『표류 교실』 등이 있다. 2019년 『종이 동물원』으로 제13회 유영번역상을 수상했다.

김승욱

성균관대학교 영문학과를 졸업하고 뉴욕시립대학교에서 여성학을 공부했다. 동아일보 문화부 기자로 근무했으며, 현재 전문 번역가로 활동하고 있다. 옮긴 책으로는 조지 오웰의 『동물농장』, 도리스 레싱의 『19호실로 가다』, 『사랑하는 습관』, 『고양이에 대하여』, 루크 라인하트의 『침략자들』, 존 윌리엄스의 『스토너』, 프랭크 허버트의 『듄』, 콜슨 화이트헤드의 『니클의 소년들』, 존 르 카레의 『완벽한 스파이』, 에이모 토울스의 『우아한 연인』, 리처드 플래너건의 『먼 북으로 가는 좁은 길』, 올리퍼 푀치의 『사형집행인의 딸』(시리즈), 데니스 루헤인의 『살인자들의 섬』, 주제 사라마구의 『히카르두 헤이스가 죽은 해』, 『도플갱어』, 패트릭 매케이브의 『푸줏간 소년』, 존 스타인벡의 『분노의 포도』 등 다수의 문학작품이 있다. 이외에도 『날카롭게 살겠다, 내 글이 곧 내 이름이 될 때까지』, 『관계우선의 법칙』, 『유발 하라리의 르네상스 전쟁 회고록』, 『나보코프 문학 강의』, 『신 없는 사회』 등 다양한 분야의 책을 옮겨 국내에 소개했다.

조호근

서울대학교 생명과학부를 졸업했다. 과학서와 SF, 판타지, 호러 등의 장르 소설을 주로 번역했다. 옮긴 책으로 J. G. 밸러드의 『제임스 그레이엄 밸러드』, 『헬로 아메리카』를 비롯하여, 『화성 연대기』, 『레이 브래드버리』, 『도매가로 기억을 팝니다』, 『마이너리티 리포트』 『와일드 시드』, 『더블 스타』, 『하인라인 판타지』, 『아마겟돈』, 『컴퓨터 커넥션』, 『타임십』, 『소용돌이에 다가가지 말 것』, 『물리는 어떻게 진화했는가』, 『나인폭스 갬빗 3부작』 등이 있다.

에스에프널 SFnal 2022 Vol. 2

초판 1쇄 찍은날 2022년 5월 3일
초판 1쇄 펴낸날 2022년 5월 17일

지은이 메그 엘리슨·찰리 제인 앤더스·리치 라슨·세라 게일리·팻 카디건·티몬스 이사이아스·앨러스테어 레이놀즈·토치 오네부치·매리언 데니즈 무어·오지 M. 가트렐·모린 맥휴·진 두셋·앤디 듀닥·나디아 아피피·조너선 스트라한
펴낸이 한성봉
편집 김학제·신소윤·권지연
콘텐츠제작 안상준
디자인 정명희
마케팅 박신용·오주형·강은혜·박민지
경영지원 국지연·강지선
펴낸곳 허블
등록 2017년 4월 24일 제2017-000050호
주소 서울시 중구 퇴계로30길 15-8 [필동1가 26]
페이스북 www.facebook.com/dongasiabooks
인스타그램 www.instagram.com/dongasiabook
트위터 twitter.com/in_hubble
전자우편 dongasiabook@naver.com
블로그 blog.naver.com/dongasiabook
전화 02) 757-9724, 5
팩스 02) 757-9726

ISBN 979-11-90090-61-2 03840

※ 허블은 동아시아 출판사의 SF 브랜드입니다.

※ 잘못된 책은 구입하신 서점에서 바꿔드립니다.

만든 사람들

책임편집 신소윤
교정 김소라
디자인 김지형
본문조판 김경주